Der Archipel

Diana Wohlrath

MERANI
und die Schlange unter dem Meer

Diana Wohlrath

MERANI

und die Schlange unter dem Meer

Carl Hanser Verlag

Der Inhalt dieses Buches wurde auf einem nach den Richtlinien des Forest Stewardship Council zertifizierten, holzfreien Papier der Papierfabrik Munkedal gedruckt.

Die Schreibweise in diesem Buch entspricht den Regeln der neuen Rechtschreibung.

Unser gesamtes lieferbares Programm und viele andere Informationen finden Sie unter www.hanser-literaturverlage.de

Mehr über *Merani und die Schlange unter dem Meer* und *Der Feuerthron* unter www.feuerthron.de

1 2 3 4 5 14 13 12 11 10

ISBN 978-3-446-23474-1

Umschlag: Eva Schöffmann-Davidov
Satz: Greiner & Reichel, Köln
Druck und Bindung: GGP Media GmbH, Pößneck
Printed in Germany

Erster Teil

DIE MAGISCHEN STÜRME

1

Merani fuhr aus dem Schlaf hoch und spürte den Hilfeschrei ihrer Mutter in ihrem Kopf widerhallen.

»Merani! Bitte komm! Alleine schaffe ich es nicht!« Das war der magisch gesandte Ruf ihres Vaters, der ebenfalls verzweifelt klang.

Einen Augenblick saß Merani wie erstarrt auf ihrem Bett. Ihre Eltern waren doch so mächtig! Wie konnte es da etwas geben, mit dem sie nicht fertig wurden? Irgendetwas lief schief.

Mit einem Satz war Merani aus dem Bett, riss ihren Morgenmantel an sich und rannte zur Tür. Draußen waren sämtliche Leuchtsteine in den Wänden erloschen, und es herrschte undurchdringliche Schwärze. Merani benötigte zwar kein Licht, denn sie vermochte den Weg mit ihren magischen Sinnen zu finden. Als sie jedoch die Levitationsplatte erreichte, mit der man sich sonst über Stockwerke bewegen konnte, und dieser befahl, nach unten zu fahren, rührte sich das Ding nicht von der Stelle.

»Merani!«

Auf den erneuten Ruf des Vaters hin verließ Merani den nutzlosen Levitationsschacht und rannte den Gang entlang. Die Sekunden schienen sich zu Stunden zu dehnen, obwohl sie die Treppenstufen zwischen den Stockwerken so schnell hinabsauste wie noch nie zuvor in ihrem Leben.

In der Thronhalle der Felsenfestung waren die Leuchtsteine ebenfalls ausgefallen. Ein normaler Gurrländer oder Mensch hätte die Hand vor Augen nicht gesehen, aber Merani nahm die

Umgebung so deutlich wahr, als sei sie in gleißendes Licht getaucht.

Der Feuerthron, der sonst von schwarzmagischen Flammen umspielt wurde, wirkte nun stumpf und grau. Ihr Vater hockte so verkrümmt auf ihm, als hätte er schreckliche Schmerzen. Er versuchte verzweifelt, die Kräfte zu beherrschen, die um ihn herum tobten, während ihre Mutter bewusstlos auf dem Boden lag und aus Augen, Mund und Nase blutete.

»Papa! Was ist passiert?«, schrie Merani.

»Komm hoch und hilf mir! Der Thron …« Das Gesicht des Magierkaisers verzerrte sich unter einer weiteren Schmerzwelle.

Gelegentlich hatten die Eltern Merani erlaubt, sich zu ihnen auf den Feuerthron zu setzen, damit sie die ungeheure Macht kennenlernen konnte, die dem Artefakt innewohnte. Bis zu diesem Tag aber hatten ihre Mutter und ihr Vater den Thron in jeder Situation beherrscht. Daher begriff Merani nicht so recht, dass die beiden die Gewalt darüber verloren hatten, und so lief sie erst mal auf ihre verletzte Mutter zu, um ihr zu helfen.

In dem Moment stürzte ihre Lehrerin, die Hexe Yanga, durch einen anderen Eingang in die große Halle. »Du musst dich mit auf den Thron setzen, Kind!«

Merani zögerte. »Ist es nicht besser, wenn *du* Papa hilfst? Ich bin doch nicht dafür ausgebildet.«

In diesem Moment bemerkte Merani einen kräftigen Strom grünfarbiger Magie, der von draußen auf den Thron zufloss und von diesem wie eine giftige Wolke ausgestoßen wurde. Nun verstand sie, was geschehen sein musste: Die feindliche grüne Magie hatte ihre Mutter verletzt, denn ihre eigene magische Farbe war Blau. Zum Glück lebte sie noch, aber wenn die frischen grünen Schwaden sie in ihrem geschwächten Zustand trafen, konnte es ihr Ende sein.

Als Merani dies klar wurde, rannte sie die Stufen zum Thron hoch und setzte sich neben ihren Vater. Mit ihrer Rechten fasste sie nach der Lehne des Throns, mit der Linken nach der Hand ihres

Vaters Girdhan. Im selben Moment wurde sie von den Kräften, die auf sie einströmten, schier hinweggefegt.

»Du musst dich konzentrieren, Kind!«, vernahm sie Yangas magischen Aufschrei.

Das war leichter gesagt als getan, denn die grüne Magie zerrte so heftig an Merani, als wolle sie sie in Stücke reißen. Dabei war ihre eigene magische Farbe nicht das Blau der Mutter, sondern das girdanische Schwarz ihres Vaters.

Mühsam gelang es ihr, sich trotz der tobenden Magien zu orientieren und weit über die Insel hinaus auf das Meer zu blicken. Dort nahm sie einen gewaltigen magischen Sturm wahr, der mit einer Geschwindigkeit, die kein galoppierendes Ross erreichen konnte, nach Nordwesten zog. Wie alle Unwetter war er am Geburtsort der magischen Stürme entstanden, hatte sich aber zu dem gewaltigsten Orkan der letzten Jahrzehnte ausgewachsen. Vor allem aber war er mit grüner Magie aufgeladen und raste genau auf die blaue Insel Ilyndhir zu.

Als Merani sich die Verheerungen vorstellte, die dieser Sturm dort anrichten würde, krampfte sich ihr Magen zusammen. Ihre Mutter liebte ihre Heimatinsel und hatte wohl versucht, den grünen Sturm in eine andere Bahn zu lenken.

»Du musst mir helfen, dieses Unwetter so an Ilyndhir und Wardania vorbeizusteuern, dass es keinen Schaden anrichtet, sondern sich irgendwo in Norden auf dem Meer austoben kann«, mahnte Girdhan seine Tochter.

Merani vereinte ihre Kräfte mit denen ihres Vaters und stemmte sich gemeinsam mit ihm gegen den magischen Sturm. Doch sie hätten ebenso gut versuchen können, einen Berg zu verschieben. Der Orkan raste nur noch schneller über das Meer, und seine Ausläufer peitschten bereits gegen die Ufer der Ilyndhir vorgelagerten Inseln. Gleichzeitig saugte der Feuerthron noch mehr der für ihre Mutter und für Yanga giftigen grünen Magie an und strahlte sie in die Halle ab.

»So wird das nichts!«, fuhr es Merani durch den Kopf, und sie gab die sinnlosen Bemühungen auf. Da hatte sie auf einmal das Gefühl, als würde weniger grüne Magie auf den Thron zufließen und die Heftigkeit des Sturms einen Hauch nachlassen.

Aus dieser Erkenntnis heraus zupfte sie ein wenig an dieser grünen Magie und hatte auf einmal das Gefühl, ein bockendes Pferd an der Leine zu halten. Solange sie *gegen* den magischen Sturm arbeitete, floss das giftige Grün wie ein mächtiger Strom auf sie zu. Aber wenn sie es an sich ziehen wollte, strebte der magische Sturm in die entgegengesetzte Richtung.

»Papa, wir dürfen uns nicht weiter gegen diesen Sturm stemmen, sondern müssen ihn mit der ganzen Kraft des Feuerthrons auf uns zuholen!«

Heilige Ilyna, großmächtiger Giringar, gebt, dass ich recht habe!, flehte Merani in Gedanken. Wenn es schiefging, würde ihre eigene Heimatinsel Gurrland verwüstet werden.

Girdhan schüttelte zunächst abwehrend den Kopf, merkte dann aber selbst, dass sich der Zustrom grüner Magie unter Meranis Zerren abschwächte und teilweise schon in die entgegengesetzte Richtung floss. Da seine Gemahlin für ihre alte Heimat sogar ihr Leben opfern würde, entschied er, dass es das kleinere Übel sei, wenn der Sturm gegen die eigenen Gestade brandete. Die Gurrländer waren schwarz, und so konnte ihnen die grüne Magie nicht viel anhaben. Außerdem würden sie mögliche Schäden auf jeden Fall rascher beheben können als die Ilyndhirer.

Nun zog auch er an dem Sturm und merkte zu seiner Erleichterung, wie der Zustrom grüner Magie erlosch. Auch änderte das Unwetter seine Richtung und zog haarscharf an den Küsten Ilyndhirs und Wardanias vorbei nach Norden.

2

Als die Gefahr vorüber war, fühlte Merani eine bleierne Erschöpfung. Sie sehnte sich nach heißem Vla und ihrem Bett, das sie so abrupt hatte verlassen müssen. Doch als sie vom Feuerthron herabsteigen wollte, hielt ihr Vater sie fest.

»Ich brauche dich! Alleine schaffe ich es nicht, denn der Feuerthron reagiert heute so seltsam.«

»Was ist mit Mama?« Merani war im Zwiespalt, ob sie der Bitte ihres Vaters folgen oder nach ihrer Mutter schauen sollte. Während sie noch zögerte, flammten die ersten magischen Steine wieder auf und erhellten die Halle. Nun regten sich auch die Wachen und die Bediensteten, die während des Zwischenfalls schier zu Salzsäulen erstarrt waren.

Yanga kniete neben Meranis Mutter und tupfte ihr mit einem Taschentuch das Blut aus dem Gesicht. Zwei Frauen kamen ihr zu Hilfe, während zwei andere dem Magierkönig und seiner Tochter Becher mit frischem Wasser reichten. Obwohl die Gurrländer sich sonst kaum aus der Ruhe bringen ließen, waren die Gesichter der Dienerinnen von Angst gezeichnet. In den knapp sechsunddreißig Jahren, die das Magierkaiserpaar auf dem Feuerthron saß, war die Höhlenfestung noch nie von den Auswirkungen eines magischen Sturms erschüttert worden. Doch trotz des Schocks gingen die Bediensteten ihrer Arbeit mit jener Zuverlässigkeit nach, für die das Volk von Gurrland bekannt war.

Die beiden Mägde, die zusammen mit Yanga die Magierkaiserin untersuchten, blickten zu Girdhan auf. »Die Herrin ist noch bewusstlos, aber ihr Herz schlägt stark.«

»Meras Selbstheilungskräfte beginnen zu wirken. Daher wird sie Ilyna sei Dank bald wieder auf den Beinen sein«, setzte Yanga hinzu.

»Ich danke euch!« Der Magierkaiser atmete erleichtert auf, doch Merani spürte, dass ihr Vater bis ins Mark erschüttert war.

»Was ist passiert?«, fragte sie. »Ich hatte das Gefühl, als würde sich der Feuerthron plötzlich gegen uns richten.«

In dem Moment setzte Mera, die Magierkaiserin von Gurrland, sich vorsichtig auf. »So war es! Ich hatte Girdhan noch warnen wollen, bin aber durch den grünen Magieausbruch ohnmächtig geworden.«

Während die Dienerinnen sie stützten, flößte Yanga ihr etwas Wein ein. Zuerst trank Mera gierig, schob dann aber den Krug weg. »Ich darf in dieser Situation nicht betrunken werden. Sollte es wieder losgehen, muss ich bei klarem Verstand sein!«

»Du meinst, es könnte sich erneut ein Unwetter zusammenbrauen?« Merani schüttelte sich bei der Vorstellung.

Ihre Mutter nickte bedrückt. »Die Stürme entstehen in immer kürzeren Abständen, und jeder neue ist stärker als der vorherige. Bis jetzt konnten wir sie auf das offene Meer hinauslenken. Diesmal aber hat der Feuerthron die magischen Entladungen gegen uns selbst gerichtet. Zum Glück habt ihr beide die Gefahr gemeistert. Ich mag mir gar nicht vorstellen, was sonst passiert wäre.«

Girdhan streckte die Hand nach seiner Frau aus, wagte aber nicht, den Feuerthron zu verlassen. »Wie geht es dir?«

Mera horchte in sich hinein. »Ich habe mich schon besser gefühlt. Dieses Ding da« – sie zeigte anklagend auf den Feuerthron – »hat mich so überraschend mit grüner Magie überschüttet, dass ich mich nicht mehr abschirmen konnte.«

Unterdessen schlüpfte Meranis Zofe Qulka in die Halle und trat auf ihre Herrin zu. »Ich habe heißen Vla aus der Küche geholt. Ihr habt sicher Durst, nachdem Ihr so kräftig gezaubert habt.«

»Ich habe nicht gezaubert, sondern … Ach, gib her!« Merani griff nach dem dampfenden Krug.

»Vorsicht! Er ist heiß!«, warnte das Mädchen mit der kurzen, drahtigen Mähne, das kaum älter sein konnte als Merani. Aber

Qulka hatte bereits die stämmige Figur und das breite Gesicht mit der vorgeschobenen Kieferpartie, die ihre gurrländische Herkunft verrieten. Wenn sie lächelte, wurden sogar schon die unteren Eckzähne sichtbar.

Im Vergleich zu Qulka wirkte Merani so dünn wie eine Zaunlatte. Sie war jedoch einen Kopf größer als ihre Zofe und hatte weiches schwarzes Haar, das ihr in Wellen bis zu den Hüften fiel. Ihre Haut wirkte jedoch ähnlich wie Qulkas so braun, als hielte sie sich ständig in der Sonne auf. Auch besaßen beide fast schwarze Augen, die bei der magisch hochbegabten Merani von innen her zu leuchten schienen. Meranis Hände, die sich nun um den Krug mit Vla schlossen, waren im Gegensatz zu denen der kleinen Gurrländerin schmal und lang.

Die Erleichterung darüber, ihrem Vater geholfen und eine tödliche Gefahr für ihre Mutter und deren Heimat abgewehrt zu haben, ließ Merani übermütig werden. Sie setzte ihre magischen Kräfte frei und im nächsten Augenblick wehte eine kühle Brise durch die Halle. Der Wind strich so an ihrem Krug vorbei, dass sich auf der Außenseite kleine Eiskristalle bildeten.

»Jetzt ist der Vla gut genug abgekühlt«, sagte sie und trank gierig.

Girdhan hatte ebenfalls einen Krug mit Vla von seinem Leibdiener entgegengenommen und leerte diesen in einem Zug. Dann blickte er seine Frau ratlos an. »Was machen wir, wenn der Feuerthron sich beim nächsten Mal wieder unserer Herrschaft entzieht?«

»Wenn ich das wüsste, wäre mir wohler!« Mera ließ sich von ihren Dienerinnen aufhelfen und setzte sich auf die unterste Stufe des Throns. Als Merani ihr Platz machen wollte, wehrte sie ab.

»Bleib! Es geht mir noch nicht so gut, als dass ich mich gleich wieder zu Girdhan setzen könnte. Deiner Ausbildung dürfte es nicht schaden, wenn du eine Weile den Thron überwachst. Yanga soll dich anleiten.«

Meranis Lehrerin, die gleichzeitig die Haushofmeisterin des Kaiserpaares war, streckte erschrocken die Hände von sich. »Diesem Ding will ich nicht zu nahe kommen! Ich habe es gehasst, seit ich es zum ersten Mal gesehen habe.«

»Du sollst dich ja auch nicht darauf setzen, sondern unserer Tochter erklären, was sie tun muss, um den Thron unter Kontrolle zu halten. Ich brauche erst einmal viel Schlaf.« Mera sah zu Girdhan auf, der ebenfalls sehr müde aussah, und seufzte. »Du bist nicht weniger erschöpft als ich. Daher werde ich dich ablösen, so schnell ich es vermag.«

»Erhole dich erst einmal«, antwortete ihr Ehemann mit einem ebenso liebevollen wie besorgten Blick.

Mera lachte bitter auf. »Solange der Thron sich so bockig zeigt, müssen wir jeden Augenblick bereit sein, einzugreifen, denn Merani ist noch nicht in der Lage, ihn allein zu kontrollieren.«

»Das weiß ich doch! Aber sie hat ihre Sache ausgezeichnet gemacht! Ohne ihr Eingreifen hätte der Sturm geradewegs auf Ilyndhir zugehalten und die gesamte Insel verwüstet.« Girdhan nickte seiner Tochter anerkennend zu, stöhnte dann aber auf.

»Da entsteht schon der nächste! Diesmal ist er von gelber Magie erfüllt und wahrscheinlich noch stärker als der, den wir eben abgelenkt haben.«

»Da muss der Tenelin seine Hand im Spiel haben!«, schimpfte Mera und wollte ihren Platz auf dem Thron nun doch wieder einnehmen. Doch als sie sich auf die Lehne des Artefakts stützte, bekam sie mit, wie die tastenden Sinne ihrer Tochter nach jenem Ort griffen, an dem die zerstörerischen Unwetter ihren Ursprung nahmen, und dort die Magieströme in kurzem Wechsel anzogen und wieder von sich wegstießen.

Auf diese Weise prüfte das Mädchen, ob der Feuerthron ihre magischen Kräfte noch immer abschwächte oder wieder verstärkte, wie in den Jahren zuvor. Letzteres war der Fall. Er befolgte die Befehle der Prinzessin wie ein gut dressierter Hund und schob den Sturm, der sich zum gewaltigsten Orkan seit Menschengedenken auswuchs, so weit von allen Inseln entfernt nach Norden, dass er über das offene Meer ziehen konnte, ohne Unheil anzurichten.

»Gut gemacht!« Mera war nun sicher, dass sie ihrer Tochter die Wache auf dem Thron für die nächsten Stunden überlassen konnte. Die überraschende Fehlfunktion des Artefakts irritierte sie jedoch sehr, und während sie sich von einer der Mägde einen Becher Vla einschenken ließ, blickte sie Girdhan und Merani niedergeschlagen an. »Bisher waren die magischen Stürme unsere größte Sorge. Seit dem Vorfall mit dem grünen Magieeinbruch fürchte ich jedoch, dass der Thron uns irgendwann einmal im Stich lassen wird. Dann können die zerstörerischen Kräfte ungehindert über die Inseln fegen und gewaltige Schäden anrichten.«

Merani ließ das Geschehen noch einmal vor ihrem inneren Auge Revue passieren, um bei einem neuen Ausbruch gewappnet zu sein. Dabei überkam sie das Gefühl, als habe in den tobenden Unwettern ein magischer Hilfeschrei gesteckt. Als sie dieser Empfindung nachspüren wollte, konnte sie aber nichts mehr feststellen. Verwirrt blickte sie ihre Eltern an. »Ihr beherrscht doch den Feuerthron seit so vielen Jahren. Wieso gehorcht er euch auf einmal nicht mehr?«

»Wenn ich das wüsste, wären wir alle schlauer«, antwortete Mera mutlos. Immer noch grau vor Erschöpfung stützte sie sich auf ihre gurrländische Leibmagd und verließ mit hängenden Schultern den Thronsaal. Sie sehnte die Zeit zurück, in der sie den Feuerthron nur aus Märchen und Sagen kannte.

3

Zur gleichen Zeit, in der das Magierkaiserpaar von Gurrland verzweifelt kämpfte, um den Feuerthron unter Kontrolle zu halten und den grünen Magiesturm abzuwehren, versammelte Caludis, Hocherzmagier des Schwarzen Landes und einer der drei engsten Gefährten Giringars, seine Gefolgsleute, um mit ihnen ein Fest zu feiern. Über einer Kutte aus schwarzem Tuch trug er einen weiten Umhang, auf dessen linker Seite ein armlanges Schwert aus winzigen blutroten Edelsteinen eingestickt war. Das gleiche Symbol schmückte auch seinen Pokal und den thronartigen Sessel, auf dem er an der Stirnwand des größten Saales seiner Residenz saß und zufrieden in die Runde blickte.

Etwa einhundert Gäste saßen im Halbkreis um ihn herum, ganz vorne die Erz- und Hochmagier, dahinter die einfachen Magier und ganz außen diejenigen Adepten, die für wert befunden worden waren, an dieser Feierstunde teilzunehmen.

Sklaven mit schwarzen Halsringen liefen zwischen den Sitzreihen herum, um die Gäste zu bedienen. Eben füllte einer von ihnen Caludis' Pokal und blieb dann hinter dem Hochsitz stehen, um weitere Befehle seines Herrn entgegenzunehmen.

Der Hocherzmagier ließ seinen Blick über die Versammelten schweifen und hob seinen Pokal. »Auf Giringar und auf unseren glorreichen Orden vom Heiligen Schwert!«

»Auf Giringar und auf uns, die Magier vom Heiligen Schwert«, scholl es ihm einstimmig entgegen.

Einer der Erzmagier stand auf und griff nach einem mit schwarzem Samt umhüllten Päckchen, das mit magischen Schnüren und Siegeln verschlossen war. Mit einer Geste befahl er den Übrigen zu schweigen und wandte sich an den Gastgeber. »Macht und Größe dir, Caludis, dem engsten Gefährten Giringars!«

Caludis lächelte geschmeichelt. »Dies ist ein besonderer Tag für unsere Gemeinschaft. Zum ersten Mal seit mehr als einem Jahrhundert sind wir wieder so zahlreich versammelt.«

»Auch für uns ist dies ein besonderer Tag«, antwortete der Erzmagier. »Endlich können wir Euch, erhabener Großmeister, so ehren, wie Ihr es verdient, und Euch dieses kleine Geschenk überreichen.« Damit trat er auf Caludis zu, verbeugte sich vor diesem und legte das Paket auf die unterste Stufe des Thronsitzes.

Der Hocherzmagier beugte sich neugierig vor. »Was ist es?«

»Ein kleines Artefakt, das wir für Euch gefertigt haben!« Trotz der bescheidenen Worte schien der Mann vor Stolz beinahe zu platzen. Auch die Mienen der übrigen Gäste verrieten, dass das Päckchen eine Meisterleistung schwarzer Artefaktkunst enthielt, mit dem sie das Oberhaupt ihres Ordens erfreuen wollten.

»Ich danke dir, Erzmagier Gynrarr, und auch allen anderen! Ich habe euch jedoch nicht nur gerufen, um mit euch zu feiern, sondern auch, um die Weichen für die nächsten Jahrhunderte zu stellen. Wir wollen doch nicht, dass uns einer der anderen Magierorden zuvorkommt.«

Während Caludis das Geschenk entgegennahm, wechselten etliche der Magier und Adepten beredte Blicke. Es war gut, einem Oberhaupt zu dienen, das dem Herrn und Gott des Schwarzen Landes so nahe stand. Nur mit Caludis' Hilfe war es ihnen möglich gewesen, wichtige Posten und Titel in dieser Fülle zu ergattern und ihren Orden zur mächtigsten Organisation des Reiches zu machen. Diese Zusammenkunft würde den Einfluss der Gemeinschaft so stärken, dass sie in naher Zukunft mächtig genug sein würde, um die letzten Konkurrenten im Ringen um Giringars Gunst zu bezwingen.

Mit dem Stolz, der diesem Bewusstsein entsprang, setzte Gynrarr seine Ansprache fort. »Großmächtiger Caludis, da sich die Zeiten wandeln und ein Waffenstillstand den Großen Krieg fürs Erste beenden wird, gilt es, unseren Orden mit neuen Aufgaben zu betrauen. Auch solltet Ihr erwägen, die Gemeinschaft der Schwestern aufzulösen und unserem Orden anzugliedern.«

Caludis lächelte zustimmend. »Diesen Gedanken habe ich bereits erwogen, denn ohne die magischen Schwestern werden wir immer nur einen Teil der magisch Befähigten unter unserem Zeichen vereinen. Ich werde die Hochmeisterin …«

In diesem Augenblick schoss eine schwarze Flamme neben Caludis' Thron hoch und unterbrach seine Rede.

Noch während die versammelten Magier erschrocken aufschrien, weil es jemandem gelungen war, die als undurchdringlich geltende Abschirmung um Caludis' Residenz zu passieren, schälte sich ein magerer Mann mittlerer Größe aus dem magischen Feuer. Sein Gesicht wirkte eingefallen und seine kurz geschorenen Haare erschienen eher grau als schwarz. Er trug Hose, Hemd und darüber eine unauffällige Weste ohne jedes Rangabzeichen. Dennoch kam keiner der versammelten Magier auf den Gedanken, diesen Mann zu unterschätzen.

»Betarran! Das ist aber eine Überraschung. Sei mir von Herzen willkommen! Bringt einen zweiten Hochsitz für meinen besten Freund.« Während Caludis den Neuankömmling sichtlich erfreut begrüßte, zogen seine Anhänger lange Gesichter, denn dieser Besucher war nicht nach ihrem Geschmack.

Als die Sklaven eilfertig auf Betarran zukamen, um ihm einen Sessel und einen Pokal mit Wein zu bringen, hob dieser abwehrend die Hand und musterte die versammelten Magier mit einem scharfen Blick.

»Wie ich sehe, hast du deine ganze Bande von Nichtskönnern versammelt. Sehr gut! Dann brauche ich das, was ich dir und diesen Leuten mitzuteilen habe, nur einmal zu sagen.«

Bei diesen verächtlichen Worten ballten einige Magier die Fäuste, aber keiner von ihnen wagte es, sich zu äußern. Dafür war ihre Angst vor Betarran zu groß.

Auch Caludis hatte an der harschen Rede zu kauen, bemühte

sich aber, die Wogen zu glätten. »Du warst lange fort, mein Freund, und hast wahrscheinlich nur die Verleumdungen unserer Neider und Feinde vernommen. Ich kann dir versichern …«

»Es sind nicht deine Feinde, Caludis, und sie sollten auch nicht die Feinde des Ordens vom Schwert sein. Doch deine Schwertmagier haben die Angehörigen der anderen Orden gedemütigt und zahllose Leute von ihren Posten verdrängt, auf die sie aufgrund ihrer Kenntnisse und Fähigkeiten gesetzt worden waren. Statt ihrer haben deine Leute wichtige Plätze in Heer, Verwaltung und Forschung eingenommen, und von denen haben sich zu viele als unfähig erwiesen.«

»Das ist eine Verleumdung!«, rief Erzmagier Gynrarr empört.

»Wenn du mich dafür zur Rechenschaft ziehen willst, dann tu dir keinen Zwang an!«, spottete Betarran.

Gynrarr wich erschrocken zurück. Einen magischen Zweikampf mit Betarran konnte er nicht gewinnen, und eine Niederlage würde ihm den größten Teil seiner Fähigkeiten und auch seinen Rang und Einfluss im Orden vom Heiligen Schwert kosten.

»Feige wie die meisten Schwertmagier!«, kommentierte Betarran Gynrarrs Haltung und blickte wieder Caludis an. »Ich war zwar lange fort, weiß aber dennoch genug über die Bande, die sich um dich versammelt hat. Eine Auskunft verlange ich von euch: Haben deine Leute das verschwundene Großartefakt, das man als Feuerthron bezeichnet, inzwischen gefunden und ins Schwarze Land zurückgebracht?«

Caludis starrte seinen Freund verwirrt an. »Nun, ich hatte Befehl gegeben …«

»Wurde deine Anweisung ausgeführt?«, setzte Betarran nach.

Caludis ließ seinen Blick über die Magier seines Ordens schweifen und sah, wie diejenigen, die er vor etlichen Jahren mit dieser Aufgabe betraut hatte, die Köpfe schüttelten.

»Warum ist das noch nicht geschehen?«, fragte er, nun selbst verärgert.

»Daran ist der Krieg schuld«, erklärte Gynrarr in dem Bestreben, seine säumigen Ordensbrüder zu entschuldigen.

Einer der betroffenen Magier sprang auf. »Genauso war es! Immer wenn wir aufbrechen wollten, wurde unsere Anwesenheit an anderer Stelle dringender benötigt.«

Betarran zog die Augenbrauen hoch. »Das ist eine Ausrede! In Wahrheit habt ihr die Artefakte und all das Material, welches ihr für diesen Auftrag erhalten habt, beiseitegeschafft und in euren Ordensburgen und Magiertürmen gehortet. Bestreitet es nicht, denn ich verfüge über genügend Beweise.«

Dann zog sich ein boshaftes Lächeln über sein Gesicht. »Da der Große Krieg zumindest für die nächsten Jahrhunderte ruht, habt ihr jetzt Zeit genug, den Feuerthron zu suchen und in die Heimat zurückzubringen.«

»Meine Magier werden den verdammten Thron zurückbringen – und wenn ich mich selbst auf die Reise machen müsste.« Allmählich ärgerte Caludis Betarrans arrogante Haltung. Auch wenn dieser der zweite der drei engsten Gefährten Giringars war und er selbst nur die Nummer drei, so wollte er die Magier seines Ordens nicht länger beleidigen lassen.

»Wahrscheinlich wäre es besser, du würdest selbst gehen. Leider ist es jedoch der Wille dessen, der über uns alle herrscht, dass seine drei engsten Gefährten ihm in den schwierigen Verhandlungen mit unseren Verbündeten und den Kriegsgegnern mit Rat und Tat zur Seite stehen. Damit bist leider auch du gemeint.«

Es hatte eine Zeit gegeben, in der Betarran ihm mit Achtung und Herzlichkeit begegnet war, doch nun fragte Caludis sich, aus welchem Grund sein einstiger Freund ihm so feindselig gegenüberstand. Da er keine Antwort darauf wusste, zeigte er auf den Magier, der ihm das Geschenk gebracht hatte.

»Gynrarr, du wirst den Suchtrupp leiten.«

Der angesprochene Magier sah für einen Augenblick so aus, als wolle er ablehnen. Doch ein Blick auf Caludis' verbissene und

Betarrans verächtliche Miene verriet ihm, dass es besser war zu gehorchen. »Für diese Aufgabe benötige ich ein Schiff oder besser noch eine Flugplattform, sowie etliches an Artefakten, Magiern, Kriegern und Knechten.«

Über Betarrans Gesicht zog sich ein Ausdruck, der ebenso Heiterkeit wie bitteren Spott bedeuten konnte. »Dreimal haben die Oberen des Ordens vom Schwert die Ausrüstung für diese Fahrt erhalten. Davon wird doch sicher genug für die Suche übrig geblieben sein. Allzu viele Magier und Soldaten braucht ihr nicht mitzunehmen, denn ihr zieht ja nicht in den Krieg. Oder glaubt ihr, der Verräter Wassuram habe den Feuerthron zu den verdammten Spitzohren des Westens geschafft?«

»Das hat er bestimmt nicht!«, antwortete Caludis empört.

»Na also! Ich gebe euch ein Jahr Zeit. Dann ist der Thron wieder hier, oder ich werde dafür sorgen, dass der Orden vom Schwert für jeden Tag, den ihr später kommt, bezahlen wird.«

Bei seinem letzten Wort schlug eine schwarze Flamme um Betarran hoch, und als sie erlosch, war der zweite Gefährte Giringars verschwunden. Die Schwertmagier starrten ein paar Augenblicke auf die nun leere Stelle, dann begannen die meisten zu fluchen.

»Was denkt dieser Kerl sich eigentlich? Für den sollten wir uns was ausdenken, um ihn …«, begann einer der nachrangigeren Magier. Mitten im Satz brach er ab, stürzte zu Boden und wand sich in Krämpfen.

Erschrocken starrten die anderen Caludis an. Dieser wirkte unter seiner dunklen Schminke grau und hatte die Hände um die Lehnen seines Thronsitzes gekrallt. Obwohl er sich über die Art und Weise ärgerte, in der Betarran die Magier seines Ordens behandelt hatte, durfte er keine Kritik an einem der engsten Vertrauten Giringars dulden. Gleichzeitig aber sagte er sich, dass er mit Betarran unter vier Augen sprechen musste, denn schließlich ging es auch um seine Autorität.

Zwei, drei Atemzüge später zog Caludis seine magischen Hände von dem aufmüpfigen Magier zurück und funkelte seine Untergebenen zornig an. »Wir werden den Feuerthron zurückholen und Betarran beweisen, zu was die Magier vom Orden des Heiligen Schwertes fähig sind!«

4

Obwohl der Anlass des Treffens ernst war, freute Merani sich, ihre Freunde wiederzusehen. Am meisten mochte sie Argo, den Prinzgemahl von Ardhu, der sie mit seinen Späßen häufig zum Lachen brachte. An diesem Tag aber schien ihm sein Humor abhandengekommen zu sein, denn er begrüßte sie nur kurz und eilte dann weiter in den Thronsaal.

Careela, die Fürstin von Ardhu, hatte ihren Ehemann mit nach Gurrland begleitet und ihre Zwillinge Argeela und Careedhal mitgebracht. Beide waren ein Jahr jünger als Merani, und dennoch schien Argeela zwei Fingerbreit größer zu sein als sie. Das lag, wie Merani jedem erklärte, nur an deren wilder violetter Mähne. Violett gefärbte Haare waren das Zeichen für Bewohner der ardhunischen Inseln, und Argeela war sehr stolz darauf, dass ihre Haare diese Farbe von Natur aus aufwiesen. Sogar ihre Augen leuchteten in einem samtigen Violett.

Nun stürmte Argeela, vor Freude kreischend, auf Merani zu und umarmte sie. »Wie geht es dir? Haben wir diesmal Zeit, in den Bergen nach Kristallen zu suchen?«

»Ich muss erst Papa und Mama fragen, ob sie mich brauchen.« Wie gerne wäre Merani mit ihrer Freundin und deren Bruder durch die Berge gestreift, um nach den seltenen schwarzen Bergkristallen zu suchen, mit denen sich magisch so viel anfangen ließ. Doch sie fürchtete, dass die Eltern ihr wegen der Probleme mit dem Feuerthron nicht gestatten würden, die Höhlenfestung zu verlassen.

»Bitte frag sie! Sicher erlauben sie es dir«, bettelte Argeela.

Careela blickte ihre Tochter tadelnd an. »Wenn Merani hier gebraucht wird, darf sie nicht einfach mit dir herumstreifen.«

»Aber auf den Feuerthron passt doch das Kaiserpaar auf. Was soll da schon passieren?« Argeela war bei Weitem nicht so begabt wie ihre Freundin, aber es reichte aus, um die Grundlagen magischen Wissens zu lernen und anwenden zu können. Zu ihrem Leidwesen aber benötigte sie selbst für kleine Zauber magieverstärkende Kristalle.

Ihr Bruder trat zu ihnen und sah Merani fragend an. »Stimmt es, dass der Feuerthron deinen Eltern nicht mehr gehorcht?«

»Still! Das darf doch niemand wissen«, schalt ihn seine Mutter.

Merani machte eine müde Handbewegung. »Hier im Palast weiß jeder, dass der Thron Probleme macht. Bis jetzt sind wir aber damit fertig geworden und konnten jeden Zaubersturm so ablenken, dass keine der Inseln verwüstet wurde.«

»Aber die Seefahrt und die Fischerei leiden stark unter den Stürmen«, wandte ein junger Mann ein, der eine prächtige blaue Uniform und einen Hut trug, auf dem eine einzelne blaue Feder wippte. Er machte nun einen Kratzfuß vor Merani und Argeela. »Ich entbiete den kaiserlichen und fürstlichen Hoheiten meinen Gruß und bitte zu entschuldigen, dass ich aus der Erregung heraus gesprochen habe, ohne dazu aufgefordert worden zu sein.«

Die beiden Mädchen begannen zu kichern, denn sie fanden die ilyndhirischen Sitten gelinde gesagt etwas eigenartig. Dabei war Kipan ein alter Freund, der früher öfters in Gurrland und auf Ardhu gewesen war. Seit ein paar Jahren diente Kipan jedoch in der königlich-ilyndhirischen Flotte und war mittlerweile zum Kapitän der »Blaumöwe« ernannt worden. Nun hatte er Meranis Großmutter und Urgroßmutter sowie den ilyndhirischen Hofmagier Torrix mit seinem Schiff nach Gurrland gebracht.

»Hallo, Kipan, wie geht es? Kannst du deinen Kurs schon selbst bestimmen, oder brauchst du dafür immer noch einen Lotsen?«, begrüßte Merani den jungen Mann.

Kipan verbeugte sich noch einmal. »Kaiserliche Hoheit, ich freue mich berichten zu können, dass der ehrwürdige Herr Hofmagier Torrix mich für wert befunden hat, mich als Lotsen und Meeresspürer ausbilden zu lassen.«

Merani stemmte die Hände in die Seiten und funkelte Kipan, der zwar vier Jahre älter, aber nicht größer war als sie, strafend an. »Hör mal, mein Guter! Wenn du weiterhin auf deinen Ilyndhir-Manieren herumreiten und mich kaiserliche Hoheit nennen willst, zeige ich dir mal, was ich gelernt habe!«

»Wie wünschen Kais…, äh, angesprochen zu werden?«, quetschte Kipan hervor.

»Mit Merani, du Trottel!«

»Das war jetzt aber nicht sehr höflich, Mädchen«, erklang da eine brüchige Stimme.

Merani schnellte herum und sah zwei Frauen und einen untersetzten Mann vor sich. »Oma, Uroma, Onkel Hannez!« Merani flog ihnen entgegen und schlang die Arme um die beiden Frauen.

Merala, die älteste lebende Hexe des Archipels, hatte ihre Urenkelin eben noch getadelt. Nun aber zog sie sie an sich. »Ich freue mich, dich zu sehen, Kleines.«

»Ich mich auch! Wie geht es meiner Tante? Ist sie nicht mitgekommen?« Merani hielt Ausschau, sah aber nur den ilyndhirischen Hofmagier Torrix und einen ebenfalls in Blau gekleideten Höfling, der, auf seinen Stock gestützt, näher kam.

»Der Segen der Blauen Göttin sei mit dir, Hemor«, rief sie fröhlich.

Zu Hause in Ilyndhir hätte Graf Hemor sich dagegen verwahrt, so locker angesprochen zu werden. Hier aber deutete er eine Verbeugung an und hob seinen Hut. »Auch Euch den Segen Ilynas, Kaiserliche Hoheit.«

»Sag bitte Merani zu mir, so wie früher!« Merani tanzte auf den alten Herrn zu und fasste ihn unter. »Wie geht es?«

»Ausgezeichnet! Das ist aber bei einer solch fabelhaften königlichen Leibheilerin wie deiner Großmutter kein Wunder.«

»Wo ist eigentlich Tante Meranda?« Merani blickte bei diesen Worten weder den Gesandten der Königin von Ilyndhir noch deren Hofmagier an, sondern ihre Großmutter und deren Ehemann Hannez.

»Sie ist in Ilynrah geblieben, zumindest auf eine Leibheilerin wollte Ihre Majestät, Königin Ilna V., nicht verzichten«, erklärte Meraneh ihrer Enkelin.

»Schade! Dann muss ich euch so bald wie möglich besuchen.« Merani lachte und führte die Gruppe zu den Levitationsschächten. Unterdessen waren noch weitere Gäste erschienen. Zu diesen hatte sie allerdings nicht jenes herzliche Verhältnis wie zu den Ilyndhirern. Dennoch grüßte Merani sie höflich und wartete, bis alle die schwebende Plattform betreten hatten.

Im Gegensatz zu der Nacht, in der Merani gerufen worden war, um ihre Mutter auf dem Feuerthron zu ersetzen, gehorchte die Platte und sank rasch in die Tiefe. Bald wurde sie langsamer und hielt ohne spürbaren Ruck an. Die Tür öffnete sich und gab den Weg in die Vorhalle des Thronsaals frei. Gurrländische Wachen standen steif wie Statuen neben dem Eingang und präsentierten ihre Hellebarden, als Merani an ihnen vorbeiging.

Kipan, der sich im Hintergrund gehalten hatte, begann zu grinsen. So einfach, wie Merani es sich vorstellte, war es für sie doch nicht, wie ein ganz normales Mädchen behandelt zu werden. Immerhin war sie die einzige Tochter des Magierkaiserpaares von Gurrland und die Erbin des Feuerthrons.

Der Blick des jungen Kapitäns streifte die alte Merala. Nach den Angaben seines Vaters, der als Großadmiral die Flotte von Ilyndhir kommandierte, sollte die Frau fast vierhundert Jahre alt sein. Dabei sah sie keinen Tag älter aus als ihr Schwiegersohn Hannez, der gerade mal fünfundachtzig Jahre zählte. Allerdings war der alte Mann nicht so magisch begabt, dass er auf mehrere Jahrhunderte Lebenszeit hoffen konnte.

»Über was denkst du nach, stolzer Krieger?« Argeela schob sich an Kipans Seite und hakte sich bei ihm unter.

»Über das Alter«, antwortete er wahrheitsgemäß.

Die Prinzessin von Ardhu lachte hell auf. »Damit fängst du aber früh an! Dabei bist du gerade mal fünf Jahre älter als ich.«

»Sechs«, korrigierte Kipan sie.

»Genau fünf Jahre und 359 Tage. Erst einen Tag später wären es sechs Jahre geworden.«

Kipan sagte sich, dass es sich für ihn nicht geziemte, Streit mit dem hochgeborenen Mädchen anzufangen. Daher lächelte er nur und führte die Prinzessin in den Thronsaal.

Die große Höhle war heller erleuchtet als sonst, und im Halbkreis um den Feuerthron standen nun Tische und Stühle. Gurrländische Bedienstete führten die ankommenden Gäste zu den für sie vorgesehenen Plätzen und kredenzten ihnen einen Begrüßungstrunk. Merani durchbrach das Protokoll, indem sie sich einfach neben ihre Großmutter setzte und Argeela und Kipan aufforderte, bei ihr zu bleiben. Argeelas Bruder Careedhal blickte kurz zu seinen Eltern hinüber und setzte sich dann auch zu Merani und seiner Schwester.

»Was war denn eigentlich mit dem Feuerthron? Meine Eltern haben nicht viel gesagt, aber ich spüre, dass sie in großer Sorge sind«, wisperte er Merani zu.

»Du wirst die Antwort schon noch bekommen, junger Adept.« Obwohl Careedhal leise gesprochen hatte, hatte auch die Magierkaiserin seine Worte vernommen und schenkte ihm ein Lächeln. Sie mochte den Jungen, obwohl ihre Tochter und seine eigene Schwester ihn für einen langweiligen Kerl hielten, der viel zu ernsthaft für ihre Späße war.

Meras Blick glitt suchend über die anderen Gäste. Es waren noch immer nicht alle Leute versammelt, die sie eingeladen hatte, doch mit ihren magischen Augen erblickte sie eine weitere Gruppe, die gerade den Palast betrat. Eine dritte Gesandtschaft war auf dem Weg von der Stadt hierher und würde bald eintreffen. Daher beschloss Mera, noch ein wenig zu warten. Sie begrüßte inzwischen die Gäste mit munterer Miene, obwohl ihr eher beklommen zumute war.

»Ihr werdet von der Reise hungrig und durstig sein. Trinkt also und esst, bevor die Besprechung beginnt.«

Da die Speisen unter einem Frischhaltezauber lagen, würden sie auch den später eintreffenden Gästen so schmecken, als kämen sie gerade vom Herd. Sie in diesem Zustand zu erhalten war Meranis Aufgabe, die Yanga sie zu Übungszwecken durchführen ließ. Als Mera selbst zu essen begann, spürte sie, dass sie mit ihrer Tochter zufrieden sein konnte. Das Mädchen war begabt und würde Girdhan und sie einmal weit übertreffen. Trotzdem konnte man auch ihrer Tochter den Feuerthron niemals allein anvertrauen.

Sie selbst spürte häufig die Verlockung, die das Artefakt auf magisch Begabte ausübte. Nur gemeinsam mit Girdhan war sie in der Lage, den Thron zu beherrschen und sich nicht von der Macht, die er bot, hinreißen zu lassen.

Als Torrix und Graf Hemor aufstanden, um der Kaiserin und dem Kaiser die Grüße der Königin von Ilyndhir zu überbringen, schob Mera ihre sorgenvollen Gedanken beiseite. Ilna V. war bereits zu gebrechlich für eine anstrengende Reise. Auch Wardil, der Kronprinz, hatte nicht kommen können, da er seine Mutter bei den meisten Zeremonien vertreten musste. Er teilte sein Bedauern darüber in gezierten Worten mit, die er eigenhändig mit roter Tinte auf blaues Büttenpapier geschrieben hatte.

Da Mera sich weniger für das höfliche Gesäusel interessierte als für ihre Freunde, bat sie Hemor, es gut sein zu lassen und die Schreiben ihrem Archivar zu übergeben.

»Ich werde sie später noch genau lesen«, log sie mit freundlichster Miene und blickte Kipan auffordernd an.

»Wie geht es deinem Vater, mein Junge?«

»Dem Großadmiral geht es den Umständen entsprechend gut, erhabene Kaiserin. Derzeit macht er sich allerdings große Sorgen wegen der magischen Stürme. Sie folgen viel zu rasch aufeinander und sind so stark, dass kein Schiff es mehr wagen kann, die Innere See zu befahren. Auch auf dieser Fahrt mussten wir den Weg um Malvone, Gelonda und die ardhunischen Inseln herum nehmen, da selbst die Macht der hochedlen Damen Meraneh und Merala sowie des ehrenwerten Herrn Hofmagiers nicht ausgereicht hätte, uns vor dem kleinsten dieser Stürme zu schützen. Ich bin den dreien sehr zu Dank verpflichtet, weil das Schiff Ihrer Majestät, die ›Blaumöwe‹, das zu kommandieren ich die Ehre habe, durch ihre Zauberwinde wie auf Schwingen hierher nach Gurrland geflogen ist.«

Während Mera Kipans Redeschwall lächelnd über sich ergehen ließ, kniff ihr Gemahl die Augen zusammen. »Ist dieses aufgeblasene Bürschchen wirklich der Sohn unseres alten Freundes Kip?«, fragte er leise.

»Sieh ihn dir doch an! Er ist seinem Vater wie aus dem Gesicht geschnitten«, gab sie flüsternd zurück.

»Aber er redet nicht wie Kip. Der ist geradeaus und hat sich noch nie das Maul verbogen.« Girdhan schüttelte den Kopf, als er daran dachte, wie absonderlich das Schicksal ihnen allen mitgespielt hatte. Er war im Fischersechstel von Ilynrah aufgewachsen und hätte jeden ausgelacht, der ihm prophezeit hätte, dass er einmal den Feuerthron auf Gurrland besteigen würde. Auch Mera war nicht in die Wiege gelegt worden, dass sie einmal Herrscherin über eine der größten Inseln im Archipel und Herrin dieses mächtigen Artefaktes sein würde.

Gurrland war für sie beide eine ferne Insel am anderen Ende der Welt gewesen, die in ihren Vorstellungen nur den Archipel von Runia umfasst hatte. Mittlerweile wusste er, dass die Welt in Wahrheit weitaus größer sein musste als ihre Inselgruppe. Ihr Freund Kip hatte vor einigen Jahren Messungen zur See angestellt und war nun überzeugt, dass die Welt eine Kugel mit einem Umfang von etwa 60 000 Meilen war. Damit war ihre Heimat, wie Kip sich ausgedrückt hatte, kaum mehr als ein Möwenschiss auf einem Segel im Vergleich zu den unbekannten Weiten, die sie umgaben. Allerdings war es ihrem Freund nicht gelungen, auf seinen Fahrten mehr als ein paar winzige, unbewohnte Inseln zu entdecken. Daher lächelten viele Leute über seine Begeisterung für etwas, das es offensichtlich nicht gab.

Mera bemerkte, dass ihr Ehemann seinen Gedanken nachhing, und legte die Hand auf seinen Arm, um seine Überlegungen mitzuverfolgen. Dann nickte sie erleichtert. »Wenn die Welt wirklich so groß ist, wie Kip sagt, haben die Zauberstürme genügend Raum, sich auszutoben. Draußen auf See kann nichts passieren, denn die Eilande, die er entdeckt hat, sind für Ansiedlungen viel zu klein.«

5

Als die Bediensteten die Tische abräumten, war die Spannung im Thronsaal beinahe mit Händen zu greifen. Bis auf die weißen Meandhir-Anhänger hatten sich Vertreter aller magischen Farben eingefunden, darunter sogar die Hofmagier und Hofhexen einiger Reiche. Niemand wusste genau, weshalb das Magierkaiserpaar zu dieser Versammlung eingeladen hatte, aber jedem war klar, dass es mit den magischen Stürmen zu tun haben musste. Als Mera die Hand hob, um die Aufmerksamkeit der Anwesenden auf sich zu lenken, erstarben die leise geführten Unterhaltungen, und alle blickten erwartungsvoll zu ihr hoch.

»Freunde, Magier, geehrte Damen und Herren! Es ist nun sechs mal sechs Jahre her, dass mein Gemahl und ich noch als halbe Kinder diesen Thron hier bestiegen haben, um zu verhindern, dass er noch ein weiteres Mal so missbraucht werden kann, wie es bereits zweimal geschah. In dieser Zeit vermochten wir mit seiner Hilfe vieles zu vollbringen. Doch seit einigen Monaten quälen uns große Sorgen. Es begann vor einem Jahr mit dem ersten magisch aufgeheizten Unwetter, das wir nur mit großer Mühe von den bewohnten Inseln fernhalten konnten. Damals hegten wir noch keinerlei Befürchtungen, denn es sind immer mal wieder magische Stürme entstanden, und all diese vermochten wir aufzulösen, bevor sie Schaden anrichten konnten.

Doch seit jenem schlimmen Tag folgt ein magischer Sturm dem anderen, und ihnen wohnt so viel Kraft inne, dass sie sich nicht mehr durch den Feuerthron beherrschen lassen. Daher können wir die entfesselten Gewalten nur so steuern, dass sie über das Meer davonziehen und sich in der Ferne austoben. Vor einigen Wochen ist jedoch etwas noch Erschreckenderes geschehen. Der Feuerthron hat sich bei einem dieser Unwetter gegen uns gewandt und den Sturm auf uns gezogen. Nur mit viel Glück und der Unterstützung unserer Tochter ist es uns gelungen, auch diesen Sturm noch abzulenken. Nun fragen wir uns, wie es weitergehen soll.«

Als Mera schwieg, saßen ihre Gäste wie erstarrt da. Bis jetzt hatten sie das Magierkaiserpaar auf dem Feuerthron als Garant für die Sicherheit ihrer Inseln angesehen. Doch wenn es selbst diesen beiden nicht mehr gelang, das Artefakt zu beherrschen, würde ihre Welt unweigerlich in den katastrophalen Unwettern untergehen.

Nach einigen Minuten betretenen Schweigens erhob sich Torrix aus Ilyndhir. »Diese Nachrichten erfüllen mich mit großer Sorge. Schon jetzt kann es kein Schiff mehr wagen, sich von den Küsten der Inneren See zu entfernen, wenn es nicht von den Stürmen verschlungen werden will, und in den östlichen Hafenorten von Ilyndhir gab es bereits zerstörerische Hagelschläge, Gewitter und Überschwemmungen, denen auch Menschen zum Opfer gefallen sind. Meine Magier und ich versuchen zwar, zu retten, was zu retten ist. Doch unsere Macht ist im Vergleich zu der Euren eine kleine

Flamme gegen das helle Licht der Sonne. Wenn ihr die Stürme nicht mehr beherrschen könnt, wer vermag es dann noch zu tun?«

»Niemand!«, rief Etharan, der junge Hofmagier von Malvone, erregt aus. Das magische Licht, das ihn erfüllte, flackerte nur schwach, und Mera vermochte ihn anzublicken, ohne dass sich ihre Sinne gegen sein intensives Grün sträubten.

Er verneigte sich tief vor Girdhan und Mera. »Erhabenes Kaiserpaar, verehrte Anwesende! Ich muss mich den Ausführungen des Herrn Torrix anschließen. Die Innere See können auch wir Malvoner nicht einmal mehr unter magischen Schutzschirmen befahren, und unsere Küsten werden ebenfalls von verheerenden Wolkenbrüchen und Überschwemmungen heimgesucht. Dabei hatten wir bislang noch Glück. Wäre nur einer dieser Stürme über Malvone selbst gezogen, hätte er große Teile unserer Insel verwüstet. Ein blaumagisches Unwetter hätte zudem die meisten unserer Bürger das Leben gekostet.«

»Das sind keine guten Aussichten, zumal ich nichts Besseres zu melden habe!« Talei, die Hofmagierin König Thalandhars von Gelonda, war die jüngste und magisch schwächste der anwesenden Magier. Die meisten magisch Begabten ihrer Heimatinsel waren im Großen Krieg mit dem ersten, von Mera und Girdhan gestürzten Magierkaiser umgekommen, und deshalb war sie keine nachrangige Hexe geblieben. Auch die ardhunischen Inseln wurden nur noch von schwächeren Magiern und Hexen geschützt. Nur auf Girdania, Gurrlands nördlicher Nachbarinsel, gab es noch einige Frauen mit hoher Begabung.

Girdhala, die Fürstin dieser Insel, war die Schwester des Magierkaisers und die am besten ausgebildete Hexe des Archipels. Als sie sich nun erhob, ruhten die Hoffnungen vieler Anwesender auf ihr. »Auch Girdania hat unter den Ausläufern der magischen Stürme gelitten, wenn auch nicht so stark wie die anderen Inseln. Doch als meine Vertrauten und ich uns mit diesen Unwettern befassten, sind wir zu einem überraschenden Ergebnis gekommen.«

Sofort reckten alle den Hals, um ja nichts zu überhören. Auch Mera beugte sich interessiert vor, während Girdhan froh war, dass seine Schwester ihn nicht vor aller Ohren kritisierte, weil er der Stürme nicht Herr wurde.

Als Girdhala die Augen der Anwesenden auf sich gerichtet sah, fuhr sie fort. »Wir sind dabei auf eine seltsame Verbindung zwischen dem Feuerthron und dem Auftreten der magischen Stürme getroffen. Diese entstehen immer dann, wenn das Kaiserpaar die Macht des Thrones in einem stärkeren Maße einsetzen muss als sonst. So hat sich die Kraft der Stürme von Mal zu Mal gesteigert, und wir müssen befürchten, dass schon bald ein magischer Sturm entstehen wird, der von Gurrland bis Wardania reicht und den gesamten Archipel zerstört.«

Im Saal war es ganz still geworden. Torrix und die anderen Magier sahen aus, als blickten sie bereits dem Tod ins Auge. Im Gegensatz zu den normalen Menschen, die sich an die Hoffnung klammerten, es würde doch nicht alles so schlimm werden, wussten sie um die Macht der magisch aufgeheizten Stürme, und ihnen war klar, wie gering ihre eigenen Möglichkeiten waren, diese abzulenken.

Eine der violetten Hexen, die aus den ardhunischen Fürstentümern geschickt worden waren, sprang auf. »Wenn die Kraft des Thrones neue Zauberstürme hervorruft, darf er nicht mehr eingesetzt werden!«

»Dann verwüstet der nächste Sturm eine oder mehrere Inseln. Es braut sich bereits einer zusammen«, rief Mera und umklammerte Girdhans Handgelenk, als die aufgewühlten Magien auf sie zuströmten und sie schier zu überschwemmen drohten. »Der Thron spinnt wieder. Wir müssen die Magie auf uns zuziehen, um den Sturm abstoßen zu können«, raunte sie.

Ihr Ehemann nickte und überließ sich ganz ihrer Führung. Seine Frau war magisch weitaus stärker als er und kam, obwohl er ein Magier der schwarzen Farbe war, besser mit dem Feuerthron zurecht.

Diejenigen, die die Kräfte zu fühlen vermochten, die nun flossen, schauderten, und manche erschreckte auch das Ungleichgewicht auf dem Thron.

»Wäre es nicht besser, wenn jemand Mächtigeres den Thron einnehmen würde als seine Majestät, Kaiser Girdhan?«, fragte der Hofmagier von Malvone besorgt.

Mera fuhr trotz ihrer Erschöpfung auf. »Der Thron gehört Girdhan und mir. Ich überlasse ihn keinem anderen!«

Die übrigen Gäste zogen die Köpfe ein, doch Etharan verteidigte seine Idee. »Ich dachte an keinen Fremden, und seine Majestät sollte auch weiterhin Kaiser von Gurrland bleiben. Aber könnte nicht eine nahe Verwandte des Kaiserpaares den zweiten Platz auf dem Thron einnehmen? Zum Beispiel Meraneh?«

Meras Mutter winkte ab. »Ich bin magisch nicht stärker als Girdhan! Außerdem wäre es nicht gut, zwei blaue Frauen auf den Thron zu setzen. Einen grünmagischen Sturm von solcher Stärke könnten wir niemals beherrschen.«

»Und wie ist es mit Euch?«, fragte der Magier Girdhans Schwester.

Girdhala musterte ihn mit spöttischer Miene. »Dir hat die Angst wohl den Verstand weggeschwemmt, Grünling! Du vergisst, dass mein Bruder seit sechsunddreißig Jahren auf diesem Thron sitzt und dabei eine Erfahrung gewonnen hat, die kein anderer aufweisen kann. Würde ich mich jetzt auf dieses Ding setzen, müsste ich erst lernen, es zu beherrschen, und könnte die nächsten Stürme mit Sicherheit nicht von den Küsten unserer Inseln fernhalten.«

»Die Magierfürstin hat recht. Man kann nicht in voller Fahrt ein Pferd ausspannen und durch ein neues ersetzen. Da müssen wir uns schon etwas anderes einfallen lassen.« Torrix von Ilyndhir blickte sich auffordernd um, als erwarte er umgehend Vorschläge. Doch die Blicke derer, die sich ihm zuwandten, verrieten, wie hilflos sich die Anwesenden fühlten.

6

Das Gespräch drehte sich bald im Kreis, und Merani begann sich zu langweilen. Schließlich zupfte sie Argeela am Ärmel. »Hast du Lust, noch länger zuzuhören?«

»Eigentlich nicht«, antwortete ihre Freundin und zwinkerte ihr trotz der niederschmetternden Nachrichten aufmunternd zu. »Wir könnten doch jetzt den Ausflug in die Berge machen!«

Merani nickte. »Ich glaube nicht, dass ich hier so rasch gebraucht werde. Immerhin sind hier genügend Magier versammelt, die meinen Eltern helfen können.«

Leise, um die immer heftiger werdende Diskussion nicht zu stören, standen die beiden Mädchen auf. Argeelas Bruder Careedhal bemerkte es und schwankte, ob er bleiben oder mit ihnen gehen sollte. Da auch er dringend neue Kristalle für seine magischen Experimente benötigte, folgte er ihnen.

Mera sah die drei den Saal verlassen, hielt sie aber nicht auf. Die Kinder sollten sich ihres Lebens erfreuen und nicht jetzt schon von jener Last erdrückt werden, die sie selbst schier zu Boden warf. »Gebt acht, wenn ihr in den Bergen seid. Auch wenn wir die Stürme umleiten, können dort Unwetter toben«, rief sie ihrer Tochter auf magischem Weg nach.

»Danke, Mama! Wir bleiben auch nicht lange weg«, gab Merani zurück und lief zu den Levitationsplatten.

Der Thronsaal befand sich auf der untersten Ebene der in einen Berg hineingebauten Festung. Daher mussten Merani und ihre beiden Freunde mit der Schwebeplattform bis zur Eingangsebene hochfahren, um ins Freie zu gelangen. Sie rannten lachend an den martialisch aussehenden Torwachen vorbei, die bei ihrem Erscheinen die Hellebarden präsentierten. Merani winkte den Männern zu und schlug dann den Weg ein, der hoch ins Gebirge führte.

Argeela schloss zu ihr auf und zeigte nach hinten. »Sollten wir nicht ein paar Sachen zum Essen und eine Flasche Saft mitnehmen? Wir haben zwar vorhin gegessen, aber ein paar Pfannkuchen könnte ich noch vertragen.«

»Die gibt es später«, erklärte Merani und grinste. »Warum sollen wir uns mit dem ganzen Zeug abschleppen, wenn ich es auf magischem Weg zu uns holen kann?«

»Wenn du das schaffst, könntest du mir auch gleich jetzt einen ganz großen Pfannkuchen herbeizaubern, mit Schwarzbeeren und Sahne gefüllt und mit Puderzucker bestreut.« Argeela leckte sich die Lippen und sah Merani auffordernd an.

Diese streckte ihre magischen Fühler bis in die Palastküche aus und hielt im nächsten Augenblick einen fettigen Pfannkuchen in der Hand.

»Hier, nimm ihn«, rief sie und warf ihn Argeela zu.

Diese ließ ihn beinahe fallen. »Iiih! Der ist ja noch ganz heiß, und gefüllt ist er auch nicht.«

»Tut mir leid, da war ich wohl etwas zu schnell!« Merani sandte ihre magischen Kräfte erneut in die Küche, tastete nach einem fertigen Pfannkuchen und hob diesen mit Levitation aus der Pfanne. Danach verteilte sie eine kräftige Portion Schwarzbeerenmus darauf, wickelte den Pfannkuchen zu einer Rolle und bestreute ihn mit Puderzucker. Anschließend setzte sie den fertigen Pfannkuchen auf einen Teller, besorgte Besteck und holte alles auf magischem Weg zu sich.

»So! Bist du jetzt zufrieden?«, fragte sie Argeela, während sie ihr den Teller reichte. Diese gab den nicht gefüllten Pfannkuchen an ihren Bruder weiter, setzte sich auf einen Felsen und begann zu essen.

»Hür uf Gurrlan schmöckn dü Pfannkuchn am böstn«, sagte sie, mit vollen Backen kauend.

Merani lachte hell auf. »Was ist das für ein interessanter Dialekt?«

»Argeelanisch mit vollem Mund«, antwortete Careedhal und hielt Merani den anderen Pfannkuchen hin. »Kannst du mir auch ein wenig Schwarzbeermus besorgen?«

»Kann ich!« Merani konzentrierte sich kurz, und in der Burgküche verschwand der Topf mit dem Schwarzbeermus genau in dem Augenblick, als die für das Dessert verantwortliche Hilfsköchin danach greifen wollte.

Die Frau schüttelte verärgert den Kopf. »Die Prinzessin sollte lieber lernen, als solche Scherze zu machen!«

»Was willst du? Sie übt doch gerade«, antwortete ein Küchenjunge feixend und fing sich dafür eine Ohrfeige ein.

»Möchtest du auch Puderzucker?«, fragte Merani, während Careedhal seinen Pfannkuchen füllte. Da der Junge nicht mit vollem Mund sprechen wollte, nickte er nur und stand im nächsten Augenblick in einer süßen, schwarzen Wolke.

Seine Schwester lachte, als sie ihn, mit Zucker bestreut, vor sich sah. »Jetzt weißt du endlich, wie es mir geht, wenn deine Zauberexperimente schiefgehen. Letztens hat er versucht, aus einem Regenwurm eine Riesenschlange zu machen. Das Ding ist gewachsen, sage ich dir! Dann hat es Hunger bekommen und mich gepackt. Careedhal, dieser Feigling, ist einfach davongelaufen …«

»Das ist nicht wahr!«, protestierte der Junge. »Ich wollte nur Papa holen. Der hat den Riesenwurm ins Freie gebracht, bevor er dir etwas tun konnte.«

»Und? Lebt das Ding immer noch auf eurer Insel?«, fragte Merani.

Careedhal hob unsicher die Arme. »So genau weiß ich das nicht, denn er ist kurz danach wieder zu einem einfachen Regenwurm geschrumpft und hat sich in die Erde verkrochen. Ich überlege noch immer, was bei meinem Experiment schiefgelaufen ist, denn eigentlich hätte er mir aufs Wort gehorchen müssen.«

»Sei froh, dass du keinen Bruder hast!«, rief Argeela theatralisch. »Seit ich denken kann, macht der Kleine Unsinn.«

»Was heißt hier Kleiner? Immerhin bin ich eine halbe Stunde älter als du«, beschwerte sich Careedhal.

Argeela wischte ihre fettigen Finger am Gras ab und stellte sich neben Careedhal. »Ich sagte kleiner Bruder, nicht jüngerer. Willst du abstreiten, dass du kürzer bist als ich?«

»Bei einem Magier kommt es ja auch nicht auf die Länge an, sondern auf das Talent, und da bin ich dir weit über!«

Noch klang das Wortduell der Zwillinge fröhlich, doch Merani wusste von früheren Besuchen her, wie rasch die beiden ins Streiten kamen, wenn niemand sie bremste. Daher stellte sie sich zwischen sie. »Ihr habt beide eure starken Seiten. Also haltet Frieden! Oder wollt ihr, dass ich euch mit meinen Kräften in die Luft hänge?«

Careedhal sah sie verblüfft an. »Könntest du uns wirklich beide zugleich hochheben? Im Allgemeinen kann sich ein Zauberer doch nur auf einen Gegenstand konzentrieren.«

Statt einer Antwort richtete Merani ihre Blicke auf zwei etwa eine Mannslänge auseinanderliegende Steine und ließ sie kraft ihres Willens hochsteigen. Einen Stein zu bewegen war für den, der diese Gabe besaß, recht leicht. Doch nur wenige Magier schafften es, zwei zur gleichen Zeit zu heben.

Argeela und Careedhal waren daher höchst beeindruckt und klatschten begeistert in die Hände, als Merani die beiden Steine in der Luft gegeneinanderprallen ließ.

»Ausgezeichnet! Dagegen bin ich ein Anfänger«, gab Careedhal neidlos zu.

»Ganz so schlecht bist du auch nicht. Im Vergleich mit mir bist du sogar sehr begabt«, widersprach Argeela ihrem Bruder.

Dieser grinste. »Manchmal sagt sie sogar die Wahrheit!«

Im nachsten Augenblick quiekte er auf, denn seine Schwester hatte ihn blitzschnell in den Arm gekniffen. »Vorsicht, Brüderchen! Du bist kleiner als ich und magisch noch nicht so gut, um das ausgleichen zu können.«

»Wollt ihr euch streiten oder Kristalle sammeln?« Ganz in dem

Gefühl, mit ihren vierzehn Jahren fast zwei Jahre älter und um mindestens ebenso viele Jahrzehnte weiser zu sein als die Zwillinge, forderte Merani diese auf, mit ihr zu kommen.

»Wir müssen noch ein Stück weitergehen. Hier strahlt der magische Schutzschirm der Festung zu stark, als dass ich den geplanten Zauber anwenden könnte.«

»Was hast du vor?«, fragte Careedhal.

»Die schönsten magischen Kristalle in der Nähe der Burg sind längst gefunden, daher müssen wir etliche Meilen tiefer im Gebirge suchen. Da ich euch nicht zumuten will, den ganzen Weg zu Fuß zurückzulegen, werde ich einen Versetzungszauber sprechen.«

»So einen wie bei den Pfannkuchen?«, bohrte Careedhal weiter.

»Der war ein Klacks dagegen. So einen kann ich, wie ihr gesehen habt, sogar im Wirkungsbereich der Festung einsetzen. Doch für das, was wir vorhaben, brauche ich eine Spruchrolle.«

»Wer hat die geschrieben? Doch nicht etwa du?« So ganz traute Careedhal Meranis Fähigkeiten nicht.

Merani grinste nur und stand einen Herzschlag später einen ordentlichen Steinwurf von ihnen entfernt auf einer höheren Stelle des Weges. »Was ist, kommt ihr jetzt?«, rief sie ihren Freunden zu.

Während die beiden sich in Bewegung setzten, betrachtete Merani sie und wunderte sich wie schon so oft. Die Zwillinge sahen sich nicht im Geringsten ähnlich. Argeela war ein ganzes Stück größer als ihr Bruder und bewegte sich so geschmeidig wie eine Katze. Careedhal hingegen wirkte so bedächtig, als müsse er über jeden einzelnen Schritt nachdenken. Dafür besaß er ein starkes magisches Talent, das er zum Leidwesen seiner Mutter und seiner Schwester noch nicht sicher beherrschte.

Die beiden unterschieden sich auch in ihrer Kleidung. Als Erbprinzessin eines ardhunischen Fürstentums hätte Argeela einen weiten, bis zum Boden reichenden Rock aus violettem Tuch tragen müssen, doch sie hatte sich für eine Tunika entschieden, die knapp über dem Knie endete, und für feste Schuhe anstelle der Zierstiefelchen. Auch Careedhal besaß vernünftiges Schuhwerk, doch er hatte nicht auf seine knöchellange Adeptenkutte verzichten wollen. Die war kein ideales Kleidungsstück für eine Kletterei in den Bergen.

Als die beiden zu Merani aufgeschlossen hatten, fauchte Argeela ihre Freundin an. »Wenn du glaubst, du kannst dich den ganzen Weg gemütlich von einem Platz zum anderen versetzen und wir rennen treudoof hinter dir her, hast du dich geschnitten!«

»Ich wollte euch doch nur zeigen, was ich seit unserem letzten Zusammensein gelernt habe. Außerdem müssen wir nur noch die vorspringende Felswand dort passieren. Dann setze ich meine Spruchrolle ein, und wir sind schwuppdiwupp an dem Platz, an dem es die schönsten Kristalle gibt.« Merani hakte sich bei Argeela und Careedhal ein und stieg mit ihnen gemeinsam das letzte Stück bis zu einem Bergsporn hoch, der den Weg zu einer Spitzkehre zwang. Kaum hatten sie ihn passiert, legte Merani die Hände gegen die Stirn und konzentrierte sich.

»Was machst du jetzt?«, wollte Careedhal wissen.

Seine Schwester versetzte ihm einen Rippenstoß. »Mit deinen andauernden Fragen regst du mich echt auf. Merani wird es uns schon sagen.«

»Ich habe vergessen, die Versetzungsspruchrolle mitzunehmen, und wollte sie jetzt hierherholen. Doch das will irgendwie nicht gelingen.« Merani klang verärgert, denn sie hatte sich vor ihren Freunden aufspielen wollen und sah sich jetzt schon in kurzen Versetzungssprüngen zur Burg zurückkehren, um die Spruchrolle zu holen. Da fiel ihr eine andere Möglichkeit ein, und sie begann zu grinsen.

»Qulka, hörst du mich?«, sandte sie einen magischen Ruf zur Festung. Ihre Zofe war nicht besonders begabt, vermochte aber auf lautlose Art mit ihr zu kommunizieren.

Die Kleine meldete sich sofort. »Herrin, seid Ihr es?«

»Wer soll ich denn sonst sein?« Merani lachte kurz und erteilte ihrer Zofe rasch die nötigen Befehle.

»Aber beeile dich!«, setzte sie zuletzt hinzu, dann brach sie die magische Verbindung ab und wandte sich wieder Argeela und Careedhal zu. »Gleich können wir weiter.«

»Warum konnten wir uns nicht gleich aus der Festung heraus versetzen«, wollte Argeela wissen.

»Wegen der magischen Abschirmung, die über der Festung liegt!«, erklärte ihr Bruder im belehrenden Ton. »Erst wenn wir diese Stelle dort oben passiert haben, kann Merani ihren Versetzungszauber anwenden.«

»Aber sie hat sich doch schon vorhin selbst versetzt!«, rief Argeela verwundert.

»Das war nur ein Kurzsprung innerhalb des Abschirmungsfeldes«, erklärte Careedhal.

Merani zwickte es in den Fingern, ihm zu beweisen, dass sie sich sehr wohl aus diesem Feld hinaus teleportieren konnte. Allerdings bestand die Gefahr, dass sie an der Grenze abgewiesen und zurückgeschleudert wurde, und sie wollte diesem neunmalklugen Bengel nicht halb bewusstlos und völlig erschöpft vor die Füße fallen. Daher gab sie diesen Gedanken auf. »Weiter! Es sind nur noch tausend Schritte.«

»Wollen wir nicht auf Qulka warten?«, fragte Argeela sie.

»Warum? Ich halte magisch Verbindung zu ihr, so dass sie weiß, wo wir zu finden sind.« Ohne eine Antwort abzuwarten, ging Merani weiter. Careedhal schloss zu ihr auf und zupfte sie am Ärmel ihrer Tunika. »Glaubst du, dass deine Eltern den Feuerthron weiterhin beherrschen können? Das, was sie vorhin gesagt haben, klang nicht besonders gut!«

»Natürlich können sie es!«, rief sie empört. »Wären diese magischen Stürme nicht, gäbe es auch kein Gerede. So aber müssen sie die ganze Kraft des Feuerthrons aufwenden, um unsere Inseln zu schützen. Das Artefakt ist einfach überlastet. Aber das gibt sich schon wieder.«

Careedhal war davon nicht ganz überzeugt, aber Meranis Gesichtsausdruck verriet ihm, dass sie keine Widerworte hören wollte. »Gewiss hast du recht. Außerdem haben deine Eltern jetzt die besten Magier der Welt um sich versammelt, und mein Papa ist auch dabei.«

»Ein so berühmter Magier ist er nun auch nicht«, spottete Merani.

»Er ist der einzige Arghan auf der Welt und vermag jeden Zauber aufzulösen, der gegen ihn ausgesprochen wird!«

Für einen Augenblick lag Streit in der Luft. Doch da hatte Argeela zu ihnen aufgeschlossen und zwinkerte Merani zu. »Langweilt mein Bruderherz dich wieder mit endlosen theoretischen Abhandlungen? Dann schalt deine Ohren auf Durchzug.«

»So uninteressant ist das, was Careedhal sagt, auch wieder nicht.« Merani wusste selbst nicht, was sie dazu trieb, Argeelas Bruder zu verteidigen. In gewisser Weise war er wirklich nervend. Als sie ihn jedoch ansah, lächelte er und erinnerte sie dabei an seinen Vater, der mit seiner ruhigen, freundlichen Art beinahe jeden Streit unterbinden konnte.

»Euer Vater ist schon etwas ganz Besonderes. Ich mag ihn und ich mag euch!« Merani schloss die Zwillinge in die Arme und legte mit ihnen die letzten Schritte zu der Stelle zurück, von der aus sie die Versetzungsspruchrolle einsetzen wollte.

Jetzt zeigte es sich, wie gut es gewesen war, dass sie weitergegangen waren, denn als sie sich umdrehten, fegte Qulka im Sturmschritt heran und erreichte den Platz nur ein paar Augenblicke nach ihnen. Dabei trug das Gurrlandmädchen nicht nur einen riesigen Rucksack auf dem Rücken, sondern hielt auch noch mehrere Taschen und Körbe in den Händen.

Bei ihrem Anblick schüttelte Merani den Kopf. »Sag mal, was hast du denn alles mitgenommen? Du solltest doch nur die Spruchrollen und etwas zu essen mitbringen.«

»Weiter oben in den Bergen kann es kalt werden. Daher habe ich warme Kleidung für alle eingepackt und dazu einen kleinen magischen Herd, auf dem ich heißen Vla und Pfannkuchen bereiten kann. Da wir vielleicht über Nacht bleiben werden, brauchen wir auch ein Zelt, dazu Zahnbürsten, Seife, ein paar Handtücher, Ersatzunterwäsche, Socken sowie …«

Merani konnte sich das Lachen nicht verkneifen. »Hör auf! Es reicht, wenn du sagst, du hättest den halben Haushalt mitgebracht.«

»Du hättest die Sachen vorher verkleinern sollen, so wie es die girdanischen Hexen machen. Das hast du doch gelernt!«, tadelte Careedhal sie.

»Pass auf, dass ich dich nicht schrumpfe!« Trotz ihrer schlagfertigen Bemerkung ärgerte Merani sich über sich selbst. Argeelas Bruder hatte vollkommen recht. Doch vor lauter Aufregung über die Fehlfunktionen des Feuerthrons hatte sie nicht daran gedacht, ihre Ausrüstung zu verkleinern. Jetzt war es dazu zu spät, denn die dafür notwendigen Zauber konnte sie nur mit Unterstützung ihrer Lehrerin oder in der Nähe des Feuerthrons sprechen.

Qulka räusperte sich. »Die Versetzungsrolle, Herrin!«

Merani nahm die Rolle entgegen und nickte dem Gurrlandmädchen zu. »Danke! Aber ich wollte wirklich nicht, dass du so schwer zu tragen hast.«

»Ach, das ist doch gar nichts!«, winkte Qulka ab und sah ihre Herrin auffordernd an. »Wir sollten aufbrechen, damit ich unser Lager noch vor dem Abendessen aufschlagen kann.«

Merani wies die anderen an, sich eng an sie zu schmiegen, und brach das Siegel der Schriftrolle. Im selben Augenblick war der Platz, an dem sie eben noch gestanden hatten, leer.

7

Merani hatte die Stelle, an der sie nach Kristallen forschen wollten, schon öfters aufgesucht. Doch als sie nun zwischen schroffen, hoch aufragenden Felsen auftauchte, schüttelte sie überrascht den Kopf.

»Ist etwas?«, fragte Careedhal, der ihre Anspannung spürte.

»Wir sind nicht dort gelandet, wo ich es wollte. Dabei habe ich die Spruchrolle wirklich sorgfältig geschrieben.« Merani stöhnte und versuchte herauszufinden, wo sie hingeraten waren. Doch das Einzige, was sie herausfand, war, dass sie sich noch auf Gurrland aufhielten.

Sie stieß ein nicht gerade stubenreines Schimpfwort aus und deutete auf die nächstgelegene Felswand. »Ich werde hinaufklettern und schauen, wo wir sind. Ihr wartet hier.«

Ohne auf eine Antwort zu warten, stieg sie die steile Felswand hoch und setzte dabei ihre Levitationskräfte ein, um schneller voranzukommen. Als sie oben war, dauerte es nur wenige Augenblicke, bis sie die charakteristischen Berggipfel in der Umgebung erkannte und ihren Freunden erleichtert zuwinken konnte. »Wir sind wie geplant in die westlichen Berge gelangt. Unser eigentliches Ziel ist höchstens noch zehn Meilen von hier entfernt.«

»Kannst du uns dorthin versetzen?«, fragte Argeela.

Merani machte eine hilflose Geste. »Das geht leider über meine Kräfte. Wir werden wohl zu Fuß gehen müssen!«

»Kannst du mir sagen, wie wir aus diesem Felsenkessel herauskommen sollen?«, fragte Argeela. »Die Wände sind zu steil, als dass Qulka mit ihrem Gepäck hochklettern könnte.« Sie sah den heißen Vla und die Pfannkuchen bereits entschwinden.

Die kleine Gurrländerin lachte jedoch nur, und als Merani ihre Taschen magisch zu sich hochgeholt hatte, machte sie sich trotz des behindernden Rucksacks an den Aufstieg. Sie war kräftiger als die drei anderen und nicht weniger geschickt. Innerhalb kurzer Zeit hatte sie die Hälfte des Weges nach oben zurückgelegt, ohne auch nur ein einziges Mal abzurutschen. Dennoch setzte Merani ihre Kräfte ein und schwitzte Blut und Wasser, um ihre Zofe wie an einem Seil zu sichern. Als Qulka endlich oben war, wirkte die Zofe bei Weitem nicht so erschöpft wie ihre Herrin.

»Jetzt kommen wir!«, rief Argeela von unten hoch und stieg in die steile Wand ein.

Careedhal wollte ihr folgen, doch Merani hob beide Hände. »Halt! Ihr dürft nicht gleichzeitig hochsteigen, denn ich kann nur einem von euch mit meinen Levitationskräften helfen.« Zu ihrer Erleichterung kletterte Careedhal die gute Mannslänge, die er bereits zurückgelegt hatte, wieder hinab. Daher konnte Merani sich auf ihre Freundin konzentrieren. Argeela rutschte mehrfach ab und hing einmal ganz an Meranis magischem Seil.

»Pass doch besser auf!«, schimpfte diese und atmete erst auf, als Argeela den oberen Rand erreicht hatte und Qulka sie von der Felskante wegzog. Ihr tadelnder Blick ließ die Freundin ein wenig schrumpfen. »Tut mir leid, aber ich wollte rasch heraufkommen, um dir weniger Arbeit zu machen.«

»Hättest du langsamer gemacht und besser aufgepasst, hätte ich weniger als ein Viertel der Kraft aufwenden müssen, die ich jetzt für dich verbraucht habe!«, fauchte Merani sie an.

»Hättest du deine Versetzungsspruchrolle richtig geschrieben, hätte ich überhaupt nicht klettern müssen.« Argeela schnaubte beleidigt und kehrte ihrer Freundin den Rücken zu.

Der Vorwurf traf. Merani nahm sich vor, die Spruchrolle noch einmal ganz genau anzusehen, um herauszufinden, welchen Fehler sie gemacht hatte.

Da empfing sie Careedhals Gedankenbotschaft. »Ich glaube nicht, dass es dein Fehler war. Irgendetwas liegt in der Luft, das Zauber nicht richtig gelingen lässt.«

»Wie meinst du das?« Merani schloss die Augen und versuchte die Magie einzuordnen, die über diesem Land lag. Zuerst glaubte sie, es wäre alles wie sonst auch, doch dann nahm sie Spuren anderer magischer Farben wahr, darunter sogar ihre eigene Feindfarbe Weiß. Doch die Magie wirkte seltsam verharzt, so als wäre sie aus alten, defekten Zauberkristallen ausgelaufen.

»Interessant, nicht wahr?«, hörte sie jetzt Careedhal neben sich sagen. Als sie sich umdrehte, sah sie, dass er inzwischen heraufgeklettert war, ohne ihre Hilfe in Anspruch zu nehmen. Ein nachdenkliches Lächeln lag um seine Lippen, und in seinen Augen, die bisher nur violett geschimmert hatten, spiegelten sich nun auch die übrigen fünf magischen Farben, ohne dass sich die jeweiligen Gegenfarben berührten. »Wie machst du das?«, fragte sie verdattert.

»Was?«

»Na, deine Augen! Argeela, komm her und schau dir das an!«

Sofort vergaß Argeela ihren Ärger und trat neben ihren Bruder. Als sie ihm in die Augen blickte, stieß sie einen keuchenden Laut aus. »Das sind dieselben Augen, die Papa hat. Er ist der einzige Sechsfarbenmagier dieser Welt!«

Als Sechsfarbenmagier wollte Merani Fürst Argo nicht bezeichnen, da seine einzige Kunst darin bestand, jeden Zauber in seiner Nähe zu schwächen oder ganz unmöglich zu machen. Daneben besaß er aber noch die Fähigkeit, sich in einen Feuer speienden Arghan zu verwandeln. Im Augenblick interessierte sich Merani jedoch mehr für Careedhal.

»Wie hast du das angestellt?«, fragte sie ihn.

»Was denn? Ich habe doch gar nichts gemacht!« Careedhal hielt dann aber auf Anraten seiner Schwester die Hand vor die Augen und sah nun selbst den Widerschein der magischen Farben, der sich darauf abzeichnete.

»Interessant!«, kommentierte er und begann zu grinsen. »Ich habe die gelbmagische Farbe schon immer besser vertragen als Argeela. Diese Fähigkeit muss ich von Papa geerbt haben.«

Auch Merani wollte etwas sagen, doch da zupfte Qulka sie am Ärmel. »Herrin, wenn Ihr noch länger redet, werden wir unser Ziel nicht vor der Nacht erreichen. Dann müsst ihr magisches Licht erzeugen, damit ich die Zelte aufbauen kann. Außerdem seid Ihr erschöpft vom Zaubern und müsst viel trinken und auch etwas essen!«

»So schlimm ist es nicht!«, wehrte Merani ab, nahm aber eine Wasserflasche entgegen und trank hastig.

»Qulka hat recht! Wir sollten aufbrechen.« Careedhal war froh über den Einwand, denn er wollte bald in Ruhe über die seltsamen Veränderungen nachdenken können, die er in sich spürte.

Auch Merani sah ein, dass sie losgehen mussten, um nicht mitten in den Bergen von der Nacht überrascht zu werden. Als Qulka sich alles wieder auflud, griff sie nach einer Tasche. »Lass dir helfen. Du trägst wirklich zu schwer.«

»Tu ich nicht!« Die kleine Gurrländerin schnaubte empört. Sie war weitaus kräftiger als ihre Herrin und hätte ihrer Meinung nach das doppelte Gewicht tragen können. Aber die drei anderen packten jeder einen Teil der Ausrüstung, so dass Qulka nur noch der Rucksack blieb. Um zu zeigen, dass sie nicht weniger flink war als die anderen, stapfte Qulka auf ihren kurzen Beinen vorwärts, ohne sich von den Felsen, über die sie steigen musste, aufhalten zu lassen. Da sie im Gegensatz zu Merani, Argeela und Careedhal die Hände frei hatte, kam sie sogar schneller voran als die anderen.

Schließlich stopfte Merani die Sachen, die sie an sich genommen hatte, in eine Umhängetasche und hing sich diese vor die Brust. Argeela ließ sich ihr Gepäck auf den Rücken schnallen, und nur Careedhal trug das seine noch in der Hand. Daher fiel es ihm schwer, mit den drei Mädchen mitzuhalten.

Nach einer Weile drehte Qulka sich zu ihm um, nahm ihm kurzerhand die Tasche ab und befestigte sie an ihrem Rucksack.

Für kurze Zeit kamen sie gut voran, dann blieb Careedhal erneut zurück. Seine Schwester bemerkte es und drehte sich um. »Was ist denn mit dir los?«

Ihr Bruder wischte sich über die Augen und starrte zu einer Klamm hinüber, die zwischen zwei eng stehenden Felsen zu erkennen war. »Ich würde mir die Felswände da drüben gerne einmal ansehen!« Ohne auf eine Antwort zu warten, ging er darauf zu.

Merani sah Argeela kopfschüttelnd an. »Was hat er denn jetzt schon wieder? So nervig war er doch sonst nie!«

Ihre Freundin versuchte zu grinsen. »Keine Ahnung! Manchmal hat er halt solche Anfälle. Wollen wir weitergehen?«

Merani sah zur Sonne hinauf, die auf ihrem Weg nach Westen schon weit gekommen war, und schüttelte den Kopf. »Nein! Zu der Stelle, die ich ausgewählt hatte, kommen wir heute eh nicht mehr. Also sollten wir Careedhal folgen und in dem schmalen Tal da drüben lagern.«

Qulka nickte heftig. »Das ist gut! Dann kann ich wenigstens noch bei Tageslicht Vla kochen und Pfannkuchen backen!«

Argeela blieb unschlüssig stehen. »Ich weiß nicht so recht. Deine Lehrerin und deine Eltern glauben doch, dass wir dort sind, wo du eigentlich hinwolltest. Wenn sie uns nun suchen …«

»… richten sie sich nach unserer magischen Ausstrahlung und finden uns auf jeden Fall.« Merani winkte ab und sah sich irritiert um. Irgendetwas ließ ihre magischen Sinne wie eine straff gespannte Bogensehne vibrieren, und das lag an dem Tal vor ihnen.

8

Das Tal war vielleicht eine halbe Meile lang und endete in einem Geröllfeld, das den Fuß eines hoch aufragenden Bergstocks bedeckte. Ein Stück unterhalb befand sich ein ovaler Teich, der von einem kleinen Rinnsal gespeist wurde, das weiter oben aus dem Felsen heraustrat.

Qulka schöpfte Wasser, trank und nickte zufrieden. Es schmeckte zwar leicht nach Mineralien, war aber für heißen Vla geeignet. Während sie ihren Rucksack auspackte, setzten Merani und Argeela sich auf einen Felsen, schlangen die Arme um die Knie und ruhten sich von der anstrengenden Kletterei aus. Careedhal aber stieg zu dem Geröllfeld hoch und begann, darin herumzuwühlen.

»Glaubst du, dass es hier Zauberkristalle gibt?«, fragte Argeela mit erwachendem Interesse.

Merani zuckte mit den Achseln. »Möglich ist es. In diesen Bergen gibt es viele Kristalle, aber die meisten stecken so tief im Fels, dass man sie kaum aufspüren und auch nicht ohne Weiteres abbauen kann. Aus diesem Grund züchten meine Eltern die meisten Kristalle, die wir für magische Dienste benötigen, mit Hilfe des Feuerthrons.«

»Kristalle zu züchten ist eine Kunst, die nur wenige Magier beherrschen. Auf Ardhu sind wir auf Naturkristalle angewiesen. Darum haben Careedhal und ich gehofft, wir könnten hier ein paar finden. Ich würde mir nämlich gerne ein Verstärk-Artefakt bauen lassen. Es braucht ja kein zweiter Feuerthron zu sein!« Argeela lachte, als habe sie einen guten Witz gemacht.

Doch Merani spürte, wie sich ihr Magen bei diesen Worten verkrampfte. Ihre Freundin hatte sie unwillkürlich an die Schwierigkeiten erinnert, die das riesige Artefakt ihren Eltern derzeit machte, und sie fragte sich, ob sie nicht besser in Gurrdhirdon geblieben wäre, um ihnen beizustehen.

Obwohl sich derzeit viele ausgezeichnete Magier dort aufhielten, drängte sie plötzlich alles, so schnell wie möglich wieder nach Hause zurückzukehren. Doch um die dafür vorgesehene Versetzungsspruchrolle einsetzen zu können, mussten sie und die Zwillinge die Stelle erreichen, die sie in ihrer Rolle als Startpunkt angegeben hatte. Einen Augenblick fragte sie sich, ob der Rücksprung zur Festung ebenfalls Probleme bereiten würde. Das würde sich aber erst herausstellen, wenn sie ihre zweite Spruchrolle benutzte.

»Es wird schon alles gut gehen«, machte sie sich selbst Mut.

Im gleichen Augenblick vernahm sie Careedhals jubelnden Aufschrei. »Ich habe einen gefunden!«

Merani blickte auf und sah ihn in aller Eile den Geröllhang herunterklettern. In einer Hand schwang er ein handspannenlanges, stabförmiges Stück Kristall.

»Das ist ein ganz schöner Brocken!« Argeelas Augen glitzerten, denn ein Kristall dieser Größe konnte, wenn er von einem guten Magier bearbeitet wurde, ihre Kräfte mindestens um das Dreifache, wenn nicht gar um das Fünffache steigern.

»Schenkst du ihn mir?«, fragte sie ihren Bruder.

Careedhal betrachtete den Kristall und kniff die Lippen zusammen. Am liebsten hätte er ihn selbst behalten. Doch dann straffte er die Schultern. »Hier hast du ihn! Dieses Stück dürfte etwas ganz Besonderes sein. Einen Kristall dieser Art habe ich bislang noch nie gesehen. Entweder ist er bereits magisch aufgeladen oder von sich aus voller Zauberkraft. Ich weiß nicht einmal, ob er schwarz oder violett ist.«

»Deine Fähigkeit, Farben zu erkennen, waren auch schon mal besser«, spottete Merani, während sie das Ding betrachtete, das einen gleichmäßigen sechseckigen Querschnitt aufwies.

Careedhal hatte jedoch recht. Der Stein wirkte tatsächlich anders als alle, die sie bisher gesehen hatte. Zuerst hielt Merani ihn für schwarzmagisch, doch als Argeela ihn in das Licht der untergehenden Sonne hielt, schimmerte er violett. Gleichzeitig gingen fremdartige Schwingungen von ihm aus, und die waren auf jeden Fall nicht schwarz.

»Seid vorsichtig damit!«, warnte Merani noch. Da zuckte Argeela wie unter einem heftigen Schlag zusammen und kreischte so laut, dass es von den Felswänden widerhallte. »Die Last erdrückt mich! Ich ertrinke! So helft mir doch!«

Merani packte sie. »Argeela, was ist mit dir los?«

»Ich ertrinke!«, schrie ihre Freundin. Dabei schlugen violette und grüne Flammen aus ihren Augen, und sie riss den Mund auf, als würde sie keine Luft bekommen.

»Tu etwas! Du besitzt doch Heilkräfte«, flehte Careedhal Merani an.

Diese fasste Argeelas Kopf und versuchte herauszufinden, was ihrer Freundin fehlte. Sogleich hatte auch sie das Gefühl, gleichzeitig erdrückt zu werden und ertrinken zu müssen.

Qulka war gerade dabei, Wasser für Vla heiß zu machen. Da sah sie, wie die beiden Mädchen sich am Boden wälzten und um Hilfe schrien, während Careedhal hilflos daneben stand. Schnell lief sie zu ihnen und entdeckte den intensiv violett strahlenden Kristall, der an Argeelas Fingern zu kleben schien. Kurz entschlossen riss sie ihr das Ding aus den verkrampften Händen und schleuderte es von sich.

Während der violette Stab über den Boden kollerte und schließlich am Fuß einer Schwarzeiche liegen blieb, beruhigten Argeela und Merani sich und sahen erschrocken auf.

»Was war das eben?«, fragte Merani.

»Wenn ich das wüsste, wäre ich glücklicher«, antwortete Careedhal, warf einen misstrauischen Blick auf den Kristall und fragte sich, weshalb es nur die Mädchen erwischt hatte, obwohl er selbst den Stab länger in der Hand gehalten hatte. »Wir sollten den Kristall zu deinen Eltern bringen. Ich hoffe, du hast Silberstoff bei dir, in den wir ihn einwickeln können. Keiner von uns sollte ihn noch einmal in die Hand nehmen.«

»Natürlich habe ich kein Silber dabei. Ich hätte ja sonst den Versetzungszauber nicht einsetzen können. Vielleicht ist es besser, wenn wir den Kristall hierlassen.« Merani schüttelte sich und sah dann zu Careedhal auf. »Ich hatte das Gefühl zu ertrinken, und gleichzeitig hat mich ein ungeheures Gewicht zu Boden gepresst.«

»Ich habe auch fürchterliche Angst verspürt – und sehr viel Einsamkeit.« Argeela wirkte wie aus einem Albtraum aufgeschreckt.

»Ich glaube, wir sollten so schnell wie möglich nach Gurrdhirdon zurückkehren. Unsere Eltern und die Magier müssen diesen Kristall sehen. An ihm ist irgendetwas Besonderes – und er macht mir Angst.«

Careedhal forderte Qulka auf, ihm eine der Decken zu geben, die sie für die Nacht mitgenommen hatte. Damit hob er den Kristall auf und wickelte ihn sorgfältig ein.

Währenddessen horchte Merani in sich hinein und fragte sich, was sie eben erlebt haben mochte. Für eine schlichte Illusion hatte es sich zu stark angefühlt. Sie glaubte sogar noch einen dünnen Faden fremdartiger Magie zu spüren, der von dem Kristall ausging und in der Ferne verschwand. Zu ihrem Leidwesen war sie nicht so weit ausgebildet, um dieses Rätsel lösen zu können. Dafür benötigte sie ihre Eltern oder Yanga.

Merani überlegte, ob sie es nicht doch riskieren sollte, die Versetzungsspruchrolle an dieser Stelle auszuprobieren, entschied sich aber dagegen. Sich zu versetzen war eine heikle Angelegenheit. Wenn nur das Geringste schiefging, konnten ihre Freunde und sie mitten im Felsgestein eines Berges auftauchen und dort sterben.

»Wir müssen zusehen, dass wir morgen so rasch wie möglich unser eigentliches Ziel erreichen, damit wir uns von dort aus nach Hause zaubern können«, erklärte sie ihren Freunden.

Qulka schnaubte. »Dann sollten wir jetzt Vla trinken und Pfannkuchen backen, damit wir bald schlafen gehen können. Es wäre schade, wenn die Sachen hier verderben.«

»Das ist der beste Vorschlag, den ich heute gehört habe. Ich habe nämlich ein Loch im Magen, in das ein gebratenes Schaf hineinpasst. Außerdem habe ich fürchterlichen Durst!« Careedhal kniete neben dem Bach nieder und schöpfte das Wasser mit den Händen. Aus den Augenwinkeln sah er, dass seine Schwester und Merani seinem Beispiel folgten. Von dem magischen Herd, den Qulka aufgestellt hatte, wehte unterdessen der Geruch nach kochendem Vla herüber, und in der Pfanne zischte schon das Fett unter dem Teig.

»Irgendwie ist es hier gar nicht so übel«, meinte Careedhal zu den beiden Mädchen. »Ich habe direkt das Gefühl, als steckten wir mitten in einem Abenteuer.«

Im nächsten Augenblick hatten Merani und Argeela ihn gepackt und warfen ihn ins Wasser.

»Da hast du dein Abenteuer!«, schimpfte seine Schwester. Doch ebenso wie Merani hatte sie das Gefühl, ihr Bruder könne recht haben, und das jagte ihr einen Schauer über den Rücken.

9

Betarran, Hocherzmagier des Schwarzen Landes und Träger vieler Auszeichnungen, musterte den jungen Mann, der gerade den Raum betrat und sich ehrfürchtig vor ihm verneigte.

»Ihr habt mich rufen lassen, Großmächtiger!«

»Auf diesen ganzen Schwulst können wir beide verzichten! Immerhin bin ich einer deiner Paten, mein Junge, und habe dir die magischen Grundregeln beigebracht.«

Betarrans Tonfall ließ die Anspannung des jungen Magiers noch mehr steigen, denn der Hocherzmagier war lange fort gewesen, und es gab viel für ihn zu tun. Daher würde er wohl kaum einen nachrangigen Magier zu sich rufen, um ein Schwätzchen zu halten.

Betarran sah ihn mit düsterer Miene an. Nach einigen Augenblicken, die seinem Besucher wie Stunden vorkamen, sprach er weiter. »Ich habe mir deine Akte angesehen, Tharon. Du hast große Fortschritte gemacht, und du bist den Verlockungen des Ordens vom Schwert nicht erlegen. Aus diesen beiden Gründen habe ich dich kommen lassen.«

»Der Hocherzmagier Caludis hat mich bereits eingeladen, seinem Orden beizutreten, und ich glaube nicht, dass ich mich diesem Wunsch werde entziehen können«, antwortete der junge Magier vorsichtig. Er verehrte beide Männer und wollte es sich mit keinem von beiden verderben.

Betarran machte eine wegwerfende Handbewegung. »Wenn du dich dieser Bande von arroganten Nichtskönnern anschließt, bist du nicht der Bursche, für den ich dich bislang gehalten habe. Einen Schwertmagier würde ich nicht mit einer Aufgabe betrauen, die einen fähigen Mann erfordert.«

Tharon wurde hellhörig. Es hörte sich so an, als suche sein Pate jemanden für einen eher heiklen Auftrag, womöglich sogar außerhalb des Schwarzen Landes.

»Führt diese Mission zum Blauen Volk, Betarran?« Die Frage war berechtigt, denn bei den Verbündeten der blauen Farbe war der Schwertorden zutiefst verhasst. Diese Abneigung übertrug sich aber auch auf jene Schwarzland-Magier, die nicht dem Orden vom Heiligen Schwert angehörten, und das erschwerte jegliche Verhandlung mit diesen Verbündeten.

Betarran ließ den jungen Mann ein paar Augenblicke im Unklaren. »Nein, ich schicke dich noch weiter nach Süden, bis zu den Inseln am Rande der bekannten Welt. Was dort geschehen ist, steht in dieser Botschaft aus Linirias' Land.« Der Hocherzmagier öffnete eine silberne Schatulle, nahm einen daumenlangen Kristall heraus und legte ihn auf den Tisch.

Auf ein Wort von ihm bildete der Kristall eine violett schimmernde Kugel, und es erschienen darin Bilder einer faszinierenden Landschaft mit dichter Vegetation in allen Violetttönen bis hin zu Anklängen in Schwarz und Blau. Etliche Bäume ragten, wie der junge Magier anhand einiger Menschen erkennen konnte, mehr als hundert Schritt in die Höhe. Es war ein fruchtbares Land, dem der Krieg so fern zu sein schien wie die sechs Monde. Mit einem Mal aber richtete sich das magische Auge des Betrachters, der die Szene festgehalten hatte, auf die offene See. Der junge Magier zuckte zusammen, als er die gewaltige Sturmwand erkannte, die mit hoher Geschwindigkeit auf das Land zuraste. Kurz darauf schlugen riesige

Wellen gegen das Ufer. Boote flogen durch die Luft, Häuser wurden von der Wucht des Wassers hinweggerissen, und überall kämpften Menschen und Tiere um das nackte Überleben.

»Das war erst der Anfang«, erklärte Betarran.

Der junge Magier erstarrte vor Entsetzen, als das Zentrum des Orkans gegen die Insel brandete und die mächtigen Bäume wie Zahnstocher knickte. Dazu fiel Regen wie eine Wand aus Wasser, und innerhalb weniger Herzschläge war das ganze Land mehr als mannshoch überschwemmt. Zuletzt spürte der junge Magier einen kurzen violetten Versetzungszauber, so als wäre der Betrachter in höchster Not geflohen.

»Was war das?«, fragte er schaudernd.

»Ein magischer Sturm! Und zwar der heftigste, der in den letzten tausend Jahren beobachtet wurde. Er hat von drei blühenden Inseln im Süden des Violetten Landes nur nackten Fels zurückgelassen.«

»Wie kann ein solch gewaltiger Sturm entstehen?«

»Das, mein guter Tharon, sollst du für mich herausfinden«, antwortete Betarran und legte den Kristall wieder in die Silberschatulle. »Dieser Sturm war nicht der erste, der den Südteil des Violetten Landes in den letzten Monaten heimgesucht hat, und die dortigen Magierinnen behaupten, diese Stürme würden gelenkt.«

»Eine List unserer Feinde also! Zum Schein verhandeln sie mit uns über einen Waffenstillstand und greifen gleichzeitig mit solchen Kräften an. Aber wir werden es ihnen heimzahlen!« Tharon ballte die Fäuste drohend in Richtung Westen.

Betarran winkte ab. »Die Lenkmagie soll schwarz sein! Auch wird sie aktiv eingesetzt und nicht durch irgendwo platzierte Artefakte erzeugt. Ich kenne keinen Hexer aus dem Westen, der dazu in der Lage wäre. Es könnte nur einer der Unseren sein, der sich auf die feindliche Seite geschlagen hat!«

Tharon strich sich über die Stirn. »Das wird eine elende Suche werden. Über den südlichen Ozean weiß ich rein gar nichts.

Außerdem benötige ich ein Schiff. Es sei denn, ich soll schwimmen.«

Für einen Augenblick spielte der Anflug eines Lächelns um Betarrans Lippen, verlor sich aber sofort wieder. »Du wirst dich morgen auf den Weg machen und dabei Versetzungskristalle einsetzen. Die Gouverneurin der violetten Inseln erwartet dich und wird dir meine letzten Anweisungen übergeben.

Was das Schiff betrifft: Es tut mir zwar in der Seele weh, die folgende Entscheidung treffen zu müssen, doch die Umstände verlangen es: Du hast doch von dem Artefakt gehört, das für Giringar gedacht war und das man als Feuerthron bezeichnet. Einer der Erbauer, ein Hochmagier namens Wassuram, ist vor mehr als tausend Jahren damit verschwunden. Nun hat Caludis den Erzmagier Gynrarr damit betraut, das Ding zu suchen. Dieser ist vor Kurzem mit ›Giringars Hammer‹ und vier anderen Schiffen aufgebrochen. Doch die Stürme sind mir wichtiger als der Feuerthron. Daher unterstelle ich dir Gynrarr samt seiner Expedition. Macht euch auf die Suche nach der Herkunft der magischen Stürme und vernichtet den, der das Violette Land mit ihnen angreift. Sobald das geschehen ist, sorgst du dafür, dass der Feuerthron zurückgebracht wird.«

»Das wird Erzmagier Gynrarr wenig gefallen!«

Um Betarrans Lippen spielte ein verächtliches Lächeln. »Er wird vor Wut kochen! Doch das hier wird ihm keine andere Wahl lassen, als zu gehorchen.« Betarran griff in eine Tasche unter seiner Magierkutte, zog ein in Silberseide geschlagenes Päckchen heraus und schlug das Tuch vorsichtig auf. Sofort erfüllte eine starke magische Strahlung den ganzen Raum.

Tharon erstarrte, als er die schwarze Plakette sah, und spreizte abwehrend die Finger. »Das Siegel Giringars – das Zeichen allerhöchster Macht!«

»Nimm das Siegel in die Hand!«, forderte Betarran ihn auf.

Da es gefährlich war, sich Betarran zu widersetzen, gehorchte Tharon. Er legte die Hand um das Siegel und erbebte wie unter einem harten Schlag. Die Magie des Artefakts brannte sich in sein Gehirn, und er musste die Zähne zusammenbeißen, um seine Schmerzen nicht hinauszuschreien.

Betarran betrachtete ihn mit einem ebenso zufriedenen wie boshaften Lächeln. Tharon traute er es als einem der wenigen Magier des Schwarzen Landes zu, die von ihm gestellte Aufgabe zu meistern. Gleichzeitig trieb er mit diesem Auftrag einen Keil zwischen den jungen Mann und den an seiner eigenen Wichtigkeit erstickenden Orden vom Heiligen Schwert. Wenn Tharon, mit diesem Zeichen ausgestattet, von einem der höchstrangigen Mitglieder der Schwertmagier verlangte, sich ihm zu unterstellen, brauchte er sich dort nicht mehr um Aufnahme zu bewerben.

10

Die Spruchrolle, mit der Merani samt ihren Begleitern zur Hauptstadt zurückgelangen wollte, funktionierte einwandfrei. Trotzdem atmete Merani erleichtert auf, als sie etwas oberhalb des Haupteingangs auftauchte und die drei anderen bei ihr waren.

»Kommt mit! Wir gehen zu meinen Eltern und zeigen ihnen den Kristall«, rief sie Argeela und Careedhal zu und lief los. Die Wachen am Tor salutierten, als sie die jungen Leute kommen sahen, und der Offizier, der die Aufsicht innehatte, befahl seinen Männern, ihren Hoheiten zu öffnen.

Merani, Argeela und Careedhal rannten in die Höhle hinein, fuhren mit der Levitationsplatte in die Tiefe und erreichten den Thronsaal dennoch langsamer, als es ihrer Ungeduld guttat. Dort hatten sich die anwesenden Magier und Hexen gerade wieder versammelt und starrten regungslos zu Mera und Girdhan empor, die auf dem Feuerthron beinahe wie Statuen wirkten.

Als Merani auf ihre Eltern zutreten wollte, hielt Yanga sie auf. »Du darfst sie jetzt nicht stören. Sie lenken gerade wieder einen magischen Sturm ab.«

Merani fasste Yanga am Arm. »Wir haben einen seltsamen Kristall in den Bergen gefunden. Wenn man ihn anfasst, glaubt man, ertrinken zu müssen und erdrückt zu werden.«

»Dann fasse das Ding besser nicht an.« Yanga belächelte Meranis Überschwang. Angesichts der magischen Stürme und des nicht mehr ganz zuverlässig arbeitenden Feuerthrons maß sie einem von den Kindern gefundenen Kristall wenig Bedeutung bei.

»Komm, sieh ihn dir wenigstens an!« Merani kramte in ihrer Tasche und holte das Tuch heraus, in das sie den Kristall gesteckt hatte. Doch Yanga machte eine abwehrende Geste.

»Später vielleicht! Bring das Ding jetzt weg, damit es die Konzentration deiner Eltern nicht stört.«

»Wie du meinst.« Merani bemühte sich nicht, ihre Enttäuschung zu verbergen. Mit einer heftigen Bewegung steckte sie den Kristall wieder in die Tasche und sah ihre Freunde an.

»Kommt mit! Hier stören wir nur.«

Yanga tat es leid, Merani so kurz abgefertigt zu haben. »Ich sehe mir den Kristall später an!«, rief sie ihr nach.

Doch Merani achtete nicht mehr auf ihre Lehrerin, sondern winkte den Zwillingen, ihr zu dem Teil der Festung zu folgen, in dem ihre Zimmer lagen. Dort war Qulka gerade dabei, die Ausrüstung zu verstauen, die sie für den Ausflug mitgenommen hatte. Sie drehte sich erst um, als sie damit fertig war, und blickte stirnrunzelnd auf Meranis Schuhe hinab, an denen dicke Dreckränder klebten.

»Ihr habt doch nicht so den Thronsaal betreten, Herrin?«

Merani nickte schuldbewusst. »Doch, dort war ich gerade. Aber ich habe nichts schmutzig gemacht.«

»Ich werde den Mägden sagen, dass sie sie putzen sollen.« Die kleine Gurrländerin sagte es so energisch, dass Argeela im Hintergrund zu kichern begann. Merani aber kannte das Rangsystem im Palast und wusste, dass ihre Zofe das Recht besaß, fast allen anderen Bediensteten Befehle zu erteilen.

»Tu das bitte«, sagte sie, »und bring uns vier Portionen Gefrorenes aus der Küche mit.«

»Aber ihr seid doch nur zu dritt!«, sagte Qulka verwundert.

»Die vierte Portion ist für dich. Die hast du dir verdient. Und jetzt verschwinde!«

Ein normales Menschenmädchen hätte wahrscheinlich vor Freude gequietscht, mit ihrer Herrin Gefrorenes essen zu dürfen. Doch Gurrländer waren ein Volk mit festgefügten Prinzipien. »Was ist, wenn ich gefragt werde, für wen die vierte Portion ist?«

Merani rollte die Augen. »Dann lass dir was einfallen! Notfalls behauptest du, Careedhal wolle zwei Portionen – oder noch besser, sage einfach, die letzte Portion sei für Kipan.«

Mit einem nicht gerade überzeugt wirkenden Gesichtsausdruck verließ das Gurrlandmädchen den Raum, und Merani wandte sich wieder ihren Freunden zu. »Was meint ihr? Sollen wir diesen Kristall untersuchen?«

»Du hast doch Yanga gehört! Wir dürfen deine Eltern nicht stören«, wandte Careedhal ein.

Seine Schwester winkte ab. »Was sollte sie stören? Wir erzeugen vorher ein Schutzfeld um diesen Raum. Dann dringt nichts hinaus und nichts von draußen herein.«

»So machen wir es! Wir müssen nur warten, bis Qulka zurück ist. Sonst platzt die Abschirmung, wenn sie die Tür öffnet.« Merani setzte sich zufrieden lächelnd auf ihren Lieblingssessel. Dieser war im Gegensatz zu den restlichen Möbeln, die in makellosem Schwarz glänzten, von blauer Farbe und stammte aus Ilyndhir.

Sonderbarerweise, fand Careedhal, wirkte das Zimmer trotz des alles beherrschenden Schwarz nicht düster, und das lag nicht nur an den Fenstern, durch die man auf verschiedene Landschaften schauen konnte, welche in Wirklichkeit nur Illusionen waren.

Jemand wie er, der magische Farben erkennen konnte, nahm alle Konturen so wahr, als leuchteten die Möbel von innen. Außerdem war der Raum im Gegensatz zu ihren Zimmern zu Hause gut aufgeräumt. Dort herrschte besonders in Argeelas Zimmern ein Chaos, dem die Mägde, die von Zeit zu Zeit darin aufräumen sollten, nicht Herr wurden.

Seine Schwester las ihm diese Gedanken von der Stirn ab und drohte mit der Faust. »Sag ja nichts!«

Irritiert blickte Careedhal sie an. »Was soll ich sagen?«

»Ich sagte, du sollst nichts sagen!« Argeela seufzte und setzte sich neben Merani. »Sei froh, dass du keinen Bruder hast. Ich habe mir schon oft gewünscht, Careedhal wäre ein Mädchen. Dann hätten wir wenigstens denselben Geschmack.«

»Mit einer solchen Zwillingsschwester würdest du dich um alles streiten, was dir gefällt«, spottete ihr Bruder. »Ich habe mir jedenfalls nie gewünscht, Argeela wäre ein Junge, denn mit einem Bruder würde ich mich langweilen.«

»Ja, wenn er genauso wäre wie du«, trumpfte Argeela auf.

Merani mochte die Zwillinge, hasste aber deren wiederkehrende Streitigkeiten. »Setzt euch endlich! Qulka wird gleich wieder hier sein. Dann essen wir Gefrorenes, trinken einen Becher Vla und sehen uns den Kristall an. Ich möchte wissen, woher er stammt und welche Botschaft er beinhaltet.«

Argeela beugte sich erwartungsvoll vor. »Du meinst, er enthält eine Botschaft?«

»Natürlich steckt etwas in diesem Kristall. Wir beide haben es doch schon am eigenen Leib erlebt. Diesmal aber sind wir besser vorbereitet und werden dieses Rätsel lösen. Wenn wir dann zu meinen Eltern kommen, wird man uns nicht mehr wie kleine Kinder aus dem Thronsaal schicken.«

Merani lehnte sich grinsend zurück und trieb Qulka mit ihrer Gedankenstimme an, sich zu beeilen, denn sie wollte sich so schnell wie möglich diesem aufregenden Fund widmen.

11

Meranis Geduld wurde arg auf die Probe gestellt, denn Qulka hatte nicht nur Gefrorenes geholt, sondern einige Dienerinnen angewiesen, das Mittagessen aufzutragen. Es duftete so verführerisch aus den Schüsseln, dass die drei den Kristall für eine Weile vergaßen und gemütlich schmausend am Tisch saßen.

Irgendwann blickte Merani sich zu ihrer Zofe um, die neben dem Tisch stand und auf weitere Befehle wartete. »Komm, setz dich und iss mit. Es ist genug von allem da!«

»Aber das gehört sich nicht!«, widersprach Qulka.

»Wenn ich sage, du sollst mit uns essen, dann gehört es sich! Wenn du in die Palastküche gehst, kannst du mir nicht zur Hand gehen, wenn ich dich brauche.«

Das sah Qulka ein. Waren sie allein, aß sie mit Merani zusammen, setzte sich aber mit ihrem Napf auf einen Schemel in der Ecke. In Anwesenheit der hohen Gäste hatte sie allerdings nicht mitessen wollen. Auf Meranis Befehl füllte sie jetzt eine Schüssel und setzte sich an ihren normalen Platz.

»Komm zu uns an den Tisch!«, forderte Careedhal sie auf.

Merani winkte ab. »Lass es! Was meinst du, wie oft ich Qulka schon gesagt habe, sie soll sich zu mir setzen. Aber sie ist halt ein gurrländischer Sturkopf und will den Unterschied zwischen ihr als Zofe und mir als kaiserlicher Erbin wahren.«

»Als ob man sie mit dir verwechseln könnte!« Argeela ließ ihren Blick zwischen den beiden hin- und herwandern. Während Merani ihr oder auch den Menschen auf den anderen Inseln glich, war Qulkas muskulöser Körper und quadratischer Kopf mit der vorspringenden Kinnpartie typisch für Gurrländer.

Trotz Qulkas Eigenarten und ihrem gewöhnungsbedürftigen Äußeren hätte Argeela sich eine Zofe wie sie gewünscht. Zwar wurde sie von den Dienerinnen ihrer Mutter nach Strich und Faden verwöhnt, aber jemand wie Qulka wäre überdies noch eine Freundin gewesen, mit der man reden konnte. Ihr Bruder war zwar ein lieber Kerl, aber er verstand rein gar nichts von den Dingen, die ein junges Mädchen interessierten.

»So, jetzt gibt es das Gefrorene! Der Erhaltungszauber, den die Köchin dafür benutzt hat, ist von mir geschrieben worden«, berichtete Merani stolz.

Argeela schnappte sich sofort ein Schüsselchen und begann zu löffeln. »...meckt gut«, sagte sie mit vollem Mund.

Merani lachte auf, warf ihrer Zofe dann aber einen strafenden Blick zu. »Du setzt dich jetzt zu uns, verstanden. Das ist ein Befehl!«

»Aber ...«, wollte die Kleine erwidern, doch da hatte ihre Herrin sie schon gepackt und zu einem Stuhl gezogen. »Wenn du nicht endlich gehorchst, lasse ich mir von Yanga einen Zauber zeigen, mit dem ich dich in einen Frosch verwandeln kann!«

»Dann quake ich so lange, bis Ihr mich wieder zurückverwandelt«, erklärte Qulka mit einem schelmischen Grinsen. Daraufhin nahm sie die Schüssel mit dem Gefrorenen in die linke Hand, während sie mit der Rechten zu essen begann.

»Pass auf, das Zeug ist verdammt kalt! Da wird dir der Magen gefrieren«, spottete Argeela.

»Gurrländer sind härter im Nehmen als unsereins. Qulka kann ihre Hand mitten in einen Eiszauber hineinstecken, und es macht ihr nichts aus.« In Meranis Worten schwang ein wenig Neid auf die robuste Natur ihrer Zofe mit.

»Aber du bist doch selbst gurrländischer Abstammung«, wandte Careedhal ein.

»Ich bin halb girdanischer und halb ilyndhirischer Herkunft«, korrigierte Merani ihn. »Zwar habe ich etwas Gurrlandblut in den Adern, schlage aber mehr auf die menschlich-magische Seite.«

»Ich komme auch mehr nach meiner Mama, bin aber magisch begabter als sie«, erklärte Argeela. »Bei Careedhal hingegen weiß ich nicht, welches Erbe er in sich trägt. Ich vermute ...«

»Wollen wir uns irgendwelchen Vermutungen hingeben oder endlich diesen Kristall ansehen?«, unterbrach ihr Bruder sie.

Merani löffelte rasch die Schüssel leer, stellte das Gefäß auf den Tisch und hielt Qulka auf, die das benutzte Geschirr sofort in die Küche bringen wollte.

»Mach das später. Jetzt haben wir etwas anderes vor.« Ohne auf den empörten Gesichtsausdruck ihrer Zofe zu achten, stellte sie alles, was sich auf dem Tisch befand, auf den Boden und nahm die Tasche mit dem violetten Kristall an sich.

Careedhal hob warnend die Hand. »Du solltest vorher eine Abschirmung errichten. Wenn wir deine Eltern gerade in dem Augenblick stören, in dem sie einen magischen Sturm ablenken, werden sie sehr böse auf uns sein. Außerdem könnte es dadurch zu Schäden auf den Inseln kommen.«

»Kein Problem! Ein magisches Schutzfeld zu errichten war mit das Erste, was Yanga mir beigebracht hat.« Merani schloss die Augen und konzentrierte sich. Einige Augenblicke lang tat sich nichts. Dann aber strich ein kühler Wind durch den Raum, obwohl seine Türen geschlossen waren und die Fenster auf Illusionen basierten. Die Geräusche der Festung verstummten, und das Raunen und Wispern der magischen Kräfte erlosch.

Als Argeela sich umsah, wirkten die Wände des Zimmers glatt und schwarz und wiesen nicht den geringsten Spalt auf. Sie konnte nicht einmal mehr erkennen, wo sich die Türen befanden.

»Das brächte ich nicht fertig«, flüsterte sie Careedhal zu.

Dieser nickte beeindruckt. »Merani ist wirklich eine ausgezeichnete Hexe. Von ihr können wir noch viel lernen.«

Unterdessen hatte diese das Schutzfeld fertiggestellt und wandte sich an ihre Freunde. »Jetzt ist alles bereit!«

Sie wollte den Kristall schon aus dem Tuch nehmen, doch da

hielt Careedhal sie auf. »Sollte Qulka das nicht besser machen? Immerhin hält sie mehr aus als du.«

Doch gerade dieser Hinweis ließ Merani heftig den Kopf schütteln. Sich mit Magie zu beschäftigen stellte immer ein Wagnis dar, und sie wollte ihre Zofe keiner Gefahr aussetzen, vor der sie selbst zurückscheute. Außerdem war sie davon überzeugt, jederzeit reagieren zu können, wenn sich etwas Unvorhergesehenes tat.

Zunächst aber passierte gar nichts. Der Kristall lag schwach violett schimmernd auf dem Tisch, und die drei konnten nicht mehr erkennen, als dass es sich um einen gut handspannenlangen, durchscheinenden Stab handelte, der hinten und vorne wie abgeschnitten wirkte.

Careedhal versuchte, die magischen Schwingungen des Kristalls aufzunehmen. »So etwas ist mir noch nie untergekommen. Es fühlt sich ganz anders an als normales Violett – beinahe wie eine andere Götterfarbe.«

»Das ist unmöglich. Es gibt nur drei Götter- und drei Dämonenfarben auf der Welt«, antwortete Merani abwehrend.

»Vielleicht sollten wir doch besser die Finger von dem Ding lassen und es Meranis Eltern übergeben«, schlug Argeela vor.

»Wenn wir das tun, wandert der Kristall in eines der Magazine und wird dort vergessen. Aber dafür ist er zu schade!«, rief Careedhal hitzig.

Merani schüttelte den Kopf. »Ich will das Geheimnis dieses Kristalls entschlüsseln. Sollte mir wirklich etwas zustoßen, kann Qulka ihn mit einem Silberhandschuh packen und in ein Silberkästchen legen.«

Ihre Zofe sah dies als Aufforderung an, die genannten Gegenstände zu holen und die aus Silberdraht gestrickten Handschuhe anzuziehen. Das geöffnete Kästchen balancierte sie auf dem Schoß.

»Ich untersuche ihn zuerst, denn mir kann er sicher nichts anhaben«, schlug Careedhal vor.

»Aber er hat bei dir gestern überhaupt nichts gemacht. Erst als wir Mädchen das Ding angefasst haben, ging es los. Ich probiere es!« Merani streckte die Hand aus, doch als sie den Kristall berührte, stöhnte sie enttäuscht auf. Weder spürte sie besondere Kräfte in ihm, noch vernahm sie irgendeine Botschaft, die in ihm stecken könnte.

»Dieses elende Ding ist ja kaum magischer als ein Kieselstein auf Gurrland!«, rief sie enttäuscht.

Careedhal beugte sich vor und betrachtete den Kristall genauer. »Der stammt nicht von Gurrland. So eine eigenartige Struktur habe ich weder hier noch auf den ardhunischen Inseln je gesehen.«

»Aber wie soll er denn dorthin gekommen sein, wo du ihn gefunden hast?«, fragte seine Schwester.

Er zuckte mit den Schultern. »Das weiß ich nicht. Aber es muss eine uns unbekannte Macht dahinterstecken. Erinnert euch daran, dass Meranis Versetzungszauber in Richtung der Berge nicht richtig funktioniert hat. Auf dem Rückweg gab es jedoch keine Probleme. Findet ihr das nicht auch seltsam?«

Der nicht ganz geglückte Versetzungszauber nagte immer noch an Merani, und so richtete sie nun ihre geballten magischen Sinne auf den Kristall, als wolle sie ihn zwingen, all seine Geheimnisse auf einmal preiszugeben.

In dem Augenblick wurde der Stab so heiß, dass er ihr fast die Finger verbrannte. Sie schrie auf und wollte ihn fallen lassen. Da platzte die magische Abschirmung, die sie um ihr Zimmer gelegt hatte, wie eine Seifenblase. Etwas zerrte an ihr und riss sie hoch. Merani sah die Decke auf sich zukommen und befand sich einen Lidschlag später mitten im Gestein. Noch während sie verzweifelt überlegte, was geschehen war, blieb der Berg, in dem die Festung lag, unter ihr zurück, und sie jagte mit so hoher Geschwindigkeit durch die Luft, dass ihr schwindlig wurde.

Für einen Moment sah sie Gurrland unter sich liegen, dann schoss sie bereits über Girdania hinweg und befand sich kurz darauf über dem offenen Meer. Ein monströser magischer Sturm zog unter ihr hinweg, und sie spürte seine Gewalten an ihr zerren. Kurz darauf fand sie sich über einem Gewirr von Klippen und Schären wieder, und ihr unheimlicher Flug wurde heftig abgebremst. Noch während sie sich umsah, stürzte sie in die aufgewühlte See, tauchte ein und sank rasch tiefer.

Sofort kämpfte sie mit dem Gefühl, ertrinken zu müssen, und ruderte wild, um wieder aufzutauchen. Doch das, was sie gepackt hatte, zerrte sie weiter in die Tiefe.

Als sie die Luft nicht mehr halten konnte, riss sie im Reflex den Mund auf. Doch sie ertrank nicht. Nun begriff Merani, dass nur ihr Geist auf diese fürchterliche Reise gegangen war. Die erste Erleichterung wich jedoch der Angst, niemals mehr in ihren Körper zurückkehren zu können.

Das Wasser um sie herum wirkte wie eine undurchdringliche Mauer, und es war so dunkel, dass sie die Hand vor Augen nicht sehen konnte. Aber ihre speziellen Sinne nahmen die Umgebung dennoch deutlich wahr. Um sie herum tobten Magien in sämtlichen Farben der Götter, und die Wucht der Gegenfarbenexplosionen beutelte sie so, dass sie befürchtete, ihr Geist würde unter den Erschütterungen wie Glas zersplittern.

Nun wurde ihr klar, wo sie sich befand, nämlich an dem Ort, an dem die magischen Stürme entstanden und ihren Weg über den Archipel antraten. Weiter unten ging das Toben zum Glück in beinahe friedlich aufsteigende Ströme aller Farben über, und Merani hoffte, der Kraft, die sie im Griff hielt, nun entkommen zu können. Da fielen ihr zwei intensiv leuchtende Punkte unter ihr auf. Es waren nur zwei winzige Flämmchen in einem Meer aus magischem Licht. Doch genau darauf wurde sie zugezogen. Mit etwas Mühe gelang es Merani, ihren Geisterkörper so zu drehen, dass sie nach unten schauen konnte. Sie entdeckte ein Grün ähnlich dem der Malvoner, aber kraftvoller und dichter, und nicht weit davon eine magische Farbe, die sie nach einigem Tasten als Violett einstufte.

Gleichzeitig wurde es um sie herum heller, und sie konnte ihre

Umgebung auch wieder mit den Augen wahrnehmen. Riesige, lang gezogene Felsformationen, die ein von Schlieren anderer Farben durchzogenes Violett ausstrahlten, ragten vor ihr in die Höhe. Ein Stück weiter tauchte eine Höhle vor ihr auf, die wie das Maul eines gewaltigen Tieres wirkte. Merani schwamm hinein und entdeckte eine Felsenzunge, die weit in die Höhle hineinragte. Genau an der Spitze dieser Zunge befand sich der violette Punkt.

Als Merani sich darauf zubewegte, sah sie, dass eine schmale, den Runi ähnelnde Gestalt aus dem Felsen herauswuchs. Sie bestand ebenfalls aus Stein und stellte ein Mädchen dar, das etwas älter sein mochte als sie selbst – mit zierlichem Körper und langen Haaren. Seine weit geöffneten Augen wirkten auf eine seltsame Art und Weise lebendig und schienen sie anzublicken.

Vorsichtig berührte Merani es, und in dem Moment kehrte die Angst, ertrinken zu müssen, mit voller Wucht zurück. Sie zuckte zurück, und das Gefühl schwand wieder. Noch einmal griff sie nach der Versteinerten, strich ihr über die ausgestreckte Hand und spürte, wie jemand ihren Geist berührte. Nun begriff sie, dass sie die verzweifelten Gedanken des Mädchens vernahm.

Von dem violetten Punkt führte eine Art magischer Faden zu einem grünen Punkt, der sich ein kleines Stück außerhalb des violetten Felsengebildes befand. Als Merani darauf zuschwamm, entpuppte dieser sich ebenfalls als ein versteinertes Mädchen. Das Seltsamste aber war, dass beide Mädchen abgesehen von ihrer Götterfarbe einander glichen wie ein Ei dem anderen.

Noch während Merani sich wunderte, hörte sie wie aus weiter Ferne eine Stimme. »Merani! Bei Ilyna, wach auf!«

Gleichzeitig schloss sich eine riesige blaue Hand um sie und riss sie hoch.

»Nein, nicht!«, wollte Merani noch rufen, doch da erlosch ihr Geist wie eine Flamme im Wind.

12

Als Merani erwachte, lag sie auf ihrem Bett. Im Hintergrund saßen Argeela und Careedhal, während Qulka zu Meranis Mutter hochblickte, die mit magisch blau leuchtenden Augen neben ihr stand. Als Mera merkte, dass ihre Tochter wieder bei sich war, packte sie Merani und zog sie auf sich zu. »Du närrisches Ding! Wie oft haben Yanga und ich dich gewarnt, keine Experimente auf eigene Faust anzustellen? Aber du willst einfach nicht hören. Jetzt hast du erst einmal Zimmerarrest. Das hier nehme ich in Verwahrung!«

Die Magierkönigin hielt ihrer Tochter ein mit Silbertuch umwickeltes Ding vor die Nase. Merani begriff sofort, dass es sich um den violetten Kristall handelte.

»Mama, bitte! Dieser Kristall ... Ich muss dir etwas erklären. Es ist sehr wichtig!«

»Dazu habe ich jetzt keine Zeit. Der nächste magische Sturm zieht auf, und Girdhan benötigt dringend meine Hilfe. Du, junge Dame, wirst in den nächsten Wochen sehr brav sein, verstanden? Sonst werde ich bitterböse.« Mit diesen Worten wandte Mera sich ab und verließ mit raschen Schritten das Zimmer.

Merani sah ihrer Mutter mit Tränen in den Augen nach. Diese Behandlung hatte sie ihrer Ansicht nach wirklich nicht verdient. Traurig und wütend zugleich wandte sie sich an Argeela und Careedhal.

»Was war denn los? Warum habt ihr meine Mutter gerufen?«

Careedhal trat zögernd auf das Bett zu. »Du warst auf einmal vollkommen weg und hast zuletzt nicht mehr geatmet. Da haben wir Angst bekommen und Qulka zu deiner Mutter geschickt. Zum Glück konnte sie deinen Geist einfangen. Du wärst sonst wohl einer dieser körperlosen Geister geworden, wie es sie früher einmal im Hexenwald von Ilyndhir gegeben haben soll.«

»Ich wäre schon von allein zurückgekommen!«, schimpfte Merani. Aber ihr Gewissen sagte ihr, dass sie ihren Freunden nicht böse sein durfte. »Tut mir leid! Ich wollte euch nicht anpflaumen. Ihr habt es ja gut gemeint. Aber jetzt ist Mama sauer auf mich, und es wird einige Zeit dauern, bis sich das legt. Dabei ist es wichtig, dass wir bald etwas unternehmen!«

»Unternehmen? Wieso? Was denn?« Jetzt kam auch Argeela herbei und starrte ihre Freundin neugierig an.

Careedhal zog die Schultern hoch. »Was willst du unternehmen? Du hast doch Zimmerarrest.«

Merani machte eine wegwerfende Handbewegung. »Mir wird schon etwas einfallen. Jetzt setzt euch her und hört mir zu! Ich habe einiges zu berichten. So etwas, wie ich gerade, haben selbst unsere Eltern noch nicht erlebt.«

Während Qulka ein schiefes Gesicht zog, weil es sich ihrer Ansicht nach nicht gehörte, dass ihre Herrin die Warnungen der Magierkaiserin in den Wind schrieb, setzten Argeela und Careedhal sich zu Merani auf das Bett und hörten gespannt zu.

Zweiter Teil

DIE SCHWARZEN SCHIFFE

1

Erzmagier Gynrarr bedachte den jungen Mann, der in einer schlichten schwarzen Kutte ohne jedes Rangabzeichen vor ihm stand, mit einem vernichtenden Blick. »Wie käme ich dazu, mich einer Kreatur Betarrans zu unterstellen? Ich gehorche nur dem Hocherzmagier Caludis persönlich.«

Drei seiner Begleiter, die ebenso wie er in prachtvollen Talaren mit den Symbolen hoher Auszeichnungen steckten, stimmten ihm umgehend zu. Sie alle standen höher im Rang als Tharon und waren nicht gewillt, ihm irgendwelche Rechte einzuräumen.

Tharon hatte entgegen seiner eigenen Überzeugung gehofft, die von Betarran eigenhändig ausgefertigte und gesiegelte Order würde genügen, Gynrarr und die anderen Magier zur Zusammenarbeit zu bewegen. Wie es aussah, musste er zu anderen Maßnahmen greifen. Daher streckte er ihnen die rechte Hand entgegen. »Wenn euch ein Befehl von Betarran nicht genügt, dann seht euch das an!«

Gynrarr begann zu lachen, verstummte aber, als er das Siegel Giringars auf Tharons Handfläche sah.

»Verdammt! Warum hat Caludis das nicht verhindert?«, fluchte sein Stellvertreter Ewalluk.

Gynrarr fluchte unbeherrscht. »Betarran weiß anscheinend nicht, was er will! Zuerst verlangt er, dass wir ein vor mehr als tausend Jahren verlorenes Artefakt suchen, und jetzt sollen wir magisch aufgeladene Unwetter studieren.«

»Wir sollen sie nicht beobachten, sondern herausfinden, wer sie gegen das Violette Land lenkt, und dann die Verursacher bekämpfen. Der Feuerthron läuft euch nicht davon. Wenn wir unsere erste Aufgabe erledigt haben, werde ich euch dabei helfen, das Artefakt zu finden und zu bergen. Allerdings wird euer Ordensbruder Wassuram einiges zu erklären haben.«

Obwohl Tharon einen freundlichen, geradezu kameradschaftlichen Ton anschlug, zuckten die Magier des Schwertordens zusammen. Sie selbst hätten ihren Freund, der damals mit dem Feuerthron, einigen Gurrim-Regimentern und mehreren Tausend Sklaven verschwunden war, mit einer Rüge und einer internen Zurückstufung davonkommen lassen. Doch Tharon würde ihn gefangen nehmen und Betarran übergeben. Sie kannten die Kompromisslosigkeit des Hocherzmagiers und konnten sich vorstellen, wie dieser mit Wassuram verfahren würde. Zudem würde Tharon als derjenige gelten, der den Feuerthron zurückgebracht hatte, und den Ruhm und die Ehre einheimsen, die damit verbunden waren.

»Dieser aufgeblasene Kerl ist noch nicht trocken hinter den Ohren und spielt sich auf, als sei er Giringar persönlich! Ich ... ich könnte ihn ...« In seiner Wut machte Ewalluk eine Geste, als wolle er Tharon das Genick brechen.

Dieser wandte sich ihm lächelnd zu. »Was könntest du? Wenn es dir so nicht passt, können wir die Sache auch unter uns regeln.«

Bei diesen Worten wurde Ewalluk unter seiner schwarzen Schminke blass. Tharon stand nur deswegen in einem niedrigen Magierrang, weil er noch sehr jung war. Aber seine Kräfte konnten sich bereits mit denen der Erz- und Hochmagier messen.

»Es ärgert mich, dass unsere ganzen Vorbereitungen hier zunichtegemacht werden«, versuchte der Magier seinen Ausbruch zu rechtfertigen.

»Eure Vorbereitungen sind nicht umsonst. Zuerst finden wir heraus, wer die verheerenden Stürme entstehen lässt, und dann holen wir uns den Feuerthron. Das ist doch auch in eurem Sinn!« Tharon hatte Mühe, nicht in schallendes Gelächter auszubrechen, denn die Gesichter der Magier vom Schwert verrieten ihm, dass er ihnen so willkommen war wie ein Heer bis an die Zähne bewaffneter, weißer Spitzohren.

Seine Heiterkeit schwand, als er an die Folgen dachte, die ihm aus dieser Situation erwuchsen. Auf dieser Expedition musste er sich mit feindseligen Magiern herumschlagen, die ihn später, wenn er das Siegel Giringars zurückgegeben hatte, mit ihrer Rachsucht verfolgen würden.

In dem Bemühen, verbindlich zu wirken, wandte er sich an den Magier, der für die Steuerung des großen Schiffes verantwortlich war. »Wann könnten wir die Hauptinsel der violetten Südprovinz erreichen?«

Der Steuermann bequemte sich erst nach einem kurzen Blickwechsel mit Gynrarr zu einer Antwort. »Morgen Nachmittag. Eigentlich wollten wir an ihr vorbeifahren.«

»Jetzt werden wir eben dort anlanden. Ich muss mit der Gouverneurin und den violetten Magierinnen sprechen. Außerdem nehmen wir dort Passagiere an Bord.«

»Welche Passagiere?« Gynrarr klang, als sei dies eine noch größere Zumutung als Tharons Gegenwart.

Der junge Magier hob mit einer bedauernden Geste die Hände. »Hocherzmagier Betarran war nicht geneigt, mir dies mitzuteilen. Ich nehme an, dass es sich um mehrere violette Magierinnen handeln dürfte.«

»Wir wollen keine violetten Hexen an Bord!«, brüllte Ewalluk.

Tharon maß ihn mit einem verächtlichen Blick. »Wir haben unsere Befehle! Dabei ist unser Wille nicht maßgebend.«

Ihm war klar, dass er sich erst wieder entspannen konnte, wenn sie die Insel der Gouverneurin erreicht hatten und einige der violetten Damen an Bord kamen. In deren Gegenwart würden die Schwertmagier sich hoffentlich zusammenreißen, um nicht den beschämenden Eindruck interner Streitigkeiten zu hinterlassen.

2

Bereits von der See aus waren die Schäden zu erkennen, die die Stürme auf der Insel angerichtet hatten. In Ufernähe stand kein Baum und kein Gebäude mehr, und überall dümpelten zerborstene Holzteile und entwurzelte Bäume im Wasser. Tharon sah Menschen herumirren, die angesichts der Verwüstungen nicht zu wissen schienen, wo sie zuerst anpacken sollten.

Die Schwertmagier spotteten über die Eingeborenen, und Ewalluk verstieg sich zu dem Kommentar, dass einige Magier und Kommandanten aus dem Schwarzen Land diesen Violetten schon beibringen würden, was zu tun sei.

Tharon erfasste jedoch mit seinen magischen Sinnen, dass der Orkan vor weniger als einem Tag über die Insel gebraust war. Da sie an Bord von »Giringars Hammer« nichts davon bemerkt hatten, musste das magische Unwetter entweder hier verebbt oder in eine andere Richtung gezogen sein.

Eines konnte Tharon feststellen: Der Sturm war schwarz gewesen und durch schwarze Magie gegen diese Küsten getrieben worden. Das würde die Verhandlungen mit der Gouverneurin nicht gerade einfach gestalten. Er atmete tief durch und warf einen Blick über das Deck. »Giringars Hammer« war ein außergewöhnlich großes Schiff und vollkommen aus Metall gefertigt. Mit seinem Artefaktantrieb war es schneller als alle sonst bekannten Wasserfahrzeuge. Da der Steuermann jedoch auf die sie begleitenden Segelschiffe Rücksicht nehmen musste, konnte der »Hammer« seine volle Geschwindigkeit nicht aufnehmen.

Ähnlich war auch Wassurams Expedition vor gut tausend Jahren ausgestattet gewesen. Allerdings hatte jener Magier zusätzlich zu den Gurrimregimentern blaue Sklaven in Glasfallen mitgeführt, die ihren Inhalt vieltausendfach verkleinerten und einem ganzen

Heer Platz boten. Da sich bei den Gurrims auch Amazoneneinheiten befunden hatten, schloss Tharon, dass Wassuram von Anfang an Verrat im Sinn gehabt hatte.

»Da kommt ein Boot auf uns zu!«, rief ein Matrose.

Sofort richtete Tharon sein Augenmerk auf das näher kommende Schiffchen. Es war violett angemalt und wurde von zehn Männern gepaddelt. Eine schlanke, nur mit einem kurzen Wickelrock bekleidete Frau stand am Heck und hielt die Steuerpinne in der Hand. Ihre Haut trug ein Muster violetter Linien, und aus ihren Augen schlug magisches Feuer. Also handelte es sich bei ihr um eine der hohen Magierinnen aus dem Hofstaat der Gouverneurin. Die schwarzen Magier spotteten über die in ihren Augen barbarische Erscheinung der Frau, doch ihre Ausstrahlung verriet Tharon, dass sie seinen Begleitern an magischer Kraft gleichkam und die meisten sogar noch übertraf.

Als das Boot neben dem Stahlschiff anhielt, trat er an die Reling und verbeugte sich. »Ich grüße Euch, Herrin!«

Die Frau blickte zu ihm hoch, und er spürte, wie sie ihn magisch abschätzte. Nach einer Weile nickte sie zufrieden und neigte ihrerseits den Kopf. »Auch ich grüße Euch, Tharon!«

Dabei ignorierte sie die Schwertmagier, denn diese hatten im Verlauf der Kriege immer mehr Macht an sich gerafft und dabei nicht nur die Angehörigen anderer Magierorden des Schwarzen Landes, sondern auch die Verbündeten behandelt, als wären diese ihre Knechte oder gar Sklaven.

»Seid Ihr die Magierin, die uns begleiten wird?«, fragte Tharon.

Die Violette lächelte wehmütig. »Leider nicht! Zwar würde ich gerne mit Euch fahren, doch es ist entschieden worden, dass eine unser jungen Kampfmagierinnen mit Euch geht.«

»Wann wird sie erscheinen?«

»Sie befindet sich bereits im Palast der Lin'Velura. Ich bin geschickt worden, um Euch zur Erhabenen zu bringen. Wenn Ihr so freundlich sein wollt, mein Boot zu besteigen.«

»Gerne!« Tharon befahl einem der Matrosen, die Jakobsleiter auszulegen, und stieg hinab.

Gynrarr und Ewalluk machten Anstalten, ihm zu folgen, doch die Violette hob abwehrend die Hand. »Halt! Herr Tharon kann einen Begleiter mitnehmen, aber keinen Magier oder Adepten.«

»Was für eine Unverschämtheit!«, schäumte Ewalluk auf.

»Es ist der Wille der Lin'Velura«, antwortete die Violette gelassen. »Sie will nur den Magier sehen, in dessen Adern auch unser Blut fließt.«

Ewalluk knirschte mit den Zähnen und maß Tharon mit einem hämischen Blick. »In den Adern dieses Bastards fließt verdammt unterschiedliches Blut – und nicht gerade das beste!«

In diesem Augenblick wusste Tharon, dass ihm die Auseinandersetzung mit dem Hochmagier nicht erspart bleiben würde. Anders als Gynrarr konnte Ewalluk es nicht ertragen, ihn als Anführer akzeptieren zu müssen. Nun aber ignorierte er Ewalluks Ausbruch und befahl einem jungen Gurrimoffizier, ihm zu folgen.

Mit seiner vierschrötigen Gestalt, dem kräftigen, vorspringenden Kiefer und den langen unteren Eckzähnen wirkte der Bursche wie ein Urbild seines Volkes, doch als Tharon ihn genauer ansah, erkannte er, dass sogar der Gurrim magische Kräfte besaß, obwohl solche bei diesem Volk selten waren. Er beschloss, sich den jungen Mann später anzusehen und betrat das Boot. Der Gurrim folgte ihm leichtfüßig, und blieb neben ihm stehen.

»Ihr solltet euch setzen«, riet die Violette. »Das Boot schaukelt stark, und zurzeit ist ein Bad im Hafenbecken nicht gerade angenehm.« Sie wies dabei auf einige aufgedunsene Tierkadaver, die noch nicht an Land geschafft worden waren. Tharon und sein Begleiter nahmen auf einer Bank im hinteren Teil des Bootes Platz und sahen zu, wie die Frau mit ihren magischen Kräften die Trümmer beiseiteschob, die das Wasser im Hafenbecken bedeckten.

Das Boot schwamm an den zerstörten Hafenkais entlang auf einen Kanal zu, bog in diesen ein und legte kurz darauf vor einigen großen Gebäude an, die ebenfalls stark mitgenommen wirkten.

»Der Palast der Lin'Velura«, erklärte die Magierin.

Am Kai standen mehrere Diener bereit, den Gästen an Land zu helfen. Tharon scheuchte sie zurück und stieg mit Hilfe von etwas Levitationskraft von Bord, während der Gurrim ihm mit einem kurzen Sprung folgte.

»Die Erhabene erwartet Euch!« Auch die Violette verließ das Boot und ging vor ihnen her. Auf dem Weg nach oben konnte Tharon die Schäden ermessen, die das magisch aufgeheizte Unwetter hier angerichtet hatte. Dabei nahm er die Gedanken etlicher Leute auf, die noch unter den Schrecken des Orkans litten. Keiner von ihnen konnte sich vorstellen, dass der Feind von jenseits des Stromes für diese Stürme verantwortlich war. Dafür lag die Frontlinie viel zu weit von ihnen weg. Stattdessen hatten sie die Magier des Schwarzen Landes in Verdacht, den Krieg, der nach so unendlich langer Zeit durch einen Waffenstillstand beendet werden sollte, durch solche Attacken erneut entfachen zu wollen.

Es ist beschämend, dass die engsten Verbündeten so über uns denken müssen, fuhr es Tharon durch den Kopf, und er fand es noch unerfreulicher, dass sie vielleicht sogar recht hatten.

Die violette Magierin führte ihn durch Gärten, in denen keine Blume mehr blühte, in den inneren Teil des Palastes, der teilweise in den Berg hineingebaut worden war und daher dem magischen Sturm am besten widerstanden hatte. Ein mächtiges Tor wurde geöffnet, und Tharon trat in eine Halle, deren Boden, Decken und Wände in leuchtendem Violett strahlten, so dass es aussah, als würden sie über ein violettes Feuer schreiten.

Im nächsten Augenblick sah Tharon sich der Herrin der Südlichen Inseln gegenüber. Die Lin'Velura war ein ganzes Stück kleiner als er und zierlich. Ihre Kleidung bestand aus einem bestickten Rock und einer Art Bluse mit halben Ärmeln. Den Kopf trug sie frei, und sie ließ ihre langen violetten Haare ungehindert über ihre Schultern fallen. Das Gesicht der Frau wirkte dreieckig, besaß aber ein sanft gerundetes Kinn und wurde von großen, violett glühenden Augen beherrscht, die ihm einen fremdartigen Ausdruck verliehen.

Es handelte sich um die erste Lin, die Tharon mit eigenen Augen sah, und er verbeugte sich tief vor ihr. »Ich danke Euch, dass Ihr mich empfangt, Herrin.«

»Mir wurde mitgeteilt, dass du kommen würdest. Von den Magiern auf deinem Schiff hätte ich niemanden auf die Insel gelassen. Du hingegen hast auch Wurzeln in meinem Volk.«

»Das ist nichts, was mir im Schwarzen Land weiterhelfen würde«, antwortete Tharon mit einem verlegenen Lächeln.

»Deine Herkunft hilft dir mehr, als du denkst!«, antwortete die Lin'Velura schroff und klatschte dann in die Hände.

»Die Stürme haben zwar fast alle meine Inseln zerstört, dennoch vermag ich Gäste würdig zu empfangen. Setzt euch!«

Im nächsten Augenblick standen ein reich gedeckter Tisch mit mehreren Stühlen vor Tharon und dem Gurrim. Der Duft der dampfenden Schüsseln versprach einen exotischen Gaumenschmaus, und in den violetten Pokalen funkelte dunkelroter Wein.

Während Tharon sich setzte, zögerte sein Begleiter. Die Lin'Velura musterte ihn nachsichtig lächelnd. »Die Einladung gilt auch für dich.« Sie nahm Platz, und die violette Dame, die die Gäste hierhergeführt hatte, setzte sich neben sie. Zwei Stühle blieben jedoch frei. Tharon nahm an, dass einer davon für die Magierin gedacht war, die ihn begleiten sollte.

Da ihn der Ursprung und die Auswirkungen der Stürme am meisten interessierten, wollte er die Rede darauf bringen. Seine Gastgeberin hob jedoch die Hand. »Du solltest beim Essen keine schweren Gedanken wälzen. Das belastet nur den Magen. Wir werden später über alles reden. Jetzt greift zu.«

»Das ist aber eine sehr bestimmende Dame«, raunte der Gurrim Tharon zu.

»Sie ist eine Lin, eine der großen Damen des Violetten Landes. Im Rang kommt sie etwa den Gefährten Giringars wie Alabrer, Betarran und Caludis gleich.«

Sein Begleiter schrumpfte förmlich, denn für so hochrangig hatte er die Dame doch nicht gehalten. Auf Tharons Befehl hin nahm er einen Pokal zur Hand, setzte an und trank diesen in einem Zug leer. Dann schnalzte er anerkennend mit der Zunge und entschuldigte sich fast noch im selben Augenblick dafür. »Verzeiht, hohe Dame, ich … Aber der Wein ist einfach gut!«

»Es freut mich, dass er dir schmeckt. Und wie ist es mit dir, Tharon?«

Dieser probierte nun ebenfalls und nickte anerkennend. »Ausgezeichnet! So einen guten Tropfen habe ich lange nicht mehr getrunken.«

»Du kannst ein Fässchen davon mitnehmen. Sirrin wird einem Schluck davon ebenfalls nicht abgeneigt sein«, sagte die Lin'-Velura.

Sirrin heißt also die Frau, die mich begleiten soll, fuhr es Tharon durch den Kopf. Er versuchte sich zu erinnern, ob er den Namen schon einmal gehört hatte, aber das war nicht der Fall. Das ärgerte ihn, denn er hatte gehofft, das Violette Land würde ihm eine hochrangige Magierin zur Seite stellen.

Seine Gastgeberin schien seine Gedanken wahrzunehmen, denn sie lächelte nachsichtig. »Ich schätze, du und Sirrin, ihr werdet gut zusammenarbeiten. Übrigens wird sie ihre Schülerin und eine junge Mar-Kriegerin mitnehmen. Du kannst dich auf alle drei verlassen.«

»Danke!« Diesem Wort zum Trotz war Tharon nicht gerade erfreut, mit einer einfachen Magierin und einem so kleinen Gefolge vorliebnehmen zu müssen.

»Da ist sie übrigens!« Die Bemerkung der Lin'Velura brachte den Magier dazu, aufzusehen.

Gerade betrat eine Frau den Saal, die selbst für eine Langlebige noch sehr jung wirkte. Sie war etwas größer als die Gouverneurin und wirkte nicht so zierlich. Ihre Augen schimmerten violett, wiesen aber nicht das magische Feuer der Gastgeberin auf. Die langen Haare hatte die junge Frau beinahe wie ein Spitzohr-Krieger zu einem Zopf geflochten. Auch in der Kleidung unterschied Sirrin sich von den übrigen Magierinnen ihrer Inseln, denn sie trug lange Hosen aus violetter Seide und darüber ein weites Hemd mit bestickten Säumen.

»Sirrin, das hier ist Tharon, der Kommandant der schwarzen Schiffe«, stellte die Lin'Velura die beiden einander vor.

»Linirias und Giringar zum Gruß, Admiral!« Sirrins Stimme klang angenehm, aber auch leicht spöttisch.

Tharon erhob sich und neigte kurz das Haupt. »Ich bin Magier, kein Militär. Daher steht mir der Rang eines Admirals nicht zu.«

»Kein Militär? Gibt es bei euch Schwarzen so etwas?« Sirrins Augen funkelten amüsiert, während Tharon sich fragte, welches Bild sich die junge Magierin von seinen Leuten machte.

Da er keine Zeit verlieren wollte, lenkte er das Gespräch auf das Problem, das er lösen sollte. »Habt Ihr die Orkane schon untersucht?«

»Du kannst einfach Sirrin zu mir sagen. Wir sind hier lockerer als im Schwarzen Land. Aber nun zu deiner Frage: Ja, ich habe die Stürme untersucht. Mach dich darauf gefasst, dass wir einige Tausend Meilen nach Süden segeln müssen.«

»Mehrere Tausend Meilen?«, fragte Tharon verblüfft. »Laut den Landkarten in den Archiven des Schwarzen Landes gibt es südlich des Violetten Landes nur noch vereinzelte Inseln und dann gar nichts mehr.«

»So ist es, großer Magier. Doch keine Sorge, du musst nicht den halben Ozean absuchen. Ich habe die Bahn der Stürme genau berechnet und kann dich zu ihrem Herkunftsort führen. Ich rate jedoch zur Vorsicht. Jemand, der solche Waffen einzusetzen weiß, dürfte ein gefährlicher Gegner sein.«

»Wir sind gut ausgerüstet.« Langsam ärgerte Tharon sich über die Magierin, die ihre Erkenntnisse nur stückweise herausrückte und ihn dabei auch noch verspottete. Wenn sie Leuten wie Gynrarr oder Ewalluk genauso entgegentrat, würde er diese daran hindern müssen, die Frau in Stücke zu reißen.

»Wenn ihr so gut ausgerüstet seid, können wir ja bald aufbrechen. Doch vorher könntest du mir einen Becher Wein einschenken. Ich habe Durst.«

Im Schwarzen Land hätte kein Magier in Anwesenheit einer so hochrangigen Person wie der Lin'Velura wagen dürfen, so locker aufzutreten. Ein magischer Blitzschlag wäre noch die leichteste Strafe dafür gewesen. Doch hier schenkte die Lin'Velura eigenhändig nach und füllte auch Sirrins Pokal. Kein Magier oder hoher Militär in Tharons Heimat hätte sich herabgelassen, eine Arbeit zu tun, für die es Diener gab.

Die Gouverneurin hob ihren Pokal und prostete den Gästen zu. »Auf euren Erfolg! Ich hoffe, ihr werdet die Schurken finden, die uns mit magisch gelenkten Unwettern angreifen. Vergesst aber nicht, dass wir das Recht haben, sie zu bestrafen!«

Es klang wie eine Drohung, und Tharon begriff, dass hinter der lockeren Art der Violetten ein harter Kern verborgen lag. Unter diesen Umständen wäre es ihm lieber gewesen, »Giringars Hammer« samt all den Magiern und Gurrims hier zurücklassen und sich mit einigen violetten Magierinnen auf die Suche nach jenen unbekannten Feinden machen zu können. Doch diese Aufgabe war nun einmal ihm und seinen Begleitern gestellt worden, und er würde sie erfüllen, so gut es ging.

3

Diesmal meinte die Mutter es ernst. Merani durfte ihre Zimmer nicht einmal mehr zu den Mahlzeiten verlassen, und so hockte sie auch an diesem Tag an ihrem Tisch und schmollte, während Qulka sie stumm bediente. Sie ärgerte sich über ihre erzwungene Untätigkeit und dachte immer wieder an ihre Vision. Doch selbst Argeela und Careedhal, die sie jeden Tag für eine Stunde besuchen durften, glaubten ihr die Geschichte von den beiden versteinerten Mädchen nicht, die an einer tiefen Stelle des Ozeans auf dem Meeresboden lagen. Zu ihrem Leidwesen konnte sie den beiden nicht noch einmal nachspüren, denn Yanga hatte ihr alles weggenommen, was sie für einen entsprechenden Zauber benötigt hätte. An meisten bedauerte Merani jedoch, dass sie keine Chance hatte, wieder an jenen violetten Kristall zu gelangen, dem sie ihre Geisterreise zu verdanken hatte.

»Das halte ich nicht länger aus!«, rief sie und schob ihren noch halb vollen Teller von sich.

Qulka schüttelte tadelnd den Kopf. »Ihr solltet essen, Herrin. Als Belohnung gibt es hinterher Gefrorenes.«

»Mama hat mir den Nachtisch für diese Woche gestrichen!«, antwortete Merani brummig.

»Ich konnte jemand in der Küche davon überzeugen, dass eine Portion Gefrorenes Euren Nerven guttäte, Herrin.«

Merani starrte ihre Zofe verblüfft an. »Du hast geflunkert, Qulka? Das bin ich gar nicht von dir gewöhnt.«

»Es war nur eine Feststellung. Eure Laune bessert sich jedes Mal, wenn es Nachtisch gibt.«

»Qulka, du bist ein Schatz! Zur Belohnung bekommst du die Hälfte der Portion.« Merani fühlte sich jetzt doch wieder besser und zwinkerte ihrer Zofe zu.

Diese hob abwehrend die Hand. »Das geht doch nicht! Außerdem ist es nur eine sehr kleine Portion!«

»Die reicht für uns beide. Komm, teil das Gefrorene. Ich werde mich besser fühlen, wenn du eine kleine Belohnung für deine Treue erhältst.«

Dagegen konnte auch Qulka nichts sagen. Als sie jedoch die Eisportion aufteilte, zweigte sie sich nur ein winziges Stück ab und lud den überwiegenden Rest auf den Teller ihrer Herrin.

In Augenblicken wie diesem ärgerte Merani sich über ihre Zofe, die nicht begreifen wollte, dass das Leben nicht nur aus Vorschriften bestand. Mit einer energischen Geste packte sie den Löffel, klatschte Qulka gut die Hälfte des Gefrorenen auf den Teller und funkelte sie zornig an. »Iss!«

»Aber das ist doch Euer Nachtisch, Erhabene.«

»Den du für mich erschwindelt hast.« Bei dem Gedanken schwand Meranis Ärger, und sie kicherte leise. Vor einem Jahr hätte Qulka so etwas noch nicht gemacht, sondern die Befehle der Kaiserin wortwörtlich ausgeführt.

»Wie es aussieht, besteht noch Hoffnung für dich«, stellte sie fest und begann zu essen.

Sie war noch nicht fertig, als die Tür geöffnet wurde und ihre Mutter hereinkam. Magierkaiserin Mera sah noch, wie die beiden Mädchen die Teller unter dem Tisch verschwinden ließen, und schüttelte den Kopf. »Ihr könnt ruhig weiteressen. Das Gefrorene taut sonst auf und läuft über den Tellerrand.«

»Du bist also nicht mehr böse auf mich?«, fragte Merani.

»Böse? Nein! Nur enttäuscht, weil du nur deinen eigenen Launen gefolgt bist, anstatt Rücksicht auf die angespannte Lage zu nehmen, in der wir uns befinden. Deinetwegen haben dein Vater und ich jenen Zaubersturm nicht richtig beherrschen können, und so hat er die Insel der duftenden Hölzer verwüstet. Es wird viele Jahrzehnte dauern, bis dort neue Bäume gewachsen sind, die man fällen und zu schönen Dingen verarbeiten kann. Wäre der Sturm jedoch über eine der bewohnten Inseln hinweggezogen, wären Tausende umgekommen.«

Für so schlimm hatte Merani die Situation nicht gehalten. Sie senkte beschämt den Kopf und starrte auf den Teller mit dem restlichen Gefrorenen, das ihr auf einmal nicht mehr schmecken wollte. »Es tut mir leid, Mama.«

»Ich weiß doch, dass du es nicht extra getan hast. Aber du stellst mir keine Experimente mehr an, die dich oder jemand anderes gefährden könnten, verstanden?«

»Ich wollte wirklich niemand in Gefahr bringen. Ich …« Merani brach ab, weil ihr die Tränen kamen.

Ihre Mutter strich ihr über das Haar. »Natürlich wolltest du es nicht. Aber du bist nun einmal keine ausgebildete Hexe. Nimm dir ein Beispiel an Careedhal. Er ist ebenfalls sehr begabt, aber er tut nichts Unvernünftiges.«

»Mir ging es doch nur um diesen seltsamen Kristall. Ich habe gespürt, dass mehr dahinterstecken muss, und wollte dies erkunden«, wandte Merani ein.

Die Magierkaiserin setzte eine abwehrende Miene auf. »Du weißt, dass du alle Kristalle, die du findest, zuerst Yanga, deinem Vater oder mir zeigen musst, bevor du sie selbst untersuchst. Es gibt viele Zauberdinge auf unseren Inseln, und die meisten von ihnen sind gefährlich. Schreib dir das hinter die Ohren! Es würde mir leid tun, dich wegschicken zu müssen, doch wenn es nicht anders geht, kommst du nach Girdania, um unter Fürstin Girdhalas Obhut zu lernen, eine gute Hexe zu werden.«

»Nein, nicht zur Tante!«, rief Merani erschrocken. Die Schwester ihres Vaters war eine schroffe Frau und würde sie einem unerbittlichen Drill unterziehen.

»Du hast es selbst in der Hand, das zu verhindern. Jetzt pass aber auf! Dein Gefrorenes ist zerlaufen und wird gleich heruntertropfen.« Die Magierkaiserin hielt kurz die Hand über den Teller.

Merani fühlte, wie eisige Kälte von ihren Fingern ausging und das verflüssigte Eis zu Buchstaben erstarren ließ, die zusammen einen Satz ergaben.

»Ich werde brav sein und meinen Eltern gehorchen!«

»Ich hoffe, das tust du auch«, sagte Mera noch. Dann verließ sie das Zimmer.

Merani starrte hinter ihr her und war froh, dass der schlimmste Zorn ihrer Mutter verraucht war. Aber sie war traurig, weil diese ihr nicht die geringste Chance gegeben hatte, über die beiden Mädchen zu sprechen, die sie während ihrer körperlosen Reise gesehen hatte. Ihrem Gefühl nach schien es sehr wichtig zu sein, dass jemand der Sache auf den Grund ging. Mit diesem Gedanken widmete sie sich wieder ihrem Eis und löffelte als Erstes die Worte brav und gehorchen weg.

4

Am nächsten Tag nahm Yanga den Unterricht wieder auf. Meranis Hoffnung, ihre Lehrerin auf den Kristall ansprechen zu können, zerplatzte wie eine Seifenblase, denn Yanga verbot ihr sofort den Mund, wenn sie dieses Thema aufgreifen wollte.

Meranis Ärger wuchs, als sie sah, dass Argeela und Careedhal mit ihr unterrichtet wurden und Yanga die Lektionen dem Wissensstand ihrer Freundin anpasste. Während es Careedhal nichts auszumachen schien, einfache Zauberkunststücke zu üben, die weit unter seinem tatsächlichen Können lagen, langweilte Merani sich fürchterlich.

Am Ende des Unterrichts blickte ihre Lehrerin auf und lächelte. »So weit für heute. Bis zum Abendessen möchte ich von jedem von euch zwei magische Schriftrollen sehen, mit denen ihr Leuchtsteine zum Glühen und wieder zum Erlöschen bringt.«

Merani stöhnte auf. »Aber, Yanga, das habe ich schon als kleines Kind gekonnt, und zwar ohne Zauberschriftrollen.«

»Du bildest dir zu viel auf dein Talent ein, meine Gute. Dabei schadet es dir nichts, auch mal eine einfache Zauberschriftrolle zu schreiben und zu siegeln. Das übt für komplizierte Zauber. Und nun an die Arbeit! Ihr habt Zeit bis zum Abendessen. Merani, du darfst heute wieder an der Tafel im Saal essen.« Yanga nickte und verließ das Zimmer.

Als die Tür zufiel, streckte Merani ihr die Zunge heraus und blickte ihre Freunde an. »Was haltet ihr von dem Ganzen?«

»Yanga ist eine sehr gute Lehrerin«, erklärte Argeela.

Auch ihr Bruder nickte. »Und sie weiß mehr als die violette Hexe, die uns zu Hause unterrichtet.«

»Das kannst du jetzt schon sagen?« Merani passte es überhaupt nicht, dass ihre Freunde mit Yanga zufrieden waren.

»Ich glaube, dass ich viel von ihr lernen kann!«, antwortete Careedhal.

»Rollen schreiben, um Leuchtsteine damit anzuzünden! Mir ist das zu blöd.« Wütend packte Merani das magische Papier, das Yanga für sie zurückgelassen hatte, und warf es zu Boden.

Careedhal hob die Papierbögen auf, reichte zwei seiner Schwester und begann selbst auf einem dritten zu schreiben. Seine Schrift war gestochen scharf, und er setzte jeden Buchstaben so, dass der Zauber der Schriftrolle die größtmögliche Wirkung entfachen konnte.

Merani vernahm derweil das mahnende Hüsteln ihrer Zofe. »Verzeiht, Herrin, aber wenn Ihr die Hexe Yanga verärgert, werdet Ihr weiterhin Zimmerarrest bekommen.«

Der Gedanke, noch länger in diesen Kammern eingesperrt zu sein, brachte Merani dazu, einzulenken. Sie hob einen Papierbogen auf und zischte eine Verwünschung, denn er hatte durch ihre unbeherrschte Handlung einen Knick abbekommen. Damit aber war seine magische Kraft fast zerstört. Der zweite Bogen war in Ordnung. Ihr machte jedoch der geknickte Sorgen. Wenn der Zauber nicht klappte, war ihr weiterer Zimmerarrest sicher.

Wütend über ihre eigene Unbeherrschtheit überlegte sie, welcher Zauber der schwierigere war, um dafür den unversehrten Bogen zu nehmen. Sie entschied sich für das Entzünden der magischen Lichter und nahm die Feder in die Hand, um die entsprechenden Formeln zu schreiben.

Trotzdem waren sowohl Careedhal als auch Argeela schneller als sie und siegelten ihre Schriftrollen bereits mit dem speziellen Wachs, das dafür nötig war, während sie noch die letzten Zeilen zu Papier brachte. Schließlich wurde auch sie mit ihrer ersten Rolle fertig und prüfte diese. Der Zauber würde funktionieren. Doch jetzt begann die eigentliche Arbeit.

Nachdenklich musterte sie den beschädigten Papierbogen und überprüfte, welche Stellen den Fluss der Magie behindern konnten. Es blieb nur ein kleines Fleckchen am unteren Rand für sie übrig. Doch um darauf den Zauber schreiben zu können, musste sie winzige Buchstaben verwenden und hoffen, dass deren Kraft ausreichte, um die Leuchtsteine zum Erlöschen zu bringen.

Obwohl es sich um einen einfachen Zauber handelte, wurde es für Merani eine höllische Arbeit. Sie hatte gerade die Hälfte geschrieben, da waren ihre Freunde bereits mit allem fertig und ruckten unruhig auf ihren Stühlen hin und her.

»Ihr könnt schon vorgehen«, bot Merani ihnen an, weil sie sich durch deren Unruhe gestört fühlte.

Die beiden sahen sich kurz an und entschieden sich zu bleiben. Careedhal sah gespannt zu, wie Merani Zeile für Zeile mit winzigen, aber gestochen scharfen Buchstaben füllte. Zuletzt ließ sie die Feder fallen und sah ihr Werk mit verkniffener Miene an. Besonders kräftig war ihr der Zauber nicht gelungen, und sie konnte nur hoffen, dass er funktionieren würde.

»Das war eine elende Schinderei!«, stöhnte sie.

»Wenn du es mit diesem kaputten Zauberpapier geschafft hast, bist du gut. Ich hätte das nicht fertiggebracht«, erklärte Careedhal.

»Das glaube ich nicht. In der Hinsicht bist du nicht schlechter als ich«, antwortete Merani und lächelte ihre Freunde auffordernd an. »Ihr habt gehört, dass ich wieder aus meinem Zimmer hinausdarf. Was haltet ihr davon, wenn wir uns ein wenig in der Festung umsehen?«

Sie sagte es nicht uneigennützig, denn sie wollte das Magazin ausforschen, in dem der violette Kristall lag.

»Wir sollten besser aufräumen. Danach ist es eh Zeit zum Abendessen«, wandte Careedhal ein.

»Aufräumen kann Qulka. Ich möchte hier raus!«

»Ein guter Adept räumt seine Zaubersachen selbst weg.«

Careedhal benahm sich nach Meranis Ansicht wieder einmal obernervig. Das fand auch Argeela. »Das bisschen magische Tinte und die Federn kann Qulka wirklich allein in den Schrank stellen. Die Schriftrollen holen wir vor dem Abendessen, um sie Yanga zu zeigen. Bis dahin haben wir noch eine Dreiviertelstunde Zeit!«

»In der können wir einiges tun!«, rief Merani und stürmte zur Tür hinaus.

5

Als die drei durch die Gänge der Festung schlichen, schüttelte Merani sich innerlich. Irgendetwas war anders als früher, und das lag an der magischen Ausstrahlung des Feuerthrons, der erst vor Kurzem wieder mit voller Kraft eingesetzt worden war. Sie fragte sich, wie es mit diesen Zauberstürmen weitergehen sollte, und hätte im gleichen Moment darauf gewettet, dass diese etwas mit den Mädchen tief unter der Meeresoberfläche zu tun hatten.

»Ich brauche ihn unbedingt!« Merani erschrak vom Klang der eigenen Stimme und sah sich erschrocken um, ob jemand sie gehört haben konnte. Es waren nur Argeela und Careedhal in ihrer Nähe, doch beide sahen nicht gerade glücklich aus.

Careedhal stellte die Frage, die auch seine Schwester beschäftigte. »Du meinst den Kristall? Was hat es mit ihm so Besonderes auf sich?«

Zu behaupten, dass sie den Kristall für den Schlüssel zu all den Schwierigkeiten der letzten Zeit hielt, erschien Merani dann doch zu verwegen. Daher hob sie in einer unschlüssigen Geste die Hände. »Es geht um die beiden Mädchen, die ich tief am Meeresgrund gesehen habe. Sie sind versteinert und gleichen einander wie Zwillinge. Aber eine von ihnen ist grün und die andere violett.«

Argeela schüttelte ungläubig den Kopf. »Wenn eine grün und die andere violett ist, können sie keine Zwillinge sein.«

»Aber sie sehen so aus«, flüsterte Merani und zog ihre beiden Freunde näher zu sich heran. »Erinnert euch daran, wie wir den Kristall gefunden haben.«

»Wie ich ihn gefunden habe«, korrigierte Careedhal sie.

»Von mir aus! Aber bei dir hat er nichts bewirkt. Doch als Argeela ihn in die Hand genommen hat, hatte sie Angst zu ertrinken.«

»Das stimmt«, sagte ihre Freundin.

»Dasselbe habe ich auch gespürt, und zwar auch in jenen Momenten, in denen mein Geist durch diesen Kristall bis zu jenen Mädchen geschickt worden ist. Sie rufen um Hilfe, und wir sind die Einzigen, die sie ihnen bringen können.«

»Ich weiß nicht!«, antwortete Careedhal zweifelnd. »So wie du es uns erzählst, ist die Sache viel zu groß für uns drei. Du solltest es deiner Mutter erzählen.«

»Mama und Papa haben keine Zeit, sich auch noch um diesen Kristall zu kümmern. Das müssen wir schon selbst tun.«

Zu Meranis Erleichterung schwenkte Argeela, die immer leicht zu überzeugen war, nach kurzem Zögern auf ihre Seite.

Careedhal brachte zwar noch ein paar Einwände, nickte dann aber. »Also gut! Sehen wir zu, dass wir dieses Ding finden. Wir dürfen ihn aber nicht hier in der Festung untersuchen, denn das würde deine Mutter sofort bemerken. Außerdem musst du beim nächsten Mal vorsichtiger sein.«

»Das kriegen wir schon hin. Jetzt wissen wir doch, worauf wir achtgeben müssen.« Meranis Augen glühten auf, und sie rieb sich die Hände. Ohne den tagelangen Zimmerarrest hätte sie die Sache vielleicht auf sich beruhen lassen. Doch die erzwungene Untätigkeit hatte den Willen gestärkt, ihren Eltern und Yanga zu beweisen, dass sie im Recht war.

Careedhal, zu dessen Fähigkeiten die Gabe zählte, Kristalle aufzuspüren, die die meisten anderen magisch Begabten nicht mehr wahrnehmen konnten, konzentrierte sich und schnupperte dabei ein paarmal wie ein Hund, der eine Fährte sucht. Nach einer Weile wies er mit der rechten Hand schräg nach oben.

»Unser Kristall müsste in dieser Richtung sein.«

Merani blickte auf und überlegte kurz. »Dort liegen die Magazine drei, sieben und neun. Das sind die am besten gesicherten in der ganzen Festung. Aber wir werden sie schon knacken. Kommt mit!«

»Halt!«, rief da Careedhal. »Es ist gleich Zeit für das Abendessen. Hinterher haben wir genug Zeit, um uns den Kristall zu holen.«

»Vorher müssen wir Yanga noch zeigen, ob unsere magischen Schriftrollen etwas taugen.« Argeela war ein wenig unsicher, denn sie bezweifelte, dass sie alles richtig gemacht hatte.

Merani aber dachte schaudernd an die beschädigte Rolle und richtete ein kurzes Gebet an ihren Gott Giringar und an die blaue Ilyna, damit die beiden ihr halfen. Versagte ihr Zauber, würde sie lange mit dem Spott der anderen leben müssen.

»Kommt! Wir holen die Spruchrollen und gehen dann in den Thronsaal. Hoffentlich gibt es heute etwas Gutes zu essen.«

Der letzte Spruch war eigentlich überflüssig, denn die Palastküche von Gurrdhirdon suchte im Archipel ihresgleichen. Das rochen die drei, als sie kurz danach mit ihren Schriftrollen unter dem Arm in den Thronsaal kamen, in dem bereits die Tische für das Abendessen gedeckt worden waren.

»Ich glaube, es gibt Goldgarnelen!« Merani schaufelte in Gedanken bereits Berge dieser köstlichen Meerestiere in sich hinein. Doch als sie sich auf ihren üblichen Platz setzen wollte, stellte sich ihr Yanga in den Weg.

»Als normales Essen gibt es Blauscholle. Goldgarnelen bekommen nur die, die ihre Hausaufgaben richtig gemacht haben.«

»Das haben wir!«, platzte Argeela heraus.

»Beweise es!« Yanga zeigte auf einen Stapel Leuchtsteine, der mitten zwischen den Tischen aufgestellt worden war. Auf ihren magischen Befehl hin erloschen die Steine und hüllten diesen Teil des Saales in Dunkelheit.

Trotz des fehlenden Lichts stellte Merani fest, dass immer noch alle Magier und Hexen anwesend waren, die ihre Eltern hierhergerufen hatten, einschließlich des Fürstgemahls Argo von Ardhu. Also war die Lage noch schlimmer, als sie angenommen hatte. Umso wichtiger erschien es ihr, sich auf die Suche nach den beiden versteinerten Mädchen zu machen.

»Argeela, du fängst an! Lass dir aber nicht einfallen, die Leuchtsteine direkt anzusprechen.« Yanga stellte sich neben das Mädchen und sah zu, wie es eine der Spruchrollen aus ihrer Tasche zog. Bevor Argeela diese jedoch einsetzen konnte, griff sie ein.

»Halt, das ist die verkehrte. Du musst die Steine erst zum Leuchten bringen, bevor du ihr Licht erlöschen lassen kannst.«

»Danke«, sagte Argeela kleinlaut.

»Lass es dir eine Lehre sein, immer die Spruchrolle zu überprüfen, bevor du sie einsetzt. Das gilt auch für euch«, erklärte Yanga ihren beiden anderen Schülern.

Careedhal hatte es längst getan und grinste, während Merani rasch die Schriftrollen abfingerte und dabei den Knick ertastete, den die beschädigte Abschaltrolle besaß. Rasch steckte sie diese weg und nahm die andere zur Hand.

Unterdessen hatte Argeela das Siegel ihrer Spruchrolle zerbrochen und damit den Zauber freigesetzt. Sofort begannen die Leuchtsteine zu glimmen und strahlten bald im vollen Licht.

»Nicht schlecht«, lobte Yanga. »Du musst dir nur angewöhnen, die ersten Zeilen mit derselben Konzentration zu schreiben wie den Rest, dann leuchten die Steine sofort richtig auf. Und jetzt lass das Licht erlöschen.«

Argeela erbrach jetzt das Siegel der zweiten Rolle, und sofort wurden die Steine dunkel.

»Sehr gut! Bei dieser Spruchrolle hast du von Anfang an besser gearbeitet. Damit hast du dir deine Goldgarnelen verdient.« Yanga nickte dem Mädchen zu und sah dann Careedhal an. Dieser nahm die entsprechende Spruchrolle und knackte das Siegel. Sofort flammten die Leuchtsteine auf, und ihr Licht färbte sich sogar ein wenig violett.

»Du solltest diese einfachen Zauber mit etwas weniger Wucht schreiben, denn so schießt du mit einer Flammenlanze auf Spatzen!« Trotz des leichten Tadels klang Yanga zufrieden und Fürstin Careela von Ardhu betrachtete Sohn und Tochter mit einem freudestrahlenden Blick. Ihr Stolz wurde noch größer, als Careedhal das Licht der Steine mit der zweiten Rolle wie selbstverständlich zum Erlöschen brachte.

»Nun bist du dran, Merani«, forderte Yanga ihre eigene Schülerin auf.

Deren Zauberrolle entzündete das Licht sofort. Als Merani es wieder abschalten sollte, spürte sie, wie ihr der Angstschweiß aus den Poren drang. Was war, wenn die beschädigte Spruchrolle nicht funktionierte? Ihr ging es dabei weniger um die Goldgarnelen, obwohl sie diese rasend gerne mochte, aber sie würde sich damit vor allen Leuten blamieren.

Mit einer entschiedenen Geste brach sie das Siegel der zweiten

Spruchrolle auf und starrte auf die Leuchtsteine. Zu ihrer Enttäuschung wurden diese um keinen Deut dunkler. Für einige Augenblicke kämpfte sie mit der Versuchung, die Steine kraft ihres Willens zum Erlöschen zu bringen. Das aber würden Yanga und die anderen merken und sie als Betrügerin ansehen.

Mit einer resignierenden Geste wandte sie sich an ihre Lehrerin. »Wie es aussieht, muss ich heute auf Goldgarnelen verzichten.«

»Ich wäre mit deinem Urteil nicht so rasch bei der Hand.« Yanga wies auf die Leuchtsteine, die nun ganz allmählich an Helligkeit verloren und nach einer Weile ganz erloschen. Dann nahm die Hexe Merani die Schriftrolle aus der Hand und überprüfte sie.

»Der Zauber war zwar lausig, aber ich bin sicher, dass kaum ein Magier ihn auf diesem beschädigten Papierbogen hätte schreiben können. Bilde dir aber nichts darauf ein! Eine Hexe muss sich beherrschen können. Schreib dir das hinter die Ohren, und jetzt setzt euch hin und esst. Seid aber ruhig und stört die Erwachsenen nicht. Wir haben vieles zu besprechen.«

»Wir sind so still, als hätte man einen Versteinerungszauber über uns geworfen«, versprach Merani und zwinkerte ihren Freunden zu. Ihnen war es ganz recht, wenn die anwesenden Hexen und Magier mit ihren eigenen Problemen beschäftigt waren. Dadurch hatten sie nach dem Essen genug Zeit, um nach dem Kristall zu suchen.

6

Obwohl Merani nur an den Kristall dachte, nahm sie sich Zeit, das Essen zu genießen. Qulka bediente sie, obwohl genug Serviermägde dafür bereitstanden. Die junge Gurrländerin fühlte sich jedoch für ihre Herrin verantwortlich, und jeder, der sie an ihrer Pflichterfüllung hindern wollte, zog sich ihren Zorn zu.

Merani amüsierte sich mal wieder über die Kleine, die ihr mit todernster Miene die Goldgarnelen vorlegte und sich dabei unwillkürlich die Lippen leckte. Mit Sicherheit hatte Qulka noch keine gegessen, denn es gab sie nur sehr selten, und sie waren nicht für das Gesinde bestimmt. Heimlich daran zu naschen hätte Qulka jedoch niemals gewagt. Lächelnd spießte Merani eine Garnele mit der Gabel auf, wartete, bis ihre Zofe den Mund öffnete, um etwas zu fragen, und steckte ihr den Bissen zwischen die Zähne.

Qulka sah so verdattert drein, dass Argeela zu lachen begann. Auch einige der Gäste wirkten trotz ihrer Sorgen amüsiert, während die kleine Gurrländerin nicht wusste, was sie machen sollte.

»Kauen und schlucken!«, riet Merani ihr und steckte sich die nächste Goldgarnele selbst in den Mund.

Da Qulka die Goldgarnele nicht wieder ausspucken und ihrer Herrin auf den Teller legen konnte, begann sie, darauf herumzukauen, machte aber ein Gesicht, als hätte Merani ihr ein Stück Holz zu essen gegeben. »Das war nicht richtig!«, beschwerte sie sich, als sie den Bissen hinuntergeschluckt hatte.

»Wieso? Hat dir die Garnele etwa nicht geschmeckt?«, fragte Merani betont harmlos.

»Doch! Aber sie war für Euch bestimmt, Erhabene.«

»Wegen einer Goldgarnele weniger werde ich sicher nicht verhungern!« Merani lachte und aß die letzten Goldgarnelen auf. Da ihre Freunde ihre Teller bereits zurückgeschoben hatten, stand sie auf und wandte sich an ihre Mutter.

»Wenn du nichts dagegen hast, würden Argeela, Careedhal und ich uns noch ein wenig unterhalten, Mama.«

»Ich habe nichts dagegen«, antwortete die Magierkaiserin, deren Gedanken ganz woanders waren.

Die drei sahen es als Erlaubnis an, die Halle zu verlassen. Zu Meranis Ärger folgte Qulka ihnen. Daher wandte sie sich draußen auf dem Flur zu ihr um. »Du musst nicht mitkommen!«

»Aber Ihr braucht mich vielleicht!«

Merani seufzte. Wenn sie ihrer Zofe befahl zu verschwinden, würde diese annehmen, dass sie etwas Verbotenes vorhatte, und es Yanga melden. Da war es besser, sie mitzunehmen und mit der Treue zu erpressen, die sie ihr als ihrer Herrin schuldete.

»Also gut! Komm mit.« Sie winkte ihren Freunden, ihr zu folgen, und wanderte in jene Richtung, in der Careedhal den gesuchten Kristall vermutete. Es war leichter als erwartet, das Magazin zu finden, in dem er sich befand. Ihn dort herauszuholen war jedoch kaum möglich. Die Tür war gesichert, und selbst Merani besaß nicht die Berechtigung, dort einzutreten.

Argeela und Careedhal betrachteten das Unternehmen bereits als gescheitert, doch Merani dachte nicht daran, so einfach aufzugeben. Für sie war die Festung in den letzten Jahren ein einziger großer Spielplatz gewesen und sie glaubte, fast alle Geheimnisse entdeckt zu haben, die es hier zu finden gab.

Fröhlich grinsend führte sie ihre Begleiter zwei Stockwerke höher zu einem Magazin, in dem nachrangige Sachen aufbewahrt wurden. Diese Tür öffnete sich für jeden, der in der Festung lebte, und es würde sich auch niemand wundern, wenn sie und ihre Freunde hier eintraten.

»Was willst du da drinnen?«, fragte Careedhal.

»Das wirst du schon sehen.« Merani huschte in den Raum, wartete, bis ihre Freunde die Tür hinter sich geschlossen hatten, und wies sie an, ein paar der hier lagernden Kisten beiseitezuräumen. Jetzt zeigte es sich, dass es gar nicht so schlecht war, Qulka bei sich zu haben, denn die kleine Gurrländerin war kräftig und konnte einiges fortschaffen. Levitation wagte Merani nicht anzuwenden, da ihre Eltern dies sofort bemerkt hätten.

Schließlich war ein Teil der Wand freigeräumt. Während ihre Freunde noch verwundert herumstanden, trat Merani auf eine Stelle zu, die sich magisch etwas vom Rest der Wand unterschied, und legte die Hand dagegen. Im selben Augenblick war sie verschwunden.

Argeela kreischte erschrocken auf, doch da kehrte Merani schon wieder zurück. »Es ist alles in Ordnung. Die alten Versetzungstore funktionieren noch. Wir können sie benutzen!«

»Hier gibt es Versetzungstore? Wie funktionieren die?« Careedhal interessierte sich im Augenblick mehr für die Magie, die Merani verwenden wollte, als für den gesuchten Kristall.

Merani zuckte jedoch mit den Achseln. »Ich habe keine Ahnung! Die Dinger sind uralt. Selbst Yanga konnte mir nicht sagen, wie ihr Zauber funktioniert. Dabei sind die Versetzungstore so gut abgeschirmt, dass selbst Mama und Papa nicht feststellen können, wenn jemand so ein Ding benutzt. Aber jetzt kommt endlich! Ihr müsst nur hier die Hand darauflegen.«

Sie zeigte ihnen die Stelle und schob dann Qulka darauf zu. Die Zofe sträubte sich jedoch. »Das hat Euch die Magierkaiserin bestimmt nicht erlaubt!«

Um einen längeren Vortrag zu unterbinden, packte Merani ihre Zofe und presste ihre eigene Hand gegen den scheinbar undurchdringlichen Fels. Sofort waren beide verschwunden.

Die Zwillinge sahen sich kurz an. »Komm, wir dürfen Merani nicht warten lassen«, erklärte Careedhal und fasste die rechte Hand seiner Schwester. Die freie Hand legte er gegen das Zaubertor und sofort spürte er, wie sie beide eingezogen wurde. Im nächsten Augenblick aber fand er sich in einem Feld widerwärtig gelber Magie wieder. Die Gegenfarbe brannte wie Feuer in ihm, und er spürte, dass es seiner Schwester weitaus schlimmer erging. Doch wenn sie sich nicht beherrschten und einen magischen Schmerzensschrei ausstießen, würden alle Magier und Hexen in der Festung sie hören.

»Nimm dich zusammen«, raunte er Argeela lautlos zu und versuchte gleichzeitig, sie gegen die gelbe Magie abzuschirmen. Dann spürte er, wie seine Schwester kraftlos zusammensank, und begriff, dass der Durchgang geschafft war. Keuchend schnappte er nach Luft und beugte sich über Argeela, die sich am Boden krümmte und wimmerte.

»Was ist denn mit euch los?«, fragte Merani verwundert.

»Das Ding war gelb!«, stöhnte Careedhal, der sich zu seiner Erleichterung rasch wieder erholte.

Seine Schwester hatte der Durchgang jedoch so stark mitgenommen, dass Merani sie an sich drücken und warme, heilende Magie in sie einfließen lassen musste. »Tut mir leid, aber daran habe ich nicht mehr gedacht. Die Versetzungstore stammen noch aus einer Zeit, als auf dieser Insel gelbe Runi lebten. Der schwarze Magierkaiser Wassuram hat deren Höhlenpalast übernommen und umbauen lassen. Aber einige der alten Sachen funktionieren immer noch.«

»Warne uns das nächste Mal gefälligst vorher«, beschwerte Argeela sich. »Ich hatte das Gefühl, als würde mir bei lebendigem Leib die Haut abgezogen.«

»Leider müssen wir noch durch zwei weitere Tore hindurch und den gleichen Weg wieder zurück. Am besten bleibt ihr beide hier und wartet, bis ich wiederkomme.«

»Hoffentlich findest du den Kristall ohne mich. Schließlich bin ich ein besserer Spürer als du«, wandte Careedhal ein.

Merani machte eine beruhigende Geste. »Keine Sorge! Der entgeht mir nicht. Ich gehe jetzt und nehme das nächste Tor!«

Da packte Qulka sie und zog sie herum. »Ihr wollt gegen den strengen Befehl der Magierkaiserin verstoßen und diesen bösen Kristall holen, der Euch beinahe das Leben gekostet hat?«

Die Zofe wirkte so empört, dass Merani schon glaubte, die Kleine wolle sie verraten. Daher fasste sie Qulkas Hände und hielt sie fest. »Höre mir jetzt genau zu! Dieser Kristall hat etwas mit der Entstehung der magischen Stürme zu tun! Wenn meine Eltern nicht so beschäftigt wären, würden sie ihn selbst untersuchen. Aber da sie es nicht können, muss ich es tun. Diesmal werde ich jedoch nichts riskieren. Ich weiß, wo meine Grenzen liegen.«

»Aber es ist nicht richtig!«, protestierte Qulka.

»Hätte Mama vor sechsunddreißig Jahren genauso gedacht wie du, wären sie und Papa niemals aus Ilynrah geflohen und hätten auch nicht den Herrn des Feuerthrons gestürzt.« Merani legte all ihre Autorität in ihre Stimme. Wenn Qulka sie verriet, würde sie nach Girdania verbannt werden und der Kristall in einem geheimen Magazin der Festung verschwinden, in dem er wohl liegen bleiben würde, bis die Stürme die Inseln und auch die Höhlenfestung zerstört hatten.

Für ein paar Augenblicke wurde Merani von einer Untergangsvision gepeinigt, in der von dem Archipel nur noch ein paar unbewohnbare Schären übrig blieben. Qulka bekam es mit und fühlte sich verunsichert. Sie liebte ihre Herrin und wollte ihr dienen. Aber ihr Pflichtgefühl und die Anweisungen der Magierkaiserin verlangten von ihr, auf Merani aufzupassen, damit diese nichts Verbotenes anstellte.

Andererseits besaßen weder das Kaiserpaar noch die versammelten Magier und Hexen Zeit genug, sich diesen Kristall anzusehen. Wenn das Ding tatsächlich der Schlüssel für all die Probleme war, konnte das fatale Auswirkungen haben.

»Also gut, ich helfe Euch. Aber Ihr müsst mir versprechen, äußerst vorsichtig zu sein!« Ganz wohl war Qulka nicht bei diesen Worten, und sie nahm sich vor, scharf aufzupassen, dass ihre Herrin nicht zu übermütig wurde.

Merani war so erleichtert, dass sie das Gurrlandmädchen in die Arme schloss. »Das werde ich dir nie vergessen.«

Sie zwinkerte Argeela und Careedhal kurz zu, fasste dann die Hand ihrer Zofe und zog diese zum nächsten Versetzungstor. Einen Augenblick später blieben die Zwillinge allein zurück und mussten sich im Warten üben.

7

Merani fand den Kristall noch problemloser, als sie angenommen hatte. Ihn zu bergen war aber Schwerstarbeit, denn er steckte ganz unten in einem hohen Kistenstapel. Am einfachsten wäre es gewesen, die mit alten Waffen und magischen Dingen vollgestopften Kästen durch einen Levitationszauber zu versetzen, doch das wäre mit Sicherheit bemerkt worden. Daher blieb Merani nichts anderes übrig, als den Stapel mit Qulkas Hilfe Stück für Stück beiseitezuräumen und zu hoffen, dass das Überwachungsartefakt des Magazins nicht anschlug.

Als sie endlich die Kiste mit dem Kristall erreicht hatten, schwitzten beide vor Anstrengung. Erleichtert öffnete Merani den Kasten, nahm das Ding an sich und steckte es in die Tasche. Doch als sie zum Versetzungstor zurückkehren wollte, protestierte ihre Zofe. »So können wir das Magazin nicht zurücklassen. Wenn jemand hereinkommt, sieht er sofort, dass wir hier waren und den Kristall geholt haben.«

»Du meinst, wir müssen all die Kisten wieder so aufstapeln, wie sie waren?« Merani schüttelte sich bei dieser Vorstellung, aber sie begriff, dass Qulka recht hatte. Seufzend packte sie den ersten Behälter an einer Seite, während ihre Zofe die andere nahm. So schleppten sie das schwere Ding wieder an seinen früheren Platz. Als sie fertig waren, tat Merani der Rücken weh, und sie konnte die Arme kaum noch bewegen.

Prompt brachte Qulka noch einen Einwand. »Herrin, der Kristall ist violett, und die Versetzungstore wirken durch gelbe Magie. Kann der Kristall da nicht beschädigt werden?«

»Das wäre fatal!« Merani seufzte tief und bedauerte, dass sie den Stab nicht in eine Silberhülle stecken konnte. Silber schirmte magische Dinge ab. Bereits einfache Fingerringe aus diesem Metall behinderten jedoch auch jeden Zauber oder veränderten dessen Wirkung. Aus diesem Grund verwendeten die Magier und Hexen Silber nur, um Artefakte zu isolieren oder sich selbst darin einzuhüllen, wenn sie sich mit Vertretern ihrer Gegenfarbe trafen.

Da Merani das Magazin nicht durch das Tor verlassen konnte, blieb ihr nichts anderes übrig, als die Versetzungstüren zu benutzen. Daher steckte sie den Kristall in ihre Tasche, presste diese fest an sich und umhüllte ihn mit ihrer eigenen, schwarzen Magie. Dann forderte sie Qulka auf, sich an ihr festzuhalten, und benutzte die erste magische Pforte.

Kaum hatte sie die andere Seite erreicht, überprüfte sie den Kristall. Er schien unversehrt zu sein, zerrte aber an ihr, als wolle er erneut ihren Geist auf eine weite Reise schicken. Merani blockte diese Versuche rasch ab und nickte ihrer Zofe zu.

»Weiter geht's!«

Kurz darauf erreichten sie die Stelle, an der Argeela und Careedhal auf sie warteten. »Endlich kommt ihr. Wir waren schon in Sorge um euch!«, rief Careedhal erleichtert.

Merani begann zu grinsen. »Wir mussten nur ein Dutzend Kisten umstapeln, um an den Kristall zu kommen. Das hat leider ein wenig gedauert.«

»Ihr habt das Ding?« Argeela drängte ihren Bruder zur Seite und streckte die Hand nach dem Kristall aus. In dem Augenblick, in dem sie ihn berührte, keuchte sie erschrocken auf. »Er saugt an mir!«

»Lass ihn los!«, befahl ihr Bruder und zerrte sie zurück.

»Der Kristall ist gefährlich! Ich weiß nicht, ob es eine so gute Idee war, ihn heimlich zu holen.«

»Wenn man sich magisch abblockt, tut er einem nichts«, versuchte Merani Careedhal zu beruhigen.

Er schüttelte abwehrend den Kopf. »Ich glaube nicht, dass wir den Kristall selbst untersuchen sollten. Am besten übergibst du ihn Yanga und sagst ihr, was wir bisher herausgefunden haben.«

»Careedhal hat recht! Das Ding fasse ich nicht mehr an!« Argeela schüttelte sich vor Schrecken. Da ihre Fähigkeit, sich gegen magische Dinge abzuschirmen, im Gegensatz zu der ihres Bruders gering war, spürte sie immer noch die Anziehungskraft des unheimlichen Fundes und wagte nicht einmal, den Kristall anzusehen.

Merani gefiel diese Entwicklung ganz und gar nicht. Sie wollte den Kristall selbst untersuchen, anstatt ihn ihrer Lehrerin zu überlassen. Diese würde ihn an einer Stelle verbergen, an der Merani ihn mit Sicherheit nicht mehr finden würde, und dafür hatte sie ihn nicht so mühevoll zurückgeholt.

»Jetzt macht euch nicht gleich in die Hose!«, tadelte sie ihre Freunde. »Wir bringen den Kristall erst einmal in mein Zimmer, und dann überlegen wir, was wir mit ihm machen sollen.«

»Wir müssen ihn auf alle Fälle so schnell wir möglich in ein silbernes Kästchen stecken!« Careedhal misstraute dem Kristall und wollte nicht, dass dieser weiteres Unheil anrichten konnte.

Merani nickte. »Das machen wir. Aber jetzt kommt! Wir haben noch ein Versetzungstor zu bewältigen. Nehmt euch aber zusammen. Nicht dass ihr uns doch noch verratet, wenn ihr durch gelbe Magie hindurchmüsst.«

»Erinnere mich nicht daran!« Argeela schauderte es bei dem Gedanken, und sie war nicht sicher, ob sie das magische Tor noch einmal benutzen wollte.

»Warum können wir denn nicht einfach hier durch die Tür gehen?«, fragte sie Merani. Auch ihr Bruder sah so aus, als wäre ihm dies lieber.

Merani wies auf das Wachartefakt. »Das hier ist eines der gesicherten Magazine. Wenn wir die Tür öffnen, wird Alarm gegeben, und wir haben ein paar Minuten später Yanga am Hals. Was die mit uns macht, will ich euch lieber nicht ausmalen.«

»Mit Argeela und mir wird sie nicht viel machen, aber für dich dürfte es hart werden und wahrscheinlich auch für Qulka, weil sie dir geholfen hat.« Careedhal seufzte und erklärte dann seiner Schwester, dass sie Merani und ihre Zofe nicht im Stich lassen durften.

»Komm, schmieg dich an mich. Ich werde ein Abschirmfeld um uns beide aufbauen. Dann wird es nicht so schlimm«, sagte er und nahm Argeela in die Arme. Mit einem Gesichtsausdruck, als müssten sie sich in den Rachen eines Ungeheuers wagen, näherten sie sich dem magischen Tor, streckten die Hände danach aus und fanden sich an der Stelle wieder, an der das Abenteuer begonnen hatte.

Der Übertritt war dank Careedhals Vorsorge nicht ganz so schlimm. Dennoch wimmerte Argeela vor Schmerz, als Merani und Qulka erschienen. »Das hat echt wehgetan!«

»Tut mir wirklich leid!«, antwortete Merani, zog ihre Freundin an sich und setzte erneut Heilmagie ein, um Argeelas Schmerzen zu lindern. Zu ihrer Erleichterung hatte die Freundin keine bleibenden Schäden davongetragen. Auch Careedhal war, wie sie nach einer kurzen Prüfung erkennen konnte, völlig in Ordnung.

»Das wird bald wieder«, tröstete sie die Zwillinge und versteckte den Kristall unter ihrer Tunika.

»So, jetzt sollten wir so schnell wie möglich in mein Zimmer verschwinden, um das Ding einsilbern zu können.«

8

In der Thronhalle war Magierkönigin Mera viel zu beschäftigt, um etwas von den heimlichen Pfaden mitzubekommen, auf denen ihre Tochter wandelte. Der nächste magische Orkan hatte sich in dem Schärengewirr südlich von Runia gebildet und tobte erneut stärker als alle anderen vor ihm.

»Den können wir nicht mehr zwischen Runia und den anderen Inseln hindurch nach Norden leiten. Dafür ist er zu groß«, raunte sie Girdhan zu und drückte dabei seine Hand so fest, dass ihre Fingerknöchel weiß hervortraten.

»Dann müssen wir ihn nach Osten lenken. Dort ist genug Platz«, antwortete ihr Gemahl.

Die Magierkaiserin nickte und versuchte den Orkan mit Hilfe des Feuerthrons in die entsprechende Richtung zu schieben. Da dies jedoch nicht gelang, ließ sie ihn erst nach Norden ziehen und einen Haken über die Innere See schlagen. Dabei musste sie jedoch hinnehmen, dass seine Ausläufer sowohl die östlichsten Gebiete Malvones wie auch den Norden Girdanias heimsuchten, bevor es ihr und ihrem Gemahl gelang, ihn knapp an Runia vorbei nach Osten zu schicken. Er behielt jedoch seinen bogenförmigen Kurs bei, und Mera und Girdhan spürten, wie die Flanke des Sturms gegen den Schirm von Runia prallte und diesen beinahe durchschlug. Zu ihrer Erleichterung verließ er dann den Archipel und zog weiter nach Norden. Das Magierkaiserpaar verfolgte den Orkan, bis es zu der Überzeugung kam, dass er keine Gefahr mehr darstellte.

Als Mera erschöpft zusammensank, trat Yanga zu ihr und reichte ihr einen kleinen Becher. »Vorsicht, das ist Starkwasser aus Girdania. Aber es ersetzt Eure Kräfte rascher als normales Wasser oder Vla.«

»Danke!« Die Magierkaiserin trank den Becher halb leer und reichte ihn dann an Girdhan weiter. »Hier, mein Lieber. Du brauchst deine Kraft nicht weniger als ich.«

Auch Girdhan trank und wiegte dabei den Kopf. »Ich weiß nicht, wie es weitergehen soll. Wenn der nächste Sturm noch stärker ist, können wir die Inseln nicht mehr schützen.«

»Wir brauchen dringend Unterstützung. Vielleicht können die Runi uns helfen. Mit ihren Kräften müssten sie doch in der Lage sein, die Kraft der magischen Stürme so zu mindern, dass sie keine Gefahr mehr für unsere Inseln darstellen.« Die Magierkaiserin wusste nicht, ob jenes geheimnisvolle Volk auf der großen Insel im Nordwesten des Archipels wirklich dazu in der Lage war, klammerte sich aber an diese Hoffnung, denn sie und Girdhan waren an den Grenzen ihres Könnens angelangt.

Für einen Moment dachte sie an ihre Tochter. Hatte diese ihr nicht etwas zu erklären versucht, was mit diesen Stürmen zusammenhing? Sie verlor diesen Gedanken jedoch sofort wieder und richtete ihr Augenmerk auf Runia. Es war wichtiger, rasch Hilfe zu erhalten, als sich Meranis verrückte Ideen anzuhören.

Meras magische Sinne eilten weit noch Norden. Sie sah Gurrland hinter sich verschwinden, überflog Girdania und richtete ihre Aufmerksamkeit auf das Meer, das rasch unter ihr vorbeizog. Als sie den Geburtsort der magischen Stürme überflog, ließen magische Gegenfarbenexplosionen die See dort kochen. Daher war Mera froh, als dieses Gebiet hinter ihr lag und vor ihr die weiße Abschirmung auftauchte, die die Insel Runia umgab. Sie umhüllte die schwarze Magie des Feuerthrons, die ihr diese Geisterreise ermöglichte, mit ihrer eigenen, blauen Grundfarbe und tauchte in den Schirm hinein.

Augenblicke später schwebte ihr Geist über den weißen Bäumen Runias. Sie begriff, dass sie bereits erwartet wurde, denn der größte Teil des Volkes hatte sich auf dem Platz um den Heiligen Baum versammelt.

Königin Menanderah, die auf einem schlichten Korbstuhl neben dem mächtigen Stamm saß, richtete ihre Augen nach Süden und sandte dem Gast eine lautlose Botschaft. »Ich fühle deine Nähe, Mera, und bin froh, dass du gekommen bist!«

»Ich hätte euch lieber in schöneren Zeiten besucht. Jetzt treibt mich die Not, denn Girdhan und ich können die magischen Stürme nicht länger beherrschen.«

»Das dachte ich mir schon! Daher habe ich alle Runi zusammengerufen, um euch zu unterstützen. Gegen einen schwarzen Zaubersturm sind wir allerdings machtlos.«

»Girdhan und ich werden zusehen, was wir tun können. Aber es hilft uns bereits, wenn ihr die weißmagischen Stürme und die der euch zugewandten Farben ablenkt. Dann wird sich auch die Kraft des Feuerthrons wieder erholen. Wir mussten ihn in letzter Zeit zu oft benutzen, um die Inseln zu schützen.«

Mera war froh, dass die Königin sich ohne Wenn und Aber bereit erklärte, ihnen beizustehen. Allerdings sah sie Menanderah an, dass diese mehr auf dem Herzen hatte.

»Gibt es noch andere Probleme?«

Die Runikönigin rang in einer verzweifelten Geste die Hände. »Seit Kurzem plagen mich Visionen, die mich erschrecken. Ich spüre zwei Gefahren heraufziehen, die uns alle vernichten könnten. Die eine erwächst uns aus der Tiefe der See, und die andere kommt von weither über das Meer.«

»Kannst du mir mehr darüber berichten?«, fragte Mera besorgt. Ihr reichten schon die Schwierigkeiten mit den magischen Stürmen. Noch mehr Probleme konnte sie kaum verkraften.

»Leider nicht viel. Ich habe Schiffe gesehen, die auf unseren Archipel zuhalten. Ein eisernes Monstrum führt sie an, ähnlich wie jenes, mit dem Wassuram vor über tausend Jahren das Inselreich mit Krieg überzogen hat.«

Diese Nachricht war ein Schock. Da ein Jahrtausend alles ruhig geblieben war, hatte Mera ebenso wenig wie jeder andere im Archipel damit gerechnet, dass noch einmal Fremde über das Meer kommen würden. »Bist du dir sicher?«, fragte sie.

Die Runikönigin nickte. »Ja! Es sind schwarze Schiffe, und sie sind genauso wie Wassurams Flotte von einer ekelhaft dichten magischen Wolke umgeben.«

Mera wunderte sich nicht über den Abscheu, den die Runikönigin aussandte. Schwarz war deren Gegenfarbe, und die göttlichen Runi waren weitaus empfindlicher gegenüber magischen Farben als Menschen. Der Lehre der heiligen Farben zufolge müssten die Fremden natürliche Verbündete von Gurrland sein, doch die Ereignisse der letzten tausend Jahre hatten bewiesen, dass auch die Giringar-Anhänger im Archipel von solchen Besuchern nichts Gutes zu erwarten hatten. Diese hatten die Völker aller Farben gleichermaßen unterjocht. »Wir werden nicht zulassen, dass dies noch einmal geschieht!«

Menanderah atmete auf, als sie diesen Gedanken empfing. »Ich bin froh, dass du zu uns halten willst. Ich habe große Angst vor den Fremden, denn ich spüre ihren Hochmut und ihren Hass.«

»Zum Glück sind wir auf ihr Kommen vorbereitet, und diesmal gehorcht der Feuerthron uns. Sollten sie auch nur eine unserer Inseln angreifen, werden sie es bereuen.« Mera hörte sich entschlossener an, als sie sich fühlte. Was war, wenn der Feuerthron auf einmal nicht mehr ihr und Girdhan gehorchte, sondern diesen Fremden? Sie vertrieb ihre Zweifel sofort wieder. Bis jetzt hatten ihr Gemahl und sie den Thron beherrscht. Die anderen würden sie erst herunterholen müssen, um an ihn zu gelangen.

Mit einem zuversichtlichen Lächeln verabschiedete sie sich von der Runikönigin und einigen alten Freunden, insbesondere von Hekendialondilan und deren Mutter Hekerenandil. Dann strebte sie wieder in die Höhe und schwebte gen Süden. Diesmal umging sie das Gebiet der magischen Stürme im weiten Bogen. Doch sie wurde sich ihrer selbst erst wieder bewusst, als Girdhan ihr eine Tasse heißen Vla in die Hände drückte.

»Ich glaube, den kannst du gebrauchen.«

»Danke!« Mera kühlte das noch etwas zu warme Getränk magisch ab und schlang es anschließend gierig hinunter.

»Hast du mitbekommen, was ich erlebt habe?«, fragte sie, als ihr schlimmster Durst gestillt war.

Girdhan nickte mit grimmiger Miene. »Ja, das habe ich. Wie es aussieht, werden wir uns schon bald nicht mehr nur mit magischen Stürmen herumschlagen müssen, sondern auch mit Fremden, die in einem Schiff aus Eisen kommen, denn die waren bis jetzt keine Freunde von uns.«

Trotz des Ernstes der Lage musste Mera lachen. »Das ist eine starke Untertreibung! Die Leute auf dem einzigen Eisenschiff, das unseren Archipel bisher erreicht hat, wollten alle Inseln unterwerfen und die Bewohner versklaven.«

»Es ist gut, dass wir Vertreter aller von Menschen bewohnten Inseln hier versammelt haben. So können wir mit ihnen die Verteidigung des Archipels vorbereiten. Dabei hasse ich nichts mehr als Krieg!« Girdhan hieb mit der Faust auf die Lehne des Feuerthrons und sah im Gegensatz zu seinen Worten so aus, als wolle er die Fremden mit eigenen Händen erwürgen.

»Ich mag auch keinen Krieg«, antwortete Mera. »Doch wenn es sein muss, werden wir ihn führen!«

9

Als Tharon Sirrins Begleiter auf sich zukommen sah, hätte er die Magierin, aber auch die Lin'Velura erwürgen können. Einzig die entgeisterten Mienen der Magier vom Heiligen Schwert vermochten ihn aufzuheitern. Diese starrten fassungslos auf die kleine Gruppe, die eben »Giringars Hammer« betrat. Wie alle Magier des Schwarzen Landes waren sie an martialisches Auftreten, blitzende Rangabzeichen und militärisches Zeremoniell gewöhnt. Doch Sirrin wirkte so, als läge nur ein vergnüglicher Tagesausflug mit Freunden vor ihr.

Sie hatte sich mit bequemen Pluderhosen, einem weit fallenden violetten Hemd und schlichten Sandalen bekleidet. Auch trug sie keine Kopfbedeckung oder Haarschmuck. Ihre Leibwächterin machte ebenfalls nicht viel her. Tharon hatte eine Mar-Amazone erwartet, eine hochgewachsene, kräftige Frau mit breiten Schultern und schwellenden Muskelpaketen. Stattdessen tänzelte ein dürres Ding hinter Sirrin her, das noch keine fünfzehn Jahre zählen konnte. Seine Ausrüstung war jedoch die einer violetten Kriegerin mit Schuppenpanzer, Beinschienen und einem langen Schwert, das das Mädchen auf dem Rücken trug. Eine diademartige Spange auf der Stirn wies darauf hin, dass das Mar-Mädchen von hoher menschlicher Abkunft sein musste. Dennoch hielt Tharon seinen Wert im Kampf für gering.

Noch mehr als über die Leibwächterin wunderte er sich über den Adepten, der Sirrin begleitete. Dieser musste noch jünger sein als das Mädchen. Zudem war er so dünn wie ein Eirun und besaß ein schmales, längliches Gesicht mit roten Augen, einen feuerroten Haarschopf und die langen, beweglichen Ohren, die als Zeichen der Dämonen des Westens galten.

»Die Violetten müssen übergeschnappt sein, uns diese komischen Figuren zu schicken!« Gynrarr verzog das Gesicht zu einer verächtlichen Grimasse, drehte sich grußlos um und verließ das Deck.

Die junge Magierin blickte ihm mit einem seltsamen Lächeln nach und wandte sich dann an Tharon. »Linirias und Giringar zum Gruß, großer Kommandant. Ich melde mich mit meiner Begleitung an Bord, wie man bei euch sagt. Wenn du uns unsere Quartiere zuweisen lassen könntest, wären wir dir dankbar.«

»Darf ich dir zuerst die Magier an Bord von ›Giringars Hammer‹ vorstellen?«, fragte Tharon in dem verzweifelten Bemühen, das vorgeschriebene Protokoll zu retten.

Um Sirrins Lippen spielte ein amüsiertes Lächeln. »Warum? Ich werde die Herrschaften unterwegs kennenlernen!«

»Wie du meinst.« Tharon beschloss, alle Vorschriften bezüglich eines Besuches hochrangiger Verbündeter über Bord zu werfen, und rief den jungen Gurrimoffizier zu sich, der ihn zur Lin'Velura begleitet hatte.

»Leutnant Burlikk, bringe unsere Gäste in die für sie vorgesehene Kabine.«

Burlikk salutierte und bat Sirrin, ihm zu folgen. Diese schritt hinter ihm her, blieb aber noch einmal stehen und drehte sich zu Tharon um.

»Ich sehe es dir an der Nasenspitze an, dass du dich über Regandhors Anwesenheit wunderst. Ich tue es auch, doch es war ein Befehl ganz aus dem Osten, dass er mich anstelle der Jungadeptin, die ich gerade ausbilde, begleiten soll.«

»Er sieht aus wie ein Spitzohr, das man rot gefärbt hat!« Tharons Stimme knirschte, denn Wesen dieser Art hatte er bisher nur auf der feindlichen Seite gesehen und nur in ihren natürlichen magischen Farben Weiß, Gelb oder Grün. Er tastete mit seinen magischen Sinnen nach Regandhor und fand zunächst nichts. Dabei hätte der Junge als Adept ein magisches Leuchtfeuer sein müssen.

Wenn der Bursche wirklich ein Adept war, musste er ein ausgezeichneter Selbstabschirmer sein. Das wunderte Tharon noch mehr, denn diese Fähigkeit war nur selten angeboren, sondern musste von magisch Begabten mühsam erlernt werden.

Wer oder was war Regandhor? Im Violetten Land gab es nur sehr wenige hochrangige Magier, denn im Allgemeinen besaßen dort nur Frauen bemerkenswerte Fähigkeiten. Und sie nahmen auch die höchsten Posten dieses Reiches ein. Gab es in Linirias' Reich etwa Geheimnisse, von denen man im Schwarzen Land nichts wusste? Einmal misstrauisch geworden, überprüfte er auch die kleine Amazone. Das dürre Ding war kein normales menschliches Mädchen, sondern eine junge, wenn auch sehr einseitig ausgebildete Adeptin.

»Das soll eine mächtige violette Hexe sein! Kein Wunder, dass wir bei solchen Verbündeten den Krieg nicht gewinnen konnten«, erklärte Ewalluk gerade in höhnischem Tonfall.

Auch einige andere Magier spotteten über Sirrin und ihr Gefolge. »Diese Kinderamazone ist ja lächerlich und der Adept erst! Dem hätten sie den Namen Feuerkopf geben sollen. Allerdings nicht wegen seiner Fähigkeiten, sondern wegen seiner Haare! Bei Giringar, deren Violett geht ja fast schon in Rot über.«

Tharon drehte sich zu dem Sprecher um und fragte sich, wo dieser bei dem Jungen einen violetten Schimmer in den Haaren entdeckt haben wollte. Er selbst hatte nur tiefes, von innen heraus leuchtendes Rot gesehen, obwohl Rot seit jenen Zeiten, in denen der uralte rote Gott von seinen Dämonensöhnen getötet worden war, keine magische Farbe mehr war.

Auch Regandhors Ohren forderten die Magier zu bissigen Kommentaren heraus. »Der Bursche sieht direkt wie ein violettes Spitzohr aus. So etwas sollte man schon bei der Geburt erschlagen!«

»Wahrscheinlich ist der Kerl das Ergebnis eines Experiments. Na ja, was wir von Leuten mit Spitzohrblut in den Adern zu halten haben, wissen wir ja.« Bei diesen Worten sah der Sprecher vielsagend zu Tharon hinüber.

Dieser wunderte sich nicht, dass ihn nun etliche hasserfüllte Blicke trafen, und nahm sie mit einem Achselzucken hin. Er war es gewohnt, dass man sich das Maul über ihn und seine Abstammung zerriss. Gleichzeitig war er froh, die Magier vom Heiligen Schwert auch einmal außerhalb der üblichen zeremoniellen Begegnungen erleben zu können. Caludis' Einladung hätte ihn beinahe dazu verführt, sich dessen Orden anzuschließen, aber nun bezweifelte er, dass er in dieser Gruppierung glücklich geworden wäre.

Er sah sich noch einmal Sirrin und deren Begleiter an und begriff, dass diese nicht so jung waren, wie es den Anschein hatte. Die Angehörigen magischer Völker brauchten länger als normale Menschen, um erwachsen zu werden. Sie sahen deshalb länger jung aus. Wenn er den Maßstab der Eirundämonen zugrunde legte, war Sirrin etwas über tausend Jahre alt. Der Junge mochte vierhundert Jahre zählen und die kleine Amazone ein paar Jahrzehnte mehr. Das war Zeit genug, aus Heranwachsenden harte Kämpfer zu machen.

Seine Begleiter hingegen schienen vergessen zu haben, dass ihnen in ihren Türmen Magierschüler gleichen Alters zur Hand gingen. Tharon fragte sich, ob es nur ihr Hochmut war, der sie blind machte, oder ob mehr dahintersteckte. Doch wenn dies so sein sollte, war es ein Geheimnis, das er jetzt nicht zu ergründen vermochte.

10

Sirrin hatte sich umgezogen und trug nun ein langes, violettes Kleid mit dunkelblauen Stickereien. An jedem Finger ihrer schmalen Hände steckte ein Ring mit einem violetten Edelstein, außerdem trug sie eine Kette mit den gleichen Steinen um den Hals.

Für Tharon stellte jeder Edelstein ein kleines Artefakt dar, dessen Wirkung er ohne eine gründliche Untersuchung nicht erkennen konnte. Auch das Schwert der kleinen Kriegerin trug einen Edelstein von der Größe einer Kinderfaust im Knauf. Das war keine für Menschen gemachte Klinge, sondern eine Artefaktwaffe, die niemand in die Hände dieses jungen Mädchens gelegt hätte, wenn es nicht damit umzugehen wüsste.

»Wie heißt du?«, fragte er die Kleine, da Sirrin deren Namen noch nicht genannt hatte.

Die Amazone blickte ihn an, und zum ersten Mal bemerkte er das violette Leuchten in ihren Augen, das sie sonst verbarg, indem sie den Kopf senkte.

»Ich bin Tirah, Prinzessin von Mar.«

»Wenn du dem Volk der Mar entstammst, bist du aber arg aus der Art geschlagen«, antwortete Tharon.

»Das war nicht besonders höflich«, wies Sirrin ihn zurecht.

»Aber es entspricht der Wahrheit.« Tharon hatte keine Lust, lange um den heißen Brei herumzureden. »Ebenso wie diese angebliche Mar besitzt auch dein eigenartiger Schüler Fähigkeiten, die sich mir derzeit noch verschließen.«

Sirrin begann zu lachen. »Sei froh, dass du bereits so viel über sie weißt. Wir hätten dich auch ganz im Unklaren lassen können. Hör zu, mein Freund. Wie die Lin'Velura bereits sagte, hätte sie keinen anderen Schwarzlandmagier an Land gelassen oder ihn gar auf seiner Reise unterstützt. Unsere Heimat wird mit schwarzer Magie angegriffen! Glaubst du, wir würden einem der Männer hier an Bord auch nur einen Fingernagel weit trauen? Wer auch immer die Stürme gegen uns lenkt, tut es mit einem Artefakt, das aus dem Schwarzen Land stammt. Du kannst dir gewiss vorstellen, wie mächtig dieses Ding sein muss, und so etwas geht nicht einfach verloren. Dies ist eine gezielte Aktion! Irgendjemand aus dem Schwarzen Land will, dass wir Verluste erleiden!«

»Ist es möglich, dass jemand auf diese Weise den geplanten Waffenstillstand zwischen den beiden Seiten verhindern will?« Tharon schauderte bei diesem Gedanken, doch zu seinem Bedauern hielt er Leute wie Gynrarr und Ewalluk für fähig, in diese Richtung zu denken.

Sirrin winkte ab. »Dann müsste derjenige seine Waffe eher im Westen einsetzen und die Küsten des Grünen Landes mit Stürmen verheeren. So aber ergibt diese Aktion keinen Sinn, es sei denn, das Schwarze Land hat vor, nach einem Waffenstillstand mit unseren gemeinsamen Feinden die eigenen Verbündeten anzugreifen und zu unterwerfen.«

Im ersten Augenblick wollte Tharon Sirrins Worte als Unterstellung zurückweisen. Dann aber dachte er an die Magier vom Schwert und deren Aufstieg auf Kosten der anderen Magierorden. Würden diese sich auf Dauer damit zufriedengeben, hohe Posten im Schwarzen Land einzunehmen, oder reichte ihr Ehrgeiz nicht vielleicht doch über die eigenen Grenzen hinaus?

»Ich sehe, dass du verstehst, was ich meine.« Sirrin klang zufrieden, kniff aber im nächsten Moment die Augen zusammen und sprach eine Zauberformel. »Ein paar deiner Begleiter versuchen, uns auf magischem Weg zu belauschen.«

»Ich werde die Kerle zur Rede stellen!« Tharon wollte die Kabine verlassen, doch Sirrin glitt geschmeidig wie eine Schlange auf ihn zu und hielt ihn auf.

»Das machen wir nach den Methoden meines Landes und nicht nach euren.« Sirrin machte ein paar Handbewegungen und lehnte sich dann gemütlich in dem Stuhl zurück, der neben einem kleinen Schrank und einem schmalen Bett die ganze Einrichtung ihrer Kabine bildete. Jeder Adept des Schwertordens wohnte auf »Giringars Hammer« besser, und Tharon beschloss, denjenigen, der Sirrin in diesem Gelass einquartiert hatte, zur Rechenschaft zu ziehen.

Die Magierin erkannte seine Absicht und hob beschwichtigend die Hand. »Es war mein Wunsch, so bescheiden zu wohnen. An dieser Stelle vermag ich meine Umgebung besser abzuschirmen als dort, wo die hohen Herrschaften sich gegenseitig mit Hilfe ihrer Kleinartefakte ausspionieren. Weißt du, Tharon, sie trauen auch einander nicht. Gynrarr weiß genau, dass Ewalluk nichts lieber täte, als seinen Platz im Ranggefüge einzunehmen, und Ewalluk ist sich im Klaren darüber, dass der Erzmagier alles tun wird, um dies zu verhindern.«

»Das erzählst du mir, während sie uns belauschen?« Tharon nahm ihren Hinweis auf und wollte nun selbst den Raum abschirmen.

»Tu es nicht«, sagte Sirrin freundlich. »Unsere Freunde hören derzeit ein Gedicht, dargebracht von unserer lieben Tirah, in denen sie von der Herkunft des Mar-Volkes erzählt. Es wäre nett von dir, wenn du auf mein Zeichen hin höflich klatschen würdest. Danach singe ich ein Lied aus der violetten Wüste, und hinterher wird Regandhor eine Ode zu Ehren der großen Linirias zum Besten geben.«

Als sie Tharons fassungslosen Blick sah, musste sie lachen. »Es ist alles auf Kristall gespeichert. Wie du siehst, haben wir vorgesorgt. Aber nun weiter im Text: Die Leute, die wir suchen, sind höchstwahrscheinlich Freunde deiner Begleiter. Vor gut tausend Jahren erhielten mehrere hochrangige Schwertmagier unter der Führung Wassurams den Befehl, ein thronartiges Artefakt zu bauen, das für euren obersten Herrn selbst gedacht war. Dieses Ding, das Feuerthron genannt wurde, sollte Giringar dazu dienen, im äußersten Notfall selbst in die Kämpfe eingreifen zu können. Dazu ist es zum Glück nicht gekommen, denn es hätte den Kampf der Götter selbst und damit das Ende der Welt bedeutet.

Nachdem Wassuram den Feuerthron fertiggestellt hatte, lieferte er ihn jedoch nicht ab, sondern erklärte, dieser müsse erst erprobt werden, und fuhr mit einem eurer Stahlschiffe nach Süden. Dabei nahm er heimlich in Verkleinerungsartefakten eingesperrte Gurrim und blaue Sklaven mit, unter denen sich einige recht gut ausgebildete Magierinnen befanden. Danach hat man nichts mehr von Wassurams Expedition gehört. Wundert es dich, wenn ich dir sage, dass ich bei der Lenkmagie der Zauberstürme auch blaumagische Anteile gespürt habe?«

»Nein, das wundert mich nicht!« Tharon rauschte der Kopf. Wenn Sirrin recht hatte, würden Gynrarr und Ewalluk dem verschollenen Feuerthron rascher auf die Spur kommen, als sie es erwarteten. »Also steht uns ein mächtiger Magier samt seinen Adepten und Magierinnen gegenüber, und der wird nicht freiwillig vom Feuerthron herabsteigen und ihn uns aushändigen. Also werden wir Krieg gegen Leute der gleichen Farbe führen müssen.«

»Ganz richtig, großer Magier. Richte dich geistig schon einmal darauf ein. Dabei hast du schon mit deinen eigenen Begleitern genug Ärger am Hals. Gynrarr und Ewalluk beraten nämlich gerade, wie sie dich ausschalten und den Erfolg an ihre Fahnen heften können.«

»Woher weißt du das?«, fragte Tharon verdattert.

»Wer mich auf magischem Weg aushorchen will, muss damit rechnen, dass ich den Zauber gegen ihn selbst einsetze. Jetzt klatsche möglichst gelangweilt, denn Tirahs Vortrag ist eben zu Ende gegangen.«

11

Den Kristall zurückzubekommen war der leichtere Teil gewesen, das wurde Merani schmerzhaft klar, als sie keine Möglichkeit fand, ihn auch zu untersuchen. Obwohl sie danach gierte, die beiden Mädchen unter dem Meer mit dem Kristall erneut aufzuspüren, durfte sie ihn nicht benutzen, weil ihre Mutter sofort darauf aufmerksam würde. Daher hatte sie ihn in ein Silbertuch eingewickelt und in ein silbernes Kästchen gelegt, das jede magische Ausstrahlung abschirmte. So konnten weder ihre Eltern noch Yanga ihn bemerken, und es bestand auch nicht die Gefahr, dass der Kristall ihren Geist erneut auf die Reise schickte, ehe sie darauf vorbereitet war. Hier auf Gurrland gab es keinen Ort, an dem sie sich in Ruhe mit dem Ding beschäftigen konnte. Dabei hätte Merani genügend Zeit gehabt, dem Geheimnis des Kristalls nachzuspüren.

Im Palast wurde die Situation von Tag zu Tag schlimmer. Selbst die Gäste kamen kaum mehr aus dem Thronsaal heraus, weil sie sich beinahe pausenlos mit dem Magierkaiserpaar berieten. Yanga kümmerte sich kaum noch um ihre Schüler und deren Unterricht, sondern wies die drei an, sich selbst zu beschäftigen.

»Es ist zum Haareraufen«, sagte sie eines Morgens zu Argeela und Careedhal, als sie in ihrem Zimmer zusammensaßen und frühstückten.

»Vielleicht sollten wir unsere Eltern bitten, uns nach Hause zu schicken, und du kommst mit uns«, schlug Argeela vor.

»Das wäre eine Möglichkeit!« Merani war nicht gerade begeistert von dieser Idee, denn als südlichstes der drei ardhunischen Fürstentümer lag Ardhu noch weiter vom Geburtsort der magischen Stürme entfernt als Gurrland. Doch es war auf alle Fälle besser, dahin zu reisen als nach Girdania. Dort würde Girdhala ihr den Kristall sofort wegnehmen und mit Hilfe ihrer Hexen selbst untersuchen. Doch dafür hatte sie ihn nicht aus dem streng geschützten Magazin ihrer Mutter gestohlen.

»Ich rede gleich mit Mama und Papa und sage ihnen, dass wir heimwollen.« Argeela bedrückte die düstere Atmosphäre in der Festung von Gurrdhirdon, und sie sehnte sich nach einem Zimmer, das ein echtes Fenster besaß, welches man auch öffnen konnte.

»Also ist es abgemacht. Wir sehen zu, dass wir nach Ardhu kommen!« Auch Careedhal wirkte erleichtert, Gurrland verlassen zu können.

Merani machte eine abwehrende Geste. »Weg müssen wir, so viel ist klar. Aber wir könnten unsere Eltern doch zum Beispiel bitten, nach Ilyndhir reisen zu dürfen.«

»Was sollen wir ausgerechnet dort?«, fragte Argeela.

»Meine Eltern sind dort aufgewachsen, und meine Großmutter und die gesamte Familie leben da«, erklärte Merani gereizt.

Careedhal schüttelte den Kopf. »Deine Großmutter befindet sich derzeit hier, ebenso deren Ehemann und deine Urgroßmutter. Deine Eltern werden sich kaum davon überzeugen lassen, dass du sie auf Ilyndhir besuchen willst!«

»Aber meine Tante ist noch dort. Außerdem gibt es in Ilynrah die besten Goldgarnelen, die man sich denken kann!« Merani leckte sich bereits bei dem Gedanken daran die Lippen. Aber ihr Ziel war nicht der »Blaue Fisch«, das beste Speiselokal in Ilynrah, sondern der Hexenwald südlich der Hauptstadt. Dort, wo einst ihre Geistervorfahren gelebt hatten, gab es den einzigen Ort auf dem Archipel, wo sie den Kristall ungestört untersuchen konnte.

»Versteht doch, Ilyndhir ist viel weiter von Gurrland weg als eure Heimatinsel. Wenn wir jetzt den Kristall auf Ardhu benützen, besteht die Gefahr, dass meine Eltern es bemerken und uns daran hindern. Außerdem könnte es sie bei ihren eigenen Zaubern stören, und das wäre fatal. Auf Ilyndhir hingegen können wir den Kristall gefahrlos benutzen!«

Merani redete eifrig auf die Zwillinge ein und ließ sogar ein wenig Beeinflussungsmagie in ihre Worte einfließen, obwohl Careedhal dagegen immun war.

Daher wirkte er noch ein wenig skeptisch, während seine Schwester begeistert in die Hände klatschte. »Nach Ilyndhir wollte ich schon lange mal wieder. Die Insel ist wunderschön.«

Merani fühlte sich schlecht, weil sie ihre Freundin mit unlauteren Mitteln so weit gebracht hatte. In dem Moment stimmte jedoch auch Careedhal zu. »Mich würde es interessieren, den Hexenwald von Ilyndhir mal aus der Nähe zu sehen. So etwas soll es im gesamten Archipel nicht mehr geben, außer auf Runia. Aber die Inseln der Runi darf ja sowieso niemand betreten!«

»Das stimmt nicht ganz! Meine und eure Eltern waren dort«, erklärte Merani. Doch sie wusste ebenso gut wie die Zwillinge, dass es kaum möglich war, die geheimnisvolle Insel ohne Einladung der Königin Menanderah zu betreten. Dem jetzigen Magierkaiserpaar und deren Freunden Kip und Careela war es nur durch einen glücklichen Zufall gelungen, dort anzulanden. Seitdem aber war keiner von ihnen je wieder auf Runia gewesen.

»Runia wäre auch keine Lösung. Ich glaube nicht, dass die Runi uns mit dem Kristall experimentieren lassen würden. Doch im Hexenwald von Ilynrah können wir tun, was uns gefällt!« Merani stand auf und wollte das Zimmer verlassen.

Da stellte Qulka sich ihr in den Weg. »Was denkt Ihr Euch, Herrin? Ihr könnt dieses Kristallding nicht irgendwohin bringen und dort ausprobieren. Wer sollte Euch und den fürstlichen Hoheiten beistehen, wenn etwas schiefgeht? Und das wird es ganz gewiss! Ich werde mit der ehrenwerten Yanga sprechen, damit sie Euch diesen Wahnsinn ausredet.«

»Versuche es und ich verwandle dich in einen Wurm!«

Qulka verschränkte die Arme vor der Brust und blitzte Merani herausfordernd an. »Eine so gute Hexe seid Ihr noch lange nicht!«

»Ich werde dir zeigen, wie gut ich bin!« Merani holte tief Luft und rief sich einen Zauber ins Gedächtnis, der ihre Zofe zwar nicht in einen Wurm verwandeln, diese aber vollkommen unter ihren Bann zwingen würde.

In dem Moment griff Careedhal ein. »Jetzt seid friedlich! Alle beide! In normalen Zeiten hätte Qulka recht. Da müssten wir mit Yanga oder Meranis Eltern über den Kristall sprechen. Doch in diesen Tagen, in denen der Feuerthron durch die Abwehr der magischen Unwetter geschwächt ist, müssen sie alle ihre Kraft für den Schutz der Inseln einsetzen.

Merani hat jedoch herausgefunden, dass dieser Kristall eine gewisse Rolle bei der Lösung all unserer Probleme spielt. Daher dürfen wir ihn nicht nutzlos herumliegen lassen. Da das Magierkaiserpaar und all die anderen Magier keine Zeit haben, sich mit ihm zu befassen, bleibt diese Aufgabe uns überlassen. Keine Sorge, Qulka! Wir wissen, dass die Beschäftigung mit dem Kristall gefährlich ist, und werden entsprechend achtgeben!«

Obwohl Careedhal ein wenig oberlehrerhaft klang, war Merani froh, dass er zu ihren Gunsten eingegriffen hatte. Sie lächelte ihm zu und gab dann Qulka einen Stups. »Wenn du uns jetzt im Stich lässt, werde ich dir das niemals verzeihen. Es ist wichtig, dass wir das tun, verstehst du? Vielleicht gelingt es uns mit Hilfe des magischen Steins herauszufinden, warum derzeit so viele Zauberstürme entstehen.«

»Einen von mehreren Gründen kann ich dir nennen«, warf Careedhal ein.

»So, und welchen?«, fragte Merani irritiert. Ihrer Ansicht nach begann der Junge sich zu wichtig zu nehmen.

»Es liegt an meinem Vater. Wie ihr wisst, ist er ein Arghan, der auf seltsame Art und Weise wiedergeboren wurde. Den Berichten unserer Mutter zufolge, die ihn damals gefunden hat, soll er tausend Jahre lang ungeheure Mengen an freier Magie an sich gezogen und umgewandelt haben. Das geschieht nun seit sechsunddreißig Jahren nicht mehr, daher kommt es dort zu immer stärkeren Ausbrüchen.«

»Das allein kann nicht die Ursache für die gewaltigen Zauberstürme sein!« Merani gefiel die Theorie nicht, da sie nicht zu ihren eigenen Überlegungen mit den beiden Mädchen unter dem Meer passte.

»Da hast du vollkommen recht«, stimmte Careedhal ihr zu ihrer Verblüffung zu. »Es muss mit mehreren Faktoren zusammenhängen. Leider gibt es keine Aufzeichnungen aus der Zeit, bevor Wassuram hierhergekommen ist. Mich würde interessieren, wie der Geburtsort der magischen Stürme ausgesehen hat, bevor Papa – oder besser gesagt – der Arghan Argutano sich dorthin begeben hat.«

Merani nickte nachdenklich. »Es muss dort eine starke magische Quelle geben, sonst hätte er es nicht getan. Du hast selbst gesagt, dass es eine ungeheure Menge an Magie braucht, damit ein Arghan wiedererstehen kann.«

Careedhal nickte. »Das ist richtig! Ich bin auch sicher, dass wir nur an dieser Stelle das Geheimnis lösen können.«

»Bist du verrückt?«, fuhr seine Schwester hoch. »Kein Schiff kann derzeit die Innere See befahren oder sich gar den Schären nähern, bei denen die Zauberstürme entstehen.«

»Zumindest würden wir keinen Schiffer finden, der uns dorthin bringt!« Merani seufzte, denn irgendwie verlockte es sie, diesen ebenso geheimnisvollen wie unheimlichen Ort kennenzulernen. Aber selbst die schwarzen Galeeren der Gurrländischen Flotte waren nicht in der Lage, bis in das Gebiet vorzudringen, in denen die magischen Stürme entstanden.

»Wir versuchen es von Ilyndhir aus«, wiederholte sie.

»Dafür braucht ihr erst einmal die Erlaubnis, dorthin reisen zu dürfen!« Qulkas Worte dämpften die Begeisterung der drei ein wenig. Dann aber sahen die drei sich entschlossen an.

»Kommt mit! Wir reden mit unseren Eltern«, forderte Merani ihre Freunde auf und schoss zur Tür hinaus.

12

Auf dem Weg zum Thronsaal trafen sie Kipan. Er schien es eilig zu haben, denn er rief ihnen nur rasch einen Gruß zu und wollte auf die Levitationsplatte steigen. Doch so einfach entkam er Merani nicht. Diese blieb vor ihm stehen und tippte ihn an. »Was ist denn mit dir los?«

»Verzeiht, Kaiserliche Hoheit, aber ich muss zur Küste und mein Schiff für die Abreise vorbereiten. Graf Hemor wird im Auftrag des allerhöchsten Magierkaiserpaares nach Ilyndhir zurückkehren, um Ihre Majestät, Königin Ilna V., von dem bisherigen Ergebnis der Beratungen zu informieren.«

»Wie war das mit Kaiserlicher Hoheit und so?« Merani konzentrierte sich und hob den jungen Mann mit Hilfe ihrer magischen Kräfte eine Handbreit hoch.

Kipan keuchte erschrocken auf, als er auf einmal keinen Boden mehr unter den Füßen fühlte. Argeela kicherte, und selbst Careedhal musste sich das Lachen verkneifen. Nur Qulka war mit Meranis Handlung nicht einverstanden und setzte eine missbilligende Miene auf. »Herrin, das dürft Ihr nicht tun!«

Da Merani noch nie einen ähnlich schweren Gegenstand wie den jungen Mann magisch angehoben hatte, spürte sie, dass ihre geistigen Kräfte rasch nachließen. Als Letztes zog sie Kipan die Beine weg, so dass er auf dem Hosenboden landete, und blickte dann feixend auf ihn herab. »Wenn du nicht noch mal hinfliegen willst, solltest du in Zukunft Merani zu mir sagen.«

»Nicht vor all den hohen Herrschaften!«, rief Kipan entsetzt.

»Da sei es dir ausnahmsweise gestattet, mich mit Eurer Glorifizienz anzusprechen!«

»Das ist aber nur der Titel des allererhabensten Magierkaiserpaares«, wandte Kipan ein.

»Also gut! Kaiserliche Hoheit genügt. Aber dafür wirst du uns nach Ilyndhir mitnehmen!«

»Ich? Euch? Mitnehmen?« Kipan stand auf, wich ein paar Schritte zurück und schüttelte unwillkürlich den Kopf. Er mochte Merani und die Zwillinge, aber er fühlte sich besser, wenn er ohne sie auf seinem Schiff war und die drei auf Ardhu und Gurrland weilten. Schon als Kleinkind wurde er zum Opfer von Meranis damals noch instinktiven Zauberversuchen. Einmal hatte sie ihm in Anwesenheit von Königin Ilna mit Levitation ein frisches Hühnerei auf den Kopf gesetzt. Natürlich war es sofort zerbrochen, und während ihm das glibberige Zeug über die Haare und das Gesicht gelaufen war, hatte Ilna V. zum Entsetzen ihrer schockierten Hofdamen schallend gelacht.

Gleichzeitig war ihm klar, dass ihm wohl nichts anderes übrig bleiben würde, als die drei Plagen am Ende mitzunehmen. Daher bemühte er sich, so würdig dreinzuschauen, wie es einem Kapitän der Ilyndhirischen Flotte zukam. »Ich fühle mich geehrt, Kais… Merani. Allerdings muss ich euch alle bitten, keinen Unsinn an Bord anzustellen. Die Zeiten sind gefährlich, und weder die Offiziere noch die Mannschaften dürfen bei ihrer Arbeit gestört werden.«

»Wir stören schon nicht«, behauptete Merani und meinte es sogar ernst.

»Ich werde die Kabinen für euch vorbereiten lassen. Ich hoffe, es widerstrebt Herrn Careedhal nicht, die seine mit mir zu teilen. Da Graf Hemor mit uns reist, ist der Platz etwas beengt.«

»Wieso? So dick ist er doch gar nicht!«, fragte Merani scheinbar naiv.

»Er benötigt trotzdem eine Kabine für sich!« Kipan nahm sich vor, sich nicht provozieren zu lassen, und bat darum, sich entfernen zu dürfen.

»Erlaubnis erteilt«, erklärte Merani großzügig und ging weiter. Die Zwillinge und Qulka folgten ihr.

»Ihr hättet Kapitän Kipan nicht sagen dürfen, dass er Euch nach Ilyndhir mitnehmen soll, solange Ihr die Erlaubnis Eurer Eltern noch nicht erhalten habt«, sagte die Zofe tadelnd.

Merani und ihre beiden Mitverschworenen wechselten einen kurzen Blick. Notfalls würden sie sogar auf eigene Faust nach Ilyndhir reisen.

Als sie den Thronsaal betraten, war es dort so still, dass man eine Nadel hätte fallen hören. Yanga reichte Girdhan gerade einen großen Krug mit heißem Vla, während die alte Merala ihre Enkelin Mera in den Armen hielt und deren Erschöpfung mit Heilmagie zu vertreiben versuchte.

»Das war ein schwarzer Zaubersturm. Beinahe wäre es nicht mehr gelungen, ihn von den Inseln fernzuhalten«, erklärte Argo den Kindern. Er sah besorgt aus, denn wie alle hier wusste auch er, dass vielleicht schon der nächste oder übernächste Sturm so stark sein würde, dass das Magierkaiserpaar ihn nicht mehr beherrschen konnte.

Argeela schmiegte sich an ihn, wie sie es immer tat, wenn sie etwas haben wollte, und blickte bittend zu ihm auf. »Du, Papa, wir würden Gurrland gerne verlassen.«

»Ihr wollt nach Hause? Dabei habe ich gedacht, es gefällt euch, mit Merani zusammen zu sein.«

»Das gefällt uns auch, und wir würden Merani gerne mitnehmen. Weißt du, hier ist alles so ernst.«

»Da Yanga keine Zeit für uns hat, können wir auch nicht weiterlernen.« Careedhal bemühte sich, enttäuscht zu klingen, und traf bei seiner Mutter sofort auf offene Ohren.

»Das hier ist derzeit wirklich kein Ort für Kinder«, sagte Fürstin Careela. »Wir sollten die beiden heimschicken und Mera und Girdhan fragen, ob Merani mit ihnen fahren darf.«

Das war nicht in Meranis Sinn. Ihr Ziel war nicht Ardhu, sondern Ilyndhir, und deshalb machte sie ihren Freunden die entsprechenden Zeichen. Da hatte Fürstin Careela sich bereits an das

Magierkaiserpaar gewandt. »Habt ihr etwas dagegen, wenn wir die Kinder nach Ardhu schicken? Dort fühlen sie sich gewiss wohler als hier.«

Während Girdhan nickte, hob Mera mit einer zweifelnden Geste den Kopf. »Ich weiß nicht so recht! Mir macht die Vision der Königin Menanderah Sorgen. Wenn wirklich Schiffe aus Eisen kommen, sind die Kinder hier in der Festung sicherer als auf Ardhu.«

Das sieht gar nicht gut aus, fand Merani und sah sich und ihre Freunde bereits als blinde Passagiere an Bord von Kipans »Blaumöwe« schleichen. Sie wollte jedoch nicht von vorneherein aufgeben und lief zu ihrer Mutter. »Argeela, Careedhal und ich wollen nicht nach Ardhu, Mama, denn dort gibt es keine Hexe, die uns ausbilden kann. Darum wollen wir lieber nach Ilyndhir reisen. Tante Meranda wird uns sicher gerne unterrichten.«

»Ilyndhir? Das ist aber sehr weit weg«, wandte Girdhan ein.

Auch Mera zog eine zweifelnde Miene. »Ich glaube nicht, dass es gut wäre, wenn ihr dorthin fahrt. Es drohen uns Gefahren, von denen ihr noch nichts wisst.«

»Ihr meint die Visionen der Runikönigin?« Careedhal hatte vorhin aufgepasst und konnte dieses Wissen jetzt einsetzen.

Die Magierkaiserin nickte. »Menanderah sieht Unheil auf uns zukommen. Aus diesem Grund reist Graf Hemor in seine Heimat, um dort alles vorzubereiten.«

»Wir können Graf Hemor doch begleiten und später wieder zurückkommen!« Merani blieb hartnäckig, und auch ihre Freunde bettelten, dass sie nach Ilyndhir wollten.

Mera blickte ihren Ehemann fragend an. »Was sagst du dazu?«

»Wenn du nicht so erschöpft wärst, würde ich dir raten, in die Zukunft zu blicken.«

»Das habe ich schon getan und die fremden Schiffe gesehen«, antwortete Mera mit gerunzelter Stirn.

»Weißt du, welchen Kurs sie eingeschlagen haben?«

Seine Frau griff sich mit den Fingern an die Schläfen und dachte nach. »Wenn mich nicht alles täuscht, werden sie östlich an Runia vorbeifahren und auf Gurrland zuhalten.«

»Sie kümmern sich also nicht um Ilyndhir?«

»Wenigstens zum jetzigen Zeitpunkt tun sie es nicht«, musste die Magierkaiserin zugeben.

Girdhan atmete tief durch und wechselte einen Blick mit Fürstin Careela und Argo. »Ich bin mir unsicher, wie ich entscheiden soll, doch vielleicht ist es das Beste, die Kinder nach Ilyndhir zu schicken. Dort sind sie erst einmal fernab aller Gefahren. Sollte die Insel wirklich angegriffen werden, können sie sich in den Hexenwald zurückziehen. Wir finden dann schon eine Möglichkeit, sie von dort wegzuholen.«

»Papa, du bist der Beste!« Obwohl weder ihre Mutter noch Argeelas und Careedhals Eltern zugestimmt hatten, umarmte Merani ihren Vater.

»Du hast recht. Wenn die drei weg sind, werden wir auch nicht mehr gestört, wenn wir es am wenigsten brauchen können!« Der liebevolle Blick, mit dem die Magierkaiserin ihre Tochter maß, widersprach ihren tadelnden Worten. Sie legte die Arme um Merani und zog diese an sich. »Pass auf dich auf, Kleines!«

»Mache ich, Mama.« Merani fühlte sich schlecht, weil sie ihre Eltern beschwindelt hatte, und sie kämpfte mit den Tränen. Auch Argeela umarmte ihre Eltern und weinte dabei so hemmungslos, als stünde ihnen eine Trennung für immer bevor.

13

Kipan begrüßte seine Passagiere in seiner besten Uniform. Als Merani das Deck betrat, riss er seinen Hut mit der blauen Feder, die seinen Rang als Kapitän anzeigte, vom Kopf und verbeugte sich.

»Eure Kaiserliche und Fürstlichen Hoheiten, es ist mir eine Ehre, Euch an Bord des Schiffes Ihrer Ilyndhirischen Majestät, der ›Blaumöwe‹, begrüßen zu dürfen.«

Diesmal ließ Merani ihm die pompöse Begrüßung durchgehen, denn es sahen fast einhundert Matrosen und Offiziere zu, und zumindest einer würde bestimmt zu Hause erzählen, dass Kapitän Kipan, Sohn des Großadmirals Kip, die hohen Gäste aus Gurrland und Ardhu nicht mit der Achtung empfangen habe, die das Protokoll vorschrieb. Sie nickte ihm freundlich zu und ließ ihren Blick über den schlanken Segler mit den beiden hohen Masten schweifen, von denen der vordere zwei Rahsegel und der hintere ein großes Gaffelsegel trug. Da die »Blaumöwe« zu den schnellsten Schiffen des Archipels zählte, war es für einen jungen Mann wie Kipan eine hohe Ehre, zum Kommandanten dieses Schiffes ernannt worden zu sein, auch wenn viele dies nur dem Einfluss seines Vaters zuschrieben.

Plötzlich freute Merani sich auf das Wiedersehen mit Großadmiral Kip. Dieser war ein alter Freund ihrer Eltern und hatte mit ihnen, Fürstin Careela und Argo zusammen den früheren Magierkaiser von Gurrland gestürzt. Dabei hatte ihnen auch ein Mädchen aus Runia geholfen. Merani war traurig, dass sie Hekendialondilan nicht hatte kennenlernen dürfen. Doch auf ihre Bitte hin, sie doch einmal nach Runia zu schicken, hatten ihre Eltern erklärt, dies sei wegen ihrer magischen Grundfarbe nicht möglich. Immerhin war sie schwarz und wies damit die Feindfarbe der weißen Runi auf.

Merani wunderte sich, weil ihr dies in diesem Moment durch den Kopf schoss, denn Kipan stellte ihr gerade seine Offiziere und Maate vor. Zwar rauschten die Namen an ihr vorbei, doch sie wusste, dass sie sich rechtzeitig an sie erinnern würde, falls es nötig war. Sie lächelte etwas gezwungen und hob grüßend die Hand. Dabei sehnte sie sich im Grunde danach, in ihre Kabine zu kommen. Rasch sah sie sich zu Qulka um. Die kleine Gurrländerin wankte unter der Last des Gepäcks, das sie sich aufgeladen hatte.

Irgendwo in dem riesigen Bündel, das Qulka mit sich schleppte, befand sich auch das Silberkästchen mit dem Kristall. Merani hatte es in den Packen mit ihrer Kleidung gesteckt. Nun starb sie tausend Tode aus Angst, Qulka habe nicht alles mitgenommen und der Kristall wäre in Gurrdhirdon zurückgeblieben. Sie fingerte das Gepäck kurz mit ihren Kräften ab und atmete erleichtert auf, als sie Silber in genau dem Umfang spürte, wie es zu der Schatulle passte. Auf Qulka war eben doch Verlass.

Unterdessen war Kipan mit seiner Begrüßung am Ende und salutierte. »Wenn Kaiserliche Hoheit erlauben, würde ich jetzt den Befehl zum Ablegen geben.«

»Ich erlaube es«, sagte Merani und sah einen alten Seebären vor sich, der linkisch salutierte. »Wenn Kaiserliche Hoheit mir bitte folgen möchten! Oder wollt Ihr lieber an Deck bleiben und dem Ablegemanöver zusehen?«

Eigentlich hatte Merani gleich unter Deck gehen wollen. Jetzt aber verspürte sie die Sehnsucht zu schauen, wie das Ufer ihrer Heimatinsel hinter ihr zurückblieb.

»Danke, ich bleibe an Deck. Bitte hilf meiner Zofe, das Gepäck in meine Kabine zu bringen.«

»Es wird sofort geschehen!« Der Matrose klatschte in die Hände. Sofort eilten mehrere junge Burschen heran und nahmen Qulka trotz ihres Protestes den großen Packen und etliche Taschen ab.

»Hab dich nicht so, Qulka, sondern sei froh, dass man dir hilft. Im Gegensatz zu dir sind diese Männer gewohnt, die steilen Schiffstreppen zu benutzen. Du würdest unter der Last vielleicht abrutschen und hinunterfallen, und danach müsste ich dir deine gebrochenen Knochen mit Heilmagie wieder zusammenflicken.«

Meranis scharfe Worte reichten aus, um Qulka zum Schweigen zu bringen. Mit mürrischer Miene folgte sie den Matrosen in den Bauch des Schiffes hinab und begann, das Gepäck ihrer Herrin und auch das der Zwillinge in den Truhen zu verstauen, die Kipan in weiser Voraussicht hatte bereitstellen lassen.

Unterdessen stieg Merani auf das leicht erhöhte Achterdeck und lehnte sich gegen die Reling. Als die Küste hinter der »Blaumöwe« zurückblieb, fühlte sie einen Klumpen im Magen.

»Jetzt hab dich nicht so«, schalt Merani sich selbst.

»Was ist los?«, wollte Argeela wissen.

»Nichts!«, antwortete Merani unwirsch und wischte sich eine Träne aus den Augenwinkeln. Sie liebte Gurrland so sehr wie ihre Mutter die Insel Ilyndhir, und der Gedanke, dass ihrer Heimat Gefahr drohen könnte, hatte etwas Erschreckendes an sich. Umso wichtiger erschien es ihr daher, ihr eigenes Vorhaben zu einem guten Ende zu bringen. Sie fasste ihre beiden Mitverschworenen unter und zog sie an sich. »Endlich sind wir unterwegs. Unser nächstes Ziel ist der Hexenwald.«

»Vorher werden wir aber noch Königin Ilna V. unsere Aufwartung machen müssen. Es wäre mehr als unhöflich, es nicht zu tun«, wandte Careedhal ein.

Merani nickte unglücklich. Es war nicht immer hilfreich, die Tochter des Magierkaiserpaares von Gurrland zu sein. Das brachte zwar etliche Annehmlichkeiten, aber auch viele Verpflichtungen mit sich. Gerade jetzt hätte sie liebend gerne auf einem Empfang am Hof von Ilynrah verzichtet. Aber Careedhal hatte recht. Einen Affront der Königin von Ilyndhir konnten sie sich nicht leisten.

»Na ja, dann sehen wir halt zu, dass wir das Ganze so schnell wie möglich hinter uns bringen«, sagte sie seufzend, während die Küste Gurrlands am Horizont versank.

14

Die »Blaumöwe« war ein schnelles Schiff und wurde ausgezeichnet geführt. Es war, als schwebe sie wie eine rasch ziehende Wolke über die See, und für einige Tage blieben alle Probleme der Welt hinter Merani und ihren Freunden zurück. Die drei standen am Bug und sahen den fliegenden Fischen zu, die immer wieder aus dem Wasser herausschnellten und ihre großen Flossen wie Flügel benutzten. Gelegentlich beobachteten sie einen größeren Fisch, der sich einen Spaß daraus zu machen schien, einen der fliegenden Fische im Flug zu fangen.

»Was ist das für ein Tier?«, wollte Merani von Kipan wissen, der sich für einen Augenblick zu ihnen gesellt hatte.

»Die Fischer nennen ihn den Treiberfisch, weil er ihnen immer wieder Fischschwärme zutreibt. Sie sagen, er sei sehr klug, und wer die Gabe besitzt, könne mit ihm sprechen.«

Bei diesen Worten sahen Merani und Careedhal einander an. Sie waren beide magisch begabt, hatten aber bis zu diesem Tag noch keine Erfahrungen mit Tiermagie gesammelt. Nun aber packte beide der Wunsch, sich mit dem schlanken Fisch mit der sichelartig gebogenen Rückenflosse zu verständigen.

Als einer der kleinen fliegenden Fische zu nahe an der »Blaumöwe« vorbeiflog und ein Windstoß ihn auf das Deck klatschen ließ, packte Merani ihn und hielt ihn hoch in die Luft.

»He, Großer, hier habe ich etwas für dich!«, rief sie sowohl mit dem Mund wie auch magisch und warf ihre Beute in die Richtung des großen Treiberfisches. Dieser drückte sich mit seiner waagrecht angeordneten Schwanzflosse ab, schoss aus dem Wasser heraus und schnappte nach Meranis Fisch. Dabei drehte er sich zweimal um seine Achse und tauchte wieder ins Wasser ein, ohne dass mehr als ein paar Spritzer aufstoben.

Merani schnaufte ein wenig enttäuscht, denn sie hatte gehofft, das Tier würde sich wenigstens bei ihr bedanken. Doch als sie sich abwenden und in ihre Kabine zurückkehren wollte, stieß Careedhal sie an. »Schau!«

Der große Fisch war wieder aufgetaucht und tanzte nun auf seiner Schwanzflosse neben der »Blaumöwe« her. Dabei stieß er keckernde Laute aus, die Merani an Timpo, das Schoßtierchen ihrer Urgroßmutter, erinnerten.

Merani winkte dem Fisch zu und hörte im selben Augenblick eine fremde Stimme in ihrem Gehirn. »Danke! Das hat gut geschmeckt.«

»Du kannst magisch reden?«, dachte sie verblüfft.

Der Treiberfisch bewegte den Kopf, als wolle er nicken. »Jeder meiner Art kann das. Aber es gibt nicht mehr viele von euch, mit denen wir uns unterhalten können. Früher soll das einmal anders gewesen sein. Aber das ist schon ganz lange her.«

Merani und ihre Freunde betrachteten ihn fasziniert. Seine Farbe war ein sanftes Blau, doch seine Augen und die Spitzen seiner Flossen leuchteten golden. Wenn er sich bewegte, tat er es mit einer solchen Anmut und Geschmeidigkeit, dass sie sich selbst wie Trampel vorkamen.

»Gibt es viele von euch?«, fragte Merani.

»Früher gab es mehr von uns. Doch heute halten sich an den fernen nördlichen Küsten einfach zu viele Raubfische auf, die uns nachstellen. Daher ziehen die meisten von uns nach Süden, aber auch dort ist alles schlechter geworden als in der Goldenen Zeit.«

Es klang traurig und trieb Merani auch ein paar Tränen in die Augen. Gleichzeitig aber schüttelte sie verwundert den Kopf. »Du sprichst von fernen Küsten? Gibt es denn noch Land jenseits dieses Archipels?«

»Aber ja!«, antwortete der Fisch mit seiner lautlosen Stimme. »Man muss weniger als zweitausend eurer Meilen fahren, dann trifft man bereits auf große, bewohnte Inseln, und noch ein Stück weiter im Norden des Archipels befindet sich ein gewaltiger Kontinent.«

Mit dem Begriff Kontinent wusste Merani nicht viel anzufangen. Sie nahm aber an, dass es sich dabei um eine besonders große Insel handeln musste.

Der Fisch bekam ihre Überlegungen mit und begann keckernd zu lachen. »Obwohl du eine starke Hexe bist, weißt du sehr wenig von dieser Welt.«

»Aber warum hat Großadmiral Kip auf seinen Forschungsreisen diese großen Inseln nicht entdeckt?«, fragte Merani, die das Gefühl hatte, der Fisch würde sie auslachen.

»Es gibt ein altes Sprichwort, das seit Generationen bei uns überliefert wird. Es lautet: Das Meer ist größer als eine Badewanne! Ich weiß zwar nicht, was eine Badewanne ist, aber der Vergleich gefällt mir.«

»Mir auch«, antwortete Merani und stellte dann die Frage, die sie seit ihrer Abreise aus Gurrdhirdon bewegte. »Hast du je Schiffe aus Eisen gesehen?«

Einen Augenblick lang dachte der Treiberfisch nach, dann schüttelte er den Kopf. »Ich habe zwar schon viele Schiffe gesehen, aber noch keines aus Eisen. Einer meiner Freunde berichtet jedoch, dass sich ein solches Schiff gerade jetzt eurem Archipel nähert.«

»Du kannst nicht zufällig sagen, was für Leute da drauf sind?«, fragte Merani weiter.

Auch dies verneinte der Fisch. »Tut mir leid, aber ich halte mich aus guten Gründen von deren Gewässern fern. Die fangen uns nämlich, und dann schlachten und braten sie uns. Das mag ich gar nicht!«

»Ich auch nicht!« Merani seufzte. Nun erinnerte sie sich daran, dass Treiberfische für die Fischer des Archipels als Glückssymbol für einen guten Fang galten. Niemand würde es wagen, einen von ihnen zu fangen oder gar zu töten.

»Diese Fremden müssen wahre Barbaren sein. Ich wünschte, ihre eisernen Schiffe würden von einem Zaubersturm erfasst werden und untergehen.«

»Das kann leicht sein«, sagte der Fisch in ihrem Kopf, während er sich gleichzeitig von der »Blaumöwe« entfernte. »Ein Freund von mir meldet einen schweren magischen Sturm von weißer Farbe, der genau in die Richtung zieht, aus der sie kommen. Er wird noch heute auf die schwarzen Schiffe treffen!«

»Hoffentlich versenkt er sie!«, rief Merani und vernahm dann, wie der Fisch sich von ihr verabschiedete, um wieder in die Weiten des Meeres hinauszuschwimmen.

»Wie heißt du?«, rief sie ihm nach.

Der große Fisch drehte sich noch einmal zu ihr um, und sein keckerndes Lachen scholl über die Wellen. »Meine Freunde nennen mich Ellek!« Dann tauchte er unter und verschwand.

15

In der Messe, dem Speise- und Aufenthaltsraum an Bord, war die Stimmung unter den Magiern so eisig, dass Tharon zum Scherz etliche große Schneeflocken herbeizauberte und auf seine Nebenleute herabsinken ließ. Gynrarr bekam eine der Flocken auf die Nase und schnaubte verärgert. Einige andere Magier, darunter auch Ewalluk wedelten mit den Armen, um die Flocken zu vertreiben. Dabei maßen sie Tharon mit giftigen Blicken. Allerdings las der junge Magier in ihren Augen auch Furcht. Gewohnt, alle magischen Vorgänge mittels Artefakten oder magischen Spruchrollen zu bewirken, waren nur wenige von ihnen in der Lage, diesen im Grunde einfachen Zauber ohne Hilfsmittel zu erzeugen. Er aber vermochte es nicht deswegen, weil er das Siegel Giringars trug, sondern weil er auf Betarrans Anweisung hin eine härtere, umfassendere Ausbildung durchlaufen hatte als die Herren vom Heiligen Schwert.

Tharon war klar, dass der Hass der Schwertmagier noch eine andere Ursache hatte. Seinetwegen waren sie um je einen Platz in der Sitzordnung zurückgestuft worden. Der Stuhl, auf dem er saß, war für Gynrarr bestimmt gewesen, der nun auf Ewalluks ursprünglichen Platz hatte rücken müssen.

Welch eine eitle Bande, dachte er. Wahrscheinlich würde er nachhaltig dafür sorgen müssen, dass sie ihre Aufgaben gewissenhaft erledigten. Trotz seines Misstrauens war er jedoch froh, diese Männer um sich zu haben, denn ihnen stand ein Feind gegenüber, dessen Macht er derzeit noch nicht einzuschätzen vermochte.

Während ein Sklave ihm das Essen vorsetzte, wandte Tharon sich an Gynrarr. »Du wirst mir sämtliche Unterlagen über den Feuerthron übergeben.«

»Du willst dich wohl selbst darauf setzen!«, zischte der Erzmagier.

Tharon blieb trotz der offenen Anfeindung gelassen. »Ich glaube, dass schon jemand anderes darauf sitzt, und zwar derjenige, der für die magischen Stürme verantwortlich ist.«

»Du meinst Wassuram?«

»Das kann ich erst beantworten, wenn ich die Unterlagen gesichtet und dabei Wassurams magische Ausstrahlung erkundet habe. Ihr habt doch gewiss die entsprechenden Proben dabei.«

Gynrarr nickte unwillkürlich, während er nachdenklich auf seinen Lippen herumkaute. »Wenn es sich wirklich um Wassuram handelt, sollten wir zuerst verhandeln. Ein Kampf würde uns einiges abfordern, denn der Feuerthron ist stark, und Wassuram zählt zu den besten Magiern im Schwarzen Land.«

»Er zählte! Immerhin gilt er als Deserteur und ist vielleicht sogar ein Verräter«, berichtigte Tharon ihn.

»Es wird sicher einen Grund dafür geben, weshalb er nicht ins

Schwarze Land zurückkehren konnte. Zum Beispiel könnten seine Schiffe zerstört worden sein.« Jetzt, da Wassuram ihm in der Hierarchie der Schwertmagier nicht mehr gefährlich werden konnte, wollte Gynrarr für seinen Ordensbruder eintreten.

Er beugte sich zu Tharon hinüber und fasste dessen Arm. »Wenn wir Verhandlungen mit Wassuram beginnen und ihm zum Beispiel einen Generalpardon anbieten, könnte uns dies vor etlichen Schwierigkeiten bewahren. Die Macht dazu hast du durch das Siegel Giringars.«

Tharon begriff, dass es dem anderen nicht allein darum ging, einen Kampf mit einem alten Ordensfreund zu verhindern. Vor allem wollte Gynrarr vermeiden, dass ein hochrangiger Schwertmagier wie ein Verbrecher ins Schwarze Land geschafft wurde, da dies dem Ansehen des Ordens schaden würde.

Gleichzeitig hatte der Erzmagier ihn mit diesem Vorschlag in eine Zwickmühle gebracht. Bestand er auf Wassurams Bestrafung, wie es die Gesetze des Schwarzen Landes eigentlich forderten, würden Gynrarr und die anderen Magier auf »Giringars Hammer« ihm die Schuld für alle Verluste in die Schuhe schieben. Gab er jedoch nach, würden seine Begleiter sich als die wahren Sieger sehen und gleichzeitig in ihrer Überzeugung bestärkt werden, der Orden vom Heiligen Schwert könne jedem seiner Mitglieder Schutz und Unterstützung gewähren, ganz gleich, was derjenige verbrochen haben mochte.

Während Tharon noch überlegte, was er antworten sollte, wurde es vor der Messe auf einmal unruhig. Eine scharfe Stimme übertönte den Lärm, dann sprang die Tür auf, und Sirrin trat ein. Ihre violetten Augen leuchteten wie helle Sterne, und auf ihren Wangen traten gleichfarbige Flecken hervor. Sie blieb vor der langen Tafel stehen, ließ ihren Blick über die versammelten Magier schweifen, und über ihr Gesicht huschte ein verächtlicher Zug.

»Ihr seid alles Nichtskönner und Jahrmarktsgaukler, weil ihr die Gefahr nicht erkennt, die auf uns zukommt!«

»Für diese Beleidigung wirst du uns bezahlen, Hexe!«, schäumte Ewalluk auf.

»Sei still!«, fuhr Tharon ihn an und wandte sich dann Sirrin zu. »Was ist geschehen?«

»Der gewaltigste weißmagische Sturm seit Magiergedenken kommt auf uns zu, und ihr sitzt da und lasst euch das Essen schmecken. Wenn ihr nicht bald etwas unternehmt, werden wir noch vor der Nacht in Meandhirs Hölle landen.«

»Ein weißmagischer Sturm, sagst du? Und weshalb wurde noch kein Alarm gegeben?« Tharons Frage galt Gynrarr.

Der Erzmagier saß zunächst wie erstarrt auf seinem Stuhl, schüttelte dann aber wütend den Kopf. »Das kann nicht sein! Das Weib bildet sich das nur ein. Wir …«

Da kehrte Tharon dem Mann den Rücken zu und stürmte zur Tür hinaus. Draußen auf dem engen Gang entdeckte er Regandhor und Tirah. Die kleine Amazone hatte ihr Schwert gezogen und hielt damit die beiden Adepten, die als Wache vor der Messe standen, in Schach. Tharon wunderte sich weniger darüber als die beiden Nachwuchsmagier, die nicht so recht zu wissen schienen, wie ihnen geschehen war.

»Khedal hatte das Schwert auf einmal an der Kehle, ohne dass wir reagieren konnten. Es ist ein magisches Schwert, daher vermochten wir dieses kleine Miststück nicht in seine Schranken zu weisen«, erklärte einer der beiden.

Tharon begriff, dass die Mar-Kriegerin gefährlicher war als eine Todesnatter. Doch das war nichts, was ihn derzeit interessierte. Ohne sich um die beiden Adepten zu kümmern, eilte er weiter. Sirrin und ihr Gefolge betraten dicht hinter ihm den Kommandostand des Schiffes. Dieser befand sich in einem gepanzerten Aufbau und besaß etliche Fenster aus speziell geschliffenem Kristall, der selbst dem Einschlag einer Flammenlanze standhalten konnte.

Ein halbes Dutzend Magier saß auf bequemen Stühlen und beobachtete die Anzeigen der Schiffsartefakte. Tharon sah, dass der

Antrieb auf schwacher Leistung lief, damit die Begleitschiffe nicht zu weit zurückblieben. Eine andere Anzeige gab die Entfernung zu diesen Schiffen an. »Giringars Hammer« war ihnen mehrere Meilen voraus. Dies war im Allgemeinen richtig, da das kampfstarke Schiff dadurch als Erstes auf einen Feind stoßen würde. Im Augenblick konnte diese Entfernung jedoch für die Besatzungen der anderen Schiffe tödlich sein.

Tharon warf einen Blick auf die Spähartefakte, die das Schiff vor Gefahren warnen sollten. An deren äußerstem Wahrnehmungsbereich war eine winzige weiße Wolke zu sehen. Den wachhabenden Magiern schien sie noch nicht aufgefallen oder nicht wichtig genug zu sein, denn niemand kümmerte sich darum. Tharon verfluchte die Artefaktgläubigkeit der Leute, denn er spürte nun trotz aller Abschirmungsmagie, in die »Giringars Hammer« gehüllt war, das Weiß des magischen Sturmes wie ein Feuer, das in seinen Augen brannte. Erschrocken wandte er den Kopf ab und fuhr die Besatzung des Kommandostandes an. »Verdammte Narren! Ihr steuert die Flottille genau in einen weißmagischen Sturm hinein!«

Jetzt erst bequemte einer der Magier sich, die Anzeige genauer anzusehen, und winkte ab. »Ihr macht aus einer Mücke einen Girgha-Rüssler, Herr Tharon. Dieser Sturm ist viel zu weit weg, um uns gefährlich werden zu können.«

»Weit weg?« Tharon war kurz davor zu explodieren. »Dieser Sturm ist keine hundert Meilen vor uns und rast mit dreifacher Geschwindigkeit auf uns zu. Wir werden in weniger als zwanzig Minuten in seine Ausläufer geraten, und wenn uns er uns richtig erwischt, dann gnade Giringar uns allen.«

Der junge Magier wollte die Worte erneut mit einer verächtlichen Geste abtun. Einer seiner Kameraden machte sich nun jedoch die Mühe, die Geschwindigkeit und die Richtung des magischen Sturms zu berechnen, und wurde bleich. »Der Orkan ist viel stärker, als es zuerst den Anschein hatte, und er hält genau auf uns zu.«

»Unser Schiff zieht ihn durch seine magische Ausstrahlung an. Betet, dass wir diesen Zusammenprall überstehen. Und jetzt gebt endlich Alarm! Signal an die Begleitschiffe! Sie sollen sofort herankommen, damit wir die Passagiere und den größten Teil der Besatzungen übernehmen können. Und beeilt euch! Betarran zieht jedem von uns die Haut bei lebendigem Leib ab, wenn unsere Expedition durch eure Dummheit scheitert.«

Tharon wurde mit jedem Satz lauter, bis er zuletzt die anderen Magier anbrüllte. Unterdessen war auch Gynrarr im Kommandostand erschienen. Auch er wurde unter seiner schwarzen Schminke blass, als er die Messergebnisse sah.

»Weshalb wurde der magische Orkan nicht früher bemerkt?«, fragte er seine Untergebenen scharf.

Tharon schnellte herum. »Das interessiert im Augenblick keinen. Jetzt gilt es, uns auf den Zusammenstoß mit diesem Sturm vorzubereiten. Also halte die Leute nicht auf!«

Diese Zurechtweisung war beinahe zu viel. Gynrarr beherrschte jedoch seine Wut und wies seine Magier an, Tharons Befehle ohne jeden Verzug zu befolgen. »Wir müssen alles Material, das sich an Bord der Begleitschiffe befindet, auf den ›Hammer‹ bringen. Die Sachen sind zu wertvoll, um sie zu verlieren«, setzte er hinzu.

»Und wie willst du das machen?«, fragte Sirrin spöttisch. »Dieser Kasten hier ist doch schon überladen. Es gibt an Bord kaum Platz für die Besatzungen der anderen Schiffe, geschweige denn für deren Ladung.«

»Wir werden Verkleinerungsgeräte einsetzen!«

»Während uns die Ausläufer eines weißmagischen Sturms um die Ohren blasen. Ich wünsche dir viel Spaß dabei.« Sirrin wandte sich ab und blickte nach vorne. Anders als die Magier aus dem Schwarzen Land war sie mit lebendiger Magie vertraut und vermochte mit ihren Kräften die Intensität des Sturms abzumessen, ohne dafür ein Artefakt zu benutzen. Das, was sie spürte, gefiel ihr ganz und gar nicht.

»Das wird hart«, raunte sie Regandhor und Tirah zu.

Der Junge nickte. »Ich bin froh, dass ich den Sturm bemerkt habe. Hätten diese Leute hier schneller reagiert, hätten wir dem Sturm vielleicht ausweichen können.«

Sirrin schüttelte den Kopf. »Du hast Tharon gehört. Das Schiff ist so schwarzmagisch aufgeladen, dass es wie ein Magnetstein auf den weißen Sturm wirkt. Sein Zentrum wird uns treffen, und danach werden wir wissen, wie gut man im Schwarzen Land Schiffe bauen kann.«

»›Giringars Hammer‹ ist das beste Schiff unserer gesamten Flotte«, erklärte Gynrarr erregt.

»Und das dort vorne ist der stärkste weißmagische Sturm, den ich je gespürt habe. Ich hoffe in unser aller Interesse, dass dieses Schiff ihn übersteht. Es ist nämlich etwas arg weit, um von hier nach Hause zu schwimmen.« Sirrin stieß ein kurzes, hartes Lachen aus und wies ihre beiden Begleiter an, ihr zu folgen. »Ich gehe in meine Kabine, um meine Sachen zu sichern. Ihr solltet es auch tun, sonst fliegt hier bald alles durch die Luft!« Mit diesem Rat verschwand sie und ließ die schwarzländischen Magier allein zurück.

16

Die ersten Ausläufer des Sturms tobten bereits um »Giringars Hammer«, als die Begleitschiffe endlich nahe genug heran waren, um Magier, Gurrims, Menschen und das wichtigste Material umladen zu können. Tharon stand an Deck und hörte den Wind in den Aufbauten des mächtigen Stahlschiffes und der Takelage der Segler heulen. Obwohl der »Hammer« groß und schwer war, stampfte er stark, während die kleineren Schiffe der Flotille wie Korken auf den aufgewühlten Fluten tanzten.

Die Segler bei diesen Verhältnissen längsseits zu holen wäre Wahnsinn gewesen, denn der Sturm hätte sie sofort gegen den Stahlrumpf geschleudert und zerschmettert. Daher versuchten die Matrosen, Leinen hinüberzuwerfen, doch erst als Tharon und Sirrin ihre Levitationskräfte einsetzten, gelang es den Leuten auf den Segelschiffen, diese auch zu fassen.

Die violette Magierin erwies sich in dieser Stunde als bessere Helferin als alle Schwertmagier zusammen. Deren Artefakte und Zauberschriftrollen waren für den Kampf gegen Feinde gedacht, aber nicht um eigenen, in Seenot geratenen Schiffen zu Hilfe zu kommen.

Tharon ärgerte sich unwillkürlich darüber. An Bord des »Hammers« befanden sich mehrere Dutzend Magier, doch sie hätten genauso gut nicht da sein können. Die meisten von ihnen starrten nur mit angstvoll aufgerissenen Augen auf den gewaltigen Orkan, der vor ihnen den ganzen Horizont ausfüllte und seine ersten weißmagischen Blitze gegen das Schutzfeld schleuderte, das das Stahlschiff umgab. Im Gegensatz zu ihnen leistete Burlikk, der begabte Gurrim, Schwerstarbeit, und auch Regandhor und Tirah gaben ihr Bestes, Leute an Bord zu ziehen.

Schließlich drehte Tharon sich zornglühend zu Gynrarr um. »Du und deine Hampelmänner könnt ruhig auch was tun!«

»Meine Assistenten eichen bereits das große Levitationsartefakt. Sobald sie fertig sind, können wir Besatzung und Ladung eines Seglers auf einmal an Bord holen«, antwortete der Magier.

»Dann sollen sie sich beeilen. In der Zwischenzeit könnt ihr mithelfen, die Kisten nach unten zu bringen, die von den anderen Schiffen herübergeholt werden.« Tharon wandte dem anderen den Rücken zu und packte eine Frau, die sich verzweifelt an ein Seil klammerte, und zog sie an Bord.

Eines der Schiffe wurde von einer Welle auf den »Hammer« zugeschoben. Das Seil, das es mit dem Stahlschiff verband, bog sich durch, und die Leute, die sich daran festhielten, tauchten im

Wasser unter. Noch bevor Tharon etwas tun konnte, holte Sirrin sie mit ihren Kräften heraus und ließ sie auf das Deck plumpsen.

»Wir haben nicht mehr viel Zeit«, rief sie Tharon zu.

Dieser warf Gynrarr einen fragenden Blick zu. »Wo bleibt euer verdammtes Artefakt?«

»Es kommt gleich!« Gynrarr stampfte über das gepanzerte Deck und fluchte auf seine Untergebenen, weil diese so lange brauchten. Kurz darauf stolperten drei seiner Adepten mit einem Kasten, der halb so lang war wie einer von ihnen, an Deck und stellten diesen neben der Reling auf.

»Gleich haben wir die Mannschaft und die gesamte Ladung hier«, erklärte Gynrarr mit verächtlicher Stimme. Für ihn war die Rettung Einzelner, wie Tharon und Sirrin sie betrieben, nur hilfloses Getändel. Er sah zu, wie das Levitationsfeld des Artefakts alle Männer und Frauen auf dem betreffenden Schiff sowie mehrere Dutzend große Kisten erfasste, sie hochhob und langsam auf den »Hammer« zuschweben ließ.

Im gleichen Augenblick stieß Regandhor einen Warnruf aus. »Achtung, eine weißmagische Ballung kommt genau auf uns zu!«

Tharon fuhr herum und sah eine weiß glühende Wolke heranfegen. Doch bevor er etwas sagen konnte, zuckten weiße Blitze durch die Luft und schlugen in das Levitationsartefakt ein. Dieses explodierte mit einem gewaltigen Knall. Die drei Adepten und einige in der Nähe stehende Leute wurden von den Trümmern getroffen und brachen schreiend zusammen. Gleichzeitig stürzten Kisten, Menschen und Magier ins Wasser und versanken. Auch Tharon wurde von einem Teil des zerstörten Artefakts getroffen und trug eine blutige Schramme auf der Stirn davon. Dennoch biss er die Zähne zusammen und holte mehrere Leute auf magischem Weg aus den hochschäumenden Wellen. Keiner von ihnen war unverletzt, und er wusste nicht einmal, ob noch alle lebten.

Neben ihm rettete Sirrin zwei Frauen und ließ sie neben der großen Deckluke niedersinken. »Macht, dass ihr ins Schiffsinnere kommt«, schrie sie die beiden an und griff mit ihren Kräften erneut ins Wasser. Auf ihrem Gesicht machte sich jedoch Enttäuschung breit.

»Die anderen sind bereits untergegangen, denn ich finde keinen mehr! Dieses verdammte Artefakt hat die Feindmagie auf sich gezogen. Sorge dafür, dass diese Narren so etwas nicht noch einmal versuchen.«

Tharon nickte mit bleicher Miene. »Schafft alle, die hier nichts verloren haben, unter Deck«, wies er Gynrarr an.

Dieser war zwar äußerlich unverletzt, doch in seinen Augen stand schiere Panik. »Wir müssen sofort nach unten und alle Luken schließen, sonst sind wir verloren.«

»Willst du die Leute, die noch auf den anderen Schiffen sind, so einfach der Vernichtung preisgeben?«, schrie Sirrin gegen den immer stärker heulenden Wind an.

»Wir können sie nicht mehr retten. Wir müssen an uns denken!« Gynrarr eilte zur nächsten Luke und stieg die Treppe hinab. Seine Untergebenen folgten ihm und wollten die Luke hinter sich schließen. Voller Wut stürmte Tharon ihnen nach, doch Regandhor und Tirah waren schneller und hielten den Lukendeckel fest.

»Habt ihr so viel Angst vor eurer Feindmagie, Schwarzlandmagier, dass ihr alle, die noch an Deck sind, dem Verderben preisgeben wollt?«, fragte die kleine Amazone spöttisch.

Gynrarr stieß einen Fluch aus und versuchte den Lukendeckel magisch zu schließen. Doch sein geistiger Zugriff funktionierte nicht. Während er schimpfend tiefer ins Schiffsinnere hinabstieg, zuckte Tharon zusammen. Als einziger der schwarzen Magier hatte er bemerkt, dass Gynrarrs Versagen keine Folge des weißmagischen Sturmes gewesen war. Regandhor hatte die lebendige Magie des Erzmagiers einfach aufgelöst.

Sirrins jugendliche Begleiter verfügten über ungewöhnliche Fähigkeiten und trotzten dem magischen Sturm, als würden sie tagtäglich nichts anderes tun. Sie warfen Seile und holten Adepten,

Magier, Gurrims und Menschen an Bord. Drei der Begleitschiffe waren bereits aufgegeben worden und wurden von den tobenden Winden fortgetrieben. Doch bei dem letzten Segler befand sich beinahe noch die gesamte Besatzung an Bord.

Nur ein einziges Seil verband das Schiff mit »Giringars Hammer«, und dieses war so straff gespannt, dass es zu reißen drohte.

»Wir müssen noch ein zweites Tau hinüberbringen!« Regandhor packte ein Seil und eilte an die Reling. »Ich schwimme hinüber!«

»Nein!«, schrie Sirrin. »Du kennst deinen Befehl! Du darfst ihn nur in dem Fall missachten, dass dir selbst Todesgefahr droht.«

»Aber ich kann diese Leute nicht sterben lassen«, fuhr der Junge auf.

»Du darfst es nicht tun!« Sirrins Stimme klang hart, und selbst Tharon spürte die Beeinflussungsmagie, die sie ausströmte. Regandhor schüttelte sich jedoch nur, nahm das Seilende zwischen die Zähne und sprang ins Wasser.

»Verfluchter Narr!«, rief Sirrin ihm hinterher. Dann packte sie Tharon und stieß ihn zur Luke. »Mach, dass du nach unten verschwindest und dafür sorgst, dass eure Abschirmartefakte funktionieren. Wenn die ausfallen, ergeht es diesem Kasten genauso wie den Schiffen dort drüben.«

Sie wies dabei auf die Segler, die ohne Besatzung davontrieben. Für ein paar Augenblicke sah Tharon diese noch auf den Wellen tanzen. Dann hieben weißmagische Blitze in die Masten und Rümpfe ein und zerschmetterten das schwarze, magisch aufgeladene Holz. Der Lärm der Explosionen übertönte selbst das Wüten des Sturms, und innerhalb weniger Augenblicke versanken die Schiffe in den Tiefen des Ozeans.

Tharon wollte nach Regandhor Ausschau halten, sah aber nur das Seil, das dieser mitgenommen hatte, im Wasser enden. Da die Seilrolle immer noch weiterlief, schien der Junge sich dem anderen Schiff zu nähern, so unwahrscheinlich dies dem Magier auch erschien. »Der Bursche ist verdammt stark. Kein Gurrim könnte das schaffen!«

»Aber auch nur, weil das Meer um uns herum so weißmagisch ist wie ein Heimatwald der Meandhir-Eirun! Jeder schwarze Gurrim oder Magier würde in dieser Brühe wie ein Hummer gekocht. Regandhor ist jedoch violett und kann es schaffen. Jetzt geh endlich runter und sorge für Ordnung. Ich will nicht durch einen Fehler Gynrarrs und seiner Knechte draufgehen!«

»Das will ich auch nicht!« Das Letzte, was Tharon noch sah, war, wie das Seilende wie von einer Sehne geschnellt aus dem Wasser schoss und auf das andere Schiff klatschte. Zwei Gurrims packten es und wickelten es um einen Mast.

Danach tauchte Tharon in die Tiefen des »Hammers« ein und eilte zum Kommandostand. Dort drängten sich die meisten Magier und Adepten und riefen einander widersprechende Anweisungen zu. Tharon sah auf einen Blick, dass alle Anzeigen der Artefakte am oberen Anschlag standen. Also ging es bereits um das nackte Überleben. Er schob Gynrarr beiseite, der den Sitz des Kommandanten blockierte, und richtete sein Augenmerk auf die Abschirmfelder. Obwohl diese ebenfalls mit schwarzer Magie betrieben wurden, hielten sie dem Wüten des weißen Sturms im Augenblick noch stand. Ihre Magiereserven waren jedoch bereits stark aufgebraucht, während die Speicher des Antriebs noch mehr als drei viertel gefüllt waren.

»Leitet Magie vom Speicher des Antriebs auf das Schutzfeldartefakt um!«

Es dauerte einen Augenblick, bis die dafür verantwortlichen Magier Tharons Anweisung begriffen. Nach einem kurzen Blick zu Gynrarr, der verkniffen nickte, gehorchten sie, und Tharon sah aufatmend, wie die Reserven der Abschirmung wieder stiegen.

»Wir werden den Antrieb bald auf volle Leistung schalten müssen, um aus dem Sturm herauszukommen«, wandte Ewalluk ein.

»Wenn du das tust, bricht der Abwehrschirm zusammen, und

uns fliegt hier alles um die Ohren«, wies Tharon ihn zurecht. Gleichzeitig fragte er sich, weshalb seine Begleiter sich in eine solche Panik hineinsteigerten. Die Antwort darauf war einfach: Die Magier fürchteten um ihr Leben. Im Großen Krieg hatten sie mit Mut und Umsicht gekämpft, aber immer in dem Wissen, sich im Notfall mit Versetzungsartefakten aus der Gefahrenzone retten zu können. Hier aber, weit von Giringars Land entfernt und mitten auf hoher See gab es keinen Ort, der ihnen Schutz bot. Selbst Erz- und Hochmagier wie Gynrarr und Ewalluk waren nicht in der Lage, die enorme Entfernung zur nächsten bekannten Küste mittels eines Versetzungszaubers zurückzulegen. Wenn dieses Schiff sank, würde es seine gesamte Besatzung mit in die Tiefe nehmen.

Für Tharon hieß dies, sein Augenmerk nicht nur auf das Schiff zu richten, sondern auch verhindern zu müssen, dass die Magier durchdrehten. Mit einer energischen Bewegung hob er die Hand und ließ das Siegel Giringars aufleuchten.

»Ich allein gebe hier die Befehle. Jeder, der einen Vorschlag hat, muss diesen mir zur Entscheidung vorlegen! Und nun verstärkt den Abwehrschirm. Oder wollt ihr, dass das mächtigste Schiff des Schwarzen Landes durch einen lausigen Sturm zugrunde geht?«

Die Macht seiner Stimme, die durch das Siegel Giringars verstärkt wurde, brachte die anderen dazu, ihre Artefakte so zu bedienen, wie sie es gelernt hatten. Trotzdem wurde »Giringars Hammer« immer stärker durchgeschüttelt, und Burlikk meldete, dass durch die offene Luke Wasser eindrang.

»Dann pumpt es wieder hinaus!«, antwortete Tharon unwirsch.

Während der Gurrimleutnant losrannte, um den Befehl auszuführen, krallte Gynrarr seine Finger in Tharons Schulter.

»Wir müssen die Luke schließen, sofort!«

»Nicht bevor Sirrin und ihre Leute in Sicherheit sind. Sieh nach, wie weit die Evakuierung gelungen ist.« Das Letzte galt einem jungen Adepten, der sofort die Kommandozentrale verließ. Kurz darauf kehrte er mit der violetten Magierin zurück.

Sirrin sah aus wie eine getaufte Katze. Das Wasser lief ihr aus den Haaren und der Kleidung, und obwohl sie erschöpft wirkte, leuchteten ihre Augen zufrieden.

»Ist der Junge wieder an Bord?«, fragte Tharon.

Die Magierin nickte. »Regandhor hat es geschafft. Allerdings hat er sich ein paar Rippen und einen Arm gebrochen. Aber er ist besser dran als ein Teil der Geretteten. Einige Gurrims haben bis zuletzt drüben ausgehalten und dafür gesorgt, dass die Magier und die Menschen herübergeschafft werden konnten. Ihnen selbst ist nichts anderes übrig geblieben, als sich an das Seil zu binden und ins Wasser zu springen. Obwohl wir sie so rasch an Bord geholt haben, wie es ging, sind die armen Hunde schrecklich zugerichtet. Das weißmagisch gefärbte Wasser hat wie Säure an ihnen gefressen. Hoffentlich habt ihr gute Heilerinnen dabei.«

Tharon drehte sich zu Gynrarr um. »Du hast die Hexe Sirrin gehört. Wie steht es mit Heilerinnen?«

»Wir haben eine der magischen Schwestern mit dieser Gabe an Bord. Doch die kümmert sich bereits um die verletzten Magier.«

Sirrin sah ihn mit zorniger Miene an. »Sie soll sich zuerst einmal um die Gurrims kümmern. Im Gegensatz zu deinesgleichen haben die ihre Pflicht mehr als erfüllt.«

Der Magier schluckte, schüttelte dann aber den Kopf. »Einer aus der Bruderschaft des Schwertes wiegt tausend Gurrims auf!«

Trotz der Gefahr, in der alle schwebten, stimmten ihm die anderen Magier und Adepten zu. Sirrin machte eine verächtliche Handbewegung und wandte sich zum Gehen. »Dann werde ich mich eben selbst um die armen Kerle kümmern. In meinen Augen ist jeder dieser Gurrims mehr wert als euer ganzer Haufen.«

Tharon spürte, wie erschöpft sie war, und griff ein. »Halt! Die Heilerin wird sich zuerst der Gurrims annehmen. Magier sind in der Lage, sich auch bei schwereren Verletzungen selbst eine Weile am Leben zu erhalten.« Das Tischtuch zwischen ihm und den Magiern vom Schwertorden war damit endgültig durchschnitten.

»Ich werde mir eure Verletzten ansehen und dort, wo es nottut, einen Stasiszauber über sie werfen. Damit überleben sie so lange, bis ihnen Hilfe zuteil wird.« Sirrin wusste, dass sie das letzte Quäntchen Kraft würde aufwenden müssen, das sie noch besaß, doch es war wichtig, dass auch die Magier überlebten. Sie warf Tharon noch einen kurzen Blick zu.

»Sorge dafür, dass wir diesen Sturm überstehen. Danach müssen wir beide miteinander reden, und zwar allein.« Damit verschwand sie und eilte zum Krankenrevier.

Unterdessen wurde der Sturm immer stärker und obwohl das Abschirmartefakt des »Hammers« auf höchster Leistung lief, schlugen die weißen Blitze immer näher am Schiffsrumpf ein.

Tharon sah, wie die Kristallscheiben der Fenster trübe wurden und sich erste Sprünge bildeten, und er fühlte die weißen Wirbel, die um das Schiff tanzten und es wie mit Hammerschlägen trafen. Jedes andere Schiff wäre längst gesunken, doch noch hielten die Luken dicht, und so tauchte »Giringars Hammer« immer wieder wie ein Korken aus den turmhohen Wellen auf.

»Abwehrschirm verstärken!«, wies Tharon seine Untergebenen an.

»Wenn wir zu viel Magie abziehen, verlieren wir den Antrieb!«, warf ein Adept entsetzt ein.

»Beim Giringar noch mal, ladet die Speicher mit eurer eigenen Magie auf. Das werdet ihr wohl können!«

Die anderen starrten Tharon an, als hätte er etwas Unanständiges von ihnen verlangt. Im Schwarzen Land wurden die Speicherkristalle für die Artefakte nur von jenen magisch Begabten gefüllt, die nicht die Fähigkeiten besaßen, richtige Magier zu werden. Doch in dieser Situation, in der sie alle in höchster Gefahr schwebten, war Tharon nicht bereit, auf die Befindlichkeiten seiner Begleiter Rücksicht zu nehmen.

Sein Blick suchte die Fenster. Draußen war nur mehr giftiges Weiß zu sehen, das von allen Seiten auf den »Hammer« zustürmte, als wolle es ihn zermalmen. Die Fenster der Kommandozentrale waren die größte Schwachstelle des Schiffes. Wenn sie brachen, würde das weißmagische Wasser eindringen und die Artefakte an Bord zum Explodieren bringen. Diesen Knall, dachte Tharon in einem kurzen Anfall von Galgenhumor, würde man wohl noch im Schwarzen Land ermessen können und wissen, dass ihre Expedition gescheitert war.

»Das darf nicht sein!« Kurz entschlossen verscheuchte er einen blassen, zitternden Adepten vom Schaltpult und übernahm selbst die Kontrollen. Das Schiff ächzte und stöhnte, als würde die Panzerung aus magisch verdichtetem Stahl durch eine riesige Faust zerquetscht. Um ihn herum begannen die Magier und Adepten zu beten. Keiner von ihnen glaubte mehr daran, hier lebend herauszukommen, und jeder hoffte, dass die Gebete ihren Seelen genug Kraft verleihen würden, um trotz des tödlichen Weiß um sie herum Giringars Seelendom zu erreichen. Dort gab es wenigstens Hoffnung auf eine Wiedergeburt.

Tharon zwang das widerspenstige Schiff unter Umgehung der normalen Steuerartefakte unter seine Gewalt und richtete den Bug gegen die Wellen. Gewaltige Schläge trafen den Rumpf, und der Abwehrschirm wurde immer stärker zusammengepresst, bis die ersten weißen Blitze den Rumpf des »Hammers« trafen.

Tharon hörte, wie Männer schrien und etliche Kristalle in den Artefakten splitternd den Geist aufgaben. Verbindungsstücke und Umhüllungen begannen zu schmoren, und Feuer brachen aus. Bald kroch dicker Rauch durch die Kommandozentrale und füllte die Lungen mit giftigem Dunst. Jeder Augenblick konnte der letzte sein. Tharon war nahe daran, den ungleich erscheinenden Kampf aufzugeben, als ihn Sirrins magische Stimme wie ein Peitschenhieb traf.

»Schalte den Antrieb auf volle Leistung! Wir sind fast durch!«

Der Magier reagierte instinktiv. Er ließ den beinahe nutzlos gewordenen Schutzschirm zusammenfallen und leitete alle Magie an Bord auf den Antrieb. »Giringars Hammer« beschleunigte abrupt und schoss in die aufschäumende Gischt und weißen Dampf hinein. Gleichzeitig trafen ihn Dutzende weißer Blitze. Erneut zersprangen Artefakte, und weiter unten im Schiff gab es eine Explosion. Doch gerade als alle erwarteten, das Schiff würde zerrissen, wurde es um sie herum auf einmal still.

Beinahe staunend sah Tharon, wie sich der weiße Nebel um das Schiff auflöste und er den dunklen Nachthimmel mit all seinen Sternen über sich erblicken konnte. Als er sich umdrehte und nach hinten schaute, konnte er es kaum glauben. Sie hatten den weißen Sturm durchquert und existierten noch. Der Sturm selbst zog weiter in Richtung Norden und verlor sich rasch in der Ferne. Tharon atmete tief durch und wandte sich dann dem wie vom Donner gerührten Häuflein der Magier zu.

»Wie ihr seht, haben wir es geschafft. Ich will so schnell wie möglich einen Schadensbericht über das ganze Schiff sowie eine Liste unserer Verluste. Überdies sind Gynrarr und Ewalluk mir persönlich dafür verantwortlich, dass sofort mit den Reparaturarbeiten begonnen wird. Außerdem: Sagt nie mehr etwas gegen eine Magierin aus dem Violetten Land. Sirrin hat mir den entscheidenden Rat gegeben, mit dem ich uns retten konnte. Daher werde ich sie dem obersten Gremium zur Auszeichnung vorschlagen.«

Tharon sandte der violetten Magierin auf magischem Weg ein Dankeschön zu. Zwar waren sie durch den Sturm arg gerupft worden, doch sie hatten ihn überstanden und würden ihren Auftrag ausführen, selbst wenn sich Meandhir ihnen persönlich in den Weg stellen sollte.

Dritter Teil

DER HEXENWALD

1

Merani sah die Schiffe sinken und hörte die Schreie der Besatzungsmitglieder, die nicht mehr gerettet werden konnten. Ein Gurrländer, der eine Uniform mit seltsamen Abzeichen trug, trieb direkt unter ihr in weiß strahlendem Wasser. Sie streckte die Hand aus, um ihm zu helfen, doch ihre Finger glitten durch den Körper des Mannes hindurch. Für einen Augenblick glaubte sie, sich selbst schreien zu hören. Dann spürte sie, wie jemand ihr eine Ohrfeige gab, und prompt fand sie sich in ihrer Kabine auf der »Blaumöwe« wieder. Sie saß auf ihrem Bett und sah Qulka vor sich, die eben zum zweiten Schlag ausholte.

»Bist du verrückt? Das tut doch weh!«, murmelte sie schlaftrunken.

Ihre Zofe atmete erleichtert auf. »Giringar sei Dank! Wir hatten schon fürchterliche Angst, Euer Geist würde sich erneut vom Körper trennen. Aber es ist noch einmal gut gegangen.«

Nun erst bemerkte Merani, dass Argeela, Careedhal und Kipan sich ebenfalls in ihrer Kabine drängten. Allen war noch der Schrecken anzusehen, der ihnen in die Knochen gefahren war.

»Seid Ihr in Ordnung, Kaiserliche Hoheit?«, fragte Kipan.

»Wenn ich wieder richtig wach bin, verwandle ich dich in einen Frosch. Dann kannst du auf deinem Achterdeck so viel Kaiserliche Hoheit quaken, wie es dir gefällt.« Merani richtete sich auf und stieg aus dem Bett.

Careedhal schob sich nach vorne. »War es wieder wie damals, als du die beiden Mädchen unter dem Meer entdeckt hast?«

Merani schüttelte den Kopf. »Es war eher ein Albtraum. Ich habe Gurrländer gesehen, die während eines weißmagischen Orkans im Meer versunken sind. Außerdem …« Sie versuchte sich zu erinnern, doch in ihrem Kopf war nur das letzte Bild hängen geblieben. Dabei war sie überzeugt davon, mehr gesehen zu haben als nur die Ertrinkenden.

»Nach dieser Vision werdet Ihr Durst haben.« Qulka reichte ihr einen Becher mit Wasser, das Merani gierig trank.

»Hast du noch mehr?«, fragte sie.

»Ich hole gleich welches. Herr Careedhal, könnt Ihr Euch um die Prinzessin kümmern? Sie ist noch sehr schwach.« Nach diesen Worten drehte Qulka sich um und verließ die Kabine.

Merani schob Careedhals Arm jedoch beiseite. »Ich kann auf meinen eigenen Beinen stehen. Kommt, lasst uns an Deck gehen. Hier habe ich das Gefühl zu ersticken.«

Careedhal konzentrierte sich für einen Augenblick. »Ich nehme an, das liegt an den Spuren von Weiß, die plötzlich hier sind. Anscheinend hat dein Geist doch einen Ausflug gemacht, und dabei hat sich etwas an ihn geheftet.«

»Hoffentlich kein anderer Geist«, rief Argeela erschrocken.

Ihr Bruder schloss die Augen und setzte seine Spürfähigkeiten gründlicher ein. »Nein! Es scheint nur schlichte weiße Magie zu sein, wie sie in magischen Stürmen vorkommt. Aber ganz sicher bin ich mir nicht. Wir sollten vorsichtig sein. Die magischen Stürme wühlen das Meer bis in große Tiefen auf, und da kann so manches erwachen, das lange Zeit geschlafen hat.«

»Heute bist du ja ungeheuer aufbauend! Wenn ich daran denke, dass hier irgendetwas Weißes lauern könnte, läuft es mir kalt den Rücken hinunter.« Merani schüttelte sich, während Careedhal beschwichtigend die Hände hob.

»Weiß muss nicht gleichbedeutend mit feindlich sein. Denk nur an die weißen Runi von Runia! Die sind unsere Freunde.«

Obwohl Careedhal recht hatte, war Merani die ganze Sache

nicht geheuer. Sie schlüpfte in ihren Morgenmantel und ging zur Tür. »Ich gehe nach oben. Kommt ihr mit?«

»Natürlich!«, rief Argeela und schloss sich ihr an. Auch Careedhal folgte ihr, während Kipan den Kopf schüttelte.

»Ich lege mich wieder hin.« Er nahm es Merani übel, dass sie gedroht hatte, ihn in einen Frosch zu verwandeln.

Merani ließ ihn mit einem Achselzucken ziehen und wandte sich selbst der Treppe zu, die an Deck führte. Oben atmete sie erst einmal die Nachtluft ein und spürte, wie ihre Verkrampfung wich. Trotzdem dachte sie an die Gurrländer, die ins Wasser gefallen waren, und hätte gerne gewusst, ob sie gerettet werden konnten. Ganz sicher aber war sie, dass die aufwendigen Symbole und Rangabzeichen auf den Uniformen der Männer nicht von Gurrland stammten.

»Glaubt ihr, dass es noch andere Inseln gibt, auf denen Gurrländer leben?«, fragte sie Careedhal.

Dieser versuchte gerade, anhand der Sterne ihre derzeitige Position zu bestimmen, gab es aber auf, um Meranis Frage zu beantworten. »Erinnerst du dich an den Treiberfisch? Er sagte, dass es noch sehr viele Inseln geben soll. Da sind gewiss auch Gurrländer zu finden. Irgendwo muss doch der Ort sein, auf dem sie gelebt haben, bevor sie vor gut tausend Jahren auf unserem Archipel gelandet sind.«

Mit einem Mal fröstelte Merani. Die Worte ihres Freundes ließen nur einen einzigen Schluss zu: Die Gurrländer, die sie in ihrer Traumvision gesehen hatte, waren wahrscheinlich Feinde. Sie versetzte sich so weit in Trance, dass sie die Szene noch einmal durchlebte, und diesmal entdeckte sie den großen schwarzen Schatten, der ihr bis dahin entgangen war. Dabei konnte es sich nur um ein Schiff handeln, und sie hätte ihren Nachtisch für die nächsten zehn Jahre darauf verwettet, dass sein Rumpf nicht aus Holz, sondern aus Eisen bestand.

Nun begriff sie, dass ihr kurz aufgeflammter Hass auf die weißmagische Farbe nicht aus ihr selbst gekommen war, sondern von der Stimmung der Leute auf jenem Schiff beeinflusst wurde. Schnell versenkte sie sich in eine Übung, die ihren Geist von allen fremden Einflüssen reinigen sollte, und drehte sich dann zu ihren Freunden um.

»Ich werde froh sein, wenn wir in Ilynrah angekommen sind. Irgendwie fühle ich mich auf diesem Schiff schlimmer eingesperrt als zu Hause in meinem Zimmer.«

»Es dauert nicht mehr lange«, wollte Argeela sie trösten.

Merani blickte ihre Freundin an, um ihr zu erklären, dass die Vision ihr Angst gemacht hatte. Da glaubte sie, in Argeelas Gesicht einen pulsierenden weißmagischen Fleck zu sehen. Doch als sie genauer hinschaute, war die Erscheinung verschwunden. In dem Moment schwand ihre Lust, an Deck zu stehen und die Sterne anzusehen.

»Kommt, gehen wir wieder zu Bett«, sagte sie und winkte den anderen, ihr zu folgen.

2

Zwar wirkte Sirrin noch sehr erschöpft, doch Tharon spürte, dass sie sich wieder erholte. Das nahm ihm wenigstens eine Sorge von den Schultern. Die violette Magierin war seine wichtigste Verbündete auf diesem Schiff, und er hatte es nur ihr und ihren beiden jugendlichen Helfern zu verdanken, dass die Expedition den weißmagischen Orkan mit relativ geringen Verlusten überstanden hatte. Im Grunde war es beschämend, dass die drei Violetten weitaus mehr geleistet hatten als die mehr als fünfzig Magier und Adepten, die sich an Bord des »Hammers« befanden. Gynrarr und seine Untergebenen wussten dies ebenfalls, und Tharon konnte deren Ärger magisch spüren.

»Wie sieht es an Bord aus?«, fragte Sirrin, während sie Tirah einen auffordernden Blick zuwarf.

Die kleine Amazone holte einen kleinen Kristallflakon aus der Seekiste, die ihr gesamtes Gepäck enthielt, sowie zwei Becher, von denen jeder größer war als das Fläschchen.

Als Sirrin Tharons fragende Miene sah, lachte sie leise. »Lass dich nicht täuschen. Der Flakon ist als Verkleinerungsbehältnis konstruiert und enthält genug Wein, um einige Feste damit feiern zu können.«

Tharon nahm den Becher von Tirah entgegen und trank, entschuldigte sich aber, weil er nicht auf Sirrin gewartet hatte. Diese winkte ab. »Du hast einen guten Schluck dringend nötig, großer Magier. Übrigens meine Gratulation! Du hast gestern den ›Hammer‹ nur mit deinem Willen zusammengehalten und gesteuert. Das macht dir im Schwarzen Land so schnell keiner nach – und im Violetten wohl auch nicht.«

»Ohne deine Warnung und deine Hilfe wäre die Expedition gescheitert. Nimm meinen Dank dafür entgegen. Ich werde es im Schwarzen Land ganz nach oben weitermelden.«

»Deine Begleiter werden es dir höchstwahrscheinlich übel nehmen, wenn sie erfahren, was du über sie geschrieben hast.«

»Du weißt von meinem Bericht?« Tharon zuckte zusammen, denn er hatte sich beim Schreiben vollkommen gegen jeden magischen Zugriff abgeschottet.

»Ich kenne ihn nicht! Aber ich habe mir ein Bild von deinem Charakter machen können. Du erzählst keine Lügen, um die Unvernunft und Unfähigkeit anderer zu verdecken. Das wissen auch Gynrarr und seine Kumpane. Nimm dich in Acht! Sie werden versuchen, dir zu schaden, wo sie nur können.«

Tharon winkte verächtlich ab. »Ich trage das Siegel Giringars! Viel größere Sorgen mache ich mir um das Schiff. Ich habe den uns begleitenden Magiern und Adepten befohlen, alles zu reparieren, was ihnen möglich ist, damit wir unseren Auftrag ausführen können. Jetzt kann ich nur hoffen, dass der Verlust unserer Begleitschiffe und des größten Teils der Ladung uns nicht allzu sehr schwächt. Ich danke Giringar, dass wir die meisten Leute an Bord holen konnten. Wenn Gynrarr hier das Sagen gehabt hätte, wäre der Großteil der Besatzungen auf den Seglern umgekommen.«

»Zum Glück befindet sich eine gute Heilerin an Bord. Du wirst die Frau allerdings vor Gynrarrs Rachsucht und der seiner Unterlinge schützen müssen. Sie ist gestern beinahe vor Angst gestorben, als ich sie von den Magiern weggeholt und zu den magisch vergifteten Gurrims gescheucht habe. Im Gegensatz zu ausgebildeten Adepten können die Soldaten sich nicht selbst am Leben halten. Trotzdem musste ich der Heilerin dreimal versichern, dass keiner der angeschlagenen Adepten und Magier sterben wird, während sie sich um die unteren Ränge kümmert.«

Sirrin schüttelte bei der Erinnerung an diese Auseinandersetzung den Kopf, schob ihren Ärger darüber aber beiseite und sah Regandhor fragend an. »Ist meine Raumabschirmung noch in Ordnung?«

Der rothaarige Junge schloss kurz die Augen und nickte mit einem sanften Lächeln. »Das ist sie, Sirrin. Außerdem haben Gynrarr und die anderen derzeit anderes zu tun, als uns auszuspionieren.«

»Gut!« Sirrin wandte sich Tharon zu, und diesmal wirkte ihre Miene mehr als besorgt. »Ist dir bei dem Sturm gestern etwas aufgefallen, großer Magier?«

Tharon dachte kurz nach und schüttelte den Kopf. »Was sollte mir aufgefallen sein?«

Die Magierin bedachte Regandhor mit einem auffordernden Blick. »Sag du es ihm!«

Der Junge befeuchtete seine Lippen mit der Zunge und blickte zu Boden. »Dieser weißmagische Sturm ist nicht zufällig in unsere Richtung gezogen. Er wurde gelenkt.«

Für einen Augenblick wurde es in Sirrins Kabine so still, als sei alles darin durch einen Zauber erstarrt. Dann winkte Tharon ab. »Unmöglich! Selbst mit Hilfe des Feuerthrons könnte man keinen weißmagischen Sturm dieser Stärke beeinflussen. Allein der Versuch hätte eine Gegenfarbenexplosion ungeheuren Ausmaßes verursacht.«

»Die Steuermagie war nicht schwarz«, sagte der Junge leise. »Der Sturm wurde von weißmagischen Eirun gelenkt.«

Sirrin trat mit einer schlangengleichen Bewegung neben Tharon. »Wie du siehst, großer Magier, ist die Wirklichkeit noch viel fantastischer, als du und eure großen Herren im Schwarzen Land es sich haben ausmalen können. Diese sind der Meinung, wir hätten es nur mit ein paar Deserteuren zu tun, die sich der Teilnahme am Großen Krieg durch ein gemütliches Leben auf irgendwelchen Inseln entziehen wollten. Doch wenn meine Vermutung richtig ist, haben wir es auf der anderen Seite mit geflohenen Schwarzländern, blauen Magierinnen und weißen Spitzohren zu tun. Das ist eine ziemlich brisante Mischung!«

»Die gefällt mir auch nicht!« Tharon betete, dass Sirrins Vermutungen falsch waren. Wenn sie recht hatte, würde es hart für sie werden. Für Augenblicke erwog er, die Aktion abzubrechen und ins Schwarze Land zurückzukehren, um sich dort neu auszurüsten. Doch wenn er das tat, würden die Feinde weiterhin die südlichen Küsten des Violetten Landes mit ihren Stürmen verwüsten. Außerdem gab es im Schwarzen Land kein stärkeres Schiff als »Giringars Hammer«. Was mit kleineren, schwächer abgeschirmten Schiffen geschah, wenn sie auf einen dieser magischen Stürme trafen, hatte er an den vernichteten Begleitseglern gesehen.

Dennoch brauchte er einige Minuten, bis er sich zu einem Entschluss durchringen konnte. »Wir haben die besten Magier des Schwarzen Landes an Bord und dazu mehrere Regimenter Gurrims in stark verkleinernden Glasfallen. Das müsste reichen, um mit diesen Feinden fertig zu werden. Es werden sich kaum allzu viele weiße Spitzohren so weit im Osten aufhalten, und was Wassuram und seine Verräter betrifft, so trage ich das Siegel Giringars. Da wird es sich so mancher überlegen, ob er gegen uns kämpfen will.«

Er versuchte, forsch zu klingen, erntete von Sirrin jedoch nur ein Schulterzucken. »Dein Wort in Linirias' und auch in Giringars Ohr. Ich glaube nicht, dass die Situation sich so einfach darstellt, wie du es annimmst. Doch jetzt will ich mir das Schiff ansehen und schauen, ob ich irgendwo mithelfen kann.« Sirrin trat zur Tür und öffnete sie.

Nach kurzem Zögern folgte ihr Tharon. »Wie gut kannst du Kristalle reparieren?«, fragte er auf dem Korridor.

»Sind deine Leute dazu nicht in der Lage?«

»Natürlich können sie Kristalle bearbeiten. Bei den großen Scheiben der Kommandozentrale sind ihre Kräfte jedoch überfordert. Diese wurden mit Hilfe komplizierter Artefakte erzeugt, und solche haben wir nicht an Bord.«

Vor dem Sturm wäre es Tharon schwergefallen, vor einer Violetten zu bekennen, dass es etwas gab, mit dem er und seine Untergebenen nicht fertig wurden. Inzwischen aber hatte er begriffen, wie verkrustet die Strukturen in seiner Heimat waren. Dieser Umstand führte leider dazu, dass nicht mehr die Besten gefördert wurden, sondern die, die sich gut anpassen konnten oder sich protegieren ließen. In dieser Beziehung handelten die Violetten klüger, indem sie weniger auf Rang und Herkunft als auf die Fähigkeiten ihrer Leute schauten.

Sirrin lachte amüsiert auf. »Soll ich die großen Scheiben ersetzen? Mit Regandhors Hilfe müsste ich es schaffen. Aber das wird deinen Magiern ebenso wenig gefallen wie die Tatsache, dass sie gestern oben an Deck gekniffen haben.«

Tharon schüttelte nachsichtig den Kopf. »Die Männer haben Panik bekommen, und das kann man angesichts der aggressiven weißen Magie wohl verstehen.«

Zwischenzeitlich hatten sie die Kommandozentrale erreicht und traten ein. Mehr als ein Dutzend Magier nahmen dort Artefakte auseinander und ersetzten verschmorte Kupferverbindungen und gesprungene Steuerkristalle. Zu Tharons Erleichterung kamen sie gut voran. Er lobte mehrere von ihnen und sah, wie deren Gesichter für wenige Augenblicke vor Stolz über das Lob aufglühten. Dann aber zeigten ihm ihre magischen Ausstrahlungen, dass sie sich für diese Gefühle schämten und Angst hatten, dafür Hohn und Spott von ihren Vorgesetzten zu ernten. So kam es, dass Tharon wieder die gleichen mürrischen Mienen um sich sah, die seit jenem Tag, an dem er das Kommando übernommen hatte, alle Magier an Bord zur Schau trugen.

3

»Schaut! Endlich kommt Ilynrah in Sicht!« Obwohl die »Blaumöwe« förmlich über das Meer geflogen war, hörte Merani sich so an, als hätten sie eine monatelange Seereise hinter sich.

Innerlich zappelte sie vor Ungeduld, weil sie so schnell wie möglich den Hexenwald aufsuchen und sich mit den Geheimnissen des violetten Kristalls beschäftigen wollte. Für ihr Gefühl blieb nur wenig Zeit, dessen Rätsel zu lösen und einen Weg zu finden, ihre Heimat zu retten. Dabei türmten sich bereits neue Hindernisse vor ihr auf.

Das erste erwartete sie bereits am Hafen. Merani seufzte entgeistert, als sie die vielen Menschen sah, die sich am Ufer eingefunden hatten. Gardisten in schimmernden Harnischen und blauen Schärpen stemmten sich gegen die einfachen Leute, die einen Blick auf die Tochter der sagenumwobenen Mera erhaschen wollten, und am Staatskai stand Kronprinz Wardil mit seinem Gefolge bereit, die Gäste zu begrüßen.

Kapitän Kipan schluckte, als er die Signale sah, die ihn anwiesen, an jener Stelle anzulanden, an der sonst nur das Staatsschiff der Königin liegen durfte. Dieses war beiseitegezogen worden, um Platz für die »Blaumöwe« zu schaffen.

»Passt auf, dass wir nicht gegen den Kai krachen, sonst holt euch der Tenelin«, rief er seinen Matrosen zu.

Sein Steuermannsmaat verzog das sonnenverbrannte Gesicht zu einem Grinsen. »Zu langsam dürfen wir auch nicht sein, sonst verhungern wir ein paar Mannslängen vor dem Kai, und die Leutchen dort müssten uns mit Seilen heranziehen!«

Das war die größte Schande, die die Besatzung eines Schiffes treffen konnte. Kipan schwitzte daher vor Angst, als der Steven der »Blaumöwe« genau auf das Heck des Staatsschiffes der Königin zuhielt. In Gedanken sah er die beiden Schiffe bereits zusammenstoßen.

Sein Steuermannsmaat war jedoch ein auf vielen Fahrten erprobter Seemann, der bereits mit Kipans Vater, dem jetzigen Großadmiral, auf große Fahrt gegangen war. Mit sicherem Blick überwachte er die Geschwindigkeit des Schiffes und wies die Männer mit knappen Befehlen an, die Segel einzeln niederzuholen, bis nur noch der vorderste Klüver den Wind einfing. Mit einer letzten Drehung des Steuerrades lenkte er die »Blaumöwe« parallel zum Kai. Während die Bordwand ganz sacht die ausgebrachten Fender berührte, sprangen Matrosen mit Tauen an Land, wickelten diese rasch um die Poller und zogen sie fest. Mit einem kaum merklichen Ruck hielt die »Blaumöwe« an, schwankte noch einmal leicht und lag dann still.

»Das soll uns erst einmal einer nachmachen, Kapitän!«, rief der Steuermann laut genug, damit es auch die Männer an Bord des Staatsschiffes hören konnten. Die Kerle dort bildeten sich wunder was ein, weil sie auf dem Segler der Königin dienten, waren aber in den Augen des erfahrenen Maates nicht mehr als Süßwassermatrosen.

»Danke!« Kipan tippte kurz mit zwei Fingern an seinen Hut

und trat dann auf Merani und ihre Freunde zu. »Ich melde Eurer Kaiserlichen und den Fürstlichen Hoheiten, dass wir im Hafen von Ilynrah angelegt haben«, sagte er, klemmte sich seinen Hut unter den Arm, und machte Platz, um Merani, Argeela und Careedhal vorbeizulassen.

»Danke, Kapitän! Ich werde Ihre Fürsorge lobend erwähnen.« Merani schritt an Kipan vorbei über die mit blauen und schwarzen Girlanden umwundene Gangway. Argeela und Careedhal folgten ihr auf dem Fuß, während Qulka mit dem gesamten Gepäck auf dem Rücken als Letzte hinter ihnen herstapfte.

Den Bewohnern von Ilynrah waren Gurrländer nicht unbekannt. Vor sechsunddreißig Jahren waren diese als Eroberer gekommen und später als Handelsschiffer. Aber ein gurrländisches Mädchen, das mehr schleppte, als der stärkste von ihnen tragen konnte, ließ sie vor Staunen die Augen aufreißen.

Kaum hatte Merani den Kai betreten, begrüßte Kronprinz Wardil sie nervös. »Ich bin erfreut, Eure Kaiserliche Hoheit als Gast hier in Ilynrah begrüßen zu dürfen.«

Seine Stimme klang näselnd, so als müsse er sich auch durch die Aussprache von den anderen Menschen unterscheiden. Dabei war er sogar für einen Ilyndhirer eher klein, und während andere Männer um die fünfzig zumeist wohlbeleibt waren, sah er mager aus. Um seiner wenig beeindruckenden Gestalt die nötige Wichtigkeit zu verleihen, trug er zu hellblauen Kniehosen einen tiefblauen Rock mit roten Stickereien. Auf der breiten Schärpe, die sich über seine Brust zog, steckten mehrere handtellergroße Orden, die seine Mutter, die Königin, ihm verliehen hatte. Am auffälligsten war jedoch sein Hut, der nicht die elegante dreispitzige Form aufwies, die derzeit in Mode war, sondern eine runde Krempe besaß und nach oben hin spitz zulief. Sechs riesige Federn waren mit einer Agraffe aus Rotgold am Hutband befestigt und wiesen auf seine königliche Abkunft hin.

Merani empfand diese Kopfbedeckung als anmaßend, denn sie

besaß die Form eines Magierhutes, den auch der ilyndhirische Hofmagier Torrix als Standesabzeichen trug. Anscheinend wollte Wardil zeigen, dass er sich ebenfalls als Nachkomme der sagenumwobenen Kriegerhexe Meravane fühlte. Dabei sollte die königliche Familie den Überlieferungen zufolge von Ilna und Ward, den Unteranführern der Hexe, abstammen.

Da Merani in Gedanken versunken zu sein schien, scharrte Prinz Wardil mit dem rechten Fuß, um ihre Aufmerksamkeit auf sich zu lenken. Dann fiel ihm ein, dass sie vielleicht eine Verbeugung erwartete, und neigte rasch sein Haupt.

Um Meranis Lippen spielte ein amüsiertes Lächeln. »Ich überbringe Eurer erhabenen Mutter und Eurer Hoheit die Grüße meiner Eltern, des Magierkaiserpaares von Gurrland.«

»Wir danken Euch, Kaiserliche Hoheit. Wollen wir uns bitte zum Palast begeben? Die Gästesuite steht für Euch und die Fürstlichen Hoheiten von Ardhu bereit.« Der Prinz wies auf mehrere Sänften, die ein Stück entfernt standen.

»Eigentlich wollte ich bei meiner Tante wohnen«, antwortete Merani etwas unwirsch. Der Palast lag fast am anderen Ende der Stadt und damit fast doppelt so weit vom Hexenwald entfernt wie das Fischersechstel.

»Meine Mutter und ich wissen um die enge Verbundenheit Eurer Kaiserlichen Hoheit zum ›Blauen Fisch‹, doch bitten wir Euch, wenigstens drei Nächte im Palast zu bleiben. Es wäre sonst zu unbequem für Eure Kaiserliche Hoheit, zu den Feierlichkeiten in den Palast zu kommen.« Der Prinz schien bei diesen Worten beinahe im Boden zu versinken, denn immerhin stand ihm das größte magische Talent im ganzen Archipel gegenüber, und er wusste aus Erfahrung, dass Hexen und Magier auf Widerspruch oft harsch reagierten.

Merani schluckte ihre Enttäuschung jedoch mit freundlicher Miene hinunter. »Gut! Wir werden diese drei Tage im Palast bleiben. Danach aber müssen wir zu meiner Tante umziehen.«

Der Prinz nickte und bot ihr den Arm. »Darf ich Eure Kaiserliche Hoheit zur Sänfte führen?«

Merani legte ihre rechte Hand mit einer gezierten Geste auf seinen linken Ärmel. Auf dem Weg zur Sänfte hielt sie nach ihrer Tante Ausschau, doch Meranda war nirgends zu sehen. Enttäuscht wandte Merani sich an den Prinzen. »Weshalb ist meine Tante nicht erschienen, um mich zu begrüßen?«

»Die zweite Hexe hält sich als Vertreterin des abwesenden Hofmagiers Torrix selbstverständlich an der Seite meiner erhabenen Mutter auf, so wie es das Protokoll gebietet.«

Merani wünschte das Protokoll zum Meandhir, wusste aber, dass sie dagegen nicht ankommen konnte. Daher ergab sie sich in ihr Schicksal.

4

Der Empfang im Palast war nicht weniger formell als der am Hafen. Königin Ilna V. saß in ihrer Staatsrobe mit Schärpe und Orden auf ihrem Thron, und neben ihr stand Meranis Tante Meranda, ausgestattet mit den Insignien einer hochrangigen Hexe und dem Symbol, das sie als Leibheilerin der Königin auswies. Im Hintergrund hatten sich die Höflinge und Edeldamen aufgereiht wie Perlen an einer Schnur. Die meisten von ihnen waren in ilyndhirisches und wardanisches Blau gekleidet, doch dazwischen gab es einige Terener, die blendendes Weiß trugen und sich teilweise sogar die Haare weiß gefärbt hatten.

Merani war ihre Gegenfarbe nie sympathisch gewesen, aber seit ihrer Vision von dem großen Sturm hatte sich ihre Abneigung noch verstärkt. Daher kostete es sie einiges an Überwindung, in die Richtung der Terener zu lächeln, und sie wandte sich rasch der

Königin zu. An ihrem Knicks hatte diesmal auch Qulka nichts auszusetzen, und die blumigen Begrüßungsformeln, die hier erwartet wurden, kamen so fein gedrechselt aus ihrem Mund, als würde sie immer so sprechen.

Königin Ilna stand ächzend auf und stieg die Stufen des Thrones herab. »Ich freue mich, dich zu sehen, Kind«, sagte sie nicht ganz protokollgemäß und schloss Merani in die Arme. Danach umarmte sie auch Argeela und Careedhal und winkte anschließend Meranda heran. »Du willst unsere Gäste doch auch begrüßen. Große Ilyna, wie schnell die Zeit vergeht! Als Merani das letzte Mal hier war, reichte sie mir gerade bis zum Kinn, und jetzt ist sie schon ein Stück größer als ich.«

Meranda, die noch sehr jung wirkte und mit ihrer leicht untersetzten Gestalt und dem rundlichen Gesicht ihrer Mutter Meraneh ähnlich sah, kam auf ihre Nichte zu, legte ihr die Hände auf die Schulter und blickte zu ihr auf. »Willkommen, Wildfang! Wie geht es deiner Mutter und Girdhan? Weshalb sind Torrix, Mama und Großmama nicht mit euch gekommen? Warum …«

»Sind das nicht zu viele Fragen auf einmal? Wir werden sicher auf alles eine Antwort bekommen«, wies die Königin ihre Heilerin lächelnd zurecht.

»Das werdet Ihr, Euer Majestät.« Graf Hemor wartete geduldig, bis Merani die Königin begrüßt hatte, und verbeugte sich dann ebenfalls vor Ilna V. Seine Miene verriet der Königin, dass er keine guten Nachrichten mitbrachte. Da es sie drängte, mit ihm zu reden, bat sie ihre Höflinge und die Gäste, sie zu entschuldigen.

Sämtliche Anwesenden spürten, dass etwas im Schwange war. Dazu mussten sie nur Hemor ansehen, der trotz seines hohen Alters hastig hinter der Königin hereilte. Selbst die Diener und Dienerinnen starrten den beiden gespannt hinterher, und Prinz Wardil folgte ihnen unwillkürlich. Auf halbem Weg zur Tür blieb er stehen und drehte sich zu Meranda um. »Kann ich Euch die Betreuung der Gäste überlassen, Verehrteste?«

»Natürlich! Ihre Majestät erwartet gewiss, dass Ihr Euch zu ihr begebt und ihr mit Eurem Rat zur Seite steht.« Merandas Lächeln wirkte höflich, doch Merani konnte den Hauch einer Belustigung in ihrer Miene lesen.

Erleichtert, dass ihm die Entscheidung abgenommen worden war, verließ nun auch der Kronprinz den Saal. Meranda hakte sich bei ihrer Nichte ein und trat mit ihr durch die gegenüberliegende Tür, die in den Bankettsaal führte. »Gleich gibt es etwas zu trinken, und wenn ihr Hunger habt, kann ich eine Mahlzeit auftischen lassen.«

Merani atmete sichtlich auf. »Giringar sei Dank redest du wie ein normaler Mensch. Aber der Prinz ... nicht umsonst gibt es bei uns auf Gurrland den Spruch ›Er schwafelt wie ein Ilyndhirer‹.«

»Manchmal übertreiben es die Leute bei uns wirklich«, antwortete Meranda lächelnd. »Aber komm jetzt mit und gib den guten Leuten Gelegenheit, dich zu sehen. Umso schneller bist du sie wieder los.«

»Hoffentlich! Argeela, Careedhal und ich müssen so bald wie möglich in den Hexenwald, um dort etwas zu untersuchen. Alles andere erfährst du, wenn wir unter uns sind.«

Zu Meranis Erleichterung stellte ihre Tante keine Fragen, sondern bat sie und ihre Freunde an dem Tisch, der die vordere Stirnseite des Raumes einnahm, Platz zu nehmen.

Sofort erschienen Dienerinnen und gossen Blaubeersaft in Pokale, die aus Halbedelsteinen geschnitzt waren. Dann tischten sie ungefragt ein Essen auf, das sie eine kleine Zwischenmahlzeit nannten. Auf die drei wirkte die Menge an Schüsseln und Schalen jedoch eher wie ein Festmahl.

Nach den hohen Gästen nahmen die anwesenden Höflinge und Damen ihre Plätze an der Tafel ein und beobachteten die jungen Leute verstohlen. Merani, Argeela und Careedhal boten ihnen jedoch keinen Anlass zu lästern. Zwar stammten sie von Inseln mit weitaus weniger steifem Zeremoniell, aber sie waren mit den

Sitten am Hof von Ilyndhir vertraut und wussten sich zu benehmen.

Die Getränke und das Essen waren von bester Qualität, doch recht gewöhnungsbedürftig für jemanden, der nicht auf den blauen Inseln aufgewachsen war. Das galt besonders für die Goldgarnelen, die in fremdartigen Gewürzen gewälzt worden waren und lange nicht so gut schmeckten wie die auf Gurrland. Zudem wurden jedem nur drei Stück gereicht.

Nach einer Stunde hielt Meranda es für angebracht, die Tafel aufzuheben und ihre Gäste zu deren Suite zu geleiten. Mehrere Mägde schlossen sich der Gruppe an, um bereitzustehen, falls die Gäste Wünsche äußerten. Damit kamen die Frauen bei Qulka schlecht an, die es auch hier als ihr alleiniges Recht ansah, Merani und deren Freunde zu bedienen.

Meranda wollte die Dienerinnen ebenfalls loswerden, da diese alles, was sie erlauschten, in den Dienstbotenquartieren verbreiten würden. Daher befahl sie ihnen zu gehen.

Enttäuscht zogen die Frauen ab, denn sie hätten gern die fremdartige Kleidung und die übrigen Sachen ausgepackt, welche die Gäste mitgebracht hatten. Einem Befehl der höchstrangigen Hexe des Landes mussten sie jedoch gehorchen.

Merani sah sich unterdessen in dem großen Zimmer um, das ihnen als Aufenthaltsraum dienen sollte und ganz in den magischen Farben Ilyndhirs und Gurrlands eingerichtet worden war. Ein zierlicher, aus Duftholz geschreinerter Tisch und vier dazupassende Stühle standen in der Mitte des Raumes. An den Wänden befanden sich mehrere Regale und ein Schrank, dessen Fächer, wie Qulka zu berichten wusste, mit verschiedenen Leckereien und magisch gekühlten Getränken gefüllt war. Auch Teller, Gläser und Besteck fehlten nicht.

»Es gibt auch drei Schlafzimmer, von denen zwei mit violetten Stoffen drapiert wurden«, sagte die Zofe und öffnete die entsprechenden Türen. »Zu jedem Schlafzimmer gehört ein Bad. Nett eingerichtet, aber nicht mit dem zu vergleichen, was wir von zu Hause kennen.«

Ihr war anzumerken, dass sie die Ilyndhirer für Hinterwäldler hielt. Da aber jede verächtliche Äußerung Meranda verärgert hätte, gab Merani ihrer Zofe den unhörbaren Befehl, den Mund zu halten, und sah dann ihre Tante an.

»Ich sehe, dass du vor Neugier bald platzt, Tante Meranda. Daher will ich nicht lange um den Brei herumreden. Zum einen werden die magischen Stürme immer schlimmer, und es besteht Gefahr, dass bald einer der nächsten nicht mehr abgewehrt werden kann und die Inseln verwüstet. Zum anderen zeigt der Feuerthron gefährliche Schwächen.«

»Schwächen?«, stieß Meranda erschrocken aus.

Merani nickte. »Er funktioniert nicht mehr so wie gewohnt, und Mama und Papa müssen höllisch aufpassen, wenn sie ihn benutzen. Aber das ist noch nicht alles! Wahrscheinlich sind Fremde auf dem Weg zu uns, Leute wie dieser Wassuram, dessen Geist Mama und Papa vor sechsunddreißig Jahren besiegen konnten.«

Meranda schnaufte tief durch, bevor sie antwortete. »Das ist ganz schön viel auf einmal!«

»Du kannst dir vorstellen, dass Mama und Papa, aber auch die anderen Magier, die sich in Gurrdhirdon versammelt haben, in größter Sorge sind. Aus diesem Grund sind Careedhal, Argeela und ich auch nach Ilynrah gekommen. Wir müssen dringend in den Hexenwald gehen, um dort etwas zu untersuchen. Für Festlichkeiten und Empfänge haben wir leider keine Zeit.« Merani fühlte sich unbehaglich, weil sie so tat, als hätten die Eltern ihr aufgetragen, den Hexenwald aufzusuchen. Aber sie war mehr denn je überzeugt, dass sie mit dem violetten Kristall den Schlüssel zu all diesen Geheimnissen in ihrer Hand hielt.

Ihre Tante war zu erregt, um auf Meranis Mienenspiel zu achten. »Das sind ja schreckliche Nachrichten! Deshalb war Graf Hemor vorhin auch so besorgt. Ich nehme an, dass die Königin mich bald rufen lassen wird. Doch ich kann ihr keinen Rat geben. Da müsste schon Torrix hier sein.«

»Ich bin sicher, dass Torrix Graf Hemor die notwendigen Ratschläge mitgegeben hat«, versuchte Merani ihre Tante zu beruhigen.

Meranda schüttelte immer wieder den Kopf. »Das Ganze ist so entsetzlich, dass ich nicht weiß, was ich sagen soll! Wie sollen wir uns gegen vernichtende Stürme und diese Fremden gleichzeitig behaupten können? Dabei dachten wir, nach Wassurams Sturz wäre nun alles gut und wir könnten unter dem Schutz des Feuerthrons in Frieden miteinander leben.«

Ein Klopfen an der Tür unterbrach Merandas Gedankengang. Sie rief »Herein!«, und sah Prinz Wardil eintreten. Dessen Gesicht wirkte unter der blauen Schminke fahl. »Ihre Majestät, meine Mutter, bittet Euch, zu Ihr zu kommen.«

Meranda warf ihrer Nichte einen »Ich habe es dir doch gesagt«-Blick zu und nickte dann. »Ich komme gleich! Aber ich muss noch kurz mit unseren Gästen reden.«

»Ich warte so lange.« Prinz Wardil blieb neben der Tür stehen, während Meranda Meranis Hände fasste.

»Heute ist es schon zu spät, um noch zum Hexenwald zu gehen. Erholt euch erst einmal von der anstrengenden Schiffsreise. Ich werde dafür sorgen, dass ihr morgen in aller Frühe aufbrechen könnt. Wie gerne würde ich mit euch gehen! Doch das wird die Königin nicht zulassen.«

»Das ist lieb von dir«, sagte Merani erleichtert.

Da der Prinz so wie vorhin am Hafen mit den Füßen scharrte, verabschiedete Meranda sich und verließ eilig das Zimmer.

Merani sah ihnen mit zwiespältigen Gefühlen nach. Ihre Tante mochte eine gute Heilerin und Hexe sein, dennoch waren ihre Fähigkeiten zu gering, um der Königin in dieser Zeit einen wirksamen Halt zu bieten. Daher erschien es ihr umso wichtiger, dass sie selbst Erfolg hatte.

5

Als Merani am nächsten Tag an der Spitze eines großen Gefolges aufbrach, stellte sie fest, wie hart die Nachrichten aus Gurrland eingeschlagen hatten. Die königlichen Wachen trugen keine Prunkhellebarden wie bei ihrer Ankunft, sondern Speere mit stählernen Spitzen, und auf den Straßen eilten Frauen in knapp sitzenden ledernen Westen und wadenlangen Röcken in einem nicht enden wollenden Strom zum oberen Tor. Da jede von ihnen einen Langbogen und einen gefüllten Pfeilköcher bei sich trug, waren sie auf dem Weg zur Schießstätte, um dort zu üben.

Das verriet Merani, wie ernst die Königin die Situation nahm. Die Bogenschützinnen von Wardania und Ilyndhir waren die Besten im ganzen Archipel, und sie übten regelmäßig ihre Kunst. Doch auch so mancher Mann schleppte seinen zu eng gewordenen Harnisch zum Schmied, um ihn neu anpassen zu lassen, und überall wurden Schwerter und Dolche geschliffen.

»Was machen denn die? Das sind doch keine Soldaten!«, platzte Qulka heraus.

»Es sind die Frauen und Männer der Stadtmiliz, die im Falle eines Krieges die Garde der Königin und die Garnisonstruppen verstärken. Ich schätze, in ein paar Tagen wird es auf ganz Ilyndhir und den anderen Inseln des Königreiches so aussehen.«

Merani kannte die Ilyndhirer von früheren Besuchen her und hatte sie noch nie so entschlossen erlebt. Zunächst empfand sie das martialische Gehabe der Leute als lächerlich. Dann aber verstand sie, was diese Menschen bewegte. Keiner von ihnen wollte noch einmal unter die Herrschaft gnadenloser Magier geraten. Auch fürchteten sie sich vor den Fremden. Ihre Ahnen hatten sich vor mehr als tausend Jahren gegen ihren damaligen Herrn Wassuram erhoben und diesen gestürzt. Nun argwöhnten sie, man würde sie als deren Nachkommen für die damalige Rebellion bestrafen.

»Ob sich auch die Runi auf den Krieg vorbereiten?«, wollte Argeela wissen.

Merani zuckte mit den Achseln, doch Careedhal nickte heftig. »Sie werden es tun! Schwarze Magier sind ihre schlimmsten Feinde, und für die Runi geht es auch diesmal ums Überleben. Wäre Wassuram damals nicht besiegt worden, hätte er sie vernichtet.«

»Im Gegensatz zu jenen Zeiten sind wir vorgewarnt und werden diesen Kerlen zeigen, wer wir sind!« Merani drohte kurz mit der Faust in die Richtung, in der sie die Feinde vermutete, und drängte die anderen, schneller zu gehen.

Sie stiegen vom Palasthügel zum Hauptmarkt hinab und erreichten schließlich die Brücke, die zum Fischersechstel hinüberführte. Von dort aus war es noch ein strammer Fußmarsch bis zum Hexenwald. Als sie am »Blauen Fisch« vorbeikamen, verspürte Merani trotz ihrer Ungeduld den Wunsch, kurz einzukehren. Früher war das Gasthaus für sie ein heimeliger Ort gewesen, erfüllt von Geschichten und Abenteuern. Aber da weder ihre Großmutter, ihre Urgroßmutter noch ihre Tante dort waren, würde sie zu so früher Stunde wahrscheinlich nur die Köchin oder die Schankmaid vorfinden.

Aus diesem Grund zögerte sie, als sie vor der Tür stand. Dann aber streckte sie die Hand nach der Klinke aus und trat ein. Innen war eine dralle Frau damit beschäftigt, den Boden zu wischen. »Entschuldigen Sie, aber solange der Fischmarkt noch nicht zu Ende ist, dürfen wir kein Bier ausschenken«, sagte sie, ohne aufzusehen.

»Ich will kein Bier, Tasah, sondern nur mal vorbeischauen«, antwortete Merani.

Die Frau fuhr hoch. »Merani! Verzeihung, ich meine Kaiserliche Hoheit, ich …«

»Merani reicht vollkommen!« Merani schloss die Frau in die

Arme und wunderte sich, weil diese ihr auf einmal so klein vorkam.

In Tasahs Augen glitzerten Tränen, und sie klammerte sich ungeachtet aller Rangunterschiede an Merani fest. »Ich bin so froh, dich wieder zu sehen, Merani. Gestern war ich schon am Hafen, um dich und deine Freunde aus der Ferne zu grüßen.«

»Warum bist du nicht auf uns zugekommen?«

»Da war doch der Prinz und all die anderen! Außerdem hätten die Soldaten mich sicher nicht durchgelassen.«

»Denen hätte ich etwas anderes erzählt!« Merani löste sich aus Tasahs Armen und schnupperte. »Hast du zufällig Goldgarnelen hier? Weißt du, im Palast schmecken sie nicht so, wie Oma oder du sie machen.«

»Warte einen Augenblick! Ich werde schnell ein paar braten.« Tasah ließ Eimer und Besen stehen und eilte in die Küche. Unterdessen waren auch Argeela und Careedhal hereingekommen und sahen Merani fragend an.

»Ich dachte, du hast es eilig!«, sagte Careedhal.

»Hab ich auch! Aber für ein paar Goldgarnelen werden wir doch noch Zeit haben!« Merani ärgerte sich über sich selbst, weil sie, ohne nachzudenken, den »Blauen Fisch« betreten hatte. Halb missmutig, halb voller Vorfreude auf die Goldgarnelen betrachtete sie die Gaststube, die mit ihren Wandverkleidungen aus Holz, der sauberen Schanktheke und den festen Tischen und Stühlen behaglicher wirkte als der große Saal im königlichen Palast. Argeela ging einige Schritte weiter und zeigte auf einen dreibeinigen Schemel, neben dem ein Spinnrad stand.

»Was ist denn das?«

»Ein Hocker, auf dem ein kleines Kissen liegt«, antwortete ihr Bruder leicht genervt.

Merani lachte auf. »Das ist kein Kissen, sondern Timpo, Uromas Salasa. Ich frage mich, weshalb sie ihn hiergelassen hat? Sie trennt sich doch sonst nicht von ihm.«

Tasah streckte den Kopf zur Küche heraus. »Das arme Tierchen ist alt geworden und schläft die ganze Zeit. Als Merala es mitnehmen wollte, ist es aus dem Korb gekrochen und hat sich wieder auf den Schemel gelegt. Deine Uroma hat es nicht übers Herz gebracht, den Kleinen mit Gewalt von dort wegzuholen.«

»Armer Timpo!« Merani eilte zu dem Stuhl und strich dem Salasa über das blaue Fell.

»Sorge dafür, dass es ihm gut geht und er alles hat, was er braucht«, rief sie Tasah zu.

Diese nickte eifrig. »Das tue ich, keine Sorge. Timpo kriegt sein Fresschen, genauso, wie er es mag, und ich streichle ihn auch immer wieder. Er liebt das, wie du siehst.«

Während des kurzen Gesprächs hatte Merani Timpo weitergestreichelt, ohne auf ihn zu achten. Jetzt öffnete das Salasa die Augen, gähnte und streckte sich.

»Na, mein Kleiner?«, sprach das Mädchen ihn an. Da stand Timpo auf, kletterte an ihrem Arm hoch und setzte sich auf ihre Schulter. Seine Krallen sind immer noch so scharf wie früher, dachte sie, als die Spitzen sich in ihre Haut bohrten.

Tasah fiel vor Überraschung der Kiefer herab. »So etwas hat er schon seit Monaten nicht mehr gemacht!«

Merani wollte das Tierchen von ihrer Schulter nehmen und wieder auf den Schemel setzen, doch es bohrte seine Krallen noch tiefer in ihre Haut und stieß ein wütendes Fauchen aus.

»Timpo, ich bin auf dem Weg zum Hexenwald. Da kann ich dich nicht mitnehmen«, erklärte das Mädchen, doch der kleine Plagegeist legte sich auf ihrer Schulter gemütlich zurecht und begann leise zu schnarchen.

»Was soll ich mit dem Kerl nur machen?«, fragte Merani.

Argeela kicherte, während Tasah missbilligend den Kopf schüttelte. »Zum Hexenwald willst du? Das ist nicht gut!«

»Ach, der ist schon lange nicht mehr so schlimm wie früher. Bei meinem letzten Besuch auf Ilyndhir war ich fast jeden Tag dort!«, tat Merani die Warnung ab und fragte, wo die Goldgarnelen blieben. Sofort kehrte Tasah in die Küche zurück, und sie hörten kurz darauf, wie etwas in heißem Fett gebrutzelt wurde.

Unterdessen sah Careedhal sich Timpo näher an. Das Salasa war größer als eine Ratte, besaß aber keinen Schwanz. Dafür hatte es weitaus schärfere Nagezähne als die Schädlinge. Als das Tierchen kurz seine Augen öffnete und ihn musterte, konnte er erkennen, dass diese intensiv blau schimmerten, und er spürte die dichte Magie, die das Salasa erfüllte.

»Auf den ardhunischen Inseln gibt es keine Tiere dieser Art«, sagte er bedauernd.

»Meines Wissens gibt es Salasas nur auf Runia, doch die sind weiß wie die Runi selbst. Wo Timpo herkommt, weiß keiner. Die Uroma hat ihn vor sehr vielen Jahren auf einer ihrer Reisen gefunden. Ich glaube, er ist das älteste Tier auf allen Inseln mit Ausnahme von Runia.« Merani war nicht wenig stolz darauf, dass ihre Urgroßmutter ein eigenes Salasa hatte, denn das zeigte die Bedeutung, die sie unter all den Hexen und Magiern des Archipels besaß.

»Willst du Timpo mitnehmen?«, wollte Argeela wissen.

Merani lachte kurz auf. »Mir wird wohl nichts anderes übrig bleiben, sonst zerkratzt er meine Schulter noch stärker.«

»Die Goldgarnelen sind fertig«, rief Tasah in dem Moment.

»Wir sitzen schon!« Merani sauste zum nächsten Tisch und nahm Platz. Argeela und Careedhal machten es ihr sofort nach. Nur ihre Zofe war nirgends zu sehen.

»Qulka! Wo steckst du schon wieder?«, rief sie.

»Vor der Tür«, antwortete ihre Zofe brummig.

»Komm herein und setz dich! Es gibt Goldgarnelen, und behaupte ja nicht, dass sie dir nicht zustehen.« Meranis Ton ließ eigentlich keinen Widerspruch zu.

Aber Qulka blieb draußen stehen. »Das geht nicht! Wer soll denn auf die Leute aufpassen, die uns begleiten? Ich durfte unser Zeug ja nicht selber tragen!«, rief sie vorwurfsvoll.

Qulka ärgerte sich, weil der Haushofmeister der Königin ihnen fünf Knechte und ebenso viele Mägde mitgegeben hatte, die eine völlig überflüssige Masse an Gepäck schleppten.

Da Merani sich über die Launen ihrer Zofe ärgerte, zuckte sie mit den Achseln. »Wenn sie nicht will, kriegt sie eben keine Goldgarnelen.«

»Habt ihr schon Besteck?«, klang es aus der Küche.

»Nein, aber gleich!« Merani sprang auf und ging zu der Kiste, in der die Messer, Löffel und Garnelenzinken lagen, und holte je drei Stück heraus. Dann dachte sie, dass vielleicht auch Tasah mitessen wollte, und nahm noch ein weiteres Besteck mit. Sie saß kaum am Tisch, da trug die Köchin die fertigen Goldgarnelen herein. Als sie sah, dass auch für sie der Tisch gedeckt war, wurde sie verlegen.

»Aber es gehört sich doch nicht, mich mit so hohen Herrschaften an einen Tisch zu setzen.«

»Tu es, sonst verwandelt Merani dich in einen Frosch«, sagte Argeela kichernd.

»Kann sie das schon?« Tasah blickte Merani bewundernd an und nahm dann Platz.

»Möge Ilyna euch segnen!«, sagte sie dann, nahm den Garnelenzinken und das Messer und löste das schmackhafte Innere der Garnele geschickt aus dem Panzer.

Merani kam sich in diesem Augenblick ganz täppisch vor, denn bei ihr blieben immer kleine Fleischreste zurück. Dann huschte ein Lächeln über ihr Gesicht. Sie legte ihr Besteck beiseite und begann, die erste Garnele mit Hilfe ihrer Levitationskräfte aus dem Panzer zu schälen. Es knackte, und dann lag das goldene Fleisch sauber auf ihrem Teller.

»Zu was magische Kräfte nicht alles gut sind«, sagte sie, führte die Garnele zum Mund und kaute genussvoll darauf herum. Als sie fertig war, grinste sie Tasah an. »Hier im ›Blauen Fisch‹ schmecken die Goldgarnelen am allerbesten!«

»Das kannst du laut sagen«, stimmte Argeela ihr zu. Dabei achtete sie jedoch weniger auf ihre Garnelen als auf Timpo, der sich streckte und interessiert zu ihr herüberblickte.

6

Nach dem ungeplanten, aber schmackhaften Zwischenaufenthalt im »Blauen Fisch« ging es weiter in Richtung Hexenwald. Merani fühlte sich nach der Mahlzeit nicht mehr ganz so gehetzt wie seit dem ersten Zwischenfall mit dem geheimnisvollen Kristall. Aber es war nicht der volle Bauch, sondern Timpos Gegenwart, die beruhigend auf sie wirkte. Das Salasa war nicht mehr so schläfrig wie im Gasthaus, sondern spähte neugierig umher und schien sich, den Geräuschen nach, die es von sich gab, sogar zu freuen, spazieren getragen zu werden. Dabei schnupperte es abwechselnd zu Argeela hinüber und in Richtung Hexenwald, so als sei es ebenfalls gespannt darauf, was sie dort erwartete.

Die ilyndhirischen Bediensteten aber, die neben den unter Erhaltungszaubern stehenden Speisen und Getränken auch Zelte, Klappstühle und mehrere Feldbetten trugen, schienen sich mit jedem Schritt mehr vor ihrem Ziel zu fürchten. Schließlich blieben sie etwa hundert Schritte vor dem Hexenwald stehen, so als seien sie gegen ein Hindernis gelaufen.

Eine Frau in der Kleidung einer höheren Bediensteten sprach Merani an. »Verzeiht, Kaiserliche Hoheit, aber da gehen wir nicht hinein. Für Magische wie Euch mag keine Gefahr bestehen, aber das dort ist kein Ort für unsereinen.«

Qulka blies verächtlich durch die Nase. »Ich bin auch keine Magische und folge trotzdem meiner Herrin überall hin!«

Die Blicke, die sie trafen, zeigten, dass die Ilyndhirer sie für eine

Art Fabelwesen hielten, das nicht mit einem normalen Menschen zu vergleichen war.

Da die Knechte und Mägde nur ihre Konzentration gestört hätten, war Merani froh, sie auf so leichte Art loszuwerden. »Stellt die Sachen hier ab. Qulka wird sie in den Wald bringen. Wenn ich euch brauche, lasse ich nach euch schicken.«

»Ilyna möge es Euch danken, Kaiserliche Hoheit.« Die Sprecherin atmete sichtlich auf und stellte das Körbchen ab, das sie in der Hand gehalten hatte. Das war das Zeichen für den Rest der Bediensteten, sich ihrer Lasten zu entledigen. Danach verneigten sie sich noch einmal und eilten davon, um dem unheimlichen Wald wieder zu entkommen.

Qulka sah den Leuten schnaubend nach. »Das Wort Mut haben die in der Schule nicht gelernt!« Damit packte sie die erste Traglast und schleppte sie in Richtung Hexenwald.

Die anderen wollten sie nicht allein arbeiten lassen und griffen ebenfalls zu. Die kleine Gurrländerin brummte unwillig, sagte aber nichts, denn sie wollte das Gepäck so rasch wie möglich an einen Ort bringen, an dem kein zufällig Vorbeikommender darin herumwühlen konnte. Etwa hundert Schritte tief im Wald stellte sie ihre Last ab und kehrte zurück, um den nächsten Packen zu holen.

»Wo wollt Ihr Euer Lager errichten, Herrin?«, fragte sie, als sie alles aufgestapelt hatte, was sie des Mitnehmens wert hielt. Man konnte ihr ansehen, dass der blau strahlende Wald mit dem weichen Moos, auf dem ihre Füße blaue Abdrücke hinterließen, auch ihr nicht ganz geheuer war.

Merani sah sich kurz um und zeigte tiefer in den Hexenwald hinein. »Wir sollten noch eine Stunde gehen, denn dort drinnen gibt es Blaubeerbüsche, die das ganze Jahr Früchte tragen.«

»Wer isst die, wenn sich niemand in den Wald hineintraut?«, fragte Argeela verwundert.

»Keine Ahnung! Auf alle Fälle werden wir welche essen. Sie

schmecken sogar noch besser als die Schwarzbeeren auf Gurrland, und das will was heißen!«

»Wenn Ihr so weit in den Wald hineingehen wollt, Herrin, muss ich die Sachen wohl dorthin tragen.« Qulka seufzte und musterte dann misstrauisch einen mannshohen Busch, der statt Beeren mehr als fingerlange, spitze Dornen trug.

»Das ist ein Pfeilbusch. Berühre ihn nicht, sonst spickt er dich mit seinen Dornen«, warnte Merani sie und lachte, als Qulka samt der Last, die sie gerade geschultert hatte, wie ein Gummiball zur Seite sprang.

»Du solltest dich auch nicht zu schnell bewegen, sonst schießen die Büsche ebenfalls!«

»Sind die Dinger wirklich so gefährlich?«, fragte Argeela.

Merani schüttelte den Kopf. »Für uns nicht. Immerhin bin ich eine Nachfahrin der großen Hexe Meravane und habe damit das Recht, mich hier aufzuhalten.«

»Und warum sollten die Büsche dann auf Qulka schießen?«

»Sie ist Gurrländerin! Als meine Ahnin diesen Wald verließ, waren die Leute aus Gurrland die Feinde Ilyndhirs. Dieses Wissen kann noch in den Bäumen und Büschen stecken. Daher dürfen wir Qulka nicht allein hier herumlaufen lassen.« Da Merani keine Lust hatte, das ganze Zeug, das ihnen der Haushofmeister der Königin aufgehalst hatte, tiefer in den Wald mitzunehmen, wies sie Qulka an, alles auszusortieren, was sie für entbehrlich hielt, und den Rest auf alle zu verteilen.

»Es gehört sich wirklich nicht, dass hohe Herrschaften wie Ihr solches Zeug schleppen!« Trotz ihrer tadelnden Worte war Qulka froh, dass sie die Sachen nicht einzeln holen musste, denn sie fürchtete sich nun doch, alleine hier herumzulaufen, auch wenn sie das niemals zugeben würde. Daher schnürte sie vier große Pakete. Das, welches sie selbst tragen wollte, wog jedoch fast doppelt so viel wie die drei anderen zusammen.

Merani merkte es, wusste aber auch, dass sie Qulka solche Kraftakte nicht ausreden konnte, und schulterte ihren Packen. Auch ihre Freunde luden sich ihre Last auf. Als Argeela aufstöhnte, war Qulka sofort bei ihr. »Wenn es zu schwer ist, kann ich Euch gerne noch ein wenig abnehmen.«

»Schluss jetzt!«, befahl Merani. »Du trägst genug. Uns werden diese Bündel schon nicht umbringen. Und jetzt folgt mir. Die Bäume freuen sich, dass wir da sind, und entbieten uns ihren Gruß.«

»Kannst du mit ihnen sprechen?«, wollte Argeela wissen.

»Natürlich! Wie ich schon sagte, bin ich …«

»… eine Nachfahrin der großen blauen Hexe Meravane«, fiel Careedhal ihr ins Wort. »Das wissen wir doch. Außerdem kann auch ich die Bäume verstehen. Linirias und Ilyna zum Gruß. Ich danke euch, dass ihr uns so gastfreundlich empfangt.«

Ein Knarzen ertönte, und die vier hatten den Eindruck, als würden sich einige der Bäume bewegen. »Auch wir grüßen euch«, kam es auf magischem Weg zurück. Die Stimme war stark genug, dass Argeela und Qulka sie im Kopf hörten.

»Wir tun euch nichts!«, stotterte die kleine Gurrländerin.

Die Bäume gaben einen Laut von sich, der einem Lachen ähnlich kam. »Wir tun dir auch nichts, solange du kein grünes Holz schneidest oder Moospolster ausreißt. Und jetzt kommt! Die Blaubeeren warten auf euch. Lasst sie euch schmecken und ladet eure Mühsal für einige Stunden ab. Wir wissen, dass ihr schlechte Nachrichten mitbringt.«

»Ihr wisst es? Woher?«, fragte Merani erstaunt.

»Der Wind weht weit, und er vermag viel zu erzählen. Wir haben von dem Schiff aus Eisen gehört, das sich unseren Inseln nähert und Böses mitbringt. Auch berichtet der Wind von Geheimnissen tief unter der See, die so alt sind, dass selbst die Runi sich ihrer nicht entsinnen.«

»Diese Geheimnisse führen uns hierher!«, rief Merani aus.

Einer der Bäume schüttelte seine Krone. »Da können wir dir leider nicht helfen. Selbst die Ahnen unserer Ahnen waren in jener

Zeit nur Samen, die erst anwachsen mussten. Wir wissen nur, dass damals etwas Schreckliches geschehen ist und die Welt hinterher anders aussah.«

»Die ganze Welt?«, fragte Merani erschrocken, denn für so gewaltig hatte sie die Angelegenheit nicht gehalten.

»Das Unheil, das die grüne Insel getroffen hat, war nur ein kleiner Teil der gesamten Katastrophe. Mehr wissen wir nicht.«

Während der Baum weitersprach, tauchten in Meranis Gedanken die Mädchen unter der See auf, und sie beschlich das Gefühl, die beiden könnten mehr über die Zeit damals wissen.

»Wir danken euch für das, was ihr uns mitgeteilt habt. Doch nun müssen wir tiefer in den Wald hinein, um eine Aufgabe zu erfüllen. Folgt mir!« Das Letzte galt ihren Freunden und Qulka, die sofort weiterging.

Merani sah, wie sich die Äste der Bäume zurückzogen und die Pfeilbüsche beiseitewichen, so dass sich ein gut erkennbarer Weg vor ihnen auftat.

7

Burlikk und seine Freunde Wuzz, Tarr und Rokkar trugen ihre Paradeuniformen, als sie schnurstracks auf den Tisch zuhielten, an dem Tharon mit Sirrin und deren jugendlichen Helfern saß. Dort salutierten sie vor der violetten Magierin wie vor einem großen Kriegsherrn des Schwarzen Landes.

Burlikk räusperte sich kurz, als er sich an Sirrin wandte. »Erhabene, meine Freunde und ich wollen uns bei Euch und Eurem Gefolge für die selbstlose Hilfe bedanken, die Ihr so vielen unserer Kameraden habt zuteilwerden lassen. Ohne Euch wären wir ein Opfer des Sturms geworden und hätten für das Schwarze Land niemals Ehre einlegen können. Wir haben eine kleine Sammlung veranstaltet und vom Schmied des ›Hammer‹ diese drei Plaketten anfertigen lassen. Wenn Ihr, Magierin Sirrin, und auch Ihr, Kriegerin Tirah, und Ihr, Adept Regandhor, diese Plaketten annehmen würdet, wäre uns dies eine große Ehre.«

Das amüsierte Lächeln wich von Sirrins Gesicht und machte einem ernsten Ausdruck Platz. »Ich danke euch, Gurrimleutnant Burlikk, und all euren Kameraden. Ihr streicht unser Verdienst jedoch zu sehr heraus. Als Angehörige der Völker der Linirias waren wir von dem weißen Sturm nicht so stark betroffen wie Leute eurer magischen Farbe.«

»Unsere Herren Magier hätten uns und unsere Kameraden auch bei einem andersfarbigen Sturm einfach krepieren lassen!«

Obwohl Burlikk seine Stimme dämpfte, waren seine Worte in der ganzen Messe zu vernehmen. Gynrarr und die anderen Schwertmagier maßen den Leutnant mit vernichtenden Blicken. Tharon aber pflichtete Burlikk bei: »Es ist an der Zeit, dass einmal ein wahres Wort fällt. Ich halte es auch für richtig, unsere violetten Freunde zu ehren. Ohne sie hätten wir arge Verluste erlitten.«

Burlikk salutierte nun vor ihm, griff dann in die Tasche an seinem Waffengürtel und brachte eine größere und zwei kleinere Plaketten hervor. Zu Tharons Erstaunen bestanden diese aus Schwarzgold, und bereits die kleineren besaßen einen Wert, der über den Dreijahressold eines Gurrimsoldaten im Unteroffiziersrang hinausging.

Daher zögerte Sirrin einen Augenblick, das Geschenk anzunehmen. Als sie jedoch merkte, dass eine Ablehnung die Gurrims beleidigen würde, stand sie auf und ließ sich von Burlikk die große Plakette an ihr Kleid heften. Auch Tirah und Regandhor erhoben sich und stellten sich vor den Leutnant. Beide waren mehr als anderthalb Köpfe kleiner als der wuchtige Gurrim, doch sein Blick verriet, dass für ihn nicht ihre körperliche Erscheinung zählte, sondern ihr Mut.

Sirrin hatte die Gurrims bislang für eher beschränkte Wesen gehalten, die ihren schwarzmagischen Anführern bedingungslos gehorchten. Aber Burlikk und dessen Freunde entsprachen so gar nicht diesem Bild. Sie verbarg jedoch ihr Erstaunen und nickte den vieren freundlich zu. »Ich danke euch! Erlaubt, dass ich euch zu einem kleinen Umtrunk einlade.«

Da sie mit Tharon und ihren beiden Gefolgsleuten allein am Tisch saß, war dort genug Platz für die vier Soldaten. Diese sahen sich unsicher an, dann hob Burlikk abwehrend die Hand. »Verzeiht, Erhabene, aber es gehört sich nicht, wenn unseresgleichen sich zu so hohen Herrschaften setzt.«

»Noch weniger gehört es sich, eine Einladung der Magierin Sirrin auszuschlagen«, erklärte Tharon und rückte ein wenig, damit die Männer Platz fanden.

Unterdessen rief Sirrin einen Sklaven zu sich, der für die Bedienung der Magier zuständig war. »Sechs Becher vom besten Wein und zweimal Schwarzbeerensaft für meine jungen Freunde!«

Während der Mann in den Nebenraum eilte, um das Bestellte zu holen, rümpften Gynrarr, Ewalluk und ihre Anhänger die Nasen. »Tharon hat nicht mehr alle Sinne beisammen. Lumpige Gurrims an einen Tisch in der Messe der Magier zu laden ist ein Sakrileg! Das will ich nicht länger mit ansehen.«

Gynrarr stand auf und verließ sichtlich angewidert den Raum. Ewalluk warf einen wütenden Blick auf Sirrins Tisch und folgte Gynrarr; drei weitere Magier schlossen sich ihm an. An Deck des »Hammers« trafen sie auf Gynrarr. Der Erzmagier starrte mit einem verbissenen Gesichtsausdruck über die See und fluchte leise. Als er seine Vertrauten kommen hörte, wandte er sich mit einer heftigen Bewegung zu ihnen um. »Dieser Bastard Tharon lässt keine Gelegenheit aus, um uns zu demütigen.«

»Er wird uns noch weitaus stärker demütigen, wenn er ins Schwarze Land zurückkommt. Dann wird es heißen, wir, die Magier vom Heiligen Schwert, wären unfähig gewesen, während die violette Hexe sich als wertvolle Unterstützung erwiesen habe«, rief Ewalluk voller Zorn. Doch genau wie sein Anführer wusste er nicht, wie sie Tharon daran hindern konnten, einen für sie beschämenden Bericht an Betarran zu übergeben.

Einer der jüngeren Magier, der schon länger auf eine Gelegenheit gewartet hatte, Gynrarr angenehm aufzufallen, errichtete rasch ein Abschirmfeld um die Gruppe. »Tharon darf nicht ins Schwarze Land zurückkehren! Dies sind wir dem Ruf unseres heiligen Ordens schuldig.«

»Und wie willst du das anstellen? Tharon trägt immerhin das Siegel Giringars«, fuhr Gynrarr auf.

Der junge Magier lächelte selbstgefällig. »Westlich von uns befindet sich ein starkes weißmagisches Feld, das meiner Ansicht nach von Spitzohren erzeugt wird. Unser großer Anführer wird es sich ansehen wollen und dabei auf die Weißen treffen. Und die dürften wenig Federlesens mit ihm machen!«

Gynrarr winkte ärgerlich ab. »Tharon ist geschickter, als du denkst. Ich traue ihm zu, die Spitzohren auszuspähen und gesund wiederzukehren. Sein Ruhm würde danach noch größer sein und den unseren weit überstrahlen.«

Sein Gefolgsmann gab sich nicht geschlagen. »Wie wäre es dann mit der Gegend, in der diese verfluchten Stürme entstehen? Das ist eine magisch so heiße Gegend, dass wir sie über mehrere Hundert Meilen hinweg lokalisieren konnten.«

In dem Augenblick hob Gynrarr gebieterisch die Hand. »Sei still! Das bereden wir zu einer anderen Zeit und unter einer besseren Abschirmung.«

8

Die kleine Lichtung wirkte auf Merani so, als wäre sie eben erst entstanden. Offensichtlich waren hier die Bäume enger zusammengerückt, um ihr genügend Raum für ihre Experimente zu bieten. Einerseits war dies angenehm, andererseits aber lud ihr die bereitwillige Hilfe des Waldes sehr viel Verantwortung auf. Was war, wenn die Untersuchung des Kristalles schiefging und der Wald dabei Schaden nahm?

Nachdenklich schöpfte sie Wasser aus einer eben entstandenen Quelle und benetzte ihre Lippen. Sofort stand Qulka neben ihr und hielt ihr einen kleinen Silberbecher hin. »Hier, Herrin! Ihr sollt doch nicht aus den Händen trinken wie eine Bäuerin.«

Merani verzog das Gesicht. »Ich bin es leid, andauernd hören zu müssen, was sich für mich geziemt und was nicht. Wenn du es nicht begreifen willst: Wir stehen in einem Krieg, und da ist keine Zeit für irgendwelches Getue. Wir müssen rasch handeln und dürfen keinen Fehler machen. Sonst werden unsere Inseln ebenso unterjocht wie vor tausend Jahren und die Runi auf Runia ausgerottet. Nicht, dass es um sie schade wäre …«

»Ich finde schon, dass es um die Runi schade wäre«, warf Careedhal ein.

»Natürlich wäre es um sie schade, so wie um jedes Volk auf unserem Archipel!« Merani ärgerte sich über sich selbst, denn so seltsame Gedanken hatte sie noch nie gehegt. Es war fast, als würde jemand versuchen, ihr Hass auf die weiße Farbe einzuflößen, aber auch auf das magische Gelb und Grün.

»Bevor ich den Kristall anfassen kann, muss ich das Reinigungsritual durchführen«, erklärte sie.

Argeela und Careedhal blickten sie erstaunt an. »Glaubst du, ein fremder Geist greift nach dir?«, fragte Careedhal.

»Ich glaube gar nichts, außer an Giringar«, fauchte Merani, um sich aber sofort zu entschuldigen. »Es tut mir leid. Aber ich fühle eine Last auf meinen Schultern, die mich schier erdrückt. Außerdem habe ich böse Tagträume.«

»Sind es Zukunftsvisionen, so wie deine Mutter sie manchmal hat?«, hakte Careedhal nach.

Merani antwortete mit einem Achselzucken. »Ich weiß es nicht. Die Dinge könnten auch bereits geschehen sein oder gerade eben geschehen.«

»Bevor Ihr irgendein Ritual oder sonst was macht, werdet Ihr erst einmal etwas essen. Ich will die guten Sachen nicht umsonst in den Wald geschleppt haben!« Qulka packte ihren magischen Herd aus, holte ihre Pfanne hervor und begann, Pfannkuchen zu backen.

»Mit Blaubeeren müssten sie ganz gut schmecken«, erklärte sie und blickte sich um. »Wo sind denn die Blaubeerbüsche?«

Das leichte Wedeln einiger Äste zeigte ihr den Weg. Merani folgte dem Gurrlandmädchen, denn sie verspürte auf einmal Appetit auf Beeren. Sie mussten weniger als hundert Schritte zurücklegen, bis sie auf eine Ansammlung von Blaubeerbüschen trafen, deren Beeren für eine halbe Armee ausgereicht hätten.

»Ich verstehe immer noch nicht, wer die isst, wenn wir nicht hier sind.« Dieses Rätsel ließ Careedhal, der sich ebenfalls angeschlossen hatte, nicht los.

»Keine Ahnung«, sagte Merani und begann zu pflücken. Timpo, der immer noch auf ihrer Schulter saß und anscheinend geschlafen hatte, wurde auf einmal quicklebendig. Mit einem Satz sprang er auf den Boden und fiel über die Blaubeeren her, als wäre er am Verhungern.

»Vielleicht ist das die Antwort: Timpo frisst sie alle«, erklärte Merani lachend.

»Wen frisst er?« Careedhal hatte seine Frage bereits wieder vergessen.

Seine Schwester schüttelte den Kopf und begann dann ebenfalls zu essen. »Schade, dass es keinen solchen Wald auf Ardhu gibt. Den würde ich jeden Tag besuchen«, seufzte sie.

»Wunschbeeren wären mir noch lieber. Doch die gibt es leider nur auf Runia, und da dürfen wir nicht hin.« Kaum hatte Careedhal es gesagt, wichen ihm die Zweige der Beerenbüsche aus, und er hatte Mühe, an Früchte zu kommen.

»Der Wald ist ziemlich eingebildet. Er mag es nicht, wenn jemand andere Beeren für besser hält«, spottete Argeela.

»Ich behaupte nicht, die weißen Beeren seien besser. Die hier schmecken nämlich ganz ausgezeichnet. Ich hätte die anderen halt auch gern mal probiert.« Careedhal schnaufte tief durch und versuchte einen Zweig mit vielen Beeren zu erhaschen. Doch der wich ihm geschickt aus, und Careedhal hielt stattdessen einen in der Hand, den Qulka bereits abgeerntet hatte. Er wollte ihn enttäuscht loslassen, als er sah, dass der Zweig erneut austrieb und innerhalb weniger Augenblicke neue Beeren trug.

»Hui! Das ist aber ein Zauber, den du noch nicht beherrschst«, rief er Merani zu.

»Diesen Zauber vermag kein Magier und keine Hexe in unserem Archipel fertigzubringen. Ich weiß, dass der Hofmagier des Fürsten Tengil von Teren Blüten an einen Strauch zaubern kann, aber solche Früchte vermag auch er nicht zu erschaffen.« Merani rülpste und stand auf. »Wir sollten aufhören, sonst verärgern wir Qulka, die extra Pfannkuchen für uns macht.«

»Ich glaube, ich kriege nichts mehr runter«, stöhnte Argeela und stopfte sich eine Handvoll Beeren in den Mund.

9

Argeela war doch noch in der Lage, zwei mit Blaubeeren gefüllte Pfannkuchen zu verdrücken, fühlte sich dann aber wie genudelt und beschloss, ein Mittagsschläfchen auf dem weichen Moos zu halten.

Mit einem neidischen Blick auf ihre Freundin setzte Merani sich im Schneidersitz hin, legte ihre Hände auf die Knie und schloss die Augen. Doch so rasch, wie sie gehofft hatte, vermochte sie nicht in Trance zu versinken. Es fühlte sich an, als wäre ihr Kopf ein Käfig, der ihre Gedanken und Sinne festhalten wollte. Verbissen kämpfte sie gegen die störenden Einflüsse an und spürte mit einem Mal eine winzige Spur Schwarz an sich, das nicht von ihr stammen konnte. Es kostete sie viel Konzentration, diesen fremden Einfluss aufzuspüren und an einer Stelle ihres Körpers zu sammeln. Als sie es geschafft hatte und das Ding untersuchen konnte, spürte sie Hass und eine Überheblichkeit, die sie anwiderte. Wenn sie ihrer eigenen magischen Sinne wieder richtig Herr werden wollte, musste sie diesen Einfluss rasch loswerden.

Kaum war ihr das klar geworden, spürte sie eine Berührung an der Stelle, an der sie die fremde Magie festhielt. Es war Careedhal, der die Kunst anwandte, die sein Vater meisterlich beherrschte. Er löste die unangenehme, geradezu ekelhafte Magie auf, bis keine Spuren mehr davon zu finden waren.

Jetzt vermochte Merani sich weitaus leichter zu konzentrieren. »Danke!«, sagte sie erleichtert.

»Keine Ursache! Du hast mir dieses Zeug direkt zugetrieben«, antwortete er und zog sich ein Stück zurück.

Merani sammelte ihre Gedanken und ließ sich von ihrer eigenen Kraft durchfließen. Doch obwohl sie diese Übung schon etliche Male durchgeführt hatte, fühlte sie sich ganz anders als sonst.

Nach einer Weile merkte sie, dass es an ihrer Umgebung lag. Der Hexenwald war magischer als alles, was es auf Gurrland gab, mit Ausnahme des Feuerthrons. Sie spürte auf einmal mehr Blau in sich als Schwarz, so als nähme sie die Kräfte des Waldes in sich auf, und begriff, dass dieser Wald weitaus älter war als die Ilyndhirer annahmen. Die Bäume hatten schon lange vor Meravane existiert, die vor mehr als tausend Jahren als Erste ihrer Sippe hier Zuflucht gesucht hatte. Anders, als man annahm, hatte nicht ihre Ahnin den Hexenwald gestaltet. Er war bereits vorher von starker Magie erfüllt gewesen und hatte Meravanes Geist eine Heimat geboten.

Während Merani noch darüber nachdachte, spürte sie, wie eine unbekannte Kraft nach ihr griff und sie mit sich riss. Für schier endlose Augenblicke war sie nicht mehr als ein magischer Funken, der von einem gewaltigen Sog verschluckt wurde. Als sie sich wieder ihrer selbst bewusst wurde, hatte ihre Umgebung sich grundlegend verändert, und sie konnte nicht einmal mehr sagen, ob sie sich noch auf Ilyndhir oder überhaupt auf einer Insel des Archipels befand.

Keines der Eilande, die sie magisch überblicken konnte, sah so aus, wie sie es gewohnt war. Das Land um sie herum, das eigentlich Ilyndhir hätte sein sollen, reichte viel weiter nach Westen, Norden und Osten und bildete zusammen mit Wardania, Teglir, Trymai und Evorda eine riesige Landmasse, deren östlichstes Ufer sich sogar schon in Sichtweite der Insel Runia befand. Auch diese Insel war weitaus größer, als ihr bekannt war, und reichte bis zur Duftholzinsel. Dort trennte Runia nur ein wenige Meilen breiter Sund von dem um Terila vergrößerten Teren. Weiter im Süden reichte Malvone mehr als hundert Meilen westlich über Malan hinaus und erstreckte sich im Osten bis knapp vor eine Insel, die dort liegen musste, wo sich inzwischen der Geburtsort der magischen Stürme befand. Die südlichen Inseln des Archipels waren zu einer einzigen großen Insel vereinigt, die von Gelonda bis Gurrland reichte und ebenfalls in alle Richtungen über deren jetzige Grenzen hinausreichte.

Nördlich des vergrößerten Runia entdeckte Merani eine etwa einhundert Meilen durchmessende Insel, an deren Stelle eigentlich nur einige Klippen und ein winziges Eiland mit einem grünmagischen Becken existierten.

Fast ebenso eigenartig wie die Lage und Größe der Inseln war ihr Aussehen. Der lange Gebirgszug, der sich mit Unterbrechungen von der Ostspitze Wardanias die gesamte Inselkette entlang bis Gurrland erstreckte, fehlte vollkommen. Stattdessen nahm Merani sanfte, waldbedeckte Hügel wahr, welche sie an die Bilder des Runiwaldes erinnerten, die sie von ihren Eltern erhalten hatte. Seltsamerweise strahlte der Wald, der auf dem jetzigen Ilyndhir lag, im leuchtenden Blau des Himmels, die kleinere Insel im Nordosten ebenso wie Malvone und die Insel am Geburtsort der magischen Stürme hingegen grün. Teren und Runia waren weiß, und die Farbe der großen Insel im Süden ordnete sie als ein helles Gelb ein. Ihre eigene Farbe Schwarz und das Violett der ardhunischen Inseln fehlten jedoch vollkommen. Darüber verwundert richtete Merani ihr Augenmerk auf ihre direkte Umgebung. Um sie herum ragten die Bäume weitaus höher in den Himmel, als sie es vom Hexenwald von Ilyndhir gewohnt war, so als wäre der Hexenwald nur ein bescheidener Abklatsch dieses uralten Waldlandes.

Nicht weit von sich entfernt entdeckte sie eine Lichtung von mehreren Hundert Schritt Durchmesser. Im Zentrum ragte ein einzelner Baum mit einer riesigen Krone mehr als eine halbe Meile in den Himmel. An seinen weit ausgreifenden Zweigen hingen Hunderte von großen, blauen Kristallzapfen, die den Wohnungen der Runi glichen. Das Volk, das im Baum lebte, war jedoch unzweifelhaft von blaumagischer Grundfarbe, und das sogar in weitaus stärkerem Maße, als Merani es von den Ilyndhirern gewohnt war. Dann sah sie die ersten blauen Bewohner der Stadt und schnappte unwillkürlich nach Luft.

Es handelte sich unzweifelhaft um Runi wie die auf Runia, nur glich ihre magische Farbe und auch die ihrer Haare dem Blau der großen Ilyna. War der Anblick blauer Runi für Merani schon mehr als verwunderlich, so glaubte sie, ihren Augen und ihren magischen Sinnen nicht mehr trauen zu können, als sie mitten unter den blauen auch grüne Runi entdeckte. Dabei war das Grün Tenelins pures Gift für blaumagische Geschöpfe. Hier aber taten die Wesen beider Farben so, als gelte die Lehre von den heiligen Farben nicht für sie.

Merani war nicht klar, ob sie dies hier tatsächlich erlebte oder nur einem üblen Trugbild zum Opfer fiel. Daher konzentrierte sie sich und ging die Übung durch, die Yanga sie gelehrt hatte, um sich gegen magische Beeinflussung zur Wehr setzen zu können. Doch als sie sich danach wieder ihrer Umgebung zuwandte, waren da noch immer blaue und grüne Runi, und sie entdeckte auch noch gelbe und weiße Runi. Außerdem sah sie noch Menschen all dieser Farben, die sie vom Aussehen her an Terener erinnerten.

Merani vermutete, dass sie – oder besser gesagt ihr Geist – weit in die Vergangenheit verschlagen worden war und sie Dinge zu sehen bekam, die vor unendlich langer Zeit geschehen sein mussten. Kaum hatte sie diese Vermutung angestellt, veränderte sich ihre Umgebung in so rascher Folge, als würden Jahre zu Sekunden schrumpfen. Noch immer sah sie Runi und Menschen, doch ihnen fehlte die spielerische Freude und Leichtigkeit, die Merani zuvor wahrgenommen hatte. Immer wieder starrten sie zum Himmel, und in ihren Mienen las Merani Angst und Verzweiflung. Viele Runi und Menschen eilten zu den Küsten und stiegen auf Schiffe. Andere wiederum setzten Versetzungszauber ein, die sie weit von hier wegbrachten. Gleichzeitig lösten sich die meisten Kristallwohnungen von den Zweigen des großen Baumes und schwebten durch die Luft Richtung Westen.

Plötzlich weitete sich Meranis Sichtfeld wieder, und sie sah, dass auch die Bewohner der anderen Inseln ihre Heimat verließen, so als wollten sie vor einer schrecklichen Gefahr fliehen. Da erschien ein grelles Licht am Himmel, und sie blickte erschrocken hoch.

Zuerst glaubte sie einen neuen Stern zu sehen, dessen Licht so hell war, dass es auch bei Tag wahrgenommen werden konnte. Doch der Stern wurde rasch größer und strahlte eine magische Aura aus, die seltsam farblos wirkte, Merani aber dennoch bekannt vorkam.

So hat sich der Kristall angefühlt, dachte Merani verwundert und starrte ebenso erschrocken wie fasziniert auf den immer näher kommenden Stern, während die restliche Bevölkerung der Inseln in heller Panik floh. Auf einem Teil der grünen Insel beim Geburtsort der Stürme schien es Probleme zu geben, doch ehe Merani ihren magischen Blick dorthin richten konnte, vernahm sie ein gewaltiges Brausen. Der gesamte Himmel schien auf einmal zu brennen. Dann stürzte ein gewaltiges, grell aufflammendes Ding herab und schlug genau auf jener grünen Insel ein.

Das Land erbebte wie unter einem gewaltigen Schlag. Glühendes Gestein wurde hochgeschleudert und regnete im weiten Umkreis nieder. Im nächsten Moment brauste ein feuriger Orkan von Osten über Meer und Land und fällte die weiten Wälder der Inseln wie mit einer riesigen Axt. Nach dem Sturm und dem Feuer kam das Wasser wie eine schier himmelhoch reichende Wand und raste über die Inseln hinweg. Mit ihren magischen Sinnen konnte Merani sehen, wie Teile der Inseln abbrachen und versanken, während andere zu Gebirgen aufgeschichtet wurden.

Von Furcht getrieben, versuchte Merani in ihren eigenen Körper zurückzukehren. Doch es war, als würde etwas sie zwingen, Zeuge des weiteren Geschehens zu sein. Als ihr Blick sich auf jenes Ding richtete, das vom Himmel gefallen war, stellte sie fest, dass es einer gewaltigen Schlange glich.

Kurz darauf beruhigte sich das aufgewühlte Meer und gab die Umrisse jener Eilande frei, die später den Archipel von Runia bilden sollten. Allerdings war weit und breit kein fruchtbarer Boden mehr zu sehen, sondern nur noch kahles Felsgestein und ein wenig Erde, die sich in Spalten und Klüften gehalten hatte. Dort spürte sie nun einzelne Sporen und Samen, die der Vernichtung getrotzt hatten. Das einzige Leben, das Merani außer den ersten Keimlingen wahrnahm, war ein junges, durch einen Versteinerungszauber erstarrtes Salasa, das von den Wellen an den Strand einer kleinen Insel gespült wurde. Da es blau war, musste es sich um Timpo handeln.

Nun würde das Tierchen Jahrtausende am Ufer dieser Insel liegen bleiben, bis es von Merala gefunden und durch deren Magie entsteinert wurde. Bei dem Gedanken kamen Merani die Tränen. Timpo war höchstwahrscheinlich das einzige Wesen aus jener Zeit, das noch existierte. Dann erinnerte sie sich an die beiden Mädchen im Meer und wollte dorthin schauen. Statt ihrer aber erhaschte sie einen letzten Blick auf die sterbende Schlange, deren zu Kristall erstarrter Leib halb in den Grund des Meeres eingesunken war. Das Ding schimmerte in sämtlichen Violetttönen und zog Magieströme an, die aus einem tiefen Riss im Meeresboden kamen.

Mit einem Mal begann die Zeit wieder in Windeseile zu vergehen. Um Merani herum wuchsen die ersten Büsche und Bäume des späteren Hexenwaldes. Das Land wurde wieder bewohnbar, und es kamen neue Siedler über das Meer. Es handelte sich um Diener Ilynas, doch es waren keine blauen Runi mehr, sondern Menschen und andere Geschöpfe, die Merani unbekannt waren. Diese lebten jedoch nicht lange dort, denn weiße, gelbe und grüne Runi vertrieben die blauen und besiedelten selbst einige Inseln. Ilyndhir aber blieb für lange Zeit ein leeres, unbesiedeltes Land. Als erneut Menschen erschienen, waren es Leute in schlichten Kitteln und Sklavenkrägen, die unter der Knute von Gurrländern in schweren Rüstungen ächzten.

Merani wunderte sich nicht, die gleichen Abzeichen zu erkennen wie bei dem toten oder schwerverletzten Gurrländer, den sie während der Fahrt nach Ilyndhir in einer Vision gesehen hatte. Als Letztes erkannte sie noch ihre Ahnin Meravane sowie deren Helfer Ilna und Ward, die mit Hilfe weißer Runi die Sklavenkrägen zerbrachen und ihr Volk zur Rebellion aufriefen. Dann wurde es dunkel um sie.

10

Merani erwachte in einem Zustand, der sie wünschen ließ, sofort wieder einzuschlafen. So erschöpft wie in diesem Moment hatte sie sich noch nie gefühlt. Da flößte jemand ihr Wasser ein. Sie schluckte hastig und rief geistig nach mehr.

»Linirias sei Dank, du bist wieder wach«, hörte sie Careedhal rufen.

»Was war los?«, fragte Merani.

»Das sollten wir lieber dich fragen. Bei Linirias, Giringar und Ilyna, hast du uns erschreckt! Ich dachte, du wolltest das Ritual der geistigen Reinigung durchführen, doch du bist fast einen Tag lang wie erstarrt dagesessen, und dein Geist war sehr weit weg. Ich habe nur noch ein magisches Band gespürt, das von dir ausgegangen ist, so ähnlich wie das, welches Timpo mit deiner Urgroßmutter verbindet. Aber es schien nicht irgendwo in der Ferne zu enden, sondern in …« – Careedhal schluckte, bevor er den Satz zu Ende sprach – »… in einer anderen Zeit.«

»Du meinst in der Vergangenheit«, präzisierte Merani seine Aussage.

Ihr Freund nickte. »So habe ich es empfunden.«

Bevor Merani darauf antworten konnte, drängte sich Qulka dazwischen. Das Gurrlandmädchen stemmte die Hände in die Hüften und funkelte ihre Herrin zornig an. »Was habt Ihr Euch dabei gedacht, einen so gefährlichen Zauber zu machen? Ich bin aus Sorge um Euch beinahe gestorben.«

»Das wäre nicht nötig gewesen«, antwortete Merani matt. »Ich befand mich keinen Augenblick in Gefahr, sondern habe alles nur als Geist erlebt. Ihr erinnert euch doch an die Erzählungen unserer Eltern von der Illusion der fruchtbaren grünen Insel, die einmal dort gewesen sein soll, wo heutzutage die magischen Stürme entstehen? Ich habe gesehen, wie diese Insel einmal ausgesehen hat – vor sehr, sehr langer Zeit! Damals waren die südlichen Inseln übrigens ein einziges großes Eiland, das von Gelben bewohnt wurde.«

»Igitt!«, kreischte Argeela auf. »Das ist unmöglich. Unsere Heimatinseln sind violett, hörst du? Violett!«

»Das sind sie heutzutage. Aber damals war alles ganz anders. Ich kann es nicht erklären und habe auch keine Lust, mich zu streiten. Kannst du mir noch etwas Wasser geben, Qulka? Außerdem könnte ich einige Blaubeeren vertragen.«

»Ich werde welche besorgen. Herr Careedhal, könnt Ihr derweil Wasser holen?«

»Ja, natürlich!« Der Junge sprang auf, nahm einen kleinen Eimer und lief zu der Quelle. Als er zurückkam, riss Merani ihm das Gefäß aus der Hand und trank, bis sie das Gefühl hatte, ihr Bauch würde platzen.

Kurz darauf kehrte Qulka mit einem Korb voller Blaubeeren zurück und bedachte Argeela, die begehrlich auf die Früchte schielte, mit einem zornigen Blick. »Diese Beeren sind für Prinzessin Merani bestimmt. Wenn Ihr welche haben wollt ...«

»... soll sie sich selbst welche pflücken«, fiel Careedhal ihr ins Wort.

Das Gurrlandmädchen schüttelte den Kopf. »Das wollte ich bestimmt nicht sagen! Ich wollte Prinzessin Argeela bitten, so lange zu warten, bis ich neue gepflückt habe.«

»Careedhal hat schon recht. Ich kann mir die Beeren auch selbst pflücken. Aber vorher will ich wissen, was Merani zu erzählen hat«, sagte Argeela neugierig.

»Du kannst ein paar von meinen Beeren haben. Wenn ich mich erholt habe, können wir ja gemeinsam zu den Büschen gehen.«

»Ich glaube, die Büsche kommen zu uns«, rief Qulka verdattert aus und zeigte dabei auf mehrere Sträucher, die langsam in ihre Richtung wanderten.

»Die sind wohl auch neugierig«, antwortete Merani lachend, zog aber den Kopf ein, als sie ein lautes Knarzen vernahm, das von den Bäumen stammte. Der Wald schien tatsächlich an dem interessiert zu sein, was sie erlebt hatte.

»Natürlich sind wir das«, vernahm sie. »Du trägst Bilder in dir, nach denen wir uns lange gesehnt haben.«

»Etwa von blauen Runi?«, fragte Merani leicht angewidert.

»Was sagst du da? Es gibt blaue Runi?« Careedhal schüttelte sich bei diesem Gedanken, denn die Existenz blauer Dämonen stellte die Lehre von den heiligen Farben und damit alles Wissen über die Götter auf den Kopf.

Merani nickte unglücklich. »Ja! Ich habe sie gesehen. Oder waren es Erscheinungen meiner Fantasie?«

Ihre Freunde merkten, dass sie nur die Vorstellung abwehren wollte, es könnten tatsächlich blaue Dämonen existieren. Daher bat Careedhal sie, einfach zu berichten, was sie in ihrer Vision gesehen hatte.

»Lasst meine Herrin erst einmal in Ruhe die Blaubeeren essen. Ihr seht doch, wie erschöpft sie nach ihrem Zauber ist«, wies Qulka ihn zurecht.

»Es war nicht mein Zauber«, flüsterte Merani. »Kein Magier und keine Hexe der Welt könnten so einen Zauber vollbringen. Ich weiß nicht, was mit mir geschehen ist, und ich mag nicht einmal glauben, was ich gesehen habe. Es ist zu fürchterlich.«

»Du meinst diese blauen Runi?«, bohrte Careedhal nach.

Merani winkte mit einer heftigen Bewegung ab. »Die könnte ich noch ertragen. Ich meine das andere! Wenn ihr mir noch einmal Wasser holt und ein paar Beeren pflückt, werde ich euch alles erzählen. Qulka, haben wir eine Hängematte dabei? Ich würde mich gerne ein wenig hinlegen.«

Kaum hatte sie es gesagt, als am Rande der Lichtung ein Baum seine Äste zu einer Art Nest verschränkte und Merani diese Ruhestätte anbot.

»Wenn ich ein paar Moospolster ausrupfen dürfte, um dieses Zweigbett auszupolstern, würde es ja gehen«, erklärte Qulka, nachdem sie das Nest überprüft hatte. Kaum hatte sie das gesagt, setzte sich ein großes Moospolster neben dem Baum in Bewegung, kletterte den Stamm hoch und formte sich in dem Zweigbett zu einer weichen Unterlage.

»Das Nest ist groß genug für euch alle«, sagte der Baum und neigte die Äste so, dass Merani und ihre Freunde bequem hineinsteigen konnten. Nur Qulka zögerte, da es ihrer Meinung nach noch eine Menge für sie zu tun gab.

»Ruht Ihr Euch schon einmal aus. Ich pflücke für Euch Beeren und koche Vla.«

Da Merani ihre Zofe kannte, nickte sie nur und legte sich in das Bett aus Moos. »Wenn ich mich ein wenig erholt habe, werde ich euch alles erzählen. Ach ja, wo ist unser Kristall? Ich möchte ihn bei mir haben.« Sie griff hastig nach dem Silberkästchen, das Qulka ihr reichte, und legte es neben sich. »Heute bin ich viel zu erschöpft, um mich mit diesem Ding beschäftigen zu können. Bis morgen werde ich wohl wieder genug Kraft geschöpft haben. Aber jetzt hört mir zu …«

11

Früher haben die Ausfahrten mehr Spaß gemacht, fuhr es Hekendialondilan durch den Kopf, als ihr Boot von selbst den Bug wendete und wieder näher auf das heimatliche Ufer zuhielt. »Es ist ein neuer magischer Sturm im Anzug«, erklärte es ihr.

»Innerhalb des Schirmes von Runia kann uns doch kein magischer Sturm etwas anhaben«, antwortete Hekendialondilan.

Sie wusste jedoch selbst, dass ihr Boot nicht auf sie hören würde, denn ihre Mutter hatte ihm befohlen, sich nicht weit vom Ufer zu entfernen. Dabei verspürte Hekendialondilan den Wunsch, mindestens so weit auf die See hinauszufahren, bis die letzte Insel Runias hinter dem Horizont verschwunden war. Doch sie hatte ihre Mutter am Morgen vergebens darum gebeten, sich weiter von der Hauptinsel entfernen zu dürfen.

»Du bleibst in der Nähe, so dass ich dich jederzeit zurückholen kann«, hatte diese ihr erklärt und den Radius, in dem das Boot fahren durfte, noch stärker eingeschränkt.

»Es ist zum Verrücktwerden!«, rief Hekendialondilan laut aus, wie es eigentlich nicht die Art ihres Volkes war. Sie hatte diesen Ausdruck von ihren Freunden Mera, Kip und Girdhan gehört. Was verrückt genau bedeutete, verstand sie zwar nicht, aber es musste etwas mit unangenehmen Situationen zu tun haben – und die jetzige Situation erschien ihr mehr als unangenehm.

»Ich soll mich vor magischen Stürmen in Acht nehmen, obwohl diese den Schirm von Runia ebenso wenig durchdringen können wie diese Fremden mit ihrem schwarzen Schiff aus Eisen«, machte sie ihrem Unmut Luft.

»Ich finde, wir sollten wieder zur Deltamündung zurückkehren und den Fluss hochfahren. Der große See ist derzeit ein besseres Segelrevier als der Ozean«, schlug das Boot vor.

Hekendialondilan schüttelte sofort den Kopf. »Das kommt nicht in Frage. Ich will hier segeln!«

Das Boot seufzte. »Deine Mutter hat dir doch gesagt, dass das viel zu gefährlich ist!«

»Was sollte mir hier gefährlich werden? Wir befinden uns innerhalb des Schirmes von Runia, und den hat nicht einmal dieser grässliche Wassuram vor tausend Jahren durchbrochen.«

»Deine Mutter hat gesagt …«, wiederholte das Boot. Hekendialondilan schaltete ihre Ohren auf Durchzug. Zwar war sie für eine Runi noch sehr jung, aber deswegen musste ihre Mutter sie doch nicht so behandeln, als wäre sie eben erst geboren worden.

»Ich will zu dieser Insel dort drüben«, erklärte Hekendialondilan und zeigte auf ein dem Südwestkap vorgelagertes Eiland.

»Deine Mutter würde dir das nicht erlauben!«

Obwohl das Boot versuchte, bestimmt zu klingen, spürte das Runimädchen, dass ihre Mutter einen solchen Ausflug nicht kategorisch ausgeschlossen hatte. Da es sie reizte, die Grenzen auszuloten, die ihr gesetzt worden waren, befahl sie dem Boot noch einmal nachdrücklich, zu jener Insel zu segeln.

»Aber was ist mit dem magischen Sturm und diesem bösen schwarzen Schiff?«, fragte das Boot. Da Hekendialondilan fest blieb, wendete es mit einem beinahe menschlich klingenden Seufzen den Bug und stellte die Segel so auf, dass es schnell wie ein Pfeil über die Wogen flog. »Beklage dich aber nicht, wenn deine Mutter mit dir schimpft, und mit mir dazu!«

Hekendialondilan beachtete ihr meckerndes Schiffchen nicht mehr, sondern griff mit ihren magischen Sinnen nach vorne, entdeckte aber nichts, was auf eine Gefahr hindeuten konnte. Für sie schien es noch eine wunderschöne Segelfahrt unter einem von einem feinen Goldschimmer bedeckten blauen Himmel zu werden. Als sie hochblickte, fragte sie sich, weshalb der Himmel gerade diese Farbe aufwies. Hier über Runia hätte er eigentlich weiß sein müssen. Darüber hatte sie noch nie nachgedacht, und sie beschloss, mit ihrer Mutter darüber zu reden.

»Also kehren wir um?«, fragte das Boot hoffnungsvoll.

»Nein!« Allmählich verlor das Runimädchen die Geduld mit ihrem Schiffchen. Es stellte sich so ängstlich an wie eine Salasa-Mutter mit ihren Jungen.

Die Insel kam rasch näher, und weiter im Süden sah Hekendialondilan den magischen Schirm von Runia mehrmals weiß aufleuchten. Anscheinend brachen sich die Ausläufer eines magischen Sturmes an ihm wie Wellen an einem Felsen. Sie fühlte keine Angst. Solange der Schirm hielt, konnte ihr nichts passieren, und selbst wenn der unwahrscheinliche Fall eintreten und er bersten würde, war ihr Boot schnell genug, um rechtzeitig das rettende Ufer zu erreichen.

»Du siehst ja selbst, wie gefährlich es ist, hier herumzusegeln«, meldete sich das Boot, das den Kampf mit seiner Herrin noch nicht verloren gab. Bevor Hekendialondilan antworten konnte, hörte sie nicht weit vor sich ein keckerndes Lachen. Ein Treiberfisch schnellte aus dem Wasser, schlug einen Salto in der Luft und tauchte dann so geschickt wieder in die See, dass kaum ein Tropfen aufspritzte.

Das Runimädchen kannte Treiberfische und hatte sich auch schon mit einigen unterhalten. Dieser hier war ihr jedoch fremd. »Meandhir zum Gruß!«, sagte sie und merkte dann erst, dass sie gesprochen hatte, anstatt es gedanklich zu senden.

Der Treiberfisch keckerte noch mehr, tanzte auf seinen Schwanzflossen um das Boot herum und ließ sich dann seitwärts ins Wasser fallen, so dass es hoch aufspritzte und Hekendialondilan einen Teil davon abbekam.

»Das war aber nicht nett«, beschwerte sie sich mit ihrer lautlosen Gedankenstimme.

»Habe ich dich nass gespritzt? Das tut mir aber leid«, antwortete der Fisch und streckte seinen Kopf aus dem Wasser. »Ach, das trocknet gleich wieder!«

»Aber nur, weil ich das Wasser bereits nach draußen gepresst habe!« Dem Boot gefiel diese Begegnung gar nicht. Treiberfische waren Vagabunden des Meeres, und es hatte Angst, das Tier könnte seiner Herrin Flausen in den Kopf setzen.

»Wie heißt du?«, fragte Hekendialondilan den Treiberfisch.

»Ellek! Mein Revier liegt eigentlich westlich eures Archipels. Aber ich will mir das schwarze Schiff ansehen und beobachten, was es tut.«

»Ich würde es mir auch gerne ansehen.« Hekendialondilan seufzte, denn sie wusste, dass ihre Mutter das niemals erlauben würde. Das war ungerecht, denn immerhin hatte sie vor sechsunddreißig Jahren eine entscheidende Rolle beim Sturz des Magierkaisers gespielt. Aber daran dachte niemand mehr.

»Ich glaube nicht, dass es dir schaden würde, dieses Schiff wenigstens einmal aus der Ferne zu beobachten. Wenn du dich weit genug von dem Ding fernhältst, kann dir nichts passieren. Da hier alle möglichen Magieströme fließen, werden dich die Artefaktaugen der Fremden nicht entdecken.« Ellek hörte sich ganz so an, als würde er sie als Begleiterin wünschen.

Hekendialondilan wusste jedoch, dass sie ihr Boot niemals bewegen konnte, sich dem Eisenschiff auch nur auf hundert Meilen zu nähern. »Es wird nicht gehen«, meinte sie. »Es sei denn, du nimmst mich mit.«

»Nein, Hekendialondilan! Das darfst du nicht!«, rief das Boot erschrocken aus.

Der Treiberfisch musterte das Mädchen eindringlich. »Irgendetwas sagt mir, dass du mich begleiten solltest. Es ist nur ein unbestimmtes Gefühl, aber …« Er umrundete das Boot und schwamm dann neben ihm her. »Du musst dich auf meinen Rücken setzen! Wenn ich mich dem fremden Schiff unter Wasser nähere, kannst du ja in sicherer Entfernung auf mich warten.«

»Es gibt keinen sicheren Ort im Meer. Kleines, das darfst du nicht tun!« Den Worten des Bootes fehlte die Kraft, das Mädchen beeinflussen zu können, daher wollte es umkehren. Da stand Hekendialondilan auf und sprang ins Wasser.

»Ich bin bereit, Ellek«, rief sie und winkte dem Treiberfisch zu.

Dieser schwamm unter ihr durch, so dass sie sich auf seinen Rücken setzen konnte. Neben ihr zeterte das Boot und malte ihr alle Schrecken aus, die ihr drohen würden. Doch das Runimädchen forderte Ellek auf, es nach Osten zu bringen.

Der Treiberfisch schoss wie von der Sehne geschnellt los. Da das Boot es nicht wagte, allein nach Hause zurückzukehren, und auch keine Arme besaß, mit denen es das störrische Mädchen packen und von dem Fisch herunterholen konnte, schwamm es hinter den beiden her und ignorierte dabei die Grenzen, die Hekendialondilans Mutter Hekerenandil ihm gesetzt hatte.

12

Die Stimmung an Bord war so schlecht, dass Tharon am liebsten befohlen hätte, ins Schwarze Land zurückzukehren. Zwar war es ihnen inzwischen gelungen, die Enge an Bord zu lindern, indem sie die Besatzungen der anderen Schiffe magisch versteinert und tief unten im Schiff gestapelt hatten. Doch obwohl diese Maßnahme zur allgemeinen Erleichterung hätte beitragen können, änderte sich nichts an der demonstrativ zur Schau getragenen Abneigung, die Gynrarr und die anderen Magier ihm entgegenbrachten.

An diesem Morgen stand Tharon im Kommandoraum und blickte durch die von Sirrin erneuerten Kristallfenster ins Freie. »Was zeigen die Artefakte an?«, fragte er den Adepten, der die Umgebung des Schiffes unter Beobachtung hielt.

»Wir nähern uns der Stelle, an der die magischen Stürme erzeugt werden«, antwortete dieser.

»Ich will wissen, was die Geräte anzeigen. Dass wir uns dem Entstehungsort dieser Stürme nähern, sehe ich selbst!« Tharons Ärger stieg, denn der unterschwellige Widerstand, den ihm die Magier des Schwertordens entgegenbrachten, konnte im Ernstfall über den Erfolg oder Misserfolg dieser Mission entscheiden.

»Seitlich vor uns existiert ein ziemlich starkes magisches Feld, dessen Hauptfarbe Grün zu sein scheint«, antwortete Regandhor anstelle des Adepten. Der Junge blickte dabei nicht auf die Artefaktanzeigen, sondern schien dieses Feld nur mit seinen magischen Sinnen zu erkunden.

Sirrin hatte die Hand auf Regandhors Schulter gelegt und

schien das, was dieser spürte, mitzuerleben. Auch Tharon streckte die Hand aus, um den Jungen zu berühren. In dem Augenblick versetzte Sirrin ihm einen heftigen Schlag. »Du störst seine Konzentration!«

Einige der Magier im Hintergrund lachten, und Tharon wusste im Augenblick nicht, über wen er sich mehr ärgern sollte, über seine unwilligen Untergebenen oder über die violette Magierin. Inzwischen hatte Sirrin begriffen, dass ihre harsche Haltung das geringe Maß an Autorität, das Tharon besaß, noch mehr erschüttert hatte. »Es tut mir leid, aber Regandhor muss sich scharf konzentrieren, um etwas aufnehmen zu können. Jede unerwartete Berührung könnte seine Fähigkeiten beeinträchtigen. Doch wenn du magst, kannst du dir seine Entdeckungen über mich ansehen.«

Sie streckte die Hand aus und legte sie auf Tharons Stirn. Zunächst spürte dieser nur die wilden, magischen Wirbel, die um »Giringars Hammer« tobten, und kam sich vor wie ein von vielfarbigen Strahlen geblendeter Mensch. Leicht seitlich vor dem Schiff befand sich der von Regandhor entdeckte, ausgedehnte Fleck grüner Magie, und ein Stück weiter erstreckte sich ein langer, ziemlich kräftiger Streifen Violett von einer Stärke, die Tharon noch nie zuvor wahrgenommen hatte.

»Zum Glück ist die hier vorherrschende Farbe nicht Gelb, sonst würde hier alles in die Luft fliegen«, flüsterte er.

Sirrin schnaubte. »Dann wäre Taliens Hölle ein gemütlicher Ort gegen das, was sich hier abspielen würde. Doch leider gibt es einiges an gelber Magie auf dem Meeresgrund. Noch schirmt das Grün es von dem Violett ab, doch das Gelb schneidet sich allmählich durch diese Barriere hindurch. Wenn das geschieht, möchte ich weder hier noch an der Südküste unseres Landes sein. Dann dürften die magischen Orkane, die wir bisher erlebt haben, nur ein laues Lüftchen gegen die Mutter aller Stürme sein. Ich glaube, es gibt keinen Winkel auf dieser Welt, an der dieses Unwetter nicht zu spüren sein wird.«

»Unsere Seite wird es stärker treffen als den Feind im Westen, und die Zerstörungen könnten die Dämonenanbeter dazu bringen, den Krieg wieder aufzunehmen, um unsere Reiche endgültig niederzuringen!« Bei dieser Vorstellung grauste es Tharon. Dann aber straffte er sich und ließ Sirrin los.

Als er sich zu Gynrarr und den anderen Magiern umdrehte, war sein Gesicht hart wie Stein. »Hat der Orden vom Schwert hier irgendwelche geheimen Experimente durchgeführt?«

Gynrarr schüttelte den Kopf. »Nein, ganz gewiss nicht!«

»Und was ist mit Wassuram?«

»Von ihm wissen wir nichts. Er ist auf die See hinausgefahren, um den Feuerthron auf einer unbewohnten Insel zu erproben. Seitdem haben wir nichts mehr von ihm gehört.«

Tharon spürte, dass Gynrarr die Wahrheit sagte. Dennoch vermutete er, dass schwarzländische Magier hier gewesen waren, denn das Wasser in dieser Gegend wies frisches Schwarz auf. Bevor er wieder etwas sagen konnte, krallte Sirrin ihre Hand um seinen Oberarm und zeigte das, was ihr junger Begleiter eben entdeckt hatte.

Das strahlende Weiß im Nordwesten war keine Überraschung. Das hatten sie bereits vor dem magischen Sturm lokalisiert, der sie die Begleitschiffe gekostet hatte. Doch jetzt spürte Tharon weiter im Süden die Ausläufer starker schwarzer Magie und im Nordwesten einen starken blauen Fleck. Bevor er diese Punkte jedoch untersuchen konnte, trafen ein Stück vor dem Schiff zwei Feindfarben aufeinander und explodierten mit einem gewaltigen Knall.

»Beeindruckend! Nicht wahr, großer Magier?« Sirrin beendete die Übertragung der Bilder und forderte einen der Adepten auf, ihr und Regandhor je einen Krug Starkwasser zu holen.

Der Adept sah sie hochmütig an. »Ich bin doch kein Sklave!«

»Aber du wirst es gleich sein, wenn du den Wunsch der Magierin Sirrin nicht erfüllst«, fuhr Tharon auf. »Du kannst auch mir einen Krug mitbringen. Es kostet Kraft, sich in dieser magischen Suppe zu konzentrieren!«

Der Adept zuckte erschrocken zusammen und verschwand. In dem Moment tippte Gynrarr seinen Stellvertreter mit höhnisch verzogener Miene an. »Tharon denkt anscheinend, dieser Bengel könnte unsere Umgebung besser erforschen als wir mit unseren Artefakten! Wir müssen diese Anomalien auf wissenschaftliche Weise erkunden. Daher werde ich eines der Beiboote nehmen und dies zusammen mit einem meiner Adepten tun!«

Jedes Wort und jede Geste des Magiers stellten eine Kampfansage an Tharon dar. Dieser hätte zwar Gynrarr den Auftrag erteilen können, die magischen Felder zu erforschen. Aber eine Entscheidung über seinen Kopf hinweg durfte er sich nicht gefallen lassen, wenn er weiterhin als Anführer dieser Expedition gelten wollte.

Für einen Augenblick erwog Tharon, Gynrarr das Verlassen des Schiffes zu verbieten. Er selbst hatte mit der Untersuchung der Umgebung erst beginnen wollen, nachdem ein fester Stützpunkt errichtet worden war. Doch wenn er das tat, würden ihn die anderen für einen Feigling halten und noch eifriger gegen ihn arbeiten. Daher hatte er nur eine einzige Wahl. »Ich werde mir diese Stellen selbst ansehen! Wenn du willst, kannst du mich begleiten«, sagte er zu Gynrarr.

»Das geht nicht!«, mischte Ewalluk sich ein. »Die beiden obersten Kommandanten dürfen das Schiff nicht gleichzeitig verlassen.«

»Dann kommst du mit mir«, erklärte Tharon kurz angebunden.

Ewalluk schüttelte hochmütig den Kopf. »Ich bin ein Hochmagier ersten Grades und kein lumpiger Adept, der seinen Anführer bedienen muss.«

»Was muss dieser Helfer tun? Das Boot steuern und Tharon frische Aufnahmekristalle reichen. Dazu ist selbst ein Gurrim fähig. Soll doch Burlikk mit ihm fahren«, rief einer der nachrangigeren Magier.

Tharon warf ihm einen zornigen Blick zu. »Bei Giringar! Ich werde dem Leutnant nach dieser Expedition den Rang eines Adepten zweiter Klasse verleihen. Er hat ihn mehr verdient als ihr.«

»Verdammter Bastard«, flüsterte einer der Magier im Hintergrund, doch zu Tharons Überraschung nahmen die meisten anderen Mitglieder des Schwertordens seine Worte widerspruchslos hin.

Dafür erhob Sirrin Einwände. »Hältst du es für weise, das Schiff zu verlassen?«

»Was bleibt mir anderes übrig? Wenn ich mich dieser Aufgabe entziehe, verliere ich die Herrschaft über diese Kerle.«

»Trotz Giringars Siegel? Bei unserer Herrin Linirias, so etwas würde im Violetten Land niemand wagen!«

»Ihr besitzt ja auch keinen Orden vom Heiligen Schwert, dessen Mitglieder glauben, ihr Wille wäre gleichbedeutend mit dem Giringars.« Tharon lachte freudlos auf und zuckte dann mit den Schultern. »Es ist besser, wenn ich die Sache übernehme. Da weiß ich wenigstens, dass das stimmt, was ich herausfinde.«

Er wandte sich um und wies auf Gynrarr. »Sorge dafür, dass das Beiboot fertig gemacht wird, und rufe Leutnant Burlikk.«

Mit einem triumphierenden Aufleuchten in den Augen verließ Erzmagier Gynrarr den Raum. Da Tharon in Gedanken bereits mit den Untersuchungen beschäftigt war, die er in dem stürmischen Gebiet vornehmen wollte, bemerkte er es nicht.

Sirrin runzelte jedoch die Stirn, sagte aber nichts, sondern trat neben ihren jugendlichen Begleiter. »Du hast gute Arbeit geleistet, Regandhor. Doch überlasse es nun unserem Freund Tharon, sich weiter um den Geburtsort der magischen Stürme zu kümmern. Hole lieber Tirah aus ihrem Quartier. Ich habe das Gefühl, als würde ich sie brauchen.«

»Wie hast du dieses Gebiet genannt? Geburtsort der magischen Stürme? Genau das ist es! Trag das in die Karten ein.« Tharons Befehl galt dem Adepten, dem die Aufgabe zugefallen war, die Ergebnisse dieser Fahrt auf Metallfolien festzuhalten, die im Gegensatz zu den Aufnahmekristallen nicht durch magische Stöße zerstört werden konnten.

Dann legte Tharon die Hand auf Sirrins Schulter und versuchte zu grinsen. »Pass auf die Kerle auf, wenn ich weg bin, damit sie keinen Unsinn machen.«

»Ich glaube nicht, dass die Herren Erz- oder Hochmagier etwas auf mein Wort geben werden.« Sirrin gefiel diese Entwicklung nicht, doch der Fels war bereits im Rollen, und niemand konnte ihn aufhalten.

13

An Deck war alles bereit. Gynrarr und Ewalluk kontrollierten noch einmal das etwa dreimannslange Boot. Dieses bestand aus verdichtetem Stahl und konnte, wenn die Einstiegsluke geschlossen wurde, die wildesten Unwetter heil überstehen. Selbst ein magischer Sturm schadete ihm kaum, solange dieser nicht gerade von weißer Farbe und außergewöhnlich stark war.

Tharon machte sich daher keine Gedanken über die Fahrt, denn er konnte weißmagische Stürme früh genug erkennen und ihnen durch den außerordentlich starken Antrieb des Bootes ausweichen. Daher sah er sich die Artefakte an, die er mitnehmen wollte, und nickte anerkennend. Wenn sie wollten, konnten die Herren mit dem Schwert als Abzeichen sogar gute Arbeit leisten. Er stieg durch die Luke, drehte sich dabei aber noch einmal um.

»Leutnant Burlikk, bist du mit der Steuerung eines solchen Gefährts vertraut?« Es wunderte Tharon nicht, dass der Gurrim unwillkürlich nickte.

»Dann steig ein«, sagte er.

Doch da klang Sirrins Stimme mahnend auf. »Das halte ich für keine gute Idee. Wenn nur zwei magische Begabte der schwarzen Farbe an Bord sind, könnte ein weißer Überschlagblitz im Extremfall beide ausschalten. Daher solltest du jemanden mit einer anderen Grundfarbe mitnehmen.«

»Wenn du mitfahren willst, kannst du es gerne tun«, warf Gynrarr spöttisch ein.

Sirrin schüttelte den Kopf. »Ich meine nicht mich, sondern meine Assistentin Tirah.«

»Kann die Kleine so ein kompliziertes Ding wie dieses Boot überhaupt bedienen?«, fragte Ewalluk überheblich.

»Ich glaube nicht, dass dies so schwierig sein dürfte. Komm, Mädchen, steig ein und sorge dafür, dass Tharon in aller Ruhe die magischen Verwerfungen untersuchen kann.« Sirrin versetzte Tirah einen leichten Schubs. Diese sah sie noch einmal kurz an, nickte dann und ging zur Luke.

Sirrins Eingreifen hatte Tharon zunächst irritiert. Dann aber gab er ihr recht. Es war besser, wenn das Boot von Leuten unterschiedlicher magischer Farben bedient wurde. Außerdem sagte er sich, dass die violette Magierin ihm Tirah nicht ohne Grund mitgeben wollte, und kletterte in das Boot.

Das Mädchen folgte ihm mit geschmeidigen Bewegungen und setzte sich hinter die Steuerkonsole. Deren Artefakte waren robust und bewusst einfach gehalten, weil das Boot auch schlimmste Situationen durchstehen sollte, und Tharon nahm auf den ernsten Blick wahr, dass Tirah sich schnell zurechtfand.

»Deine Meisterin hat dich gut ausgebildet«, lobte er.

»Es gibt auch im Violetten Land Artefakte dieser Art«, antwortete Tirah lächelnd.

Tharon wusste nicht, ob ihre Worte nur eine Feststellung enthielten oder als Spitze gegen die Artefaktgläubigkeit der Schwarzlandmagier gemeint waren. Wenn sie auf ihn gezielt hatte, so würde sie sich wundern. Lächelnd gab er den Befehl, das Boot zu Wasser zu lassen. Als es schwamm, lösten Gurrimtaucher die Leinen.

»Der magische Antrieb ist mit diesem Knopf einzuschalten, und mit diesem Rad dort kannst du es steuern«, erklärte Tharon, obwohl Tirah die Anweisungen nicht benötigte.

»Kann man das Boot auch mit Gedanken steuern?«, wollte das Mädchen wissen.

»Das ist möglich, wird aber selten gemacht, um die Magier, die ihre eigenen Artefakte bedienen, nicht zu irritieren. Aber ich kann der Steuerung befehlen, dass sie dir gehorcht!« Tharon legte seine rechte Hand mit dem Siegel Giringars auf die Steuerkonsole und sorgte dafür, dass Tirah von dem magischen Gehirn des Bootes als Steuerfrau akzeptiert wurde.

Die Amazone lehnte sich zurück, verschränkte die Arme hinter dem Kopf und ließ den magischen Antrieb anlaufen. »Sobald wir die erste magische Verwerfung erreicht haben, werde ich das Boot mit den Händen steuern, um dich nicht zu stören, großer Magier«, sagte sie lächelnd.

»Das ›Großer Magier‹, mit dem Sirrin, du und Regandhor mich immer ansprecht, geht mir allmählich auf den Geist. Ich bin nicht wie Gynrarr oder Ewalluk, die noch an ihrer eigenen Wichtigkeit ersticken werden!« Tharons Lachen nahm den Worten ein wenig die Schärfe.

Tirah zog mit dem Boot eine elegante Schleife und fuhr dabei so haarscharf am Bug von »Giringars Hammer« vorbei, dass Tharon erschrocken die Luft anhielt. Als sie von dem großen Schiff freikamen, erhöhte das Mädchen die Geschwindigkeit.

»Wenn das eben mit Absicht geschehen ist, war es ein verdammt gutes Manöver«, erklärte Tharon, nachdem er sich wieder etwas beruhigt hatte.

»Und wenn nicht?«, wollte das Mädchen wissen.

»Dann war es verdammt viel Glück. Doch genau das nehme ich bei dir und Sirrin nicht an. Warum hat sie darauf bestanden, dass du mich an Burlikks Stelle begleitest?«

»Sirrin beliebt die Überlegungen, die sie niemanden mitteilen will, für sich zu behalten!«

Das Mädchen lenkte das Boot erneut in eine scharfe Kurve. Tharon wollte schon fragen, was dies sollte, da spürte er einen kräftigen Strom weißer Magie vom Grund des Meeres aufsteigen, der genau an der Stelle, über die sie normalerweise gefahren wären, eine schimmernde Blase bildete.

»Burlikk wäre voll in dieses Ding hineingefahren«, sagte der Magier nachdenklich.

»Es hätte dem Boot nicht viel gemacht. Dafür ist es zu gut abgeschirmt«, redete Tirah ihre Aktion klein.

In einem hatte sie recht, dachte Tharon. Sie wären durch die weiße Magie hindurchgekommen. Dabei hätten sie viel Speichermagie für die Abschirmung verbraucht, und das hätte sich auf den weiteren Verlauf der Fahrt auswirken können. »So war es auf jeden Fall am besten«, sagte er und beschloss, sich in Zukunft weder von Sirrin noch von ihren beiden Helfern verblüffen zu lassen.

14

Das schwarze Schiff war größer, als Hekendialondilan es sich vorgestellt hatte. Dazu war es hässlich und besaß eine unangenehme Ausstrahlung, die es ihr unmöglich machte, sich ihm auf weniger als zwei Meilen Entfernung zu nähern. Ihr eigenes Boot hatte sie außerhalb der Sichtweite der Schwarzen zurückgelassen und ihm befohlen, bei Gefahr sofort die Flucht zu ergreifen.

»Hast du genug?« Ellek, der Treiberfisch, hatte sich an sie geschmiegt, um seine lautlose Stimme zu dämpfen, aus Angst, andernfalls könnte jemand auf dem nahen Schiff ihn bemerken.

Hekendialondilan nickte. »Mir reicht, was ich gesehen habe. Meine Mutter wird mit mir schimpfen, wenn ich zurückkomme, denn ich habe gegen ihren ausdrücklichen Befehl verstoßen.«

»Tut mir leid, wenn du Ärger bekommst. Sag ihr, ich hätte dich dringend gebeten, mit mir zu kommen.« Ellek sah so zerknirscht aus, dass das Mädchen lachen musste.

»Meine Mutter bestraft mich gewiss nicht, sondern wird mir einen Vortrag halten, was sich für mich ziemt und was nicht.«

»Auf jeden Fall bringst du Bilder mit nach Hause, für die sich viele deines Volkes interessieren werden. Doch nun komm! Dein Boot wird sicher schon ungeduldig sein.« Ellek schwamm einmal um Hekendialondilan herum und bot ihr seine Rückenflosse, damit sie sich daran festhalten konnte. Sich auf ihn zu setzen wagte sie angesichts des nahen Eisenschiffes nicht, um nicht durch einen Zufall gesehen zu werden. Sie und Ellek hatten sich dem Eisenkoloss nur deswegen so weit nähern können, weil in dieser See sehr viele verschiedenfarbige Magien durcheinanderwirbelten und ihre Ausstrahlung unter all dem anderen Weiß nicht auszumachen war.

Als Hekendialondilan dem schwarzen Schiff den Rücken kehren wollte, sah sie, wie ein Boot zu Wasser gelassen wurde, und erschrak. »Die haben uns entdeckt und wollen uns fangen!«

»Was?« Der Treiberfisch schaute nicht einmal hin, sondern tauchte sofort unter. Erst als er ein ganzes Stück geschwommen war, entschuldigte er sich. »Es tut mir leid, ich hätte dich vorwarnen sollen, damit du die Luft anhalten kannst.«

»Keine Ursache. Wir Runi ertrinken nicht so leicht wie Menschen.« Hekendialondilan fand es angenehm, sich gedanklich mit Ellek verständigen zu können, denn unter Wasser hätte sie niemals Laute von sich geben können.

»Wie weit, meinst du, sind wir inzwischen von diesem Schiff entfernt?«, fragte sie nach einer Weile.

»Wohl doppelt so weit wie vorhin.«

»Glaubst du, wir können auftauchen und nachschauen, wo unsere Verfolger sind?« Dabei flehte Hekendialondilan Meandhir an, dass es den Fremden nicht gelungen war, ihre und Elleks Spuren zu verfolgen.

Ihr Begleiter zögerte etwas, sagte sich dann aber, dass er seiner Begleiterin die Gelegenheit geben musste, wieder frische Luft in die Lungen zu bekommen, und richtete seine Schnauze nach oben. Kurz vor der Wasseroberfläche wandte er sich an Hekendialondilan. »Glaubst du, du kannst noch so lange tauchen, bis ich nachgesehen habe, ob dir oben Gefahr droht?«

»Freilich kann ich das!« Sie ließ die Flosse los und tauchte ein Stück tiefer. Unterdessen schoss Ellek hoch und steckte den Kopf aus dem Wasser. Doch da war nichts. Auch als er sich von einer hohen Welle nach oben tragen ließ, war in der Ferne nur das große schwarze Schiff zu sehen. Von dem Boot fehlte jedoch jede Spur. Um sich nicht übertölpeln zu lassen, schwamm der Treiberfisch einen Kreis um die Stelle, an der er Hekendialondilan zurückgelassen hatte. Doch das kleine Boot blieb verschwunden.

»Anscheinend haben die gar nicht nach uns gesucht«, meldete er seiner Begleiterin erleichtert.

»Dann kann ich ja auftauchen!« Kurz darauf tauchte Hekendialondilans Kopf aus dem Wasser auf. Sie stieß die verbrauchte Luft aus den Lungen, atmete aber kaum schneller als sonst. Ein Mensch, das wusste Ellek, hätte unter Wasser nicht so lange überlebt. Doch Runi waren nicht nur stärker als Menschen, sondern besaßen auch besondere Kräfte.

Seine Begleiterin bewies ihm auch sofort, dass sie mehr wahrnahm als ein Mensch oder auch ein Wesen seiner Art, indem sie in Richtung des Geburtsorts der magischen Stürme zeigte. »Das Boot der Fremden befindet sich dort drüben und hat Kurs auf die umtosten Schären genommen.«

»Das ist seltsam. Momentan meidet doch jeder diese Gegend.« Ellek stemmte sich mit seiner Schwanzflosse aus dem Wasser heraus und entdeckte nun selbst das Boot. Tatsächlich hielt es schnurstracks auf die schlimmste Stelle dieses magie- und sturmverseuchten Ozeans zu.

»Die wollten wirklich nichts von uns!«, rief er.

Hekendialondilan überlegte. »Die Fremden haben etwas vor. Komm, das müssen wir in Erfahrung bringen!«

»Willst du wirklich, dass wir ihnen in diese magisch kochende Brühe hinein folgen?«

Seine Begleiterin nickte heftig. »Ich bin schon einmal dort drinnen gewesen und heil wieder herausgekommen. Außerdem sind wir zwischen den Klippen schneller als jedes Boot.«

»Da hast du recht. Wir sollten diese Leute wirklich beobachten. Vielleicht wissen sie sogar, warum die magischen Stürme in der letzten Zeit immer stärker geworden sind.« In dem Moment wünschte Ellek sich, er hätte eine erwachsene Runi an seiner Seite und nicht dieses Kind. Andererseits hatte er genug von diesem Volk gehört, um anzunehmen, dass von allen Bewohnern Runias nur dieses Mädchen bereit gewesen war, ein solches Wagnis auf sich zu nehmen.

»Halte dich gut an mir fest. Da drinnen werde ich ganz plötzlich die Richtung ändern müssen, um Klippen und Explosionen von Gegenfarben zu entgehen. Solltest du magische Felder spüren, die uns schaden können, warne mich rechtzeitig.« Ellek lachte keckernd und stupste das Mädchen an. »Das wird ein Spaß! Ich hoffe nur, dass wir heil da herauskommen.«

»Wenn nicht, zieht mir meine Mutter die Ohren noch länger, als sie bereits sind«, antwortete das Runimädchen mit gespielter Fröhlichkeit.

Diesen Ausdruck hatte sie vor vielen Jahren von Kip gehört und im Gedächtnis behalten. Für Augenblicke dachte sie an ihre Freunde von damals, die jetzt nach der Art der Menschen und auch der menschlichen Magier bereits als erwachsen galten. Sie hätte sich gefreut, sie noch einmal als Kinder treffen zu können. Doch so mächtig ihr Volk auch war, die Zeit vermochte niemand von ihnen zu beherrschen.

15

Tharon bewunderte die geschickte Art, mit der Tirah das Boot steuerte. Die Mar-Kriegerin schien vorauszuahnen, an welcher Stelle die nächsten Magieausbrüche und Gegenfarbenexplosionen stattfinden würden, und wich ihnen so aus, dass sie nur wenig von ihrer gespeicherten Magie für ihr Abschirmfeld verwenden mussten. Das hätte ihr kein schwarzer Adept nachmachen können.

»Ich glaube, wir sind jetzt genau über der grünen Masse!«

Tirahs Stimme riss Tharon aus seinen Gedanken. Er nickte und schaltete seine Erkundungsartefakte ein. Doch die brachten ihm keine besseren Ergebnisse als seine magischen Sinne. »Die grüne Magie hat einen großen Teil des Meeresbodens durchdrungen. Es fühlt sich beinahe so an wie …« Tharon zögerte einen Moment, um seine Erkenntnisse noch einmal zu überprüfen. »Wie die Heimstätte grüner Eirundämonen!«

Tirah sah ihn verblüfft an. »So tief unter Wasser und so weit im Osten?«

Tharon tastete mit seinen magischen Fühlern noch einmal nach dem Grün, das sich nach allen Seiten unter dem Boot erstreckte. Es lag weniger tief im Meer, als er zunächst angenommen hatte. Teilweise durchstießen kleinere, mit dem dämonischen Grün erfüllte Höhenzüge die Wasseroberfläche und bildeten flache, von den Stürmen blank gefegte Schären.

»Wir sollten uns etwas südlicher halten. Vor uns scheint es Klippen zu geben, die uns gefährlich werden könnten.«

Auf diese Anweisung hin richtete Tirah den Bug des Bootes nach Süden. Eine Weile später forderte Tharon sie auf, wieder auf Westkurs zu gehen. »Wir kommen damit zwar erneut an den Rand des Inselgebietes, aber ich fühle dort etwas, das ich genauer untersuchen will.«

Tharons Miene verriet der Amazone, dass er nichts Angenehmes entdeckt zu haben glaubte. Er verstärkte die Abschirmung des Bootes und starrte angestrengt nach vorne. Doch als er die Stelle noch einmal untersuchen wollte, traf er auf ein starkes, ungewohnt schillerndes Violett.

»Weißt du, ob eure Leute einmal einen Großangriff auf diese Gegend hier durchgeführt haben?«, fragte er Tirah.

Das Mädchen schüttelte den Kopf. »Wir kennen die Gegend gar nicht, denn so weit wagen sich die Kapitäne der erhabenen Lin'Velura nicht aufs Meer hinaus. Vielleicht erkunden wir die See, wenn der Waffenstillstand endlich geschlossen wurde, von dem alle sprechen.«

»Fahr nach Norden!«, wies Tharon sie an, ohne auf ihre Bemerkung einzugehen. Das, was er eben entdeckte hatte, fand sich nun an einer anderen Stelle, und so wirkte seine Miene noch besorgter. »Mögen Giringar und Linirias geben, dass ich mich irre!«

»Warum? Was ist?«, wollte Tirah wissen.

»Ich spüre eine ungewöhnlich starke magische Verwerfung, die sich sehr schnell bewegt, und zwar gegen den Sturm. Wir sollten ihr nicht zu nahe kommen. Aber ich muss Gewissheit haben, ob sie das ist, was ich vermute!«

»Du sprichst in Rätseln, großer Magier.«

»Ich passe mich nur euch Violetten an!« Tharon stieß einen kurzen Laut aus, der ein Lachen sein sollte. Dann aber entschloss er sich, die junge Amazone aufzuklären. »Wie es sich anfühlt, handelt es sich um eine monströse Geisterballung, und das ist das Schlimmste, was ich mir vorstellen kann.«

»Was ist eine Geisterballung?«

»Ein nicht immer freiwilliger Zusammenschluss von Seelen, denen der Weg zu den Seelendomen ihrer Götter versperrt war. Während des Großen Krieges sind einige dieser Ballungen entstanden. Es geschieht zumeist, wenn ein größeres Heer durch eine gewaltige Waffe der Gegenfarbe vernichtet wird. Die Feindfarbe haftet an ihnen und macht sie wahnsinnig, so dass sie den Weg zu ihren Seelendomen nicht finden können. Daher wandern sie mit den magischen Winden über das Land. Unterwegs ziehen sie weitere Seelen an sich und werden immer größer und mächtiger. Manchmal entwickeln sie sogar ein gemeinsames Bewusstsein und können Dinge auf magischem Weg beeinflussen. Aber sie handeln nicht planvoll, sondern sind voller Hass und greifen selbst Wesen der eigenen Farbe an.«

Tharon konzentrierte sich wieder auf die magische Erscheinung. »Diese Ballung vor uns ist die Hässlichste, die ich je gesehen habe. In ihr befinden sich ganze Ströme einander feindlicher Farben, und daher rasen die Seelen vor Schmerz. Um mit dem Ding fertig zu werden, benötigen wir ein Artefakt von der Stärke des Feuerthrons. Dreh jetzt ab! Ich will die Geister nicht unnötig reizen, denn sie dürften stark genug zu sein, selbst ›Giringars Hammer‹ zerstören zu können.«

In dem Augenblick schoss die Geisterballung knapp über sie hinweg und schnitt ihnen den Rückweg zur offenen See ab. Das Ding griff jedoch nicht an, sondern glitt langsam an sie heran, so als wolle es sie in Augenschein nehmen. Tirah schüttelte sich unter der bösartigen Ausstrahlung, die sie nun ebenfalls wahrnahm. Rasch wendete sie das Boot und steuerte es tiefer in das Schärengewirr hinein. Dabei waren ihre Sinne bis zum Äußersten angespannt, denn zwischen all den Inselchen und Riffen war es kaum noch möglich, magischen Turbulenzen rechtzeitig auszuweichen.

»Vorsicht!«, schrie sie mit einem Mal auf und zwang das Boot in eine scharfe Kurve. Für ein, zwei Augenblicke starrte Tharon auf die scharfen Zacken einer lang gestreckten Klippe vor sich und befürchtete schon, ihr Fahrzeug würde dagegenkrachen. Da schwang das Boot unter Tirahs Befehl herum und raste knapp an dem sturmumtosten Felsen vorbei, während die See hinter ihnen regelrecht explodierte und eine Wassersäule hoch in den Himmel raste.

»Das war eine Gegenfarbenexplosion von Blau und Grün«,

kommentierte das Mädchen gelassen. »Ich hoffe, wir geraten nicht in eine schwarz-weiße oder violett-gelbe Explosion hinein. Dann könnte es haarig werden!«

»Das mögen Giringar und Linirias verhüten!« Noch während Tharon sich erneut auf seine Umgebung konzentrierte, stieß Tirah einen weiteren Warnruf aus.

»Vor uns ist eine starke Ballung weißer Magie, der ich nicht zu nahe kommen möchte!« Sie befahl dem Boot, scharf nach links zu fahren. Doch es tat sich nichts. Besorgt griff sie nach dem Steuerrad, doch obwohl sie verbissen daran drehte, fuhr das Boot schnurgeradeaus weiter.

»Großer Magier, ich fürchte, wir haben ein Problem!«, erklärte sie mit unnatürlich ruhiger Stimme.

»Was?« Tharon drehte sich zu ihr um, starrte auf die Steuereinrichtung und fluchte. »Das verdammte Ding ist ausgefallen! Aber wie konnte das passieren? Gynrarr hat das Boot doch vor der Abfahrt noch einmal überprüft.«

»Das hättest du wohl besser selbst tun sollen«, antwortete Tirah mit bitterem Spott, denn ihr war mit einem Schlag klar geworden, dass die Steuerung sabotiert worden war.

»Beim nächsten Mal werde ich es tun!« Wenn es ein nächstes Mal gibt, setzte Tharon stumm hinzu, denn ihr Boot fuhr mit steigender Geschwindigkeit genau auf das Zentrum der weißen Magieballung zu. Er hätte nicht einmal ein Glas Gurrimtod dagegen gewettet, dass die Abschirmung des Bootes genau dort versagen und sie in einer gewaltigen Gegenfarbenexplosion zugrunde gehen würden.

»Meandhir soll Gynrarr holen!«, fluchte er und nannte sich einen Narren, weil er dem Erzmagier die Gelegenheit geboten hatte, ihn auf so einfache Weise auszuschalten.

»Wenn dir nicht rasch etwas einfällt, wird Meandhir eher dich holen. Oder glaubst du, dein Geist könnte nach so einer Explosion noch den Weg zu Giringars Seelendom finden?«

»Wahrscheinlicher ist, dass wir beide von der Geisterballung gefressen werden! Aber den Gefallen werde ich Gynrarr nicht tun.« Tharon erhob sich von seinem Sitz, entriegelte die Dachluke und wollte sie aufstoßen. Doch sie saß so fest, als sei sie verschweißt.

»Komm her und hilf mir!«, rief er Tirah zu. »Stemm dich dort dagegen. Wir müssen dieses elende Ding aufkriegen, wenn wir das Boot verlassen wollen.«

»Das wird aber ein weiter Weg, wenn wir zu ›Giringars Hammer‹ schwimmen müssen«, spottete die Amazone.

Tharon schob unwillkürlich das Kinn vor und zog die Augenbrauen zusammen. »Wenn wir hier herauskommen, werden es einige Magier vom Schwertorden bedauern, das schwöre ich dir!«

Auf sein Kommando stemmten sie sich mit aller Kraft gegen die Luke. Gleichzeitig setzte Tharon einen Stärkungszauber ein. Der stählerne Deckel wölbte sich zwar nach außen, doch der Zauber, der die Luke geschlossen hielt, gab nicht nach.

»Vielleicht sollten wir eines der Bullaugen eintreten«, schlug Tirah vor.

»Sinnlos! Die sind selbst für dich zu klein. Tritt einen Schritt zurück!« Tharon versetzte ihr einen Stoß, ballte dann die Fäuste und setzte einen Kampfzauber ein, der im Schwarzen Land schon lange nicht mehr angewandt wurde. Über ihm verformte sich das Eisen des Decks wie zu heiß gewordenes Wachs, wurde rot glühend und riss dann mit einem ohrenbetäubenden Knall auseinander.

»Es lohnt sich wohl doch, die alten Künste zu beherrschen«, sagte er grinsend zu Tirah, packte sie und warf sie durch die Öffnung ins Freie. Er selbst sprang hinterher, und bevor er ins Wasser eintauchte, sah er noch, wie das Meer vor ihnen in grellem Weiß aufstrahlte. Zwei Herzschläge später raste das führerlose Boot hinein und explodierte.

Tharon nahm wahr, wie ein größeres Teil auf ihn zuflog, und versuchte, ein Abschirmfeld zu errichten. Doch da erreichte ihn die weiße Magie und hüllte ihn wie tödliches Gift ein. Während er voller Schmerz aufschrie, traf ihn das Trümmerstück. Er spürte noch, wie einige seiner Knochen brachen, dann wurde es dunkel um ihn. Das Letzte, was er mitbekam, war eine reglose Tirah, die nicht weit von ihm entfernt von einem Wasserwirbel in die Tiefe gezogen wurde.

16

Hekendialondilan sah, wie das Boot der Schwarzen genau auf eine weiße Magieballung zuraste, ohne dass die Insassen Anstalten machten, ihr auszuweichen. »Wenn dieses Ding auf die Gegenfarbe trifft, wird es hier ungemütlich werden«, sagte sie lautlos zu dem Treiberfisch.

Dieser bewegte seinen Kopf, als wolle er nicken. »Da hast du vollkommen recht! Halt dich gut fest, denn jetzt muss ich schnell sein.«

Ellek wartete, bis das Runimädchen seine Rückenflosse mit beiden Händen gepackt hatte, dann schoss er los und schlug ein paar Haken, um Hindernissen und Gegenfarbenexplosionen auszuweichen. Hinter einer kleineren Schäre tauchte er unter.

»Gleich kracht es«, dachte er so intensiv, dass Hekendialondilan es wie einen Stich empfand. Im nächsten Augenblick kochte die See. Obwohl Hekendialondilan darauf vorbereitet war, wurde sie von der Wucht der Explosion beinahe betäubt. Schwarzmagische Schwaden quollen auf sie zu und brannten wie Säure auf ihrer Haut. Gleich darauf glaubte sie, ersticken zu müssen, und öffnete den Mund, um Luft zu holen.

»Halt! Nein! Du bekommst Wasser in die Lungen«, sendete Ellek entsetzt.

Erschrocken presste sie die Kiefer zusammen. »Danke!«

Es klang sehr kläglich. Aber sie fühlte, dass das Schlimmste vorbei war. »Kannst du mich nach oben bringen? Ich muss atmen, sonst schaffe ich es nicht mehr, mich magisch zu erhalten.«

»Halt dich gut fest!«, mahnte Ellek, da ihre Hände nur noch locker auf seiner Rückenflosse ruhten. Sofort umklammerte Hekendialondilan diese, und er zog sie so schnell, wie es ihm möglich war, nach oben.

An der Wasseroberfläche spie Hekendialondilan das Wasser aus, das ihr in Mund und Nase gedrungen war, und schnappte gierig nach Luft. »Das sollten wir meiner Mutter besser nicht erzählen«, sagte sie zu dem Treiberfisch.

»Ich habe nicht erwartet, dass wir in ein solches Abenteuer geraten. Eigentlich wollte ich nur das schwarze Schiff beobachten und deine Meinung dazu hören«, antwortete Ellek. Dann drehte er sich um und sah Hekendialondilan fragend an. »Hast du eine Ahnung, was die Schwarzen mit ihrem Boot vorhatten?«

»Nein! Das kam mir auch seltsam vor. Komm, schauen wir nach, was dort los war.«

»Mein Bedarf an unvorhergesehenen Gefahren ist eigentlich gedeckt«, rief Ellek, doch Hekendialondilan richtete ihre magischen Fühler bereits auf Dinge, die nur sie wahrnahm.

Dann stieß sie einen lauten Ruf aus. »Bei Meandhir, in dem Boot waren Leute! Ich spüre, wie sie versinken!«

»Na, von mir aus. Unten am Meeresgrund liegen sie gut!«

Hekendialondilan zerrte an dem Treiberfisch. »Los, komm! Vielleicht können wir sie retten und dann mit ihnen reden.«

Da Ellek zögerte, ließ das Runimädchen ihn los und tauchte hinter den Versinkenden her.

Der Treiberfisch folgte ihr und überholte sie. »Es sind zwei!«, sendete er intensiv. »Einer davon ist schon sehr tief unten. Den kannst du nicht mehr holen. Und der andere ist schwarz! Den darfst du nicht anfassen. Vielleicht kann ich ihn später herausholen!«

Nun wurde Hekendialondilan sich der magischen Farben der beiden Fremden bewusst. Eine Person war violett, doch die befand sich schon so tief unter Wasser, dass es für sie selbst gefährlich würde, hinter ihr herzutauchen. Dennoch folgte sie ihr. Da schoss Ellek an ihr vorbei nach unten und schlug dabei einen respektvollen Bogen um den Schwarzen.

Unsicher, was sie tun sollte, schwamm Hekendialondilan näher an den Schwarzen heran. Es war ein Mann, der ein langes Gewand mit seltsamen, aufwendig gestickten Abzeichen trug und verletzt war, wie ihr ein dünner Blutfaden verriet. Außerdem stand sein rechter Arm in einem unnatürlichen Winkel von seinem Körper ab. »Es ist ein Schwarzer«, versuchte Hekendialondilan ihr aufkeimendes Mitleid zu unterdrücken, »und er gehört zu unseren Feinden.«

Doch ungeachtet dieser Erkenntnis tauchte sie hinter dem Mann her und fasste nach dem Kragen seines Magiertalars. Der Stoff brannte, als hätte sie ihre Hand in eine heiße Flamme gesteckt, und die Vernunft riet ihr, ihn loszulassen und zu hoffen, dass Ellek ihn noch lebend herausholen konnte. Das Runimädchen wusste jedoch, dass es sich jahrzehntelang schlecht fühlen würde, wenn sie den Fremden ertrinken ließ, nur um sich ein paar Brandblasen zu ersparen.

Daher packte sie noch fester zu und schwamm nach oben. Dabei spürte sie die harte Ausstrahlung des Magiers so stark, bis sie kaum noch zu ertragen war. Doch sie hielt durch, bis sie die Wasseroberfläche erreicht hatte. Dort schwamm sie auf die nächstgelegene Schäre zu und zerrte den Verletzten an Land.

Aufatmend ließ sie ihn los, setzte sich mit großzügigem Abstand zu ihm auf den glatt geschliffenen Felsen und starrte auf ihre Hand. Rote, teilweise blutende Striemen zogen sich über die weiße Haut, und es tat fürchterlich weh, obwohl ihre Selbstheilungskräfte bereits zu wirken begannen.

»He, Kleine, du musst mir helfen!« Ellek war wieder aufgetaucht und schob eine reglose Gestalt Richtung Ufer, die in violette Hosen und eine gleichfarbige Tunika gehüllt war.

Hekendialondilan griff zu und zog ein junges Mädchen aufs Trockene, das nach menschlichen Maßstäben etwa fünfzehn Jahre zählen mochte. Es erinnerte sie an Prinzessin Careela, die nun als Fürstin die Insel Ardhu regierte, aber es glich den Ardhuniern nur entfernt.

»Die Leute scheinen von weit her zu kommen«, sagte sie zu Ellek, während sie das Mädchen so hielt, dass ihm das Wasser aus der Lunge lief.

Der Treiberfisch entfernte sich mit ein paar kräftigen Flossenschlägen vom Ufer, um nicht von einer Welle gegen die Felsen geschleudert zu werden, und umkreiste die kleine Insel, die gut zur Hälfte von scharfzackigen Klippen umgeben war.

»Gib acht! Nicht dass dir die beiden etwas tun«, warnte er.

»Dazu sind sie nicht in der Lage. Außerdem bin ich nicht ganz unbewaffnet!« Hekendialondilan zog ihren Dolch und hielt ihn so, dass Ellek ihn sehen konnte. Die Waffe wirkte eher wie ein Spielzeug, aber ihre Klinge bestand aus weißmagischem Kristall. Damit konnte sie notfalls sogar den Magier töten. Allerdings glaubte sie nicht, sich zur Wehr setzen zu müssen, denn der Mann war schwer verletzt und gewiss nicht in der Lage, sie anzugreifen.

Da sie für ihn nichts tun konnte, setzte sie sich neben das Mädchen und nahm seinen Kopf auf ihren Schoß. Eine kurze Untersuchung zeigte ihr, dass die Violette nur ein paar leichtere Verletzungen aufwies. Aber es würde noch einige Zeit dauern, bis sie wieder aufwachte. Auch der Magier sah nicht so aus, als würde er bald wieder zu Bewusstsein kommen.

Daher richtete Hekendialondilan sich auf eine längere Wartezeit ein und rief gleichzeitig nach ihrem Boot, das ihr trotz aller Befehle und Warnungen bis hierher gefolgt war. Die Wunschbeeren an Bord und ein Becher frischen Wassers würden den Salzgeschmack in ihrem Mund vertreiben, sagte sie sich und bot auch Ellek höflich einige Beeren an. Als dieser erfuhr, dass diese genauso schmecken würden wie seine Lieblingsfische, nahm er dankend an.

17

Tharon hatte das Gefühl, als hätte ihm jemand den Kopf abgerissen und ihn einigen Gurrims zum Ballspielen überlassen. Sein Nacken brannte wie Feuer, und er spürte, dass sein rechter Arm und einige Rippen gebrochen sein mussten.

Für einige Augenblicke war er verwirrt. Eben war doch noch alles in Ordnung gewesen. Er und Tirah hatten die Gegend um die Schären erkundet und waren den magischen Stürmen sorgfältig ausgewichen. Während er sich gegen die Schmerzen abschirmte, die in seinem Körper tobten, kehrte seine Erinnerung zurück, und er wusste nicht, ob er fluchen oder sich schämen sollte. Wie ein blutiger Anfänger war er Gynrarr in die Falle gegangen. Dieser war nun der Anführer der Expedition und würde bei der Rückkehr ins Schwarze Land verlauten lassen, er, Tharon, sei von einer Erkundungsfahrt nicht zurückgekehrt.

»Meandhir soll diese Gurrimlaus fressen, und das mit Haut und Haaren!«, stöhnte er und wollte sich aufrichten. Doch fehlte ihm die Kraft. Was war mit Tirah?, fragte er sich. War sie ertrunken? Er sammelte seine Gedanken und konzentrierte sich magisch auf seine Umgebung. Dabei stieß er sofort auf eine starke weißmagische Präsenz und erstarrte bis ins Mark. Ein Eirun! In seinem jetzigen Zustand war er kein Gegner für einen der Dämonen des Westens. Dann stellte er fest, dass Tirah ebenfalls in der Nähe war. Aber das war kein Grund zur Erleichterung, denn die weiße Präsenz beschäftigte sich gerade mit seiner Begleiterin und wendete dabei magische Kräfte an.

Es dauerte eine Weile, bis Tharon begriff, dass er es mit einer jungen weißen Eirun zu tun haben musste, die Tirahs Verletzungen mit Heilmagie versorgte. Zuerst wollte er es nicht glauben, denn im Allgemeinen handelte die Gegenseite nicht so menschlich. Es hieß, dass die Dämonen des Westens ihre Gefangenen verhörten, anschließend versteinerten und zuletzt in einen möglichst tiefen Abgrund warfen, in dem sie bis zum Ende aller Zeiten liegen bleiben sollten.

Da sein eigenes Volk nicht anders mit Gefangenen umging, erwartete Tharon nicht, besser behandelt zu werden. Wenn die weiße Dämonin sich ihm zuwenden würde, konnte er nichts anderes tun, als sein Leben so teuer wie möglich zu verkaufen, auch wenn seine Chancen, sich zu wehren, im Augenblick beschämend gering waren. Als er die auf ihn einströmenden Magien analysierte, spürte er, dass das Weiß, das ihm heftige Schmerzen im Nacken zufügte, von jenem spitzohrigen Wesen stammen musste. Doch es handelte sich nicht um eine der üblichen Foltern. Auch hing die Magie einfach im Stoff seines Talars, so als hätte das Wesen ihn dort angefasst. Das ließ eigentlich nur einen Schluss zu: Die Eirun musste ihn aus dem Wasser gezogen haben. Aber das war unmöglich, denn seine Ausstrahlung hätte sie verletzt.

Tharon unternahm einen zweiten Versuch, seinen Körper unter Kontrolle zu bringen, und vermochte diesmal, sich herumzuwälzen und die Augen zu öffnen. Als er seine Feindin ansah, wurde er ein weiteres Mal überrascht. Die Eirun, die etwa zehn Schritt von ihm entfernt saß, war gewiss kein Jahrzehnt älter als dreihundertfünfzig Jahre. Zwar hatten auch die Dämonen des Westens immer jüngere Jahrgänge in den Großen Krieg geschickt, aber die Verwendung von unter tausendjährigen Eirun stellte die Ausnahme dar. Stand die Sache für die andere Seite etwa so verzweifelt, dass sie jetzt auch kleine Kinder an die Front schickten, oder besaß dieses Mädchen besondere Fähigkeiten, die es ihrem Volk geraten ließen, es mit einer kriegerischen Aktion zu betrauen? Aber man würde doch so ein Kind auf keinen Fall alleine losschicken. Gewiss hielten sich die Leute der Eirun irgendwo versteckt und warteten auf das, was sich tun würde.

Mit einem Mal wandte sie sich ihm zu. »Ich habe bemerkt, dass du wach bist, Schwarzer. Bleib ganz ruhig liegen, dann hast du die wenigsten Schmerzen. Leider kann ich dir nicht helfen, denn ich vermag dich nicht zu berühren.«

Hat sie wirklich helfen gesagt?, fragte sich Tharon. Er glaubte, die Eirun des Westens gut genug zu kennen, um zu wissen, dass sie dieses Wort den Schwarzen gegenüber niemals verwenden würden. »Bin ich dein Gefangener?«

Hekendialondilan begann trotz ihrer Anspannung zu glucksen. »Wenn du es so sehen willst. Eigentlich habe ich dich aus dem Wasser geholt, um dich vor dem Ertrinken zu bewahren.« Dabei hob sie ihren rechten Arm, so dass Tharon die langsam verblassenden Reste der Brandwunden sehen konnte, die sie sich dabei zugezogen hatte.

Bei dem Anblick begriff der Magier, dass das weiße Feuer in seinem Nacken tatsächlich von seiner Rettung durch eine weiße Eirun stammte. Es war unfassbar, aber das Spitzohrmädchen hatte Schmerzen in Kauf genommen, um sein Leben zu bewahren. Bewusstlos und inmitten eines Gebietes rasch wechselnder magischer Strömungen wäre es ihm trotz seiner Fähigkeiten kaum möglich gewesen, sich selbst zu versteinern. Doch selbst wenn es ihm gelungen wäre, hätte er im ewigen Dämmerschlaf gefangen auf dem Grund des Meeres gelegen. Er fragte sich, welchen Grund dieses Kind gehabt hatte, ihn aus dem Wasser zu ziehen. Hatten es oder seine Freunde ihn erkannt? Aber in diesem Fall hätten sie ihn sofort gefesselt und in Silber geschlagen. Da er nicht wusste, was er mit dieser skurrilen Situation anfangen sollte, beschloss er, sich vorerst als Gefangener anzusehen.

»Darf ich mich vorstellen? Mein Name ist Daar«, sagte er und nannte dabei jenen Namen, unter dem er als scheinbar harmloser

Wanderer Aufklärung in Gebieten zwischen den Fronten betrieben hatte. Seinen richtigen Namen zu sagen wagte er nicht, denn der war im Westen nur allzu gut bekannt.

»Mein Name ist Hekendialondilan«, erwiderte das Eirunmädchen.

»Das ist ein langer Name und lautet in etwa ›Schwebt über den Ufern der westlichen Seen‹«, erwiderte Tharon nachdenklich. Wie es sich anhörte, benutzte dieses Mädchen einen recht archaischen Dialekt. Während er mit seinen Fähigkeiten gegen die Schmerzen ankämpfte, die in ihm tobten, wies er mit seiner Linken auf Tirah.

»Wie geht es ihr? Ist sie schwer verletzt?«

Das Eirunmädchen schüttelte den Kopf. »Nein, sie ist nur bewusstlos und hat immer noch Wasser in den Lungen, das ich herausholen will, bevor sie wieder erwacht.«

Solch eine Hilfsbereitschaft war Tharon von den Dämonen des Westens wirklich nicht gewohnt. Die Eirun, die er kannte, hätten Tirah und ihm silberne Fesseln angelegt und dann die eigenen Verletzungen geheilt. Um die Wunden ihrer Gefangenen kümmerten sich diese Leute gewöhnlich nicht.

»Woher stammst du?«, fragte er und beantwortete die Frage für sich gleich selbst. Sie musste von dem Eirunstützpunkt kommen, den sie während der Fahrt etwas weiter im Norden lokalisiert hatten. Es war ihm schleierhaft, wie es den Dämonen des Westens gelungen sein mochte, sich so weit im Osten der Welt festzusetzen. Anscheinend war der Krieg von violetter Seite nicht mit jener Sorgfalt geführt worden, die nötig gewesen wäre. Mit einem bitteren Gefühl fragte er sich, ob die Verhandlungen über einen Waffenstillstand, die derzeit geführt wurden, nur eine Finte ihrer Feinde darstellten. Möglicherweise bereiteten deren Heere schon die letzte große Offensive vor, um die Reiche des Ostens zu vernichten.

»Du denkst sehr viel und sehr stark, Daar. Meine Leute wollen dir und den Deinen wirklich nichts tun. Wir verlangen nur, dass ihr uns und unsere Freunde in Ruhe lasst.«

Hekendialondilans Bemerkung brachte Tharon dazu, seine Gedanken besser abzuschirmen. Die Kleine besaß Fähigkeiten, die über das hinausgingen, was er von gegnerischen Eirun gewohnt war. Vor allem durfte er nicht mehr an seinen eigenen Namen denken. Wie er allerdings Tirah dazu bringen sollte, diesen vor ihrer Gefangenenwärterin und deren Freunden zu verbergen, wusste er nicht. Er konnte nur hoffen, dass die junge Violette genug Selbstbeherrschung besaß.

»Was wollen du und deine Freunde mit uns machen?«, fragte er, weil er nicht stumm herumliegen wollte.

»Wir wollen mit euch reden und euch auffordern, unseren Archipel wieder zu verlassen«, antwortete Hekendialondilan.

Der Mann, der sich als ihr Gefangener bezeichnet hatte, irritierte sie. Zwar hielt er seine Gedanken jetzt im Zaum, so dass sie nur ab und zu ein Wort oder einen Begriff auffangen konnte, doch das, was sie bereits erfahren hatte, war seltsam genug. Der Mann hasste ihr Weiß und fürchtete es. Gleichzeitig aber galt sein Zorn Leuten der eigenen Farbe. Dies erinnerte sie an die Explosion seines Bootes. Dieses Unglück hatte Daar sicher nicht bewusst herbeigeführt. Daraus schloss Hekendialondilan, dass der Mann Feinde unter den Leuten seiner eigenen Farbe besaß. Zuerst wunderte sie sich darüber, aber dann erinnerte sie sich daran, dass der Schwarzmagier Wassuram auch die gleichfarbigen Girdanier unterjocht hatte.

Ein Stöhnen, welches das violette Mädchen ausstieß, beendete Hekendialondilans Überlegungen. »Hab keine Angst!«, sagte sie laut. »Du bist in Sicherheit.«

»Das Boot! Wir sind nicht hinausgekommen, Tha...«, begann Tirah, wurde aber sofort von dem Magier unterbrochen.

»Wir sind beide gerettet worden und vorerst Gefangene weißer Eirun. Ob das besser ist, als tot zu sein, weiß ich nicht, aber ich hoffe es. Übrigens will ich uns beide richtig vorstellen. Ich bin Daar, Magier dritten Ranges in der vierten Brigade des neunten Korps der zweiundzwanzigsten Armee des Schwarzen Reiches, und meine Begleiterin ist Tirah, eine Adeptin des Violetten Landes und Prinzessin von Mar.«

Etwas in seiner Stimme ließ Hekendialondilan aufhorchen. »Dein Name … er stimmt nicht. Du heißt anders!«

Jetzt konnte der Magier einen Fluch nicht mehr unterdrücken. Gleichzeitig brach sein Stolz durch, und er funkelte das Eirunmädchen zornig an. »Also gut. Dann wisse, dass ich Tharon bin!«

»Das hättest du auch gleich sagen können. Oder sind solche Verwirrspiele bei euch üblich?« Hekendialondilan schüttelte lachend den Kopf und beugte sich über Tirah.

»Bist du in Ordnung? Wenn ja, wäre es lieb von dir, wenn du dich um deinen Begleiter kümmern könntest. Er ist schwer verletzt, aber ich kann nichts für ihn tun.«

Tirah starrte die Eirun an, ohne zu begreifen, was diese von ihr erwartete. Zwar war Hekendialondilan nicht die erste ihres Volkes, der sie begegnete, denn im Gegensatz zu den Nachwuchsmagiern des Ordens vom Heiligen Schwert hatte sie ihre Ausbildung während mehrerer Feldzüge gegen den gemeinsamen Feind erhalten. Aber jene Spitzohren hatten ihr entweder mit blanker Klinge in der Hand gegenübergestanden oder mit Pfeilen auf sie geschossen. Dieses Kind trug jedoch nur einen kleinen Dolch am Gürtel und war sonst unbewaffnet. Zwar hatte sie selbst Rüstung und Schwert auf »Giringars Hammer« zurückgelassen, doch sie traute sich zu, die andere im Zweikampf zu besiegen. Ein Blick in die Runde aber ließ sie von diesem Gedanken Abstand nehmen. Sie befanden sich auf einer winzigen Felseninsel inmitten eines wild schäumenden Ozeans, über dem sich bereits das nächste magische Unwetter zusammenzog. Wenn sie die Eirun tötete, würden Tharon und sie auf dieser Insel gefangen sein und dem Sturm, der bald über sie ziehen würde, zum Opfer fallen.

Mit gesenktem Blick stand sie auf und ging mit steifen Schritten zu Tharon hinüber. Unterwegs merkte sie, dass die Eirun ihr sogar den Dolch gelassen hatte, den sie stets am Körper trug. Die Waffe war um einiges länger als das Messerchen des Spitzohrmädchens und besaß einige spezielle Eigenschaften. Doch gerade die Tatsache, dass die Weiße es nicht für nötig befunden hatte, ihr die Waffe abzunehmen, bewies, dass diese sich ihrer Gefangenen vollkommen sicher war.

»Nun, großer Magier, diesmal sitzen wir mitten in Taliens Kochkessel«, sagte sie, als sie sich über Tharon beugte und mangels anderen Verbandsmaterials Streifen aus dem Futter seines Talars herausschnitt.

»Du weißt gar nicht, wie sehr ich mich freuen würde, dir widersprechen zu können. Aber du hast recht. Wie steht es mit deinen Heilkräften? Wenn wir auch nur den Hauch einer Chance haben wollen, muss ich rasch wieder auf die Beine kommen.«

»Eine Heilerin bin ich nicht gerade, aber Sirrin meint, ich hätte die Anlagen zu einer Stärkerin«, antwortete Tirah.

Tharon verzog sein Gesicht zu einem Grinsen. »Das ist mehr als nichts. Aber zieh jetzt endlich meinen Arm gerade. Sonst wächst er wirklich noch im rechten Winkel an.«

»Wenn dir dein Arm wichtiger ist als dein Kopf, werde ich es tun, großer Magier!« Tirah hatte zwar als Erstes seine klaffende Kopfwunde verbinden wollen, tat ihm aber jetzt den Gefallen, seinen gebrochenen Arm einzurenken und mangels etwas Geeigneterem mit ihrem Dolch zu schienen.

18

Etwas weckte Merani mitten in der Nacht. Sie schrak hoch und lauschte angespannt mit allen Sinnen. Hatte ihre Mutter nach ihr gerufen? Doch die Stimmen, die sie aufforderten, umgehend den Kristall zu benützen, hörten sich nicht danach an. Kurz überlegte sie, ob sie den anderen Bescheid sagen sollte, schüttelte dann aber den Kopf. Sie durfte ihre Freunde nicht in Gefahr bringen. Um die Zwillinge nicht zu wecken, nahm sie das Kästchen mit dem Kristall an sich, stieg vorsichtig aus dem Zweignest und lief ein Stück in den Wald hinein.

Mit zitternden Händen öffnete sie die Schatulle und nahm den Kristall heraus. Anders als sonst glühte er von innen heraus in wechselnden violetten Tönen, in die sich Spuren anderer magischer Farben mischten. Der stärkste Anteil war eigenartigerweise Grün. Merani schüttelte sich, obwohl es nicht ihre Feindfarbe war. Das Ganze machte ihr Angst, und sie gestand sich ein, dass ihre Mutter und Yanga recht hatten. Das hier lag weit über dem Stand ihrer magischen Ausbildung. Wenn sie weitermachte, würde es böse für sie enden.

Trotz dieser Einsicht streckte sie die rechte Hand nach dem Kristall aus und schloss die Finger um ihn. Doch es geschah – nichts. Im ersten Moment fühlte Merani sich verwirrt und enttäuscht. Dann aber begriff sie, dass sie selbst die Initiative ergreifen und den Kristall benutzen musste, auch wenn sie das fürchtete, was dabei herauskommen mochte. Im schlimmsten Fall würde ihr Körper tot zurückbleiben, während ihr Geist sich irgendwo verlor und verwehte. Aber ob sie in dieser Nacht starb oder in einigen Monaten in einem verheerenden magischen Sturm, war bedeutungslos.

Merani schloss die Augen und richtete ihre magischen Sinne auf den Kristall. Daraufhin leuchtete dieser so grell auf, dass sie den Kopf wegdrehen musste. Gleichzeitig hörte sie eine wispernde Stimme in ihrem Kopf. Sie klang wie die eines jungen Mädchens. »Wir stehen am Ende einer Epoche, und es wird nur dann einen neuen Anfang geben, wenn unser Werk gelingt!«

»Was ist das: unser Werk?« Merani fragte sich, wer ihre Gesprächspartnerin sein mochte.

»Das wirst du erfahren, wenn du zu den Inseln kommst, die ihr den Geburtsort der magischen Stürme nennt. Es eilt, und es ist sehr wichtig!«

»Zum Geburtsort der magischen Stürme?«, fragte Merani erschrocken. »Es ist doch unmöglich, dort hinzugelangen.«

»Es ist nicht unmöglich! Wenn du es nicht schaffst, ist alles verloren!«, flehte die Stimme.

»Wer bist du überhaupt?«, fragte Merani. »Glaubst du, es macht mir Spaß, auf das Wort einer Unbekannten hin diese gefährliche Reise anzutreten?«

Ein Lachen erklang, dem jedoch alle Unbeschwertheit fehlte. »Du kennst mich bereits. Aber es würde zu lange dauern, dir alles zu erklären. Du musst mir einfach vertrauen. Ich will dir und deinen Leuten nichts Böses antun. Das haben andere vor.«

»Die schwarzen Schiffe!«

»Bisher ist es nur ein Schiff, doch die, die darin fahren, werden jede mögliche Lösung unserer Probleme im Ansatz zu zerstören suchen, und damit droht uns allen eine weitaus größere Gefahr. Du musst kommen, bitte! Ich werde tun, was ich kann, dir den Weg zu erleichtern. Doch meine Kraft ist begrenzt.« Mit diesen Worten erstarb die Stimme, und das Licht aus dem Kristall erlosch.

Merani versuchte ihre wirbelnden Gedanken zu ordnen. Am meisten wunderte sie sich, dass der Kristall diesmal ganz anders reagiert hatte. Auf Gurrland hatte er ihren Geist aus dem Körper gerissen und zum Geburtsort der magischen Stürme getragen. Aber diesmal hatte sie nur eine fremde Stimme vernommen und die Aufforderung, an diesen gefährlichen Ort zu reisen. Einige Augenblicke blieb sie noch sitzen, dann sprang sie auf, hüllte den Kristall ein und lief zu ihrem Lagerplatz zurück. »Wacht auf!«, rief sie. »Wir müssen sofort nach Ilynrah zurück.«

»Was ist los?« Careedhal erhob sich schlaftrunken, sah dann das Silberkästchen in Meranis Hand und starrte sie erschrocken an. »Sag bloß, du hast dieses Ding benutzt?«

»Ja! Und wie du siehst, ist mir nichts passiert. Jetzt kommt! Ich habe es eilig.« Merani rüttelte Qulka, die sich in einem eigenen Zweignest zusammengerollt hatte.

»Los, steh auf! Wir müssen rasch unsere Sachen zusammenpacken und gehen. Alles Überflüssige lassen wir hier.«

»Was ist denn in dich gefahren?« Argeela war ebenfalls wach geworden und blinzelte über den Rand des Zweigbettes.

»Ich hatte eine Vision! Und die verlangt von uns, sofort zum Geburtsort der magischen Stürme zu fahren.«

Careedhal starrte sie an. »Hast du eine Ahnung, wie wir dort hinkommen sollen? Mit einem Schiff geht es nicht, denn das würde von den Stürmen vernichtet, und einen entsprechenden Versetzungszauber kannst auch du nicht schreiben.«

»Vielleicht geht es mit dem Feuerthron. Das heißt, wenn Meranis Eltern dies zulassen«, warf seine Schwester ein.

Merani horchte in sich hinein. Aber der Feuerthron, das fühlte sie, war ihr in dieser Situation keine Hilfe. Ehe sie zu einem Schluss kam, lenkten Qulkas Aktionen sie ab. Das, was ihre Zofe für überflüssig hielt, deckte sich nicht gerade mit Meranis Auswahl, denn die Gurrländerin packte einfach alles zusammen und verlangte, dass jeder seinen Packen schultern sollte.

»Wir sind doch keine Lasttiere! Und ich habe auch keine Lust, mit all dem Zeug durch den nächtlichen Wald zu stolpern«, protestierte Merani.

»Wir werden nicht stolpern. Der Wald leuchtet hell genug, und auf dem Moos ist sogar der Weg gekennzeichnet, den wir gehen müssen«, widersprach Qulka.

»Ich schleppe auf jeden Fall nichts!« Kaum hatte Merani es gesagt, bereute sie es auch schon wieder, denn ihre Zofe lud das ihr zugedachte Gepäck einfach auf ihren eigenen Packen.

»Gib schon her, du Sturkopf!«, stöhnte sie und schulterte die Last. Der Packen war nicht besonders schwer, gab ihr aber das Gefühl, als würde sie kaum vorwärtskommen. Dabei brannte ihr die Zeit unter den Nägeln. Doch nach Qulkas Ansicht hatte ein Lager aufgeräumt zu sein, wenn man es verließ.

Als sie den Waldrand erreichten, nutzte Merani die Chance und legte ihren Packen zu den dort zurückgelassenen Sachen dazu. »Stellt alles hier ab! Die Diener der Königin werden das Zeug schon abholen.«

Qulka wollte ihre Last jedoch nicht absetzen. Da erklärte Merani ihr, dass sie zurückbleiben müsse, wenn sie nicht gehorchen wolle. Die Zofe nickte zwar, packte aber trotzdem einige der Sachen um und lud sich schließlich einen großen Rucksack auf den Rücken.

Einen Augenblick lang sah Merani ihr zu, dann winkte sie ihren Freunden. »Kommt! Wenn sie nicht hören will, bleibt sie eben auf Ilyndhir zurück.« Dann lief sie mit ausgreifenden Schritten voraus. Argeela folgte ihr dichtauf und selbst Careedhal rannte so, dass seine Adeptenkutte wie eine Fahne wehte.

Qulka hatte alles eingepackt, was ihre Herrin und deren Freunde ihrer Ansicht nach benötigten, und trabte trotz ihrer Last hinter den anderen her. Kurz bevor die Gruppe das Fischersechstel erreichte, schloss sie zu ihnen auf und grinste Merani an. »Wie Ihr seht, bin ich rechtzeitig zur Stelle. Und ich habe alles Wichtige mitgenommen!«

»Du bist eben eine sture Gurrländerin«, antwortete Merani.

Ihre Zofe schien es für ein Kompliment zu halten, denn ihr Grinsen wurde noch breiter. »Habt Ihr schon eine Idee, wie wir zum Geburtsort der Stürme kommen? Königin Ilna wird uns wohl kaum ihre Prunkbarke zur Verfügung stellen!«

19

Da Merani die Umständlichkeit kannte, mit der man ihr Vorhaben am ilyndhirischen Königshof behandeln würde, wandte sie sich nicht der Oberstadt zu, sondern blieb auf der linken Seite des Blauen Flusses. Nicht lange, da tauchte ein großes Gebäude vor der Gruppe auf, das in der Nähe des Fischerhafens auf einer Felskuppe stand. Das Haus besaß ein Erdgeschoss aus blauen Ziegeln, während die weiteren Stockwerke aus aufwendig gestaltetem Fachwerk bestanden. Das steile Dach war mit glasierten blauen Ziegeln gedeckt, die im ersten Licht der Morgensonne hell aufleuchteten.

Zu dieser frühen Stunde war im Palais des Großadmirals Kip noch niemand wach. Dies änderte sich jedoch rasch, als Merani den Türklopfer anhob und diesen mehrmals auf die dafür vorgesehene Metallplatte fallen ließ. Oben wurde ein Fenster aufgerissen, und Kipan, der während seines Aufenthalts im Heimathafen bei seinen Eltern wohnte, steckte den Kopf heraus. »Was ist los? Gibt es Alarm? Kommen die schwarzen Schiffe?«

Dann erkannte er, wer unten stand, und atmete auf. »Ach, ihr seid es nur.« Kaum hatte er es gesagt, sah er aus, als würde er diese Worte auch schon wieder bereuen. »Entschuldigt, ich wollte nicht unhöflich erscheinen. Es ist nur …«

Merani unterbrach ihn barsch. »Ist dein Vater zu Hause?«

»Der Großadmiral befindet sich hier in seinem Haus.«

Nun tauchte Kip an einem anderen Fenster auf und unterbrach seinen Sohn. »Jetzt schwätz nicht so gedrechselt daher, sondern mach den Kindern die Tür auf! Habt ihr Hunger? Wenn ja, lasse ich sofort Goldgarnelen auf den Herd stellen. Es ist schön, dass ihr mich besucht.«

Um zum Geburtsort der magischen Stürme zu kommen, brauchte Merani die Hilfe des Großadmirals und musste ihn daher bei Laune halten. »Wir essen gerne mit, Onkel Kip!«

»Ich habe großen Hunger«, setzte Careedhal hinzu. »Auf die Dauer machen Blaubeeren nicht satt.«

»Ihr habt gestern auch nur einen Pfannkuchen zum Abendbrot gegessen«, erinnerte Qulka ihn mit einem gewissen Tadel in der Stimme. Da die Beschäftigung mit Magie kräftezehrend war, mussten die magisch Begabten ihrer Ansicht nach tüchtig essen. Allerdings lagen ihre und Careedhals Vorstellung von einer ausreichenden Portion meilenweit auseinander.

Merani war froh, als ein Diener erschien und ihnen öffnete, sonst hätte die Zofe auch ihr Vorhaltungen gemacht. Qulka verstand einfach nicht, dass sie in der Nacht nur wenig magische Kraft verbraucht hatte. Kaum hatte sie dies gedacht, spürte sie ein Loch in ihrem Bauch, in das ein ganzes Fass Goldgarnelen zu passen schien, obwohl sie im Gegensatz zu Careedhal drei Pfannkuchen verdrückt hatte.

Der Großadmiral empfing sie in der Eingangshalle. Seine rundliche Gestalt steckte in einem weiten Morgenmantel, und er trug noch die Schlafmütze auf dem Kopf. Aber seine Augen wirkten hellwach, und sein Gesicht strahlte. Er umarmte Merani und hielt sie dann ein Stück von sich weg. »Heilige Ilyna, bist du in der letzten Zeit gewachsen! Ich glaube, du bist jetzt fast schon so groß wie ich.«

Das war eine leichte Untertreibung, denn in Wahrheit überragte Merani ihn um die Breite von zwei Fingern. Sie korrigierte ihn jedoch nicht, sondern sah zu, wie er nach ihr auch Argeela und Careedhal an seine Brust drückte.

Nun erschien auch Kips Ehefrau, die im Gegensatz zu ihrem Mann vollständig bekleidet war. Sie trug ihr bestes Hauskleid und eine blaue Stola mit einem aufgestickten Wappen, das im oberen Feld einen roten, dreimastigen Segler auf blauem Grund zeigte und darunter drei blaue Blumen auf rotem Grund. Die Dame war eine entfernte, wenn auch verarmte Verwandte von Graf Hemor und hatte die Gelegenheit ergriffen, durch eine Heirat mit dem gefeierten Helden und Seefahrer Kip jene Stellung zu erhalten, die ihr ihrer Ansicht nach zukam.

Sie hob kurz die Augenbrauen, als sie ihren Mann in einem so unstandesgemäßen Aufzug vor sich sah, sagte aber nichts, sondern knickste anmutig vor Merani, Argeela und Careedhal. »Kaiserliche und Fürstliche Hoheiten, Euer Besuch ehrt unser Haus. Kommt und erfrischt euch. Das Frühstück wird serviert, sobald mein Gemahl sich angezogen hat.«

Bei diesen Worten wurde Großadmiral Kip sich seines Morgenrocks und der Pantoffeln an seinen Füßen bewusst. »Ich bin gleich wieder da«, versicherte er grinsend und verschwand.

Statt seiner tauchte Kipan auf, dem es gelungen war, in der kurzen Zeit in die prachtvolle Uniform eines adeligen Seeoffiziers zu schlüpfen. Als er vor den Gästen salutierte, kicherten die beiden Mädchen. Es war deutlich zu sehen, wer hier im Haus den Ton angab, denn der Blick seiner Mutter ruhte mit einem ebenso stolzen wie zufriedenen Ausdruck auf ihm.

»Kaiserliche und Fürstliche Hoheiten, Euer Besuch ehrt unser Haus. Wenn Ihr erlaubt, führe ich Euch in den Frühstückssalon.« Kipan verbeugte sich und reichte Merani den rechten und Argeela den linken Arm, während seine Mutter an Careedhals Seite trat und diesem ihren Arm anbot.

Die drei sahen sich kurz an, und ihren Gesichtern konnte man ablesen, was sie dachten: »Ilyndhirische Sitten!« Aber sie lächelten freundlich und folgten ihren Gastgebern in einen Raum, in dem die Dienerschaft bereits den Tisch deckte.

Das Zimmer war ganz mit Holz ausgekleidet und glich einer Kapitänskajüte auf einem der großen Kriegsschiffe. Auf einer Anrichte stand ein großer Kompass, daneben lag ein ausgezogenes Fernrohr, und an einem Kleiderständer hingen ein Admiralshut mit sechs Federn und die dazugehörende Schärpe. Außerdem befand sich an der Wand eine Halterung mit mehreren Säbeln und anderen Waffen, so als müsse der Bewohner dieses Raumes jederzeit in der Lage sein, in den Kampf zu ziehen.

Es war eine Umgebung, in der ein Seefahrer sich wohlfühlen musste, und Merani rechnete es der Anih hoch an, dass sie bei der Einrichtung des Hauses so viel Rücksicht auf den alten Seebären genommen hatte.

Kipan und seine Mutter ließen ihren Gästen Zeit, sich umzuschauen. Die drei waren zwar schon vor einigen Jahren zu Besuch gewesen, doch damals hatten sie sich mehr für gebratene Goldgarnelen und Pudding interessiert als für die Einrichtung.

Merani wusste, was von ihr erwartet wurde, und nickte der Dame des Hauses freundlich zu. »Es ist wunderschön hier! Es fehlt eigentlich nur noch eine Seekarte unseres Archipels.«

»Oh, die ist vorhanden!« Stolz auf das Lob der Prinzessin schob Anih ein Paneel beiseite. Dahinter kam eine mannshohe Karte zum Vorschein, die an den Ecken bereits ein wenig vergilbt war und auch sonst so aussah, als wäre sie tatsächlich längere Zeit als Seekarte in Gebrauch gewesen. Kipan griff ebenfalls zu und verschob ein anderes Paneel. Da entdeckten die drei dahinter die Skizzen etlicher Inseln, deren Umrisse ihnen unbekannt waren.

»Die Karten dort links stammen von der ersten Erkundungsfahrt des Großadmirals vor zwölf Jahren. Er ist damals über zweitausend Meilen nach Süden gefahren, ohne mehr als diese paar Inselchen zu entdecken. Ein paar davon müssen früher einmal bewohnt gewesen sein, denn er hat dort Dinge gefunden, die unzweifelhaft von Menschen stammen. Im Obergeschoss hat mein Mann eine kleine Sammlung der Funde seiner Fahrten zusammengetragen. Wenn ihr sie euch nach dem Frühstück ansehen wollt …«

Unterdessen war Kip zurückgekehrt. Seine Uniform saß nicht ganz so korrekt wie die seines Sohnes und spannte ein wenig um die Taille. Doch die Freude, die Kinder seiner alten Freunde wiederzusehen, strahlte aus seinen Augen und sorgte dafür, dass jedes tadelnde Wort seiner Frau unterblieb.

»Wo bleibt denn das Essen?«, fragte er, ohne auf eine Antwort zu warten. In dem Augenblick, in dem er sich setzte, erschienen vier Lakaien und trugen auf. Es gab frisch aufgebrühten Vla bester Sorte, einen exzellenten Grießbrei mit Blaubeeren und als Hauptgang knusprig gebratene Goldgarnelen.

»Die schmecken wirklich exzellent!«, lobte Merani, nachdem sie probiert hatte. »Da kommen die im Palast bei Weitem nicht mit.«

»Die Küche im Palast ist nun einmal auf den Geschmack ihrer Majestät und ihres Hofstaates ausgerichtet. Wir hier sind Seeleute und begnügen uns mit schlichterer Kost«, erklärte Anih. Ihr Lächeln bewies jedoch, dass sie mit der angeblich schlichteren Kost mehr als zufrieden war.

Unterdessen hob Kip seine Garnelengabel mit einer aufgespießten Garnele. »Ich suche die Goldgarnelen am Fischmarkt immer selbst aus. Unsere Köchin hat nicht den richtigen Blick dafür – und mein Junge übrigens auch nicht!«

Kipan grinste unsicher. »Dabei gebe ich mir wirklich Mühe, Herr Großadmiral.«

»Sag Vater zu mir, wie es sich gehört! Und was die Goldgarnelen angeht: Um sich mit ihnen auszukennen, muss man selbst welche gefangen haben. Du solltest mal ein Jahr lang mit den Fischern hinausfahren. Dabei lernst du mehr über die See, als dir die königliche Marine in hundert Jahren beibringen kann. Süßwassermatrosen haben wir deinesgleichen in unserer Zeit genannt. Na ja, ein bisschen habe ich diesen Saustall aufräumen können.«

Der Großadmiral hörte sich sehr zufrieden an. Während seine Frau nachsichtig lächelte, rutschte Kipan unruhig auf seinem Stuhl herum. Gern hätte er seinem Vater widersprochen, aber in Meranis Gegenwart wagte er dies nicht. Für ihn war die Ilyndhirische Flotte die beste auf der Welt, und zu hören, wie sie vom eigenen Oberbefehlshaber als Saustall bezeichnet wurde, ärgerte ihn.

Unterdessen vermisste Merani ihre Zofe. »Wo ist Qulka?«

»Die sitzt in der Küche und unterhält sich mit der Köchin. Mori will doch wissen, was wir euch Gutes tun können«, antwortete Kip.

Er musterte das Mädchen und zog dann die Stirn kraus. »Ich sehe dir an, dass dir etwas auf dem Herzen liegt. Heraus damit! Vielleicht kann ich dir helfen.«

»Das könntest du, Onkel Kip. Wir brauchen nämlich ein Schiff!«

Merani hatte es kaum ausgesprochen, da schoss Kipan von seinem Stuhl hoch und salutierte.

»Ihrer Majestät Schiff ›Blaumöwe‹ steht jederzeit zu Ihrer Verfügung, Kaiserliche Hoheit!«

»Danke! Das hatte ich gehofft!« Merani atmete auf.

»Und wohin soll die Reise gehen? Wieder nach Hause?«, wollte der Großadmiral wissen.

Merani schüttelte den Kopf. »Nein! Wir müssen zum Geburtsort der magischen Stürme!«

»Wohin?« Kipan schnaufte erschrocken und streckte beide Hände abwehrend von sich. »Dahin kann ich Euch nicht bringen. Das ist unmöglich.«

Der Großadmiral sah Merani nachdenklich an. »Weshalb willst du dorthin?«

»Ich hatte eine Vision, die es von mir fordert!«

»Eine Vision, in den Tod zu fahren? Kaiserliche Hoheit, Ihr habt – verzeiht mir die Vermessenheit – im Hexenwald zu viel von diesen Hexenblaubeeren gegessen und dadurch schlecht geträumt.« Kipan sah aus, als würde er am liebsten davonlaufen.

Da schlug sein Vater mit der flachen Hand auf den Tisch. »Sei still! Ich habe Meranis Mutter erlebt und weiß, was ich von solchen Visionen zu halten habe. Wenn Merani sagt, sie muss zu diesem Ort, dann ist es dringend geboten, sie dorthin zu bringen. Du kannst ja zu Hause bleiben. Ich werde die drei selbst zum Geburtsort der Stürme bringen.«

»Wir sind vier, Herr Admiral«, mischte sich in dem Moment Qulka ein, die hatte nachschauen wollen, ob ihre Herrin noch etwas benötigte.

»Ich kann auch vier mitnehmen«, antwortete Kip lachend. »Bei Ilyna, es wäre nicht das erste Mal, dass ich dort hinfahre. Dafür brauche ich die ›Blaumöwe‹ nicht. Die ist zu groß und ehrlich gesagt zu nichts anderem nutze, als mit wehenden Fahnen bei der jährlichen Flottenparade mitzusegeln. Wir nehmen meine Privatjacht, die ›Seeschäumer II‹. Ich habe sie nach jenem Boot benannt, mit dem ich damals mit Meranis Eltern auf große Fahrt gegangen bin. Bei Ilyna, waren das noch Zeiten! Doch jetzt esst erst einmal auf. Wer in See stechen will, sollte vorher seinen Magen füllen. Ihr werdet ja sicher nicht seekrank, oder?«

Diesmal klang Kips Stimme ein wenig schadenfroh, denn er hatte schon öfters Ausfahrten mit Höflingen und Hofdamen unternommen und sich darüber amüsiert, wenn diese die Genüsse der reich gedeckten Tafel, von der sie aufgestanden waren, schon bald bereut hatten.

»Nein, von uns wird keiner seekrank«, erklärte Merani und umarmte den Großadmiral. »Danke!«

Kip strich ihr über das Haar. »Ich habe deine Eltern nicht im Stich gelassen und werde auch dich so unterstützen, wie ich es kann. Du, Kipan, wirst jetzt zum Hafen gehen und auf deinem Kasten anfragen, ob es dort fünf Matrosen gibt, die ihren Großadmiral begleiten wollen.«

Der junge Mann war bereits unterwegs zur Tür, als er sich noch einmal umdrehte. »Ich bitte um Verzeihung, Herr Vater. Doch Sie werden nur vier Matrosen brauchen. Ich komme selbstverständlich mit.«

»Wenn du dir dabei in die Hosen machst, putzt du sie gefälligst selber aus!« Obwohl der Großadmiral sich knurrig gab, huschte ein zufriedener Ausdruck über sein Gesicht. Er wartete jedoch, bis sein Sohn das Haus verlassen hatte, dann wandte er sich an seine Gäste. »Der Junge hat doch Mumm in den Knochen. Man muss ihn nur gelegentlich daran erinnern. Jetzt bitte ich, mich zu entschuldigen, aber ich will meine Sachen packen. Wenn ich dich recht verstanden habe, eilt es, und da sollten wir keine Zeit verlieren.«

»Das sollten wir wirklich nicht!« Merani war zutiefst erleichtert, dass der Großadmiral sich bereit erklärte hatte, ihr zu helfen. Es würde eine Fahrt auf Messers Schneide werden, und es konnte sein, dass sie ihr Ziel nicht erreichten. Doch etwas in ihr war fest überzeugt, dass es keinen anderen Weg gab, als das Äußerste zu wagen.

Argeela schien nicht so recht zu wissen, ob sie sich freuen sollte oder sich selbst bedauern, denn der Geburtsort der magischen Stürme war der ungemütlichste Platz im ganzen Archipel. Schon vor dem Auftreten der zerstörerischen Orkane hatte es niemand gewagt, dorthin zu segeln, und inzwischen war es schon lebensgefährlich, auch nur ein Stück auf die Innere See hinauszufahren.

»Hoffentlich kommen wir durch«, flüsterte sie Careedhal zu.

Dieser zuckte mit den Achseln. »Wenn es einen Seefahrer auf den Inseln gibt, dem es ich es zutraue, so ist es Großadmiral Kip.«

»Das sehe ich auch so«, erklärte Merani. Da noch eine Goldgarnele auf dem Tablett lag, spießte sie diese auf und aß sie langsam und mit Genuss. Es würde für lange Zeit die letzte sein, und wenn sie sich geirrt hatte und alles verloren ging, wahrscheinlich sogar die letzte in ihrem Leben.

20

Merani und ihre Freunde hatten wenig zu packen. Zwar schlug Qulka vor, weitere Sachen aus dem Palast zu holen, doch Merani verbot es ihr. Es hätte doch nur Fragen gegeben, und ihre Tante Meranda hätte ihr wahrscheinlich untersagt, ihrer Vision zu folgen. Daher gab es für Qulka nicht viel zu tun. Gewohnt, auf alles zu achten, grummelte sie vor sich hin und gab sich keine Mühe, ihren Unmut zu verbergen. »Eure Mutter würde es sicher auch nicht wollen, dass Ihr dorthin fahrt!«

»Psst, sei doch ruhig!« Merani hatte Schritte im Flur gehört. Es fehlte ihr gerade noch, dass der Großadmiral Qulkas Gemecker mitbekam und die Gründe für ihre Reise hinterfragte.

Gleich darauf trat Kip ein, aber er stellte keine Fragen, sondern klopfte auf seinen Bauch. »Na, wie sehe ich aus?«

»Einfach … wie soll ich es sagen? Wie ein echter Seebär!« Merani blieb fast die Stimme weg, denn der Großadmiral hatte seine Uniform ausgezogen und trug jetzt die derbe Tracht eines ilyndhirischen Hochseefischers, die aus hüfthohen Stiefeln, kurzen, weiten Hosen und einem Hemd aus grob gewirktem Garn bestand. Über seinem Arm hing ein Mantel aus gewachstem Leder, der seinen Träger auch im schlimmsten Sturm trocken hielt, und in seinem Gürtel steckte ein zusammengerollter lederner Hut.

»Eine Uniform ist was Schönes bei Hof und vielleicht noch bei einer Flottenparade. Aber auf See braucht man andere Kleidung. Und diese Fahrt, meine jungen Freunde, führt uns durch eine besonders raue See.«

»Ich wollte, wir müssten sie nicht machen«, seufzte Merani. »Aber meine Vision verlangt es von uns.«

Der Großadmiral trat neben sie und legte ihr die Hand auf die Schulter. »Wir schaffen es, mein Mädchen. Wir schaffen es ganz gewiss! Jetzt kommt, wir wollen aufbrechen! Hoffentlich hat der Lümmel daran gedacht, die ›Seeschäumer II‹ klar zum Ablegen zu machen. Wenn nicht, setzt es was.«

Er drehte sich noch einmal um, um zu schauen, ob seine Frau erschien, um sich zu verabschieden. Da er sie nirgends sah, zuckte er mit den Achseln und wandte sich zur Tür.

Da erklang Anihs Stimme hinter ihm. »Du wirst die Freundlichkeit haben, auf mich zu warten, mein Lieber!«

Sie hatte fast lautlos den Raum betreten und stellte sich in Positur. Statt eines weiten Kleides trug sie nun einen ledernen Rock und eine eng anliegende Lederweste über einer blauen Bluse. Auf ihrem Kopf saß eine Kappe mit einem großen Schirm, der ihre Augen gegen die Sonne schützen sollte, und in der Hand hielt sie einen Köcher voller Pfeile und einen derzeit nicht gespannten Bogen. Feste Stiefelchen und ein langer Dolch vervollständigten ihre Ausrüstung.

Meranis Augen wurden am meisten von der Scheide des Dolches angezogen. Diese bestand zwar auch aus Leder, war aber über und über mit Blumen in allen Blautönen bestickt.

»Was soll das, meine Liebe?«, fragte Kip verblüfft.

»Ganz einfach, mein Schatz! Du hast mich schon lange dazu eingeladen, mit dir eine Segeltour zu unternehmen. Das will ich jetzt tun.«

»Aber das ist viel zu gefährlich«, protestierte Kip.

Um die Lippen seiner Frau spielte ein sanftes Lächeln. »Aber, aber! Wenn du die Kinder mitnehmen kannst, wirst du mich wohl kaum zurücklassen wollen. Und wer sollte auf dich und Kipan aufpassen, wenn nicht ich?«

Merani spürte die Angst der Frau beinahe körperlich, doch sie begriff auch, dass Anih bereit war mitzufahren, um bei ihrem Mann und ihrem Sohn bleiben zu können. Diese Haltung gefiel ihr, und so reichte sie ihr die Hand.

»Ich freue mich, dass du mitkommst, Tante Anih!«

»Es ist mir ein Vergnügen«, antwortete diese mit einem tiefen Knicks. »Doch nun kommt! Mein Gesicht sehnt sich danach, Salzwasser auf der Haut zu spüren.«

Vierter Teil

DIE INVASION

1

Erzmagier Gynrarr zwang seine Begleiter mit einer heftigen Geste zur Ruhe. Dann streckte er seine Rechte langsam nach vorne und zog sie sofort zurück, als der Kristall des Ringes an seinem Mittelfinger einen violetten Schimmer zeigte.

»Halt! Hier beginnt die Abschirmung dieser verdammten Hexe. Wir dürfen nicht weiter, sonst warnen wir sie womöglich noch.«

»Was kann Sirrin uns schon tun?«, wandte einer seiner Adepten ein. »Wir besitzen starke Artefakte und werden sie mit Leichtigkeit besiegen.«

»Du bist ein Narr! Diese Hexe braucht nur einige unserer wichtigen Steuerkristalle zu beschädigen. Dann können wir nach Hause schwimmen. Daher müssen wir sie ausschalten, bevor sie etwas unternehmen kann. Jetzt bringt endlich das Gerät her.«

»Bist du dir auch sicher, dass Tharon nicht zurückkommt?« Ewalluk sah sich dabei so ängstlich um, als könnte der Genannte jeden Augenblick zwischen ihnen auftauchen.

Gynrarr stieß einen verächtlichen Laut aus. »Den werden wir nicht wiedersehen. Oder hast du nicht die Gegenfarbenexplosion mitbekommen, die sein Boot zerstört hat? Entweder ist der Bastard tot, oder er liegt auf dem Grund des Meeres und fragt sich, wie er von dort wieder wegkommt.«

Ein paar Adepten begannen zu lachen und fingen sich sofort einen Rüffel ihres Anführers ein. »Ruhe! Oder wollt ihr die violette Hexe warnen?«

Gynrarr trat einen Schritt beiseite und sah zu, wie seine Begleiter einen würfelförmigen Kasten herantrugen. Die Männer keuchten unter der Last, denn das Artefakt bestand aus besonders dichten Kristallen. Doch in der Nähe von Sirrins Quartier wagten sie es nicht, Levitationsmagie anzuwenden.

»Wir sind bereit, Herr!«, meldete Gynrarrs persönlicher Assistent.

»Gut! Tretet alle zurück, damit ihr nicht in den Wirkungsbereich des Strahls geratet.« Gynrarr kniete neben dem Kasten nieder und drehte an mehreren Knöpfen. Ein schwarzer Kristall an der Stirnseite des Artefaktes leuchtete auf und warf einen kegelförmigen Lichtstrahl auf die Wand der Kammer, in der Sirrin und Regandhor untergebracht waren.

Gynrarrs Anspannung wuchs, als die Magie des Artefaktes die Wände durchdrang und die Kammer flutete. War es ihnen gelungen, die violette Magierin zu überraschen, oder würden sie kämpfen müssen? Auf sein Zeichen zogen Ewalluk und drei weitere Magier verschiedene Artefakte aus ihren Taschen und machten sie einsatzbereit.

Doch drinnen blieb alles still. Gynrarr schnaufte erleichtert, schaltete das große Artefakt aus und wies einen Adepten an, die Tür zu öffnen. Dieser streckte die Hand nach der Klinke aus und fand diese magisch verriegelt. Erst als Gynrarr einen Gegenzauber sprach, öffnete sie sich. Noch während der Magier sich sagte, dass bei allen Vorteilen, die zuverlässige Artefakte boten, die freie Zauberei nicht ganz vergessen werden durfte, wälzten sich die beiden Adepten, die als Erste in Sirrins Kammer eingedrungen waren, schreiend am Boden.

Gynrarr erkundete mit einem Spürartefakt die Art des Schutzzaubers und ließ erneut einen Gegenzauber wirken. Das Geschrei erstarb, doch seine Männer lagen zitternd hinter der Tür und brachten kein einziges Wort heraus. Ihr Anführer stieg ungerührt über sie hinweg und sah sich nach Sirrin um. Die violette Magierin musste noch begriffen haben, dass sich etwas Unvorhergesehenes tat, denn sie hing halb aus dem Bett, so als wäre sie im Erwachen von dem Stasisfeld erfasst worden. In dem Verschlag nebenan lag ihr Begleiter so steif wie ein Brett.

»Es ist gelungen!« Zufrieden untersuchte Gynrarr die beiden Gestalten, die durch sein Artefakt in eine spezielle magische Starre versetzt worden waren, die Geist und Körper vollständig lähmte. »Bringt die beiden an Deck und werft sie ins Wasser. Passt aber auf, dass euch niemand sieht. Wenn die Lin'Velura davon erfährt, wird sie unsere Köpfe fordern.«

»Fordern kann sie viel, aber bekommen wird sie nichts«, spottete einer seiner Männer.

Gynrarr fuhr verärgert herum. »Verdammter Narr! Selbst Caludis' Einfluss dürfte nicht reichen, um unsere Hälse aus den Schlingen zu ziehen.«

»Und was sagen wir, wenn die Hexe und ihr Helfer vermisst werden?«, wollte ein älterer Magier wissen.

»Wissen wir, welche Zauber sie insgeheim angewendet hat? Sie ist weg! Punkt.« Damit war die Sache für Gynrarr erledigt, und er schritt mit wehendem Talar davon.

Ewalluk folgte ihm, um die nächsten Schritte mit ihm zu besprechen, während ein Teil ihres Gefolges das Stasisartefakt wegbrachte und andere Sirrin und Regandhor packten und nach oben trugen. Wenige Augenblicke später klatschten die Körper der Bewusstlosen ins Wasser und gingen sofort unter.

Obwohl die Adepten wachsam gewesen waren, hatte keiner von ihnen die drei Gurrims bemerkt, die sich vorne am Bug aufhielten und über das Meer starrten. Es handelte sich um Leutnant Burlikk und zwei seiner Freunde. Die drei machten sich Sorgen um Tharon, der bereits einen ganzen Tag unterwegs war, ohne dass man etwas von ihm gehört hätte.

Burlikk schnaufte tief durch und legte seine Arme um die Schultern der beiden anderen. »Ich sage euch, Kameraden, die Sache stinkt. Ich habe kein gutes Gefühl dabei.«

»Siehst du nicht ein bisschen zu weiß? Immerhin ist Tharon von dem erhabenen Herrn Betarran höchstpersönlich mit der Leitung dieser Expedition beauftragt worden. Was können die anderen Magier schon tun, als zu gehorchen?«, wandte Wuzz ein.

»Ich traue den Schwertmagiern nicht!« Burlikk senkte seine Stimme, so dass ihn nur die beiden anderen verstehen konnten.

»Du solltest still sein und deine Ansichten für dich behalten. Sonst müssten wir dich melden, und du weißt, dass wir das nicht gerne täten!« Wuzz war nach langen Dienstjahren zum Unteroffizier aufgestiegen und hatte die Magier schon während seiner ganzen Zeit bei der Armee für höhere Wesen gehalten, die ein Gurrim nicht kritisieren durfte.

Auch Burlikk war nicht gerade wohl in seiner Haut. Ihm kam es so vor, als spielten sich an Bord des Schiffes Dinge ab, die nicht Giringars Willen entsprachen, aber er konnte nicht sagen, was es war. Noch während er überlegte, wie er weiter vorgehen sollte, vernahm er weiter hinten ein Platschen. Er blickte sich um und sah, wie zwei Körper im Wasser versanken. Gleichzeitig hörte er mehrere Adepten miteinander reden.

»Runter! Sie dürfen uns nicht sehen«, raunte er seinen Kameraden zu.

»So! Dieses violette Miststück wären wir los«, sagte einer der Adepten zufrieden.

»Gesehen hat auch keiner was. Also können wir ins Logbuch schreiben, dass Sirrin unerklärlicherweise spurlos verschwunden ist!« Der Sprecher lachte und forderte seine Begleiter auf, wieder ins Innere des Schiffes zurückzukehren. »Gynrarr wird gleich eine Versammlung einberufen, auf der das weitere Vorgehen beschlossen werden soll.«

Die drei Lauscher bekamen mit, wie die Adepten wieder durch die Luke nach unten stiegen. Als sie sich dann ansahen, waren alle drei bleich.

»Was war das?«, fragte Tarr mit tonloser Stimme.

»Wie es aussieht, haben Gynrarrs Leute soeben die Hexe Sirrin und ihren Schüler Regandhor umgebracht. Also rechnen sie nicht mehr mit Tharons Rückkehr. Ich habe mir das gleich gedacht, seit Gynrarr an dem Beiboot herumgefummelt hat. Verdammt! Wenn ich nur wüsste, was ich tun soll.« Burlikk sah ganz so aus, als würde er am liebsten ins Wasser springen und hinter der violetten Magierin hertauchen. Doch inzwischen hatte »Giringars Hammer« Fahrt aufgenommen und die Stelle, an der Sirrin und ihr jugendlicher Begleiter ins Meer geworfen worden waren, blieb immer weiter hinter ihnen zurück.

Wuzz hielt ihn fest. »Mach keinen Unsinn, Kamerad! Wenn die Violette sich selbst nicht helfen konnte, vermagst du es auch nicht. Du würdest nur selbst bei dem Versuch draufgehen.«

»Ich würde wenigstens in Ehre sterben!« Burlikks Stimme klang grimmig, und er legte seine Rechte auf den Schwertgriff.

»Nein, Kamerad! Auch wenn das eben eine Sauerei war, kannst du nicht auf Gynrarr und seine Leute losgehen. Die legen dich mit ihren Artefakten schneller aufs Kreuz als du ›Ha‹ sagen kannst. Warte ab, bis wir wieder zu Hause sind. Vielleicht findest du einen Magier, der bereit ist, deinen Bericht nach ganz oben weiterzuleiten!« Wuzz wusste selbst, dass der Vorschlag wenig Aussicht auf Erfolg versprach, denn an den entscheidenden Stellen im Schwarzen Land saßen nun einmal die Männer des Schwertordens, und die würden niemals gegen ihre eigenen Leute vorgehen.

»Am besten, wir vergessen die Sache und tun unseren Dienst weiterhin so, wie man es von uns erwartet«, schlug Tarr vor.

»Auch wenn die Herren Magier gerade Hochverrat begangen haben? Immerhin besaß Tharon das Siegel Giringars!« Als Burlikk das sagte, wurden seine Kameraden doch nachdenklich.

»Wir sollten die Augen aufhalten, Leutnant, und bei passender Gelegenheit entscheiden, was wir tun sollen. Wenn meine Seele einmal zu Giringars Seelendom geht, will ich, dass er von mir sagen kann: Dies war ein braver und treuer Soldat!«

»Dann sind wir uns ja einig«, erklärte Burlikk und warf einen letzten Blick in die Richtung, in der Sirrin und ihr Begleiter dem Meer übergeben worden waren.

2

Zunächst sanken Sirrins und Regandhors Leiber in die Tiefe und durchquerten dabei mehrere magische Schwaden in Blau und Weiß. Als sie auf gelbe Magie trafen, funkelten kleine Blitze auf Sirrins Körper. Wäre sie bei Bewusstsein gewesen, hätte sie ein Abschirmfeld um sich errichtet. So aber war sie ihrer Feindfarbe hilflos ausgeliefert.

Regandhor aber sog trotz seiner Ohnmacht die verschiedenen Magien in sich auf, bis sich in seinem Körper ein faustgroßer Kern bildete, der aus allen sechs magischen Farben bestand. Schon bald begann dieser Kern sich zu bewegen, als sei etwas in ihm eingeschlossen, das sich befreien wollte.

Dann ging es blitzschnell. Der magische Kern barst, und für einen Augenblick leuchtete der Junge in allen Farben. Dann verformte sich sein Körper und begann zu wachsen. Sein Hals streckte sich, und sein Kopf wurde zu einem länglichen, mit scharfen Zähnen bewehrten Schädel. Gleichzeitig entstand ein langer Schwanz, und seine Hände und Füße formten sich zu kräftigen, vogelähnlichen Zehen mit scharfen Krallen.

Das Wesen, das eben noch einem roten Eirun geglichen hatte, öffnete seine Augen und sah sich um, als könne es nicht begreifen, was geschehen war. Noch halb betäubt nahm es die Nähe seiner Anführerin wahr und tauchte instinktiv hinter ihr her. Mit einigen kräftigen Schwanzschlägen erreichte es Sirrin, packte sie mit einem Vorderfuß und strebte dann nach oben.

Als Regandhor in seiner Arghan-Gestalt aus dem Wasser auftauchte, war von »Giringars Hammer« weit und breit nichts mehr zu sehen. Er schüttelte sich, um die Nachwirkungen des Stasiszaubers loszuwerden, und versuchte, einen klaren Gedanken zu fassen. Seine letzte Erinnerung war, dass er Sirrin eine gute Nacht gewünscht und sich zu Bett begeben hatte. Sie war nervös gewesen, weil sie um Tharons und Tirahs Sicherheit gefürchtet hatte, und hatte geplant, am nächsten Morgen mit ihm aufzubrechen, um die beiden zu suchen.

Regandhor versuchte, zu Sirrins Geist durchzudringen, doch die konzentrierte Magie, mit der man sie in Starre versetzt hatte, konnte er trotz gewisser Fähigkeiten nicht auflösen. Es mochte Monate dauern, bis Sirrin wieder zu sich kam. So lange konnte er jedoch nicht in dieser magisch aufgeheizten Brühe schwimmen, die selbst ihm zusetzte.

»Ich muss an Land, und zwar so schnell wie möglich!«, sagte der Arghan zu sich selbst. Doch die einzige Küste, die er noch auf dem Schiff wahrgenommen hatte, lag fünfhundert Meilen weit im Norden und wurde zudem durch starke weiße Zauber gesichert. Zwar hatten Gynrarrs Artefakte ein ganzes Stück weiter im Süden ein starkes schwarzmagisches Feld ausgemacht. Genau dorthin aber waren die Magier mit dem »Hammer« unterwegs, und es schien Regandhor nicht ratsam, diesen Leuten zu folgen.

Daher hatte er nur eine Wahl – er musste zu den Klippen schwimmen, mitten hinein in die magischen Stürme! Der Arghan traf diese Entscheidung nicht gerne, doch es gab keine andere Möglichkeit. Dabei machten ihm nicht nur die rasch wechselnden Magiefelder zu schaffen, sondern auch die aufgepeitschten Wellen, die ihn in einem Augenblick nach oben katapultierten und im nächsten in die Tiefe rissen. Gleichzeitig musste er auf Sirrin achten, die schlaff wie eine Gliederpuppe in seiner Pfote hing und sich nicht magisch erhalten konnte. Die Gewalten, denen sie beide ausgesetzt waren, würden die Magierin früher oder später umbringen.

Eine quer laufende Welle überschüttete ihn mit gelb aufgeladenem Wasser und brachte ihn dazu, mit aller Kraft weiterzuschwimmen. Seine Anführerin durfte er jedoch nicht zu oft ihrer Feindfarbe aussetzen. Daher suchte er einen Weg, der ihn möglichst weit um gelbe Magieansammlungen herumführte. Aber das gelang ihm nicht immer. Wenn es ihm möglich war, sog Regandhor das Gelb auf und verwandelte es in die Kraft, die er brauchte, um diesem tobenden Ozean die Stirn bieten zu können.

Zu allem Unglück zog ein gewaltiger magischer Sturm auf, dem auch ein Arghan nichts entgegenzusetzen hatte. Um schneller zu werden, nahm er Sirrin ins Maul und begann mit aller Kraft zu schwimmen, um so rasch wie möglich einen Ort zu finden, der Sirrin und ihm Schutz bieten konnte.

3

Der aufkommende Sturm machte auch Hekendialondilan und ihren beiden Gefangenen zu schaffen. Nordöstlich von ihnen türmten sich hohe Wolkenberge auf, die von den heulenden Winden gepackt und mit ungeheurer Geschwindigkeit vor sich hergetrieben wurden. Dazwischen spalteten die Entladungen der Gegenfarbenexplosionen die Luft, und das Ganze wurde von Donner und einem Heulen und Tosen begleitet, so als hätten sämtliche sechs Höllen ihre Pforten geöffnet.

»Lange können wir hier nicht mehr bleiben«, rief sie Ellek zu.

»Aber wo sollen wir hin? Auf dem offenen Meer sind wir diesem Sturm hilflos ausgeliefert!« Der Treiberfisch geriet in Panik. Da er Hekendialondilan überredet hatte, mit ihm zu kommen, fühlte er sich für sie verantwortlich.

Das Runimädchen wies auf die Mitte der von Wind und Wasser

blank geschliffenen Schären. »Mein Boot kennt einen Ort, an dem wir uns verbergen können. Vielleicht schaffen wir es.«

»Aber wir können den schwarzen Magier nicht mitnehmen. Bereits seine Nähe würde dein Boot beschädigen, und mit ihm an Bord käme es nicht weit.«

Damit hatte Ellek recht. Zwar hatte Hekendialondilan vor Jahren einmal den jetzigen Magierkaiser von Gurrland mitgenommen. Doch der war damals noch ein Junge gewesen, dessen Fähigkeiten gerade erst erwachten.

Mit angespannter Miene wandte das Runimädchen sich an den Treiberfisch. »Mich hast du doch auch durchs Wasser gezogen. Kannst du das nicht auch bei dem Magier machen?«

»Ich glaube nicht, dass der Mann sich in seinem Zustand an meiner Flosse festhalten kann.«

In dem Augenblick mischte sich Tirah ein. »Ich könnte ein Geschirr basteln, mit dem dieser Fisch Tharon ziehen kann. Gehört er zu dir?« Die letzte Frage galt Hekendialondilan, die nicht recht wusste, was sie darauf antworten sollte.

Ellek musterte das violette Mädchen und sperrte sein Maul auf, damit diese seine kräftigen, spitzen Zähne sehen konnte. »Die junge Herrin und ich gehören zusammen. Wehe, wenn du versuchst, ihr etwas anzutun. Meine Freunde und ich würden dafür sorgen, dass der schwarze Magier und du auf dieser Insel ein Opfer der Stürme werdet!«

Die Drohung war überflüssig, denn sowohl Tirah wie auch Tharon beobachteten sorgenvoll das aufziehende Unwetter und hofften inständig, einen Ort zu finden, an dem sie vor dem peitschenden Wind und den gelben und weißen Magieschwaden sicher waren. Daher machte Tirah sich sogleich an die Arbeit.

Da sie ihren Dolch als Schiene für Tharons gebrochenen Arm benutzt hatte, musste sie ihre Zähne zu Hilfe nehmen, um einige Stoffstreifen aus seinem Talar abzutrennen. Einen Moment erwog sie, das Eirunmädchen um dessen Dolch zu bitten, doch die Gefahr, dass die weißmagische Klinge den schwarzmagisch aufgeladenen Stoff verbrennen würde, hielt sie davon ab. Als sie aber für weitere Teile ihre eigene Kleidung und auch ihren Gürtel für das Zuggeschirr verwenden musste, wandte sie sich doch an die Weiße. »Kannst du mir dein Messer leihen oder die Sachen so abschneiden, wie ich es brauche?«

»Hier!« Hekendialondilan zog die Waffe und reichte sie ihr.

Tirah sah sie kopfschüttelnd an. »Für eine Eirun bist du entweder sehr vertrauensselig oder sehr von dir überzeugt!«

»Warum nennt ihr mich eigentlich andauernd Eirun? Ich bin eine Runi.«

Als Tirah etwas darauf sagen wollte, hob Tharon die Hand. »Es ist so, wie ich dachte. Die hiesigen Eirun sind ein schon lange abgespaltener Teil des Weißen Heeres. Entweder sind sie auf der Flucht hierhergelangt oder wurden auf diesem Vorposten vergessen. Auf jeden Fall haben sie seit etlichen Tausend Jahren keinen Kontakt mehr zu ihren eigenen Leuten, sonst hätte sich ihre Sprache nicht so verändert.«

»Ich bin eine Meanruni und keine Abgespaltene«, antwortete Hekendialondilan empört. Bevor es jedoch zu einem Streit kommen konnte, klang Elleks magische Stimme beschwörend in allen drei Köpfen auf.

»Beeilt euch! Wir müssen hier weg! Sonst fragt bald niemand von euch mehr, mit welchem Namen ihr angesprochen werden möchtet.«

Das sahen alle drei ein. Tirah half Tharon auf die Beine und führte ihn vorsichtig zum Ufer. Dort stieg sie zuerst ins Wasser, schwamm zu dem Treiberfisch und legte ihm das Geschirr an. Dann brachte sie Tharon zu ihm und band ihn daran fest.

»Mehr kann ich für dich nicht tun, großer Magier. Geht mit Linirias' Segen!«, sagte sie und ließ sich von dem Runimädchen wieder auf die Schäre helfen.

Ellek schimpfte zwar ein wenig über die ungewohnten Bänder

um seinen Leib, tauchte dann aber wieder ins tiefere Wasser und fand bald zu seinem gewohnten Schwimmrhythmus zurück.

»Komm schnell an Bord!«, rief Hekendialondilan Tirah zu und zeigte dabei auf ihr Boot, das im Windschatten der Insel angelegt hatte. Doch kaum hatten sie das Schiffchen betreten, setzte es die Sturmbeseglung und begann gegen den Wind zu kreuzen.

»Was für ein Glück, dass der Sturm sich weiter im Nordosten entwickelt und das Zentrum der Schären nur mit seinen Ausläufern streifen wird. Die werde ich wohl überstehen«, erklärte das Boot, das sich etwas beruhigt hatte. Doch beiden Mädchen war klar, dass es sich selbst Mut machen wollte.

Während der magische Sturm anschwoll, bemerkten Hekendialondilan und ihr Schützling ebenso wie Ellek und Tharon, dass er vor allem aus den Farben Gelb und Weiß bestand und auf seinem Weg andere Farben mit sich riss. Dabei kam es zu Gegenfarbenexplosionen einer Stärke, die nach Ansicht des Magiers selbst »Giringars Hammer« nicht überstanden hätte. Die Angst um sein eigenes Leben und auch um das Tirahs heizte seine Wut auf Gynrarr und dessen Spießgesellen noch mehr an. Am meisten aber ärgerte er sich über sich selbst, weil er es versäumt hatte, das Beiboot sorgfältig zu kontrollieren. Stattdessen war er den Schwertmagiern blind in die Falle gelaufen. Wäre dieses weiße Spitzohrmädchen nicht gewesen, läge er nun auf dem Grund des Meeres und würde von Fischen und Krabben aufgefressen.

»Du bist ein wackerer Bursche«, lobte er den Treiberfisch. Dieser antwortete nicht, sondern konzentrierte sich auf seine Umgebung und schlug immer wieder Haken, um Ansammlungen besonders hässlicher Gegenmagie zu umgehen. Tharon merkte erst jetzt, dass der Fisch von blauer Grundfarbe war. Dies wunderte ihn nicht, denn die Blaue Göttin Ilyna galt als Schöpferin vieler Tiere und manch anderer, seltsamer Wesen. Aber die enge Verbindung des intelligenten Tieres zu dem weißen Eirunmädchen passte ebenso wenig in sein bisheriges Weltbild wie die Tatsache, dass eine weiße

Eirun ihn gerettet hatte. Da Blau und Weiß seit Urzeiten miteinander im Krieg lagen, hätte der Fisch eher ihm und Tirah gehorchen müssen als der Weißen.

»Du solltest weniger nachdenken und besser aufpassen«, schimpfte der Treiberfisch.

»Was ist denn los?«, wollte Tharon schon fragen, da nahm er die hoch aufragende Klippe war, an der Ellek eben haarscharf vorbeizog. Die Reste seines bereits arg mitgenommenen Talars blieben an einer Felszacke hängen und wurden ihm vom Leib gerissen. Seinen Fluch kommentierte der Fisch mit einem keckernden Lachen. »Besser nackt als tot!«

»Ich bin nicht nackt. Immerhin habe ich noch mein Hemd und meine Unterwäsche an«, antwortete Tharon missmutig und lachte dann innerlich auf. Die Magier vom Schwert würden sich ohne ihre Talare und Abzeichen tatsächlich nackt vorkommen. Er schob den Gedanken an Gynrarr und die anderen jedoch rasch beiseite, denn der Weg, den der intelligente und ungeheuer wendige Treiberfisch einschlug, forderte tatsächlich seine volle Aufmerksamkeit.

4

Während Ellek sich den Weg zwischen eng stehenden Klippen und Schären suchte, musste Hekendialondilans Boot weite Umwege in Kauf nehmen, um eine passende Fahrrinne zu finden. Bei den Böen, die das Boot mit masthoch schäumender Gischt überschütteten, wurde die Fahrt zur Hölle. Dem Runimädchen blieb nichts anderes übrig, als mit dem Boot zu verschmelzen, um den künstlich geschaffenen Geist zu stabilisieren.

Es ist weitaus schlimmer als damals auf der Flucht vor Sianderilneh, dachte Hekendialondilan. Zumindest war der Sturm damals um einiges schwächer gewesen, und sie hatte Freunde bei sich gehabt, die ihr helfen konnten. Diesmal hätte sie noch dringender jemanden gebraucht, der oben auf dem Mast Ausschau hielt. Doch das violette Mädchen musste an Deck bleiben, um die Steuerung des Bootes mit raschen Segelmanövern zu unterstützen.

»Ellek, wo bist du? Ich brauche dich«, strahlte sie mit aller Kraft ab und hatte das Gefühl, die wirbelnden Magien würden die gedachten Worte noch auf dem Boot zerfetzen.

Zu ihrer Erleichterung tauchte der Treiberfisch neben ihr auf. Der schwarze Magier hing noch immer in dem primitiven Zuggeschirr, halb ertrunken zwar, aber lebendig.

»Was ist los?«, fragte Ellek.

»Du musst mich zu der großen Insel im Zentrum dieses Gebietes lotsen.« Hekendialondilan sandte dem Fisch die Bilder und sah diesen nicken.

»Ich versuche es!«

»Pass aber auf! Wir dürfen es nicht riskieren, an einer Klippe zu scheitern«, warnte des Runimädchen.

Der Fisch bewegte erneut den Kopf, als würde er nicken, und schwamm dann weiter.

»Folge ihm«, befahl Hekendialondilan ihrem Boot. Dieses bemühte sich, fiel aber rasch wieder zurück.

Während das Runimädchen verzweifelt versuchte, ihre Geschwindigkeit zu erhöhen, kehrte der Treiberfisch zurück. »Auf diesem Kurs kommt ihr nicht durch. Wir müssen sehen, dass wir einen anderen Weg durch das Klippengewirr finden!«

»Ich weiß nicht, wohin ich steuern soll!«, rief die kleine Runi verzweifelt.

Ellek schoss wieder davon und kehrte kurz darauf mit der erlösenden Nachricht zurück, dass er einen Durchgang in dem Klippenwall gefunden habe. Das Boot folgte ihm und zwängte sich zwischen zwei von Gischt überspülten Felsen hindurch. Dann aber drehte der Wind, und sie wurden gegen eine weitere Klippenreihe getrieben.

»Du musst paddeln!« Hekendialondilan brachte das Boot dazu, ein Paddel aus seiner Kristallmasse zu formen, und reichte es Tirah. »Siehst du dort vorne die höher aufragenden Felsen? Zwischen denen müssen wir hindurch. Boot, du brauchst jetzt einen ganz flachen Rumpf, sonst laufen wir auf!«

Das Boot jammerte bei diesen Worten geradezu herzerweichend, bemühte sich dann aber, den Befehl seiner Herrin zu befolgen, so gut es nur ging. Mit Tirahs Hilfe, die für einen Menschen außergewöhnlich kräftig und ausdauernd war, vermochte Hekendialondilan, das Boot an den Spalt zwischen den Klippen heranzubringen. Als sie hindurchfuhren, spürte sie, wie das Schiffchen sich verzweifelt flacher machte. Vor sechsunddreißig Jahren hatte Mera ihnen mit ihren magischen Kräften über diese Schwelle geholfen. Diesmal aber mussten sie eine höhere Welle dazu ausnutzen. Die kam jedoch aus der falschen Richtung und trieb das Boot gegen die Felsen. Der Kristallrumpf knirschte, und in der Bordwand bildeten sich Risse. Mit letzter Kraft gelang es dem Runimädchen, einen Bruch der Planken zu verhindern.

»Nur noch ein kleines Stück!«, rief sie Tirah zu und wies mit dem Kopf auf die Felseninsel, die direkt vor ihnen lag. Halb links von ihnen öffnete sich ein gähnender Schlund, der Wasser ansog und im weiten Bogen wieder ausspie.

»Müssen wir dort hinein?« Tirah schauderte es bei dem Gedanken. Aber da sah sie schon den Treiberfisch mit Tharon im Schlepp auf die Höhle zuschwimmen.

»Beeilt euch!«, schrie er. »Hinter euch ballt sich Schwarzmagie zusammen. Sie wird euch gleich treffen!«

Seine magische Stimme verriet, dass er am Ende seiner Kraft war. Im gleichen Augenblick spürte Hekendialondilan, wie ihr Rücken unter den ersten schwarzen Schwaden zu brennen begann. Wenn sie nicht innerhalb weniger Atemzüge die Höhle erreichten, würde das Boot in einem Feuerball verglühen. Daher ließ sie ein weiteres Paddel entstehen, packte es und stieß es in die Wellen.

Tirah erhöhte ebenfalls ihre Anstrengungen, ohne einen Blick über die Schulter zu werfen. Auch sie wusste, dass sie verloren waren, wenn die dichte Ballung schwarzer Magie das weiße Boot erreichte.

Sie schafften es um Haaresbreite. Als die Öffnung vor dem Bug auftauchte, strömte das Wasser gerade in die Höhle und riss sie mit. Hinter ihnen jagte die schwarze Wolke über die Felsen und wurde vom Sturm weitergerissen. Nur ein kleiner Ausläufer drang in die Höhle, doch der fraß wie Säure an dem Kristallrumpf des Bootes und löste Teile davon auf. Der Geist des Schiffchens schrie, als stecke er in höchster Todesnot. Aber es glitt unter dem Druck der Paddel weiter und ließ trotz der vielen Schäden kein Wasser durch die Risse im Kristall dringen. Als es endlich das Ende der schlauchähnlichen Höhle erreichte und in den Teil einfuhr, der eine Art Dom bildete, war seine magische Kraft fast aufgebraucht, und es lief Gefahr, zu einem leblosen Kristallgebilde zu erstarren. Die beiden Mädchen mussten aussteigen und es auf die trockene Felsplatte ziehen, damit das immer noch mit Schwarz angereicherte Wasser es nicht weiter zerstören konnte.

Ellek war dem Boot gefolgt und hielt den Kopf des Magiers über Wasser. »Kommt den Mann holen! Ihm geht es nicht besonders gut«, meldete er den beiden Mädchen. Tirah hatte sich nach der letzten Anstrengung erschöpft in den Sand fallen lassen, kämpfte sich aber wieder auf die Beine und watete auf Tharon zu. Er wirkte so schlaff, als hätte er das Bewusstsein verloren. Doch als sie sich über ihn niederbeugte, sah sie, dass er die Lider öffnete und sie anstarrte.

»Sag, dass es nur ein Albtraum ist und ich gestern Abend ein Glas Gurrimtod zu viel getrunken habe!« Seine Stimme war kaum zu verstehen, trotzdem spürte sie, wie erleichtert er war, nicht mehr Wind und Wellen ausgeliefert zu sein.

»Wie steht es um dich, großer Magier? Kannst du auf deinen Füßen stehen, oder muss ich dich tragen?«

»Tragen wäre mir das Allerliebste. Aber ich dürfte dir zu schwer sein«, antwortete Tharon.

Da hatte das Mädchen ihn bereits unter den Achseln und den Knien gefasst und hochgehoben. Sie schwankte ein wenig unter der Last, aber sie brachte den Magier an Land.

»Für einen Menschen bist du ungewöhnlich stark«, kommentierte Hekendialondilan den Kraftakt.

»Ich bin eine Mar und eine Kriegeradeptin. Daher muss ich stark sein!«, antwortete Tirah stolz.

»Was ist eine Mar und was eine Kriegeradeptin?«

»Wir Mar sind das große Kriegervolk des Violetten Reiches. Selbst die Spitzohren des Westens fürchten unsere Schwerter!« Tirah wirkte beleidigt, weil das weiße Mädchen ihr Volk nicht zu kennen schien.

Aus Angst, es könne sich ein Streit entzünden, sprach Tharon die Eirun an. »Wie es aussieht, kennst du die Lande, aus denen wir kommen, ebenso wenig wie wir deine Heimat. Willst du uns nicht ein wenig darüber erzählen?«

»Nein! Denn ihr wärt mir gegenüber dann im Vorteil. Warum seid ihr eigentlich in unseren Archipel gekommen?«

»Wegen der magischen Stürme. Sie sind im letzten Jahr immer zahlreicher geworden und haben den Süden des Violetten Landes zerstört. Dabei sind viele Menschen umgekommen. Wir haben festgestellt, dass die Stürme von hier aus gegen die Küsten gelenkt wurden.« Auch wenn Tharon sich im Augenblick als Gefangener sah, wollte er möglichst viel über denjenigen erfahren, der die Stürme lenkte.

Zu seiner Überraschung strahlte das weiße Mädchen Erschrecken aus. »Das wollten Mera und Girdhan gewiss nicht! Sie versuchten, unsere Inseln zu schützen, und lenkten die magischen Stürme deshalb aufs Meer hinaus.«

Tharon war stolz auf seine Fähigkeit, bei fast allen Wesen, mit denen er sprach, Lüge und Wahrheit auseinanderhalten zu können.

Daher war er sicher, dass die Eirun nicht log. »Wenn das stimmt, wäre es fatal. Wir wurden ausgeschickt, jene zu vernichten, die diese Stürme aussenden.«

»Im Augenblick bist du dazu wohl kaum in der Lage«, warf Tirah ein. »Wenn kein Wunder geschieht, werden wir hier in dieser Höhle bleiben und uns von rohen Krebsen und Fischen ernähren müssen, es sei denn, du verstehst einen Zauber, sie ohne Feuer zu braten. Wie steht es eigentlich mit Trinkwasser? Wenn es keines gibt, solltest du welches herbeizaubern können.«

»Wenn ich etwas ausgeruhter bin, versuche ich einen Regenzauber zu sprechen. Ich hoffe, du hältst so lange durch.« Tharon musterte Tirah bei seinen Worten nachdenklich. Obwohl sie gewisse magische Anlagen besaß, würde sie nicht lange ohne Wasser überleben können.

»Wasser kann ich besorgen«, erklärte Hekendialondilan zu seiner Erleichterung. »Allerdings kannst du es wahrscheinlich nicht trinken, denn es entsteht durch einen weißen Zauber.«

»Ich bin ein Magier und vermag mich länger zu erhalten als ein Mensch. Doch um Tirahs willen bin ich froh um dein Wasser.«

Tirah nickte zu Tharons Worten. »Ich habe einen Durst, als hätte ich Taliens Hölle durchquert.«

Hekendialondilan machte eine beschwichtigende Geste und holte einen kleinen Kristalleimer aus dem Boot. Den füllte sie in einer weiteren Höhle mit Wasser, das nicht schwarz vergiftet war, und stellte ihn auf den Boden. Die zunächst glänzenden Wände des Eimers wurden stumpf, und dann perlten feine Salzkörner von ihm ab. Nach einer Weile nahm Hekendialondilan einen Becher und reichte ihn Tirah.

»Hier, trink du erst einmal. Ich kann noch warten.«

Die junge Mar-Kriegerin zögerte einen Augenblick, nahm dann aber den Becher und füllte ihn mit dem Wasser aus dem Eimer. Misstrauisch probierte sie es und trank den Becher dann leer, ohne einmal Luft zu holen.

Dann blickte sie die weiße Eirun ebenso verblüfft wie erleichtert an. »Ich danke dir! Das Wasser schmeckt ausgezeichnet, und es strahlt auch nicht so weiß, dass es für Tharon Gift wäre. Es dürfte ihm ein wenig im Schlund und im Magen brennen, aber …«

»Rede nicht so viel, sondern gib mir den Becher, denn ich habe ebenfalls Durst. Halt, nein! So geht das nicht. Das Ding ist voll weißer Magie und würde mir die Lippen verbrennen. Du wirst mir das Wasser mit deinen Händen schöpfen müssen.« Tharon seufzte, denn ihm wurde klar, wie stark er vorerst auf die Hilfe des violetten Mädchens angewiesen war.

Tirah kniete neben ihm nieder und ließ Wasser in seinen Mund träufeln. Obwohl er etliche Male nach mehr verlangte, verzog er das Gesicht, als würde ihm Jauche eingeflößt. Das wirkte so komisch, dass die beiden Mädchen sich das Lachen verkneifen mussten.

Er bemerkte es und brummte unwillig. »Zur Not geht es auch so. Aber irgendwie bedauere ich es, dass mir bei meiner Ausbildung kein Zauber gegen Sodbrennen gelehrt worden ist.«

Vorsichtig legte er sich bequemer hin, bettete seinen gebrochenen Arm in den weichen Sand und blickte gegen die Decke, die im Schein der beiden Kristalle, die am Bug des Eirunschiffchens wie Scheinwerfer leuchteten, schemenhaft zu erkennen war. Das weiße Licht tat seinen Augen weh, und daher schloss er die Lider. »Meandhir soll Gynrarr und die anderen holen«, stöhnte er.

»Ich hoffe, du wirst dir die Kerle selbst holen, großer Magier. Was die mit uns gemacht haben, war übelster Verrat«, wandte Tirah ein.

»Sei still, oder willst du, dass sie alles mithört!«, warnte sie Tharon und wies auf das Eirunmädchen.

Tirah schüttelte den Kopf. »Nein, großer Magier, ich kann nicht den Mund halten. Gynrarr und seine Leute haben sich als unsere Todfeinde entpuppt, und für mich ist der Feind meines Feindes ein möglicher Verbündeter. Die Eirun sagt, die Stürme wären nicht mit

Absicht gegen unser Land gelenkt worden, und ich glaube ihr. Was hätte es ihnen gebracht, das Violette Land so offen zu attackieren? Glaubst du vielleicht, wir würden tatenlos zusehen, wie unsere Küsten verheert werden?«

Trotz des schmerzenden weißen Lichts öffnete Tharon die Augen und sah Hekendialondilan durchdringend an. »Höre mir gut zu! Tirah und ich sind nicht deine Feinde und auch nicht die deiner Leute. Mir geht es nur um die Stürme, die das Violette Land bedrohen. Außerdem suche ich einen Verräter, der vor gut tausend Jahren mit einem mächtigen Artefakt verschwunden ist, das der Feuerthron genannt wird. Wenn dieses Artefakt in die falschen Hände gerät, kann es großen Schaden anrichten.«

»Oder in den richtigen Händen Schaden verhüten!« Hekendialondilans Augen funkelten zornig. Der Feuerthron stellte derzeit den einzigen Schutz gegen die magischen Stürme dar, und für sie war jeder ein Feind, der ihn Mera und Girdhan abnehmen wollte.

Tharon spürte, dass er anders vorgehen musste, um das Eirunmädchen dazu zu bringen, mit ihm und Tirah zusammenzuarbeiten. Daher hob er seinen unverletzten Arm und deutete eine beschwichtigende Geste an. »Ich will euch doch nichts Böses, Mädchen. Aber ich muss den Magiern folgen, die versucht haben, mich auszuschalten, und sie daran hindern, noch mehr Schaden anzurichten. Diese gehen, wie du an mir und Tirah sieht, über Leichen, um ihre Ziele zu erreichen. Du musst uns helfen! Sonst werden diese Magier sich gegen deine Leute wenden und viele von ihnen töten.«

Einen Augenblick lang schwieg Tharon, doch als er keine Antwort erhielt, sprach er weiter und begann, der jungen Eirun, die sich selbst Runi nannte, von seiner Heimat zu erzählen.

5

Der Großadmiral war ein ausgezeichneter Seemann, das wurde Merani bereits auf den ersten Meilen klar. Obwohl seine magische Begabung eher gering war, war seine Erfahrung so groß, dass er stets voraussagen konnte, in welche Richtung der Wind drehen würde. So hielt er die »Seeschäumer II« gut von den Drachenzähnen frei. Kurz darauf wendete er den Bug des Schiffes und segelte in Sichtweite der ilyndhirischen Küste entlang nach Süden und gelangte durch die Straße von Teren in die Innere See.

Hier sahen Merani und die anderen einen von allen sechs magischen Farben überzogenen Himmel über sich, über den der Sturm gewaltige Wolkentürme trieb. Unter dem Druck des Windes legte die zweimastige Yacht sich stark zur Seite und geriet in Gefahr, Wasser aufzunehmen.

Kip warf das Ruder herum und begann zu brüllen. »Verdammt noch mal, holt die Fock endlich herunter, oder wollt ihr absaufen?«

Sofort stürmten sein Sohn und die vier Matrosen los und kletterten die Wanten hoch, um das Focksegel zu bergen. Kipan erwies sich dabei als geschickter als die anderen, obwohl diese weitaus länger als er zur See gefahren waren.

Sein Vater kommentierte es mit einem zufriedenen Grinsen. »Der Junge ist schon in Ordnung, wenn er die Planken eines richtigen Schiffes unter seinen Füßen hat und nicht die eines der Spielzeuge der königlichen Flotte«, rief er seiner Frau zu, die sich in seiner Nähe am Deckshaus festhielt.

Anih hatte die bisherige Fahrt gut überstanden. Doch nun wurde das Schiff von den Wellen hochgerissen und schien dann jedes Mal in einen Abgrund zu stürzen. Anihs Gesicht nahm nun eine grünliche Farbe an, und sie wankte zur Reling. Sofort war Merani bei ihr, um sie festzuhalten, damit sie nicht über Bord fiel. Gleichzeitig setzte sie ihre Heilfähigkeiten ein, um den Magen der Frau zu beruhigen.

»Danke! Es geht schon wieder«, flüsterte Anih nach einer Weile.

»Keine Ursache! Solange nicht mehr passiert, können wir zufrieden sein.« Merani führte die Frau zur Luke und half ihr die Treppe hinab. Unten war das Schaukeln zwar nicht geringer als oben, doch gut eingepackt in ihrer Koje und einem mit belebenden Essenzen getränkten Tuch auf der Stirn vermochte Anih schon wieder zu lächeln.

»Ich weiß nicht, was die Leute an der Seefahrt finden«, meinte sie. »Entweder liegt ein Schiff in einer Flaute fest, oder der Wind bläst einen beinahe von Bord. Ein Mittelding gibt es wohl nicht.«

»Doch, einen Windmagier. Der fehlt uns jetzt.«

»Und was ist mit dir? Du bist doch so begabt.«

Merani zog beschämt den Kopf ein. »Ich bemühe mich, so viel zu lernen, wie ich kann. Aber lokalen Wind zu erzeugen übersteigt derzeit noch meine Fähigkeiten.«

»Du wirst es noch lernen.« Anih seufzte und bat Merani, sie allein zu lassen. »Vielleicht kann ich ein wenig schlafen. Wecke mich bitte erst, wenn wir unser Ziel erreicht haben.«

Merani wollte schon sagen, dass es selbst bei besten Windverhältnissen noch einige Tage dauern würde, bis sie den Geburtsort der magischen Stürme erreicht hatten. Doch nicht mal danach sah der Himmel derzeit aus. Sie wünschte Anih einen geruhsamen Schlaf und stieg wieder an Deck. Dort hatten Kipan und die Matrosen inzwischen alle Segel bis auf die kleine Sturmbeseglung geborgen. Trotzdem schoss die »Seeschäumer II« mit rasender Geschwindigkeit über die Wellen.

Ihre beiden Freunde hatten sich an die Reling im Heck zurückgezogen und hielten sich dort fest. Als Merani auf sie zuging, sah es für sie so aus, als hätte sich irgendetwas Weißmagisches auf Argeelas Schulter niedergelassen. Sie wollte schon einen Warnruf ausstoßen, da rührte sich das Ding, und das Weiß wurde von Blau überlagert. Jetzt erkannte sie Timpo, der es sich auf der Schulter ihrer Freundin bequem gemacht hatte und sich weder durch den Sturmwind noch die aufspritzende Gischt stören ließ.

Merani ging auf Argeela zu und betrachtete das Salasa, das seit dem Aufenthalt im Hexenwald eine überraschende Vorliebe für ihre Freundin entwickelt hatte. »Komisch! Für einen Augenblick war mir, als habe Timpo sich weiß gefärbt.«

»Was du nicht sagst!« Argeela drehte den Kopf so, dass sie das Tierchen anblicken konnte, und kniff die Augen zusammen. Nach einer kurzen Weile schüttelte sie den Kopf. »Timpo ist so blau wie immer. Keine Ahnung, was du gesehen hast.«

»Wahrscheinlich war es ein Fetzen weißer Magie, den der Sturm herangetragen und der Timpo einen Augenblick lang eingehüllt hat«, warf Careedhal ein.

»Nein, nein! Ein Magiefetzen sieht anders aus!« Merani wusste selbst nicht, weshalb sie so harsch reagierte. Zwar hatte sie immer eine gewisse Abneigung gegen Weiß empfunden, es aber nie gehasst. Nun aber war es ihr, als fordere etwas in ihr sie auf, alle Wesen dieser Farbe zu bekämpfen.

»Ich werde das Reinigungsritual noch einmal durchführen müssen«, erklärte sie, während ihr Blick über einen Horizont schweifte, in dem die Farben des Himmels ansatzlos in die des Meeres übergingen.

»War es schon immer so, Onkel Kip?«, schrie sie gegen den Sturm an.

Der Großadmiral drehte sich um und schüttelte den Kopf. »Nein, Mädchen! So haben der Himmel und die See früher nur beim Geburtsort der Stürme ausgesehen. Damals hat deine Urgroßmutter beinahe jeden Sturm voraussagen können, und die waren weitaus schwächer gewesen. Natürlich sind auch zu jener Zeit Schiffe verloren gegangen, doch da waren die Kapitäne meist selbst schuld.«

»Das gilt wohl auch für meinen Großvater.« Merani hatte Meranehs ersten Mann nie kennengelernt, denn er war auf See umgekommen, als ihre Mutter noch ein kleines Mädchen gewesen war. Soweit man wusste, war er auf einen Riesenschwarm von Goldgarnelen gestoßen und hatte den Fang unbedingt einbringen wollen. Doch der Sturm war schneller gewesen als er.

Rasch wischte sie sich eine Träne aus den Augen und blickte zu Timpo hinüber. Doch als sie die Hand ausstreckte, um ihn an sich zu nehmen, wich er ihr aus und krallte sich auf der Schulter ihrer Freundin fest.

»Aua, das tut doch weh! Bist du verrückt geworden?«, schimpfte Argeela.

Obwohl es nicht ihr galt, ärgerte Merani sich darüber, und sie fragte sich, weshalb sie Argeela und Careedhal auf diese höllische Reise mitgenommen hatte. Wenn den beiden etwas zustieß, würde man sie dafür verantwortlich machen.

»Geht unter Deck! Hier oben ist es zu gefährlich für euch!«, befahl sie im harschen Ton.

Argeela sah sie erstaunt an. »Was ist dir denn über die Leber gelaufen? Wir sind Ardhunier und quasi auf Schiffen zur Welt gekommen. Da willst du Landratte uns sagen, wir sollen unter Deck gehen?«

»Dir gebe ich gleich eine Landratte!« Merani überlegte sich bereits einen Zauber, den sie über ihre Freundin werfen konnte, erinnerte sich aber früh genug an die Warnungen von Yanga und ihrer Mutter, ihre magischen Fähigkeiten nicht bei Streitereien einzusetzen. »Von mir aus könnt ihr an Deck bleiben. Aber beschwert euch nicht, wenn euch etwas passiert.«

»Pass lieber auf dich selbst auf!« Argeela lachte auf und blickte wieder auf das Meer hinaus. Sie nahm jedoch nicht die sturmgepeitschte See wahr, sondern sanft rollende Wellen unter einem strahlenden Sommerhimmel und ferne Gestade, die zum Anlegen einluden. Erschrocken rieb sie sich über die Augen, und das Bild verschwand. »Irgendetwas ist mit mir los. Ich hatte eben eine Vision!«

»Welche?« fragten Merani und Careedhal gleichzeitig.

»Ich weiß es nicht mehr«, flüsterte Argeela.

Die beiden wechselten einen kurzen Blick und legten ihr die rechte Hand an die Schläfe, Merani links und Careedhal rechts.

»Versuch dich zu erinnern«, drängte ihr Bruder.

»Ich bin ja schon dabei!« Argeela stöhnte, denn als sie in ihren Gedanken nach den Bildern suchte, die sie eben zu sehen geglaubt hatte, tat ihr Kopf auf einmal fürchterlich weh.

Im nächsten Augenblick quietschte Merani auf. »An dir ist doch etwas Weißes. Nun habe ich es ganz deutlich gefühlt!«

»Merani hat recht! Ich habe das Gleiche verspürt.« Careedhal sah seine Schwester durchdringend an. »Ich glaube, du hast das Reinigungsritual nötiger. Irgendetwas Weißes haftet an dir und reizt Merani.«

»Reizen tut es mich nicht«, schwächte diese seine Worte ab. »Es ist nur ärgerlich, weil wir nicht wissen, um was es sich handelt. Ein einfacher Fetzen Magie ist es jedenfalls nicht, denn der würde sich nicht so an Argeela heften. Also muss es ein weißer Geist sein, und der kann uns gefährlich werden.«

»Es kann sich auch um einen Zauber handeln, der Argeela verfolgt. Aber das bekommen wir heraus, wenn wir sie gründlich untersuchen. Kommt mit!« Careedhals Worte galten ebenso seiner Schwester wie Merani, und beide folgten ihm auf dem Fuß.

6

In der Kabine, die der Großadmiral den beiden Mädchen und Qulka zur Verfügung gestellt hatte, ging Merani in Gedanken noch einmal die Lektionen in Geisterbeschwörung durch, die sie von ihrer Mutter und Yanga erhalten hatte. Viel war es nicht, denn im Archipel gab es kaum freie Geister. Dennoch hoffte Merani, die

Wesenheit, die sich Argeela als Wirt ausgesucht hatte, einfangen und verhören zu können.

Als sie die ersten Worte der Zauberformel sprach, bemerkte Merani, wie ein etwas mehr als handgroßer Fleck auf Argeelas Schulter erschien und sich auf deren Rücken zurückzog, so als habe er Angst vor ihr. Sie verstärkte ihren Zauber und spürte, wie das Wesen mehr und mehr in die Enge getrieben wurde.

»Gleich haben wir es«, raunte sie Argeela und Careedhal zu.

Während ihre Freundin mit zusammengekniffenen Augen dastand und aussah, als schwanke sie zwischen Angst und der Hoffnung, ihren weißen Untermieter rasch loszuwerden, nickte Careedhal erleichtert. »Der Geist ist schwächer, als ich vermutet habe!«

Seine Bemerkung verärgerte Merani, denn das hörte sich so an, als sei die Beschwörungszeremonie ein Zuckerschlecken. Dabei hatte Yanga ihr erzählt, wie gefährlich solche Geister sein konnten. Außerdem wollte sie nicht irgendetwas Harmloses fangen, sondern einen starken Geist, mit dem sie selbst Yangas Achtung und die ihrer Mutter erringen konnte.

Sie wandte den Zauber jetzt mit aller Kraft an und sah durch Argeela hindurch den Geist, der sich unter ihren Beschwörungen wie ein Wurm wand. Besonders stark schien er wirklich nicht zu sein, doch ließ Merani sich von ihrer Enttäuschung nicht hinreißen, das Ritual abzukürzen. Sie wollte sich ihren Freunden gegenüber als große Hexe beweisen.

Ihr Zauber bildete einen runden, schwarz-violett gestreiften Käfig, der sich um den weißen Fleck schloss und diesen ganz langsam aus Argeelas Körper hinausdrängte. Merani verkleinerte den Käfig immer mehr, bis der Geist sich nicht mehr rühren konnte. Sie selbst spürte das Weiß, konnte aber die Übelkeit beherrschen, die es in ihr auslöste.

Ihrem Gefangenen ging es nicht so gut. Das Wesen zitterte in seinem magischen Käfig und empfand große Schmerzen, denn

Merani hörte ihn mit ihren magischen Sinnen schreien wie ein kleines Kind.

»Auch gut«, dachte sie. »Dann habe ich eben ein Baby gefangen.«

In dem Augenblick schoss Timpo fauchend heran und biss in die magischen Gitterstäbe des Käfigs. Da diese jedoch seinen Zähnen standhielten, wandte er sich Merani zu und biss sie.

»Aua, du Biest!«, rief sie empört und wollte Timpo packen. Der wich ihr geschickt aus und biss erneut zu.

»Elendes Mistvieh!« Für Augenblicke verlor Merani ihre Konzentration und hörte gleichzeitig Careedhals Warnruf.

»Achtung, der Käfig hat eine Lücke!«

Bevor Merani diese schließen konnte, schlüpfte der Geist heraus und schmiegte sich zitternd an Timpo. Nun hatte er die Form eines noch recht jungen Salasa angenommen und schien von Timpo Hilfe gegen die böse Hexe zu erwarten, die ihm eben solche Schmerzen zugefügt hatte.

Verdattert starrte Argeela auf das Geistersalasa, während Merani es am liebsten gepackt und gegen die Wand geschleudert hätte. Zu ihrem Leidwesen funktionierte das jedoch nicht bei einem Geist.

Careedhal begann zu lachen. »So viel Aufwand wegen eines toten Salasa!«

»Es ist kein totes Salasa, sondern der Geist eines solchen«, stellte Merani die Tatsachen klar. Sie war kurz davor zu weinen. Statt eines mächtigen Wesens, wie sie gehofft hatte, war ihr Fang nur ein kleines, vollkommen harmloses Geistertier.

»Was machen wir mit ihm?«, fragte Careedhal. »Wie es aussieht, hat dein Zauber den Geist stabilisiert, und nun sieht er aus wie ein richtiges weißes Salasa.«

»Von mir aus kannst du es in eine Tasche stecken und darin vergessen.« Merani war wütend. Um diesen einen Geist zu fangen, hätte sie keine Zaubersprüche aufsagen, sondern nur den Körper ihrer Freundin mit etwas schwarzer Magie durchfluten müssen.

»Ich glaube, ich lege mich jetzt hin.« Sie wandte den anderen den Rücken zu und bekam dadurch nicht mit, wie Argeela versuchte, das Geistersalasa zu streicheln. Der Astralkörper bot ihrer Hand kaum Widerstand, trotzdem schien es dem Tierchen zu gefallen. Timpo drängte sich an das Geisterwesen, beschnupperte es und stieß fiepende Töne aus, die auf lautlose Weise beantwortet wurden.

»Sieh es positiv, Merani«, sagte Careedhal. »Jetzt hat Timpo wenigstens einen Spielkameraden.«

Die Gedanken seiner Schwester gingen in eine andere Richtung. »Darf ich es behalten?«, fragte sie. Auch wenn dieses Salasa nur ein Geist war und keinen richtigen Körper besaß, war es neben Timpo das einzige seiner Art, das es außerhalb von Runia gab.

»Von mir aus kannst du damit machen, was du willst«, schnaubte Merani.

Argeela sah sie verwundert an. »Was hast du denn? Es ist doch alles gut gegangen!«

»Unsere große, mächtige Hexe ist gekränkt, weil sie kein fürchterliches weißes Spitzohr gefangen hat, sondern nur ein Tierchen. So etwas ist unter ihrer Würde«, warf Careedhal spöttisch ein.

»Wenn du Streit willst, kannst du ihn haben!« Merani verdrängte, dass sie bei Streitigkeiten nicht zaubern sollte, und sammelte ihre Kräfte, um ihm eine magische Ohrfeige zu verpassen.

Da erscholl von oben ein Ruf. »Merani! Kannst du mal hochkommen?«

»Bin schon unterwegs!« Merani schoss aus ihrer Kabine und hastete den Aufgang zum Deck hoch. Oben versuchten die Matrosen, ein zerfetztes Segel zu bergen, das wild im stürmischen Wind schlug. Kip trat neben sie und zeigte nach oben. »Kannst du das Segel mit deinen Kräften festhalten, damit die Jungs es herunterholen können?«

»Ich tue mein Bestes!« Merani suchte sich einen Platz an Deck, an dem sie sich gut festhalten konnte, und setzte ihre Levitationskünste ein. Bis jetzt hatte sie nur Gegenstände mit Geisteskraft bewegt, die irgendwo herumlagen. Nun aber musste sie das flatternde Segel bändigen, und damit tat sie sich schwer. Aber ihr Eingreifen ermöglichte es Kipan und einem Matrosen, das zerfetzte Tuch zu fassen und von den Rahen loszubinden. Zwei weitere Matrosen holten das Ersatzsegel, während der letzte Seemann dem Großadmiral half, das Steuer festzuhalten.

»Danke!«, rief Kipan Merani zu, als er wieder auf dem Deck stand. »Bei einem solchen Sturm ist die Arbeit im Mast gefährlich. Das zerrissene Segel hätte leicht einen von uns von der Rah fegen können, und bei der schweren See ist es unmöglich, einen über Bord gegangenen Mann zu bergen.«

»Ruft mich, wenn ihr mich wieder braucht! Schließlich habe ich diese Fahrt zu verantworten.« Merani lächelte erleichtert darüber, dass ihre Fähigkeiten doch zu etwas nütze waren, und stellte sich dann neben den Großadmiral an die Reling. Sie musste sich mit beiden Händen festklammern, um vom Sturm nicht fortgeblasen zu werden.

Auf einmal tauchte Qulka mit einer Flasche Starkwasser neben ihr auf. »Ihr müsst trinken, Herrin, wenn Ihr zaubert. Sonst seid Ihr, wenn es darauf ankommt, zu erschöpft.«

»Wo du recht hast, hast du recht!« Merani nahm die Flasche und setzte sie an. Als sie zu trinken begann, spürte sie auf einmal, wie durstig sie war. Außerdem meldete sich ihr Magen mit einem vernehmbaren Knurren. »Glaubst du, du kannst ein paar Pfannkuchen für mich backen?«

Ihre Zofe nickte eifrig. »Das Schiff liegt zwar ziemlich schräg, aber mit meinem magischen Herd müsste ich es schaffen.«

»Du bist wirklich die Allerbeste!« Merani umarmte Qulka und stieg dann mit ihr in das Innere des Schiffes hinab. Dort fanden Argeela und Careedhal ebenfalls, dass sie Appetit auf Pfannkuchen hatten.

Kaum zog der Duft des ersten Pfannkuchens durch das Schiff, tauchte auch Anih aus ihrer Kabine auf und schnupperte hungrig.

»Wenn es euch nichts ausmacht, hätte ich auch gerne einen. Was meinst du, kannst du auch ein paar für die Männer backen? Bei dem Sturm ist es mir unmöglich, den Herd in der Kombüse anzuheizen.«

»Das ist kein Problem. Mein Herd funktioniert immer«, erklärte Qulka stolz.

Für die nächste Stunde war die Gurrländerin die wichtigste Person an Bord, doch Merani gönnte es ihr. Qulkas Pfannkuchen schmeckten einfach ausgezeichnet, und als Anih ein Fässchen mit Butter und eines mit Blaubeermarmelade auf den Tisch stellte, waren der Sturm und die Gefahren dieser Reise für eine Weile vergessen.

7

Einige Hundert Meilen weiter östlich kämpfte Regandhor sich durch die tobende See. Schlimmer als die oft turmhohen Wellen waren die magischen Schwaden, die mit immer größerer Geschwindigkeit über das Meer zogen und denen er kaum noch ausweichen konnte. Zudem lag Sirrin in einer so tiefen Bewusstlosigkeit, dass ein Mensch sie mit einem Tafelmesser hätte töten können und eine dichtere Wolke gelber Magie ebenfalls ihr Ende bedeuten konnte. Daher befürchtete Regandhor, dass er das rettende Land nur noch mit einer Toten erreichen würde.

»Ihr Götter, helft mir!«, stöhnte er, als ihn eine riesige gelbe Welle überrollte und tief unter Wasser drückte. Er tauchte noch weiter hinab, um dem Gelb zu entkommen, und sah plötzlich Felsen vor sich in die Höhe ragen. Noch wagte er nicht zu hoffen, dass er sicheres Land gefunden hatte, denn es konnte sich genauso gut um ein Riff handeln, das nicht über die Wasseroberfläche hinausragte.

Regandhor tauchte wieder auf und stellte erleichtert fest, dass die gelbe Wasserwand weitergezogen war. Als er erkannte, dass es sich bei dieser Schäre um eine größere Insel handelte, kämpfte er gegen die Wellen an, die ihn auf einen Kranz wie Zähne wirkenden Klippen werfen wollten, und fand eine Lücke, die groß genug war, ihn passieren zu lassen. Kurz darauf konnte er an Land klettern. Auf dem Trockenen legte er Sirrin kurz ab und blickte sich um. In der Richtung, aus der er gekommen war, glühte der Himmel in allen sechs Götterfarben, und die Blitze und Feuerbälle der Gegenfarbenexplosionen rasten in rascher Folge über das Meer.

Er musste bald einen Ort für Sirrin und sich finden, der ihnen Schutz vor diesem Unwetter bot. Daher musterte er die Insel, auf der er gestrandet war, und seufzte. Auch hier war das Land so flach, als hätten Wind und Wellen es klein geschliffen. Ein Stück landeinwärts gab es jedoch eine Anhöhe, die auch von den höchsten Wellenkämmen nicht erreicht wurde. Erleichtert nahm er Sirrin wieder ins Maul und trabte in Richtung dieses Hügels.

Mit jedem Schritt wurde er unruhiger. Kleine Rauchwolken quollen aus seinen Nüstern, und er musste an sich halten, um nicht Feuer zu speien. Verärgert über seine Unbeherrschtheit, legte er die Magierin auf den Boden, packte sie mit den Krallen seiner rechten Vorderpfote und humpelte dreibeinig weiter. Unterwegs zuckten mehrmals Flammenzungen aus seinem Maul und schmolzen Löcher ins Gestein. »Ich bin ein Idiot! Wenn ich meine Kraft hier vergeude, kann ich keine Höhle mehr in den Hang schmelzen, um einen halbwegs sicheren Platz für Sirrin zu schaffen«, schimpfte er mit sich selbst.

Als er die Anhöhe erreichte und dort ein längliches Gebilde entdeckte, das wie ein riesiges Skelett aussah, war ihm sofort klar, dass er die Überreste eines weitaus größeren Verwandten gefunden hatte, der gewiss schon seit Jahrhunderten tot war. Es schwangen noch immer die Reste einer tödlichen schwarzen Kriegsmagie in dem Skelett, die diesem Arghan das Leben gekostet hatte. Regandhor rieb seinen Kopf an den Schädelknochen des Toten und vermochte dessen restliche Ausstrahlung mit seinen feinen Sinnen aufzunehmen. Der andere schien nicht zu den Vermissten seiner eigenen Sippe zu zählen, die weit im Osten Zuflucht gefunden hatte. Hatte es also außer ihnen noch andere Arghan auf dieser Welt gegeben?

Regandhor wusste um die Gefahren, die seinesgleichen in den Wirren des Großen Krieges drohten, und machte sich daher wenig Hoffnung, weitere seiner Art zu finden. Dafür war sein Volk zu viel gejagt und zu viele von ihnen getötet worden. Er hob seinen Kopf und stieß einen langen Feuerstrahl als Ehrensalut für den Toten aus. Dann aber richtete er sein Augenmerk wieder auf seine Begleiterin, die ohne seine Hilfe in den Tod hinübergleiten würde.

Eine tiefe Höhle wäre als Versteck am besten geeignet. Irgendwo in der Nähe musste sich eine befinden, das fühlte er. Aber eine herannahende gelbe Gewitterwand hielt ihn davon ab, danach zu suchen. Einen Augenblick lang musterte er das Arghanskelett. Zwar tobten auch hier magische Strömungen, doch die Knochen ließen kaum einen Hauch davon in das Innere des Brustkorbs.

»Es tut mir leid, Verwandter, doch um meine Freundin Sirrin zu retten, muss ich deine Reste als Unterschlupf benutzen.« Regandhor bog zwei Rippen des Skeletts auseinander und schob Sirrin hinein. Dann vergrößerte er die Öffnung und schlüpfte hinterher. Drinnen war es so eng, dass er seinen Schwanz und seinen Hals eng an seinen Körper schmiegen musste, um Platz zu finden. Es gelang ihm jedoch, die Rippen wieder so anzubringen, dass das Skelett vollständig war. Dann legte er Sirrin an seine Flanke, so dass ihr Kopf nach unten zeigte und das Wasser aus ihren Lungen herausfließen konnte.

Außerhalb des Skeletts brannte die Luft, doch in seinem Schutz war kaum etwas davon zu spüren. Um Sirrins willen war Regandhor froh darüber. Doch als er seinen Kopf auf seinen Rücken legte, stahl sich eine große Träne aus seinem rechten Auge. Trotz aller Gefahren hätte er diesen großen Arghan lieber lebend angetroffen.

8

In der Felsenfestung von Gurrland konnte die Magierkaiserin Mera den Feuerthron kaum noch verlassen, denn ein Sturm folgte dem anderen. Entgegen den anfänglichen Befürchtungen steigerte sich die Kraft der Stürme jedoch nicht mehr. Dafür aber entstanden die magischen Unwetter nun beinahe in jedem Winkel der Inneren See, so dass das gesamte Meer von Wardania im Norden bis nach Girdania zu einem einzigen sturmdurchtosten Gebiet geworden war.

Weiter im Osten nahm Mera eine starke schwarze Präsenz wahr, die mit erstaunlicher Geschwindigkeit näher kam. Zuerst hielt sie diese auch für einen magischen Sturm und versuchte ihn abzulenken. Doch ihre durch den Feuerthron verstärkten Kräfte glitten daran ab wie Hände an einem glitschigen Fisch.

»Das gefällt mir gar nicht!«, entfuhr es ihr.

Girdhan hatte ein wenig geschlafen. Nun fuhr er hoch und starrte sie erschrocken an. »Was ist geschehen?«

»Etwas starkes Schwarzes kommt auf uns zu, aber ich kann es mit meinen magischen Sinnen nicht erfassen.«

»Könnten das die schwarzen Schiffe sein, von denen Menanderah gesprochen hat?«, fragte Girdhan.

»Ilyna bewahre uns davor! Das Ding ist so voll Magie, dass ich es eher für einen magischen Sturm halte.«

»In einen magischen Sturm müsstest du hineinsehen können!«

»Vielleicht schaffen wir es gemeinsam!« Mera streckte die Hand aus und legte sie auf die Hand ihres Ehemanns. Beide schlossen die Augen und sandten ihre magischen Fäden aus. Doch zunächst sahen sie nur das Farbenspiel am Himmel, das nach Osten hin abnahm, und einen dichten schwarzen Nebel von einer Größe, dass sich eine ganze Flotte darin hätte verbergen können.

»Das ist kein magischer Sturm, sondern ein Tarnzauber. Mal sehen, ob er uns nicht doch durchlässt!« Girdhan verstärkte seine magischen Fähigkeiten mit der Kraft des Feuerthrons und durchdrang mit seinen magischen Augen den magischen Nebel.

»Wir schaffen es«, flüsterte Mera neben ihm und setzte die gesamte Kraft des Feuerthrons ein. Mit einem Mal wurde es um sie herum taghell, und sie sahen das eiserne Schiff deutlich vor sich.

»Bei Ilyna, was ist denn das?«, rief Mera aus.

»Wahrscheinlich ein Zwilling des Schiffes, mit dem Wassuram einst über das Meer gekommen ist.« Girdhan versuchte, mit seinem geistigen Auge noch näher an das fremde Schiff heranzukommen. Doch da zuckte an Bord des Monsters ein Blitz auf, und er sank mit einem Aufschrei in sich zusammen.

Sofort zog Mera sich von dem fremden Schiff zurück und wandte sich ihrem Ehemann zu. »Mein Lieber, was ist mit dir?«, fragte sie und zog ihn an sich. Dabei setzte sie ihre ganze Heilkraft ein und verstärkte sie durch den Feuerthron.

Dennoch dauerte es eine Weile, bis Girdhan wieder zu sich kam. Zuerst starrte er Mera an, als wäre sie eine Fremde für ihn, dann zeigten seine Augen einen Ausdruck des Erkennens. »Bei Giringar und Ilyna! Das war ein heimtückischer Schlag. Ohne dich und den Feuerthron wäre ich jetzt tot.«

»Weißt du, was es war?«, wollte Mera wissen.

»Wahrscheinlich irgendeine Art von Abwehrzauber. Auf jeden Fall fühlt sich mein Kopf an, als hätte mir jemand Mama Meranehs Bratpfanne draufgehauen.«

Trotz der beunruhigenden Erkenntnis, einem Feind von erschreckenden Möglichkeiten gegenüberzustehen, atmete Mera auf. Es war ein gutes Zeichen, dass Girdhan schon wieder Witze machen konnte. »Damit haben die Fremden gezeigt, dass sie nicht als Freunde kommen. Nur haben sie diesmal uns als Gegner – und den Feuerthron!«

Mera lächelte Girdhan aufmunternd zu, musste aber mit einem

Mal an ihre Tochter denken, die sich auf der magisch weit weniger gut gesicherten Insel Ilyndhir aufhielt, und stieß ein Fauchen aus. »Wir hätten das Mädchen hierbehalten müssen!«

»Nein, das wäre nicht besser gewesen. Ich fürchte, der erste und härteste Schlag des Feindes wird uns hier auf Gurrland treffen. Deswegen bin ich ganz froh, Merani am anderen Ende des Archipels zu wissen!« Girdhan interessierte sich im Moment weniger für seine Tochter als vielmehr dafür, wie man diesem unverhofften Feind beikommen konnte.

Mera versuchte, eine geistige Verbindung mit Merani aufzunehmen, doch ihr magisches Tasten blieb erfolglos. Erschrocken wandte sie sich ihrem Mann zu. »Ich kann nicht feststellen, wo unsere Tochter sich derzeit aufhält. Ich habe ganz Ilyndhir abgesucht, aber es gibt keine Spur von ihr!«

9

Der Spähangriff erfolgte so überraschend, dass Erzmagier Gynrarr ihn erst bemerkte, als das Abwehrartefakt ansprang und eine geballte Ladung Kampfmagie abstrahlte. Mit ungläubigem Staunen, weil es jemandem gelungen war, ihren Tarnschirm zu durchdringen, rief er seine Untergebenen zu sich.

»Wir werden unsere Pläne ändern. Zwar wissen wir noch nicht, wer uns ausspähen wollte, aber …«

»Könnte es sich um Wassuram handeln?«, unterbrach Ewalluk ihn.

»Wassuram kennt die Abwehrartefakte und weiß, welche Wirkung sie haben. Nein, das war jemand anderes, und derjenige ist bestimmt nicht unser Freund!« Gynrarr legte seine ganze Autorität in seine Stimme, um Ewalluk in die Schranken zu verweisen. Seit sie unterwegs waren, nahm sich sein Stellvertreter immer mehr heraus und tat nun gerade so, als wären sie beide gleichwertige Anführer der Expedition.

Ewalluk ließ sich nicht beeindrucken. »Die Magie, die wir bei dem Spähversuch gemessen haben, deutet auf Wassuram hin. Ich habe sie analysiert und festgestellt, dass sie mit den Artefakten übereinstimmt, die er angefertigt hat. Allerdings habe ich weitere magische Spuren bei dem Angriff aufgefangen. Einige waren mir unbekannt, doch andere konnte ich zuordnen.«

»So? Und welche sind das?«, fragte Gynrarr gereizt.

»An diesem Artefakt haben neben Wassuram auch Caludis, du, ich, Wassarghan und eine ganze Reihe von Schwertmagiern mitgearbeitet.« Ewalluk sah seinen Anführer mit einer angespannt-spöttischen Miene an. »Du weißt, was das bedeutet?«

Gynrarr drehte seinem Stellvertreter in Gedanken den Hals um. Wie es aussah, war der Mann auf einen magischen Zweikampf aus, um ihn abzulösen. Doch darauf würde er sich erst einlassen, wenn er sicher sein konnte, die Auseinandersetzung zu gewinnen. Vorerst brauchte er Ewalluk noch, und daher ging er nicht auf dessen Respektlosigkeiten ein. »Es gibt nur wenige Artefakte, an denen so viele von uns beteiligt waren – zum Beispiel das schnelle Schwert.« Sein Gesicht verzog sich bei der Erinnerung an diese Aktion, deren Scheitern beinahe den Zusammenbruch des Schwarzen Landes nach sich gezogen hätte.

»Oder der Feuerthron«, antwortete Ewalluk.

»Also doch Wassuram«, schloss einer ihrer Untergebenen.

Gynrarr maß den Mann mit einem eisigen Blick. »Ich sagte bereits, dass Wassuram niemals so unvorsichtig sein würde, sich in die Reichweite unserer Abwehrartefakte zu begeben. Wer auch immer uns ausspähen wollte, kennt die Gepflogenheiten im Schwarzen Land nicht.«

»Du glaubst doch nicht etwa, Wassuram hätte jemand anderem den Feuerthron überlassen?«, warf Ewalluk ein.

»Sicher nicht freiwillig«, antwortete Gynrarr scheinbar gelassen und stellte dann eine unerwartete Frage. »Hast du bei dem Spähangriff auch blaue Präsenzen gemessen?«

»Ja, das habe ich! Du meinst, es könnten Blaue dahinterstecken? Der Lenker des angreifenden Artefaktes ist aber schwarz.« Ewalluk wirkte nun verunsichert, denn er wusste nicht, was er von der ganzen Sache halten sollte.

Auch der Erzmagier beschäftigte sich mit dieser Frage. »Wir werden herausfinden, wer dahintersteckt. Wahrscheinlich hat ihn der automatische Gegenschlag bereits ausgeschaltet, und es könnte möglich sein, dass unser Abwehrartefakt sogar den Feuerthron außer Gefecht gesetzt hat.«

Ewalluk lachte schallend. »Das glaubst du doch selbst nicht! Dafür ist der Feuerthron viel zu kraftvoll. Ich wette, dass auch dem, der darauf sitzt, nichts passiert ist.«

Der Erzmagier bedauerte erneut, dass er seinen Untergebenen nicht auf der Stelle herausfordern und im magischen Zweikampf eines Teils seiner Kräfte berauben konnte. Aber wenn das Problem gelöst war, würde er Ewalluk zu einem Hilfsmagier vierter Klasse degradieren und in einer Arena für die Schmutzarbeit einsetzen.

Er ließ sich seine Wut jedoch nicht anmerken, sondern kehrte den allen überlegenen Anführer heraus. »Da ich nicht weiß, was in den vergangenen tausend Jahren mit dem Feuerthron geschehen ist, kann ich auch nicht sagen, wie er auf den Abwehrschock unseres Artefaktes reagiert hat. Immerhin haben wir mit ›Giringars Hammer‹ das mächtigste Kriegsschiff der Welt zur Verfügung.«

»Besser als ›Giringars Zorn‹, mit dem Wassuram unterwegs war, ist es auch nicht«, erklärte Ewalluk streitsüchtig.

Gynrarr sah seinen Konkurrenten spöttisch an. »Oh doch! Die Artefakte des ›Hammers‹ sind stärker als die jedes anderen Schiffes! Zudem verfügen wir über drei Brigaden gut ausgebildeter Gurrims in Glasfallen und über weitaus mehr Magier und Adepten, als Wassuram bei sich hatte. Aber noch einmal zu dem Blau, das

Ewalluk gemessen hat: Wassuram hat kurz vor seinem Aufbruch mehrere Glasfallen mit blauen Menschen aus den Magazinen geholt, unter denen sich auch mehrere hochmagisch Begabte befanden. Eine davon, eine junge Magierin namens Meravane, wies erstaunliche Begabungen auf.«

Ewalluk fuhr empört auf. »Willst du behaupten, eine blaue Sklavin könnte Wassuram gestürzt haben?«

»Sie könnte zum Beispiel mit Wassuram selbst oder einem Magier aus seinem Gefolge einen Sohn bekommen und mit diesem zusammen unseren alten Freund ausgeschaltet haben. Immerhin sind tausend Jahre vergangen, und die reichen aus, um ein magisch begabtes Kind auszubilden.«

Gynrarrs Worte leuchteten den meisten anderen Schwarzlandmagiern ein. Auch Ewalluk sagte nichts mehr, weil er seinen Anführer in dieser Situation nicht zu einem magischen Duell zwingen durfte. Seine Hoffnung, Gynrarr irgendwann zu besiegen und sich im Schwarzen Land als Retter der Expedition feiern zu lassen, gab er jedoch nicht auf. Er musste es nur schaffen, als Erster den Feuerthron zu erreichen und zu besteigen.

Gynrarr las ihm diese Überlegungen von der Nasenspitze ab und lachte leise in sich hinein. Die Gier, der neue Anführer werden zu wollen, würde Ewalluk schon bald zu Fehlern verleiten, die er selbst gnadenlos ausnutzen würde. Zunächst aber galt es, die weiteren Schritte zu planen.

»Meine Freunde, dieser Zwischenfall hat uns gezeigt, wie wenig wir über die Weltgegend wissen, in die es uns verschlagen hat. Eines aber scheint sicher zu sein: Wassuram kann nicht mehr hier sein. Oder glaubt ihr, er hätte den Stützpunkt von Weißspitzohren, den wir ein Stück weiter im Norden entdeckt haben, ungeschoren gelassen? Für uns heißt dies, dass wir uns auf einen harten Kampf vorbereiten müssen. Wenn wir Beweise ins Schwarze Land zurückbringen, dass Heere des Westens südlich unserer Flanken bis hierher vorgedrungen sind, wird das Gerede über diesen dummen

Waffenstillstand verstummen. Dann können wir den Großen Krieg auf unsere Weise weiterführen und gewinnen! Leute wie Betarran und Alabrer haben dann nichts mehr zu melden.«

Die meisten Magier klatschten Gynrarr Beifall. Sie waren mit dem Krieg aufgewachsen und hatten sich hauptsächlich für den Kampf geschult. Wenn ein Waffenstillstand oder gar ein Friedensvertrag mit den Reichen des Westens geschlossen wurde, hatten die meisten von ihnen keine sinnvolle Aufgabe mehr und würden an Macht und Ansehen verlieren. Selbst Ewalluk war in dieser Sache mit seinem Anführer einer Meinung. Gleichzeitig aber begriff er, dass dessen Ehrgeiz den seinen weit überstieg. Gynrarr hatte eben in knappen Worten angedeutet, dass er ihr Oberhaupt Caludis zum Ersten nach Giringar machen und hinter ihm selbst in die erhabene Schar der engsten Gefährten des Gottes aufsteigen wollte.

10

Gynrarr beließ es nicht bei Worten. Noch am selben Tag rief er seinen ungeliebten Stellvertreter und einige weitere Magier in einem doppelt abgesicherten Raum zusammen, in den, wie einer der Männer spöttisch sagte, selbst Giringar nicht hineinschauen konnte. Obwohl diese Aussage eine Blasphemie darstellte, rügte Gynrarr den Magier nicht, sondern lachte wie über einen guten Witz. »Auch wenn niemand zu uns hereinsehen kann, so können wir doch hinausschauen!«

Auf Gynrarrs Wink brachten mehrere Adepten ein Artefakt herbei, das wie ein sechseckiger Tisch aussah und eine fast armdicke Platte aus schwarzem Kristall besaß.

»Ewalluk, du stellst dich mir gegenüber. Ihr vier« – sein Finger zeigte kurz auf die entsprechenden Magier – »nehmt die anderen

Seiten ein. Ich will, dass ihr euch konzentriert. Uns darf nicht die kleinste Kleinigkeit entgehen!«

Sofort stellten sich die Angesprochenen auf die ihnen zugewiesenen Plätze. Jeder legte seine Hände an die ihm am nächsten liegenden Ecken des Tisches. Dabei berührten sie ihre jeweiligen Nachbarn und bildeten so einen magischen Ring von beträchtlicher Stärke.

Auf Gynrarrs Befehl bildete sich in der Mitte des Tisches eine schwarze Kugel von der Größe eines Männerkopfes. Als die Kugel langsam bis zur Decke hochstieg, konnten die Magier sich selbst an der Tischplatte stehen sehen.

Gynrarr sorgte nun dafür, dass die Bilder des Spähartefaktes nicht nur auf der Kristallplatte zu sehen waren, sondern auch direkt in ihren Köpfen. Dann ließ er die schwarze Kugel noch höher steigen. Da sie aus purer Magie bestand, bot ihr die Decke des Raumes keinen Widerstand, und schon bald schwebte sie über dem Deck des Schiffes. Dort waren einige Matrosen dabei, die letzten Schäden zu beseitigen, die der magische Sturm hinterlassen hatte, und am Bug standen mehrere Gurrims. Diese blickten so angespannt nach vorne, als erwarteten sie jeden Augenblick, Land vor sich zu sehen.

Die Kerle waren zu unwichtig, als dass Gynrarr und seine Magier sich Gedanken über sie gemacht hätten. Daher brachte Gynrarr die schwarze Kugel dazu, in gerader Linie aufzusteigen, bis sie die untersten Wolken erreichte. Von dieser Höhe aus waren die Küstensäume mehrerer Inseln zu erkennen. Gynrarr ließ den sechs Adepten, die ihren Herren über die Schulter schauten, genug Zeit, die Umrisse auf Metallfolien zu übertragen. Dann stieg er mit dem magischen Auge bis in die Höhe der vom Sturm getriebenen Wolken. Nun lag der gesamte Archipel unter ihnen. Als er anhielt, konnte man bereits erkennen, dass die Welt eine riesige Kugel war.

Erneut traten die Adepten mit ihren magischen Stiften in Aktion und zeichneten die Umrisse der Inseln und die markantesten

Landmarken auf. Gleichzeitig setzten sie ein paar Bemerkungen bezüglich der magischen Farbe und der Größe jeder Insel hinzu. Dabei stellten sie fest, dass nur drei von ihnen stärker magisch strahlten. Bei der Insel im Nordosten beschränkte sich das kräftige Blau auf ein einziges Waldgebiet. Eine größere Insel im Nordwesten trug einen Stützpunkt weißer Dämonen, war aber nur verschwommen zu erkennen, da sie unter dem Schutz eines Abschirmfeldes lag.

Gynrarr beging nicht den Fehler, das magische Auge dorthin zu richten, denn er wollte nicht riskieren, es durch einen weißen Gegenschlag zu verlieren. Daher wandte er seine Aufmerksamkeit der schwarz strahlenden Insel zu, die den Archipel im Südosten abschloss. Dort – das konnte er nun erkennen – befand sich das Artefakt, das die Magier vom Heiligen Schwert zurückbringen sollten. An den zweiten Auftrag, nämlich die Herkunft der magischen Stürme zu erkunden, verschwendete er keinen Gedanken mehr. Die Unwetter waren keine Bedrohung für seine Heimat, und die Violetten interessierten ihn nicht.

»Genau hier steht der Feuerthron«, sagte er und wies auf einen hohen Berg, der sich neben einer ausgedehnten Siedlung erhob. Die Bauweise der Stadt wirkte vertraut, und als er das magische Auge über die Dächer schweben ließ, wunderte sich keiner der Anwesenden, in den Straßen breite, wuchtige Gestalten zu entdecken.

Gynrarr schnaubte abschätzig. »Das müssen Wassurams Gurrims sein oder, besser gesagt, deren Nachkommen.«

»Was machen wir mit denen?«, wollte Ewalluk wissen.

»Sobald wir die Herrschaft übernommen haben, stecken wir die Burschen in Ausbildungskompanien und drillen sie, bis wieder Gurrimsoldaten aus ihnen geworden sind. Danach unterstellen wir die kleinere schwarze Insel nördlich davon sowie die drei violetten Inseln unserem Kommando und rotten die Bewohner der gelben, grünen und weißen Inseln aus. Oder besser – wir versklaven sie und lassen sie für uns arbeiten.«

»Ich weiß nicht, ob sich die weißen Spitzohren so leicht versklaven lassen!«, stichelte Ewalluk.

Gynrarr warf seinem Untergebenen einen zornigen Blick zu. »Ich meine nur die Menschen. Um die Eirun werden wir uns erst kümmern, wenn wir im Besitz des restlichen Archipels sind.«

Ein paar Adepten im Hintergrund lachten leise, aber ein anderer wagte einen Einwand. »Aber was ist, wenn der Waffenstillstand zwischen den Göttern bereits geschlossen wurde, Hoher Herr Gynrarr?«

»Solange wir nichts davon erfahren, herrscht für uns Krieg. Außerdem befinden sich die Spitzohren und die ihnen zugewandten Menschen viel zu weit im Osten. Wenn wir unsere Heimat auf Dauer vor ihnen schützen wollen, müssen wir sie vernichten.«

Gynrarr warf einen Blick in die Runde, der jede Kritik im Ansatz verstummen ließ. »Wir haben jedes Recht, so zu handeln! Hier ist blutiger Verrat am Werk, sage ich euch. Leute unserer eigenen Farbe machen sich mit weißen Spitzohren gemein. Das dürfen wir nicht dulden!«

Die anderen stimmten Gynrarr sofort zu, und sogar Ewalluk nickte widerstrebend. Von diesem Augenblick an befanden sich die Magier vom Heiligen Schwert im offenen Krieg.

Kochend vor Wut, sagte Ewalluk sich, dass er den Feuerthron als Erster erreichen musste. Dann würde er Gynrarr versteinern und, in Silber verpackt, ins Schwarze Land bringen. Dort würde Betarran den Erzmagier fragen, wo Tharon geblieben war, und herausfinden, das Gynrarr Verrat geübt hatte. Gegenüber den Schwertmagiern aber lobte Ewalluk die Überlegungen seines Vorgesetzten als grandiosen Plan.

»Dann sind wir uns ja einig«, antwortete der Erzmagier. »Wir steuern jetzt die Insel des Feuerthrons an, setzen dort die Truppen an Land und marschieren auf die Höhlenfestung zu. Sollte der, der jetzt auf dem Feuerthron sitzt, glauben, er könnte uns mit seiner Macht zurückschlagen, wird er eine herbe Enttäuschung erleben.

Caludis hat mir ein Artefakt mit dem geheimen Signal mitgegeben, das den Feuerthron ausschaltet. Sowie ich es einsetze, ist er nur noch ein Möbelstück aus Kristall!«

Während Gynrarr bei dieser Vorstellung schallend lachte, biss Ewalluk sich auf die Lippen. Sein Plan, seinen Vorgesetzten noch auf dieser Fahrt zu stürzen, war damit bereits im Ansatz gescheitert.

Gynrarr amüsierte sich über das Mienenspiel seines Stellvertreters, der sich innerlich vor Wut zerfraß. Glaubte dieser Wicht tatsächlich, er, Erzmagier Gynrarr, hätte einen Mann wie Tharon ausgeschaltet, um sich von einem nachrangigen Magier um die Früchte seines Sieges bringen zu lassen?

Er fixierte Ewalluk mit einem Blick, als hätte er es mit einem tölpelhaften Adepten zu tun. »Sobald wir das magische Auge zurückgeholt haben, wirst du jenen Teil der Schiffsbesatzung, den wir während der Aktionen an Land nicht benötigen, versteinern und in den Kielraum bringen lassen. Vorher sorgst du dafür, dass mindestens tausend Gurrims voll bewaffnet bereitstehen. Sobald wir einen Brückenkopf auf der Insel eingerichtet haben, holen wir den Rest unserer Truppen aus den Glasfallen und stoßen ins Landesinnere vor!«

»Wie du befiehlst, Gynrarr!« Trotz dieser ergeben klingenden Worte schäumte Ewalluk. Gurrims zu kontrollieren war eine Aufgabe für nachrangige Magier, und ausgerechnet ihn damit zu betrauen stellte eine offene Brüskierung dar. Doch wenn er sich weigerte, würde Gynrarr ihn wegen Befehlsverweigerung festsetzen lassen. Da war es besser, erst einmal in den sauren Apfel zu beißen und seine Rache notfalls bis nach ihrer Rückkehr in der Heimat zu verschieben.

11

Die Magierkaiserin Mera fühlte, wie die Verantwortung, die auf ihr lastete, sie schier zu Boden drückte. Dies war wieder einer jener Augenblicke, in denen sie es bedauerte, auf dem Feuerthron Platz genommen zu haben. Mit einem verzweifelten Blick wandte sie sich an Girdhan. »Die Fremden kommen immer näher. Ich spüre sie deutlich, auch wenn ich ihr Nebelfeld nicht mehr zu durchdringen wage. Wenn wir nur wüssten, was sie vorhaben!«

»Etwas Gutes bestimmt nicht! Die schwarze Magie, die mich abgewiesen hat, hätte mich beinahe umgebracht. Dabei dürfte mich die gleiche magische Farbe eigentlich nicht verletzen.«

Obwohl Girdhan noch unter dem magischen Schlag litt, hatte er wieder auf dem Feuerthron Platz genommen, um Mera nicht im Stich zu lassen. »Unsere Armee steht bereit, und von den anderen Inseln können wir jederzeit Unterstützung holen. Wenn es hart auf hart kommen sollte, wird sogar Königin Menanderah etliche Hundert ihres Volkes schicken.«

Er versuchte, seiner Frau Mut zu machen, doch Mera schüttelte sich. »Wenn wir die Fremden nicht mit der Macht des Feuerthrons aufhalten können, vermögen die Runi uns auch nicht mehr zu helfen.«

»Dann verlassen wir uns eben auf die Macht des Throns. Was meinst du: Sollen wir einen magischen Sturm über die Fremden hinwegschicken?«

Mera schüttelte den Kopf. »Das ist sinnlos, denn das Schiff der Eindringlinge hat den gewaltigsten weißen Sturm seit Menschengedenken überstanden.«

»Wie wäre es mit zwei Gegenfarbenstürmen?«, fragte Girdhan weiter. »Wenn Menanderah und ihre Leute den weißen steuern und wir den schwarzen …«

»Dafür sind die Fremden schon zu nahe. Eine solch gewaltige Gegenfarbenexplosion würde unsere gesamte Ostküste verheeren. Außerdem sind wir nicht in der Lage, gleichzeitig einen Sturm zu lenken und das fremde Schiff auszumachen. Wir müssten mit verbundenen Augen auf ein Ziel schießen, das wir nicht sehen können. Gerät das Monstrum nur in die Ausläufer der Explosion, wird es auch die überstehen.«

»Was können wir denn tun?«, fragte Girdhan.

»Wir evakuieren erst einmal die Landstriche auf der Seite von Gurrland, auf der die Fremden höchstwahrscheinlich anlanden werden. Haben sie erst einmal ihr Schiff verlassen, sind sie für uns angreifbar. Dann sollen sie die Macht des Feuerthrons kennenlernen!« Meras Stimme klang kriegerisch, aber Girdhan vernahm nur ihre schon mehrmals geäußerte Hoffnung, die Verluste für ihr Volk so gering wie möglich halten zu können.

12

Leutnant Burlikk starrte auf die Küste, die vor ihnen auftauchte, und versuchte, seine wirbelnden Gedanken zu ordnen. Sowie sie angelandet waren, würde er den Stoßtrupp anführen, der an Land stürmen und den Brückenkopf errichten sollte. Dazu aber durfte er sich durch nichts ablenken lassen.

Er schloss die Augen und ging die Übung durch, die seinen Kopf klären sollte. Einer seiner früheren magischen Anführer, der dem mittlerweile bedeutungslos gewordenen Bogenorden angehörte, hatte sie ihn gelehrt. Eigentlich war das kleine Ritual für Magier gedacht. Aber er hatte mehrmals feststellen können, dass es auch ihm half. Laut seinem einstigen Mentor besaß er ein gewisses magisches Potenzial, doch das war unter den jetzigen Bedingungen nutzlos.

Für die Magier seines Landes war ein Gurrim ein verstandesarmer Soldat, den sie bedenkenlos auf jeden Feind loslassen konnten.

»Gleich ist es so weit«, sagte sein Stellvertreter Wuzz neben ihm. Der Mann war fast dreimal so alt wie er selbst und hatte in mehr als einhundertacht Schlachten des Großen Krieges mitgekämpft. Mittlerweile hatte er den höchsten Unteroffiziersrang erreicht und würde in einigen Jahrzehnten zufrieden in Pension gehen können. Wuzz wunderte sich auch nicht, dass sein um vieles jüngerer Freund bereits den Rang eines Leutnants erreicht hatte. Höher konnte ein Gurrim in der Regel nicht aufsteigen. Dennoch hoffte Burlikk auf weitere Beförderungen. Als Hauptmann der Gurrimtruppen der Schwarzen Armee würde er auf gleicher Stufe mit dem untersten Adeptenrang stehen, und als Major hätte er sogar das Recht, diesen Adepten Befehle zu erteilen.

Seinem Unteroffizier waren solche Überlegungen fremd. Wuzz starrte ebenfalls auf das näher kommende Ufer und legte die Linke auf das kleine Artefakt am Gurt, das einen Abwehrschild gegen magische Waffen und Angriffe erzeugen würde. Mit der anderen Hand machte er seine Flammenlanze kampfbereit.

»Gleich ist es so weit«, wiederholte er angespannt.

»Sind alle bereit?« Burlikk sah sich kurz um. Die Unteroffiziere und Soldaten nickten.

»Wir sind bereit, Leutnant!«

»Dann lasst uns unsere Aufgabe erfüllen!« Endlich befand Burlikk sich in dem Zustand, den er brauchte, um seine Männer anführen zu können. Auch er griff jetzt zum Schutzfeldartefakt und richtete die eigene Flammenlanze nach vorne.

»Giringars Hammer« war in eine größere Bucht eingelaufen, die dem Schiff genügend Wasser unter dem Kiel bot, und näherte sich dem Ufer. Auf Gynrarrs Befehl wurden die Anker ausgeworfen und eine magisch erzeugte Landungsbrücke errichtet, die ein Stück weit in das Land hineinreichte.

»Gurrims in Marsch setzen!« Ewalluk war neben Burlikk aufgetaucht, das Gesicht vor Wut dunkel angelaufen. Im Hintergrund tuschelten einige Adepten, denn es war eine Schande für einen Hochmagier, die doch recht stumpfsinnigen Krieger anführen zu müssen.

Burlikk nahm die Stimmung des Magiers auch magisch wahr, und für einen Augenblick grinste er schadenfroh in sich hinein. Ewalluk gehörte ebenso wie Gynrarr zu den Männern, denen er die Schuld an Tharons Verschwinden gab. Auch war die violette Magierin sicher nicht ohne deren Wissen in Stasis versetzt und ins Wasser geworfen worden. Damit aber hatten die führenden Schwertmagier Hochverrat begangen, und genau genommen befleckte es seine Ehre, solchen Leuten weiterhin dienen zu müssen.

Noch während diese Gedanken durch Burlikks Kopf schossen, setzte der Leutnant sich in Bewegung und betrat die aus magischen Feldern bestehende Brücke. Gleichzeitig schaltete er sein Schutzfeldartefakt ein und schlug die Flammenlanze an.

Doch es gab keinen Feind, auf den er hätte schießen können, und er spürte auch keine magische Gegenwehr. Verwirrt blickte er sich um. Seine Gurrims folgten ihm in mustergültiger Kampfbereitschaft, während Ewalluk sich im Hintergrund hielt, um den Feinden nicht die Gelegenheit zu geben, ihn als einen der Ersten auszuschalten. Zwar war der Magier bei Weitem nicht so leicht zu töten wie ein Gurrim, aber Ewalluk wollte kein Risiko eingehen.

Burlikk empfand mit einem Mal Verachtung für so viel Feigheit, obwohl er wusste, dass sich die meisten Magier so verhielten. Schnell streifte er diesen Gedanken ab, denn er erreichte gerade das Ende der magischen Brücke und spürte festen Boden unter den Stiefeln.

»Erste Gruppe ausschwärmen!«, brüllte er so laut, wie es sich für einen Gurrimoffizier gehörte, und sah zu, wie die Männer an ihm vorbeistürmten. Doch selbst als sie mehrere Hundert Schritte zurückgelegt hatten, erfolgte noch immer keine Gegenwehr.

»Erste Gruppe halt! Zweite und dritte Gruppe vorrücken und

sichern!« Burlikk erteilte seine Befehle wie auf dem Manöverplatz. Doch anders als dort standen ihnen keinerlei Truppen gegenüber. Er sah sich kurz zu Ewalluk um, doch der schien auch nicht zu wissen, was er von dieser Situation halten sollte.

»Vierte und fünfte Gruppe zur Spitze aufschließen und Gelände absuchen!« Burlikk beschloss, so weiterzumachen, wie er es gelernt hatte. Er selbst marschierte nun ebenfalls weiter, um sich vorne einen besseren Überblick zu verschaffen. Kurz darauf erreichten sie ein Dorf, das dem ersten Eindruck nach von seinen Bewohnern verlassen worden war.

Burlikk fragte sich, ob er nun selbst die Initiative ergreifen oder auf Ewalluks Befehle warten sollte. Dann entschloss er sich, so vorzugehen, wie er es für richtig hielt. Schließlich hatte der Hochmagier seit Jahrhunderten keine Fronterfahrung mehr gemacht.

»Gruppe sechs mitkommen! Die beiden anderen Gruppen geben uns Feuerschutz!«, befahl er und drang in das Dorf ein. Bis zu diesem Zeitpunkt hatte er mit seinen Leuten nur Dörfer und Städte von Menschen gelber, grüner und weißer Farbe oder Eirunstützpunkte angegriffen. Dabei hatte sein Ekel vor den feindlichen magischen Farben dafür gesorgt, dass er seine Aktionen schnell und präzise durchgeführt hatte.

Hier aber empfand er anstelle von Abscheu das Gefühl, nach Hause zu kommen. Die Häuser waren groß und in einer vorzüglichen Ordnung errichtet worden. Zwar wunderte er sich über die geschnitzten Türstöcke und Simse, doch sie trugen bekannte Muster und gefielen ihm. So, dachte er, sollte einmal der Ort aussehen, an dem er sich nach seiner Pensionierung niederlassen wollte.

»Was mögen das für Leute sein?«, fragte Wuzz in einem für einen Gurrim untypischen Anfall von Neugier.

Burlikk zuckte mit den Achseln. »Da musst du schon die Magier fragen. Die wissen doch immer alles besser als wir!«

»Nicht immer, wenn ich an die Sache mit Tharon denke«, entfuhr es Wuzz. »Gynrarr sagte zu Recht, dass wir den ›Hammer‹

nicht für eine Rettungsaktion riskieren dürfen. Tharon wird nun als Geist in Giringars Seelendom eintreten und seiner Herkunft wegen sicher bevorzugt behandelt werden.«

»Und wenn er es nicht schafft? Du hast die magischen Wirbel gesehen, die dort toben. Die können selbst den Geist des stärksten Magiers zerfetzen, bis nichts mehr übrig bleibt, das zu Giringar zurückkehren kann.« Burlikk sah Wuzz scharf an, merkte aber, dass sein Stellvertreter nicht begriff, was er damit sagen wollte. Für den Mann war der Gehorsam gegenüber den Adepten und Magiern zur zweiten Natur geworden.

Warum denke ich nicht auch so?, fragte Burlikk sich. Dann würde er nicht die halbe Nacht wach liegen und sich den Kopf zermartern. Um sich abzulenken, winkte er Tarr und Rokkar zu sich und drang mit ihnen in eines der Häuser ein. Bei den Bewohnern musste es sich um Fischer handeln, denn in einem Schuppen entdeckte er Fangnetze und Reusen. Doch auch diese Dinge kamen ihm vertraut vor. Dieser Eindruck verstärkte sich, als er den eigentlichen Wohntrakt betrat. Die Küche war blitzblank gefegt und hätte in jeder Gurrimsiedlung in seiner Heimat stehen können. Auch die Töpfe, Teller, Kannen, geradezu alles, was an den Wänden hing oder auf Borden lag, sah so aus, als würde es aus dem Schwarzen Land stammen.

Die Betten im Schlafzimmer waren so breit und robust, wie ein Gurrim sie brauchte, und als er eine Truhe aufmachte, entdeckte er darin Kleidung, die ihm passen würde.

»Findest du das nicht auch komisch, Leutnant?«, fragte Tarr.

»Das kannst du laut sagen!« Burlikks Anspannung wuchs, während er den Rest des Hauses durchsuchte und dabei immer wieder Dinge entdeckte, die ihn an daheim erinnerten.

Der große Schock kam allerdings, als sie den innersten Raum des Gebäudes erreichten und dort eine aus schwarzem Holz geschnitzte Figur entdeckten, die nur ein einziges Wesen auf dieser Welt symbolisieren konnte, nämlich Giringar.

Erschüttert drehte Burlikk sich zu seinen Kameraden um. »Wir kämpfen gegen unsere eigenen Leute!«

»Pah, das sind Verräter, die es zu bestrafen gilt«, rief Rokkar aus.

»Gurrims begehen keinen Verrat! Sie gehorchen nur ihren Magiern. Wenn es hier Verräter gibt, so sind es diese!« Burlikks Ausruf ließ seine Begleiter nachdenklich werden.

»Ich kämpfe nicht gegen unseresgleichen. Wenn es Verrat gibt, sollen die Magier es unter sich ausmachen!«, erklärte Tarr.

»Aber wenn wir den Befehl erhalten, gegen die Bewohner dieses Ortes vorzugehen?«, wandte Rokkar ein.

»Wir werden unsere Pflicht so tun, wie es sich für Gurrims gehört!« Noch während er es sagte, überlegte Burlikk sich, welchen Ausweg es geben konnte, einen Bruderkrieg gegen das Volk zu vermeiden, das auf dieser Insel lebte. Vorerst galt es jedoch, andere Dinge zu erledigen. Er verließ das Haus und befahl seinen Männern, das Dorf als Stützpunkt zu übernehmen. »Macht aber nichts mutwillig kaputt«, schärfte er ihnen ein und kehrte dann zu »Giringars Hammer« zurück.

Er traf Ewalluk am Ufer an und salutierte. »Melde gehorsamst, Herr Gurrimkommandant, wir sind drei Meilen weit vorgestoßen, ohne auf Verteidiger oder Einwohner zu treffen. Weiter oben haben wir ein Dorf eingenommen und bauen es als Stützpunkt aus!«

»Habt ihr niemanden gesehen?«, fragte der Magier nervös.

Burlikk schüttelte den Kopf. »Keine Menschenseele, Herr Gurrimkommandant!«

»Nenn mich nicht so! Für dich bin ich der Hohe Herr Ewalluk!« Dann ging der Magier auf Burlikks Bericht ein. »Was wollt ihr mit diesem Dorf? Brennt es nieder und baut ein normales Lager auf.«

»Davon würde ich abraten, Hoher Herr Gurrimkommandant Ewalluk. Das Dorf bietet mehreren Hundert meiner Männer Platz und in den Häusern stehen Statuen unseres erhabenen Gottes Giringar! Ihr werdet keinen Gurrim finden, der eine Flammenlanze auf das Abbild unseres obersten Herrn richten wird.« Burlikks

Widerspruch war kühn, denn im Allgemeinen mochten die Magier es nicht, wenn ihre Anweisungen hinterfragt oder gar kritisiert wurden. Doch Ewalluk wusste ebenso wie der Leutnant, dass die Gurrims, die sonst augenblicklich gehorchten, diesen Befehl verweigern würden.

»Stures Pack!«, schimpfte er und befahl Burlikk, zum Vorposten zurückzukehren. Er selbst drehte sich um und stieg an Bord, um seinerseits Bericht zu erstatten.

13

Gynrarr hörte sich an, was Ewalluk zu sagen hatte, und nickte zufrieden. »So habe ich es erwartet! Unsere Feinde verlassen sich voll und ganz auf die Macht des Feuerthrons. Doch genau damit spielen sie uns in die Hände. Wir werden unseren Stützpunkt ausbauen, dann rücken wir weiter auf den Ort vor, an dem der Feuerthron verborgen ist!«

»Dabei wird es Probleme mit unseren Gurrims geben, Erzmagier. Soweit wir erkunden konnten, entstammen die Bewohner dieser Insel ebenfalls diesem Volk. Ohne Beeinflussungsmagie wird es schwer sein, die Krieger dazu zu bringen, gegen ihresgleichen zu kämpfen«, gab Ewalluk zu bedenken.

»Es ist deine Aufgabe als Gurrimkommandant, die Kerle zum Gehorsam zu zwingen. Oder bist du dazu nicht in der Lage?« Gynrarr musterte seinen Stellvertreter herausfordernd. Jede Schwierigkeit, mit der Ewalluk zu kämpfen hatte, würde er in seinem Bericht vermerken. Wenn er es geschickt genug anfing, konnte dies den anderen sogar den Rang als Hochmagier kosten.

Ewalluk spürte die Absicht seines Vorgesetzten und fluchte innerlich, weil Gynrarr ihn in eine Situation gebracht hatte, in der kein Ruhm zu ernten war. Gleichzeitig schwor er sich, alles zu tun, um dessen Befehle auszuführen, und wenn er dafür den größten Teil der ihm unterstellten Gurrims opfern musste.

»Mein lieber Gynrarr«, sagte er mit falscher Freundlichkeit. »Die Gurrims werden tun, was ich ihnen befehle – ob mit oder ohne Beeinflussung! Mich würde aber auch interessieren, wie du die Insel erobern und unter Kontrolle halten willst. Wenn die einheimischen Gurrims sich zur Wehr setzen, sind unsere eigenen Truppen möglicherweise nicht stark genug, um mit ihnen fertig zu werden.«

»Sind die magischen Anführer der hiesigen Gurrims erst einmal ausgeschaltet, werden die dumpfen Kerle unsere Befehle befolgen«, antwortete Gynrarr von oben herab.

Für ihn stellten die einheimischen Gurrims das geringste Problem dar. »Giringars Hammer« hatte genug Artefakte geladen, um ganze Armeen vernichten zu können, und er war bereit, diese Waffen einzusetzen. Da er jedoch die weißen Eirun im Norden als den eigentlichen Feind ansah, wollte er die eingeborenen Gurrims unter sein Kommando zwingen und mit ihnen sein eigenes Heer verstärken.

Dies erklärte er auch seinen Getreuen und wandte sich dann mit einem hämischen Gesichtsausdruck an Ewalluk. »Dies wird deine Aufgabe sein. Nimm Beeinflussungsartefakte, um die einheimischen Gurrims an schnellen Gehorsam zu gewöhnen.«

Ewalluk fuhr empört auf. »Das ist eine Aufgabe, die ein Magier alleine nicht bewältigen kann. Ich benötige mindestens ein Dutzend Helfer, um die Artefakte zu bedienen. Den Gurrims kann ich die Instrumente nicht in die Hand drücken, denn die können nicht einmal einen Hebel umlegen, ohne ihn abzureißen.«

»Dann such dir so viele Helfer unter unseren Adepten aus, wie nötig sind.«

Es war lächerlich zu sehen, wie sich die meisten Adepten nach Gynrarrs Worten in den Hintergrund verzogen, um nicht aufzufallen. Dazu gehörten auch Ewalluks persönliche Untergebene. Die

Männer hatten begriffen, dass der Versuch ihres Herrn, Gynrarr herauszufordern, misslungen war und dieser sich nun mit Aufträgen rächte, die Ewalluks Ansehen im Schwertorden wie auch im Schwarzen Heer untergraben würden.

Ewalluk hielt sich jedoch nicht lange mit der Suche auf, sondern bestimmte fünf Adepten. Dabei revanchierte er sich bei Gynrarr, indem er zwei seiner engsten Mitarbeiter auswählte.

Der Erzmagier überlegte, ob er Einspruch erheben sollte, doch das schien ihm wenig ratsam. Da über jede Entscheidung Protokoll geführt wurde, geriet er in Gefahr, für einen Fehlschlag dieser Aktion mit verantwortlich gemacht zu werden.

Also nickte er zustimmend. »Nimm die Leute und sorge dafür, dass die fremden Gurrims sich auf unsere Seite schlagen. Sonst müsste ich in deiner Akte vermerken, dass du nicht einmal als Gurrimkommandant geeignet bist!«

Diese Spitze konnte Gynrarr sich nicht verkneifen. Später würde er seine sichtlich beleidigten Gefolgsleute mit Aufträgen versöhnen, die ihnen Beförderungen einbrachten. Doch vorher musste er erst einmal so nahe an den Feuerthron herankommen, dass er ihn mit Hilfe seines speziellen Artefaktes ausschalten konnte.

»Was hast du festgestellt?«, fragte er den für die Beobachtung des Umlandes verantwortlichen Magier.

Der Mann zeigte sichtlich verwirrt auf die Instrumente, die die Bilder seiner Spähartefakte anzeigten. »Das Land ist auf mehr als fünfzig Meilen im Umkreis geräumt. Zwei Städte in etwas größerer Entfernung werden soeben evakuiert.«

»Also können wir schnell vorrücken. Gebt Befehl, dass drei weitere Gurrimregimenter aus den Glasfallen geholt werden, und entsteinert auch die im Kielraum gelagerten Seeleute der anderen Schiffe. Sie sollen die Gurrims beim Vormarsch unterstützen.«

»Aber was ist, wenn die Einheimischen unsere Truppen vom Schiff weglocken wollen, um ihnen tiefer im Land eine Falle zu stellen?«, warf einer der Magier ein.

Gynrarr musterte ihn mitleidig. »Das werde ich zu verhindern wissen. Kommt mit!« Der Magier verließ den Konferenzraum und trat in die Kommandokanzel. An deren hinterem Ende befand sich ein unauffälliges, schrankähnliches Gebilde, dessen Türen mit einem magischen Schlüssel versehen waren. Gynrarr legte seine Rechte darauf und dachte das entsprechende Symbol. Sofort glitten die Riegel in dem Schrank zurück, und er konnte ihn öffnen. Ein kugelförmiger schwarzer Kristall saß in einer Halterung aus Platin, und an der Platte darunter war ein Dutzend Knöpfe und Hebel angebracht.

Mit einem weiteren intensiv gedachten Symbol schaltete Gynrarr das Artefakt ein. Der schwarze Kristall wurde heller und bildete nun die Umgebung des Schiffes ab. Als der Magier an einem der Köpfe drehte, wanderte der Bildausschnitt von »Giringars Hammer« weg ins Binnenland, bis er schließlich eine der Städte zeigte, die eben von ihrer Bevölkerung in aller Ruhe verlassen wurde. Die eigenen Gurrims hätten sich nicht in besserer Ordnung zurückziehen können. Das verstärkte den Verdacht des Erzmagiers, dass die Kerle unter der Herrschaft starker Magier standen. Aus eigenem Antrieb würden diese Halbtiere solch eine Aktion nicht durchführen.

Einige Augenblicke beobachtete Gynrarr das Treiben auf dem Kristallschirm. Dann richtete er den Blick des magischen Auges auf das größte Gebäude der Stadt und drückte einen weiteren Knopf. Ein ungewohnt helles Summen erfüllte die Kommandokanzel, und die Magier und Adepten sahen ihren Anführer fragend an.

»Willst du denn gleich unsere stärkste Waffe vorführen?«, fragte Ewalluk erschrocken und wusste diesmal die meisten der Anwesenden auf seiner Seite.

»Ich will ihnen nur zeigen, zu was wir in der Lage sind.« Bei Gynrarrs letzten Worten steigerte sich das Summen zu einem durchdringenden Heulen, das dann mit einem Schlag aufhörte. Gleichzeitig zuckte vom Bug des Schiffes ein magischer Blitz in den Himmel und verlor sich in der Ferne.

Alle starrten nun auf das Bild im Schrank. Noch sah die Stadt aus wie immer, und nichts deutete darauf hin, dass Gynrarr eben einen magischen Blitz mittlerer Stärke darauf abgeschossen hatte. Einen Augenblick später erhellte ein gleißendes Licht den Teil der Stadt, auf den er gezielt hatte. Das Haus selbst und sämtliche Nebengebäude verbrannten innerhalb weniger Herzschläge in magischem Feuer. Als das Licht wieder erlosch und der Wind die Asche und den Rauch vertrieben hatte, sahen die Männer in der Kommandokanzel ein etwa sechsmannstiefes Loch im Boden und eine kahle, schwarz verbrannte Fläche, die mehr als zweihundert Schritt Durchmesser aufwies.

Mit zufriedener Miene wandte Gynrarr sich an seine Untergebenen. »Jetzt wissen unsere Gegner, woran sie sind, und werden sich erst in sicherer Entfernung zur Küste zum Kampf stellen. Das aber gibt uns die Gelegenheit zum Handeln. Ewalluk, schicke deine Truppen vor! Wir marschieren auf die Stelle zu, an der sich der Feuerthron befindet. So Giringar will, wird das stärkste Artefakt, das je auf dieser Welt erbaut worden ist, schon bald in unseren Händen sein!«

Für einen Augenblick stellte er sich die Macht vor, die der Feuerthron einem kriegserfahrenen Erzmagier wie ihm verleihen würde, und fragte sich, ob er wirklich damit ins Schwarze Land zurückkehren sollte. Das Artefakt, mit dem er den Feuerthron stilllegen würde, vermochte diesen auch wieder in Gang zu setzen, und das war ein Gedanke, der ihn faszinierte.

14

Merani war überzeugt, dass Großadmiral Kip dem Titel »Größter Seefahrer aller Zeiten«, den ihm Ilna V. verliehen hatte, mehr als gerecht wurde. Es war ihm gelungen, die »Seeschäumer II« quer durch die Innere See bis zum Geburtsort der magischen Stürme zu steuern, ohne dass sie mehr verloren hatten als zwei Stengen und einige kleinere Segel.

Auf ihrem Weg hatten sie mehrere gewaltige Stürme und magische Entladungen beobachtet, aber die schlimmsten Unwetter waren seltsamerweise an ihnen vorbeigezogen. Merani hegte den Verdacht, dass eine höhere Macht immer wieder zu ihren Gunsten eingriff. Aber die würde ihnen nun auch nicht mehr helfen können. Nicht weit vor ihnen an Backbord reckte sich eine Felsnadel gut zwanzig Mannslängen in die Höhe, die von einem Klippengewirr umgeben war, und auf der Steuerbordseite wurde die Fahrrinne durch eine größere flache Schäre beengt.

»Das wird haarig werden«, sagte Kip und deutete mit besorgter Miene auf einige magische Wirbel, die sich genau auf diese Stelle zubewegten. Einer davon war von blauer und zwei von grüner Farbe, und unweit davon zogen eine schwarze und eine weiße Wolke aufeinander zu.

»Schätze, dass es bald rumpeln wird«, setzte der Großadmiral hinzu. »Entweder sind wir schnell genug, um durch diese Engstelle zu kommen, oder es zerlegt uns in Einzelteile. Kannst du nicht etwas tun? Deine Mutter hat uns beim letzten Mal mehrfach mit ihren Hexenkräften gerettet.«

Die Frage galt Merani, die sofort ihre Möglichkeiten durchging. Leider waren diese nicht besonders vielversprechend. Ihre Mutter hatte damals instinktiv gehandelt, aber Merani wusste nicht, ob sie dies ebenfalls schaffen würde. »Ich tue, was ich kann,

Onkel Kip. Aber du musst mir sagen, welche Gefahren uns drohen.«

»Ein Windzauber, der uns in die richtige Richtung bläst, wäre hilfreich«, schlug der Großadmiral vor.

Merani schüttelte bedauernd den Kopf. »So weit bin ich noch nicht ausgebildet worden.«

»Dann lass dir etwas anderes einfallen, Mädchen! Sonst holt uns gleich der Tenelin und dich der Meandhir.« Kip lachte grimmig und scheuchte seinen Sohn samt den Matrosen in die Wanten, um das Sturmsegel zu trimmen. Bei der kochenden See um sie herum und den immer wieder hereinbrechenden Böen war dies eine Arbeit, die den Männern die letzte Kraft abforderte.

Endlich gelang es Kipan, eines der Segel zu lösen. Der Sturm riss es ihm jedoch aus der Hand und ließ es so stark schlagen, dass der junge Mann von der Rah gefegt wurde. Seine Mutter stieß einen entsetzten Ruf aus, während Careedhal ein Tau packte, um es ihm zuzuwerfen. Merani begriff jedoch sofort, dass Kipan das Seil nicht würde fassen können, und griff magisch zu.

Kipan wurde aus dem Wasser gerissen und landete unsanft auf dem Deck der »Seeschäumer II«. Im nächsten Moment taumelte Merani und wurde von Argeela aufgefangen. Qulka, die das girdanische Starkwasser nun ständig bei sich trug, tauchte sofort neben ihr auf und flößte ihr einige Schlucke ein.

»Ich werde gleich Pfannkuchen backen«, bot sie an, obwohl selbst ihr magischer Herd bei den bockenden Bewegungen des Schiffes kaum mehr zu verwenden war.

»Lass nur!«, sagte Merani daher. »Gib mir lieber ein großes Stück Pökelfleisch. Im Augenblick ist es mir gleichgültig, was ich esse. Hauptsache, es füllt den Bauch.«

Ihre Schwäche zwang sie, sich hinzusetzen und sich mit einer Hand an die Reling zu klammern. Unterdessen hatte Kipan seinen Schrecken überwunden und kam auf sie zu.

»Ilyna möge es Ihnen danken, Kaiserliche Hoheit. Verwandeln

Sie mich ruhig in einen Frosch, aber ich kann Ihnen meine Hochachtung nur so ausdrücken.« Er salutierte, kniete dann neben ihr nieder und ergriff ihre Hand.

»Das eben war der offizielle Dank. Jetzt kommt der persönliche. Ich dachte wirklich, jetzt hätte es mich erwischt. Doch du hast mich gerettet. Dafür kannst du mich von mir aus, auf dem Kopf stehend, durch den Audienzsaal der Königin schweben lassen, und ich werde dir nicht böse sein.«

»Das ist ein Vorschlag, über den ich nachdenken werde!« Merani vermochte schon wieder zu grinsen und nahm den großen Schinken entgegen, den Qulka ihr reichte. Dann bat sie Kipan um sein Messer, um sich etwas damit abschneiden zu können.

»Ich habe ein Messer dabei!«, beschwerte sich ihre Zofe.

»Lass es gut sein, Qulka!« Merani winkte ab und nahm Kipans Messer entgegen. Auch wenn sie im Höhlenpalast von Gurrdhirdon aufgewachsen war, war ihr bewusst, dass das Ausleihen des Messers unter den Fischern des Archipels als besondere Freundschaftsgeste galt.

Kipan grinste erfreut und blieb neben Merani sitzen, bis diese den Schinken angeschnitten hatte. Da dem Schiff immer noch Gefahr drohte, reichte sie das Messer rasch wieder zurück. »Ich glaube, dein Vater braucht dich!«

»Sei aber diesmal vorsichtiger!«, mahnte seine Mutter ihn.

Dann setzte Anih sich neben Merani und zog ihren Dolch aus der Scheide. »Du erlaubst, dass ich dir das Fleisch vorschneide, meine Liebe? Ich kann dir gar nicht sagen, wie dankbar ich dir bin, dass du meinen Sohn gerettet hast.«

»Ich hoffe, er fällt nicht zu oft hinein. Denn ich habe nicht die Kraft, ihn jedes Mal herauszuholen.« Es waren die letzten Worte, die Merani für eine gewisse Zeit sagte, denn sie schlang den Schinken Scheibe für Scheibe heißhungrig in sich hinein. Da sie jeden Moment wieder gebraucht werden konnte, musste sie die verlorene Kraft so schnell wie möglich ersetzen.

Argeela brachte ihr die letzten Blaubeeren, die sie aus dem Hexenwald mitgenommen hatten, während Careedhal die Matrosen mit seinen eigenen magischen Fähigkeiten unterstützte. Zwar reichten seine Kräfte nicht an die Meranis heran, dafür vermochte er die magischen Felder noch besser zu erkennen als sie und war in der Lage, dem Großadmiral rechtzeitig zu sagen, an welcher Stelle dem Schiff die größte Gefahr drohte.

Kip blickte immer wieder prüfend zu den magischen Wirbeln hin, die ihm am meisten Sorgen bereiteten. Es war zu erkennen, dass sie sich bereits gegenseitig anzogen und es zu zwei gewaltigen magischen Explosionen kommen würde. Wenn die »Seeschäumer II« auch nur in Druckwellen einer dieser Explosionen geriet, war sie verloren.

»Der blau-grünen Kollision könnten wir mit etwas Glück entkommen«, erklärte er Merani. »Doch wie es der Meandhir will, werden wir dann genau in die schwarz-weiße hineinsegeln.«

Merani kämpfte sich auf die Beine und ging noch etwas steif zum Bug. Argeela und Qulka folgten ihr sichtlich verängstigt.

»Was hast du nun vor, Herrin?«, fragte die Zofe besorgt.

Statt einer Antwort schloss Merani die Augen und konzentrierte sich auf den weißmagischen Wirbel. Als ihre tastenden Sinne diesen berührten, verbrannte es ihr schier das Gehirn. Trotzdem drang sie tiefer in die Wolke ein. Es dauerte lange, und sie schrie sich vor Schmerz beinahe die Seele aus dem Leib. Doch endlich entdeckte sie den dichten Kern des weißen Wirbels und presste einen Schwall schwarzer Magie hinein. Im nächsten Moment rollte der Donner einer gewaltigen magischen Explosion über die See.

Haltlos sank Merani auf das Deck und blieb mit verdrehten Augen liegen. Als Qulka sich erschrocken über sie beugte, konnte sie den Puls ihrer Herrin kaum noch spüren. Einen Augenblick lang geriet sie in Panik, dann aber hob sie Meranis Kopf und flößte ihr den Rest des Starkwassers tropfenweise ein. Obwohl Merani nicht bei Bewusstsein war, schluckte sie gierig, und zu Qulkas Erleichterung war ihr Puls bald wieder kräftiger.

»Ich bringe meine Herrin unter Deck. Wahrscheinlich wird sie lange brauchen, um sich von diesem Zauber zu erholen!«

»Wenn sie es je wieder tut! Sie hat mit ihren Kräften eine weißmagische Wolke gesprengt. Das kann ihr das Gehirn ausgebrannt haben!«, jammerte Argeela.

Obwohl sie am ganzen Körper zitterte, folgte sie Qulka, setzte sich in der Kabine neben ihre Freundin und tat alles, um der Kranken mit ihren geringen Heilkräften beizustehen.

15

Die Sprengung der weißen Wolke erwies sich als doppelt hilfreich für die »Seeschäumer II« und ihre Besatzung. Zum einen war die Gefahr gebannt, dass es zu einer schwarz-weißen Explosion kommen würde, und zum anderen veränderte sie den Kurs der blauen und grünen Wirbel so, dass diese erst ein ganzes Stück hinter dem Schiff zusammentrafen und es nicht mehr gefährdeten. Doch jederzeit konnten weitere Magicwirbel entstehen und die »Seeschäumer II« bedrohen. Außerdem nahm der Sturm immer mehr zu und machte es Großadmiral Kip beinahe unmöglich, das Schiff auf Kurs zu halten.

»Wenn wir nicht bald einen sicheren Hafen finden, sind wir geliefert. Wegen mir könnte es auch ein grüner Hafen sein!« Kip lachte bei seinen Worten und warf das Steuer herum, um einer Klippe auszuweichen.

»Wir müssen nach links … äh … nach Steuerbord«, schrie Careedhal im nächsten Moment auf.

Der Großadmiral zog das Steuerrad instinktiv herum. Gleichzeitig traf ein harter Stoß die »Seeschäumer II«. Die Planken ächzten, und die beiden Masten vibrierten, als wollten sie bersten.

»Sind wir aufgelaufen?«, fragte Kipan.

Sein Vater schüttelte den Kopf. »Nein, nur gegen den Rand einer Klippe geraten. Schau unter Deck nach, ob es Schäden gegeben hat.«

»Es gab keine«, erklärte Careedhal und schüttelte verwundert den Kopf. »Habe ich das gesagt?«

»Wer denn sonst?«, fragte der Großadmiral knurrig.

»Nein, ich war es«, meldete sich eine Stimme in Careedhals Gehirn.

»Wer bist du?«, wollte der Junge wissen.

In seinem Kopf erscholl ein keckerndes Lachen. »Kennst du mich nicht mehr? Ich bin Ellek, der Treiberfisch. Wir sind uns etliche Hundert Meilen von hier entfernt begegnet. Jetzt treffen wir uns an diesem seltsamen Ort wieder. Übrigens, wenn euer Steuermann nicht sofort scharf nach Steuerbord lenkt, reißt ein Unterwasserfelsen euch gleich den Rumpf auf.«

»Nach Steuerbord, sofort«, schrie Careedhal.

Der Großadmiral gehorchte und sah, wie sie haarscharf an der Klippe vorbeizogen. »Junge, du bist noch besser als Merani!«

Careedhal schüttelte den Kopf. »Das bin nicht ich, sondern ein Fisch namens Ellek. Er sagt, dass wir jetzt nach Backbord steuern müssen und dann, wenn ich es sage, sofort wieder nach Steuerbord. Wir sind schon ganz nahe an der Zentrumsinsel. Er will uns dorthin führen. Der Sturm soll nämlich noch stärker werden, und es wird bald neue Gegenfarbenexplosionen geben.«

»Die Zentrumsinsel, sagst du? Da gibt es kein Durchkommen für uns. Das letzte Mal hat Mera unser Boot über die Untiefen gehoben, und das hatte einen bedeutend flacheren Rumpf als unser Schiff.« Kip wollte in die Gegenrichtung lenken, sah dort aber eine Gischtfahne über die Klippen hochschießen und befolgte rasch die Anweisung des Treiberfisches.

»Ihr solltet euch beeilen«, riet dieser. »Der Sturm dreht sich, und gleich habt ihr den Wind von vorne. Wenn er euch gegen die Klippen treibt, weiß ich nicht, wie viele von euch ich retten kann.«

»Setzt ein weiteres Sturmsegel«, herrschte der Großadmiral seine Matrosen an, als Careedhal ihm die Worte des Treiberfisches übermittelt hatte.

Kipan kletterte sofort auf den vorderen Mast. Zwei Seeleute folgten ihm etwas zögerlich, halfen dann aber mit, das Segel zu setzen, während Careedhal versuchte, ihnen die Arbeit mit seinen magischen Kräften zu erleichtern.

Die »Seeschäumer II« legte sich noch mehr zur Seite und nahm Wasser auf, so dass zwei Matrosen pumpen mussten. Aber sie wurde schneller. Der Großadmiral wollte schon auf die Durchfahrt zuhalten, die sie damals vor sechsunddreißig Jahren genutzt hatten und durch die vor Kurzem auch Hekendialondilan gefahren war.

»Halt, nicht!«, rief Ellek. »Ich zeige euch einen anderen Weg. Vielleicht kommt ihr da durch!« Hoffentlich, dachte der Treiberfisch für sich. Aber wenn das Schiff dort scheiterte, hatte er an jener Stelle die Chance, einen Teil der Besatzung zu retten und in die Höhle zu Hekendialondilan und den beiden Fremden zu bringen.

Großadmiral Kip steuerte sein Schiff, als wäre es ein Teil von ihm. Der Treiberfisch schwamm voraus, um bereit zu sein, wenn etwas passierte.

»Ihr kommt zu weit nach Steuerbord ab«, rief er warnend.

Da blieb die Yacht mit einem heftigen Ruck stecken. Der vordere Mast brach ab, kippte über Bord und hing wie ein Treibanker an dem Schiff.

Es tat Kip in der Seele weh, sein Schiff so beschädigt zu sehen, doch er schüttelte dieses Gefühl sofort wieder ab. »Holt Merani und Qulka an Deck und bringt das Beiboot zu Wasser. Wir müssen das Schiff verlassen.«

»Müssen wir nicht!« Unbemerkt von den anderen war Merani wieder erschienen. Sie wirkte dünn und ausgemergelt und vermochte sich kaum auf den Beinen zu halten. Ihr Gesicht war verzerrt und angespannt, doch aus ihren Augen strahlte schwarzes Feuer. Mit einem Mal regte sich die festliegende »Seeschäumer II«, bäumte sich auf und machte einen gewaltigen Satz nach vorne. Als Merani erneut zusammenbrach, hatten sie die gefährliche Stelle passiert, und der Großadmiral befahl seinem Sohn und zwei Matrosen, unter Deck zu gehen und nach Lecks zu schauen.

»Vielleicht könnt ihr das Schiff gleich abdichten. Wenn nicht, ziehen wir von außen ein geteertes Segel über das Leck. Ihr anderen kappt endlich die Taue des Fockmastes, sonst saufen wir doch noch ab.«

»Gleich habt ihr es geschafft«, meldete Ellek und begann, einige der Taue, an denen der Mast hing, mit seinen scharfen Zähnen durchzubeißen.

Kurz darauf war das Schiff frei, und obwohl es noch immer Wasser aufnahm, gelang es Kip, es zu der Höhle zu steuern, in der auch Hekendialondilans Boot lag. Die Yacht war zu groß, um tiefer in den dunklen Schlund einfahren zu können. Aber es gelang den Matrosen, den Besanmast niederzulegen und das Schiff mit Tauen an einigen Felsen zu befestigen, so dass die Strömung es nicht ins Freie ziehen konnte. Danach machten sie sich daran, die Lecks zu untersuchen und abzudichten.

Kipan meldete seinem Vater schließlich erleichtert, dass die Schäden mit Bordmittel beseitigt werden könnten. »Wir können sogar einen Hilfsmast anstelle des verlorenen aufstellen!«, setzte er sichtlich erleichtert hinzu. Dann blickte er sich um und fragte. »Wo sind wir hier eigentlich gelandet?«

16

Hekendialondilan hatte ein wenig geschlafen, als sie Elleks Ruf vernahm. »Ich habe Freunde mitgebracht. Darf ich sie zu dir schicken?«

»Ja, gerne«, antwortete das Runimädchen und fragte sich, wer so kühn sein mochte, diese gefährliche Fahrt zu wagen.

Kurz darauf hörte sie Schritte. Zuerst wateten vier Männer durch den Kanal herein, der die Kammer mit dem meerseitigen Höhleneingang verband. Ihrer Tracht nach mussten es ilyndhirische Seeleute sein. Sie schleppten eine Trage, auf der jemand lag. Ihnen folgten zwei sehr junge, magisch begabte Menschen von violetter Grundfarbe, deren Schwingungen Hekendialondilan bekannt vorkamen. Die dritte, ebenfalls sehr junge Person war eine wuchtig gebaute schwarze Gurrländerin. Ebenfalls schwarz war die Farbe des Mädchens auf der Trage, das anscheinend krank war und das Bewusstsein verloren hatte.

Während Hekendialondilan nur freundliches Interesse empfand, hoben Tharon und Tirah erwartungsfroh die Köpfe. Da die Neuankömmlinge ihre eigenen Farben und die der blauen Verbündeten aufwiesen, hofften sie, der Gefangenschaft der weißen Eirun entrinnen zu können. Zu ihrer Verwunderung blieb der violette Junge ein paar Schritte vor der Weißen stehen und verneigte sich tief vor ihr. Dabei leuchtete sein Gesicht, als habe man ihm ein lange ersehntes Geschenk gemacht. »Du bist gewiss Hekendialondilan von Runia. Unsere Eltern, Fürstin Careela von Ardhu und Fürstgemahl Argo, haben uns viel von dir erzählt. Ich selbst bin Careedhal, und das ist meine Zwillingsschwester Argeela.«

»Es wäre höflicher gewesen, wenn du mich als Erste genannt hättest. Immerhin bin ich die Erbprinzessin«, wies Argeela ihn zurecht, um anschließend in einen tiefen Knicks zu versinken.

»Ich grüße dich, Hekendialondilan von Runia, und freue mich sehr, deine Bekanntschaft zu machen.«

»Ich freue mich auch, die Kinder alter Freunde kennenzulernen«, antwortete das Runimädchen und wies auf die Trage. »Wer ist das? Sie fühlt sich ebenfalls vertraut an, aber ich kenne sie noch nicht.«

»Das ist Merani, Prinzessin von Gurrland und Tochter des Magierkaiserpaares Mera und Girdhan.«

Bei diesen Worten spitzte Tharon die Ohren. Er spürte an der Bewusstlosen eine Ausstrahlung, die nur von einem starken Artefakt wie dem Feuerthron stammen konnte. Auch die Erwähnung eines Magierkaiserpaares wies darauf hin. Die Namen Mera und Girdhan sagten ihm nichts. Daher war er sicher, dass es sich nicht um Mitglieder der Expedition handeln konnte, die Wassuram vor tausend Jahren unternommen hatte.

»Darf ich auch uns vorstellen?«, krächzte er. »Mein Name ist Tharon, Magier des Schwarzen Landes, und das ist Tirah von Mar!«

Careedhal sah sie kurz an und wandte sich dann an Hekendialondilan. »Wer sind denn die beiden?«

»Sie sind, wie sie sagen, meine Gefangenen!« Das Runimädchen gluckste vor Vergnügen, als sie die fassungslosen Gesichter ihrer neuen Gäste sah.

»Gefangene? Aber wieso?«, rief Careedhal und betrachtete Tharon und Tirah genauer. Der Schwarzmagier, sagten ihm seine speziellen Sinne, musste über ungewöhnlich starke Kräfte verfügen, doch im Augenblick war er verletzt und so erschöpft, dass er keine Gefahr darstellte. Das Mädchen neben dem Schwarzen konnte höchstens zwei Jahre älter sein als er selbst, aber sie stammte trotz ihrer violetten Götterfarbe nicht von den ardhunischen Inseln.

Neugierig sprach er sie an. »Linirias zum Gruß! Woher kommst du? Ich habe gar nicht gewusst, dass es noch anderswo Menschen der violetten Farbe gibt.«

»Du weißt vieles nicht!« Tirah hatte inzwischen begriffen, dass sie keinen Verbündeten vor sich sah, sondern jemand, der vor einer weißen Eirun mehr Achtung empfand als vor ihr, der Tochter und der Schwester einer Königin von Mar.

Careedhal war weit davon entfernt, über ihre Bemerkung verärgert zu sein. »Wie jeder andere Adept suche auch ich nach Wissen. Darum interessiert es mich, von welcher Insel du stammst und zu welchem Volk du gehörst.«

»Ich bin eine Mar, Angehörige des Volkes, das der großen Linirias am treuesten dient. Ich habe in mehr als einem halben Dutzend Schlachten gegen ihre Feinde gestritten und viele zu ihren Dämonen geschickt. Ich fürchte auch diese Eirun nicht.«

»Eirun? Was ist das?«, fragte Careedhal verblüfft.

»So nennen die Fremden uns Runi«, warf Hekendialondilan ein. »Die beiden hier sprechen recht seltsam. Könnte ich nicht ihre Gedanken empfangen, wüsste ich oft nicht, was sie meinen. Sie erzählen von einem Großen Krieg und davon, dass jetzt Frieden geschlossen werden soll.«

»Frieden ist immer gut. Aber warum kommen sie dann mit ihren eisernen Schiffen zu uns? Ellek sagt, dass sie uns feindlich gesinnt sind!« Careedhal musterte Tirah durchdringend und fand, dass sie sich mit einem Hochmut umgab, der ihm selbst fremd war und den er nicht verstand.

Tirah hob das Kinn und verstärkte diesen Eindruck noch. »Von diesen Inseln aus hat jemand meine Heimat angegriffen«, erklärte sie, obwohl sie bereits von der Eirun erfahren hatte, dass dies nicht absichtlich geschehen war. Doch sie ärgerte sich darüber, Leute ihrer Farbe zu sehen, die dieser weißen Dämonin freundlich gegenüberstanden.

Tharon griff ein, bevor Tirah den violetten Jungen verärgern konnte. »Du bist ein Adept, nicht wahr? Ich spüre einiges an Kraft in dir, obwohl ich derzeit nicht in der Lage bin, dich genauer einzuschätzen. Aber du bist kein reinblütig Violetter. In dir stecken auch andere Farben … – sogar Weiß! Aber die können deine Grundfarbe nicht verdrängen. Seltsam … So jemanden wie dich habe ich erst einmal getroffen. Es war ein junger Magier, übrigens ein ausgezeichneter Späher, der den Spitzohren immer wieder eine lange Nase drehen konnte. Wie hieß er noch wieder? Ach ja, Radhraghor. Du siehst ihm sogar ein wenig ähnlich.«

»Ich sehe niemandem ähnlich außer meinem Vater!« Mit diesen Worten drehte Careedhal dem Magier den Rücken zu und gesellte sich zu seiner Schwester und Hekendialondilan, die neben der bewusstlosen Merani standen und hilflos auf sie herabschauten.

»Wenn sie blau und nicht schwarz wäre, könnte ich versuchen, sie zu heilen. So aber würde ich alles nur noch schlimmer machen«, sagte das Runimädchen.

Tharon hoffte immer noch, zu einer Verständigung mit den Leuten hier zu kommen, und mischte sich daher in das leise geführte Gespräch ein. »Sie hat ein paar weißmagische Flecken in sich. Wenn jemand in der Lage wäre, diese zu entfernen, würde es ihr besser gehen!«

Er tastete die schwarze Magierschülerin ab und stellte fest, dass sie eher nach den Regeln aus Ilynas Reich ausgebildet worden war. Zwar wurde im Blauen Land fast ebenso häufig wie im Schwarzen mit Artefaktmagie gearbeitet, aber die dortigen Magierinnen und Magier verwendeten in weit höherem Maße lebendige Magie. Genau das hatte das Mädchen erst kürzlich getan und sich dabei völlig verausgabt.

Argeela stupste ihren Bruder an. »Wenn sie weiße Flecken im Körper hat, müsstest du sie eigentlich entfernen können.«

Careedhal zuckte zusammen, kniete neben Merani nieder und legte ihr die Hände auf die Schläfen. Ganz wohl war ihm dabei nicht. Wenn er etwas falsch machte, würde er seiner Freundin großen Schaden zufügen. Als er sich konzentrierte und Merani mit allen Sinnen erfasste, spürte er einen Knoten im Magen. Bislang war sie ihm wie eine starke Quelle schwarzmagischer Kräfte vorgekommen, aber nun strahlte sie kaum stärker als ein normaler

Mensch. Gerade das machte es ihm schier unmöglich, die weißen Spuren an ihr zu entdecken. Erst nach einer Weile ortete er eine kleine grellweiße Blase in Meranis Kopf. So ein Ding würde sein Vater mit Leichtigkeit auflösen können, aber er hatte so etwas noch nie getan.

»Große Linirias, hilf«, flüsterte er und begann, die weiße Blase mit seiner violetten Magie zu umschließen und langsam auf sich zuzuziehen. Als Merani schmerzerfüllt aufstöhnte, wollte er sofort aufhören, doch da vernahm er die Stimme des fremden Magiers hinter sich. »Mach weiter! Du schaffst es!«

Unwillkürlich gehorchte Careedhal. Gleich darauf beruhigte Merani sich wieder, und ihre wächserne Haut nahm Farbe an. Sie lag zwar immer noch in tiefer Bewusstlosigkeit, doch ihr Atem ging nun regelmäßig, und als Careedhal ihren Puls prüfte, schlug dieser weitaus stärker als vorher.

»Gut gemacht, Junge! Jetzt musst du nur noch drei weitere Stellen ihres Körpers reinigen, aber das wird dir leichter fallen. Da ist einmal eine Ansammlung Weiß in ihrem Bauch, dann ...« Während Tharon die Stellen nannte, die er ausgemacht hatte, prüfte er Careedhals Ausstrahlung gründlicher und war irritiert. Zwar gab es hier und da Magier, die feindliche Magie aus einem lebenden Wesen herausholen konnten, aber diese waren selten und hoch ausgebildet. Auch den wenigen Heilerinnen, die sich auf diese Kunst verstanden, merkte man die langjährige Ausbildung an. Dieser Junge aber war weder von einem starken Magier noch von einer Heilerin geschult worden, sondern zum größten Teil noch ein sogenanntes wildes Talent.

Unwillkürlich dachte Tharon erneut an jenen Späher, der der Schwarzen Armee hohe Verluste erspart hatte. Dieser hatte die gleiche Fähigkeit wie dieser Junge besessen, obwohl er nach Aussage hochrangiger Magier eher gering begabt gewesen war. Tatsächlich hatte Careedhal große Ähnlichkeit mit Radhraghor, besonders wenn er lächelte, und ihm kam es so vor, als gäbe es ein gemeinsames Band zwischen den beiden, obwohl sie verschiedenen Völkern und Farben angehörten.

Tharon war klar, dass auch er unter einigen Einschlüssen von Feindmagie litt, die ihm Schmerzen bereiteten und den Heilungsprozess behinderten. Nicht zuletzt deswegen achtete er genau auf das, was Careedhal tat. Der Junge löste die zweite weiße Stelle im Leib des schwarzen Mädchens bereits weitaus leichter auf als die erste, und kurz darauf war seine Patientin vollkommen feindfarbenfrei. Das Erstaunlichste dabei war jedoch, dass der Junge danach kein bisschen erschöpft wirkte. Soweit Tharon es hatte verfolgen können, hatte Careedhal die weiße Magie in sich aufgenommen und violett umgefärbt. Das war natürlich unmöglich, aber er fand keine andere Erklärung für dessen Vorgehensweise.

»He, Careedhal!«, rief er. »Kannst du vielleicht auch mir helfen? In meinem Körper steckt ebenfalls batzenweise Weiß.«

Jetzt gilt es, dachte er. Feinden würde daran gelegen sein, ihn schwach und hilflos zu halten. Wenn die Leute ebenfalls so handelten, würde er keine Hilfe bekommen. Zu seiner Erleichterung trat der Junge jedoch sofort auf ihn zu und legte ihm die Hand auf die Brust.

Nach einem Augenblick intensiver Konzentration starrte Careedhal den Magier fassungslos an. »In dir steckt sehr viel für dich giftiges Weiß! Du musst ungeheuer stark sein, denn eine andere schwarzmagische Person hätte längst das Bewusstsein verloren oder wäre schon daran gestorben.«

Während Careedhal begann, die weiße Magie in Tharons Körper aufzulösen, hielt der Magier die junge Eirun scharf im Auge. Nach seinen Erfahrungen mit den Spitzohren erwartete er, dass sie dem violetten Jungen verbieten würde, ihm zu helfen.

Doch das Spitzohrmädchen kam neugierig näher. »Gleich hast du weniger Schmerzen, großer Magier«, sagte es freundlich.

»Ich bin kein großer Magier, sondern derzeit eher ein großer

Trottel«, antwortete Tharon mit einem Lachen, das seine Erleichterung verriet.

Seine Schmerzen ließen nach, und nach kurzer Zeit fühlte er sich sogar wieder in der Lage, einen Zauber mittlerer Stärke zu sprechen. Er machte jedoch keinen Versuch, seine Kräfte zu erproben, um die Leute um sich nicht zu erschrecken. Im Grunde waren sie derzeit seine einzig möglichen Verbündeten. Daher musste er alles tun, um sie davon zu überzeugen, dass nicht er ihr Feind war, sondern die Magier auf »Giringars Hammer«.

17

Der Angriff auf die Stadt brachte Mera in Rage, und sie prüfte, wie sie die volle Macht des Feuerthrons gegen die Angreifer einsetzen konnte. Die Situation dafür war günstig, denn eine größere Gruppe an Kriegern drang im Schutz von Abschirmartefakten in das Land vor. Es handelte sich dabei vor allem um Menschen, die von Leuten begleitet wurden, die wie Gurrländer aussahen und sich nur durch die fremdartigen Abzeichen auf ihren Rüstungen von ihren eigenen Soldaten unterschieden. Die fremden Gurrländer waren sogar mit Flammenlanzen gleicher Bauart ausgerüstet, wie sie in den Magazinen der Bergfestung lagen.

»Wenn wir die Invasoren weiterhin unbehelligt durch unsere Insel marschieren lassen, wird es uns schwerer fallen, die einzelnen Trupps zu bekämpfen«, sagte sie zu Girdhan.

»Ich habe ein ganz komisches Gefühl, Mera. Die Aktionen der Fremden ergeben keinen Sinn. Sie haben einen Brückenkopf errichtet und bauen diesen aus, rücken aber trotz der starken Truppen, die sie auf ihrem Schiff mitgebracht haben, nur mit einer einzigen Abteilung weiter vor.«

»Die Zahl ihrer Krieger verblüfft mich ebenfalls. Es sieht so aus, als würden sie ähnlich wirkende Glasfallen besitzen, wie deine Schwester Girdhala und ihre Hexen sie benutzen, um Proviant und andere Güter auf kleinstem Raum unterzubringen. Ich wusste gar nicht, dass man auch Menschen auf diese Weise transportieren kann.«

Girdhan lachte freudlos auf. »Erinnere dich an Girdhalas Zuflucht. Innen ist sie groß genug, um mehrere Hundert Leute aufzunehmen, doch von außen erscheint sie kaum größer als eine mannslange Kristalldruse.«

»So etwas dürften diese Kerle wohl auch besitzen. Wir hätten doch ihr Schiff angreifen sollen, als wir noch die Chance dazu hatten. Wenn wir es jetzt vernichten, wird halb Gurrland für mehrere Generationen unbewohnbar werden.« Meras Ärger wuchs, je weiter der Stoßtrupp der Feinde auf Gurrdhirdon zumarschierte. Als er schließlich die Hälfte des Weges geschafft hatte, entschloss sie sich zum Handeln.

Sie fasste nach Girdhans Hand und nickte ihm auffordernd zu. »Machen wir dem Ganzen ein Ende!«

»Zeit wird es! Die Kerle haben drei Dörfer auf ihrem Weg angezündet. Dafür müssen sie bezahlen.«

Gemeinsam nahmen sie die Kräfte des Feuerthrons in sich auf und richteten ihren Blick auf die vorrückende Truppe. »Wollen wir sie töten oder nur vertreiben?«, fragte Girdhan.

»Ich glaube, es reicht, wenn wir sie erst einmal neben ihrem Schiff ins Wasser werfen. Dann merken sie, über welche Macht wir verfügen. Vielleicht können wir dann mit ihnen verhandeln.«

Mera bildete mit Hilfe des Feuerthrons eine riesige unsichtbare Hand, die sich um den etwa zweihundert Krieger umfassenden Stoßtrupp schloss. Von einem Augenblick zum anderen wurden diese in die Luft gerissen und schwebten schreiend ostwärts. Dabei zerplatzten die Artefakte, die sie bei sich trugen, und verletzten ihre Träger.

Mera handelte wie im Rausch. Noch nie hatte sie ihre Macht

auf diese Weise angewendet, und sie hätte die hässlichen Fremden am liebsten wie lästige Fliegen zerquetscht. Ihr Mann spürte ihre Gefühle und versuchte ihre Wut zu lindern.

»Lass es sein! Nicht die Krieger sind schuld, sondern die, die sie losgeschickt haben.«

»Von denen ist leider keiner dabei!« Mera hatte die einzelnen Mitglieder des Trupps untersucht, aber keinen Magier und auch keine Hexe unter ihnen entdeckt. Das große schwarze Schiff kam nun in Sicht. Sie spürte seinen Abwehrschirm und machte nicht den Fehler hineinzugreifen. Stattdessen löste sie ihren Zauber auf, als die feindlichen Krieger sich über der tiefsten Stelle der Bucht befanden.

Die Fremden klatschten ins Wasser und wurden von ihren Rüstungen nach unten gezogen. Mera sah, wie sie verzweifelt ihre Waffen losließen und ihre Rüstungen abstreiften, um wieder nach oben zu kommen. Unterdessen sprangen Dutzende von den fremden Gurrländern über Bord, um ihren Kameraden zu helfen. Oben an Deck tauchten schmale, hochgewachsene Gestalten in langen Kutten und Talaren auf und richteten die Wirkungskegel von Levitationsartefakten auf die im Wasser treibenden Männer.

Mera wusste nachher nicht zu sagen, ob alle Leute gerettet worden waren, aber sie war mit ihrer Machtdemonstration sehr zufrieden. »Jetzt wissen sie, was sie hier erwartet«, sagte sie zu Girdhan und lehnte sich erleichtert zurück.

18

Erzmagier Gynrarr verging fast vor Angst. Doch er musste eine Aufgabe erfüllen, die er keinem seiner Untergebenen anvertrauen konnte, am wenigsten seinem Stellvertreter Ewalluk. Jeder, der das Artefakt in die Hand bekam, welches er bei sich trug, würde in Versuchung geraten, denjenigen, der gerade auf dem Feuerthron saß, herabzustoßen und sich selbst daraufzusetzen. Daher schlich er im Schutz kleinerer Artefakte, die ihn unsichtbar machten und auch gegen unvorhergesehene Angriffe schützten, hinter dem Trupp her, welcher auf die Hauptstadt der Insel vorrückte. Er hatte seine Artefakte eigenhändig mit Magie gefüllt, die der hiesigen ähnlich war. Dem Fehler, den Tharon gemacht hatte, indem er ihm die Kontrolle des Bootes überlassen hatte, wollte er nicht zum Opfer fallen.

Als er die magische Hand spürte, die auf die Truppe zukam, warf er sich zu Boden. Seine magischen Sinne zeigten ihm, dass die Krieger erfasst, in die Luft gewirbelt und nach Osten verschleppt wurden. Diese Macht erschreckte ihn, denn so etwas hätte er mit seinem besten Levitationsartefakt nicht vollbringen können.

Der Feind war stark und geschickt. Um ihn zu besiegen, musste er klüger sein. Dieser Gedanke beherrschte ihn, während er die von Blau umspielte Magie des Feuerthrons analysierte. Wie es aussah, hatten sich seine schlimmsten Befürchtungen bewahrheitet. Der Feuerthron wurde von keinem Magier des Schwarzen Landes beherrscht, sondern von einer blauen Magierin. Dies war für ihn der Beweis, dass die blaue Ilyna und deren Anhänger ihre bisherigen Verbündeten verraten hatten. Die Blauen wollten die Seiten wechseln! Wie sonst war die Existenz der weißen Spitzohren weiter nördlich zu erklären?

Gynrarr würde alles daransetzen, diese Insel und den gesamten Archipel unter seine Kontrolle zu bekommen. Dann konnte er die

Botschaft von dem geplanten Verrat zusammen mit dem Feuerthron ins Schwarze Land bringen.

Das würde er jedoch nicht schaffen, indem er sich ängstlich versteckte. Aber wenn er gewinnen und mit dem entführten Feuerthron als Held in die Heimat zurückkehren wollte, musste er buchstäblich seine eigene Haut riskieren. Er atmete tief durch, straffte seinen Rücken und schritt weiter Richtung Westen. Das Land vor ihm war zum Glück entvölkert, und es begegneten ihm auch keine Plänkler oder Aufklärer. Auch nahm er keine Warnartefakte wahr, die seine Anwesenheit hätten erfassen können. So atmete er mit jeder Meile, die er zurücklegte, ein wenig mehr auf. Wie es aussah, erwartete die Herrin des Feuerthrons keinen Angriff durch eine einzelne Person. Auf einem Gebirgspfad, von dem aus er bereits auf die größte Ansiedlung dieser Insel herabschauen konnte, hielt er an und musterte den Ort. Die Siedlung mit ihren geraden, breiten Straßen, großen Plätzen und fest gefügten Häusern hätte auch im Schwarzen Land stehen können. Selbst der Giringartempel im Zentrum fehlte nicht.

Es war eine Stadt, über die zu herrschen sich lohnte, dachte er, während er zwei Artefakte aus seiner Tasche holte. Zuerst überprüfte er das Versetzungsartefakt, das ihn zum Schiff zurückbringen sollte, wenn die Sache hier erledigt war, und dann das andere, welches den Feuerthron ausschaltete.

Die Festung, die er sah, wurde zwar von einem Abschirmfeld geschützt, doch dieses war an den Feuerthron gebunden und würde erlöschen, sobald dieser nicht mehr funktionierte. Aus dieser Entfernung konnte sein Plan gelingen. Mit einer feierlichen Geste schlug Gynrarr das Gerät an und schaltete es ein. Außer einem leisen Summen tat sich zunächst nichts. Dann aber wurde das Artefakt in seiner Hand so heiß, dass er es nur noch unter Aufbietung aller Kräfte festhalten konnte. Ein kaum sichtbarer Blitz zuckte auf den Berg hinter der Stadt zu und verschwand darin. Keine drei Herzschläge später nahm die magische Spannung ab, die vom Feuerthron ausgegangen war, und das Abschirmfeld verschwand.

»Es ist gelungen!« Gynrarr schrie seinen Triumph hinaus, warf die Silberhüllen weg, die seinen Versetzungszauber behindern konnten, und kehrte zum Schiff zurück.

Die anderen Magier brauchten ihn nur anzusehen, um zu wissen, dass sein Plan geklappt hatte. »Wir rücken vor!«, befahl er. »Jetzt kann uns nichts mehr aufhalten!«

Ewalluk nickte verbissen und befahl seinen Untergebenen, ihm zu folgen. »Macht mir ja den Gurrims Beine, sonst reiße ich euch die Köpfe ab!« Dabei sah er so aus, als würde er am liebsten einer ganz bestimmten Person den Kopf abreißen, nämlich Gynrarr.

Der Erzmagier sah mit einem hämischen Grinsen zu, wie Ewalluk mit den Adepten abzog, und beschloss, das Artefakt für die Steuerung des Feuerthrons noch sicherer zu verwahren als bisher. Weder sein unbotmäßiger Stellvertreter noch ein anderer Magier durfte einen Weg finden, es ihm abzunehmen. Später, wenn die Hauptstadt und die Höhlenfestung eingenommen waren, würde er den Feuerthron wieder in Gang setzen und mit dessen Hilfe all seine Feinde vernichten.

19

In dem Augenblick, als die magischen Flammen, die den Feuerthron umgaben, erloschen und der Kristall, auf dem sie saß, sich auf einmal kalt und unangenehm anfühlte, wurde Mera klar, dass die fremden Magier sie überlistet hatten.

»Tenelins Hölle! Ich hätte das Schiff der Fremden doch auf See angreifen sollen. Jetzt sind wir verloren.«

»Noch nicht!«, antwortete Girdhan. »Wir besitzen immer noch

unsere Armee und können uns Unterstützung von den anderen Inseln holen. Diesen Kampf geben wir noch nicht verloren.«

»Du hast die Waffen gesehen, über die die Fremden verfügen. Einem Blitz, der auf Dutzende Meilen Entfernung einschlägt, haben wir nichts entgegenzusetzen. Wir haben versagt! Alle haben wir im Stich gelassen!«

Mera barg weinend den Kopf in den Händen und sah daher nicht, wie Torrix von Ilyndhir, Meranis Lehrerin Yanga und Argo von Ardhu in heller Aufregung in den Saal stürmten.

»Was ist los?«, rief Careelas Gatte schon von Weitem. »Die magischen Felder sind fort, und ich spüre die Magie des Feuerthrons nicht mehr.«

»Das waren die Fremden! Sie müssen einen Zauber kennen, mit dem sie den Feuerthron seiner Macht berauben konnten«, antwortete Mera tränenüberströmt.

»Dann kennen sie auch einen Zauber, mit dem sie ihm seine Kraft zurückgeben können, wenn sie ihn in Besitz genommen haben. Wenn das passiert, ist alles verloren, für das wir gekämpft haben. Rasch, wir müssen den Feuerthron fortbringen, damit er nicht in die Hand des Feindes fällt!« Argo ging darüber hinweg, dass es unmöglich schien, den riesigen Klotz aus Kristall zu bewegen.

Torrix und Yanga nickten jedoch beifällig, und Girdhan stimmte seinem Freund lebhaft zu. »Argo hat recht! Der Feind darf den Feuerthron nicht bekommen. Wir schaffen ihn aus der Festung hinaus und bringen ihn an die westliche Küste.«

»Aber wie?«, fragte Mera verzweifelt. »Ohne den Feuerthron können wir nicht einmal mehr die Levitationsschächte benutzen. Selbst hundert kräftige Gurrländer vermögen ihn nicht aus der Festung hinauszutragen!«

»Allein vielleicht nicht, aber wenn ich ihnen helfe, kann es gehen!« Argo streifte sich in aller Eile die Kleidung vom Leib, bis er nackt im Thronsaal stand, und konzentrierte sich auf den faustgroßen magischen Kern in seinem Inneren. Sofort streckte sich seine Gestalt, sank auf alle viere und begann zu wachsen. Dazu bekam er einen keilförmigen Kopf mit einem zahnbewehrten Maul und einen Panzer aus sechseckigen, in allen magischen Farben schillernden Schuppen.

Mera betrachtete ihn nachdenklich. »Vielleicht müssen wir den Feuerthron gar nicht erst wegbringen. Das Feuer eines Arghan soll ihn schmelzen können, heißt es. Argo ist in den sechsunddreißig Jahren erstaunlich gewachsen. Also sollte sein Feuer jetzt stark genug sein.«

»Willst du den Thron wirklich vernichten?«, wandte Girdhan ein, der jetzt auf einmal eine Verbundenheit zu dem riesigen Artefakt spürte, das ihm bisher fremd geblieben war.

Seine Frau schnellte zu ihm herum. »Sollen wir ihn den Feinden überlassen? Ich sage, er muss zerstört werden! Lass uns zur Seite gehen, damit Argo sein Feuer darauf richten kann.«

»Die Magierkaiserin hat recht«, stimmte Torrix ihr zu. »Wenn der Feuerthron uns nicht mehr helfen kann, ist er für uns wertlos geworden. In den Händen der Feinde aber dürfte er unser aller Ende bedeuten.«

Das sah Girdhan ein. Er erhob sich mit müden Bewegungen und folgte Mera, die ein ganzes Stück in den Thronsaal hineinging und dort stehen blieb. Zum ersten Mal seit vielen Monaten war der Feuerthron verwaist und stand nun seltsam fremd in der großen Halle.

»Was wird mit den magischen Stürmen, wenn der Feuerthron vernichtet wird?«, fragte er und begriff sofort, dass er sich an eine Möglichkeit klammerte, das große Artefakt zu behalten.

Mera schnaubte. »Setz dich darauf und versuche, einen magischen Sturm zu beherrschen!«

Bislang hatte sie die Faszination des Feuerthrons weitaus stärker gespürt als Girdhan und wäre dem Rausch der Macht ohne ihn vielleicht erlegen. Doch nun hatte sie den Eindruck, als hinge Girdhan stärker als sie an dem schwarzen Ding, das ihn mehr als drei Jahrzehnte zum Herrn über Leben und Tod gemacht hatte.

»Setz dein Feuer ein, Argo«, forderte Mera ihren wandlungsfähigen Freund auf.

Der Arghan trat ein Stück auf den Thron zu und öffnete seinen Rachen. Rauch und kleine Flammenzungen schossen heraus und hüllten das Kristallgebilde ein. Dann holte er tief Luft und schoss einen armdicken Strahl ab. Sein Feuer wirkte beeindruckend, löste aber nur eine dünne Schicht Kristall von der Oberfläche des Thrones.

Nervös forderte Mera Argo auf, mehr und heißeres Feuer zu speien. Der Arghan versuchte es, und für Augenblicke sah es so aus, als könnte er ein größeres Stück des Feuerthrons wegschmelzen. Dann erlosch der Flammenstrahl, und es kam nur noch Rauch aus seinem Maul.

Mera winkte enttäuscht ab. »So wird das nichts. Bevor du den Feuerthron auf diese Weise zerstören kannst, sind die Feinde längst hier.«

»Dann bringen wir ihn weg und versenken ihn an der tiefsten Stelle des Meeres«, schlug Argo vor.

»Und was ist, wenn die Feinde ihn mit einem Levitationszauber wieder heraufholen und für sich verwenden?«

Argo begann erneut Feuer zu speien. Aber er musste nach kurzer Zeit hustend und röchelnd aufgeben.

Girdhan starrte den leblos wirkenden Kristall an und wiegte den Kopf. »Ihr habt beide recht. Der Feuerthron muss weggebracht werden, allerdings an einen Ort, an dem selbst die Zauberkräfte unserer Feinde versagen werden.«

»Und wo soll dieser sagenhafte Ort sein? Etwa im Hexenwald von Ilyndhir?«, fragte Mera.

Girdhan lächelte besänftigend. »Natürlich nicht! Dort wäre der Feuerthron auch nicht sicher. Bringt ihn dorthin, wo die magischen Stürme entstehen. Wenn ihr ihn dort versenkt, helfen unseren Feinden all ihre Zauber nichts mehr.«

»Ein guter Gedanke! Nur dürfte es kein Schiff geben, das ihn bis dorthin transportieren kann.« Mera fühlte sich hilflos und reagierte daher gereizt.

Doch da griff Argo ein. »Die Stürme kommen zwar immer schneller, sind aber eher schwächer geworden. Mit einem guten Schiff müssten wir es schaffen, möglichst nah an ihren Geburtsort zu kommen. Den Rest übernehme ich. Ich bin stark genug, um den Feuerthron zur Zentralinsel zu schleppen. Dort kann ich ausreichend Magie an mich ziehen, um ihn Schicht für Schicht aufzulösen. Ihr müsst mir nur die nötige Zeit dafür verschaffen.«

»Das mache ich«, versicherte Girdhan. »Ich ziehe mich mit unseren Regimentern in die Berge zurück und verwickle die Angreifer in einen Kleinkrieg, der sie eine Weile beschäftigen wird. Immerhin kann ich auf die Erfahrung meiner Schwester zurückgreifen, die mit ihren Leuten den Besatzern aus Gurrland mehr als zehn Jahre widerstanden hat.«

»Aber du hast keinen so sicheren Stützpunkt wie die gelbe Glasfalle, in der sie mit ihren Leuten Zuflucht gefunden hatte«, wandte Mera ein.

»Dafür ist Gurrland um einiges größer als Girdania und unsere Krieger weitaus zahlreicher. Die Magier und Hexen der anderen Inseln müssen uns unterstützen und verhindern, dass die Feinde uns mit Beeinflussungsmagie zu Leibe rücken.«

»Und was ist mit dieser teuflischen Waffe, die über so viele Meilen wirkt?« Mera verspürte mit einem Mal Angst um ihren Mann und wollte nicht, dass er sich in eine solche Gefahr begab.

Girdhan umarmte sie und streichelte sie tröstend. »Ich glaube nicht, dass sie diese Waffe auch in den Bergen einsetzen können. Keine Sorge, meine Liebe. Mit den Kerlen werden wir fertig.«

»Dann sollten wir unsere Zeit nicht vergeuden. Bringt Seile und Rollen, damit wir dieses sperrige Stück Möbel ins Freie schaffen können.« Argo stemmte sich mit der Schulter seines Arghankörpers gegen den Feuerthron und schob ihn mehrere Schritte weit.

Damit überzeugte er Mera. Sie küsste Girdhan und lachte laut auf. »Zeigen wir es diesen Kerlen! Ich bleibe bei dir, mein Schatz. Schließlich bin ich die stärkste Hexe im gesamten Archipel.«

»Du wirst Argo und den Feuerthron begleiten«, widersprach Girdhan, obwohl der Gedanke an eine Trennung ihm schier das Herz abdrückte, »und sie vor unseren Feinden schützen.«

»Nein, nein! Ich weiche nicht von deiner Seite«, rief Mera.

»Der Magierkaiser hat recht«, mischte Torrix sich ein. »Der Feuerthron muss vor den Angreifern geschützt werden, und dazu seid nur Ihr fähig, Herrin! Beruhigt Euch bitte! Alle hier, die wir über magische Kräfte verfügen, werden Girdhan und seinen Truppen mit unseren Fähigkeiten beistehen.«

Mera sah ihre Mutter und ihre Großmutter hereinkommen. Beide trugen die weiten Röcke und die federbesetzten Mäntel, die sie als hochrangige Ilyndhirhexen auswiesen, und sie wirkten sehr entschlossen.

»Du wirst mit Argo gehen und den Feuerthron wegbringen. Was hier auf Gurrland geschieht, ist nicht mehr deine, sondern unsere Sache«, erklärte Merala, die die scharfe Diskussion auf magischem Weg mitbekommen hatte.

Nun gab Mera nach und senkte seufzend den Kopf. »Dann soll es so sein!«

Ihre Großmutter und ihre Mutter umarmten sie nacheinander und drückten sie an sich. »Du wirst sehen, es wird alles gut«, sagte Merala mit einem feinen Lächeln.

»Aber was machen wir mit Merani? Wenn sie sich noch auf Ilyndhir befindet, müssen wir Boten schicken und sie warnen!«

»Ich werde Boten zu allen Inseln schicken, und auf dem Weg wird auch Merani erfahren, wie unsere Sache steht. Sie soll sich in den Hexenwald zurückziehen. Dort ist sie zumindest vorerst in Sicherheit.«

Damit war für Girdhan alles gesagt, und er wies die Gurrländer an, den Feuerthron so rasch wie möglich aus der Höhlenfestung zu schaffen. Er selbst rief die Anführer der Truppen zu sich, um sich mit ihnen zu beraten. Zwar besaß Gurrland nicht mehr jenes gewaltige Heer wie noch vor sechsunddreißig Jahren. Aber die Krieger, die die Insel aufzubringen vermochte, waren gut ausgebildet und liebten ihre Heimat. Sie würden sich dem Feind, der über das Meer gekommen war, niemals ergeben.

Dies wusste auch Mera, die sich nun von ihrem Mann, ihren Verwandten und den übrigen Magiern verabschiedete. »Am liebsten würde ich mit euch gehen. Ich komme mir direkt feige vor, weil ich euch allein zurücklasse!«, sagte sie mit belegter Stimme.

Torrix, der von den anderen Magiern und den Hexen zu ihrem Anführer ernannt worden war, lachte kurz auf. »Keiner wird Euch feige nennen, Magierkaiserin. Ich stehe lieber zehn solchen eisernen Schiffen gegenüber, als an jenen Ort zu fahren, an den Ihr Euch jetzt begebt!«

20

Irgendetwas war im Gange. Zwar konnte Regandhor nicht sagen, was, doch er fühlte es bis in die Spitze seines Arghanschwanzes, dass unvorhergesehene Dinge geschahen. Zuerst dachte er, es würde mit Sirrin zusammenhängen. Doch die Magierin lag noch immer wie eine leblose Gliederpuppe auf seinen Pranken, und ihr Geist würde sich wohl nur durch ein Wunder wieder regen. Regandhor wusste nicht genau, welcher Zauber Sirrin erwischt hatte, schätzte aber, dass sie in Stasis versetzt worden war. Zwar besaß er die Fähigkeit, gegen ihn selbst gerichtete Zauber aufzulösen, und er vermochte teilweise auch andere davon zu befreien. Aber wenn er dies auch bei Sirrin versuchte, würde er ihr bleibende Schäden zufügen.

»Ich müsste sie ins Violette Land zurückschaffen. Die Lin'Velura würde wissen, was zu tun ist«, sagte er zu sich selbst. Aber den ganzen Weg schwimmend zurückzulegen, vermochte er nicht einmal in seiner vierfüßigen Gestalt.

»Ich bin ein Versager«, setzte er sein Selbstgespräch fort. »Alle haben ihr Vertrauen in meine besonderen Kräfte gesetzt, aber ich bin nicht einmal in der Lage, meine Freunde zu schützen.« Er dachte dabei an Tirah, die zusammen mit Tharon in einer gewaltigen Gegenfarbenexplosion umgekommen war.

Nach einer Weile streckte er seinen Kopf zwischen den Rippen des großen Arghanskeletts hinaus. Zunächst sah er nur magische Wirbel in der Luft und spürte den Widerhall der Gegenfarbenexplosionen. Dazu brauste der Sturm mit einer Wucht über die Insel, dass er ihm schier die Schuppen wegriss. Er würde nicht einmal seinem schlimmsten Feind wünschen, hier gefangen zu sein.

Dennoch war ihm, als höre er Stimmen, die im Heulen des Sturms oder auch im Gestein mitschwangen und unverständliche Worte raunten. Unruhig geworden versuchte er, sich bequemer hinzulegen. Da brach ein Stück des Bodens unter seiner Pfote ein, und als er mit seinen magischen Sinnen nach dem Hohlraum tastete, der unter ihm sichtbar wurde, stellte er fest, dass er ein Höhlensystem entdeckt hatte, das sich tief unter der Erde bis zur Küste erstreckte.

Eine Höhle war auf alle Fälle ein besseres Versteck als das Arghanskelett, durch das der Wind immer noch mit beträchtlicher Stärke hindurchfegte. Vielleicht, so hoffte er, würde ihm in relativer Sicherheit vor dem Sturm und den magischen Explosionen etwas einfallen, wie er Sirrin helfen konnte.

Als Arghan passte er nicht durch die kleine Bodenöffnung, und so schob er zuerst Sirrin hinein, damit sie in Sicherheit war, und erteilte sich selbst den Befehl, sich zurückzuverwandeln. Es dauerte einige Augenblicke, und in der Zeit schmirgelte der Wind wie mit Scheuersand über seine nackte Haut und riss sie blutig. In der Höhle blieb er für ein paar Augenblicke schmerzerfüllt liegen, bis seine Selbstheilungskräfte die Schrunden geschlossen hatten. Dabei nahm er die magischen Ausstrahlungen verschiedener Personen wahr. Als er sich darauf konzentrierte, kamen ihm zwei davon vertraut vor. Konnte es sein, dass Tirah und Tharon noch lebten und sich auf dieser Insel in Sicherheit hatten bringen können? Doch was machte das Weiß in ihrer Nähe? Es fühlte sich an wie eine noch recht junge Eirun, die aber über gute Anlagen verfügte. Daneben spürte er noch eine weitere recht kräftige schwarze, mehrere schwache blaue und zwei violette Präsenzen. Eine davon stach ihm so stark in die Nase, dass er sich fest in die Knöchel biss, um sich nicht auf der Stelle wieder in einen Arghan zu verwandeln.

Rasch wuchtete er sich Sirrin auf die Schulter und eilte auf die Quelle seiner Wahrnehmung zu. Bald erreichte er einen schmalen Spalt, durch den er sich hindurchzwängen musste. Dahinter lag eine Kammer, die das Wrack eines gelben Kristallschiffes enthielt. Ein Stück dahinter endete der Raum an einem ebenfalls sehr schmalen Durchgang, durch den es in eine domartige Höhle ging.

Als Regandhor vorsichtig hineinspähte, erblickte er mehrere Männer und eine Frau mittleren Alters, die unzweifelhaft dem Volk der Wardan entstammten. Dann sah er eine kindliche weiße Eirun, ein schlafendes schwarzes Mädchen mit großem magischem Potenzial und an ihrer Seite ein Gurrimmädchen und eine junge Violette, die aussah wie ein Mischling aus den Ardhu- und Girghavölkern des Violetten Landes. Ein Stück entfernt entdeckte er schließlich seine vermissten Gefährten. Der Junge atmete auf, als er Tirah und Tharon lebend vor sich sah. Bei ihnen saß ein violetter Junge, dessen magische Schwingungen denen des Mädchens ähnelten. Doch an ihm war etwas Besonderes.

Regandhors Blick drang tief in Careedhal ein, und er spürte den kleinen, aber festen Kern einer ganz speziellen Magie, den dieser in sich trug. Da dieser Kern fest umschlossen war, wusste der Junge vermutlich nichts davon. Mit einem einschmeichelnden Lächeln trat er in den Höhlendom und verbeugte sich. »Linirias und noch einigen anderen Göttern zum Gruß. Ich hoffe, ihr verzeiht mir mein Eindringen. Aber draußen wurde es mir zu ungemütlich.«

Die anderen starrten ihn mit großen Augen an. Tirah, die ihn noch vor Tharon erkannte, schrie auf, eilte auf ihn zu und nahm ihm Sirrin ab. »Was ist denn geschehen? Ist sie tot?«

Regandhor blickte die Mar-Kriegerin verzweifelt an. »Noch nicht! Man hat sie mit einem starken schwarzen Artefakt in diese Starre versetzt. Wenn es uns nicht gelingt, das richtige Gegenmittel einzusetzen, stirbt sie. Ich spüre, wie ihre Lebenskraft schwindet.«

Tharon richtete sich auf, obwohl ihm alle Knochen dabei wehtaten. »Bring sie her! Vielleicht kann ich herausfinden, was ihr fehlt. Und du, Junge, erstattest jetzt erst einmal Bericht. Danach werden dir unsere Gastgeber sicher eine Mahlzeit gönnen. Das blaue Zeug schmeckt übrigens sehr gut, und die Pfannkuchen, die die kleine Gurrim auf ihrem magischen Herd zu backen vermag, sind ein wahrer Magenschmaus.«

»Ich kann gleich ein paar backen. Wir haben noch genug Mehl«, bot Qulka an.

Während Tirah Sirrin zu Tharon trug, wandte Regandhor sich an die Gurrländerin. »Das wäre sehr nett von dir, denn ich habe wirklich großen Hunger! Ich musste mit Sirrin durch das Wasser schwimmen und sie quer über die Insel tragen.«

»Und das als Nacktfrosch?«, fragte Großadmiral Kip lachend.

»Leider musste ich meine Adeptenkutte im Wasser abstreifen, sonst hätte sie mich in die Tiefe gezogen, und der Rest hat sich dann auch noch verabschiedet!«

Regandhors Lächeln verbarg, welche Strapazen er durchgemacht hatte. Die anderen kannten jedoch die Stürme und Sturzseen, die um die Insel herum tobten, und sie begriffen, dass ihnen nicht einfach nur ein magisch begabter Junge gegenüberstand, sondern jemand, der über ganz besondere Fähigkeiten verfügte. Regandhor ließ ihnen jedoch nicht die Zeit, darüber nachzudenken, sondern begann mit seinem Bericht über die Vorkommnisse auf »Giringars Hammer«, nachdem Tharon und Tirah das Schiff verlassen hatten.

Als er fertig war, fuhr Tharon zornerfüllt auf. »So eine Schweinerei! Meandhir soll Gynrarr fressen! Ich werde diesen Verräter für seine Taten bezahlen lassen, das schwöre ich dir.«

»Dann solltest du aber bald damit anfangen, großer Magier, denn wie es aussieht, dürfte Gynrarr gerade dabei sein, sich in den Besitz des Feuerthrons zu bringen und die Inseln ringsum zu unterwerfen. Zudem fürchte ich, wird dieser Archipel bald unter der Wucht der magischen Stürme untergehen. Dabei dürfte sich zunächst ein so gewaltiger Orkan zusammenbrauen, dass das Violette Land auf Tausende von Meilen verwüstet wird.«

»Wenn das Violette Land auf diese Weise geschwächt wird, werden etliche der Anführer auf der anderen Seite den Großen Krieg weiterführen wollen. Was dann kommt, dürfte in der Zerstörung allen Lebens auf dieser Welt gipfeln.« In diesem Augenblick hasste Tharon Gynrarr mehr, als er Meandhir und dessen Anhänger je gehasst hatte.

Mit einer schier verzweifelten Geste wies er auf Merani. »Das junge Mädchen hier ist der Schlüssel. Wenn es rechtzeitig genug auf die Beine kommt, kann es mich mit seinen Heilkräften zusammenflicken, und dann bin ich hoffentlich in der Lage, Gynrarr in seine Schranken zu verweisen.«

Er wollte Merani, die bislang in tiefer Bewusstlosigkeit dahingedämmert war, erneut untersuchen, aber diesmal reagierte sie auf seine magische Berührung. Langsam richtete sie sich auf, sah ihn an und schüttelte den Kopf, so als hätte sie seine letzten Worte mitbekommen. »Wenn unser Archipel untergeht, ist es gleichgültig, ob es diese Verräter gibt oder nicht. Wir müssen alles tun, um die magischen Stürme zu bremsen. Das wird nicht leicht werden, aber ich glaube, ich kenne einen Weg.«

»Dann raus mit der Sprache!« Tharon bewegte sich zu schnell und spürte, wie eine Schmerzwelle durch seinen Körper raste. Doch als er auf seine rechte Hand blickte, nahm er zum ersten Mal seit der Explosion seines Bootes wieder das Siegel Giringars wahr – und das machte ihm Mut.

Fünfter Teil

DIE VERSTEINERTEN MÄDCHEN

1

Girdhan blickte auf die lange Schlange der Flüchtlinge, die an ihm vorbeizog. Es handelte sich um Kinder, Frauen und alte Männer, die ihre Heimat aufgegeben hatten, um nicht unter die Herrschaft der Fremden zu geraten. Was die Eindringlinge beabsichtigten, hatten sie bereits bei der ersten Stadt gezeigt, die nicht rechtzeitig evakuiert werden konnte. Die Invasoren nahmen den Einwohnern den freien Willen und machten sie wieder zu jenen stumpfsinnigen Wesen, die auch Wassuram vor mehr als sechsunddreißig Jahren dienen mussten. Nun führten sie widerspruchslos die Befehle ihrer neuen Herren aus und kannten keine eigenen Bedürfnisse mehr.

Auch an anderen Stellen versuchten die fremden Magier die Einwohner mit ihren Beeinflussungsartefakten zu unterwerfen. Doch noch reichten die Zauber aus, mit denen Torrix, Merala, Meraneh und die übrigen Magier und Hexen sie dagegen schützten. Dank ihrer Hilfe konnten mehr Gurrländer evakuiert werden, als Girdhan erhofft hatte.

Zu seinem Leidwesen war es unmöglich, das gesamte Volk im Gebirge zu verbergen und zu ernähren, und so hatte er sich entschlossen, die meisten auf die anderen Inseln zu schicken. Da das große Eisenschiff der Feinde an der Ostküste lag und seine tödlichen Blitze nicht quer über die ganze Insel schleudern konnte, tummelten sich vor der Westküste unzählige Segler, um Flüchtlinge zu den ardhunischen Inseln, nach Gelonda, Malvone und sogar nach Ilyndhir zu bringen.

»Es sieht gut aus«, sagte er zu seiner Schwiegermutter, die in seiner Nähe stand und den Schutzzauber aufrechterhielt.

»Es sähe besser aus, wenn diese Leute nicht flüchten müssten«, antwortete Meraneh bitter.

»Wenn wir die Bevölkerung Gurrlands evakuieren, wird sie wenigstens nicht unter die Herrschaft der Feinde fallen und muss nicht für diese arbeiten oder gar kämpfen.«

»Da hast du schon recht. Aber ich frage mich, wie wir diese zweifache Heimsuchung überstehen sollen. Hier haben wir Feinde, die mit Kriegern angreifen, die wie deine Gurrländer aussehen, und über der Inneren See toben die magischen Stürme.«

Meraneh hörte sich mutlos an. Anders als Girdhan sah sie den Untergang des Archipels unausweichlich auf sich zukommen. Vielleicht würden ein paar Schiffe die kleinen Inseln erreichen, die Großadmiral Kip auf seinen Forschungsreisen entdeckt hatte. Die meisten Bewohner des Archipels würden jedoch vermutlich mit ihren Inseln untergehen. Noch während sie in diesen Schreckensbildern gefangen war, spürte sie, wie der nächste magische Angriff der Feinde seinen Anfang nahm.

Diesmal versuchten sie es mit noch stärkerer Beeinflussung, und sofort blieben etliche Flüchtlinge stehen.

»Scheucht die Leute weiter!«, rief Girdhan seinen Offizieren zu. Diese trugen ebenso wie er mit Silber überzogene Helme und widerstanden daher der magischen Ausstrahlung der feindlichen Artefakte besser als die anderen. Trotzdem vernahmen auch sie die Botschaft der Feinde, die die Gurrländer unter ihre Herrschaft zwingen sollte.

»Gebt euren sinnlosen Widerstand auf! Ihr seid Gurrims des Schwarzen Landes und habt uns, den Magiern des großen Giringar, in allem zu gehorchen. Gebt euren …«

Der magische Ruf wiederholte sich endlos. Die Menschen, die auf den anderen Inseln lebten, wären ihm trotz aller Schutzzauber längst erlegen, doch die Gurrländer waren ein zäheres Volk. Girdhan sah, wie die Leute weitermarschierten. Ihre Gesichter waren verzerrt, und einige plapperten sogar den magischen Ruf ihrer Feinde nach.

Girdhan wollte es schon verbieten, da vernahm er, wie die Flüchtenden den Sinn der Botschaft veränderten. »Wir sind Gurrländer und haben dem großen Magierkaiser Girdhan zu gehorchen, den Giringar über uns gesetzt hat. Unter seiner Leitung werden wir allen Feinden widerstehen. Wir sind …«

Auch Meraneh hörte es und begann zu lachen. »Vielleicht besteht doch noch Hoffnung. Deine Leute sind treu und werden sich niemals dem Feind unterwerfen, und mit gurrländischen Truppen auf unserer Seite stehen unsere Chancen auf jeden Fall besser. Oh … warte …! Der Wind enthält eine Nachricht, die Hoffnung verspricht. Ich verstehe zwar nicht, woher Hilfe kommen soll, aber ich fühle, dass alles noch gut werden kann.«

Girdhan seufzte. »Dein Wort in Giringars Ohr! Aber komm jetzt weiter! Talei meldet eben einen starken Trupp unserer Feinde, der einem Flüchtlingszug den Weg abschneiden will.«

Meraneh nickte. Auf Gurrland waren Magier und Hexen aller Farben bis auf Weiß im Einsatz, und gemeinsam, so hoffte sie, würden sie die Invasoren vertreiben können. Zum ersten Mal seit Tagen glaubte sie wieder einen Lichtstreif am Horizont zu sehen. Dennoch machte sie sich große Sorgen um ihre Tochter, die mit Argo und dem Feuerthron unterwegs war, und noch mehr um Merani, die, wie sie der Botschaft des Windes entnahm, weitaus näher am Zentrum des Geschehens sein musste, als ihre Eltern ahnten.

2

Die Invasion erfolgte reibungslos, aber dennoch war Gynrarr unzufrieden. Sein Ziel war es gewesen, die Gurrims dieser Insel unter seine Herrschaft zu zwingen, doch diese entzogen sich zumeist seinem Zugriff. Bei näherer Betrachtung der Situation gewann er den Eindruck, als rückten seine eigenen Soldaten absichtlich langsamer vor, um möglichst vielen ihrer einheimischen Verwandten die Flucht zu ermöglichen.

Der Erzmagier nahm sich vor, ein ernstes Wort mit Ewalluk zu sprechen. Dieser hätte die Soldaten längst mit Beeinflussungsartefakten an die Kandare nehmen müssen. Stattdessen wandten sie die Geräte mit nur mäßigem Erfolg auf die Flüchtlinge an. Gynrarr schrieb das Versagen der eingesetzten Artefakte den verschiedenfarbigen Magiern und Magierinnen zu, die auf der Seite der Einheimischen standen.

Mit einer Geste, die seinen Ingrimm verriet, wandte er sich an seinen Adlatus. »Wie weit ist Ewalluks Stoßtrupp bereits vorgedrungen?«

Der Adept richtete das Spähartefakt auf Ewalluk. Es dauerte einen Augenblick, dann sahen beide den Hochmagier am Ende seiner Truppe durch das Gebirge marschieren.

»Was tut sich an der Spitze des Zuges?«, wollte Gynrarr wissen.

Sofort wanderte das Bild des Spähartefakts weiter. Ewalluk war mit mehr als tausend schwer bewaffneten Gurrims unterwegs und hatte ein halbes Dutzend Adepten und Magier bei sich. Doch auch die hielten sich bei der Nachhut auf.

»Feiglinge!«, fluchte Gynrarr, obwohl er auch nicht anders gehandelt hätte. Dann befahl er seinem Helfer barsch: »Noch ein Stück weiter! Ich will die Flüchtlinge sehen.«

Der Adept drehte an den Bedienknöpfen des Artefakts, schüttelte dann aber den Kopf. »Es tut mir leid, Erzmagier, aber ich empfange kein einziges scharfes Bild.«

»Das sehe ich selbst!«, bellte Gynrarr. »Die Einheimischen haben blaue Schutzfelder aufgebaut. Sorge dafür, dass Ewalluk gewarnt wird. Wie es aussieht, wollen die Kerle kämpfen.«

Ganz so ernst, wie es sich anhörte, nahm der Erzmagier die Situation nicht. Die primitiven Eingeborenen konnten es niemals mit tausend gut gepanzerten Gurrims aufnehmen, die unter dem Schutz von Schirmfeldern marschierten und mit Flammenlanzen bewaffnet waren.

Sein Helfer ließ den Beobachtungskegel zu Ewalluk zurückwandern. Als der Gurrimkommandant die Warnung empfing, gab er sofort Anweisung, sich kampfbereit zu machen. Doch statt den Befehl auszuführen und weiterzumarschieren, blieben die Gurrims stehen und sammelten sich um ihn.

Rasch verband Gynrarr sich geistig mit dem Spähartefakt, um zuhören zu können. Dabei hielt er nach Fremdmagie Ausschau und konnte sofort ein Beeinflussungsfeld messen, das die Insulaner über einen Teil von Ewalluks Truppe gelegt hatten. Es stachelte die eigenen Gurrims dazu auf, ihre Befehle zu verweigern.

Eben trat der Gurrimleutnant Burlikk auf Ewalluk zu und blieb mit vor der Brust verschränkten Armen vor diesem stehen. »Wir kämpfen nicht gegen unsere eigenen Leute, wenn nicht ein Sonderbefehl dafür vorliegt!«

Ewalluk platzte beinahe vor Wut. »Verdammtes Gurrimpack! Ihr werdet gehorchen, und wenn ich euch mit magischen Peitschen vorantreiben muss.«

»Auch damit kannst du uns nicht schrecken. Wir werden erst dann kämpfen, wenn wir genau wissen, dass dies auch in Giringars Sinn ist.«

»Was soll denn das, Burlikk? Wenn die Magier es uns befehlen, werden wir kämpfen«, mischte sich ein anderer Gurrim ein.

Burlikk schüttelte den Kopf. »Du kennst die Gesetze. Sie untersagen den Kampf gegen eigene Leute, wenn nicht ein ausdrücklicher, von Giringar bestätigter Befehl vorgewiesen und vor der ganzen Truppe verlesen wird.«

Der Leutnant hatte bemerkt, dass Ewalluk seine gesamte Truppe unter Beeinflussungsmagie gesetzt hatte. Das war gegen die Regeln, da jede Beeinflussung den Kampfwert der Soldaten herabsetzte. Lange hatte er versucht, sich gegen den fremden Willen zur Wehr zu setzen, doch erst unter der Ausstrahlung der Schutzfelder, die die angeblichen Feinde aufgebaut hatten, war es ihm gelungen, und nun war sein Kopf wieder klar.

»Burlikk hat recht! Es ist gegen das Gesetz, Gurrims mit Beeinflussung gegen andere Gurrims vorgehen zu lassen. Wir wollen einen Befehl, der der offiziellen Form entspricht!«, mischte sich sein Stellvertreter Wuzz ein.

Ewalluk fuhr auf. »Und wo soll ich den hernehmen, Tausende von Meilen vom Schwarzen Land entfernt und durch einen Ozean davon getrennt?«

»Das ist doch ganz einfach!«, antwortete Burlikk gelassener, als er sich fühlte. »Unser Anführer, der Magier Tharon, ist mit dem Siegel Giringars ausgestattet worden. Nach dessen Tod müsste es der Regel gemäß auf Erzmagier Gynrarr übergegangen sein. Er soll es vorweisen und bestätigen, dass Eure Befehle rechtmäßig sind. Bis dahin aber ruhen unsere Waffen!«

»So ist es!«, stimmte ihm Wuzz zu, und viele Gurrims nickten. Auch die, die noch stärker unter Ewalluks Beeinflussung standen, spürten nun den Zwiespalt zwischen den ihnen gegebenen Befehlen und den Gesetzen und Regeln des Schwarzen Landes.

»Wir dürfen nicht gegen andere Gurrims kämpfen«, sagte nun auch der Krieger, der Burlikk vorhin noch widersprochen hatte.

Ewalluk spürte, wie ihm die Macht über sein Heer entglitt. Am liebsten hätte er das Beeinflussungsartefakt auf stärkster Wirkung eingesetzt, aber ein Blick auf die grimmigen Mienen der Gurrims brachte ihn davon ab. Wenn er falsch handelte, würden ihn die

Kerle in Stücke reißen. Daher beschloss er, die Verantwortung auf seinen Vorgesetzten abzuwälzen.

»Also gut! Ich werde Gynrarr davon in Kenntnis setzen, dass ihr auf einer offiziellen Befehlsverlesung besteht. Beklagt euch später aber nicht, wenn er euch für euren Ungehorsam schwer bestrafen lässt.« Nach diesen Worten setzte der Magier sein Versetzungsartefakt ein und verschwand.

Auf »Giringars Hammer« starrte Gynrarr fassungslos auf die magische Kugel, durch die er das Geschehen in der Ferne miterlebt hatte. Resultierte der Widerstand tatsächlich aus der primitiven Prinzipientreue der stumpfsinnigen Gurrims, oder hatten die einheimischen Magier ihre Hände im Spiel? Doch ganz gleich, welche Ursachen die Befehlsverweigerung der Gurrims auch hatte: Um die Kerle zum Gehorsam zu bringen, musste er sich an die vorgeschriebenen Rituale halten.

Angespannt konzentrierte er sich auf die Innenfläche seiner rechten Hand und machte all jene Symbole sichtbar, die seinen Rang als Erzmagier des Schwarzen Landes und Mitglied des Ordens vom Heiligen Schwert bestätigten. Das Siegel Giringars aber, mit dem Tharon das Kommando über die Expedition übernommen hatte, war nicht auf ihn übergegangen.

Für einen Moment überlegte Gynrarr, ob er das Siegel magisch fälschen sollte, doch das würden die Gurrims merken und tatsächlich rebellieren.

Sein Adlatus trat ein und verbeugte sich. »Der Hochmagier Ewalluk wünscht dich zu sprechen, Hoher Herr Gynrarr.«

Der Angesprochene knurrte einen Augenblick wie ein gereizter Kettenhund. Dann aber versuchte er, seiner Stimme einen verbindlichen Klang zu geben. »Führ ihn herein! Und sorge dafür, dass sich alle Magier und Adepten zu einer Beratung einfinden. Bevor wir weiter gegen die Eingeborenen vorgehen, müssen wir unseren Schlachtplan ändern.«

3

Girdhan und Meraneh beobachteten das Verhalten der Feinde, ohne sich einen Reim darauf machen zu können. Hatte es eben noch so ausgesehen, als würden die fremden Gurrländer über den Bergpass steigen und die Flüchtlinge abfangen, machte die Vorhut nun kehrt und versammelte sich mit Teilen der Hauptmacht am Schluss des Zuges um einen Magier. Welche Pläne dort gesponnen wurden, konnten die beiden zu ihrem Bedauern nicht feststellen. Aber das seltsame Verhalten verschaffte ihnen eine Atempause.

»Wollen wir sie angreifen?«, fragte Meraneh. »Eine bessere Chance werden wir so schnell nicht bekommen.«

Girdhan nickte und wollte bereits den Befehl geben. Doch ein seltsames Gefühl ließ ihn innehalten. Diese vierschrötigen Krieger waren Verwandte seiner eigenen Untertanen, und sogar in seinen Adern floss das Blut dieses Volkes. Jeder dieser Krieger war ebenso stark wie ein Gurrländer, und sie besaßen weitaus mehr Feuerlanzen als sie selbst.

Einen Augenblick fragte er sich, ob er zu viel Angst vor den Eindringlingen hatte, um sie zu bekämpfen, verneinte es aber. Es war nur ein Gefühl, dass es ein Fehler wäre, sofort auf die Eindringlinge loszugehen. Daher hob er abwehrend die Hand. »Wir greifen nicht an, sondern sorgen dafür, dass unsere Leute ungeschoren zur Küste kommen.«

»Auf Dauer wirst du dem Kampf nicht ausweichen können«, wandte Meraneh ein.

»Ich weiß! Aber etwas sagt mir, dass hier nicht der richtige Ort und der richtige Zeitpunkt ist.« Girdhan versuchte zu lachen und befahl seinen Kriegern umzukehren. Diese wirkten direkt erleichtert.

Sein Stellvertreter kam an seine Seite und zeigte grinsend nach hinten. »Mir scheint, dass unsere Brüder nicht mit uns kämpfen wollen, obwohl diese elenden Magier versuchen, sie mit magischen Gerätschaften dazu zu zwingen.«

»Das ist die Wirkung des Gegenzaubers, den unsere Magier und Hexen gewirkt haben. Wenn unsere Feinde noch stärkere Beeinflussungsmagie einsetzen, haben wir ihnen nichts mehr entgegenzusetzen!«, sagte Meraneh, die sich ärgerte, weil Girdhan eine Möglichkeit für einen Gegenschlag aus der Hand gab, der den Feind schwächen würde.

4

Die See glich nicht mehr dem Meer, das die Magierkaiserin vor sechsunddreißig Jahren befahren hatte. Sie hatte Angst, wusste jedoch, dass sie die Fahrt wagen musste. Nur dicht beim Geburtsort der magischen Stürme war der Feuerthron vor dem Zugriff der Invasoren sicher. Argo, der wieder seine menschliche Gestalt angenommen hatte, stand neben ihr am Bug des ardhunischen Zweimasters und blickte nach vorne. Dort tobten sich eben drei magische Stürme auf einem relativ kleinen Gebiet aus, jeder von ihnen stark genug, die Nussschale, auf der sie sich befanden, auf den Grund des Meeres zu schicken.

»Welche Chance haben wir, durch dieses Chaos zu kommen?«, fragte sie zweifelnd.

Argo zuckte mit den Schultern. »Haben wir eine andere Wahl, als es zu versuchen?«

»Nein.«

»Na also! Daher mache ich mir keine Gedanken. Wir tun es einfach, und mit Linirias, Giringar oder wer auch immer auf unserer Seite steht, werden wir es schaffen. Wenn nicht, sterben wir nur ein paar Jahre früher als die anderen Bewohner unserer kleinen Welt.«

»Wenn wir schon wissen, dass alles vernichtet wird, warum sträuben wir uns dann noch gegen das Schicksal?«, fragte Mera.

»Weil die Hoffnung erst mit uns stirbt! Vielleicht geschieht ein Wunder, und die Stürme erlöschen. Aber dann will ich nicht unter der Herrschaft dieser fremden Magier mit ihren nachgemachten Gurrlandtruppen stehen.«

Mit dieser Bemerkung brachte er Mera zum Lachen. »Nachgemachte Gurrlandtruppen ist gut! Ich nehme an, dass unsere Gurrländer von jenem Volk abstammen.«

»Das sehe ich auch so. Ist dir übrigens aufgefallen, dass wir bislang nur Männer gesehen haben, aber keine Frauen? Im Gegensatz zu den neuen Eindringlingen hat Wassuram beide Geschlechter auf unsere Inseln gebracht.«

Mera nickte nachdenklich. »Man könnte fast meinen, Wassuram habe sich mit seinen Leuten hier ansiedeln und ein Reich gründen wollen. Diese Fremden hingegen …«

»… sind wahrscheinlich auf der Suche nach ihm und dem Feuerthron«, setzte Argo den Satz fort.

»Die Kerle hätten verhandeln können!«, antwortete Mera zornerfüllt. »Stattdessen kommen sie wie eine Schädlingsplage über das Land und versuchen unsere Leute mit Beeinflussungsmagie unter ihre Herrschaft zu zwingen. Einem solchen Pack dürfen wir den Feuerthron nicht ausliefern!«

Argo lachte. »Womit wir wieder beim Thema wären! Uns bleibt nichts anderes übrig, als auf unseren guten Stern zu vertrauen. Wir haben Freunde, Mera! Das ist mir klar, seit wir vor sechsunddreißig Jahren Wassuram gestürzt haben. Diese Freunde geben sich nicht immer zu erkennen, aber es gibt sie. Du müsstest sie doch auch wahrnehmen.«

»Ich fühle gar nichts!«, antwortete Mera schroffer als beabsichtigt.

Die Trennung von Girdhan, der mehr als drei Jahrzehnte wie ein Teil von ihr gewesen war, belastete sie ebenso wie die Hilflosigkeit gegenüber den magischen Mitteln der Invasoren. Der Kampf gegen diese Leute würde zu so fürchterlichen Verlusten führen, dass sie sich fragte, ob sie den Völkern des Archipels guten Gewissens zum Widerstand raten konnte. Dann aber dachte sie an die Runi auf Runia, die Wassuram hatte ausrotten wollen, und begriff instinktiv, dass die neuen Feinde nicht anders handeln würden. Sie schlug mit der Faust auf die Reling. »Wir werden keine Sklaven der Fremden werden!«

»So sehe ich es auch«, antwortete Argo. Dann wandte er sich zum Achterdeck um, auf dem eine Ardhunierin das Steuerruder bediente. »Drei Strich mehr nach Backbord, Steuerfrau.«

»Aber dann segeln wir genau in diesen gelben Sturm hinein«, rief diese erschrocken zurück.

»Der zieht südwärts ab. Bis wir dort sind, ist er weg.«

Nun befolgte die Frau den Befehl und sorgte dafür, dass die Matrosen die Segel trimmten. Der Bug des Schiffes schwang in die neue Richtung, und der Rumpf legte sich noch weiter über.

Mera musterte den Arghan nachdenklich. »Ich beneide dich um dein Talent, magische Ströme zu fühlen und zu erkennen, wie sie ziehen.«

»Das ist eine meiner wenigen Stärken. Dafür hast du eine Menge Fähigkeiten, die mir fehlen, Mera. Gemeinsam sind wir beide wahrscheinlich stärker als die stärksten Magier der Eindringlinge. Davon bin ich fest überzeugt, und das werden auch die Invasoren noch begreifen.«

»Wollen wir hoffen, dass unsere Gegner bald einsehen, dass ihnen hier keine Kinder mit Flitzebogen gegenüberstehen. Sonst müssten wir es ihnen handgreiflich beibringen!«

Obwohl die See vor ihnen aussah, als würde sie jedes Schiff verschlingen, das sich in diesen Hexenkessel hineinwagte, fasste Mera nach dem Gespräch mit Argo wieder Mut. Sie legte die Hände auf die Reling und blickte nach oben. Über ihnen kreisten Sturmvögel und ließen sich auch von den scharfen Böen, die über das Meer zogen, nicht beeindrucken.

»Ja, Argo! Wir werden es schaffen.«

»Natürlich werdet ihr das!«, klang es plötzlich in ihren Gedanken auf.

»Was hast du gesagt?«, fragte sie irritiert.

Argo sah sie erstaunt an. »Ich? Gar nichts.«

»Ich habe eine Stimme vernommen. In meinem Kopf! Sie klang … grün! Aber sie hörte sich nicht so an, als käme sie von einem Feind. Wie sagtest du eben? Wir haben noch Freunde, und die benötigen wir auch dringend. So, jetzt geht es mir wieder besser, und ich bekomme Hunger.«

Argo lächelte erleichtert, weil es ihm gelungen war, Mera wieder aufzurichten. Im Kampf gegen die magischen Elemente und die fremden Aggressoren war sie sehr wichtig, und er durfte nicht zulassen, dass die Schwermut ihre Kräfte beeinträchtigte.

5

Tharon fiel vor Staunen die Kinnlade herab, als er den Kristall in Meranis Hand sah. »Bei allen Dämonen des Westens! Weißt du, was das ist, Mädchen?«

Merani schüttelte verständnislos den Kopf. »Ein Kristall eben, wie es sie in den Bergen viele gibt.«

»Oh nein! Das ist eine Lir-Schuppe, ein Stück aus dem Panzer eines gewaltigen Wesens.«

»Ist das so etwas Ähnliches wie ein Arghan?«, fragte Careedhal neugierig.

Regandhor, der nun, nachdem Anih ihn mit der Reservekleidung ihres Sohnes versehen hatte, einem Mitglied der ilyndhirischen Flotte glich, hob interessiert den Kopf. Der Junge schien zu wissen, was es mit den Arghan auf sich hatte. Dabei war sein eigener Arghan-Kern noch fest geschlossen.

Tharon schüttelte den Kopf. »Eine Lir ist nicht mit einem Arghan zu vergleichen. Arghan erscheinen entweder als geflügelte Schlangen oder als gepanzerte, vierfüßige Monster. Sie sind gegen magische Zugriffe weitestgehend immun und können fürchterliche Feuerstrahlen abschießen. Doch gegen eine Lir sind sie so harmlos wie ein Schmetterling gegen einen Meandhir-Dämonen. In den Sagen heißt es, dass die Lir vor Urzeiten vom Himmel gefallen seien und ein Großteil unserer Welt danach vernichtet war. Einige Eirundämonen im Westen, aber auch blaue Hexen aus Ilynas Land behaupten, vor den Einschlägen der Lir sei hier ein Paradies gewesen, in dem alle Farben in Frieden zusammengelebt hätten. Sollte dies tatsächlich der Fall gewesen sein, hat sich seitdem sehr viel geändert. Ich vermag nicht einmal Hekendialondilan anzusehen, ohne Hass zu spüren. Dabei verhält sie sich wirklich nicht feindlich.«

Der Schwarzlandmagier seufzte und nahm Meranis Erinnerungen an die Vision auf, in der sie den Einschlag einer Lir auf eine der Inseln erlebt hatte.

Diesmal dauerte es eine Weile, bis er zu einer Antwort fähig war. »Bei Giringar! So etwas Entsetzliches habe ich noch nie gesehen. Dabei geben sich die Herren Tenelin, Talien und Meandhir alle Mühe, uns jedes Mal aufs Neue mit ihren Grausamkeiten zu überraschen. Doch gegen das, was du mir gezeigt hast, sind die Schäden, die die Dämonen des Westens mit ihrer Kriegsmagie anrichten, geradezu harmlos. Aber zurück zu deinem Kristall. Hast du ihn auf eurer Insel gefunden?«

»Careedhal hat ihn gefunden«, stellte Argeela klar.

Merani nickte heftig. »Das stimmt!«

»Aber ich konnte nichts damit anfangen«, meldete sich der Junge zu Wort. »Erst als meine Schwester ihn in die Hand genommen hat, zeigte er Wirkung, doch die war harmlos im Vergleich zu dem, was später Merani passiert ist. Ihr Geist wurde von ihrem Körper getrennt, und erst ihrer Mutter, der Magierkaiserin, ist es gelungen, ihn wieder zurückzuholen.«

»Was hat es mit diesen Lir-Schuppen auf sich?«, fragte Merani.

»Ihre harmloseste Anwendung finden sie als Schmuck und Rangabzeichen violetter Damen. Aber die Magier meiner Heimat sind ebenfalls hinter ihnen her, denn sie sind weitaus klarer als die Kristalle, die von unserer eigenen Welt stammen. Ein Artefakt, in das gut geschliffene Lir-Kristalle eingebaut werden, besitzt die drei- bis fünffache Stärke. Allerdings gibt es nur wenige zugängliche Fundorte, daher sind die Kristalle, die dort unter vielerlei Gefahren abgebaut werden, heiß begehrt. Diese Schuppe hier lässt sich in drei einzelne Kristalle zerteilen, die bei einem Levitationsartefakt ausreichen würden, ein Schiff von der Größe von ›Giringars Hammer‹ aus dem Meer zu heben.«

Merani kannte die Levitationsschächte in der Höhlenfestung und war von Tharons Ausführungen beeindruckt. »Weshalb besitzt dieser Kristall bereits eine Wirkung, obwohl er weder bearbeitet noch in ein Artefakt eingebaut worden ist?«

Tharon zuckte mit den Achseln. »Das würde ich auch gerne wissen. Erlaubst du, dass ich den Kristall einmal anfasse?«

Merani nickte und reichte ihm den Stab. Der Magier konnte auf Anhieb sagen, welche magische Wertigkeit der Kristall besaß und wie man ihn am besten in mehrere Teile schneiden sollte. Sonst spürte er nichts. Allerdings schien ein Teil des Kristalls sich seiner magischen Untersuchung zu entziehen.

»Seltsam! Es sieht so aus, als könnte dieses Ding nur von Frauen benutzt werden. Tirah, fass du ihn mal an!« Er legte der jungen Amazone den Kristall in die Hand, ohne ihn jedoch loszulassen.

Einen Lidschlag lang versteifte die Amazone sich, dann schrie sie auf. »Ich ersticke! Helft mir! Es erdrückt mich.« Gleichzeitig flammte der Kristall auf, erlosch aber sofort wieder, während Tirah erschöpft zusammenbrach und von Qulka versorgt werden musste.

Careedhal starrte fasziniert auf die fremde violette Kriegerin herab. »Auf meine Schwester hat der Kristall ähnlich gewirkt wie auf Tirah. Doch wenn wir mehr erfahren wollen, muss Merani ihn untersuchen. Aber das ist sehr gefährlich!«

»Dann sollten wir es nicht zulassen, ohne vorher Meranis Eltern zu fragen«, mischte sich Anih ein, der das Gerede über Magie und Zauberei zu viel wurde. Solche Dinge waren vielleicht im Magierturm von Ilynrah angebracht, aber nicht auf einer Insel, auf der sie möglicherweise für den Rest ihres Lebens gefangen sein würden.

Kip legte seiner Frau die Hand auf die Schulter. »Nein, meine Liebe! Ich bin überzeugt, dass Merani es probieren sollte. Oder willst du darauf warten, dass alles zugrunde geht und wir als Geister umherschweifen wie der arme Reodhendhor?«

Anih hatte die Geschichte, wie ihr Mann zusammen mit Mera, Girdhan, Careela, Hekendialondilan und Argo den Herrn des Feuerthrons gestürzt hatte, oft genug gehört. Daher erschreckte sie der Gedanke, ebenfalls zu einem körperlosen Geist zu werden, der niemals den Weg zu seinem Gott finden würde, und sie fasste nach Meranis Hand. »Wenn du es versuchen willst, dann tu es! Aber fühle dich nicht gedrängt.«

Merani lächelte beruhigend. »Das tue ich nicht, Tante Anih. Seit ich diesen Kristall das erste Mal in der Hand gehalten habe, wusste ich, dass diese Stunde einmal kommen würde.« Dann drehte sie sich um und setzte sich neben Tharon. »Ich bin bereit, großer Magier!«

»Irgendwann werde ich Sirrin für diese Bezeichnung erwürgen!«, brummte Tharon.

Tirah, der es wieder besser ging, hob den Kopf und grinste. »Jetzt wäre es am gefahrlosesten für dich, großer Magier. Sirrin liegt in Stasis und kann sich nicht wehren, während ich zu schlapp bin, um sie zu schützen.«

»Du vergisst Regandhor. Der Bursche hat mehr drauf, als er uns zeigt. Aber dahinter werde ich auch noch kommen. Jetzt kümmern wir uns erst einmal um den Kristall!« Tharon legte seine rechte Hand auf Meranis Schulter und krallte seine Finger so fest in ihre Haut, dass sie vor Schmerz aufstöhnte.

»Das muss sein«, beschied ihr der Magier. »Konzentriere dich, dann spürst du es nicht! Und jetzt richte deine Gedanken auf die Lir-Schuppe!«

Merani schloss die Augen und streckte langsam die Hand nach dem Kristall aus. Zunächst tat sich gar nichts. Dann aber vernahm sie ein Wispern und Raunen, ohne Worte zu verstehen. Noch während sie sich den Stimmen neugierig näherte, wurde sie von einer ungeheuren Kraft gepackt und davongerissen.

6

Erst allmählich wurde Merani sich bewusst, dass sie wieder einmal nur als Geist existierte. Ihr Körper lag in der Höhle und schien unerreichbar fern zu sein. Für eine Weile befürchtete sie, niemals mehr in ihn zurückkehren zu können. Dann aber fühlte sie eine feine Verbindung zwischen ihren beiden Teilen und konnte sogar wahrnehmen, was in der Höhle geschah. Der schwarze Magier war von dem Ereignis anscheinend völlig überrascht worden, denn er fluchte leise und tastete mit seinen magischen Sinnen in ihrem Körper herum.

»Keine Angst! Mir geht es gut«, sendete sie, konnte aber nicht feststellen, ob ihre Gedankenstimme den Magier erreicht hatte, denn sie wurde von den Winden gepackt und so weit nach oben getragen, dass sie die Sterne über sich flimmern sah. Gleichzeitig konnte sie den gesamten Archipel überblicken.

Rasch merkte sie, dass sie die Informationen eines Spähartefakts der Fremden empfing, das immer wieder auf andere Teile des Archipels gerichtet wurde. Auf diese Weise bekam sie Einzelheiten mit, die sie bereits von der Arbeit mit dem Feuerthron kannte. Sie sah Dörfer und Städte so scharf, als hinge sie direkt darüber, und konnte Mensch und Tier beobachten. Wie es aussah, flüchteten Tausende Gurrländer von ihrer Heimatinsel und wurden zu den ardhunischen Inseln und nach Gelonda gebracht. Schiffe aller Völker halfen bei der Evakuierung, obwohl sie an anderen Orten ebenso dringend gebraucht worden wären. Malvone gab die in der Inneren See gelegene Insel Malanar auf, die Menschen von Terila flohen nach Teren, und auf den anderen Inseln wurden die Küstengebiete an der Inneren See geräumt.

Bei diesem Anblick weinte Merani Geistertränen. Die Innere See war zu einem Tummelplatz gewaltiger Stürme geworden, deren Ausläufer über die Hauptinseln hinwegfegten. Ihr Blick suchte die Insel der Runi. Diese hatten den Schirm von Runia beinahe bis auf die Küste zurückgenommen und ihre vorgelagerten Inseln ebenfalls dem Toben der Stürme preisgegeben.

Merani begriff, dass ihre kleine Welt tatsächlich im Begriff war unterzugehen. Doch sie schwor sich, bis zum letzten Atemzug für die Rettung des Archipels zu kämpfen.

Ihr nächster Blick galt den Feinden. Als Erstes entdeckte sie das große schwarze Schiff in der Ostbucht. Fremde Krieger, die wie Gurrländer aussahen, und Männer in langen, mit Abzeichen überladenen Talaren besetzten ihre Heimat und stießen dabei auf keinerlei Gegenwehr. Beinahe das ganze Gebiet östlich des Gebirges war bereits in fremder Hand, und die ersten feindlichen Truppen stießen, dem Tal des Nordflusses folgend, auf Gurrdhirdon vor.

Merani konnte nicht begreifen, weshalb ihre Eltern nicht die Kraft des Feuerthrons benützten, um die Invasoren zurückzuschlagen. Doch als sie ihre magischen Sinne auf den Festungsberg richtete, fand sie dort eine gespenstige Leere vor. Es gab keine Schirmfelder mehr, und die Menschen verließen die Stadt auf Booten über den Nordwest- und den Südwestfluss. Auch anderswo zogen sich die Bewohner in Richtung Westen zurück. Für Merani sah es so aus, als würden ihre Landsleute ihre Heimat aufgeben, weil sie nicht mehr an einen Sieg über die Invasoren glaubten. Dann aber entdeckte sie einen Trupp Soldaten im Gebirge, deren Anführer ihr Vater war. Der Magierkaiser wollte sich offensichtlich nicht geschlagen geben, aber er kämpfte mit herkömmlichen Mitteln. Daher fragte Merani sich bange, was mit dem Feuerthron geschehen war.

»Er wurde von den Fremden ausgeschaltet«, glaubte sie eine geisterhafte Stimme zu vernehmen. Gleichzeitig wurde ihr Geist nach Norden gezogen, und sie entdeckte inmitten der tobenden See ein Schiff, das beharrlich auf den Geburtsort der magischen Stürme zuhielt. Es handelte sich um einen Segler der Ardhunier, deren Schiffe zu den schnellsten und wendigsten im gesamten Archipel zählten. Doch um durch das Chaos in der Inneren See zu kommen, brauchte es mehr als ein Wunder.

Als Meranis Geist noch näher an das Schiff herankam, erkannte sie ihre Mutter und Fürstgemahl Argo, die mit angespannten Sinnen die Umgebung überwachten und der Steuerfrau Befehle erteilten, die an deren Geschick und die Fähigkeiten der Mannschaft höchste Ansprüche stellten.

Merani stöhnte auf und fragte sich, warum ihre Mutter eine derart selbstmörderische Reise unternahm. Dann entdeckte sie im Bauch des Schiffes eine matte schwarze Präsenz und begriff, was geschehen war. Der Feuerthron war nicht länger ein mächtiges Artefakt, sondern nur noch ein unbequemes Sitzmöbel aus Kristall. Aber er durfte den Invasoren nicht in die Hände fallen, denn die würden ihn vermutlich wieder in Gang setzen und damit ihre kleine Welt ins Unglück stürzen.

»Noch mehr Unglück, als schon jetzt auf uns zurollt?«, fragte sich Merani. Sie glaubte nicht, dass der Untergang noch aufzuhalten war. Oder doch? Sie dachte an Tharon, den fremden, faszinierenden Schwarzmagier, und irgendetwas sagte ihr, dass der Feuerthron zu ihm kommen musste. Aber sie konnte nicht das Geringste tun, um ihrer Mutter und Argo zu helfen.

»Wir tun, was wir können«, vernahm sie in diesem Augenblick eine Stimme in sich. »Unsere Macht ist jedoch beschränkt. Aber wir können wenigstens einen Teil der Stürme vom Schiff deiner Mutter ablenken.«

»Hoffentlich klappt es so, wie ihr euch das vorstellt. Aber wer seid ihr eigentlich?« Merani spürte, wie ihre Gereiztheit wuchs. Sie hasste es, im Dunkeln zu tappen, während um sie herum entscheidende Dinge geschahen.

»Du wirst es bald erfahren«, hallte es noch in ihr, dann wurde es still um sie. Gleichzeitig stürzte sie in die Tiefe und schlug mit hoher Geschwindigkeit im Wasser ein. Obwohl sie nicht körperlich anwesend war, verspürte sie den Schmerz des Aufpralls. Dann packte sie wieder die Angst, zu ersticken oder von den gewaltigen Wassermassen über ihr erdrückt zu werden. Mühsam nur gelang es ihr, sich daran zu erinnern, dass sie ein Geist war und selbst festen Fels zu durchdringen vermochte.

Mit einem Mal vermochte sie sich nach ihrem eigenen Willen zu bewegen, und sie spürte sehr viel Violett unter sich. Auch andere Farben waren in der Nähe, darunter ein inselgroßer gelber Fleck, der kaum merklich auf das Violett zuzufließen schien. Wenn die beiden zusammentrafen, würde hier eine Gegenfarbenexplosion entstehen, die alle bisherigen wie ein Kerzenlicht aussehen ließ.

Merani konnte sich die Wucht der Wassermassen vorstellen, die dann als Tsunami gegen die Küsten branden würden. Dabei reichten schon die Stürme aus, den Archipel auf Dauer zu vernichten. Bei dieser Erkenntnis spürte sie, wie ihre Kraft nachließ. Es war sinnlos weiterzukämpfen. Geh zurück in deinen Körper und warte auf das Ende, flüsterte etwas in ihr.

»Du darfst nicht aufgeben!« Für einen Augenblick schwebte ein grüner Geist in ihrer Nähe, dünn, blass und so durchscheinend, dass sie zweimal hinschauen musste, um zu erkennen, dass da etwas war.

»Wer bist du?«, fragte Merani misstrauisch.

»Du hast mich schon einmal gesehen. Erinnere dich!«

»Bist du das grüne Runimädchen, das versteinert auf dem Grunde des Meeres liegt?«

»Das bin ich. Wenn du mir und den anderen nicht hilfst, werden wir alle sterben. Es dauert nicht mehr lange, dann wird der Rachezauber von Talrunia die violette Schlange erreichen, und diese Inseln werden untergehen. Ich aber werde vorher sterben, denn meine Versteinerung löst sich in den magischen Wirbeln langsam auf. Schon bald werde ich von dem Wasser, das auf mir lastet, erdrückt werden, denn nach all den Jahrtausenden, die ich versteinert auf dem Grund liege, fehlt mir die Kraft, mich magisch zu erhalten. Aber das ist noch nicht das Schlimmste. Nach meinem Tod wird es mir nicht einmal vergönnt sein, zu Tenelins Seelendom zu gehen, denn die große Ballung zieht alle Seelen an und wird auch mich nicht gehen lassen.«

Merani spürte die Todesangst der grünen Runi. Da die Angehörigen ihres Volkes uralt werden konnten, fürchteten sie das Ende ihres Lebens weitaus stärker als die Menschen.

»Soll ich dich mit meinen Levitationskräften aus dem Wasser holen?«, fragte sie.

Die Runi schüttelte den Kopf. »Das würdest du nicht schaffen, denn hier wirkt keine Magie so, wie sie sollte.«

»Du hast eine sonderbare Art, einem Mut zu machen«, antwortete Merani mit bitterem Spott. »Du bittest mich darum, dich hier herauszuholen, sagst mir aber gleichzeitig, dass ich nicht dazu in der Lage bin. Soll ich dir vielleicht einen Strick hinunterlassen? Hekendialondilans Boot könnte vielleicht einen anfertigen, der lang genug wäre!«

»Und wer bindet meinen versteinerten Körper daran fest? Nein, du musst dir etwas anderes einfallen lassen.«

»Ich glaube, ich weiß eine Möglichkeit.« Merani dachte dabei an Tharon, den erfahrenen Magier, und an den Feuerthron. Aber ihr wurde schnell klar, dass selbst die beiden nichts gegen den magischen Hexenkessel ausrichten konnten.

Die Grüne sank wieder nach unten. Ehe sie aus Meranis Wahrnehmung verschwand, rief diese ihr zu. »Wie heißt du eigentlich? Irgendwie muss ich dich doch nennen können!«

»Tenaril!«, kam es zurück, dann löste ihre Erscheinung sich in den Wirbeln auf.

Noch während Merani überlegte, ob sie sich nach unten durchschlagen und sich die beiden versteinerten Mädchen noch einmal ansehen sollte, entdeckte sie eine weiträumige weiße Strömung, die auf sie zukam, und sagte sich, dass sie vorerst genug entdeckt hatte. In dem Moment wurde es auch schon schwarz um sie, und als sie die Augen aufschlug, befand sie sich wieder in ihrem eigenen Körper und sah etliche erleichterte Gesichter über sich.

7

Als Merani ihren Bericht beendet hatte, herrschte erst einmal Stille. Tharon schüttelte ein ums andere Mal den Kopf, während Careedhal seine Hände in Meranis Oberschenkel krallte, bis sie ihn mit einem Fauchen zurückstieß. »Du machst mir blaue Flecken!«

»Entschuldige!«, sagte er und versuchte seiner Anspannung mit einem Scherz Luft zu machen. »Bekommen auch grüne Leute blaue Flecken?«

»Blaue Flecken entstehen nicht magisch, sondern durch eine Reaktion des Blutes. Quetscht man ein Körperteil zu sehr, gibt es dort blaue Flecken, die sich später ins Grüne und ins Bräunliche verfärben«, erklärte Tharon, der die Frage anscheinend ernst genommen hatte.

»Menschen der blauen Farbe schminken die blauen Flecken, wenn die sich grün färben.« Merani begann zu kichern. Der belanglose kleine Wortwechsel hatte ihr geholfen, den Klumpen zu lösen, der sich in ihrem Magen gebildet hatte.

»Also werden grüne Menschen ihre blauen Flecken grün färben«, setzte Argeela die unsinnige Diskussion fort.

»Das ist möglich. Jedenfalls färben alte Menschen, deren Haare weiß werden, diese ebenfalls in ihrer eigenen Götterfarbe – bis auf die von Teren natürlich, denn die bleichen sie von Kindheit an.« Merani lachte kurz, bat Qulka um etwas zu trinken und blickte dann Tharon an.

»Nun, großer Magier, was schlägst du vor?«

Tharon zuckte mit den Schultern. »Ich habe nicht die geringste Ahnung, was wir tun könnten. Wie heißt dieses grüne Mädchen? Tenaril? Das bedeutet Grünes Juwel.«

»Auf alle Fälle ist es ein Name, den man sich merken und auch aussprechen kann, im Gegensatz zu manchen anderen«, stellte Großadmiral Kip fest und zwinkerte dabei Hekendialondilan zu.

Die Runi achtete jedoch nicht auf ihn, sondern konzentrierte ihre magischen Sinne auf die Stelle, auf der laut Merani das grüne Mädchen liegen sollte. Zwar besaß sie viele Freunde auf Runia, und sie mochte auch Merani, Careedhal und die anderen. Doch mehr als alles auf der Welt wünschte sie sich eine Freundin aus ihrem Volk, die in ihrem Alter war.

»Wir müssen Tenaril helfen! Falls du etwas tun kannst, dann mach es bitte«, flehte sie Tharon an.

Dieser brummte abweisend. Ein grünes Spitzohr zu retten war in etwa das Letzte, das er sich vorstellen mochte. Allerdings hatte er hier auf dieser Insel schon Dinge erlebt, die in seiner Heimat schieren Unglauben und Entsetzen auslösen würden. Bereits die Tatsache, dass er mit einer weißen Eirun friedlich zusammensaß, würde man im Schwarzen Land als Verrat ansehen. Doch die Weiße hatte sein Leben und das von Tirah gerettet. Außerdem unterstützte er nicht sie, sondern mit Merani eine Adeptin seiner eigenen Farbe.

Tharon konzentrierte sich und schloss alle störenden Einflüsse von sich aus. Doch er merkte rasch, dass er seine alte Kraft noch nicht wiedergewonnen hatte. »Um hier etwas bewirken zu können, wäre die Kraft eines Gottes vonnöten«, stellte er fest. »Aber von denen ist keiner hier.«

»Was ist, wenn wir unsere Kräfte vereinen?«, fragte Merani.

»Wir können es probieren. Komm, setz dich zu mir und lege deine Hände an meinen Kopf. Ich tue dasselbe bei dir. Allerdings wirst du mich führen müssen, denn ich habe keine Ahnung, wo dieses grüne Spitzohr sein kann.«

Merani rutschte zu Tharon hinüber und befolgte genau seine Anweisungen. Als ihre Hände seinen Kopf berührten, spürte sie seine magischen Kräfte, aber auch seine Verletzungen. Er war bereits wieder sehr stark, und es schien ihr unfassbar, dass er nicht gegen die magischen Strömungen ankam. Doch als sich ihre Geister von den Körpern trennten und in die Richtung strebten, in der Tenaril zu finden sein musste, hatten sie alle Mühe, ihre geistige Verbindung aufrechtzuerhalten. Schließlich erreichten sie die äußersten Schären und drangen dort in den Ozean an. Sofort überkam beide das Gefühl, zu ersticken und gleichzeitig erdrückt zu werden.

»Das kann nicht nur die Grüne sein«, gab Tharon von sich.

»Ich sagte ja, dass ich noch ein zweites Mädchen gesehen habe. Es befindet sich in einer Höhle und ragt aus einer waagerecht liegenden Felsnadel heraus.« Merani sandte dem Magier die Bilder zu.

Tharon erschrak so, dass Merani es wie einen Schlag spürte. »Das muss Wassuram gewusst haben! Denn sonst hätte seine Aktion keinen Sinn ergeben.«

»Was muss er gewusst haben?«, fragte Merani neugierig.

»Nichts, was ich jetzt auf die Schnelle erklären kann. Komm, tauchen wir zu der Stelle hinab. Was es damit auf sich hat, erfährst du, wenn wir zurück sind. Ich wünschte, wir könnten Sirrin aus der Stasis wecken! Ohne sie lässt sich dieses Problem kaum lösen.«

Merani begriff, dass es mit ihrem Fund mehr auf sich hatte, als sie verstand. Daher drängte sie den Magier, ihr wenigstens Andeutungen zu machen. Doch Tharon beschwor sie, endlich in die Tiefe zu tauchen, damit er mit eigenen Sinnen erfassen konnte, was sie dort entdeckt hatte. Gekränkt glitt Merani tiefer und traf bald auf eine steile Wand, die über und über mit violetten Kristallen bedeckt war, die Careedhals Fundstück glichen. Das Meer war hier so tief, dass ewige Dunkelheit hätte herrschen müssen, doch die Felsen und der Meeresboden glühten in einem unheimlichen Licht.

Nach kurzer Zeit erreichten sie das versteinerte Runimädchen. Der Geist der jungen Grünen schwebte direkt neben ihrem Körper. Sie winkte Merani und Tharon zu, wagte es diesmal aber nicht, sich ganz aus ihrem Leib zu lösen.

»Ich bin froh, euch zu sehen! Meine Entsteinerung beginnt schon. Wenn ihr nicht handelt, werde ich in wenigen Tagen tot sein.«

»Bist du für die magischen Stürme verantwortlich?«, fragte Tharon grob.

Tenarils Geist schüttelte den Kopf. »Nein! Das sind die anderen, die Toten, die sich nicht zu den Seelendomen ihrer Götter begeben konnten.«

Nun erinnerte Tharon sich wieder an den monströs großen Schwarm aus Seelen, den er kurz vor der Explosion seines Bootes entdeckt hatte, und fluchte leise vor sich hin.

»Was ist denn so Furchtbares?«, wollte Merani wissen.

»Zu allem Überfluss haben wir es auch noch mit einer gewaltigen Geisterballung zu tun«, erklärte Tharon. »So ein Ding besteht aus den Seelen von Toten, die so miteinander verschmolzen sind, dass sie sich nicht mehr trennen und zu ihren Göttern zurückkehren können. Am schlimmsten sind sie, wenn eine Ballung wie diese hier viele Seelen gegensätzlicher Farben enthält. Das ist absolut zerstörerisch.«

»Aber explodiert das Ding denn nicht, wenn die Gegenfarben zusammenkommen?«, fragte Merani verwundert.

»Wenn Seelen mit großer magischer Kraft zusammenstoßen, geschieht dies manchmal. Nur strahlen die meisten Seelen viel zu schwach, und daher quälen sie einander nur. Das ist genau so, als wärest du an Hekendialondilan gebunden. Es gäbe zwar keine Explosion, aber ihr würdet euch in Schmerzen winden. Zudem ist dies hier ein stark magischer Ort, an dem die Seelen mit allen existierenden Farben überschüttet werden. Das steigert ihre Qualen ins Unendliche. Im Augenblick ist diese Geisterballung unser schlimmster Feind, und ich weiß nicht, was wir gegen dieses Ding ausrichten könnten.«

Merani ärgerte sich über Tharons Mutlosigkeit. »Wir werden es schaffen! Du sagst doch selbst, dass dein Land sonst ebenfalls untergeht. Also reiß dich zusammen, großer Magier!«

»Ihr müsst es schaffen! Noch gelingt es mir, mit Hilfe meiner darin gefangenen Verwandten den Schwarm der Seelen zu beeinflussen. Doch wenn ich tot bin, werde ich selbst mit ihm verschmelzen, und dann gibt es nichts, was ihrem Wüten noch Einhalt gebieten kann.« Tenaril weinte bei dieser Vorstellung Geistertränen und flehte Merani an, sie zu retten.

Da fiel Merani der Feuerthron ein. Vielleicht konnte Tharon ihn wieder in Gang setzen und zusammen mit ihr Tenaril aus der Tiefe holen. »Wenn du auf die Geisterballung einwirken kannst, vermagst du sie dazu zu bringen, das Schiff meiner Mutter in Ruhe zu lassen? Es ist sehr wichtig, dass es hierherkommt.«

Tenaril seufzte. »Das habe ich schon getan. Das war nicht einfach, denn wie der Schwarzmagier schon gesagt hat, ist die Geisterballung wahnsinnig vor Schmerz und Angst. Wenn das Gelb, das sich uns nähert, auf das Violett trifft, werden die Seelen in der ungeheuerlichen Explosion zerstört.«

Merani schauderte. »Das ist ein Schicksal, das wir wohl mit den Toten teilen werden. Ich frage mich, ob es überhaupt noch einen Ausweg gibt.«

»Genug des Geredes! Ich möchte mir jetzt das andere Mädchen ansehen«, erklärte Tharon und zupfte an Meranis Geist.

Diese bedauerte es, die Grüne verlassen zu müssen, aber sie begriff, dass der Magier recht hatte. Sie mussten alles untersuchen, um herauszufinden, wie sich das Unheil doch noch abwenden ließ. Gemeinsam mit ihm drang sie in den riesigen Höhlenschlund ein. Der Boden der Grotte war mit Schlamm und Sand gefüllt. Fische schwammen darin herum, ohne sich um die beiden geisterhaften Besucher zu kümmern. Nur ein einzelner großer Fisch kam näher.

Es war Ellek, der sichtlich Mühe hatte, sich in dieser Tiefe aufzuhalten. Dennoch hoffte Merani, er könne ihnen helfen.

»Schaffst du es, die grüne Runi mit deiner Nase in ein Netz zu legen und sie nach oben zu bringen?«

Zu ihrem Bedauern verneinte Ellek. »Das geht leider nicht. Eigentlich darf ich gar nicht so tief tauchen, aber ich wollte sehen, was hier los ist. Ich muss gleich wieder hinauf!« Er wartete keine Antwort mehr ab, sondern schoss davon.

»Schade«, sagte Merani, der klar war, dass der Treiberfisch bereits sein Äußerstes riskiert hatte.

»Dann müssen wir uns etwas anderes einfallen lassen«, sagte sie und schwebte auf die Violette zu. Diese sah wirklich so aus, als sei sie Tenarils Zwillingsschwester. Tharon untersuchte die kristalline Gestalt und interessierte sich besonders für ihre Füße. Diese steckten noch in jener langen, zungenartigen Felsnadel, die waagerecht in die Höhle hineinragte und etliche Hundert Schritte lang sein musste.

»Lange bevor das Gelb auf das Violett treffen wird, dürfte sie sich in ein Wesen aus Fleisch und Blut verwandeln, wahrscheinlich gleichzeitig mit der jungen Eirun, die sie irgendwie beeinflusst. Wenn wir dieses Mädchen nicht vorher retten können, wird es hier ein gewaltiges Erdbeben geben, dessen Sturmfluten die gesamte Küste des Violetten Landes verheeren werden. Dieses Ereignis dürfte die Verhandlungen um einen Waffenstillstand zunichtemachen, denn es gibt auch auf der anderen Seite solche Narren wie unsere Schwertmagier, die vom endgültigen Sieg über die Gegenseite träumen.«

Tharon sah seine schlimmsten Befürchtungen noch weit übertroffen und verfluchte Gynrarr und Ewalluk, die sich aus blindem Ehrgeiz gegen ihn gewandt hatten. Während diese jetzt mit »Giringars Hammer« die Inselwelt bedrohten, entwickelte sich von ihnen unbeachtet eine gewaltige Katastrophe, die auch das Stahlschiff nicht überstehen würde.

»Wir müssen es schaffen, denn ich habe keine Lust, Teil einer Riesengeisterballung zu werden«, sagte er bedrückt.

»Aber wieso denn? Tenaril hat doch eben erklärt, dass diese bei der großen Explosion der Gegenfarben zugrunde gehen wird!«

»Eine solche Gegenfarbenexplosion ist wie ein laues Lüftchen im Vergleich zu der Katastrophe, die beim Tod der beiden Mädchen hier über den Archipel hereinbrechen wird. Tritt sie ein, werden die Seelen aller, die auf diesen Inseln sterben, von der Geisterballung angezogen, befürchte ich. Und sie werden ihr neue Kraft zuführen. Das wird das Ding so stark machen, dass es sogar diese Gegend verlassen und in anderen Gebieten wüten kann. Wenn es mit den magischen Winden auf den Kontinent zutreibt, wird sie weitere Seelen an sich ziehen und immer monströser werden. Es gibt alte Theorien, nach der eine Ballung von Seelen so stark werden kann, dass sie die Götter und damit die gesamte Welt vernichten könnte. Was glaubst du, warum die Götter Seelendome errichtet haben?«

»Das sind ja herrliche Aussichten, großer Magier. Es macht richtig Freude, dir zuzuhören. Lass uns wieder zurückkehren, ich habe

Sehnsucht danach, den Schlag meines Herzens zu fühlen. Geister werden wir, wie du sagst, noch früh genug.«

8

Die See hier ist schlimmer, als ich es mir hätte vorstellen können! Ich glaube nicht mehr, dass wir zu den Schären durchkommen«, sagte Mera mutlos.

Seit Tagen fuhr ihr Schiff in einem wilden Zickzackkurs über das Meer, um den schlimmsten magischen Ausbrüchen aus dem Weg zu gehen. Dabei waren sie dem Geburtsort der Stürme so nahe gekommen, dass sie bei normalem Wind höchstens noch einen halben Tag gebraucht hätten, um ans Ziel zu kommen.

Argo fühlte sich genauso niedergeschlagen. Wie es aussah, war der Weg hier für sie zu Ende. »Es sieht so aus, als müssten wir den Feuerthron hier versenken!«

Die Magierkaiserin schüttelte den Kopf. »Dann können wir ihn genauso gut den Invasoren ausliefern. Da ich mit meinen Kräften den Grund unter uns spüren kann, können das die anderen auch, und wenn sie den Feuerthron mit ihrem eisernen Schiff aus dem Wasser holen, haben wir keine Chance mehr. Wir müssen die Schären erreichen. Westlich von ihnen ist das Meer ungeheuer tief. Das habe ich gespürt, als ich Meranis Geist dort herausgeholt habe.«

Argo warf einen Blick auf das zum Bersten gespannte Sturmsegel. »Du verlangst Unmögliches! Kein Schiff der Welt kann in dieser See bestehen. Wir werden sinken, und dann liegt der Feuerthron vielleicht dreißig oder fünfzig Meilen näher an den Schären. Dort aber kann das Eisenschiff der Invasoren den Feuerthron ebenso gut bergen.«

»Hast du einen besseren Vorschlag?«

»Da unsere Feinde aus dem Norden gekommen sind, sollten wir den Archipel verlassen und nach Süden segeln. In der Ferne wird der Feuerthron vor ihnen sicher sein!«

Der Verstand sagte Mera, dass Argos Vorschlag vernünftig war. Dennoch strebte sie mit ganzem Herzen zum Geburtsort der magischen Stürme. Seufzend zuckte sie mit den Achseln. »Wir werden es so machen, wie du vorschlägst, Argo. Wichtig ist nur, dass die Feinde den Feuerthron nicht bekommen.«

Erleichtert winkte Argo den beiden Frauen am Steuer zu. »Wir ändern den Kurs!« Er musste ihnen den Befehl auf geistigem Weg mitteilen, da das Heulen des Windes seine Stimme übertönte. Zum Glück war die Steuerfrau selbst leicht magisch begabt und konnte ihn verstehen. Er sah die Frau per Handzeichen die Matrosen anweisen, die Segel für den neuen Kurs zu trimmen, und dann aufatmend das Steuer herumwerfen.

Als das Schiff sich langsam westwärts drehte, packte Mera Argo am Arm und krallte ihre Finger so fest ins Fleisch, dass er einen Schmerzenslaut ausstieß. »Was ist denn jetzt los?«

»Nimm den Befehl zurück! Ich habe eben eine Stimme vernommen, die mich gebeten hat, weiter auf den Geburtsort der Stürme zuzuhalten!«

»Aber das ist unmöglich!« Argo starrte die Magierkaiserin an und fragte sich, ob sie den Verstand verloren hatte.

Sie schüttelte ihn und schrie ihn über den Sturm hinweg an. »Hast du mich nicht verstanden? Wir müssen dorthin!«

»Kannst du uns dorthin versetzen oder die Stürme beiseiteschieben, damit wir zwischen ihnen hindurchfahren können?«, brüllte Argo zurück.

»Wir haben keine andere Wahl!«

Argo ballte die Fäuste. »Ein für alle Mal nein! Ich habe keine Angst um mein Leben, aber ich bin es meiner Mannschaft schuldig, sie nicht sehenden Auges in den Tod zu führen. Außerdem will ich nicht, dass dieser verfluchte Feuerthron an einer Stelle im Meer versinkt, an der ihn diese verdammten Schwarzmagier finden können!«

Statt einer Antwort deutete die Magierkaiserin in die Richtung, in die sie segeln wollte. »Sieh doch!«

Argo drehte sich unwillkürlich um und erstarrte. Direkt hinter ihnen tauchte eine besonders stark strahlende Magieballung auf und schob die Stürme, die sie eben zum Abdrehen gezwungen hatten, einfach zur Seite.

»Ich glaube es nicht!«, rief er verdattert und winkte der Steuerfrau zu. »Wir segeln weiter Richtung Nordnordost.«

Die beiden Frauen am Ruder hatten die gewaltige, in allen Farben schillernde Ballung ebenfalls entdeckt und starrten sie mit offenen Mündern an. »Was ist das?«, dachte die magisch Begabte so laut, dass Mera und Argo es empfingen.

»Keine Ahnung! Aber wie es aussieht, schafft das Ding uns freie Bahn. Los, ändert den Kurs! Irgendwo dort hinten liegt unser Ziel!« Argo wartete nicht ab, bis die beiden Frauen reagierten, sondern lief selbst zum Heck und griff in die Speichen des Steuerrades.

Gleichzeitig rannte die Kapitänin über das Deck und brüllte ihre zumeist weiblichen Matrosen an. »Macht, dass ihr in die Wanten kommt, ihr Schlafmützen! Setzt die Segel, sonst zieht uns die hilfreiche Magieballung davon.«

Ihre Leute sahen ganz so aus, als wäre ihnen das lieber, aber sie gehorchten. Während die Ardhunier verblüfft feststellten, dass sie noch niemals so schnell gesegelt waren, spürten Mera und Argo, dass die magische Ballung ihnen nicht nur den Weg bahnte, sondern auch einen Sog erzeugte, der sie in die gewünschte Richtung zog. Im Verlauf der nächsten Stunde erreichte das Schiff eine Geschwindigkeit, die sie mit Segel und Wind niemals hätten erreichen können, und nun begriff auch der Letzte an Bord, dass dies nicht mit rechten Dingen zuging.

»Große Linirias, hilf uns!«, betete die Kapitänin und starrte die ihr unheimliche Magiewolke an, die inzwischen beinahe den gesamten Horizont vor ihnen ausfüllte.

»Wenn wir die Segel nicht reffen, werden wir dort hineingezogen«, kreischte die Steuerfrau, die ebenfalls von Angst geschüttelt wurde.

»Werden wir nicht!«, antwortete Argo ungehalten. Ebenso wie Mera spürte er, dass ihr Abstand zu dieser eigenartigen Erscheinung gleich geblieben war.

Dennoch befahl die Kapitänin, die Fock zu reffen. Argo trat ärgerlich zu ihr. »Was soll das? Habe ich die Anweisung dazu gegeben?«

»Nein, Prinzgemahl. Aber ich will herausfinden, ob uns dieses Ding auch so schnell hinter sich herzieht, wenn wir die Segel einholen.«

»Sieh dich doch um! Wenn wir zurückbleiben, erwischen uns die Stürme, die sich hinter uns zusammenbrauen!« Nach diesen scharfen Worten kehrte Argo zu Mera zurück, die ungeachtet der Gischt, die sie überspülte, vorne am Bug stand und die Ballung unverwandt anstarrte.

»Sie lebt«, flüsterte sie. »Ich kann ihre Furcht vor dem Untergang spüren, aber auch unbändigen Hass und den Willen, alles zu zerstören.«

»Solange sie uns nicht angreift, kann uns das gleichgültig sein, was dieses Ding fühlt. Allerdings macht es mir ebenfalls Angst!« Argo versuchte, die eigenartige Erscheinung mit seinen magischen Kräften abzufingern, und holte erschrocken Luft. »Bei allen Göttern und Dämonen! Dieses Ding besteht aus sämtlichen magischen Farben.«

»Meinst du?«, fragte Mera verblüfft und konzentrierte sich auf das Wesen. »Komisch! Jetzt, wo du es sagst, glaube ich auch, alle Farben zu spüren. Bei der großen Blauen Ilyna, was mag das nur sein?«

Argo lachte freudlos auf. »Es ist jedenfalls nichts, in dessen Nähe ich freiwillig gehen möchte.«

»Wir können nur abwarten, was geschieht. Ich hoffe, der Hass, der in diesem Wesen pulsiert, nimmt nicht überhand. Ich habe den Eindruck, es würde sich lieber auf uns stürzen, als uns den Weg frei zu machen.« Mera bebte innerlich vor Angst, gleichzeitig aber fühlte sie die Hoffnung, das Schicksal vielleicht doch noch wenden zu können.

Wenig später hangelte sich die Kapitänin an der Reling entlang nach vorne. »Ich kann weder unseren Kurs bestimmen noch unsere Geschwindigkeit, Prinzgemahl. Langsam sind wir auf jeden Fall nicht! Wenn wir gegen ein Unterwasserriff krachen, landen wir schneller auf dem Meeresgrund, als wir ein Gebet zu Linirias sprechen können!«

»Dann müssen wir hoffen, dass auf diesem Weg kein Riff auf uns lauert!« Argo löste seinen Blick von der riesigen, wie ein brodelnder Feuerball wirkenden Erscheinung, drehte sich herum und warf einen Blick auf die Seeleute auf seinem Schiff. Die Mannschaft, die vorher bereit gewesen war, mit ihm in Tenelins Rachen zu segeln, wirkte nun wie ein Haufen verängstigter Kinder. Einige weinten sogar, und fast alle beteten so inbrünstig, wie sie es bisher noch nie getan hatten.

»Es wird alles gut werden! Ihr habt nichts zu befürchten«, rief er ihnen zu und hoffte, das Schicksal würde ihn nicht Lügen strafen.

9

Kurz darauf krachte es, und ein gewaltiger Ruck durchlief das Schiff. Einige der weiblichen Matrosen kreischten durchdringend, während andere Warnrufe und Flüche ausstießen. Noch einen Moment später stürzte das obere Drittel des Fockmastes über Bord, riss aber zum Glück niemanden mit.

»Kappt die Taue!«, brüllten die Kapitänin und Argo gleichzeitig.

Der Prinzgemahl packte als Erster eine Axt und schlug auf die Wanten ein. Seinem Beispiel folgte die Mehrzahl der bislang erstarrten Seeleute. Sie nahmen ebenfalls Beile und Entermesser zur Hand und durchtrennten die mehr als armdicken Seile, die die abgebrochene Mastspitze mit dem Schiff verbanden. Die Kapitänin eilte unterdessen mit zwei anderen Frauen unter Deck, um die Schäden anzusehen. Nach einer Weile kam sie wieder herauf und berichtete Argo, was sie vorgefunden hatten.

»Wir haben ein Riff gestreift, Prinzgemahl, und dabei hat sich eine Felszacke in den Rumpf gebohrt. Sie steckt noch in der Bordwand. Wenn sie sich löst, haben wir ein Leck, durch das ein erwachsener Mann schwimmen kann.«

»Könnt ihr es von außen abdichten?«, fragte Argo.

Die Kapitänin schüttelte den Kopf. »Nicht bei dieser Geschwindigkeit, Prinzgemahl. Wir können nur beten, dass das Felsstück im Rumpf stecken bleibt. Sonst hilft uns die freie See vor uns auch nichts mehr.«

»Wenn wir sinken, tun wir es wenigstens so tief im Gebiet der Stürme, dass die Invasoren den Feuerthron nicht mehr bergen können«, erklärte Mera scheinbar gelassen.

Argo nickte mit zusammengebissenen Zähnen. Der brodelnde Feuerball, der vor ihnen herzog, hatte ihn beinahe schon vergessen lassen, dass sie ausgezogen waren, um den Feuerthron vor den Eindringlingen in Sicherheit zu bringen. Jetzt schien tatsächlich die beste Gelegenheit dazu zu sein.

»Sollen wir ihn über Bord werfen und versuchen, uns in Sicherheit zu bringen?«, fragte er.

Die Magierkaiserin legte den Kopf schräg und schien nach vorne zu horchen. Dann schüttelte sie den Kopf. »Noch nicht!«

»Wenn wir noch weiter in des Gewirr der Klippen hineinfahren, werden wir irgendwo auflaufen«, fuhr Argo auf.

Mit einer heftigen Geste wies Mera nach vorne. »Solange die Magieballung uns den Weg frei macht, folgen wir ihr.«

»Wie du meinst!«, murmelte Argo und stellte fest, dass er sich noch nie so unwohl gefühlt hatte wie in diesen Stunden. Hier waren Kräfte am Werk, denen er auch als Arghan nichts entgegenzusetzen hatte. In dem Moment überschüttete eine besonders hohe Welle das Schiff und drang durch die Luken ein.

»Vier weitere Leute an die Pumpen!«, rief Argo. Da schoss das Schiff zwischen zwei hoch aufragenden Felsen hindurch, die so eng beieinanderstanden, dass Teile der Reling abgeschoren wurden. Noch während Argo sich erschrocken umsah, raste der Bug direkt auf einen Klippenwall zu. Erst im letzten Augenblick sahen sie eine Lücke in den Felszähnen, die jedoch viel zu schmal für sie war.

»Alle festhalten! Gleich kracht es«, schrie Argo, so laut er konnte, und klammerte sich an den Fuß des Klüverbaums.

Mera blieb jedoch wie angewurzelt stehen und starrte nach vorne. Ihre Augen glühten blau, und auf ihrem Gesicht erschienen leuchtende Linien in der gleichen Farbe. Nie zuvor hatte sie einen Gegenstand von der Größe eines Ardhuschiffes allein kraft ihres Willens gehoben, daher setzte sie alles an magischer Stärke ein, was sie besaß. Der Bug schwang nach oben, und für einen kurzen Augenblick schwebte das Schiff über den Klippen. In dem Augenblick brach Mera lautlos zusammen.

Das Schiff fiel wie ein Stein herab, krachte auf die Felsen und glitt, vom eigenen Schwung getragen, weiter. Zwei, drei Herzschläge später klatschte es in eine lagunenähnliche Bucht. Argo hörte Planken bersten und sah, wie der Stumpf des Fockmastes aus seiner Verankerung gerissen wurde und zur Seite kippte. Auch der Besanmast wurde durch den Aufprall geknickt und stürzte auf das Deck. Der Rumpf aber neigte sich nach Backbord und lag dann so regungslos, als sei er an die Klippen geschmiedet worden.

Vor sich erblickte Argo eine ziemlich große flache Insel, die ihm seltsam vertraut vorkam. Er rieb sich über die Stirn und starrte Mera an, die sich, zitternd vor Schwäche, aufrichtete und sich gegen den Rest des Klüverbaums lehnte.

»Ich glaube, wir sind auf Reodhendhors Insel gelandet!« Obwohl Argo es eher zu sich selbst sagte, verstand Mera ihn.

»Du meinst *deine* Insel! Schließlich bist du hier aus dem Kristall geschlüpft.«

Argo verzog abwehrend das Gesicht. Natürlich hatte sie recht, aber es war auch die Insel, auf der Argutano gestorben war. Nein, nicht gestorben, korrigierte er sich. Der große Arghan war mit schwarzer Kriegsmagie vergiftet worden, hatte aber noch dafür sorgen können, dass er in eine neue Existenz überging.

»Wir müssen das Schiff verlassen, Prinzgemahl. Der Rumpf steht schon zur Hälfte unter Wasser.« Die Kapitänin war an seine Seite getreten und zerrte ihn am Ärmel. Gleichzeitig betrachtete sie die Strecke, die sie von der Insel trennte, mit Sorge. Immer wieder rollten Brecher über die Klippen und rasten mit hoher Geschwindigkeit durch die Bucht.

»Wenn wir da durchmüssen, werden etliche von uns gegen die Klippen geschleudert«, setzte sie verzweifelt hinzu.

»Bergt die Verwundeten und bringt alle hierher. He, du da! Hilf der Magierkaiserin. Sie hat all ihre Kraft aufgewandt, uns über den Klippenring zu heben, und ist nun so schwach wie ein Säugling. Aber ohne ihre Hilfe wären wir jetzt alle tot!« Dann drehte Argo sich um und hielt nach der Öffnung jener Höhle Ausschau, in der Mera, Kip, Girdhan, Careela, eine junge Runi und er selbst vor über sechsunddreißig Jahren Schutz gesucht hatten. Da bekam er die Magie verschiedener Lebewesen in die Nase und schüttelte verwundert den Kopf.

»Hier sind schon Leute gestrandet«, sagte er zu Mera.

»Hoffentlich keine Feinde!«, antwortete sie kaum verständlich. »In meinem jetzigen Zustand könnte ich mit meiner Magie nicht einmal einen Zahnstocher aufheben.«

»Keine Angst! Ich bin ja noch da, und wie es aussieht, werde ich jetzt dringend gebraucht.«

Argo streifte seine Kleidung ab. Da er in seiner zweiten Gestalt zu groß für das Schiff war, sprang er über Bord, verwandelte sich dabei in einen Arghan und lehnte sich mit der Flanke gegen das Wrack. Mit weit hallender Stimme gab er seine Befehle. »Die, die noch laufen können, klettern auf meinen Rücken und halten sich fest! Die Verletzten aber legt vorher in das Beiboot. Ich werde es an Land ziehen.«

Mera ließ sich von einer der Frauen an Bord auf den Rücken des Arghan helfen. »Wir sollten in der Höhle Zuflucht suchen, die uns damals schon vor den Stürmen geschützt hat. Dort hinten braut sich der nächste Sturm zusammen, und es ist niemand mehr in der Nähe, der ihn von uns fernhalten kann!«

Nun bemerkte auch Argo, dass die magische Ballung verschwunden war. »Kannst du mir erklären, was das für ein Ding gewesen ist, das uns hierhergebracht hat?«, fragte er.

Mera schüttelte den Kopf. »Ich habe nicht die geringste Ahnung. Aber es war stärker als alles, was ich je wahrgenommen habe, und ich wette den Feuerthron gegen einen Holzschemel, dass dieses Wesen etwas mit den magischen Stürmen zu tun hat.«

»Dann müsste das Ding uns doch feindlich gesinnt sein. Wieso hat es uns dann geholfen?«

»Keine Ahnung, es hat uns auf alle Fälle hierhergebracht. Und mein Gefühl sagt mir, dass das eine gute Entscheidung war. Aber jetzt komm, sonst erwischt uns dieser gelbe Sturm dort drüben. Dir tut er ja nicht viel, aber ich glaube nicht, dass deine Leute in gelbem Feuer gebraten werden möchten!«

»Liebe Mera, wenn ich etwas an dir schätze, so ist es dein köstlicher Humor. Und ihr da hinten, bewegt eure Hintern! Oder glaubt ihr, ich will ewig hier herumliegen?«

Auf Argos Ausruf hin beeilten sich seine Leute. Einige von ihnen kannten ihn bereits in dieser Gestalt, und es machte ihnen nichts aus, ihn als fünfmannslanges Ungeheuer mit einem Riesenmaul voller scharfer Zähne zu sehen. Ihr Beispiel brachte auch die anderen dazu, auf Argo zu klettern. Als alle von Bord waren, klopfte ihm die Kapitänin auf die Schulter. »Wir sind fertig, Prinzgemahl. Allerdings weiß ich nicht, ob es hier einen Ort gibt, an dem wir uns vor diesem elenden gelben Sturm verbergen können.«

Argo gab keine Antwort, sondern setzte sich in Bewegung. Selbst er hatte Probleme, sich gegen die heftigen Brecher und Querströmungen zu stemmen, die die Lagune in einen Kessel voller Gischt und Wasserwirbel verwandelten. Doch sein Gefühl für magische Strömungen und Meras Erinnerung an den Höhleneingang halfen ihm, den richtigen Weg zu finden.

Als sie endlich die Grotte erreichten, fegten bereits die ersten Ausläufer des gelben Sturms über sie hinweg, und sie waren froh, das Höhlendach über sich zu sehen. Nach wenigen Schritten stießen sie auf ein etwas kleineres Schiff. Es stammte von Ilyndhir und lag mit umgelegten Masten am felsigen Ufer vertäut.

Argo zwängte sich an dem Rumpf vorbei und hörte jemanden gellend schreien. Ein blauer Matrose, der als Wache auf der »Seeschäumer II« zurückgeblieben war, rannte wie von Sinnen davon und verschwand im hinteren Teil der Höhle, in der Argo weißen Kristall witterte. »Wie es aussieht, liegt da drinnen ein kleines Runischiff, und wenn ich mich nicht täusche, könnte es das von Hekendialondilan sein.«

Mera seufzte. »Hekendialondilan? Wie gerne würde ich sie wiedersehen!«

Da die Höhle für den Arghan unpassierbar wurde, stieg Mera, von zwei Besatzungsmitgliedern gestützt, als Erste herab. Auch die anderen rutschten vom Rücken des verwandelten Prinzgemahls und zogen das Boot mit den Verletzten und dem Rest der Mannschaft ein Stück weiter, bis es auf einem schmalen Ufersaum aus Sand zu liegen kam. Gerade als sie die Leute aus dem Boot holen und versorgen wollten, vernahmen sie erregte Stimmen.

10

Merani und die meisten anderen schliefen gerade, als der Matrose schreiend in die Höhle stürzte. »Ein Ungeheuer!«, rief er. »Es wird uns alle fressen!«

»Was ist los?«, fragte Merani, die auf einen Schlag hellwach geworden war. Gleichzeitig griff sie nach den Gedanken des Mannes, um sich ein Bild von dem angeblichen Ungeheuer zu machen.

Zuerst holte sie verblüfft Luft, dann aber begann sie schallend zu lachen. »Bei Giringar, das ist doch nur Argo. Anscheinend hat er uns gesucht. In dieser Gestalt können ihm die magischen Stürme nicht viel anhaben.«

»In dieser Gestalt?« Regandhor zuckte hoch und packte das Mädchen am Arm. »Was weißt du darüber?«

Merani blickte ihn erstaunt an. »Was heißt hier wissen? Fürst Argo kann zwei Gestalten annehmen, die eines Menschen und die eines Arghan, eines sehr mächtigen Wesens. Kommt, begrüßen wir ihn!«

Ohne auf die anderen zu warten, rannte Merani los. Argeela und Careedhal sausten sofort hinter ihr her. »Glaubst du wirklich, es ist Papa?«, rief das Mädchen.

Merani lachte hell auf. »Wie viele Arghan gibt es im Archipel? Ich kenne nur einen!« Sie lief an Hekendialondilans Boot vorbei und betrat die äußere Höhle. Dort nahmen ihre magischen Sinne Argo sofort wahr.

»Onkel Argo! Wie kommst du denn hierher?«, rief sie und fiel dem Arghan um den langen Hals.

»Papa! Papa! Wie schön, dass du da bist!« Argeela drängte ihre Freundin beiseite, um ihren Vater ebenfalls zu umarmen.

»Gemach, junge Dame! Es ist genug Hals für euch alle da«,

antwortete Argo lachend und drehte den Kopf, um die Kinder anzusehen.

»Was habt ihr denn hier zu suchen? Ich glaubte euch im Hexenwald von Ilyndhir.«

»Das, Onkel Argo, ist eine längere Geschichte …«, antwortete Merani.

»… die ich gerne hören würde!«, hörte sie da plötzlich ihre Mutter sagen.

»Mama?« Jetzt gab es für Merani kein Halten mehr. Sie stürzte auf ihre Mutter zu und klammerte sich an ihr fest.

»Es war der Kristall, nicht wahr? Du hast ihn mitgenommen und dann ausprobiert. Eigentlich sollte ich dich übers Knie legen und dir den Hintern so versohlen, dass du nur noch mit Hilfe von Levitation sitzen kannst.« Trotz ihrer bissigen Worte hörte die Magierkaiserin sich so erleichtert an, als seien ihr ganze Felsbrocken vom Herzen gefallen. Sie zog ihre Tochter kurz am Ohr und wandte sich dann Argeela und Careedhal zu.

»Euch sollte euer Vater auch beibringen, dass man seine Eltern nicht belügen darf. Wenigstens du, Careedhal, hättest genug Verstand aufbringen sollen, Merani aufzuhalten. Aber …« Mera brach ab und machte eine wegwerfende Handbewegung. Dann erforderte eine andere Person ihre Aufmerksamkeit.

Hekendialondilan starrte die Frau an, die einmal ihre beste Freundin gewesen war, und wunderte sich erneut, wie rasch die Abkömmlinge des Menschengeschlechts wuchsen. Für ihr Volk sah Mera zwar noch jung aus und würde es noch etliche Dutzend Jahre, wenn nicht sogar ein paar Jahrhunderte lang bleiben. Doch wie das Mädchen, das sie vor sechsunddreißig Jahren kennengelernt hatte, wirkte sie wirklich nicht mehr. Etwas zögerlich trat sie auf die Magierkaiserin zu, sah dann deren ausgebreitete Arme und ließ sich von ihr an die Brust ziehen.

»Heke, wie schön, dich zu sehen!«

Meras sichtliche Freude brachte das Runimädchen dazu, ihr die

Abkürzung ihres Namens zu verzeihen. Sie strich ihr über das Gesicht und lächelte. »Ich freue mich ebenfalls, dich zu sehen, Mera.«

»Bist du mit den anderen gekommen?«, fragte die Magierkaiserin.

Hekendialondilan schüttelte den Kopf. »Nein, wir haben uns hier getroffen. Ursprünglich war ich allein unterwegs, bin aber dann dem Treiberfisch Ellek begegnet und habe mit ihm das Eisenschiff beobachtet. Dabei haben wir zwei Leute von dort gerettet, die ihr Boot durch eine magische Explosion verloren haben, und sie hierhergebracht.«

»Du hast zwei der Fremden gefangen genommen?« Mera wollte es im ersten Augenblick nicht glauben, erinnerte sich dann aber an die magischen Kräfte des Runimädchens.

»Ich will sie sehen!«, sagte sie mit entschlossener Stimme.

»Sie befinden sich in der inneren Höhle. Allerdings sind sie nicht unsere Gefangenen, sondern unsere Gäste. Die Leute ihres Schiffes haben sie ausgesetzt.«

Mera ließ sich von Hekendialondilans Worten nicht beruhigen. »Das kann auch ein Trick gewesen sein, um euer Vertrauen zu erschleichen. Doch bei mir wird ihnen das nicht so schnell gelingen.« Sie wollte weitergehen, als Argo hinter ihr zu knurren begann.

»Ich muss mich umwandeln, denn so komme ich hier nicht weiter. Könnte mir vielleicht jemand mit Kleidung aushelfen? Ich hasse es, nackt herumzulaufen.«

Die Kapitänin verneigte sich vor ihm und hielt ihm ein Bündel hin. »Ich habe selbstverständlich Euer Gewand mitgebracht, Prinzgemahl.«

»Leg das Zeug hier aufs Trockene!« Argo begann sich umzuwandeln und drehte dabei den anderen den Rücken zu. Keiner von den Anwesenden bekam mit, dass Regandhor Merani und den Zwillingen bis zur Engstelle gefolgt war und Argo mit vor Freude glänzenden Augen beobachtete. Er wollt schon auf den anderen Arghan zu laufen und ihn umarmen. Dann kämpfte er seine Aufregung nieder, drehte sich um und kehrte zu Tirah und Tharon zurück.

Der Magier rieb sich über die Stirn und sah Regandhor an. »Hättest du gedacht, dass es noch lebende Arghan gibt?«

Dieser setzte ein arglos-verwundertes Lächeln auf, setzte sich neben die immer noch leblos daliegende Sirrin und umklammerte deren Hand. Er konnte einfach nicht begreifen, dass es noch Leute seiner Art außerhalb der kleinen Gemeinschaft von Überlebenden in seiner Heimat gab. Ausgerechnet hier auf diesen abgelegenen Inseln gleich auf zwei Artgenossen zu stoßen war mehr als ein Wunder, und er fragte sich, ob es entgegen aller Behauptungen vielleicht anderswo noch weitere Arghan gab.

Unterdessen trat Tharon in die vordere Höhle und musterte die Magierkaiserin. Ihre magische Ausstrahlung verriet ihm, dass sie das blaue Wesen war, das den Feuerthron beherrscht hatte. Ihre magische Struktur zeugte von einer weitergehenden Ausbildung, als sie im Blauen Land üblich war und ihre Aura strahlte große Kräfte aus, die sie gelernt hatte anzuwenden. Im Augenblick wirkte sie jedoch ausgebrannt. Er sah zu, wie sie sich von Anih Wasser reichen ließ. Dabei ruhte ihr Blick auf ihm, und er spürte, dass sie unter ihrer scheinbar lässigen Haltung angespannt war wie eine Stahlfeder. Sollte sie ihn für einen Feind halten, würde sie alles daransetzen, ihn zu töten. In dem Augenblick war er froh um ihre Schwäche, denn auch er war noch nicht in der Lage, einen magischen Zweikampf mit Aussicht auf Erfolg zu führen.

Mera trat auf ihn zu und baute sich vor ihm auf. »Du gehörst also zu den Eindringlingen, die uns überfallen haben!«

Diese Begrüßung ließ nichts Gutes erhoffen. Trotzdem neigte Tharon kurz das Haupt. »Ich bin ausgeschickt worden, um in Erfahrung zu bringen, woher die magischen Stürme stammen, die die Inseln des Violetten Landes verwüsten.«

»Die Stürme haben fremdes Land verwüstet? Das wollten wir nicht! Wir waren davon überzeugt, dass wir sie nur über den Ozean geschickt haben.« Mera war betroffen zu hören, dass sie und Girdhan mit ihren Versuchen, die Inseln des Archipels vor den Stürmen zu schützen, andere geschädigt hatten.

Dann aber kochte ihre Wut wieder hoch. »Das gibt euch aber nicht das Recht, unsere Inseln zu überfallen und unsere Städte zu vernichten!«

»Das war auch nicht meine Absicht. Das haben diejenigen getan, die mich als Befehlshaber abgesetzt und einen Mordanschlag auf mich verübt haben. Hätte dieses weiße Spitzohr … äh, ich meine … hätte Hekendialondilan mich nicht aus dem Wasser geholt, wäre ich wegen meiner schweren Verletzungen auf den Grund des Meeres gesunken und ertrunken. Selbst versteinern konnte ich mich nicht mehr.«

»Von diesen Verletzungen merkt man dir aber nichts mehr an«, antwortete Mera, die ihm kein Wort glaubte.

Tharon lächelte nachsichtig. »Das verdanke ich Eurer Tochter, Herrin! Sie hat mich geheilt. Man merkt ihr an, von wem sie ihre Fähigkeiten geerbt und wer sie ausgebildet hat.«

»Merani hat das getan?« Ein strafender Blick Meras traf das Mädchen. Dann aber sagte die Magierkaiserin sich, dass ihre Tochter richtig gehandelt hatte. Selbst ein Feind besaß das Recht, wie ein Mensch behandelt zu werden.

»Ich bin nicht euer Feind«, erklärte Tharon, der Meras letzten Gedanken empfangen hatte. »Wenn man es genau nimmt, sind wir sogar Verbündete. Wir haben beide denselben Gegner, nämlich die Magier vom Schwertorden. Sie haben nicht nur mich verraten, sondern auch die violette Magierin Sirrin in Stasis versetzt und zum Sterben ins Meer geworfen. Dank unseres wackeren Regandhor konnte sie gerettet werden. Allerdings wird es noch ein wenig dauern, bis ich den Zauber, der sie getroffen hat, lösen kann. Mit Sirrin zusammen besäßen wir gute Chancen, mit den Schwertmagiern fertig zu werden!«

»Du erwartest doch nicht, dass ich dir das abkaufe! Zuerst wirst du mir ein paar Fragen beantworten müssen – und wehe, deine Antworten gefallen mir nicht!«

Die Drohung beeindruckte Tharon wenig. Immerhin war es ihm sogar gelungen, das kleine weiße Spitzohr zu überzeugen. Um wie viel leichter würde es bei dieser Frau sein, die anders als Hekendialondilan gelernt hatte, Verantwortung zu tragen. Wenn sie nicht wollte, dass ihre Inselwelt unterging, musste sie sich mit ihm verbünden. In diesem Sinne begann er seinen Vortrag und berichtete zuerst von den Schäden im Violetten Land, bis er dann auf das zu sprechen kam, was Merani und er hier in der Tiefe entdeckt hatten.

11

Leutnant Burlikk bemühte sich, dasselbe ausdruckslose Gesicht aufzusetzen, das die anderen Gurrims seines Regiments zeigten. Auch Wuzz, sein alter Unteroffizier, und sein Freund Tarr taten so, als wären sie nur noch stumpfsinnige Befehlsempfänger. Dabei waren sie die einzigen Gurrims ihres Trupps, die nicht unter Beeinflussung standen. Alle anderen waren von dem Beeinflussungsartefakt des Adepten, der sich wie üblich bei der Nachhut aufhielt, gefügig gemacht worden. Burlikks linke Hand wanderte unwillkürlich zu seiner Brust. Dort unter seinem Harnisch steckte jenes Schutzartefakt, das verhinderte, dass er ebenfalls der Beeinflussung zum Opfer fiel. Leider hatte er nur drei dieser Geräte aus einer Waffenkammer des Schiffes stehlen können, und das auch nur, weil er in der Lage gewesen war, den entsprechenden magischen Schlüssel einzusetzen. Bei einem Gurrim war diese Fähigkeit sehr ungewöhnlich, und er dankte im Stillen seinem früheren Gurrimkommandanten, dass dieser ihm auch diese Fähigkeit beigebracht hatte.

Burlikk ärgerte sich, weil er nicht jeden seiner Männer mit einem solchen Artefakt hatte ausrüsten können, denn nun musste er hilflos zusehen, wie die Krieger blindlings vorwärtsmarschierten, als würden sie von unsichtbaren Fäden gezogen. Bald würden sie auf jene Landsleute treffen, die sich hier angesiedelt hatten. Es war eine Schande, nein, sogar ein Verbrechen, dass die Schwertmagier Gurrims zwangen, gegen ihresgleichen zu kämpfen. Solch ein Vorgehen wurde von den Gesetzen des Schwarzen Landes ausdrücklich untersagt. Doch Gynrarr und seine Leute kümmerten sich auch sonst nicht um die Regeln und behandelten die Gurrims wie Vieh.

Während Burlikks Zorn auf seine Anführer stieg, versetzte Tarr ihm einen Stoß. »Wie machen wir es?«

Burlikk bemerkte die Nervosität seines Freundes. Alle drei hatten sie einiges aufgeladen, was nicht zum normalen Marschgepäck gehörte, darunter auch einige starke Sprengartefakte, die Burlikk aus dem Magazin auf »Giringars Hammer« hatte mitgehen lassen. Schutzartefakte, mit denen er weitere Kameraden vor der Beeinflussung hätte schützen können, wären ihm lieber gewesen. Doch von denen hatte es in jenem Raum nur diese drei gegeben, und in die anderen, sorgfältiger gesicherten Magazine hatte er nicht einzudringen gewagt.

»Seht ihr den Pass dort vorne? Dort scheint es einen Seitenweg zu geben, der von der Straße wegführt. Den werden wir nehmen«, erklärte er.

»Unter den Augen der anderen?«, fragte Wuzz verdattert. Er war seit über zweihundert Jahren Soldat und hätte jeden Rekruten, der sich unerlaubt von der Truppe entfernte, zur Schnecke gemacht.

»Was bleibt uns anderes übrig, wenn wir nicht in der Nacht aus dem Lager schleichen und durch ein uns vollkommen fremdes Land stolpern wollen?« Burlikk wusste genau, welches Risiko sie eingingen. Bemerkte der kommandierende Adept auch nur das Geringste, würde er ihnen die anderen Gurrims auf den Hals hetzen, und dann kam heraus, dass er auf »Giringars Hammer« lange Finger gemacht hatte.

Angespannt näherte er sich der Stelle, die sie sich ausgesucht hatten. Die eigentliche Passstraße machte einen leichten Bogen nach links, während der schmale Steig ein Stück geradeaus weiterging und dann abknickte. Während der Vortrupp brav dem Hauptweg folgte, benutzten Burlikk und seine Freunde den anderen Pfad.

»Wir drei müssen mal«, erklärte der Leutnant einem Kameraden, der ihnen trotz seiner Beeinflussung verwundert nachstarrte. Der andere nickte nur und stapfte weiter. Burlikk atmete auf und bedeutete Tarr und Wuzz, mit ihm zu kommen. Es ging leichter als erwartet. Kein Ruf erscholl, und es folgte ihnen auch niemand. An strenge Disziplin gewöhnt und außerdem stark beeinflusst, nahmen die anderen Gurrims wohl an, dass die drei von dem Adepten auf magischem Weg den Befehl erhalten hatten, in dieser Richtung aufzuklären.

Burlikk zwinkerte seinen beiden Kameraden zu. »Seht ihr? Es ging doch ganz einfach.«

»Was sollen wir jetzt tun? Du willst doch nicht etwa gegen unsere eigenen Kameraden kämpfen?«, fragte Wuzz.

»Nein, das will ich nicht. Aber ich will unsere hiesigen Landsleute warnen, damit sie wissen, was ihnen bevorsteht. Vielleicht kommen wir gemeinsam auf eine Idee, wie wir diesem Irrsinn ein Ende machen können.«

»Das könnten nur Magier! Aber die, die hier auf dieser Insel leben, sind ebenfalls Verräter, sonst wären sie ins Schwarze Land zurückgekommen«, wandte Tarr ein.

Burlikk hob beschwichtigend die Rechte. »Das ist nicht richtig. Ich habe ein Gespräch der Magier belauschen können. Es war von einer starken blauen Magierin die Rede. Eine Blaue ist aber neutral und wird sicher nicht zu Verrätern halten. Gynrarr vermutet, dass sie von den blauen Sklaven abstammt, die Wassuram damals unterworfen hat. Sie dürfte ihn gestürzt und selbst Platz auf dem Feuerthron genommen haben!«

Seine Erklärung regte die beiden Kameraden noch mehr auf. »Eine Blaue? Eine Sklavin Wassurams? Bei Giringar, die wird uns in kleine Streifen schneiden lassen!«

Wuzz' Angst steckte auch Tarr an, und Burlikk merkte, dass seine beiden Freunde kurz davor waren, zur Passstraße zurückzukehren, um sich den eigenen Leuten anzuschließen.

Er packte die beiden und zog sie so an sich, dass ihre Nasen sich beinahe berührten. »Jetzt schaltet doch endlich euer Gehirn ein! Die Blauen würden zwar am liebsten unsere Magier fressen, doch sie wissen genau, dass wir Gurrims nur den Befehlen unserer Oberen gehorchen. Außerdem stehen unsere Landsleute auf ihrer Seite. Glaubt ihr, das täten sie, wenn die Magierin sie schlecht behandelt hätte?«

»Schlecht behandelt werden unsere Leute hier nicht«, brummte Wuzz. »Du hast ja die Dörfer und Städte gesehen. So etwas Feines findest du selbst bei uns nicht überall.«

»Das ist die Art der Blauen, sie mögen Verzierungen. Und sie sind im Grunde weitaus angenehmere Führer als die Magier vom Schwert.« Obwohl Burlikk auf seine beiden Freunde einredete wie auf ein krankes Pferd, dauerte es eine Weile, bis diese wieder Mut schöpften und mit ihm weiterzogen.

Sie blieben wachsam, um nicht überrascht zu werden. Dennoch standen sie auf einmal einem Trupp von mindestens fünfzig einheimischen Gurrims gegenüber, die ihre Speere auf sie richteten. Burlikks Hände wanderten langsam nach oben, und seine beiden Kameraden machten es ihm nach.

Der Anführer der Einheimischen war kein Gurrim und auch keine blaue Magierin, sondern ein Mann, der wie ein Mischling zwischen Gurrim und Mensch aussah und mit Sicherheit magische Kräfte besaß. Als er auf die drei Gurrims zutrat, verzog er sein Gesicht mit der kräftigen Kinnpartie zu einer Grimasse.

»Wen haben wir denn da? Drei Invasorenknechte, die sich verlaufen haben!«

»Ich bin Leutnant Burlikk von den Gurrimkampftruppen des Schwarzen Landes, und das sind meine Kameraden, Hauptfeldwebel Wuzz und Gefreiter Tarr«, stellte Burlikk sich und seine Begleiter vor.

Der Anführer blickte ihn scharf an, und Burlikk spürte, wie etwas sein Gehirn berührte. »Du bist nicht beeinflusst!«

Es klang verblüfft, und Burlikk grinste breit. »Natürlich sind wir das nicht, sonst hätten wir uns nicht in die Büsche schlagen können. Es ist gegen das Reglement, Gurrims mit Beeinflussungsmagie gegen Gurrims zu hetzen. Aber unser hoher Herr Gynrarr und seine Bande scheren sich nicht um Gesetz und Ordnung. Daher wollen wir ihnen nicht länger gehorchen. Außerdem haben wir gehofft, die Kerle mit eurer Hilfe zur Räson zu bringen.«

»Nimmst du dir da nicht ein wenig viel vor?«, fragte Girdhan mit einem verächtlichen Auflachen.

»Vielleicht! Aber ich bin nicht bereit, gegen die Gesetze meiner Heimat und den Eid zu verstoßen, den ich Giringar geleistet habe. Bring mich zu deinem kommandierenden Magier. Er kann sicher mehr mit dem Wissen anfangen, das ich ihm bringe.«

Zu Burlikks Überraschung begann der andere schallend zu lachen. »Ich bin der kommandierende Magier!«, erklärte er.

»Aber unsere Magier sagten, es wäre eine blaue Hexe«, rief Burlikk verblüfft aus.

»Sie meinen anscheinend Mera, meine Frau. Sie ist derzeit nicht hier. Ich bin Girdhan, der Magierkaiser von Gurrland, und verdammt wütend, weil deine Leute uns überfallen haben.«

»Das wäre ich an deiner Stelle auch. Aber wie kommt es, dass Ihr die Anführer hier seid? Der Befehlshaber Eurer Expedition war doch Wassuram.«

»Wassuram wurde vor tausend Jahren durch die blaue Magierin Meravane gestürzt, die dabei selbst umkam. Meine Frau Mera ist ihre Nachfahrin. Wir beide haben den Geist Wassurams vertrieben, der sich an den Feuerthron geheftet hatte. Bis ihr gekommen seid, konnten wir den Feuerthron dazu nutzen, die magischen Stürme von unseren Inseln fernzuhalten und aufs offene Meer zu lenken.«

»Ihr habt sie gegen die Küsten des Violetten Landes gelenkt und dort schwere Schäden angerichtet.«

Girdhan wischte sich in einer unbewussten Geste über die Stirn. »Das war nicht unsere Absicht. Wir waren überzeugt, die Stürme würden sich auf dem Meer austoben und dann erlöschen.«

»Ich glaube dir, Kamerad. Niemand kann so verrückt sein, solche Stürme absichtlich gegen das Violette Land zu lenken.« Das Aussehen des Magierkaisers erleichterte es Burlikk, diesen als Verwandten anzusehen. Der Mann taugte als Beispiel dafür, dass Gurrims zu ganz anderen Dingen fähig waren, als, von schlechten Adepten befehligt, gegen feindliche Heere zu marschieren. Irgendwie freute er sich sogar, dass einer der Ihren den Verräter Wassuram verjagt hatte, auch wenn der Mann zum Teil menschliches Blut in den Adern hatte. Er legte Girdhan die Hand auf die Schulter und zeigte in die Richtung, in der ihr Heer marschierte. »Unsere Leute sollen eure westlichen Häfen angreifen und die Leute, die dort auf die Schiffe warten, gefangen nehmen.«

Girdhan musste nicht fragen, wie lange dieser Trupp brauchen würde, um sein Ziel zu erreichen. Auch seine Gurrländer marschierten rasch und kannten keine Müdigkeit. »Sie werden die Küste zu früh erreichen, es sei denn, wir halten sie unterwegs auf!«

»Also kämpfen wir?«, fragte sein Stellvertreter und brachte ihn damit in eine Zwickmühle.

»Magisch beeinflusst werden die Kerle kämpfen wie weiße Dämonen. Auch wenn wir sie besiegten, würden wir schwere Verluste erleiden.« Girdhan sah Burlikk fragend an.

Dessen Grinsen gefror zu einer Grimasse. »Genau das ist die Absicht der Magier. Sie wollen eure Leute in Scharmützel verwickeln und dabei einen Trupp nach dem anderen aufreiben. Ihre Waffen sind besser als die euren. Dort besitzt jeder dritte Gurrim eine Flammenlanze, während es bei euch … äh, einen Moment!« – Burlikk zählte kurz durch – »… nur jeder Zehnte tut. Ihr müsstet unseren Leuten an Zahl mindestens vierfach überlegen sein, um eine Chance zu haben.«

»Wir können auf die Schnelle bis zu fünftausend tapfere Kerle zusammenrufen«, behauptete Girdhans Stellvertreter.

»Selbst wenn ihr gewinnt, sterben mindestens die Hälfte davon. Ich weiß nicht, wie viele Gurrims Gynrarr noch in seinen Verkleinerungsglasfallen mit sich führt, aber es dürften an die sechs Regimenter sein. Um mit denen fertig zu werden, bräuchtet ihr mindestens dreißigtausend Krieger.«

Girdhan nickte. »Mit unseren Verbündeten zusammen können wir um einiges mehr auf die Beine stellen. Es sind zwar Menschen, aber sie werden tapfer kämpfen, da sie nicht noch einmal versklavt werden wollen.«

»Du vergisst die Magier und deren Adepten. Ich weiß nicht, wie gut eure Magier sind, aber unsere Herrschaften gehören zur Spitze des Schwarzen Landes.«

Girdhan dachte kurz nach. »Ein Kampf, so wie wir ihn gewohnt sind, scheint ausgeschlossen zu sein. Wenn wir Gurrland ganz räumen und uns auf die anderen Inseln zurückziehen, werden die Invasoren uns folgen, und das Spiel beginnt von Neuem. Hast du eine Idee, wie man eure Gurrims aufhalten kann, ohne dass es zu größerem Blutvergießen kommt?«

»Sie gehorchen im Augenblick blindlings den Befehlen der Adepten. Wenn es euch gelingt, diese auszuschalten, könnte ich mit meinen Leuten reden. Sie kämpfen nicht freiwillig, das kannst du mir glauben.«

»Das tue ich«, antwortete Girdhan. »Aber bevor wir uns um die Adepten kümmern können, müssen wir unsere eigenen Leute schützen. Männer, wir brechen auf, und zwar im Sturmschritt! Wir müssen diesen Kerlen zuvorkommen und zusehen, dass wir ihnen ein paar Steine in den Weg legen können.«

»Was habt ihr vor?«, fragte Burlikk.

Girdhan lachte. »Ganz einfach! Wir stürzen Felsen auf den Weg, damit sie nicht mehr so rasch marschieren können.«

»Dabei könnte ich euch helfen. Ich habe ein paar Artefakte dabei, mit denen man Steinlawinen auslösen kann. Aber ...« Burlikk kam eine Idee, und er starrte Girdhan fragend an.

»Gibt es hier irgendwo ein Bergtal, das nur von einer Seite zugänglich ist? Vielleicht könnten wir den Trupp, der auf die Küste zumarschiert, dort hineinlocken und den Eingang hinter ihnen sprengen. Bis sie dort wieder herauskommen, dürfte etliche Zeit vergehen. Vielleicht gelingt es uns dabei, den Adepten zu töten oder gefangen zu nehmen.«

»Das ist eine gute Idee! Ich glaube, wir hätten die passende Schlucht dazu. Aber wie sollen wir die Kerle dazu bringen, in die Falle zu gehen?«

»Ein paar von euch müssten den Speck in der Mausefalle spielen. Der Adept wird der Versuchung, die Leute zu fangen, nicht widerstehen können und sie mit dem gesamten Trupp verfolgen. Wenn wir es geschickt anfangen, erwischen wir sie alle.« Burlikk hoffte, dass er mit diesem Plan ein Gefecht vermeiden konnte, und sah daher Girdhan bittend an.

Dieser grinste erleichtert. »So könnte es gehen. Ich werde mit einer Gruppe von vierzig bis fünfzig Mann deine Freunde hinter uns herhetzen. Es müssen jedoch am Ende der Schlucht Taue oder Leitern aus Seilen vorhanden sein, an denen wir hochklettern können, bevor uns die anderen am Wickel haben. Das ist deine Aufgabe!« Sein rechter Zeigefinger wies auf seinen Stellvertreter, der sofort Protest erhob.

»Euer Glorifizienz, Ihr dürft Euch doch nicht in Gefahr begeben!«

Girdhan maß ihn mit einem kalten Blick. »Ich werde nichts von meinen Männern verlangen, was ich nicht selbst zu tun bereit bin. Also befolge meine Befehle und pass auf unsere Gäste auf. Sollten sie sich als faule Äpfel erweisen, weißt du, was du zu tun hast!«

»Ich werde sie mit Genuss schälen und verspeisen«, drohte der Gurrländer.

Während Wuzz und Tarr zusammenzuckten, lachte Burlikk amüsiert auf. »Ich glaube nicht, dass du das musst. Außerdem schmecke ich nicht besonders gut!«

Über diese Bemerkung musste auch Girdhan lachen. »Ich glaube nicht, dass ihr Verräter seid. Das würde ich merken. Aber jetzt setzt euch in Bewegung. Wir treffen uns im Tal von Larkon wieder.« Er wählte vier Dutzend Krieger aus und schlug mit ihnen einen Weg ein, der ihn zu einer Stelle führte, an der der gegnerische Adept sie sehen musste.

Sein Stellvertreter baute sich vor Burlikk auf. »Ihr kommt jetzt mit, und wehe, ihr zuckt mit der falschen Augenbraue!«

Burlikk wandte sich feixend an seine beiden Kameraden. »Seine Vorfahren waren wahrscheinlich Rekrutenausbilder im Schwarzen Heer und haben diesen Tonfall an ihren Nachkommen vererbt! Keine Sorge, Kommandant! Wir folgen dir. Wenn es so klappt, wie euer Anführer und ich es hoffen, hindern wir unsere Leute daran, zur Küste zu gelangen, ohne dass es zum Kampf kommt.«

Eine Antwort erhielt er nicht, denn die Gurrländer begannen zu rennen und trieben sie dabei mit rüden Worten und einigen heftigen Püffen an. Obwohl die Situation für ihn und seine Kameraden nicht gerade rosig war, fühlte Burlikk sich besser als je zuvor auf dieser Expedition. Die Einheimischen sahen nicht nur aus wie Gurrims, sondern benahmen sich auch so, und das erleichterte ihn.

12

Gynrarr stand in der Thronhalle der Felsenfestung und starrte fassungslos auf den Platz, an dem er noch immer die Schwingungen des Feuerthrons wahrnehmen konnte. Das Artefakt selbst aber war fort.

Sein Stellvertreter Ewalluk konnte sich nur mit Mühe ein hämisches Grinsen verkneifen. So leicht, wie sein Vorgesetzter geglaubt hatte, war es nun doch nicht, sich des Feuerthrons zu bemächtigen. Schadenfroh sah er zu, wie Gynrarr die Stelle umrundete, an der das große Artefakt gestanden haben musste.

Plötzlich drehte sein Anführer sich zu ihm um. »Du wirst von deinen Aufgaben als Gurrimkommandant entbunden. Stattdessen suchst du den Feuerthron und bringst ihn zurück!«

»Ich glaube nicht, dass sich der Feuerthron noch auf dieser Insel befindet. Meines Erachtens haben die hiesigen Magier ihn auf ein Schiff geschafft und weggebracht«, wandte Ewalluk ein.

»Das weiß ich selbst!«, fuhr Gynrarr ihn an. »Aber sie können noch nicht weit gekommen sein. Beschaffe ihn mir, sonst muss ich in meinem Bericht vermerken, wie unfähig du bist.«

Es ist typisch für Gynrarr, sein eigenes Versagen anderen anzulasten, schoss es Ewalluk durch den Kopf. Aber ihm war klar, dass ihm nichts anderes übrig blieb, als zu gehorchen.

»Ich werde ›Giringars Hammer‹ brauchen, um den Feuerthron zurückholen zu können. Die feindlichen Magier dürften ihn auf die größere der beiden blauen Inseln im Nordwesten des Archipels geschafft haben. Dort wurde eine magische Präsenz gemessen, die wir nicht richtig einordnen können.«

»Es muss ohne den ›Hammer‹ gehen. Den brauche ich hier«, erklärte Gynrarr grimmig.

Ewalluk fuhr wütend auf. »Ohne das Schiff habe ich nicht die geringste Chance, den Feuerthron zu finden. Oder soll ich über das Meer schwimmen und mir das Artefakt dabei auf die Schultern laden?«

Gynrarr wusste, dass sein Stellvertreter recht hatte. Trotzdem passte es ihm nicht, ihr einziges Schiff aus der Hand zu geben. Wenn Ewalluk nicht nach dem Artefakt suchen, sondern »Giringars Hammer« nach Norden steuern ließ, um in die Heimat zurückzukehren, war er mit seinen Gurrims und Adepten auf dieser Insel gestrandet. Dennoch hatte er keine andere Wahl, als das Schiff seinem Stellvertreter zu überlassen.

»Also gut! Du kannst den ›Hammer‹ haben. Ich werde jedoch eine Sicherung einbauen, damit weder du noch das Schiff verloren gehen können. Hast du mich verstanden?«

»Laut und deutlich!« Ewalluk grinste zufrieden. Wie es aussah, wuchs Gynrarr die Sache über den Kopf. Nun musste er nur noch den richtigen Zeitpunkt abwarten, um daraus Kapital zu schlagen. Vor allem aber war es wichtig, den Feuerthron in die Hand zu bekommen. Es gab auf »Giringars Hammer« etliche Räume, deren magische Schlösser er angefertigt und eingebaut hatte. Wenn er es geschickt anfing, konnte er dort eine Falle für den Erzmagier aufbauen und sich selbst zum Anführer des Heeres aufschwingen.

Lächelnd verbeugte er sich vor Gynrarr. »Ich danke dir, Erzmagier. Du wirst es nicht bedauern, mich auf diese Mission geschickt zu haben.«

Gynrarr warf ihm einen misstrauischen Blick zu und überlegte, welche Artefakte er an Bord des »Hammers« einsetzen sollte, um seinen Stellvertreter unter Kontrolle zu halten. Aber dazu musste er zum Schiff zurückkehren. Dabei war es dringend nötig, den entscheidenden Schlag gegen die Insulaner zu führen. Diese gingen zwar Kämpfen aus dem Weg, behinderten aber den Vormarsch seiner Truppen, indem sie Brücken abrissen und Straßen mit Felsen und Verhauen blockierten. Allerdings war ein kampfstarker Verband unterwegs zur Küste, um die Flüchtlinge einzufangen, und da diese Truppe gut ausgerüstet war, wurde er dort nicht gebraucht.

»Ich werde zum Hammer zurückkehren und alles ausladen lassen, was ich hier benötige. Kümmere du dich inzwischen darum, dass jeder Gurrimtrupp von einem zuverlässigen Magier geführt wird. Ich lasse dir bei der Auswahl freie Hand.« Gynrarr hätte die Kommandanten der einzelnen Trupps selbst bestimmen können, doch er wälzte diese Aufgabe auf Ewalluk ab, damit dieser sich den Ärger der Betroffenen einhandelte.

Sein Stellvertreter begriff die Absicht, nahm sich aber vor, die Befehle, die er den nachrangigen, aber aufstrebenden Magiern erteilen musste, um ein paar Worte zu ergänzen, mit denen er die Verantwortung auf Gynrarr schob.

Der Erzmagier kümmerte sich nicht weiter um seinen Stellvertreter, sondern machte sich auf den Weg ins Freie, um von da aus mit einem Versetzungszauber zu der Bucht zurückzukehren, in der »Giringars Hammer« lag. Eines war ihm noch deutlicher bewusst geworden: Wenn er als großer Sieger ins Schwarze Land zurückkehren wollte, musste er Ewalluk ausschalten, sobald er diesen nicht mehr brauchte.

13

Burlikk musterte die Schlucht, die weiter vorne wieder breiter wurde und in einem Bogen nach rechts auslief. Zu beiden Seiten ragten die Felsmauern mehr als hundert Schritt in die Höhe und waren so steil, dass höchstens ein sehr gewandter Gurrim ohne jegliche Ausrüstung daran hochklettern konnte. Wenn an der Stelle, an der er gerade stand, ein Stück der Wand abgesprengt wurde und den Eingang blockierte, würde jeder Soldat, der sich innerhalb des

Tales befand, darin gefangen sein. Zufrieden steckte er sein erstes Sprengartefakt in einen schmalen Spalt. Wenn er hier die Felswand zum Einsturz brachte, würden die Gurrims lange arbeiten müssen, um das Hindernis zu beseitigen.

»Jetzt noch die andere Seite«, sagte er zu Tarr, der ihm assistierte, und griff nach dem Seil, um sich auf den Grund der Schlucht hinabzulassen. Sein Kamerad sicherte das Seil, bis er auf dem Boden angekommen war, und folgte ihm mit verbissener Miene.

Noch wusste Tarr nicht, ob er das Bündnis mit den Einheimischen, das sein Leutnant eingegangen war, gutheißen sollte. »Du wirst aber nicht sprengen, solange unsere Kameraden dadurch gefährdet sind«, sagte er herausfordernd.

Burlikk schüttelte den Kopf. »Natürlich nicht! Ich will sie nur hier einschließen. Das gibt unseren Freunden aus Gurrland die Zeit, ihre Leute zu evakuieren.«

Da Tarr zustimmend nickte, begann er, an einem anderen Seil auf der gegenüberliegenden Seite der Schlucht hochzuklettern, um weiter oben das zweite Sprengartefakt anzubringen.

In dem Moment erschien einer der Gurrland-Gurrims oben am Rand. »Komm hoch! Unsere Vorposten melden, dass unsere Freunde bald hier sind. Deine Leute sind ihnen dicht auf den Fersen.«

»Es hat also geklappt!« Eigentlich hatte Burlikk nicht daran gezweifelt. Die schwarzen Magier brauchten Gefangene, und da kam ihnen ein Trupp einheimischer Krieger gerade recht. Rasch stopfte er sein Artefakt in einen Felsspalt und kletterte nach oben. Tarr folgte ihm mit verkniffener Miene.

Unterdessen wandte der gurrländische Offizier sich an seine Untergebenen. »Hier ist alles klar. Wie steht es weiter vorne? Habt ihr genug Seile hinuntergelassen, um den Locktrupp hinaufziehen zu können? Ich glaube kaum, dass der Magierkaiser Spaß daran fände, ein Gefangener der Eindringlinge zu werden!«

Unterdrücktes Lachen antwortete ihm. Jeder der Gurrländer

war eher bereit, Girdhan mit seinem Leben zu verteidigen, als ihn den Feinden zu überlassen. Da kam zu Burlikks Überraschung eine Frau in einem langen blauen Kleid und einem Umhang mit blauem Federbesatz auf die Gruppe zu. »Es ist alles vorbereitet. Wir haben mehrere Seilleitern angebracht und ihre Lage dem Magierkaiser auf magischem Weg mitgeteilt.«

»Sehr gut, Meraneh. Aber jetzt müssen wir los. Zehn von euch passen auf diese drei Gestalten auf. Wenn sie nicht das tun, was wir von ihnen erwarten, wisst ihr, was eure Pflicht ist!« Damit rannte der Offizier los, und der größte Teil seiner Männer folgte ihm. Zehn Gurrländer blieben bei Burlikk, Tarr und Wuzz zurück.

Meraneh suchte sich einen Platz, von dem aus sie den schmalen Eingang der Schlucht überschauen konnte. Dann winkte sie Burlikk zu sich. »Komm, setz dich hierher!«

Dieser gehorchte etwas zögernd. »Bist du die Magierin, die den Feuerthron beherrscht hat?«, fragte er nach einer Weile.

Meraneh schüttelte den Kopf. »Nein, das war meine Tochter. Doch die ist derzeit nicht auf Gurrland. Aber erzähle mir doch von deiner Heimat. Sie muss sehr weit von hier weg liegen, denn Großadmiral Kip ist mehr als tausend Meilen weit in alle Richtungen gesegelt, hat aber nur ein paar Inseln gefunden, die zusammen nicht einmal die Größe von Trymai haben.«

»Ich kenne dieses Trymai nicht«, erklärte Burlikk.

»Man muss es auch nicht kennen. Es ist nicht gerade eine der größten Inseln des Archipels und gilt selbst auf Ilyndhir als hinterwäldlerisch. Aber erzähle mir nun von dem Land, aus dem du kommst. Es muss das Land sein, aus dem auch meine eigenen Vorfahren stammen. Diese waren Sklaven eines Schwarzmagiers, der sie hierher verschleppt hat.«

Weder Meraneh noch die anderen Bewohner Ilyndhirs, Wardanias und der anderen nördlichen Inseln hatten sich bis vor wenigen Wochen für die weit zurückliegende Vergangenheit interessiert. Doch nun, da Wesen aus jener für sie unbekannten Welt in den Archipel eingedrungen waren, hätte sie gerne mehr über die Herkunft ihres Volkes erfahren.

Burlikk erzählte ihr, was er wusste, und brachte sie zum Lachen, als er erklärte, dass die menschlichen Untertanen der Blauen Ilyna das Volk der Wardan genannt wurden.

»Lass das nur nicht die Bewohner von Wardania hören. Die bilden sich sonst noch Wunder was darauf ein. Aber erzähl ruhig weiter. Ich möchte noch mehr über das Land unserer Großen Blauen Göttin erfahren!«

14

Es war leichter gegangen, als Girdhan angenommen hatte. Kaum hatten die Invasoren ihn und seine Gruppe gesehen, da rannten sie schon hinter ihnen her. Der Adept, der das fremde Heer aus dem Hintergrund lenkte, gab sich alle Mühe, ihn und seine Männer mit Beeinflussungszaubern geistig zu unterwerfen. Doch Girdhan setzte sein gesamtes magisches Können ein, um seine Begleiter zu schützen. Da er deswegen nicht mehr mit seinen Leuten Schritt halten konnte, legten diese ihn kurzerhand auf eine rasch aus Speeren und Decken gefertigte Trage und schleppten ihn mit sich. In der Zeit schrumpfte jedoch ihr Vorsprung, und die Feinde holten mehr und mehr auf.

»Ihr solltet eure magische Spruchrolle verwenden, Eure Glorifizienz«, schlug ein Offizier vor.

Girdhan winkte ab. »Solange ich bei euch bin, bekommt dieser fremde Magier keine Macht über euch.«

»Aber …«, begann der Mann.

»Kein Aber! Spar dir deinen Atem und lauf!«

Seine Gurrländer rannten, so rasch sie konnten, und sprangen dabei samt der Trage über Stock und Stein. Girdhan wurde durchgerüttelt, grinste aber zufrieden in sich hinein. Zwar waren die Verfolger nicht weniger kräftig als seine Leute, aber sie kannten die Gegend nicht so gut. Zudem behinderten die feindlichen Soldaten sich gegenseitig, weil ihr Anführer sie ohne genaue Anweisungen nach vorne peitschte. Daher nahmen sie keine Rücksicht aufeinander und drängten sich an den unvermeidlichen Engpässen, so dass sie Zeit verloren.

Girdhan nahm kurz magische Verbindung zu Meraneh auf und meldete ihr die Lage. Als er ihr beschrieb, wie seine Männer ihn transportierten, vernahm er das amüsierte Lachen seiner Schwiegermutter in seinem Kopf.

Er musste selbst lachen, wurde dann aber gleich wieder ernst. »In ein paar Minuten werden wir den Eingang der Schlucht erreichen. Hoffentlich hat sich der Trupp unserer Verfolger nicht zu sehr auseinandergezogen, sonst gerät nur ein Teil in die Falle, und wir müssen den Rest niederkämpfen!«

»Keine Sorge! Die Kerle sind Gurrländer, auch wenn sie nicht auf dieser Insel geboren worden sind. Die Nachhut ist keine Viertelmeile hinter der Spitze, und das reicht uns. Ihr müsst nur rasch genug die Seilleitern erreichen. Wir ziehen euch dann herauf«, antwortete Meraneh so locker, als ginge es um einen sportlichen Wettkampf.

»Habt ihr an die Flammenlanzen dieser Kerle gedacht? Ich möchte ungern in der Felswand geröstet werden!«

»Ruhig Blut! Wir werden euch schon rechtzeitig hochholen. Vorsicht! Der fremde Magier versucht einen neuen Zauber!«

Meranehs Warnung kam gerade rechtzeitig. Girdhan nahm die Feuerkugel, die aus einem Artefakt des Adepten schoss, mit seinen magischen Augen wahr und konnte noch rechtzeitig ein Abwehrfeld errichten. Knapp hinter seinen letzten Begleitern schlug der Flammenball auf und zerplatzte in tausend Funken.

Kurz darauf erreichten sie den Eingang zur Schlucht und sahen, wie ihnen jemand oben auf der Höhe zuwinkte. Nach etwa hundert Schritten weitete sich der Talgrund, und ein Stück weiter entdeckten sie die Seilleitern. Einer der Träger warf einen verzweifelten Blick auf Girdhan. »So erschöpft werdet Ihr euch nicht festhalten können, Eure Glorifizienz!«

»So schlapp bin ich nun auch wieder nicht!«, antwortete Girdhan leichthin. Doch er benötigte die Hilfe zweier Männer, um aufstehen zu können. Die beiden Gurrländer stiegen mit ihm auf die Strickleiter, hielten ihn fest und ließen sich von den Kameraden oben auf der Felskante hochziehen. Bereits auf halber Höhe vernahmen sie die trampelnden Schritte ihrer Verfolger. Die achteten jedoch nicht auf das, was über ihnen in der Felswand geschah, sondern stürmten weiter, um die Verfolgten so rasch wie möglich einzuholen. Erst als der größte Teil der Soldaten die Stelle passiert hatte, an der Girdhan und seine Männer nach oben gezogen wurden, blieb einer der Gurrims stehen und stierte nach oben.

»Achtung, dort sind welche!«, schrie er und riss seine Feuerlanze hoch. Ein nachdrängender Soldat rempelte ihn jedoch an, und er stürzte zu Boden. Bis er sich wieder aufgerafft hatte, waren auch Girdhans Leute in Sicherheit.

15

Ich glaube, jetzt kannst du dein Artefakt einsetzen!«

Meranehs Stimme klang scharf und riss Burlikk aus seiner Erstarrung. Er warf einen letzten Blick auf seine Kameraden, die noch immer nicht wussten, dass sie in die Falle gelaufen waren, und betätigte den Impulsgeber, der die Zündung auslöste. Im gleichen Moment erschütterten zwei gewaltige Explosionen die engste Stelle der Schlucht. Mehr als mannshohe Felsblöcke lösten sich von beiden Seitenwänden und stürzten in die Tiefe. Dann stieg eine Wolke aus Staub und winzigen Steinsplittern auf und überschüttete die Nachhut des feindlichen Trupps.

Während die Gurrims sich kampfbereit machten, stand der Adept in seiner Kutte mitten unter ihnen und sah aus, als wäre eben eine Horde weißer Spitzohren vor ihm aufgetaucht. Er kreischte panisch auf und legte, ohne nachzudenken, den Hebel seines Versetzungsartefakts um. Bevor seine Gurrims begriffen, was hier geschah, war ihr Anführer verschwunden.

Meraneh stieß eine leise Verwünschung aus. »Beim Tenelin noch mal! Ich wollte den Kerl noch aufhalten. Aber sein Artefakt ist gegen einen magischen Zugriff gesichert.«

Burlikk hatte die Luft angehalten und atmete jetzt tief durch. »Wenn das anders wäre, hätten wir gegen die Spitzohrheere des Westens keine Chance«, erklärte er ihr.

Zwar hatte ein Steinsplitter eine blutige Spur über seine Wange gezogen, aber er grinste zufrieden. »Es hat doch geklappt, Magierin. Aus der Falle werden sie nicht so leicht herauskommen.«

»Nicht, wenn wir sie daran hindern. Aber jetzt muss ich mit meinen Kameraden sprechen. Zusammen können wir versuchen, die Köpfe dieser Kerle von Beeinflussungsmagie zu säubern. So, wie sie sich jetzt aufführen, kannst du nicht mit ihnen reden.«

Das hatte Burlikk ebenfalls begriffen. Ohne Anführer und mit einem durch die Beeinflussung verwirrten Kopf rannten die Krieger seiner Einheit wild durcheinander und feuerten ihre Flammenlanzen gegen einen nicht vorhandenen Feind ab.

Rasch wurde Girdhan zu der Gruppe um Meraneh geführt. Eine der Magierinnen, die Burlikk für eine Gelbe hielt, reichte ihm einen Krug mit einer Flüssigkeit, den er, ohne einmal abzusetzen, in sich hineinschüttete. Das Zeug schien speziell für Magier gebraut zu werden, denn er wirkte sofort gekräftigt und benötigte keine Hilfe mehr.

Nun setzte er sich neben Burlikk und klopfte ihm auf die Schulter. »Gut gemacht, Kamerad! Wir haben die Kerle in der Falle. Wenn wir sie so lange darin festhalten können, bis ihre Köpfe wieder klar sind, werden wir mit ihnen reden und sie hoffentlich auf unsere Seite ziehen.«

»Ihr solltet die Gegend magisch abschirmen, damit sich weder Adepten noch Magier von ›Giringars Hammer‹ hierher versetzen können. Wenn die ihre Waffen auf uns richten, können …« Burlikk beendete seinen Satz nicht, doch sein Gesichtsausdruck sagte Girdhan genug.

Der Magierkaiser lachte und wies dann auf eine Gruppe von Frauen und Männern in unterschiedlichen Gewändern, die keinerlei Ähnlichkeit mit den Talaren der Schwarzlandmagier aufwiesen. Burlikk begriff, dass er es mit einer magischen Elite zu tun hatte, und erklärte Girdhan, worauf dieser seiner Ansicht nach achten sollte. Zwar hatte Meraneh es nicht geschafft, den Fluchtsprung des Adepten zu vereiteln, doch die Kräfte der versammelten Magier mochten verhindern, dass Gynrarr seine Leute in die Schlucht versetzen konnte.

»Ein magischer Tarnschirm wäre ebenfalls vonnöten, damit die Spähartefakte der Verräter nicht erfassen, was hier geschieht«, setzte er noch hinzu.

Girdhan gab seine Überlegungen an Meraneh und Torrix weiter. Die beiden besaßen zwar ebenso wenig wie die restlichen Magier und Hexen des Archipels die Kampfschulung der Schwarzlandmagier, waren aber gewohnt, ihre eigenen Kräfte jederzeit und überall einzusetzen, und konnten daher flexibel auf die Aktionen ihrer Feinde reagieren.

16

Es dauerte eine Weile, bis die Eingeschlossenen ihre Überraschung überwunden hatten. Dann aber handelten sie so, wie es von Gurrims zu erwarten war. Sie ersetzten die leeren Magiekristalle der Flammenlanzen durch neue, häuften Felsbrocken und Steine als Schutzwälle auf und verteilten sich, damit herabfallende Felsblöcke immer nur einen Teil von ihnen treffen konnten.

»Sie reagieren, als wären sie welche von uns«, sagte Girdhan mit widerwilliger Anerkennung.

»Sie sind welche von uns – oder besser gesagt, wir sind welche von ihnen«, warf der Kommandant der gurrländischen Truppen nachdenklich ein.

Da die Aktion gelungen war, wurden Burlikk und dessen Begleiter freundlicher behandelt und erhielten auch etwas zu essen. Wuzz und Tarr starrten misstrauisch in ihre Näpfe, während Burlikk, der bereits im Palast der Lin'Velura gespeist hatte, beherzt zulangte.

»Schmeckt gut!«, sagte er mit vollem Mund und brachte seine Kameraden dazu, ebenfalls einen Löffel Eintopf zu probieren.

»Ist wirklich nicht übel«, stimmte Wuzz ihm zu.

Tarr hingegen pfiff anerkennend durch die Zähne. »Einen Unterschied gibt es zwischen den hiesigen Gurrims und uns. Ihr Essen schmeckt weitaus besser als der Fraß, den wir bekommen.«

Girdhan, der sein Essen auch nicht gerade manierlich in sich hineinstopfte, musste lachen. »Das sind ein paar blaue Rezepte, die wir für uns abgewandelt haben. Als blaue Hexe muss sich auch meine Frau hier auf Gurrland wohlfühlen können. Ihr solltet erst mal die Goldgarnelen probieren, die unsere Köchin auf den Tisch bringt. Dabei gehen euch die Augen über!«

Der Magierkaiser hatte die drei Deserteure ebenfalls als Freunde anerkannt und bezog sie in die Unterhaltung mit ein. Aber er erkannte bald, dass der Wissenshorizont der beiden niedrigerrangigen Gurrims recht eingeschränkt war. Burlikk hingegen erwies sich als munterer Gesprächspartner und konnte sogar Witze reißen. Eines verwunderte Girdhan allerdings: Für die drei schien es kein anderes Leben zu geben als das eines Soldaten im Heer des Schwarzen Landes.

»Habt ihr denn keine Dörfer und Städte und bearbeitet ihr nicht das Land?«, fragte er nach einer Weile.

»Doch«, antwortete Burlikk. »Aber die Arbeit dort machen die Frauen, bis auf die wenigen, die in den Amazonenregimentern dienen. Die Männer verbringen den größten Teil ihres Lebens in der Armee, wenn auch nicht unbedingt bei den Kampftruppen. Schließlich brauchen wir auch Waffenschmiede und andere Handwerker, die unsere Ausrüstung anfertigen und in Schuss halten. Sobald wir auf zwei Beinen stehen können, werden wir für den Krieg ausgebildet. Mit zweihundert Jahren können dann diejenigen das Militär verlassen, die mindestens sechs Auszeichnungen errungen haben. Diese werden einer Siedlung zugeteilt und sollen sich dort eine Frau aussuchen.

Unser Wuzz wäre bald so weit. Er hatte gehofft, nach dieser Expedition seine sechste Auszeichnung zu erhalten und in den Ruhestand treten zu können. Aber wie es jetzt aussieht, wird er noch weitere sechzig Jahre dienen müssen. Wenn unser Gott und die beiden Göttinnen wirklich mit den Dämonen des Westens einen Waffenstillstand schließen, hat er keine Chance mehr, sich seinen letzten Orden zu verdienen.«

»Das ist auch nicht schlimm«, warf Wuzz ein. »Ich bin gerne Soldat in der Armee des Schwarzen Landes. Allerdings gelten ich und meine Freunde derzeit als Deserteure. Daher mache ich mir Sorgen, was man daheim mit uns machen wird. Wenn wir Pech haben, werden wir als Verräter hingerichtet.«

»Dann bleibt doch bei uns«, schlug Girdhan vor. »Bei uns gibt es hübsche Mädchen, kräftig, gesund und mit ausgezeichneten Zähnen.«

»Es wird uns wahrscheinlich gar nichts anderes übrig bleiben.« Tarr wirkte dabei nicht gerade glücklich. Auch wenn die Insel hier schön war und das Essen besser als daheim, so sehnte er sich doch in Giringars Reich zurück.

Auch Burlikk dachte über dieses Problem nach. »Die eigentlichen Deserteure sind Gynrarr und seine Magier. Sie haben Tharon in den Tod geschickt und Sirrin und ihr Gefolge ermordet. Daher ist es unsere Pflicht, in die Heimat zurückzukehren und dort Bericht zu erstatten.«

»Wem?«, fragte Tarr bissig. »Irgendeinem Schwertmagier, der uns sofort beseitigen wird, damit wir den Ruf seines Ordens nicht beschmutzen können? Oder glaubst du, du kommst zu einem der beiden engsten Gefährten Giringars durch?«

»Das sicher nicht! Aber wenn wir unseren Bericht zuerst der Lin'Velura übergeben, besteht eine Chance, dass er die richtigen Leute erreicht. Was mit uns passiert, ist nebensächlich. Wir haben unsere Pflicht zu erfüllen.«

Burlikks Stimme klang scharf, denn er begriff, dass seine Kameraden sich mit dem Gedanken anfreundeten, nie mehr in die Heimat zurückzukehren. Doch die Nachricht von den wahren Ereignissen musste den Hocherzmagier Betarran erreichen.

Während die drei Schwarzland-Gurrims miteinander diskutierten, gingen Girdhans Gedanken eigene Wege. Konnte er es sich überhaupt leisten, Burlikk und die anderen in ihr Land zurückkehren zu lassen? Würden dann nicht weitere Magier kommen, um sich den Archipel zu unterwerfen? Die Erfahrungen, die sie mit Leuten aus dem Schwarzen Land gewonnen hatten, waren nicht geeignet, sein Misstrauen zu zerstreuen.

Mit einer Bewegung, die seine innere Spannung verriet, schüttelte er diese Überlegungen ab. Bevor er an eine mögliche Rückkehr der Fremden dachte, musste er zuerst die Invasoren besiegen.

Er blickte in die Schlucht hinab, in der die feindlichen Krieger ihre Verteidigungsstellung eingenommen hatten. Ein paar von ihnen untersuchten den von Burlikk verursachten Bergrutsch, merkten aber rasch, dass das lose Geröll jeden Versuch vereitelte, darüber hinwegzusteigen.

Girdhan winkte Burlikk und deutete hinab. »Jetzt wäre die beste Gelegenheit, mit den Kerlen zu reden. Ihre Köpfe scheinen frei zu sein.«

Der Gurrimleutnant nickte und trat näher an den Abhang heran. Unten rissen sofort einige Krieger ihre Flammenlanzen hoch, doch die Unteroffiziere riefen die Männer zur Ordnung.

»Seht ihr nicht, dass das einer von uns ist?«, schimpfte einer und blickte zu Burlikk hoch. »Wie kommst du dort hinauf, Leutnant? Und was ist hier eigentlich geschehen?«

Burlikk schluckte ein paarmal, um den Frosch loszuwerden, der sich in seiner Kehle festgesetzt hatte. »Ich muss mit euch reden, und zwar mit allen. Kann ich hinunterkommen?«

»Warum denn nicht?«, rief der andere.

»Weil das, was ich zu sagen habe, euch nicht gefallen wird. Aber ich bin meinem Gewissen gefolgt und meiner Ehre als Offizier der Gurrimkampftruppen des Schwarzen Landes.«

»Hast du das da gemacht?« Der Unteroffizier deutete mit dem Daumen auf den Bergrutsch, der die Schlucht versperrte.

»Ja! Denn ich musste verhindern, dass Gurrims gegen Gurrims kämpfen. Ihr kennt alle das Gesetz!«

Burlikk drehte sich zu Girdhan um. »Ich will hinabsteigen und den Kameraden meine Handlungsweise erklären.«

Nach kurzer Überlegung nickte Girdhan. »Tu das! Aber ich komme mit dir.«

»Aber das könnt Ihr nicht tun, Eure Glorifizienz«, widersprach sein Stellvertreter entsetzt.

Burlikk hielt diese Idee ebenfalls nicht für gut und zeigte daher auf den Kommandanten der einheimischen Gurrims. »Es ist besser, du kommst mit. Dann sehen meine Kameraden, dass ihnen echte Gurrims gegenüberstehen. Euer Anführer könnte ein Magierbalg sein. Die sind zwar selten, denn im Allgemeinen geben die Magier sich nicht mit Gurrimfrauen ab. Aber es gibt sie.«

»Das gefällt mir nicht«, erklärte Girdhan. Er sah jedoch ein, dass Burlikks Vorschlag besser war. »Also gut! Ihr beide werdet mit diesen Kerlen da unten reden. Aber wenn euch etwas passiert, werden ihnen ihre Flammenlanzen nicht helfen.«

Burlikk begriff, dass die Drohung des Magierkaisers ernst gemeint war, und bedauerte es für einen Augenblick, sich mit diesem Mann eingelassen zu haben. Dann aber straffte er seinen Rücken und sah Girdhans Stellvertreter auffordernd an. »Dann wollen wir mal!«

Der Gurrländer befahl seinen Männern, zwei Seile zu bringen und sie daran in die Tiefe zu lassen. »Wenn wir unten sind, lösen wir die Schlinge, und ihr zieht die Seile wieder hoch! Lasst sie erst wieder hinab, wenn wir euch dazu auffordern, und auch nur, wenn Seine Glorifizienz dies gutheißt!«

Zwei Gurrländer traten auf die beiden zu und banden ihnen das Ende des jeweiligen Strickes unter den Achseln fest. Dann ließen sie Burlikk und ihren Kommandanten in die Tiefe hinab.

Unten bildeten die Gurrims einen Kreis. Sie sahen so grimmig aus, dass Burlikk sich fragte, ob sie ihn überhaupt zu Wort kommen lassen würden. Sein einziger Vorteil war, dass er als einziger Gurrim auf dieser Expedition einen richtigen Offiziersrang besaß. Die anderen Anführer waren schlichte Unteroffiziere, denen die Achtung vor höhergestellten Anführern in Fleisch und Blut übergegangen war.

»Nun, Leutnant, jetzt erzählt uns, was da los ist«, sagte der rangälteste Feldwebel, der nach der Flucht des Adepten die Führung des Trupps übernommen hatte.

»Deswegen bin ich ja hier!« Burlikk gab sich selbstsicherer, als er sich fühlte. Er löste in aller Ruhe den Knoten, ließ dann das Seil los und gab das Zeichen, dass es eingeholt werden konnte. Dann wandte er sich den wartenden Gurrims zu.

»Kameraden«, begann er. »Der erhabene Hocherzmagier Betarran, Zweiter im Gefolge des Großen Giringar, hat uns auf diese lange Reise geschickt, um zu erkunden, wer die magischen Stürme gegen das Violette Land geschickt hat. Zu unserem Oberbefehlshaber hat er den ehrenwerten Magier Tharon ernannt. Doch sagt mir, wo ist Tharon jetzt?«

Einer der Unteroffiziere gab schließlich die Antwort. »Tharon ist bei diesem magischen Teufelsgebiet weiter im Norden ums Leben gekommen!«

»Und warum ist er das? War Tharon etwa unvorsichtig? Kein Magier ist das! Er hat sich darauf verlassen, mit einem guten Boot zu fahren. Doch das wurde von dem Erzmagier Gynrarr sabotiert! Nur deshalb musste unser Anführer sterben. Sein eigener Stellvertreter hat ihn verraten. Dabei haben wir alle gesehen, dass Tharon das Siegel Giringars getragen hat. Wer von euch hat sich nicht gefragt, warum dieses Siegel nach seinem Tod nicht auf Gynrarr übergegangen ist?«

»Sicher! Das haben wir. Aber …«, begann einer.

»Kein Aber!«, donnerte Burlikk ihn an. »Gynrarr wurde von dem Siegel verschmäht, weil er ein Abtrünniger ist! Er hat Tharon verraten und damit das Schwarze Land – und uns! Oder spürt ihr nicht in euren Köpfen die Reste der Beeinflussungsmagie, mit denen Gynrarr euch gegen eure eigenen Landsleute gehetzt hat?«

»Komisch ist es schon«, meinte der Rangälteste nachdenklich. »Ich habe Kopfschmerzen und bringe immer noch einiges durcheinander. Ich weiß eigentlich gar nicht so richtig, was in den letzten Tagen passiert ist und wie ich hierhergekommen bin.«

»Da seht ihr's!« Burlikks Stimme klang laut genug, damit alle ihn hören konnten. »Aber wenn ihr noch mehr Beweise wollt, dann lasst euch gesagt sein, dass Gynrarr und sein Gefolge die Magierin Sirrin mit Hilfe eines Artefakts gelähmt und sie mitsamt ihrem Schüler Regandhor über Bord geworfen haben. Also hat Gynrarr auch eine hochrangige Verbündete ermordet. Was glaubt ihr, werden die Violetten sagen, wenn wir zurückkehren und ihre Magierin nicht mitbringen können?«

»Die dürften ziemlich sauer sein«, rief ein Gurrim mit Mannschaftsrang aus.

»Gynrarrs Verbrechen könnten das Bündnis mit dem Violetten Reich erschüttern. Selbst wenn der Waffenstillstand zwischen unserer Seite und den drei Dämonenreichen des Westens zustande kommt, besteht die Gefahr, dass die Violetten und Blauen sich zusammenschließen, um sich für etliche Aktionen unserer Magier zu rächen, bei denen sie Schaden genommen haben.«

Burlikk spürte, dass seine Ausführungen für die simplen Gemüter der Krieger zu kompliziert wurden, und kam wieder auf den Kern seiner Rede zurück.

»Wollt ihr für einen Verräter wie Gynrarr kämpfen, einen Mann, der die Gesetze des Schwarzen Landes mit Füßen tritt?«, rief er mit weit tragender Stimme.

»Bis jetzt haben wir nur dein Wort, dass es so sein soll«, äußerte einer Bedenken.

»Meine Freunde Wuzz und Tarr, brave Gurrims, wie ihr alle wisst, können meinen Bericht bestätigen. Außerdem« – Burlikks Blick glitt über die Männer, bis er den Krieger fand, den er suchte – »… außerdem war auch Rokkar bei uns, als wir die Untergebenen Gynrarrs dabei beobachtet haben, wie diese Sirrin und den Jungen ins Meer geworfen haben.«

»Das stimmt«, meldete sich der angesprochene Gurrim zu Wort. Er atmete tief durch und trat dann aus dem Kreis heraus. »Übrigens haben wir vier auch Gynrarr und die anderen Magier belauscht, als diese damit geprahlt haben, auf welch einfache Art sie Tharon in die Falle gelockt haben.«

Hatten Burlikks Worte die Gurrims schon zum Nachdenken gebracht, so gaben Rokkars Worte den Ausschlag. Sie begriffen das

Ausmaß des Verrats, den Gynrarr und die Schwertmagier begangen hatten, und wollten nicht mehr für diese kämpfen.

Der älteste Unteroffizier wandte sich mit bedrückter Miene an Burlikk. »Was sollen wir jetzt tun? Wir sind nur ein Regiment von vielen, und wenn wir uns auf eure Seite schlagen, werden die Magier beeinflusste Kameraden gegen uns schicken. Aber wir wollen nicht unsere eigenen Leute bekämpfen.«

»Ebenso wenig könnt ihr zu den Magiern zurückkehren! Sie würden euch erneut geistig unterwerfen.«

»Das sehen wir ein. Da wir gegen keine Seite kämpfen dürfen, werden wir uns aus dieser Sache heraushalten. Die Einheimischen sollen uns mit ihren Schiffen auf eine der anderen Inseln bringen. Dort können wir abwarten, bis sich dieser Knoten gelöst hat.«

Der Vorschlag des Unteroffiziers wurde von allen Gurrims für gut befunden. Burlikk war klar, dass er nicht mehr erreichen konnte, und wandte sich seinem Begleiter zu. Dieser musterte die Gurrims mit einem so grimmigen Ausdruck, als würde er sie am liebsten erwürgen. Dann aber blickte er nach oben und erkannte an Girdhans Handzeichen, dass der Magierkaiser mit der Lösung einverstanden war.

»Also gut! Wir sind dazu bereit. Aber die Kerle dürfen unsere Freunde, zu denen wir sie bringen, nicht bedrohen. Tun sie das, machen wir Mus aus ihnen!«

Diese Sprache verstanden die Gurrims. Ihre Unteroffiziere versprachen hoch und heilig, dass sie die Menschen der anderen Inseln in Ruhe lassen würden, und machten sich mit Unterstützung der Gurrländer daran, den verschütteten Ausgang der Schlucht freizuräumen.

Girdhan nahm die Entwicklung ebenso erleichtert auf wie Burlikk, auch wenn er für die Evakuierung dieses Regiments Schiffe benötigte, die an anderer Stelle fehlen würden. Doch es war ein erster Sieg über einen Feind, der sich bislang als schier übermächtig erwiesen hatte.

17

Erzmagier Gynrarr starrte fassungslos auf sein stärkstes Spähartefakt, das den dichten blauen Nebel nicht zu durchdringen vermochte. Dieser schirmte die Gegend ab, in der das Gurrimregiment in einen Felsrutsch geraten war. Er konnte nicht begreifen, dass die primitiv ausgebildeten Magier und Adepten dieses Archipels in der Lage waren, seine Geräte zu behindern. Als sich die Wolke auch nach mehreren Versuchen nicht durchdringen ließ, suchte er ein Opfer, an dem er seine Wut auslassen konnte.

Er drehte sich zu dem Adepten herum, der für diesen Schlamassel verantwortlich war. »Verdammter Idiot! Warum musstest du sofort fliehen? Du hättest dortbleiben und die Kontrolle behalten müssen! Außerdem hätten wir deine Artefakte als Gegenpol für Versetzungszauber nutzen können. Fünf oder sechs entsprechend ausgerüstete Magier hätten mit dem Gesindel aufgeräumt, das euch in die Falle gelockt hat.«

»Wir können uns immer noch dorthin versetzen«, versuchte der Adept sich zu verteidigen.

Gynrarr musterte ihn wie einen sich windenden Wurm. »Mitten in ein feindliches Feld hinein? Wenn du den schnellsten Weg zu Giringars Seelendom suchst, dann tu es! Wir könnten uns höchstens an den Rand dieser Wolke versetzen. Aber selbst dafür müssten die Artefakte neu geeicht werden. Oder kannst du ohne Messwerte bestimmen, wo wir herauskommen? Ich lasse dich gerne einen Versuch machen. Klappt er, können die anderen Magier dir folgen.«

Der Adept wich erschrocken zurück. Ohne die genaue Entfernung und einen sicheren Ankunftsort angeben zu können, kam ein Versetzungszauber einem Selbstmord gleich. Die meisten, die es versucht hatten, waren in Felsen oder anderen Hindernissen gelandet und elend umgekommen. »Wir sollten einen Trupp zu Fuß hinschicken, dann können wir deren Artefakte für die Versetzung verwenden.«

»Selbst Gurrims benötigen für diese Entfernung mindestens einen Tag. Was, glaubst du, werden wir dann noch dort finden? Die Leichen unserer Krieger, sonst nichts. Das hiesige Magiergesindel hat sich bis dahin aus dem Staub gemacht. Ab jetzt gehen wir anders vor! Sorge dafür, dass Ewalluk zurückkommt. Wir brauchen ›Giringars Hammer‹ hier. Mit seinen Waffen und den restlichen Gurrimregimentern werden wir diesen Eingeborenen zeigen, was es heißt, sich mit dem Orden vom Heiligen Schwert anzulegen.«

»Was ist mit dem Feuerthron?«

»Um den werden wir uns später kümmern. Im Augenblick ist er nutzlos. Gib Ewalluk durch, er soll auf die Westküste zuhalten und mit seinen Feuerschleudern jedes Schiff versenken, auf das er trifft.«

Erleichtert, dass ihm sein eigenes Versagen nicht länger vorgehalten wurde, eilte der Adept davon, um Gynrarrs Befehl an Ewalluk weiterzugeben. Sein Anführer hingegen blickte wieder auf sein Spähartefakt und sah, dass die blaue Wolke westwärts zu wandern begann. Interessiert beugte er sich nach vorne und wartete, bis die Schlucht nicht mehr verdeckt wurde. Zu seiner Verblüffung entdeckte er dort keinen einzigen lebenden oder toten Gurrim, und das machte ihm Angst.

Sechster Teil

DIE SCHLANGE UNTER DEM MEER

1

Die Magierkaiserin blickte Tharon an, als hätte sie es mit einem Geisteskranken zu tun. »Deiner Meinung nach müssen wir die beiden Mädchen vom Grund des Meeres hochholen? Wie stellst du dir das vor?«

Hekendialondilan, die der Diskussion aufmerksam zugehört hatte, fürchtete sofort um den Treiberfisch. »Ellek vermag es wirklich nicht! Der Druck da unten und die magischen Wirbel setzen ihm schrecklich zu.«

Careedhal und Argeela machten ebenfalls zweifelnde Gesichter, während Merani Tharon weiter beobachtete. Der Mann hatte einen Plan, von dessen Gelingen er fest überzeugt war, das konnte sie seiner magischen Ausstrahlung entnehmen.

Tharon wartete einen Augenblick, bis die Aufmerksamkeit jedes Einzelnen auf ihn gerichtet war. »Wir müssen Schritt für Schritt vorgehen. Als Erstes muss euer Arghan den Feuerthron von dem Wrack bergen. Mit seiner Hilfe wird uns einiges leichter fallen.«

»Und wie willst du ihn dazu bringen, uns zu gehorchen? Deine Freunde haben dafür gesorgt, dass er seine Kraft verloren hat!« Mera zeigte deutlich, wie wenig es ihr gefiel, dass der Fremde gerade dabei war, sich zum Anführer der Gruppe aufzuschwingen. Auch hatte sie schon zu lange auf dem Feuerthron gesessen, um sich freiwillig jemand anderem unterzuordnen.

Das begriff auch Tharon, und er nahm sich vor, die blaue Magierin mit aller Vorsicht zu behandeln. »Ich bin überzeugt, dass ich ihn mit Hilfe des Siegels, mit dem Giringar mich zum Leiter der Expedition ernannt hat, aktivieren kann.«

Er streckte die Handfläche nach vorne, damit alle das verwirrende schwarze Muster darauf sehen und spüren konnten.

Hekendialondilan schlug die Hände vors Gesicht, denn das Ding bereitete ihr unerträgliche Schmerzen. Aus diesem Grund zog Tharon seine Hand gleich wieder zurück und sah Mera an. »Es geht um eure Inseln. Willst du, dass sie in einem gigantischen magischen Sturm oder einem ungeheuren Beben untergehen?«

Als Mera unwillkürlich den Kopf schüttelte, schenkte er ihr ein verstehendes Lächeln. »Aus diesem Grund müssen wir jede Möglichkeit nutzen, die sich uns bietet. Eine davon ist der Feuerthron. Mit seiner Hilfe hoffe ich, den Bann brechen zu können, der auf Sirrin liegt. Wir benötigen dringend die Hilfe der violetten Magierin, denn dort unten wächst ein Wesen heran, das mächtig genug ist, nicht nur diese Inseln zu vernichten.«

Merani schob sich näher. »Meinst du die Violette, die wie ein Zwilling der grünen Runi aussieht? Die scheint mir eher die Harmlosere der beiden versteinerten Mädchen zu sein.«

»Das täuscht! Die Grüne ist nur ein Spitzohr…, Verzeihung, ich wollte sagen, ein Eirunmädchen, das sich die Violette zum Vorbild für ihre eigene Erscheinung genommen hat. Bei der Violetten aber handelt es sich um den Geist einer jener Lir, die vor Urzeiten vom Himmel gefallen sind und große Teile der Welt in Schutt und Asche gelegt haben. Ich kenne noch zwei andere Stellen, und dort gibt es nur noch unbelebte Reste. Hier aber haben wir es mit einem Geschöpf zu tun, dessen Geist in einer ihm völlig fremden und lebensfeindlichen Welt zu erwachen beginnt. Die Lir hat sich einen neuen Körper geschaffen, und wenn dieser stirbt, wird ihr alter Leib vom Todeskampf erschüttert. Ein gewaltiges Beben und alles vernichtende Stürme würden die Folgen sein. Daher muss ihr neuer Körper aus dem Wasser geholt werden, solange wir noch die Chance dazu haben. Der Rest ist dann Sirrins Aufgabe. Gelingt es ihr, der Lir bei ihrer endgültigen Umwandlung beizustehen, werden auch wir überleben, und ich kann mich um den Verräter Gynrarr und seine Spießgesellen kümmern.«

»Das klingt alles sehr kompliziert. Aber hast du bei dem Ganzen nicht diese Geisterballung vergessen?«, fragte die Magierkaiserin.

»Ich hoffe, diese mit Hilfe des Feuerthrons auflösen zu können.«

Als Tharon das Artefakt so selbstverständlich erwähnte, als hätte er es schon in Besitz genommen, fletschte Mera die Zähne. »Und was geschieht dann mit dem Feuerthron?«

Tharon beschloss, mit offenen Karten zu spielen. »Ich werde ihn auf mein Schiff bringen und dorthin schaffen, wo er hingehört. Für diese Inseln ist er viel zu stark. Irgendwann einmal würde er jene, die auf ihm sitzen und ihn zu beherrschen glauben, zu gnadenlosen Herren machen!«

Mera sprang auf, als wolle sie dem Magier an die Kehle fahren. Da fasste Merani nach ihrer Hand. »Lass es gut sein, Mama! Wir brauchen dieses Ding wirklich nicht. Wenn wir im Gegenzug dafür sowohl die magischen Stürme wie auch die Invasoren loswerden, haben wir letztendlich gewonnen.«

»Kann euer Arghan den Thron nun aus dem Schiff bergen oder nicht?«, wollte Tharon wissen.

Regandhor fasste die Hände des Prinzgemahls von Ardhu und sah ihn bittend an.

»Tu es, Argo! Es geht um Sirrin. Wir brauchen sie dringend! Wenn du und deine Freunde helfen, sie ins Leben zurückzuholen, wird auch sie begreifen, dass ihr nichts für die magischen Stürme könnt.«

Argo wechselte einen kurzen Blick mit Mera, sah diese nicken und blies die Luft durch die Nase. »Ich werde es versuchen. Aber ob ich es schaffe, kann ich nicht sagen. Der Feuerthron ist ein verdammt schweres Ding.«

»Du schaffst es! Da bin ich mir ganz sicher.« Am liebsten hätte Regandhor Argo umarmt, ließ ihn jedoch los und folgte ihm nach draußen. »Du brauchst jemand, der auf deine Kleider aufpasst, bis du dich zurückverwandelt hast.«

»Danke!« Argo gefiel der junge Bursche, und er fühlte sich zu ihm hingezogen wie zu einem vertrauten Freund.

Als die anderen den beiden folgen wollten, hielt Mera sie auf. »Lasst Argo wenigstens die Zeit, sich umzuwandeln. Er mag es nicht, angestarrt zu werden, wenn er sich auszieht.«

»Du hast recht, Mama!« Merani, die schon den Ausgang der inneren Höhle erreicht hatte, kehrte zurück und gesellte sich zu Tharon. »Glaubst du wirklich, großer Magier, dass danach alles ins Lot kommt?«

»Das wird es!«

»Und wenn wir es nicht schaffen?«, bohrte das Mädchen nach.

»Dann werden wir sterben, junge Magierin. Doch als Magier, der die Jahrhunderte zählt wie andere die Jahre, beiße ich ungern früher ins Gras.«

»Einen gewissen Humor hat der Mann«, flüsterte Anih Kip zu und deutete dann auf den Ausgang der Höhle. »Ich glaube, jetzt können wir zur ›Seeschäumer II‹ gehen und schauen, ob Prinzgemahl Argo sich bereits in dieses vierfüßige Untier verwandelt hat.«

»Los, Kipan! Nimm unsere Matrosen und ein paar Seile mit und sieh zu, wie du unserem Freund Argo helfen kannst. Ein Untier ist er übrigens nicht, liebe Anih. Immerhin hat er vor sechsunddreißig Jahren den Magier Wassuram vom Feuerthron vertrieben. Und es war sein Rat, dieses Ding wegzubringen, damit ihn die Schwarzmagier nicht bekommen können!«

2

Das Wasser war beinahe kochend heiß, so stark hatten die tobenden Magien es aufgeheizt. Ein Mensch hätte es nicht lange darin ausgehalten, doch als Arghan war Argo widerstandsfähiger als jedes andere Wesen. Gischt und Dampf behinderten seine Sicht, doch sein magisches Empfinden ließ ihn das Wrack des Schiffes rasch finden. Der Rumpf war aufgebrochen, und der Feuerthron hing halb heraus. Argo musste daher nur noch einige Planken entfernen, um das große Artefakt freizulegen. Dann packte er das schwere Ding mit seinen Vorderbeinen und schob es stückweise über den Grund in Richtung Höhle.

Mit einem Mal hörte er Kipan schreien. »Binde ihn fest, dann helfen wir dir!« Gleichzeitig flogen ihm mehrere Seile um die Ohren, doch mit seinen Arghanpranken konnte er keine Knoten binden.

Das sah auch Kipan und wollte zu ihm hinschwimmen.

»Bist du verrückt, Junge? Bleib, wo du bist!«, rief Argo ihm zu und schob den Feuerthron weiter. Nach einer Weile befand sich der Feuerthron in der äußeren Höhle und wurde aufs Trockene gezogen. Nun konnten Mera, Merani und Tharon ihn mit ihren Levitationskräften in die Grotte schaffen, in der sie Quartier genommen hatten.

Besorgt untersuchte die Magierkaiserin das riesige Artefakt, ob es bei dem Schiffbruch Schaden genommen hätte. Dies war zu ihrer Erleichterung nicht der Fall. Noch während sie aufatmete, richtete Tharon seine Hand auf den Thron.

Jetzt gilt es, sagte er sich. Entweder verlieh Giringars Siegel ihm die Macht, dieses Ding wieder in Gang zu setzen, oder es gab nichts, was er noch tun konnte. Noch während er dies dachte, glühte das Siegel auf seiner Hand auf. Ein Strahl schwarzer Magie schoss auf den Feuerthron zu und hüllte ihn ein. Der Kristall erbebte und ein unerträglich schrilles Geräusch erfüllte die Höhle. Schwarze Flammen schossen aus dem Artefakt, und es war, als erbebe die ganze Insel unter der Kraft des Throns. Hekendialondilan sprang auf und verbarg sich in ihrem Boot, als könne es ihr Schutz vor den magischen Schwaden bieten, die auf einmal die Grotte erfüllten.

Bevor einer der anderen sich rührte, setzte sich die Magierkaiserin auf den Thron und bündelte seine Kräfte so, dass sie nicht mehr gegen das Runischiff brandeten. Ihr Blick aber warnte jeden, besonders aber Tharon, ihr zu nahe zu kommen.

Dieser hob die Hände in einer beruhigenden Geste. »Herrin, ich bin auf Eurer Seite! Lasst mich Euch beistehen, damit wir dieses Problem gemeinsam aus der Welt schaffen können.« Er sprach höflicher, als es im Schwarzen Land üblich war, denn er begriff, dass die Kraft, die der Feuerthron einem Lebewesen verlieh, Spuren im Gehirn der Frau hinterlassen hatte.

Als Mera nach kurzem Zögern ein wenig zur Seite rückte, fiel ihm ein Stein vom Herzen. Sie hatte sich besser in der Gewalt, als er es ihr zugetraut hatte. Trotzdem nahm er die Einladung, sich neben sie zu setzen, nicht an.

»Ich hoffe, Ihr habt nichts dagegen, wenn ich mich neben Euch stelle. Der Feuerthron war für Giringar bestimmt und würde mich zu Dingen verleiten, die über unser beider Kräfte gehen.«

Mera nickte erleichtert, denn sie hätte ungern jemand anderen als ihren Mann oder ihre Tochter neben sich sitzen gesehen. »Du musst mir sagen, wie ich den Feuerthron am besten einsetze!«

»Das tue ich gerne.« Tharon trat neben sie, legte seine Hand auf ihre Schulter und schloss die Augen. Er spürte ihre geistige Nähe und ihre Kraft. Im Blauen Land hätte man sie zu den stärksten Magierinnen gerechnet. Darauf musste er Rücksicht nehmen, und so vermied er jeden Anschein, gegen ihren Willen handeln zu wollen.

Mera hörte ihm aufmerksam zu und richtete anschließend ihre Kraft auf Sirrin. Diese lag noch immer so steif wie eine Tote da. Ein

Versteinerungszauber wäre weitaus leichter zu lösen gewesen als die Stasis, in die Gynrarr sie versetzt hatte. Es dauerte daher lange, bis Mera eine Spur von Sirrins Geist entdeckte und damit beginnen konnte, ihn aufzuwecken.

Sie wies ihre Tochter an, die Magierin in die Arme zu nehmen und ihre Heilkräfte einzusetzen, und wandte sich dann an Argo. »Kannst du Merani helfen und die giftige Magie aus Sirrin herausziehen? Pass aber auf! Die violette Hexe ist sehr schwach und könnte uns unter den Händen wegsterben.«

Der Arghan, der wieder die Gestalt des Prinzgemahls von Ardhu angenommen hatte, trat an Meranis Seite und tastete nach dem Schwarz in Sirrins Körper.

»Sei ganz vorsichtig! Wenn du zu viel von der Magie des Thrones einsetzt, wird es Sirrin schaden«, warnte Tharon.

Mera nickte und begann ganz behutsam, den Geist der Magierin aus der magischen Schale zu lösen, in die Gynrarr ihn eingesperrt hatte. Dabei stieß sie fast augenblicklich auf starke Regungen von Verblüffung und Ärger. Sirrin hatte den Angriff wohl noch bemerkt, ehe sie ihm ganz zum Opfer fiel. Um zu verhindern, dass die violette Magierin beim Erwachen unwillkürlich den Gegenschlag ausführte, zu dem sie nicht mehr gekommen war, tippte sie deren Geist an.

»Bleib ganz ruhig! Du bist unter Freunden. Wir sind gerade dabei, den Zauber zu lösen, der dich gelähmt hat.«

Plötzlich vernahm sie die geistige Stimme der Verzauberten so kräftig, als wäre diese bereits wach. »Gut, dass du eine Blaue bist! Einem dieser schwarzen Schweine hätte ich magisch den Hals umgedreht. Aber da ist einer von denen! Und da ist noch jemand Schwarzes in der Nähe. Aber die Frau ist nicht aus dem Schwarzen Land.«

»Sirrin? Ich bin es, Tharon«, sagte der Magier laut und auch auf magischem Weg.

»Tharon! Du lebst!«

»Um mit mir fertig zu werden, hätte Gynrarr schon ein wenig früher aufstehen müssen«, witzelte der Magier.

Sirrin quittierte Tharons Worte mit einem geistigen Auflachen. »Du gehörst wohl zu denen, die immer auf die Füße fallen. Ich spüre eine Reihe von Leuten hier. Wie es aussieht, hast du Freunde gefunden, darunter auch Violette. Aber du verschweigst mir etwas Wichtiges! Was …? Bei Linirias! Da ist ein weißes Spitzohr!«

»Das ist Hekendialondilan. Sie sagt, sie sei eine Runi. Das ist wohl die hiesige Bezeichnung für eine Eirun. Das Mädchen stammt von der großen Insel nördlich von hier und hat – ich muss es leider zugeben – mir und Tirah das Leben gerettet.«

»Tirah lebt? Der Göttin sei Dank! Allein dafür verschone ich dieses Spitzohr. Aber was ist mit Gynrarr und seinen Kumpanen?«

»Die sind gerade dabei, die große schwarze Insel im Süden zu erobern. Aber das ist im Augenblick nicht unser Problem.« Tharons Stimme klang drängend, so dass Sirrin trotz der Schmerzen, die sie bei der Befreiung aus ihrem geistigen Gefängnis empfand, neugierig nachfragte. »Welche wichtigeren Probleme stehen denn an, großer Magier?«

»Da wäre zum einen eine riesige Geisterballung, zum Zweiten ein grünes Spitzohr auf dem Grund des Ozeans, das einen gewissen Einfluss auf diese Geisterballung ausübt, und zuletzt der erwachende Geist einer Lir, die ebenfalls dort unten liegt!«

»Waaaas?« In ihrer Erregung versuchte Sirrin aufzuspringen, sackte aber mit einem Wehlaut in sich zusammen. »Eine Lir! Aber das ist …«

»Eine Wendung, auf die ich gerne verzichtet hätte«, fiel Tharon ihr ins Wort. »Wenn der Lir-Geist erwacht und dabei durchdreht, geht hier alles zugrunde.«

»Nicht nur hier! Das Seebeben dürfte Wellen auslösen, die im Violetten Land noch größere Schäden anrichten als die Stürme. Sag mir, was du über die Lir erfahren hast. Ich muss alles wissen«, drängte Sirrin, vor Aufregung zitternd.

»Ihre neue Gestalt wächst aus der Zungenspitze ihres Lir-Körpers heraus und hat die Form eines Spitzohrs angenommen. Die Grüne liegt ganz in ihrer Nähe und ist irgendwie mit ihr verbunden. Aber wenn du mehr Informationen haben willst, musst du Merani fragen. Sie hatte bereits Kontakt zu den beiden.«

»Kontakt hatte ich nur mit der grünen Runi«, schränkte Merani ein. »Bei der anderen spüre ich nur die Angst vor dem Tod. Was ich gerne wüsste: Ist die Lir denn nicht schon einmal gestorben, so ähnlich wie Argutano damals auf dieser Insel? Wird sie jetzt genau so wiedergeboren wie der Arghan?«

»Du kennst Arghan?«, fragte Sirrin verwundert und warf einen forschenden Blick auf Regandhor.

Der wies mit einem verzerrten Grinsen auf Argo. Die Magierin ging jedoch nicht darauf ein, sondern berichtete nur, dass Lir in ihrer Originalgestalt so groß gewesen waren wie ein Gebirge. Nach ihrem Sturz auf diese Welt hatten einige überlebt und sich einen neuen Körper schaffen können.

»In gewisser Weise wechseln sie ihre Erscheinung ähnlich wie die Arghan, nur geht es nicht so schnell, und sie tun es auch nur ganz selten. Aus dem Grund müssen wir dafür sorgen, dass diese Lir ihre Erscheinung als … äh … Spitzohr beibehält. Da hätte sie sich wirklich etwas Besseres einfallen lassen können!« Obwohl Sirrin so schwach war wie ein Mensch nach einer schweren Krankheit, schmiedete sie bereits Pläne und bat Merani, ihr alles zu berichten, was diese über das eigenartige Paar unter dem Meer erfahren hatte.

Merani ließ es zu, dass Sirrin die Hände auf ihre Schläfen legte und eine gedankliche Verbindung herstellte, und spürte dabei die ungeheure Erregung der violetten Hexe.

Sirrin nahm die Bilder auf, die in Meranis Gedanken aufstiegen. Es dauerte eine ganze Weile, bis sie das Mädchen wieder freigab und schwer atmend niedersank. »Eigentlich fühle ich mich gar nicht danach, das Kindermädchen für eine verwirrte Lir zu spielen. Aber es ist meine heilige Pflicht, sie am Leben zu erhalten und ins

Violette Land zu bringen. Wenn diese Lir wenigstens an einem Ort wäre, an dem man sie bequem herausholen könnte. Aber so …«

»… ist nun einmal das Leben!«, fiel Tharon ihr ins Wort. »Es kommt nur selten so, wie man es sich wünscht. Fühlst du dich kräftig genug für diese Tat, oder sollen wir dir ein paar Tage Zeit geben, dich zu erholen?«

Sirrin fuhr auf. »Und was ist, wenn die junge Lir inzwischen erwacht und ertrinkt? Sie muss so schnell wie möglich hochgeholt werden!«

»Da hast du recht. Aber die Lir ist nicht unser einziges Problem. Da unten kriecht ein großer Fleck alte gelbe Kriegsmagie über den Meeresboden. Wenn das Feld auf den halb im Meeresboden versunkenen Lir-Körper trifft, explodiert der gesamte Archipel, und es gibt Seebeben, die ebenfalls Zerstörungen deiner Heimat zur Folge haben werden.

Daher müssen wir tatsächlich rasch handeln. Die Magierkaiserin Mera wird uns dabei mit der Kraft des Feuerthrons unterstützen.«

Sirrin starrte ihn durchdringend an. »Können wir der Blauen überhaupt trauen?«

»Die Magierkaiserin hat ebenfalls ein Interesse, es hier nicht zu einer Katastrophe kommen zu lassen, denn von ihrer Heimat bliebe nichts mehr übrig. Zudem können wir froh sein, auf ihre Tochter Merani und deren Freunde gestoßen zu sein. Ohne diese Leute hier wären Tirah und ich tot und du und Regandhor würdet auf dieser elenden Insel ebenfalls bald umkommen. Stattdessen haben wir Verbündete und verfügen über einen Arghan. Wenn das stimmt, was ich über diese Wesen weiß, müsste Argo in der Lage sein, in die Tiefe zu tauchen und die beiden Mädchen heraufzuholen.«

»Was soll ich?« Argo japste, denn er wusste von Merani, wie tief das Meer an jener Stelle war, an der die Versteinerten lagen. »Selbst Ellek hat es kaum geschafft, so tief zu tauchen, und der ist ein Geschöpf der See. Ich hingegen …«

»Du bist ein Arghan! Ich habe Berichte über euresgleichen

gelesen, die selbst die größten Magier beider Seiten vor Staunen haben erstarren lassen.«

Tharon versuchte Argo klarzumachen, dass allein er in der Lage sei, das Unmögliche zu schaffen, doch Sirrin wehrte ab. »Ein Arghan allein reicht nicht, denn er müsste beide Mädchen gleichzeitig heraufbringen. Die junge Schwarzmagierin hier hat zweifelsfrei festgestellt, dass die beiden geistig miteinander verbunden sind. Wird dieses Band durchtrennt, schnappt entweder die Lir über oder die Grüne. Beides würde zu der befürchteten Katastrophe führen!«

»Dann muss Argo eben beide zugleich heraufholen, beim Meandhir noch mal!«, fuhr Tharon sie an.

Sirrin richtete sich mühsam auf. Während Argeela an ihre Seite eilte und sie stützte, wechselte die Magierin einen kurzen Blick mit Regandhor. Dieser schluckte, stieß sich dann von der Höhlenwand ab, gegen die er sich gelehnt hatte, und blieb vor Tharon stehen.

»Argo ist nicht der einzige Arghan hier. Ich vertraue auf Tharons Verschwiegenheit, mich und meinen Verwandten nicht im Schwarzen Land zu erwähnen.«

»Wieso? Was?«, fragte Argo verwundert.

»Er hat recht! Die Magier vom Schwertorden würden Jagd auf Regandhor und auf dich machen, um euch zu fangen und euch für ihre höllischen Experimente zu verwenden«, erklärte Tharon. »Von mir habt ihr nichts zu befürchten. Ich werde weder über euch reden noch eure Existenz in meinen Berichten erwähnen. Ihr dürft euch nur nicht in eurer Arghangestalt in die Sichtweite der Magier oder ihrer Spähartefakte wagen. Auf jeden Fall ist es gut, zwei von eurer Sorte zu haben. Zusammen werdet ihr es schaffen!«

»Aber ich kann doch gar nicht so tief tauchen«, wandte Argo ein.

»Keine Angst, Bruder. Ich werde dich leiten.« Regandhor trat auf den Prinzgemahl zu und reichte ihm die Hand. »Entschuldige, dass ich es dir nicht gleich gesagt habe. Im Allgemeinen erkennen wir einander, wenn wir uns begegnen. Aber daran bist du noch nicht gewöhnt.«

»Damit wissen wir jetzt, wie wir beginnen müssen«, sagte Tharon aufatmend. »Merani und ihr Kristall werden uns zu den beiden Mädchen leiten. Sirrin, kannst du bereits deinen Geist vom Körper trennen und ihn mit Meranis Geist verschmelzen? Dein Wissen über die Lir ist dort unten dringend vonnöten.«

»Meine Kenntnisse beschränken sich auf ein paar Berichte, die die Damen um Linirias niedergelegt haben. Selbst habe ich noch keiner Lir beim Übergang auf unsere Welt geholfen.« Da Sirrin sich völlig entkräftet fühlte, lasteten die Hoffnungen, die die anderen in sie setzten, wie ein Mühlstein auf ihren Schultern. Bevor sie jedoch weitere Einwände erheben konnte, reichte Qulka ihr ein Brett mit einem Stapel Pfannkuchen und einem großen Krug voll trinkwarmem Vla.

»Du wirst sicher Durst und Hunger haben, nachdem du so böse verzaubert gewesen bist«, sagte das Gurrlandmädchen grinsend.

»Wo kommt denn die her?«, fragte Sirrin verdattert, griff aber sofort zu.

Merani hatte ebenfalls das Gefühl, in ihren Magen könnte noch ein Pfannkuchen passen, und stibitzte einen. »Die Blaubeeren müssen wir uns leider denken. Die sind nämlich ausgegangen«, sagte sie dabei zu Sirrin.

»Die Pfannkuchen schmecken sehr gut und sind auf jeden Fall besser als schwarzländische Marschverpflegung. Doch bei meinem Heißhunger würde ich selbst die verdrücken!« Die violette Magierin lachte dabei und stieg in Qulkas Gunst, als sie um einen Nachschlag bat.

3

Von der Insel waren es mehr als hundert Meilen bis zu der Stelle, an der die Mädchen lagen. Da Argos Schiff ein nutzloses Wrack war, bot Kip an, die »Seeschäumer II« zu nehmen. Doch nach einem Blick auf den von magischen Wirbeln bedeckten Himmel schüttelte Sirrin den Kopf.

»Hier kommt kein menschliches Schiff heil hinaus und wieder zurück. Wir nehmen das Boot des weißen Spitzohrs. Unsere beiden Arghan können nebenherschwimmen. Außerdem sollen noch die beiden violetten Kinder und Tirah mitkommen. Das sind genug Helfer.«

»Wenn du meinst!« Tharon zog ein langes Gesicht, denn es passte ihm gar nicht, von der Bergung der beiden Mädchen ausgeschlossen zu werden.

Auch die Magierkaiserin wollte schon widersprechen, strich dann aber mit einer zärtlichen Geste über den Kristall des Feuerthrons und sah ihre Tochter an. »Wir beide werden uns ebenfalls geistig verbinden.«

Während Merani erleichtert nickte, winkte Tharon heftig ab. »Eure geistige Verbindung wird bei den Bedingungen hier nicht Bestand haben!«

»Merani ist meine Tochter, und ich habe ihren Geist bereits einmal dort herausgeholt. Das werde ich auch ein zweites Mal tun, wenn es nötig sein sollte.«

Sirrin kam ihr zu Hilfe. »Die Magierkaiserin hat recht! Mir wäre es auch lieber, wenn ein Band zwischen ihr und ihrer Tochter existiert. Falls es Probleme geben sollte, könnte es uns helfen, in unsere Körper zurückzufinden.«

Sie erhob sich und sah Hekendialondilan, die an ihrem Schiffchen lehnte, fragend an. Die Runi nickte und erklärte Sirrin, dass sie einverstanden sei. Auf Argos Befehl fassten vier der weiblichen Matrosen mit an und halfen Hekendialondilan, ihr Boot ins Wasser zu ziehen.

Unterdessen winkte Sirrin denen, die mitkommen sollten, ihr zu folgen. In der äußeren Höhle zogen Argo und Regandhor sich aus und wechselten in ihre Arghan-Gestalt. Dabei zeigte es sich, dass der Junge noch einmal um die Hälfte länger war als Argo und auch ein gutes Stück höher. Aber gegen das Skelett von Argutano, das oben auf der Insel lag, wirkte er immer noch klein. In dem Licht, das durch den Höhleneingang fiel, leuchteten seine Schuppen feuerrot, während Argo violett schimmerte und ein elegantes Muster aus Schwarz und Blau aufwies.

Als die beiden Arghan ins Wasser steigen wollten, schrie einer der Ardhu-Matrosen entsetzt auf. Erschrocken wandten sich die anderen um und sahen, dass Careedhal sich in Krämpfen am Boden wand. Dabei gab der Junge Töne von sich, die nichts Menschliches mehr an sich hatten. Eine seiner Hände begann sich in eine schuppenbedeckte Klaue zu verwandeln, und sein Hals wurde so lang wie sein Arm.

Argeela kreischte wie am Spieß. »Was ist mit ihm?«

Regandhor drehte seinen langen Hals so, dass er über seinen Rücken nach hinten schauen konnte. »Bei den Göttern, er verwandelt sich! Wie konnte ich nur vergessen, dass er ebenfalls einen Arghan-Kern in sich trägt? Macht Platz, damit ich ihm helfen kann!«

Mühsam drehte er sich in dem vorderen Teil der Höhle um, schob die anderen, die auf dem Felsband standen, mit dem Hals beiseite und stapfte auf Careedhal zu. Dann senkte er seinen Kopf über das Gesicht des Jungen und stieß Rauch aus seinen Nüstern, so dass dieser ihn einatmen musste. Für einen Moment schien es, als würde Carredhals Körper von einer unsichtbaren Kraft zerrissen. Im nächsten Augenblick aber lag ein etwa anderthalb Manneslängen messender Arghan bäuchlings auf dem glatten Fels. Noch etwas ungelenk erhob er sich und wackelte mit seinem dünnen Hals.

»Wie kann das sein?«, fragte Merani ebenso erschrocken wie fasziniert.

»Careedhal besitzt ebenfalls die Anlage, sich in einen Arghan zu verwandeln. Als sein Vater und ich gleichzeitig die Gestalt gewechselt haben, wurde er von unseren Kräften mitgerissen. Aber da er sich noch nie zuvor verwandelt hat, wäre es beinahe sein Tod gewesen. Ich hatte seinen Kern zwar bemerkt, aber in der ganzen Aufregung um die Lir nicht mehr daran gedacht. Es tut mir leid!« Regandhor wandte sich mit schuldbewusster Miene dem dürren Jungarghan zu. Careedhal machte ein paar staksige Schritte und riss das Maul auf.

»Nicht! Hier darfst du nicht blasen«, rief Regandhor erschrocken. Doch es war zu spät. Glücklicherweise aber kam nur ein Rauchwölkchen aus Careedhals Schlund, und der Kleine begann fürchterlich zu husten.

Während Argo verwirrt dastand und nicht so recht zu wissen schien, was er von dieser Entwicklung halten sollte, packte Argeela Regandhor am Bein. »Kann ich auch ein Arghan werden?«

Er musterte sie durchdringend mit seinen großen Augen, in denen neben den Farben der Götter auch Rot und Gold aufblitzte, und wiegte unschlüssig mit dem Kopf. »Ich sehe zwar einen winzigen Kern in dir«, sagte er. »Doch ich glaube nicht, dass er sich zu einem Arghan auswachsen wird. Auf jeden Fall wird es dir leichtfallen, mit den anderen Farben zu arbeiten, und du wirst sogar gelbe Magie vertragen können. Bis dahin musst du aber noch viel lernen.«

»Wir sollten uns bereit machen!«, drängte Sirrin und sah sich kurz um. Eine Nische in der Nähe des Höhleneingangs schien ihr zuzusagen, denn sie legte sich hinein und schloss die Augen. Im nächsten Augenblick wurde ihr Körper steif wie eine Statue.

Da die violette Magierin Meranis Geist an sich zog und mit dem ihren verschmolz, schien das Mädchen nun ebenfalls das Bewusstsein zu verlieren. Während sich die Matrosinnen um die beiden starren Leiber kümmerten, heftete sich das Doppelwesen Sirrin/Merani an Regandhor und gab den Befehl zum Aufbruch.

»Bist du bereit?«, fragte der rote Argo.

Dieser nickte und folgte seinem größeren Verwandten ins Wasser. Auch Careedhal setzte sich in Bewegung und schwamm hinter ihnen her. Unterdessen hatte Hekendialondilan ihr Boot an Kips »Seeschäumer II« vorbeigelotst. Es musste sich arg strecken, um nicht stecken zu bleiben und nahm dann mit einem missmutigen Ton seine normale Form wieder an.

Da Careedhal sich in einen wenn auch sehr kleinen Arghan verwandelt hatte, nahm das Runimädchen nur Argeela und Tirah an Bord. Ein Blick durch den Höhleneingang offenbarte den dreien, dass ihre Fahrt kein Zuckerschlecken sein würde. Draußen tobten mindestens ein Dutzend magischer Stürme, und das donnernde Krachen von Gegenfarbenexplosionen hallte beinahe ununterbrochen über die See.

»Hoffentlich kommen wir da durch«, rief Argeela beklommen.

Auch Tirah war nicht besonders wohl in ihrer Haut. Doch anders als ihre beiden Begleiterinnen war sie Krieg und Gefahr gewohnt. »Wir müssen unsere Umgebung ständig beobachten, um schwarzen und gelben Magieschwaden aus dem Weg zu gehen.«

Hekendialondilan versuchte, sich selbst und ihren Passagieren mit einem aufmunternden Lächeln Mut zu machen. »Ich werde mit meinem Boot verschmelzen, um rascher reagieren zu können. Legt ihr eure Hände auf meine Schultern, dann sehe ich durch eure Augen und mit euren magischen Sinnen.« Sie legte sich im Heck des Bootes flach hin, und die beiden anderen sahen, wie sie ein wenig in den Kristall einsank und ihr Kopf von der Materie des Bootes überzogen wurde.

»Die Spitzohren können ihre Körper besser beherrschen als jeder menschliche Magier. Nur ein Arghan übertrifft sie noch«, flüsterte Tirah Argeela zu, während sie eine Hand auf Hekendialondilans linke Schulter legte. Argeela folgte ihrem Beispiel und starrte dann angespannt nach vorne.

Kurz darauf glitt das Boot mit einer zurückschwappenden Welle aus der Höhle hinaus, setzte die Segel und nahm Kurs auf die Lücke im Klippenwall, durch die die »Seeschäumer II« gekommen war. Als sie diese passiert hatten, kam es ihnen so vor, als hätten sich sämtliche Höllen der Götter auf diesem Fleck der Welt vereinigt. Da die drei nicht nur auf den Wind, sondern auch auf die magischen Strömungen achten mussten, arteten die Segelmanöver zu einem wilden Tanz auf den Wellen aus. Zu ihrem Glück schwamm Ellek vor ihnen her und warnte sie vor Riffen und Klippen, die in der hoch aufstiebenden Gischt nicht erkennbar waren.

Die Arghan ließen Hekendialondilans Boot nicht aus den Augen und hielten sich bereit, die drei Mädchen aus dem Wasser herauszuholen, falls ihr Schiffchen kentern sollte. Diese Unterstellung fand das Boot so beleidigend, dass es weitere Segel ausbildete und schließlich so schnell wurde, dass die Arghan hinter ihm zurückblieben.

»Ich bin doch besser als diese Monster«, erklärte es seiner Herrin.

Trotz der Starre, in die sie sich versetzt hatte, erschien auf Hekendialondilans Lippen ein Lächeln. »Du solltest dennoch darauf achten, wo du hinschwimmst. Direkt vor uns spüre ich eine eklige schwarze Wolke. Außerdem befindet sich die Geisterballung in der Nähe. Hoffentlich bleibt sie friedlich.«

»Eine schwarze Wolke, wo?« Noch während das Boot fragte, änderte es den Kurs und segelte nun gerade so schnell, dass die beiden großen Arghan es begleiten konnten.

Da Careedhal das Tempo der Großen nicht mitzuhalten vermochte, befahl Regandhor ihm, auf seinen Rücken zu klettern und sich dort festzukrallen.

Als die Schären östlich hinter der Gruppe zurückblieben, fragte Regandhor Merani, wie weit es noch sei.

Das Mädchen versuchte sich zu orientieren und wies dann die Gruppe an, ein Stück nach Südwesten zu halten. »Wir haben die Stelle bald erreicht«, setzte sie hinzu.

»Wie steht es mit deiner Verbindung zu dir und zu deiner Mutter?«, fragte Sirrin.

Merani horchte in sich hinein und gab erleichtert Antwort. »Ich fühle den Kristall, den mein Körper in der Hand hält, und auch meine Mutter samt dem Feuerthron.«

»Dann hoffen wir, dass das auch so bleibt, wenn wir in die Tiefe abtauchen. Regandhor, bist du bereit?«, fragte Sirrin angespannt.

»Von mir aus kann es losgehen. Ich muss nur Kontakt zu Argo halten und ihm zeigen, wie es geht. Careedhal soll hier an der Oberfläche bleiben. Wir brauchen ihn als Eingreifreserve, wenn etwas schiefgehen sollte«, sagte Regandhor, als er die Enttäuschung des Kleinen wahrnahm.

Careedhal war klar, dass es sich um eine Ausrede handelte. Wie sollte er etwas schaffen, bei dem die beiden großen Arghan versagten? Gleichzeitig verspürte er den Wunsch, ebenfalls in die Tiefe zu tauchen. Es war ähnlich stark wie jenes Gefühl, durch das er den seltsamen Kristall entdeckt hatte, der Meranis Geist an diese Stelle gelockt hatte. Auch hier wartete etwas in der Tiefe darauf, von ihm gefunden zu werden.

Unterdessen erklärte Regandhor Argo noch einmal, wie er als Arghan seine Körperfunktionen durch Magie erhalten konnte. Dann zeigte er mit einem unternehmungslustigen Grinsen nach unten.

»Auf geht's!« Nach diesen Worten tauchte er ab, wobei er alle viere wie Paddel benutzte und mit seinem langen Schwanz steuerte.

Argo folgte ihm und freute sich, weil er kaum hinter dem großen Roten zurückblieb. Magie strömte ihnen hier reichlich zu, aber ihre besonderen Kräfte sorgten dafür, dass sie weder Atemnot spürten noch den mit der Tiefe zunehmenden Druck. Trotzdem wussten beide, dass es eine Reise ins Ungewisse war. Wenn nur eine Kleinigkeit schiefging, konnten auch sie sterben.

4

Careedhal blieb zunächst an der Oberfläche und schwamm nervös hin und her.

»Was ist denn los?«, fragte ihn seine Schwester genervt. Argeela hatte nicht verwunden, dass ihr Bruder ein Arghan geworden war, und fühlte sich vom Schicksal zurückgesetzt. Sie erhielt aber keine Antwort, denn mit einem Mal holte Careedhal tief Luft und tauchte in die Tiefe.

»He! Was machst du da? Das sollst du doch nicht tun!«, rief seine Schwester empört hinter ihm her. Dann wandte sie sich verärgert zu Tirah und dem Runimädchen um. »Wenn alle so verrückt sind wie mein Bruder, ist es wirklich kein Wunder, dass die Arghan fast ausgestorben sind.«

»Vielleicht hat er etwas bemerkt, das ihn gerufen hat«, antwortete Hekendialondilan nachdenklich.

Tirah schüttelte den Kopf. »Es hat ihn nicht gerufen. Er hat es nur entdeckt, weil er so scharfe Sinne besitzt. Es kann ein Stück Kristall sein, ein wertvolles Schmuckstück aus Gold oder Ähnliches. Aber genauso gut kann es sich um ein gefährliches Artefakt handeln.«

»Dann wollen wir nur hoffen, dass es kein Artefakt ist, und wenn doch, dass er es nicht hochbringt. Aber was rede ich! Bevor er hundert Manneslängen getaucht ist, gibt er eh auf und kommt zurück.« Trotz ihrer bissigen Worte hatte Argeela Angst um ihren Bruder und noch mehr um ihren Vater. Argo wurde jedoch von einem erfahrenen Arghan angeleitet und wurde sich zu helfen wissen. Careedhal hingegen war noch ein Arghanbaby, das noch nicht einmal richtig laufen konnte.

Weit entfernt, sich so hilflos zu fühlen, wie seine Schwester ihm unterstellte, tauchte der junge Arghan hinter den beiden großen her. Zuerst hielt er die Luft an, merkte aber rasch, dass es auf diese Weise nicht ging. Auch wurde der Druck auf seinen Körper stärker, und er hatte Schwierigkeiten, Tiefe zu gewinnen. Es muss anderes gehen, sagte er sich, während er kräftig strampelte. Regandhor hatte gesagt, ein Arghan müsse sich in extremen Situationen magisch erhalten. Doch wie sollte das gehen? So etwas hatte er während seiner Adeptenausbildung jedenfalls nicht gelernt.

Wütend schlug er mit dem Schwanz und geriet ohne Vorwarnung in eine gelbe Magieschwade. Seine Haut brannte, und er schloss die Augen, um sie zu schützen. Gleichzeitig aber merkte er, wie ein Teil von ihm das Gelb einfach ansog und in grüne Magie umwandelte, die für ihn verträglicher war. Dabei verminderte sich der Druck, der auf ihm lastete, und seine Atemnot schwand.

»So geht das also«, dachte er, blies die restliche Luft aus den Lungen und schoss wie ein Pfeil hinter den beiden großen Arghan her.

5

Merani fand es angenehm, als Geist an Regandhor klebend, in die Tiefe gebracht zu werden, und genoss die Situation beinahe wie einen interessanten Ausflug.

Sirrins Geist aber glühte vor Aufregung. »Sind wir richtig? Ich fühle noch nichts!«, fragte sie mehrmals.

Anfangs entdeckte Merani ebenfalls nur die magischen Wirbel, die das Wasser aufheizten. Dann aber nahm sie das Ziel durch Regandhors Sinne wahr. »Wir sind bald da, Sirrin. Spürst du diese violette Felswand dort? An deren Ende liegt die Höhle!«

»Das ist kein Fels, sondern purer Lir-Kristall! Könnte er geborgen werden, wäre dies ein schier unschätzbarer Reichtum!« Sirrins Staunen brachte Regandhor dazu, näher auf die Kristallwand zuzuschwimmen.

»Das ist ja herrlich! Wenn unsere Aufgabe erledigt ist, möchte ich hier herumstreifen und mir den einen oder anderen Kristall holen. Was sagst du, Argo?«

Dieser nickte und warf den Kristallen einen sehnsüchtigen Blick zu. »Ich werde mir ein Bett aus diesen Kristallen bauen!«

»Für deine jetzige oder deine Menschengestalt?«, fragte Regandhor mit einem geistigen Lachen.

»Für beides!«, antwortete Argo und schwamm auf eine besonders kräftig strahlende Kristallformation zu.

»He, ihr Burschen! Wir haben hier was anderes zu tun, als Klunkersteine anzusehen!« Meranis zorniger Ruf brachte die beiden Arghan dazu, sich von den verlockenden Kristallen abzuwenden und weiterzutauchen.

Careedhal, der ein Stück aufgeholt hatte, hielt ebenfalls auf die Kristallwand zu und fragte sich, ob sie es war, deren Verlockung er gespürt hatte, verneinte es aber. Das, was er suchte, lag sehr viel tiefer. Daher folgte er den beiden Großen und bemühte sich dabei, so viel Magie einzusaugen, wie er nur konnte.

Unterdessen vermochten Regandhor und Argo bereits den Meeresboden unter sich auszumachen und spürten das intensive Grün von Tenarils Körper. »Die schnappst du dir! Ich tauche inzwischen in die Höhle. Steige aber mit dem Mädchen erst auf, wenn ich wieder bei dir bin«, schärfte Regandhor seinem Begleiter ein und schwamm auf das riesige Maul der Lir zu.

»Wie lang mag dieses Wesen gewesen sein?«, fragte Merani Sirrin beeindruckt.

»Ihrem Umfang nach zu schätzen, knapp sechzig Meilen. Damit

ist sie eine der jüngeren Lir. Es müssen damals auch welche mit mehr als hundert Meilen Länge eingeschlagen haben«, antwortete die Magierin.

»Woher sind diese Lir denn gekommen, und warum haben sie sich auf unsere Länder fallen lassen?«, wollte Merani wissen.

»Das weiß keiner, auch die Lir nicht, die überlebt und sich unserer Welt angepasst haben. Es ist, als hätten sie mit ihren Riesenkörpern auch einen Teil ihres Gedächtnisses verloren. Aber sei jetzt ruhig! Ich muss mich um die Kleine kümmern.« Sirrin fühlte jetzt das aus der Zunge des ehemaligen Ungeheuers herauswachsende Mädchen und tastete vorsichtig danach.

Die Emotionen, die auf sie einbrandeten, waren ebenso fremdartig wie faszinierend. Vor allem aber spürte sie die Todesangst des Wesens. »Vorsicht, Regandhor! Sie bekommt Panik! Wenn die sich auf den Lir-Körper überträgt, siehst du hier den Talien tanzen.«

Regandhor sandte ein Stoßgebet zu seinem ganz speziellen Gott und fasste das violette Mädchen mit seiner linken Vorderpranke. Ihm schien es unfassbar, dass es sich bei diesem zierlichen Ding um den Rest eines sechzig Meilen langen Geschöpfes handeln sollte. Schon die Natur eines Arghan stellte für die normalen Magier dieser Welt ein Rätsel dar. Um wie viel unwahrscheinlicher musste ihnen dieses Wesen vorkommen.

Unterdessen versuchte Sirrin das steinerne Mädchen zu beruhigen, doch dieses wand sich unter ihrem Zugriff, und sie spürte, wie der versteinerte Riesenleib der Lir erschüttert wurde. In ihrer Not wandte Sirrin sich an Merani. »Versuche du es! Immerhin bist du schon bei ihr gewesen.«

Merani stöhnte innerlich auf. Wie sollte sie etwas bewirken können, bei dem selbst eine erfahrene Magierin versagte? Dennoch streckte sie ihre magischen Fühler nach der kleinen Lir aus. »Hallo, ich bin Merani. Wie geht es dir?«

Erneut bebte der Lir-Körper, und einzelne Steine stürzten von der Decke des Höhlenmaules herab.

»Bleib ruhig! Sonst verhinderst du, dass wir dich retten können«, warnte Merani. »Aber dafür muss Regandhor dich von dem Kristallsteg lösen, aus dem du herausgewachsen bist.«

Sie konnte nicht feststellen, ob das Lir-Mädchen begriff, was sie sagte, aber wenigstens fielen keine Steine mehr herab.

Regandhor zögerte einen Augenblick, maß dann die Länge ab, die er den noch in der Steinzunge steckenden Füßen des violetten Mädchens zubilligte, gab noch ein wenig Sicherheitsabstand dazu und knickte den Stein mit einer Vorder- und einer Hinterpranke ab.

Als die Violette die Verbindung zu ihrem Lir-Körper verlor, ertönte ein schriller geistiger Schrei. Im nächsten Moment überschwemmte die Angst des Wesens Regandhors Bewusstsein und ließ auch ihn in Panik ausbrechen. Dabei zog er Sirrin mit in den Strudel der aufgepeitschten Gefühle hinein.

Als Merani das spürte, fuhr sie die Lir an. »Beruhige dich doch! Es ist ja nichts Schlimmes passiert. Regandhor musste dich von deinem alten Körper lösen, weil er dich sonst nicht in Sicherheit bringen könnte!«

Es war, als nähme das Wesen Meranis intensive Gedanken wie eine hilfreich ausgestreckte Hand wahr. »Ich kenne dich!«, sagte es. »Du warst schon einmal bei mir. Aber was ist mit mir? Ich fühle mich so seltsam! Sterbe ich jetzt?«

»Bei der großen Linirias, sie erwacht! Oh, Göttin, hilf! Mach, dass ich das Richtige tue.« Nach diesem Stoßseufzer nahm Sirrin Kontakt zu der Lir auf. »Das ist alles ganz richtig so. Wir bringen dich jetzt an die Luft, damit du atmen kannst. Dazu musst du aber diese Gestalt beibehalten, hörst du?«

Doch erst als Merani dem violetten Mädchen klarmachte, was die Magierin wollte, wurde es ruhiger, und Regandhor vermochte die immer noch Versteinerte aus dem Höhlenmaul zu tragen.

»Wir können wieder hoch, Argo! Bleib aber ganz in meiner Nähe«, teilte der rote Arghan seinem Begleiter mit.

Dieser nickte und hob das Eirunmädchen vom Boden auf. Während sie gemeinsam nach oben strebten, sahen sie eine violette Präsenz an sich vorbei nach unten schießen.

»Das war doch Careedhal!«, rief Regandhor verwundert. »Was macht der hier?«

Der Einzige, der ihm hätte Antwort geben können, wäre der kleine Arghan selbst gewesen. Doch der tauchte in das weit geöffnete Maul der Lir ein und wühlte in dem Schlamm, der sich am Boden angesammelt hatte. Nach einer Weile trafen seine Krallen auf einen harten Gegenstand, der sich äußerst magisch anfühlte. Er grub wie wild, bis er das Ding freigelegt hatte. Es war so groß wie ein Kürbis, bestand aber aus Kristall und strahlte eine angenehm weiche grüne Magie aus. Als er nach ihm griff, stellte er fest, dass seine Oberfläche aus unzähligen, fein geschliffenen Facetten bestand. Zudem war das Ding weitaus schwerer, als seine Größe vermuten ließ.

Der junge Arghan ruhte sich einen Augenblick aus und zog dabei so viel Magie an sich, wie er bekommen konnte. Dann versuchte er, den Kristall aufzuheben und aus der Rachenhöhle zu schaffen. Er brauchte dazu zwei Anläufe und musste seinen Fund draußen noch einmal absetzen. Nachdem er sich noch einmal in den vom Boden aufsteigenden Schwaden violetter Magie gestärkt hatte, drückte er den Kristall mit den Vorderpfoten an die Brust und begann wild mit den Hinterfüßen und dem Schwanz zu schlagen, um wieder nach oben zu gelangen.

6

Regandhor jubelte, als sein Kopf die Wasseroberfläche durchstieß und er seine Lungen endlich wieder mit Luft füllen konnte. Argo, der neben ihm auftauchte, wirkte nun so dürr, als habe er in der letzten Stunde fast die Hälfte seines Körpergewichts verloren. Auch Regandhor selbst war schmal geworden und zitterte vor Schwäche. Er hielt Ausschau nach Hekendialondilans Boot, entdeckte es eine halbe Meile entfernt und begann, darauf zuzuschwimmen. Argo fehlte jedoch die Kraft, sich mit dem versteinerten Mädchen im Maul an der Wasseroberfläche zu halten und gegen die entfesselten Wellen anzukämpfen.

Sirrin merkte dies und forderte auf magischem Weg Tirah auf, Hekendialondilan zu sagen, dass sie ihnen mit dem Boot entgegenkommen solle. Kurz darauf konnten die beiden Arghan die beiden versteinerten Mädchen über die Bordwand hieven und ins Innere des Bootes legen.

»Der Linirias sei Dank! Wir haben es geschafft«, keuchte Argo, der in der umgebenden Magie langsam wieder zu Kräften kam. Die Sorge um seinen Sohn ließ ihn jedoch unruhig werden.

»Careedhal müsste längst wieder aufgetaucht sein! Hoffentlich ist ihm nichts passiert!«

»Ich spüre seine Gegenwart«, teilte Merani ihm mit. »Wie es aussieht, hat er Probleme, denn er kommt kaum noch vorwärts.«

»Ich hole ihn«, rief Argo und wollte abtauchen.

Regandhor packte ihn am Schwanz. »Halt! Du bleibst hier oben. Das mache ich.«

Rasch tauchte er in die Tiefe. Doch als er nach Careedhal Ausschau hielt, verwirrten ihn die magischen Schlieren um ihn herum so stark, dass er den Jungen nicht ausmachen konnte.

Merani beruhigte ihn. »Keine Angst, Großer! Du hast doch

mich. Schwimme ein bisschen nach links und dann noch ein wenig tiefer. Wir haben den Bengel gleich erreicht.«

Kurz darauf konnte der Arghan Careedhal fühlen und wenig später auch sehen. Er musste beinahe lachen, als er sah, wie sich der Kleine mit einem großen und sichtlich schweren Kristall abmühte.

»Lass das Ding doch fallen!«, riet er ihm.

Careedhal schüttelte jedoch den Kopf und schluckte unwillkürlich Wasser. Sofort verlor er die Kontrolle über sich und sank tiefer.

»Du Narr!«, schimpfte Regandhor und packte den Kleinen beim Genick. »Keine Angst, ich halte dich und notfalls auch diesen Kristall, wenn dir so viel daran liegt.«

»Ich habe ihn von oben gespürt«, antwortete der Junge.

Regandhor erschien dies bei der kochenden Magiesuppe um sie herum höchst unwahrscheinlich. Andererseits aber kannte er Careedhals Fähigkeiten zu wenig, um dies abstreiten zu können. Daher ließ er sich nicht auf eine überflüssige Diskussion ein, sondern strebte mit aller Macht nach oben.

Nach einer Weile wurde es über ihnen heller, und dann durchbrachen sie die Oberfläche. Während Careedhal das geschluckte Wasser aushustete, wuchtete Regandhor den Kristall an Bord des Bootes und zeigte dann nach Osten.

»Wir sollten schleunigst zur Insel zurückkehren. Ich spüre etwas im Wasser, das mir gar nicht gefällt.«

»Ich ebenfalls«, flüsterte Hekendialondilan und gab ihrem Boot den Befehl, so schnell zu segeln, wie es ihm möglich war.

»Und was ist, wenn ich gegen eine Klippe krache?«, fragte dieses beleidigt.

»Dann flicke ich dich wieder zusammen. Jetzt aber los! Oder willst du, dass der nächste Sturm uns versenkt?« Hekendialondilan verlor beinahe die Geduld mit ihrem Boot und musste sich erst wieder daran erinnern, dass ihr Schiffchen für harmlose Lustfahrten gebaut worden war und nicht für solche Abenteuer.

Das Boot wurde schlanker, ließ den Mast wachsen und breitete zusätzliche Segel aus. »Das schaffe ich schon, Herrin. Aber du musst deiner Mutter sagen, dass ich mich geweigert habe, dich in diese tosende See zu bringen. Sonst löst sie mich noch auf und macht einen Schaukelstuhl aus mir.«

»Keine Angst, das wird sie sicher nicht tun. Wenn es uns gelingt, die Stürme zu beenden, wird sie dich im Gegenteil mit Blumen schmücken und sehr, sehr tapfer nennen.« Hekendialondilans Gedankenstimme klang wie ein sanftes Streicheln und ließ das Boot beinahe übermütig werden. Von Ellek gelenkt, der es keinen Augenblick lang verlassen hatte, gelang es ihm, in das Gewirr der Schären einzudringen und den Bug auf die Insel im Zentrum zu richten.

Die drei Arghan konnten diese Geschwindigkeit nicht mithalten und schwammen mit Abstand hinterher. Careedhal hatte dabei Mühe, sich auf Regandhors Rücken zu halten. Argo sah es mit Sorge und deutete auf das Boot, das gerade noch als Schatten am Horizont zu erkennen war.

»Sie sollen anhalten, damit mein Sohn sich umwandeln und an Bord klettern kann!«

»Das, mein Freund, halte ich für keine gute Idee. Da er sich das erste Mal umgewandelt hat, könnte er in seinem Zustand bei der Rückverwandlung an Auszehrung sterben. Als Arghan vermag er jedoch Magie in sich aufzunehmen und sich dadurch zu erholen. Doch jetzt kommt, denn es brauen sich ein paar besonders wüste Unwetter zusammen.«

»Sollten die Stürme nicht aufhören, sobald die Mädchen herausgeholt worden sind?«, wandte Careedhal ein.

»Das werden sie, wenn alle Probleme gelöst sind. Aber das ist Sache der Magier. Wir haben unseren Teil getan.«

Über ihnen färbte sich der Himmel dunkel, und aus der Richtung, aus der sie gekommen waren, folgte ihnen eine riesige Wolke, die in allen Farben glühte. Darunter aber tauchte ein langer violetter Streifen aus dem Meer auf, der den Rest des Sonnenlichts am Horizont widerspiegelte.

»Was ist denn das?«, fragte Careedhal erschrocken.

»Wenn ich es wüsste, könnte ich es dir sagen. Mir gefällt das gar nicht!« Regandhor schwamm weiter, merkte aber bald, dass sich die Landschaft um sie herum zu verändern begann. Die Schären wurden auf einmal größer, die Meeresstraßen zwischen ihnen verengten sich und wurden teilweise so flach, dass sie nicht mehr schwimmen konnten, sondern laufen mussten.

»Ich habe das Gefühl, als würde sich das Land hier heben. Aber das ist doch unmöglich! Ich …« Regandhor brach ab und starrte nach Osten, wo große Flächen des ehemaligen Meeresbodens jetzt über die Wasseroberfläche hinausragten.

»Das Land hebt sich tatsächlich! Es muss ein Zauber darauf gelegen haben, den wir unwissentlich gebrochen haben.«

»Ich laufe lieber, als weiterhin zu schwimmen. Inzwischen habe ich so viel Wasser geschluckt, dass ich eigentlich platzen müsste«, rief Careedhal aus.

»Wahrscheinlich wandelst du es in Energie um. Das gehört zu den Fähigkeiten der Arghan. Ich habe gehört, dass einer der großen, wenn er erschöpft ist, einen ganzen Ochsen auf einmal verspeisen kann«, sagte Regandhor, dessen Magen allein bei dem Gedanken an eine kräftige Mahlzeit vernehmlich knurrte.

Argo griff sich einen Fisch, der zu nahe an seinem Maul vorbeischwamm, aus dem Wasser und schluckte ihn im Ganzen hinunter. »Gebraten würde er besser schmecken!«, meinte er anschließend.

»Der Hunger treibt's rein! Also tut euch keinen Zwang an. So viele Pfannkuchen, wie wir bräuchten, kann auch Qulka nicht backen«, antwortete Regandhor und schnappte ebenfalls nach einem Fisch.

7

Hekendialondilans Boot lief zwei Meilen vor der Insel auf Grund und lag kurz darauf ganz auf dem Trockenen. Um es herum erstreckte sich ödes, steiniges Land, durchsetzt mit Tümpeln voller Wasser, in denen Fische zappelten. Die junge Runi hatte vor sechsunddreißig Jahren das zauberische Spiegelbild dieser Landschaft so gesehen, wie sie vor dem Einschlag der Lir gewesen war. Doch das hier hatte keine Ähnlichkeit mit der einstigen grünen Runi-Insel.

»Kann mir einer sagen, was hier geschehen ist?«, fragte Argeela verdattert.

»Das ist ein gewaltiger Zauber«, flüsterte Tirah und starrte dabei nach Westen. Dort stieg in der Ferne ein Gebilde aus dem Meer auf, das im letzten Licht der Sonne violett aufleuchtete.

Hekendialondilan stupste die beiden an. »Wir sollten uns weniger den Kopf darüber zerbrechen, was um uns herum geschieht, als vielmehr darüber, wie wir unsere beiden Fundstücke zur Höhle bringen. Wenn ihr beide die Violette nehmt, kann ich die grüne Runi tragen!«

»Aber du bist doch um einiges kleiner als ich. Lass dir von Argeela helfen. Ich bin stark genug, die Lir zu tragen«, wandte Tirah ein und wollte diese aufheben. Doch dann keuchte sie und geriet ins Taumeln.

»Du hast den Sockel aus Kristall vergessen, in dem ihre Füße stecken«, antwortete Hekendialondilan freundlich. »Außerdem bin ich eine Runi und daher sicher nicht schwächer als du!«

Tirah verzog das Gesicht, denn als magische Kriegerin war sie trotz ihrer Jugend stärker als ein kräftiger Mann. Aber sie musste zugeben, dass sie das versteinerte Mädchen nicht allein tragen konnte. Daher ließ sie zu, dass Hekendialondilan sich die grüne Eirun auf die Schulter wuchtete und vor ihnen herging, während sie die Lir am Sockel fasste und Argeela bat, sie bei den Schultern zu nehmen.

»Jetzt müssten Papa und Regandhor hier sein oder wenigstens Careedhal«, stöhnte Argeela. »Dann könnten wir ihnen die beiden aufladen und gemütlich neben ihnen hergehen.«

»Die drei sind viel zu erschöpft und müssen erst einmal Fische fangen, um wieder zu Kräften zu kommen«, hörte sie in diesem Augenblick Meranis Stimme in ihrem Kopf.

»Wo bist du? Hast du dich jetzt an mich geheftet?«, fragte Argeela.

»Natürlich! Sirrin muss doch so nahe wie möglich bei dem violetten Mädchen sein. Aber jetzt Vorsicht! In der Senke vor euch ist der Schlamm recht tief. Wenn ihr da hindurchwollt, werdet ihr bis über die Schultern einsinken.«

»Danke für die Warnung«, rief Argeela und wollte diese an die beiden anderen weitergeben. Doch da wich Hekendialondilan der gefährlichen Stelle bereits in weitem Bogen aus.

Es war nicht leicht, die statuenähnlichen Leiber der beiden Mädchen zu tragen. Daher atmeten alle drei auf, als ihnen die Magierkaiserin mit Kipan und einigen blauen und violetten Matrosen entgegenkam und ihnen die Last abnehmen ließ. Da Kipan und seine Männer vor der Grünen zurückscheuten, gab es einen kurzen Wortwechsel mit den Ardhuniern, die unbedingt die Lir tragen wollten. Schließlich sprach Mera ein Machtwort und befahl vieren der Ardhu-Matrosen, die grüne Eirun zu transportieren, während zwei weitere mit Kipan und drei seiner Matrosen das andere Mädchen übernahmen. Obwohl sie zu sechst waren, keuchten sie schon nach wenigen Schritten und starrten Argeela und Tirah, die diese Last zu zweit bewältigt hatten, verwundert an.

»Es ist doch gut, eine echte Hexe zu sein«, erklärte Argeela zufrieden.

»Besondere Fähigkeiten zu besitzen heißt auch, besondere Verantwortung zu tragen«, wies die Magierkaiserin sie zurecht. Dann sah sie Argeela genauer an. »Du trägst Merani und Sirrin in dir! Die beiden sollten in ihre Körper zurückkehren, denn meine Tochter erschreckt den Geist des weißen Salasa, der sich an dich geheftet hat.«

Sofort meldete Merani sich. »Gut, Mama, aber du wirst uns helfen müssen.« Sie versuchte, geistig zu lachen, sah aber dann die blaumagische Hand ihrer Mutter auf sich zukommen, sie packen und aus Argeela herausreißen. Im nächsten Augenblick fand sie sich in ihrem eigenen Körper wieder.

Neben ihr erhob sich Sirrin und schüttelte sich wie ein nasser Hund. »Deine Mutter besitzt ungewöhnlich große Kräfte. Und wahrscheinlich wird bald unser Leben von ihrem Können abhängen, denn hier ist wahrlich der Talien los.«

»Aber es ist doch alles ganz ruhig. Sogar die Stürme wehen lange nicht mehr so stark«, wandte Anih ein, die mit Qulka zusammen Pfannkuchen für die Gruppe backte, die die Versteinerten aus dem Meer geholt hatte.

Sirrin, die den Appetit eines ausgehungerten Arghan kannte, lächelte ein wenig. Regandhor, Argo und Careedhal würden mit dicken Bäuchen voller Fisch hier ankommen. Da waren die paar Pfannkuchen nicht mehr als ein kleiner Nachtisch. Aber da Arghan Leckermäuler waren, würden die ihnen auch noch schmecken. Daher nickte sie Anih und Qulka freundlich zu und ging mit vor Schwäche zitternden Knien Richtung Höhleneingang. Dabei fiel ihr Großadmiral Kip auf, der weinend vor der »Seeschäumer II« stand.

»Was ist denn los?«, fragte die Magierin.

»Sie wird nie mehr auf dem Wasser schwimmen, sondern hier nutzlos vermodern!«, klagte er.

»Du vergisst, dass sich hier starke Magier befinden und wir zudem über die Kraft des Feuerthrons verfügen. Wenn das Meer sich beruhigt hat, wird die Magierkönigin dein Schiff ins Wasser setzen.« Sirrin klopfte ihm auf die Schulter und ging weiter. Obwohl sie sich nicht mehr umdrehte, konnte sie wahrnehmen, wie der Mann aufatmend den Rumpf streichelte.

Ein Lächeln erschien auf ihren Lippen. Für einen Magier war es manchmal leicht, einem Menschen eine Freude zu machen. Sie verdrängte Kip jedoch wieder aus ihren Gedanken und schritt der Gruppe entgegen, die die beiden steinernen Mädchen trug.

8

Am nächsten Morgen hatte sich die ganze Gruppe vor dem Eingang der Höhle auf dem nun trocken liegenden Boden der Lagune versammelt. Die drei Arghan beobachteten die Szene von einem nahen Hügel aus.

»Wie es aussieht, klingen die Stürme tatsächlich ab«, sagte Argo mit einem erleichterten Seufzer zu seinem Sohn.

Careedhal, der sich inzwischen mit seinem Schicksal ausgesöhnt hatte, ein Mini-Arghan zu sein, nickte eifrig. »Linirias sei Dank! So haben wir wenigstens die Hoffnung, heil von hier wegzukommen. Den grünen Kristall werde ich mitnehmen. Er ist um etliches größer als der, den ich Merani geschenkt habe, und ich würde ihn gerne untersuchen.«

»So mancher junge Adept ist blindlings in seinen Untergang gerannt, indem er Dinge untersucht hat, die ein erfahrenerer Magier in Ruhe gelassen hätte«, mischte sich Tharon in die Unterhaltung ein. Er hatte in der Nähe der drei Arghan Platz genommen und musterte die versteinerten Mädchen, die von Sirrin und Hekendialondilan auf Decken gebettet worden waren. Sie glichen sich tatsächlich in allen Einzelheiten bis auf die Haare, die bei der einen grün und bei der anderen violett schimmerten.

»Es wird einige Aufregung im Violetten Land geben, wenn eine ihrer Großen in der Gestalt eines Spitzohrs dort erscheint«, setzte er mit einem unterdrückten Lachen hinzu. Gleichzeitig wunderte er sich über sich selbst. Seit Jahrhunderten hatte er gegen die Eirun und deren menschliche Helfer gekämpft, dennoch konnte er weder Hekendialondilan noch Tenaril als Feindinnen ansehen. Kopfschüttelnd richtete er seine Aufmerksamkeit wieder auf das Geschehen vor der Höhle und beobachtete Sirrin, die mit der Magierkaiserin und deren Tochter diskutierte.

Zusammen mit Hekendialondilan mussten die drei den schwierigsten Teil leisten. Dabei war die Entsteinerung der beiden Mädchen noch das geringste Problem. Es galt, sowohl die Geisterballung in Schach zu halten, die unweit von ihnen wie eine riesige Wolke in den Himmel ragte, als auch zu verhindern, dass der Geist der Lir in seiner Panik noch einmal Einfluss auf seinen alten Körper nahm.

»Solltest du nicht auch mithelfen?«, fragte Regandhor.

Der Magier drehte sich lächelnd zu ihm um. »Ich habe es angeboten. Sirrin ist jedoch der Ansicht, es sei besser, wenn sich nur weibliche Wesen um die beiden Versteinerten kümmern würden. Entsteinerte Lir sind empfindlich, und ich weiß zu wenig über sie, um Sirrin wirksam unterstützen zu können. Aber sollte es Probleme geben, werde ich natürlich eingreifen.«

Wie es aussah, waren Sirrin und die anderen zu einem Entschluss gekommen. Die Magierin trat nun neben die grüne Eirun und legte ihre Hände auf deren Kopf. Tharon beugte sich vor, um ja nichts zu verpassen. Schwarzlandmagier pflegten in solch einer Situation Artefakte einzusetzen. Doch bei der Grünen und erst recht bei der Violetten wäre es zu gefährlich, nur auf einen Knopf zu drücken und zu warten, dass die Versteinerung sich löste.

Sirrin spürte die Angst der Grünen und rief nach Hekendialondilan. »Halte ihren Kopf und sing etwas, damit sie erkennt, dass sie unter Freunden ist.«

Das Runimädchen stimmte ein Lied ihres Volkes an, das von

blühenden Bäumen erzählte, und blickte auf Tenaril herab. Das grüne Mädchen konnte höchstens hundert Jahre älter sein als sie und wäre damit im richtigen Alter, jene Freundin für sie zu werden, nach der sie sich seit langer Zeit sehnte. Vor lauter Anspannung weinte sie eine Träne, die auf die andere fiel.

»Bist du traurig?«, fragte Tenaril, die ihre Gefühle mitbekam.

»Nein, nur sehr aufgeregt. Ich freue mich so, dich kennenzulernen! Wenn du wieder auf den Beinen bist, möchte ich dich bitten, mit mir zu kommen. Meine Mutter hat sicher nichts dagegen, wenn wir zusammenbleiben.« Hekendialondilan sendete ihr die Bilder des heimatlichen Waldes, in dem sie und ihre Mutter lebten.

»Es ist schön«, antwortete Tenarils Geist traurig, weil sie an ihre verlorene Heimat denken musste.

»Nein, nicht! Du darfst die Kontrolle nicht verlieren!«, schrie Sirrin auf, die als Erste mitbekam, wie die Geisterballung in allen Farben aufloderte und näher kam. »Bitte entspanne dich und versuche an etwas Angenehmes zu denken!«

»Ich versuche es.« Obwohl Tenarils Körper noch versteinert war, glaubte Merani, die in ihrer Nähe stand, einen schuldbewussten Ausdruck auf dem Gesicht der Grünen zu erkennen.

»Wir müssen die beiden ganz langsam entsteinern. Wenn das grüne Sp… äh, Mädchen Krämpfe bekommt, dreht die Geisterballung durch«, erklärte Sirrin und ließ die Entsteinerungsmagie ganz sacht in die beiden fließen.

Im gleichen Augenblick flammten sowohl das Lir-Mädchen wie auch ihr Riesenleib, dessen Rücken sich mittlerweile wie ein Gebirgswall aus dem Meer erhob, violett auf, und ein heißer Windstoß fegte über die Insel.

»Merani, hilf du mir, sie zu beruhigen. Und du, Mera, musst mich bei der Entsteinerung unterstützen, sonst geschieht doch noch ein Unglück. Es ist wie eine Waage, die nicht aus dem Lot geraten darf!« Sirrin schüttelte sich, um ihre Anspannung loszuwerden, und nickte dann Mutter und Tochter auffordernd zu.

Als Merani vorsichtig Kontakt zu dem violetten Wesen aufnahm, wurde ihr Geist aus ihrem Körper gerissen, und sie fand sich in einer fremdartigen Umgebung wieder. Die Luft und der Sand waren glühend heiß und voller fremder Magie, aber sie fühlten sich seltsamerweise sehr angenehm an. Vor ihren Augen breitete sich eine Wüste aus, die von Horizont zu Horizont reichte und nur von einzelnen großen Oasen unterbrochen wurde. Es dauerte eine Weile, bis sie begriff, dass sie die Erinnerung der Versteinerten aufnahm. Nun aber erschrak sie. Was würde geschehen, wenn das violette Mädchen erwachte und sich in einer weitaus kälteren, von Felsen und zahllosen kleinen Seen geprägten Landschaft wiederfand?

Mit aller Konzentration versuchte Merani, den Geist der Lir zu beeinflussen. »Bitte, tu nichts, was uns behindern könnte. Wir wollen dir doch nur helfen.«

Statt einer Antwort sah sie plötzlich einen goldschimmernden Ball vor sich, der immer größer wurde, bis sie eine riesige Landmasse und viele kleinere Inseln erkennen konnte. Dann stürzte sie auf ein Gebiet großer Inseln nieder. Als sie aufprallte, war es, als würde jede Faser in ihr zerreißen, und der Schmerz fegte jeden Gedanken weg bis auf einen: In dieser Kälte würde sie erstarren und sterben.

»Nein, nicht!«, schrie sie geistig so laut auf, dass selbst die weniger magisch begabten wie Kip und dessen Frau es vernahmen.

»Merani! Beruhige dich!«, vernahm sie die Stimme ihrer Mutter und spürte gleichzeitig deren heilende Kräfte.

Nun schämte sie sich, weil sie, anstatt zu helfen, noch zusätzliche Probleme verursacht hatte. Sie fühlte, wie der Körper des Lir-Mädchens zu zittern begann, und redete beschwörend auf sie ein. Noch existierte die Verbindung zwischen der Violetten und ihrem Riesenleib, auch wenn das Band langsam schwächer wurde. Da sie mit dem Mädchen verbunden war, konnte sie spüren, wie die Maulhöhle in sich zusammenbrach. Auch andere Teile des lang gestreckten Körpers brachen ab und versanken wieder im Wasser, bis schließlich ein etwa fünfzig Meilen langer, mit violetten Kristallen durchsetzter Gebirgszug übrig blieb, dessen Gipfel die höchsten Hügel der neuen Insel um etwa das Dreifache überragten.

Die kleine Lir wimmerte und klammerte sich geistig an die Kristallberge.

»Das darfst du nicht tun!«, flehte Merani sie an. »Du gehörst jetzt zu uns. Deine Götterfarbe ist violett, und du hast einen neuen Körper. Hast du mich verstanden?« Letzteres klang ziemlich eindringlich, denn die Erschütterungen, die die niederbrechenden Stein- und Kristallmassen verursachten, ließen hohe Wellen entstehen. Das Wasser schoss über das Land und drohte sogar Hekendialondilans Boot mit sich zu reißen. Das Schifflein bildete jedoch rasch einen Anker und hielt sich damit fest, bis die Flut wieder abgelaufen war und sich in der Ferne verlor.

»Das war knapp! Wäre das Wasser nur eine Manneslänge höher aufgelaufen, hätte es uns erwischt.« Die Magierkaiserin stieß erleichtert die Luft aus den Lungen und begann, da ihr nichts anderes mehr einfiel, ein Kinderlied zu singen. Zu ihrer Erleichterung wurde die Violette ruhiger. Auch Tenaril beruhigte sich nun und überließ sich Sirrins heilenden Kräften.

9

Einige Zeit später lagen die beiden Mädchen matt, aber unversehrt auf einem Lager, das man ihnen aus Decken und Polstern gebaut hatte. Während Tenaril sichtlich erleichtert war, wirkte ihr violettes Ebenbild eher unsicher. Mehrfach tastete sie mit ihrer Linken über ihr Gesicht und ihren Körper, während sie mit der Rechten Tenarils Hand fest umklammert hielt.

Als Qulka ein paar Pfannkuchen brachte, nahm Sirrin sie ihr

sofort ab. Die Magierin schlang die Fladen hinab, als sei sie am Verhungern, und bat dann um Wasser. Da Hekendialondilan ihren Kristalleimer mitgebracht hatte, um alle mit sauberem Trinkwasser zu versorgen, erfüllte sie Sirrins Wunsch und reichte ihr das bis zum Rand gefüllte Gefäß.

»Danke«, sagte die Magierin, setzte den Eimer an den Mund und leerte ihn, ohne auch nur einmal abzusetzen.

Anih beobachtete sie schaudernd und fragte ihren Mann, ob alle Magier beim Essen und Trinken so maßlos wären.

»Zaubern kostet viel Kraft, und die Hexe Sirrin hat sich stark verausgabt«, erklärte Kip seiner Frau. »Das Essen wird bei Hexen und Zauberern schneller umgewandelt als bei normalen Leuten. Auf diese Weise ersetzen sie die verbrauchten Kräfte. Aber wenn ich mir die Hexe Sirrin so ansehe, so wird sie noch einige Tage brauchen, bis sie wieder auf den Beinen ist.«

»Bei der Menge, die sie in sich hineinschlingt, würde ich auch Tage brauchen, bis ich wieder auf die Beine komme!« Trotz ihrer Verwunderung half Anih Qulka, die ausgelaugte Sirrin und deren Helferinnen zu versorgen. Dabei reichte sie auch dem violetten Mädchen Wasser und einen leichten Brei. Um die grüne Tenaril machte sie jedoch einen weiten Bogen, obwohl deren Farbe sich weitaus sanfter anfühlte als die der Malvoner, denen sie am Hofe von Ilynrah begegnet war.

»Haben wir es geschafft? Oder kommen noch weitere Probleme auf uns zu?«, wollte Merani von ihrer Mutter und Sirrin wissen.

Die violette Magierin schüttelte den Kopf. »Nein, es ist noch nicht alles erledigt. Zwar hat die Lir ihren neuen Körper angenommen, aber noch ist die Gefahr nicht vorbei. Sie ist magisch ungeheuer stark, hat aber das Wissen eines kleinen Kindes und kann ihre Kräfte noch nicht beherrschen. Außerdem müssen wir uns um die Geisterballung kümmern. Zum Glück hängt diese immer noch ein wenig von Tenarils Gemütszustand ab und hat sich im Augenblick beruhigt. Dazu müssen wir prüfen, ob die gelbe Kriegsmagie am

Meeresgrund noch immer eine Gefahr für den Lir-Körper darstellt. Aber da sich im Augenblick keine neuen Stürme bilden, sollten wir als Nächstes gegen Gynrarr und seine Anhänger vorgehen, damit wir ›Giringars Hammer‹ in unsere Hände bekommen.«

Die Erwähnung des Stahlschiffes erinnerte sowohl Merani wie auch Mera schmerzhaft an die Invasoren, die über Gurrland hergefallen waren.

»Ich muss wissen, wie es zu Hause steht«, erklärte die Magierkaiserin und eilte in die Höhle, in der der Feuerthron stand. Ihre Tochter folgte ihr sofort, und auch Tharon erhob sich und ging leise fluchend hinter ihnen her.

»Was hast du vor?«, fragte er, als Mera sich auf den Feuerthron setzte.

Mera griff nach den Armlehnen, setzte das Artefakt aber nicht ein, sondern blickte den Magier zornig an. »Ich will nachschauen, wie sich die Lage auf Gurrland entwickelt hat.«

»Hinschauen kannst du meinetwegen. Aber greife nicht ein, bevor du dich mit mir verständigt hast. Du musst das Artefakt sehr vorsichtig einsetzen, denn seine Magie dürfte unser violettes Spitzohr beunruhigen. Zudem kenne ich die Kerle, die dein Land besetzen, und weiß, wie man mit ihnen fertig werden kann.«

Tharons machte sich im Grunde weniger Sorgen um die Lir als um die zornige Frau. Wenn diese gegen die Schwertmagier vorging, würde sie sich die Rachsucht einiger anderer Hoch- und Erzmagier aus Caludis' engerem Dunstkreis einhandeln.

Mit einer entschlossenen Geste trat er neben sie und legte seine Hand auf ihre Schulter. »Ich versuche das wahrzunehmen, was du siehst, damit ich dir raten kann.«

Wenn es um den Feuerthron ging, traute Merani dem Schwarzlandmagier nicht stärker über den Weg als ihre Mutter, ließ es sich aber nicht anmerken. Daher fragte sie nur lächelnd: »Soll ich dir helfen, Mama? Du bist doch gewöhnt, den Feuerthron mit Papa zusammen zu beherrschen!«

Die Magierkaiserin sah ihre Tochter durchdringend an und nickte. »Setz dich neben mich!«

Bei diesen Worten atmete Tharon auf. Er wusste um die Macht, die der Feuerthron verlieh, und hätte es nie gewagt, sich zu seinem Herrn aufzuschwingen. Auch Mera hätte ihn niemals benutzen dürfen. Für sie und ihren Mann würde es schwer werden, sich an ein Leben ohne dieses scheinbar Allmacht verleihende Artefakt zu gewöhnen. Doch wenn der Feuerthron auf dem Archipel blieb, würden andere Magier aus dem Schwarzen Land kommen, um sich seiner zu bemächtigen. Aus diesem Grund musste er Mera dazu bringen, ihm den Feuerthron zu überlassen. Da sie gewohnt war, ihre Macht mit ihrem Ehemann oder auch mit ihrer Tochter zu teilen, würde sie vielleicht dazu in der Lage sein. Dafür aber musste er ihr helfen, ihre Heimat rasch und mit möglichst geringen Verlusten wiederzugewinnen.

Mit einem bösen Lächeln, das in erster Linie Gynrarr galt, sah er zu, wie sich über dem Feuerthron ein magisches Auge formte, das rasch an Höhe gewann. Nun konnten die drei die Veränderungen wahrnehmen, die nach der Rettung der beiden magischen Zwillinge entstanden waren. Die Insel, auf der sie sich befanden, war nun so groß, dass sie das gesamte Gebiet der Schären umfasste, und im Westen erstreckte sich der violett schimmernde Gebirgszug, der aus dem Leib der Lir entstanden war.

Der Rest des Archipels war zum Glück nicht betroffen, und es schien dort auch keine weiteren Sturmschäden oder Verwüstungen durch Überflutungen zu geben. Mera und Merani atmeten hörbar auf, und Tharon brummte ebenfalls zufrieden. Er hatte schon befürchtet, »Giringars Hammer« wäre von der Wucht der Wellen an Land gehoben und beschädigt worden.

Nun richtete Mera das magische Auge auf Ilyndhir. Dort wurden gerade Krieger auf Schiffe geladen, die nach Süden segeln und Gurrland beistehen sollten. Auch auf Wardania und Teren machten sich Soldaten bereit, und das gleiche Bild bot sich auch auf

Malvone und den südlichen Inseln. Selbst die Runi von Runia rüsteten sich für den Krieg mit den Invasoren.

Dann aber entdeckte Mera das schwarze Artefaktschiff und schrie empört auf.

10

Als Ewalluk Gynrarrs Befehl erreichte, nach Gurrland zurückzukehren, hätte er sich am liebsten geweigert, denn er wollte weiter nach Ilyndhir fahren und sich die starke blaue Präsenz dort ansehen. Da orteten seine Spürartefakte Impulse, die darauf hinwiesen, dass sich der Feuerthron nicht weit vom Entstehungsort der magischen Stürme befinden musste. Für einige Augenblicke erwog er, den Dieben des Artefakts zu folgen, änderte dann aber seine Meinung. Immerhin war Tharon in diesem Gebiet umgekommen. Daher gab er seinen Untergebenen die Anweisung, auf südöstlichen Kurs zu steuern.

Gynrarrs nächster Befehl brachte ihn dazu, auf die ardhunischen Inseln zuzuhalten. Dort trieben sich immer noch Hunderte von Schiffen aller Größen herum, um Gurrländer und die zu ihnen übergelaufenen Gurrims von Gurrland wegzubringen.

»So ein freches Pack! Denen werden wir einen Riegel vorschieben. Macht die Feuerschleudern klar!«, erklärte Ewalluk mit einem amüsierten Lachen.

»Alle? Auch die Fernstreckenschleuder?«, fragte ein Adept.

»Habe ich gesagt, dass ihr eine nicht schussbereit machen sollt?«, fuhr Ewalluk den Mann an. Dann betrachtete er die Karte, die ihm von einem Artefakt auf den Tisch gezeichnet wurde, und deutete mit seinem Finger auf das Symbol, das die Hauptstadt von Gelonda anzeigte. »Wir dringen in die Bucht von Gelondarah ein, vernichten dabei jedes Schiff, das in die Reichweite unserer Kurzstreckenschleudern gerät, und feuern die Fernstreckenschleuder auf die Stadt ab.«

Die Augen seines persönlichen Adepten leuchteten auf. »Wenn wir mit diesem Land fertig sind, werden die Bewohner dieses Archipels wissen, dass mit uns nicht zu spaßen ist.«

»Gynrarr ist ein Zauderer! Hätte er sofort hart zugeschlagen, wären uns nicht so viele der einheimischen Gurrims entkommen.« Jetzt konnte Ewalluk sich diese Spitze gegen seinen Anführer leisten, denn der Erzmagier hatte mit seinen misslungenen Aktionen viel von seiner Autorität verloren.

»Hochmagier, wir haben vor uns einen Segler ausgemacht, der gleich in die Reichweite unserer Feuerschleudern geraten wird«, meldete der Gehilfe des Steuermanns.

»Versenkt ihn!« Ewalluk richtete sein Spähartefakt auf das fremde Schiff. Dieses hatte »Giringars Hammer« inzwischen entdeckt, und seine Besatzung setzte in fliegender Eile weitere Segel, um dem Stahlschiff zu entkommen. Doch es war vergebens. »Giringars Hammer« holte rasch auf, und als der fremde Segler in Reichweite kam, schossen Ewalluks Untergebene den ersten Feuerball ab.

»Gut gezielt«, lobte der Hochmagier, als das unlöschbare Feuer sich an Deck des Seglers ausbreitete.

»Sollen wir ein Beiboot aussetzen und Gefangene machen?«, fragte einer der Männer, als die Besatzung des Seglers voller Panik über Bord sprang.

»Nein, wir fahren weiter! Heute werden wir ein Zeichen setzen und dafür sorgen, dass das Pack hier auf den Inseln uns keinen weiteren Widerstand entgegensetzt. Zu diesem Zweck muss die Stadt da hinten in Schutt und Asche gelegt werden.«

Ungerührt fuhren Ewalluk und seine Leute an den ertrinkenden Matrosen vorbei. Während »Giringars Hammer« sich der Bucht von Gelondarah näherte, versenkten die Adepten jedes Schiff in Reichweite ihrer Feuerschleudern. Als Gelondarah in den Ortungsgeräten der Waffen auftauchte, ließ Ewalluk beidrehen und ankern. Der Hochmagier richtete die Fernstreckenschleuder selbst aus und feuerte sie ab. Sein Blick folgte der flammenden Kugel, die genau im Zentrum der Stadt einschlug und den königlichen Palast, den Magierturm und den Talientempel in Brand setzte.

»Ausgezeichnet!«, lobte er sich selbst und schoss die nächste Feuerkugel ab. Er hielt erst inne, als die gesamte Stadt lichterloh brannte und die Überlebenden, von Panik erfüllt, ins Landesinnere flüchteten. Dann befahl er, die Bucht wieder zu verlassen und Kurs auf Ardhenu zu nehmen, um dort die Evakuierungsschiffe zu versenken.

Die Magier und Hexen, die in Gelonda geblieben waren, gaben die Nachricht von dem Überfall auf magischem Weg weiter, um alle Inseln vor dem Eisenschiff und seinen fürchterlichen Waffen zu warnen. Als die Magier an Bord von »Giringars Hammer« zwei Tage später die Küste Ardhenus vor sich sahen, verlegten ihnen sechs schwarze Galeeren den Weg, während das Meer um sie herum wie leer gefegt wirkte.

Ewalluk warf einen Blick auf die gegnerischen Schiffe und wandte sich höhnisch lachend an seine Untergebenen. »Das Pack will also kämpfen! Dann werden wir ihnen eben zeigen, wer hier die Herren sind.«

Der Steuermann wagte einen Einwand. »Die Schiffe sind mit Gurrlandgurrims bemannt. Vielleicht sollten wir mit denen zuerst einmal reden.«

Sein Anführer tat diese Bemerkung mit einer wegwerfenden Geste ab. »Die Kerle haben sich uns nicht wie gefordert unterworfen und müssen die Konsequenzen tragen. Schießt, sobald sie in Reichweite sind!«

Ewalluks Stellvertreter äußerte ebenfalls Bedenken. »Diese Schiffe besitzen eine Abschirmung, Hochmagier. Es dürfte schwierig sein, sie in Brand zu schießen.«

Noch während er es sagte, stieg von der vordersten Galeere ein

Feuerball auf und flog auf »Giringars Hammer« zu. Die Gurrländer hatten jedoch zu kurz gezielt, denn das Geschoss versank vor dem Stahlschiff im Meer.

»Die Kerle sind ja richtig bewaffnet!«, rief einer der Magier aus.

Das erinnerte die Anwesenden daran, dass sie es mit den Überresten einer Schwarzland-Expedition zu tun hatten. Ihr Anführer Wassuram hatte neben dem Feuerthron noch etliches an Waffen mitgehen lassen.

»Sollen wir den Kampf beenden und ablaufen?«, fragte der Steuermann besorgt.

Ewalluk musterte den Mann wie einen Schwachsinnigen. »Du vergisst wohl, wer wir sind. Fahrt mitten in die Galeeren hinein und feuert, was die Schleudern hergeben!«

Noch während er sprach, zuckten zwei weitere Feuerbälle auf »Giringars Hammer« zu, und diesmal trafen sie.

»Verdammt! Wieso ist unsere Abschirmung nicht hochgefahren?«, brüllte Ewalluk.

»Die Abschirmung kostet viel Magie, und da die anderen Schiffe in diesem Archipel keine Waffen besitzen, die uns gefährlich werden können, haben wir gedacht ...«, stotterte sein Stellvertreter.

»Ihr sollt nicht denken, sondern handeln! Erzeugt endlich das Abschirmfeld. Diese Kerle schießen mit den gleichen Feuerbällen wie wir, und das Zeug greift sogar unseren verdichteten Stahl an.«

»Ja, Hochmagier!« Die Finger der Adepten flitzten über die Kontrollen, und kurz darauf dehnte sich ein schwarzmagisches Feld um »Giringars Hammer« aus.

»Na endlich«, murmelte Ewalluk und wies auf die sechs Schiffe. »Und jetzt versenkt sie!«

11

Dies war der Moment, in dem das magische Auge des Feuerthrons sich auf diesen Teil des Meeres richtete. Mera und Merani hofften noch, dass die überlegene Zahl der Galeeren ausreichte, um mit dem eisernen Ungetüm fertig zu werden. Dann aber sahen sie, wie Feuerkugeln auf beiden Seiten abgeschossen wurden, und ihre Zuversicht schwand. Das fremde Schiff besaß ein ausgezeichnetes Schirmfeld, an dem die Geschosse der Galeeren wie Regen abtropften. Bei den eigenen Schiffen hingegen schwankten die Abschirmungen bereits nach wenigen Treffern und drohten zusammenzubrechen.

»Ich muss etwas tun!«, rief Mera und wollte die Kräfte des Feuerthrons gegen das feindliche Schiff wenden, um es zu versenken.

Da riss Tharons Stimme sie aus ihrer Konzentration. »Halt! Nein! Ich brauche das Schiff noch. Es gibt einen anderen Weg, sie aufzuhalten.«

»So, und welchen?«, fuhr sie ihn zornfunkelnd an. »Das da sind meine Leute, die dort von deinen Leuten vernichtet werden!«

»Noch ist es nicht so weit. Gib mir die Hand … Nein, warte! Das muss deine Tochter tun.«

»Warum?«, fragte die Magierkaiserin, doch da hatte Tharon bereits Meranis Rechte ergriffen.

»Richte deine Gedanken auf das Schiff«, forderte der Magier sie auf.

Merani tat es und hatte für einen Moment das Gefühl, als würde sie auf »Giringars Hammer« niederstürzen. Ihr Fall wurde jedoch gebremst. Sie sank wie eine Feder auf das Abschirmfeld herab und durchdrang es.

»Was hast du gemacht?«, wunderte Mera sich. »Als Girdhan

und ich nach diesem Schiff gegriffen haben, wurden wir zurückgeschleudert.«

»Ich trage Giringars Siegel! Das Schiff muss mir gehorchen!« Trotz seiner optimistisch klingenden Worte traten feine Schweißperlen auf Tharons Stirn, und Merani wimmerte vor Schmerz, als sie auf weitere Schutzfelder trafen.

»Nimm dich zusammen! Sonst geht es euren Schiffen an den Kragen«, herrschte Tharon das Mädchen an.

Merani biss die Zähne zusammen und drang Schritt für Schritt in das Innere des Schiffes vor. Es war, als wühle sie sich durch zähen, erstickenden Schlamm. Dabei wusste sie nicht einmal, nach was sie suchen sollte. Tharon trieb sie vorwärts, bis sie schließlich einen Bereich erreichte, der so magisch aufgeladen war, dass sie nur noch schwarzes Feuer vor sich sah.

»Dies ist der zentrale Steuerkristall des Schiffes. Von hier aus werden sämtliche größeren Geräte kontrolliert und mit Magie versorgt. Ihn müssen wir ausschalten. Strahle das Siegel auf meiner Hand darauf ab!«

Tharon wusste, dass er schier Unmögliches von dem Mädchen verlangte. Keine Adeptin des Schwarzen Landes hätte das vollbringen können. Doch Merani war ganz anders und weitaus intensiver ausgebildet worden als die magisch begabten Mädchen seiner Heimat.

Merani spürte, dass ihre rechte Hand auf einmal so heiß wurde, als würde sie sie ins Herdfeuer halten. Doch in dem Augenblick, indem sie den Schmerz nicht mehr auszuhalten glaubte, zuckte ein schwarzer Blitz aus ihrer Rechten und schlug in den Steuerkristall ein. Im selben Augenblick erloschen Antrieb und Schirmfeld des Schiffes, und die Anzeigen der Beobachtungs- und Spähartefakte wurden blind.

12

Ewalluk wurde von dem Versagen der Artefakte des Schiffes völlig überrascht. Eben noch hatten drei gleichzeitig abgeschossene Feuerbälle die Abschirmung einer der schwarzen Galeeren durchschlagen und das Schiff in Brand gesetzt. Aber als sie das Feuer auf das nächste Schiff richteten, versagten die magische Zielerfassung und der Magiefluss in den Feuerschleudern zur gleichen Zeit.

»Was ist? Warum schießt ihr nicht?«, schrie der Hochmagier seine Leute an. Aber die Männer starrten fassungslos auf ihre Bedienungseinrichtungen, deren Kristalle nun wie matte schwarze Steine wirkten, und lauschten in die Stille, die nach dem Verstummen des magischen Antriebs und des Abschirmartefakts entstanden war.

»Hochmagier! Das Schiff gehorcht uns nicht mehr!« Die Stimme des Steuermanns klang schrill vor Angst.

Nun konnten sie hören, wie feindliche Feuerbälle den schutzlosen Rumpf des »Hammers« trafen. Noch hielt der magisch verdichtete Stahl dem Beschuss stand, doch keiner der Magier konnte voraussagen, wann die Feuerbälle sich hindurchbrennen würden. Zudem legte sich das steuerlose Schiff quer zu den hohen Wellen und begann heftig zu rollen.

Mit einem Fluch sprang Ewalluk auf und legte seine Hände um den großen Kristall in der Mitte des Schaltpultes. »Gib mir den Statusbericht«, forderte er das Steuergehirn des Schiffes auf. Doch er erhielt keine Antwort.

Die Gesichter seiner Begleiter wurden grau vor Angst, und sein Stellvertreter sprach aus, was alle dachten. »Wenn wir uns nicht schnellstens zur Wehr setzen können, werden uns diese Kerle versenken.«

»Wenn ich wüsste, was passiert ist, könnte ich es rückgängig machen!«, behauptete Ewalluk, doch als weitere Feuerbälle gegen den Rumpf von »Giringars Hammer« schlugen, verlor auch er die Nerven.

»Wenn wir bleiben, werden wir sterben!«, schrie er und griff zu dem Versetzungsartefakt, das an seinem Gürtel hing.

Ein Adept, dessen Versetzungsartefakt zu den schwächeren gehörte, stellte die Frage, die allen durch den Kopf schoss. »Wohin sollen wir fliehen?«

Die Vorstellung, als Versager vor Gynrarr treten zu müssen, ließ Ewalluk zögern, doch als die nächste Feuerkugel den »Hammer« traf, gab er auf. »Es gibt nur einen Ort, der uns Sicherheit verspricht, und das ist die Höhlenfestung auf Gurrland. Stellt diese Daten ein!«

Er blickte auf sein eigenes Gerät und diktierte den anderen jene Einstellung, die er selbst schon vor Beginn des Kampfes eingegeben hatte. Dann legte er den Hebel um. Im nächsten Augenblick war die Stelle, an der er gestanden hatte, leer.

Zwischen dem »Hammer« und der Festung von Gurrdhirdon lagen mehr als sechshundert Meilen, und nur wenige Mitglieder der magischen Besatzung konnten sicher sein, dass ihre Artefakte diese Entfernung schaffen würden. Die anderen mussten entweder an Bord des Schiffes zurückbleiben oder das Risiko eingehen, an einem unbekannten Ort oder auch nie mehr aufzutauchen.

»Wir sollten einen Ring bilden und uns gemeinsam versetzen«, schlug ein Adept vor. Doch dazu war keiner der höherrangigen Magier bereit. Einer nach dem anderen betätigte sein Artefakt, und zuletzt verschwanden auch jene Magier und Adepten, denen nicht viel mehr blieb als die Hoffnung, es vielleicht doch zu schaffen. Die Einzigen, die nicht fliehen konnten, waren einige Dutzend menschlicher Matrosen sowie ein Regiment Gurrims, das in einer Glasfalle auf seinen Einsatz wartete.

13

Tharon bekam mit, wie die Magier und Adepten das Schiff verließen, und war für einen Augenblick erleichtert. Gleichzeitig wurde ihm jedoch klar, dass »Giringars Hammer« nun den schwarzen Galeeren ausgeliefert sein würde.

»Kannst du mich auf das Schiff bringen?«, fragte er die Magierkaiserin. »Allein schaffe ich das allerdings nicht«, gab er zu. »Ich brauche Kipan, Tirah, Argeela und Merani. Kannst du uns alle versetzen?«

Mera nickte mit verbissener Miene. »Das müsste gehen. Ich spüre keinen Widerstand mehr.«

»Dann tu es!« Tharon war nicht wohl dabei, die Magierkaiserin allein auf dem Feuerthron zurücklassen zu müssen. Doch wenn er das Stahlschiff retten wollte, brauchte er Merani. Er hielt das Mädchen mit einer Hand fest und winkte mit der anderen die Leute zu sich, die er mitnehmen wollte.

»Macht schnell, sonst geraten wir in Meandhirs Küche!« Tirah gehorchte sofort. Argeela ließ sich mitziehen und krallte ihre Finger in seinen linken Arm. Kipan aber zögerte.

»Komm jetzt, oder ich lasse dich hier!«, drohte der Magier. Dies wäre Kipan am liebsten gewesen. Er wollte jedoch vor den anderen nicht als Feigling dastehen und packte daher einen Zipfel von Tharons Gewand. Im selben Moment wurden alle fünf von einer unsichtbaren Hand gepackt, in die Höhe gerissen und so rasch davongetragen, dass ihnen schwindlig wurde.

Als sie wieder halbwegs zu sich kamen, sahen sie bereits »Giringars Hammer« unter sich liegen.

»Hoffentlich weiß deine Mutter, was sie tut«, stieß Tharon atemlos aus, als sie wie ein Stein auf das Schiff hinabstürzten, auf dessen Deck mehrere Feuerkugeln schwelten.

Merani versuchte zu lachen. »Bis jetzt wusste sie es noch!«

Da tauchten sie auch schon durch das stählerne Deck hindurch, als wäre es nur ein Nebelhauch, und fanden sich in der Kommandokanzel wieder. Tharon stürzte sofort zum Hauptkristall, presste Giringars Siegel auf die Eingabefläche und sendete die Alphaorder, die das Schiff seinem Befehl unterstellen sollte. Sofort erwachte der Zentrumskristall zum Leben. Die Magie floss wieder, und die Geräte sprangen beinahe gleichzeitig an.

»Schirmfelder ein!«, rief Tharon und atmete auf, als die Artefakte zu summen begannen.

»Damit haben wir erst einmal Zeit gewonnen«, sagte er zu Merani und wies dann auf die schwarzen Galeeren.

»Es wäre schön, wenn du deinen Leuten mitteilen könntest, dass sie mit dem Beschuss aufhören sollen.«

Merani hob abwehrend die Arme. »Wie soll das gehen? Ich komme doch nicht durch das Schutzfeld.«

Statt zu antworten, trat Tharon an ein Steuerpult und drehte ein paar Knöpfe. »Stell dich hierhin. Das Gerät erzeugt ein Abbild von dir, das auch reden kann.«

»Ich werde es versuchen«, versicherte Merani. Diesmal wurde ihr Geist nicht vom Körper getrennt, und doch befand sie sich als durchscheinende Gestalt auf dem Deck einer der Galeeren.

Einer der Matrosen wurde auf sie aufmerksam und rief: »Seht dort! Ihre Kaiserliche Hoheit, Prinzessin Merani!«

»Nicht ganz in eigener Gestalt, aber so gut wie«, antwortete Merani lachend. »Hört jetzt auf zu schießen! Wir haben das Eisenschiff geentert und wollen nicht durch eure Feuerkugeln verbrannt werden. Habt ihr verstanden?«

Der Kapitän, ein knorriger Gurrlander, starrte sie mit großen Augen an. »Ihr habt was, Kaiserliche Hoheit?«

»Wir haben ›Giringars Hammer‹ unter unsere Kontrolle gebracht. Gebt es an den gesamten Verband weiter. Sie sollen ihre Feuerbälle für andere Feinde aufsparen.«

Es war beinahe lächerlich zu sehen, wie eilig der Kapitän ihre Anweisungen befolgte. Auf seinen Befehl hin wurden etliche Signalflaggen am Mast hochgezogen, gleichzeitig verwendete er ein Artefakt, das seine Stimme so verstärkte, dass er auf allen Schiffen gehört wurde.

»Feuer einstellen! Ihre Kaiserliche Hoheit, Prinzessin Merani, hat den Feind geentert!«

»Nicht ganz allein, aber fürs Erste mag es genügen. Sobald ich neue Anweisungen für euch habe, melde ich mich wieder.« Merani winkte dem Kapitän noch kurz zu, dann beendete Tharon die Illusion. Von einem Moment zum nächsten nahm Merani wieder die Kommandozentrale des »Hammers« wahr und sah Qulka neben sich stehen, die ihr eine Flasche mit Starkwasser reichte.

»Wo kommst du denn her?«, fragte Merani verdattert.

»Sie ist arg lästig geworden, und daher habe ich sie zu euch versetzt«, vernahm sie die Stimme ihrer Mutter in ihrem Kopf. »Gut gemacht, Mädchen! Da wir das große Schiff haben, werden wir auch mit dem Rest der Invasoren fertig. Die Inseln des ganzen Archipels haben mobilgemacht. Wir können ein Heer nach Gurrland führen, das selbst Wassurams Armee an Zahl und Stärke übertrifft, und mit Hilfe des Feuerthrons werden wir unbesiegbar sein.«

»Halt, Majestät! Diesen Kampf werde ich auf meine Weise führen. Gynrarr und seine Handlanger haben mich verraten, obwohl ich das Siegel Giringars trage. Dafür werden sie bestraft werden. Außerdem solltest du nicht so scharf auf einen Kampf sein, der deinen Inseln große Verluste einbringen würde.«

Zuerst wusste Tharon nicht, ob die Magierkaiserin ihn gehört hatte. Doch da wandte Merani sich zu ihm um und sprach ihn mit der kalten Stimme ihrer Mutter an.

»Ich traue dir nicht, Magier. Dennoch werde ich dich so handeln lassen, wie du es vorgeschlagen hast. Wage es jedoch nicht, mich zu täuschen. Es würde dir nicht gut bekommen!«

Dir auch nicht, setzte Tharon im Stillen hinzu, denn Mera

schien vergessen zu haben, dass er den Feuerthron auch wieder ausschalten konnte. Aber da er keine Auseinandersetzung mit ihr riskieren wollte, erinnerte er sie nicht daran.

Mit einem Seufzer wandte er sich an Merani. »Was ist jetzt? Haben eure Schiffe ihre Angriffe eingestellt?«

Das Mädchen blickte auf die für es etwas ungewohnte magische Darstellung der Umgebung und nickte. »Sie schießen nicht mehr und haben sich ein wenig zurückgezogen.«

»Gut, dann können wir uns nun um Gynrarr und sein Gefolge kümmern!« Tharon hatte es kaum gesagt, als vor der Tür zur Kommandokanzel Lärm und wütende Rufe zu hören waren.

»Verdammt, was ist denn da los?« Tharon verließ seinen Platz und ging zur Tür. Ein magisches Auge zeigte ihm, dass sich draußen etliche Menschen und mehrere Gurrims zusammengerottet haben und versuchten, die Tür zur Kommandokanzel aufzubrechen. Er schloss kurz die Augen, um sich auf die Köpfe dieser Leute zu konzentrieren. Wie erwartet wiesen sie Spuren einer magischen Beeinflussung auf, die er jedoch leicht beseitigen konnte. Dann öffnete er die Tür und sah die Männer grimmig an. »Was soll dieser Unsinn?«

»Magier Tharon!«, rief ein Matrose ebenso verwundert wie erschrocken. »Aber wo kommen Sie denn her?«

»Ich habe mich hierherversetzt und die Verräter, die das Schiff übernommen hatten, vertrieben. Im Namen Giringars seid ihr von jeder Dienstpflicht gegenüber Gynrarr, Ewalluk und jedem anderen Magier oder Adepten dieser Expedition entbunden. Ihr nehmt einzig und allein Befehle von mir und den Leuten an, die ich dafür bestimme.« Tharon hob seine Rechte und reckte ihnen die Handfläche entgegen, auf der Giringars Siegel in leuchtendem Schwarz strahlte.

Die Matrosen zuckten bei dem Anblick zusammen und versicherten, dass sie dem hohen Herrn mit aller Kraft dienen würden.

»Das will ich auch hoffen«, antwortete Tharon kühl. Dann trat er beiseite und wies auf Merani, Kipan, Argeela, Tirah und Qulka.

»Das hier sind meine neuen Offiziere. Ihr werdet auch ihnen gehorchen!«

»Auch diesem Kind da?«, fragte ein altgedienter Gurrim mit einem schiefen Blick auf Qulka.

»Sie ist für die Verpflegung der Schiffsmannschaft verantwortlich. Wenn du keinen Rattenfraß aufgetischt bekommen willst, solltest du dich mit ihr gut stellen!« Tharon grinste, weil ihm gerade eingefallen war, wo er die kleine Gurrländerin einsetzen konnte. Mit ihr als Küchenchefin würde es besseres Essen geben, als es im Schwarzen Land üblich war.

Daher winkte er Qulka zu sich. »Du könntest gleich anfangen, für uns zu kochen. Die dort werden dir dabei helfen!« Tharon wies auf ein paar Menschen und klopfte der kleinen Gurrim anerkennend auf die Schulter. Dabei grinste er so fröhlich wie schon lange nicht mehr. Seine erste Aktion gegen die Verräter war ein Erfolg gewesen. Um jedoch wirkungsvoll gegen Gynrarr und seine Bande vorgehen zu können, brauchte er Unterstützung.

»Magierkaiserin, bist du noch da?«, fragte er.

»Glaubst du, ich lasse dich aus den Augen?«, kam es zurück.

»Könntest du noch einen Teil der blauen und violetten Schiffsleute hierherversetzen? Ich benötige eine größere Mannschaft, um den ›Hammer‹ erfolgreich einsetzen zu können.«

»Soll ich dir auch die Arghan schicken?«, fragte Mera.

Tharon schüttelte den Kopf. »Lieber nicht! Wenn die sich durch einen dummen Zufall umwandeln, heißt es gleich, hier würden solche Wesen hausen. Ich kenne zu viele Magier, die dann herkommen und versuchen würden, einen von ihnen zu fangen. Arghan verfügen über Kräfte, die den meisten Leuten unheimlich sind. Nicht zuletzt deswegen hat man in der Vergangenheit viele Experimente mit ihnen angestellt. Sorge also dafür, dass die drei sich möglichst wenig sehen lassen.«

»Wie du meinst, großer Magier. Und jetzt macht ein bisschen Platz, denn ich schicke die ersten Matrosen hinüber!« Kaum hatte

Mera dies gesagt, da erschien eine Gruppe mit Großadmiral Kip und Anih in der Kommandokanzel. Die beiden wirkten ein wenig verwirrt, doch als Kip die Artefaktanzeigen des Schiffes sah, leuchteten seine Augen auf.

»Das Ding ist ja noch irrer als die schwarzen Galeeren! Was ist das?«, fragte er und streckte die Hand nach einem leuchtenden Knopf aus.

»Damit feuerst du die Langstreckenschleuder ab, und die hat noch eine eurer Galeeren im Visier.« Tharon schob Kips Arm weg und schaltete die Waffen des »Hammers« ab.

»So, jetzt dürfte nichts mehr passieren. Steuermann Kipan, setze den Kurs auf Gurrland! Ich habe Sehnsucht danach, meinen alten Freund Gynrarr wiederzusehen und ihm für den herrlichen Ausflug zu danken, zu dem er mir verholfen hat!«

Merani, die genau wusste, wie Tharon das gemeint hatte, musste ebenso über ihn lachen wie über Kipans verzweifelte Miene. Der junge Mann stand an den Geräten, mit denen man den Antrieb bedienen konnte, und musterte sie hilflos. Tharon erlöste ihn von seiner Angst, einen Fehler zu begehen, indem er ihm die Bedienungselemente erklärte.

»Mit diesem Hebel regulierst du die Geschwindigkeit, mit diesem kannst du das Schiff lenken. Diese Anzeige zeigt dir, wo du bist und ob ein anderes Schiff in der Nähe ist. Näher an Land kannst du auch den Küstenverlauf sehen, und diese Anzeige gibt an, ob genug Wasser unter dem Kiel ist.«

Tharon forderte Kipan jetzt auf, die Kontrollen zu bedienen, blieb aber neben ihm stehen. »Nicht übel! Du hast mehr Talent als der Trottel, den Gynrarr auf diesen Posten gesetzt hatte. Mach deine Sache aber nicht zu gut, sonst nehme ich dich mit ins Schwarze Land!« Mit dieser nicht ganz ernst gemeinten Drohung kehrte Tharon auf seinem Platz zurück und zwinkerte Merani zu.

»So gefällt mir das Leben! Wenn Qulka jetzt noch etwas Anständiges zu essen bringen würde, wäre es ein vollkommener Tag.«

Kaum hatte er es gesagt, da tauchte das Gurrlandmädchen in der Tür auf. »Großer Magier, ich habe in der Messe den Tisch decken lassen. Ich hoffe, du magst Schwarzwurzelauflauf. Etwas anderes konnte ich auf die Schnelle nicht zubereiten.«

14

Gynrarr starrte Ewalluk entsetzt an. »Du hast ›Giringars Hammer‹ einfach aufgegeben und bist mit sämtlichen Magiern geflohen? Bei Meandhirs Hölle, bist du total übergeschnappt?«

Der Gescholtene wich einige Schritte zurück. »Es ging nicht anders, Erzmagier. Das Abschirmfeld war zusammengebrochen, und die Waffen ließen sich nicht mehr bedienen. Diese verdammten Galeeren hätten uns innerhalb kurzer Zeit den Garaus gemacht.«

»Die Besatzung des mächtigsten Schlachtschiffes der Welt lässt sich von ein paar Ruderbooten ins Bockshorn jagen? Bei Giringar, du bist der größte Versager unter den Magiern des Schwarzen Landes!« Gynrarrs Wut wuchs mit jedem Wort, und zuletzt packte er seinen Stellvertreter und schüttelte ihn wie ein Bündel Stroh.

Ewalluk wagte nicht, sich zur Wehr zu setzen. Hatte der Hochmagier vor wenigen Stunden noch gehofft, seinen Vorgesetzten bald zum magischen Zweikampf herausfordern zu können, so sah es nun so aus, als wären all seine Träume geplatzt. Er hatte während des Versetzungszaubers viel von seiner Kraft an das Artefakt abgeben müssen und würde Wochen brauchen, um sich davon zu erholen.

Denjenigen seiner Untergebenen, die ebenfalls Gurrland erreicht hatten, ging es noch schlechter. Zwei von ihnen waren so ausgezehrt, dass sie innerhalb weniger Stunden gestorben wären, hätte Gynrarr sie nicht in Stasis versetzt. Um die, die noch halbwegs stabil waren, kümmerte sich die Heilerin. Die überwiegende Mehrzahl der Magier und Adepten der Besatzung des »Hammers« hatte es jedoch nicht geschafft. Entweder waren sie umgekommen oder irrten nun, auf sich allein gestellt, durch eine feindliche Umwelt.

Gynrarr krümmte die Hände, als wolle er Ewalluk auf der Stelle erwürgen. »Du Narr begreifst gar nicht, was du uns angetan hast! Ohne ›Giringars Hammer‹ haben wir keine Chance, in die Heimat zurückzukehren. Außerdem fehlen uns die Waffen des Schiffes im Kampf gegen die einheimischen Bastarde. Da wir nur einen Bruchteil der früheren Bewohner Gurrlands einfangen konnten, sind wir weder in der Lage, ein neues Heer aufzustellen, noch, ein kampfkräftiges Schiff zu bauen. Die anderen Inseln des Archipels können nun ungestört aufrüsten und den Ort und den Zeitpunkt für einen Angriff bestimmen.«

»Aber wir haben doch genug Magier und Material, um neue Artefakte herzustellen. Außerdem können wir kleinere Schiffe auf Kiel legen und mit diesen Überfälle unternehmen und Gefangene machen, die wir als Sklaven verwenden können.« Ewalluk hoffte, seinen Anführer mit diesen Vorschlägen besänftigen zu können.

Doch Gynrarr wandte ihm mit einer verächtlichen Geste den Rücken zu und sah dem Adepten entgegen, der eben mit schreckensbleicher Miene hereinstürzte. »Was ist los?«, fragte er ungehalten.

»›Giringars Hammer‹ hält auf die Küste zu, und die schwarzen Galeeren begleiten ihn. Außerdem landen immer mehr Segelschiffe von den anderen Inseln an und laden Krieger aus.«

»Die einheimischen Bastarde kommen also aus ihren Löchern gekrochen. Sehr gut! Nun können wir unsere Beeinflussungsartefakte einsetzen und sie unserem Willen unterwerfen!« Gynrarr rieb sich bereits die Hände, erinnerte sich dann aber an den ersten Teil der Meldung.

»Was sagst du da vom ›Hammer‹? Ewalluk sagte doch …« Er brach ab und funkelte den Hochmagier an. »Deiner Meldung zufolge soll das Schiff magisch vollkommen tot gewesen sein!«

»Das war es auch! Ich begreife das nicht. Wie kann …« Weiter kam Ewalluk nicht, da ihn der Adept unterbrach.

»Magier Tharon befindet sich an Bord des ›Hammers‹ und verlangt unsere bedingungslose Kapitulation!«

Gynrarr schnellte herum, als hätte man ihm einen Peitschenhieb übergezogen. »Unmöglich! Tharon ist tot!«

»Hast du seinen Leichnam gesehen?«, fragte Ewalluk mit hämischer Miene. »Du hast zwar die Steuerartefakte des Beibootes so eingestellt, dass sie in der Nähe eines starken weißmagischen Feldes versagen. Aber du hast dir keine Gedanken über die Fähigkeiten des Mannes gemacht, den Betarran zu unserem Kommandanten ernannt hat! Dabei weißt du ganz genau, von wem dieser Kerl abstammt. Leute wie ihn kannst du nicht so leicht umbringen wie einen Gurrim oder Adepten.«

»Ich werde dir beweisen, dass auch ein Tharon umzubringen ist. Setzt sämtliche Gurrims in Marsch und verpasst ihnen eine ordentliche Portion Beeinflussungsmagie. Wir nehmen alle Artefakte mit, die wir für den Kampf brauchen können, und jeden Magier und Adepten, der noch laufen kann.« Gynrarr wollte den Raum verlassen, doch Ewalluk zerrte ihn herum.

»Bist du eigentlich völlig verrückt geworden? Im freien Gelände wird Tharon uns mit der Fernstreckenschleuder des ›Hammers‹ in Grund und Boden schießen! Wir sind nicht stark genug, um das Feuer der Geschosse abzuwehren. Ich schlage vor, wir bleiben in dieser Festung. Ihre Tore sind massiv, und wir haben genug Vorräte, um selbst einer jahrelangen Belagerung widerstehen zu können.«

Gynrarr stieß den anderen zurück. »Du bist der Narr! Wenn wir uns hier verkriechen, braucht Tharon nur die Eingänge zu verschließen, und wir sitzen wie Ratten in der Falle.«

»Dann ziehen wir den Feinden eben entgegen. Aber was machst du, wenn Tharon den Feuerthron wieder in Gang gesetzt hat und darauf sitzt?«, fragte Ewalluk.

Darauf wusste auch Gynrarr keine Antwort zu geben.

Siebter Teil

DAS GEHEIMNIS DER LIN

1

Endlich sah Merani die Küste ihrer Heimat vor sich auftauchen. Unzählige Schiffe lagen am Ufer, und Krieger aller Farben stiegen an Land. Die größte Gruppe waren Gurrländer, die sich auf Girdania und den ardhunischen Inseln gesammelt und auf den Tag der Rückkehr gewartet hatten. Ihre breiten Gestalten unterschieden sich stark von den schlankeren Ardhuniern unter ihren violetten Bannern und dem Aufgebot der zierlich gebauten Ilyndhirer und Wardanier. Nur die Girdanier wirkten ähnlich wuchtig wie die Männer aus Gurrland, welche Merani in ihren schwarzen Rüstungen, den langen Piken und den Feuerlanzen schier unbesiegbar erschienen.

»Wir werden es schaffen«, rief sie Argeela zu.

Diese nickte. »Tharon sagt, wir wären den Soldaten der schwarzen Verräter sechsfach überlegen. Außerdem haben wir alle violetten und blauen Magier und Hexen bei uns sowie die von deiner Tante Girdhala geführten Girdania-Hexen. Es kann also nichts schiefgehen!«

»Das wollen wir hoffen!« Tharon nickte den beiden Mädchen aufmunternd zu. Dann wandte er sich zu Kipan um. »Hast du Gynrarr und dessen Leute ausmachen können?«

Der junge Offizier nickte eifrig. »Das habe ich, Herr Tharon. Sie haben mit knapp dreitausend Gurrims zwischen dem Westgebirge und dem Westfluss Stellung bezogen. Die Soldaten sind mit Beeinflussungsmagie vollgepumpt. Bei denen wird Euch auch das Siegel Giringars nichts nützen.«

Tharon tat diesen Einwand leichthin ab. »Das werden wir bald feststellen. Wie es aussieht, fürchtet Gynrarr die Fernstreckenschleuder des ›Hammers‹, sonst würde er sich näher an die Küste heranwagen. Nun, dann werden wir ihm eben entgegengehen. Ist alles für die Ausschiffung bereit?«

Kipan salutierte. »Jawohl, Magier Tharon. Wir legen in Kürze an und können achthundert Gurrims an Land bringen.«

»Sehr gut! Dann werde ich meine Ausrüstung holen und an Deck gehen. Du bleibst mit zehn Leuten an Bord des ›Hammers‹ und machst alle Schotten dicht. Die Luken öffnest du nur mir, Merani oder der Magierkaiserin, verstanden?«

»Jawohl, Herr Tharon!« Kipan salutierte erneut und veranlasste den Magier zu einem irritierten Stirnrunzeln. Wie es aussah, waren die hiesigen Wardan stark von den Sitten des Schwarzen Landes beeinflusst worden. Das war kein Wunder, denn sie stammten von Sklaven schwarzländischer Magier ab.

Tharon verließ die Steuerkanzel und ging in seine Kammer, um einige Artefakte zu holen. Dort prüfte er jedes einzelne, ersetzte bei einigen die Speicherkristalle durch neue und stieg dann an Deck. Merani, Argeela und Anih warteten bereits auf ihn, genau wie die ersten Gurrims, die eben aus den Glasfallen herausgelassen worden waren. Ihr Anblick brachte ihn auf eine Idee. »Bring mir einen Verkleinerungsspeicher mittlerer Größe«, forderte er einen Gurrim auf.

Dieser verschwand und kehrte kurz darauf mit einem dieser Geräte zurück. Tharon stopfte die Glasfalle zu den anderen Artefakten in seine Umhängetasche und sah dann zu, wie der »Hammer« nahe dem Ufer Anker warf. Kurz darauf wurde die magische Landungsbrücke ausgefahren.

Tharon betrat als Erster den magischen Steg. Ihm folgte Merani und überholte ihn, weil sie ihren Vater entdeckt hatte.

»Papa! Wie schön, dass du da bist!« Sie fiel Girdhan um den Hals und zerrte ihn dann auf Tharon zu.

»Das ist der fremde Magier, der uns gegen die Invasoren helfen wird!«, erklärte sie.

Girdhan musterte Tharon mit einem misstrauischen Blick. »Und wie kommt er dazu?«

»Weil die Kerle mich umbringen wollten«, antwortete Tharon.

»Das ist ein guter Grund!« Girdhan streckte Tharon die Hand entgegen. »Willkommen auf unserer Insel. Du siehst, wir sind zum Gegenschlag bereit. Aber warum hast du die Unterstützung durch die Malvoner, Gelondaner und Terener abgelehnt?«

Tharon ergriff die dargebotene Hand und drückte sie. »Ich grüße dich, Magierkaiser von Gurrland. Was die gelben, grünen und weißen Menschen betrifft, so habe ich meine Gründe, sie nicht einzusetzen. Ich hoffe sehr, dass es nicht zu einer blutigen Schlacht kommt. Sollte diese aber unvermeidlich sein, reichen die Krieger hier aus, um mit Gynrarr und seinem Gesindel fertig zu werden. Und wer sind die da? Habt ihr Überläufer bei euch?«

Bei diesen Worten starrte der Magier auf einen Trupp Gurrims, die mit geschulterten Flammenlanzen von einigen Schiffen stiegen.

Bevor Girdhan ihre Anwesenheit erklären konnte, kam ein Gurrim auf Tharon zu und nahm Haltung an. »Leutnant Burlikk meldet das vierte Regiment der bordeigenen Gurrimtruppen von ›Giringars Hammer‹ kampfbereit, großer Magier!«

»Fängst du jetzt auch mit diesem Unsinn an, mich großer Magier zu nennen?«, schimpfte Tharon.

Burlikk hob erschrocken die Hände. »Ich wollte dich nicht beleidigen, Tharon! Da du der Kommandant dieser Expedition bist, aber als Magier im Rang unter Ewalluk und Gynrarr stehst, kann ich deine Bedeutung nur so hervorheben.«

»Du kannst dich auch heben – und zwar hinweg! Übernimm mit deinem Regiment die Vorhut. Ach ja, wenn ihr auf die Gurrims trefft, die unter Gynrarrs Beeinflussung stehen, habt ihr das Recht, als Erste zu schießen, verstanden?«

»Verstanden, großer Magier!«, erklärte Burlikk unglücklich. Für ihn waren die anderen Gurrims noch immer seine Kameraden, auch wenn sie unter dem magischen Zwang der Verräter standen.

Tharon spürte Burlikks Bedenken und hoffte noch immer, eine Schlacht verhindern zu können. Dafür aber benötigte er tatkräftige Hilfe. »Nun, Magierkaiserin, wie fühlst du dich auf dem Feuerthron?«

Aus weiter Ferne drang Meras Stimme zu ihm durch. »Sehr gut! Ich glaube, wenn ich wollte, könnte ich dich packen und tief im Meer versenken.«

Tharon begann zu lachen. »Ich schätze deinen Humor, Majestät. Aber in diesem Fall sollten wir zusammenarbeiten. Glaubst du, du kannst durch deine Tochter wirken?«

»Natürlich können wir das«, antwortete Merani für sie.

»Sehr schön! Ihr müsst mir die Gurrims unter Gynrarrs Befehl vom Hals halten. Wie das geht, erkläre ich euch unterwegs. Und jetzt vorwärts!« Er warf Girdhan einen aufmunternden Blick zu und setzte sich in Bewegung.

Merani blieb an Tharons Seite, während Argeela sich zu ihrer Mutter Careela gesellte, die die Aufgebote der drei ardhunischen Fürstentümer anführte. Anih aber hatte sich an die Spitze einer Einheit ilyndhirischer Bogenschützinnen gestellt, die als Leibgarde hinter Tharon marschierten. Sie alle fragten sich besorgt, welche Ziele der Magier verfolgen mochte, der aus dem gleichen Land kam wie Wassuram. Aus dem Land der Männer, gegen die sie nun kämpften. Ihnen war jedoch klar, dass sie ohne seine Unterstützung in einen langen, blutigen Krieg ziehen würden.

2

Tharon ließ das Heer eine Meile von Gynrarrs Truppen entfernt haltmachen und hüllte die gesamte Truppe in ein schwarz schimmerndes Abschirmfeld, ähnlich jenem, das die Feinde bereits über ihren eigenen Truppen errichtet hatten. Auf sein Zeichen hin nahm Merani mit ihrer Mutter Kontakt auf, und die Magierkönigin bündelte die Kräfte des Feuerthrons zu mehreren Aktionen, die Tharon ihr vorgeschlagen hatte.

Zu Gynrarrs Entsetzen bekam das Abschirmfeld über seiner Armee auf einmal Risse und zerplatzte dann wie eine riesige Seifenblase. Gleichzeitig setzte Mera den Feuerthron als Beeinflussungsartefakt ein. Der Zauber war so einfach wie genial, denn er brachte die Gurrims und die bewaffneten Menschen nur dazu, sich still zu verhalten und nichts zu tun, gleichgültig, welche Befehle sie erhalten würden.

Tharon wartete, bis die feindlichen Magier begriffen hatten, was hier vorging, und strahlte dann einen herausfordernden Ruf in deren Richtung ab. »Gynrarr, unterwirf dich oder kämpfe mit mir, wie es zwischen Magiern üblich ist!«

»Verdammter Bastard!«, klang es zurück.

Bevor Gynrarr etwas unternehmen konnte, hob Tharon die Rechte und streckte die Handfläche nach vorne. Das Siegel Giringars flammte auf und hüllte das Heer der Feinde samt den kommandierenden Magiern und Adepten in ein schwarzes Feld.

»Du kannst mir nicht entkommen, Gynrarr! Stell dich zum Kampf, oder ich werde dich holen!« Tharon verstärkte seine Stimme magisch, bis sie wie Donnergrollen über das Land hallte. Im nächsten Augenblick spürte er die Schwingungen von mehreren Dutzend Versetzungsartefakten, die eingeschaltet wurden – und versagten.

Nun brach sich Tharons Lachen an den Berggipfeln. »Wolltest

du fliehen, Gynrarr? Dafür ist es zu spät! Ich trage das Siegel Giringars und beherrsche jedes schwarze Artefakt in weitem Umkreis! Dir und deinen Begleitern befehle ich ein letztes Mal, euch zu ergeben!«

Es dauerte einige Augenblicke, bis er eine Antwort erhielt.

»Du hast gewonnen, Bastard!«, brüllte Gynrarr. Kurz darauf kamen er und die übrigen Magier auf Tharon zu und blieben etwa sechzig Schritte vor ihm stehen. Der Erzmagier wirkte niedergeschlagen und hob die Hände, als wolle er tatsächlich aufgeben. Doch irgendetwas an ihm gefiel Tharon nicht.

Merani bemerkte es ebenfalls. »Vorsicht, großer Magier!«, raunte sie ihm zu. Im gleichen Augenblick traten Gynrarr, Ewalluk und mehrere andere Magier beiseite. Hinter ihnen kamen zwei Dutzend Adepten mit Flammenlanzen zum Vorschein, die sofort auf Tharon und dessen Begleiter feuerten.

Obwohl der schwarze Schirm von Mera sofort verstärkt wurde, flammte er hell auf, und für einen kurzen Moment sah es so aus, als würde er zusammenbrechen. Da gellte Anihs Befehl über die Truppen. »Ilyndhirerinnen, schießt eure Pfeile ab!«

Ein Rauschen erklang, als mehrere Hundert Pfeile auf die Gruppe der Magier zuflogen. Gynrarr und sein Gefolge versuchten noch, ein Abschirmfeld zu errichten, doch ihre Artefakte versagten erneut. Magier, die seit Jahrhunderten keinen Schmerz mehr erlebt hatten, spürten, wie sich die Geschosse in ihre Körper bohrten, und kreischten vor Angst und Entsetzen. Auch Gynrarr wurde getroffen und vermochte sich nur noch magisch bei Bewusstsein zu halten. Als auch sein Erhaltungszauber zu erlöschen drohte, bat er um Gnade. »Haltet ein! Wir ergeben uns!«

»Ich glaube, diesmal meint er es ernst«, erklärte Tharon und befahl Anih und ihren Bogenschützinnen, den Kampf einzustellen. Übermütig grinsend griff er in seine Umhängetasche und holte den Kristallquader hervor, den er als Gefängnis für seine ehemaligen Begleiter vorgesehen hatte.

»Burlikk, du nimmst mit deinen Leuten die Magier und Adepten gefangen. Entwaffnet sie, zieht sie bis auf die Haut aus und sorgt dafür, dass sie kein Artefakt vor euch verbergen. Dann bringt ihr sie zu mir. Gynrarr als Ersten!«

Erleichtert, dass die gewohnte Ordnung wiederhergestellt war, salutierte der Leutnant und marschierte an der Spitze seines Trupps nach vorne. Seine Gurrims machten nicht viel Federlesens mit den verletzten Magiern, die das Siegel Giringars missachtet hatten. Burlikks Freunde Tarr, Wuzz und Rokkar packten den vor Schmerzen schreienden Gynrarr, rissen ihm die Kleider samt den Artefakten vom Leib und schleiften ihn splitternackt zu Tharon. Dort warfen sie ihn zu Boden.

»Die Heilerin muss kommen und mir helfen! Sonst sterbe ich!«, kreischte der Magier.

»So einer wie du ist zäh wie eine Ratte«, sagte Tharon ungerührt und richtete die Glasfalle auf Gynrarr. Sofort wurde der Erzmagier von einem schwarzen Strahl erfasst und auf den Kristall zugezogen. Einen Herzschlag später war er verschwunden.

Merani gellte noch sein Heulen in den Ohren, als die Gurrims Ewalluk brachten. Dieser teilte das Schicksal seines Anführers ebenso wie jene Magier und Adepten, die nicht den Pfeilen der Ilyndhirerinnen erlegen waren.

Tharon sah sich die Toten einzeln an, um zu kontrollieren, ob sich nicht einer verstellte. »Ein jämmerliches Ende für jemanden, der Hunderte von Jahren hätte alt werden können. Doch sie haben es so gewollt«, sagte er zu Mera, deren magisches Auge nicht von seiner Seite wich.

Er befahl den Gurrims, die Toten in eine andere Glasfalle zu stecken, und wandte sich an Merani und deren Vater. »Eure Insel ist wieder frei, und ihr könnt eure Leute zurückholen. Ich hoffe, ihr begreift nun, dass Wassuram und die Kerle, die euch überfallen haben, zwar zum Schwarzen Land gehören, aber nicht nach seinen Gesetzen gehandelt haben. Diese Sache wird den Einfluss ihrer Freunde schmälern und dafür sorgen, dass in meiner Heimat andere Gruppen wieder mehr Gehör finden.«

Merani verstand, was er damit sagen wollte. Nicht alles, was im Schwarzen Land vor sich ging, war gut und richtig. Aber nicht alle Leute dort handelten ehrlos oder waren nur auf ihren eigenen Vorteil bedacht wie Wassuram oder Gynrarr. Das beruhigte sie, denn immerhin besaß sie dieselbe magische Farbe wie Tharon und betete zum selben Gott. Außerdem hatte der Magier die Invasion rasch beendet, ohne ihrem Volk dabei zu schaden. Ihr Vertrauen in ihn und in seine Fähigkeiten wuchs, und sie hoffte inständig, dass er auch noch die letzten Probleme lösen konnte, die ihre Heimat bedrohten.

»Was machen wir mit denen?«, fragte sie ihn und wies dabei nach Norden. Obwohl das einstige Schärengebiet weit weg lag, konnte sie die Geisterballung wie eine Gewitterwand am Horizont stehen sehen.

»Um die werden wir uns als Nächstes kümmern«, antwortete Tharon zu Meranis Erleichterung und wies auf Girdhan. »Ich würde mich freuen, wenn dein Vater uns zu dem Ort begleiten würde, den ihr den Geburtsort der magischen Stürme nennt.«

3

Mera empfing Tharon und die anderen, auf dem Feuerthron sitzend, so als wolle sie ihnen klarmachen, dass sie dessen Herrin war. Bei ihr standen die drei Arghan. Sie hatten wieder ihre menschliche Gestalt angenommen und sahen erholt aus.

Merani, die sich dicht hinter Tharon hielt, entdeckte im hinteren Teil der Höhle Hekendialondilan mit den aus dem Meer geretteten Mädchen. Sie saßen hinter einem Vorhang aus blau durchwirktem Silbergeflecht, der aus den Vorräten der »Seeschäumer II« stammte und ihnen Schutz vor der Ausstrahlung des Feuerthrons bot.

Nun kam Sirrin heran und winkte Tharon zu. »Nun, großer Magier, hast du unsere Freunde in ihre Schranken verwiesen?«

»Die stecken in einem Verkleinerungsartefakt und lecken sich ihre Wunden!« Tharon nickte ihr zufrieden zu und deutete dann eine Verbeugung vor der Magierkaiserin an. »Eure Heimat ist frei, und Euer Volk hat dafür nicht bluten müssen!«

»Das ist die gute Nachricht«, antwortete Mera, aber ihr Blick verriet, von wem die Anspannung ausging, die Merani mit ihren magischen Sinnen wahrnahm. Sogar der Feuerthron schien davon erfasst zu sein, denn er spie Flammenzungen, die bis zur Höhlendecke loderten.

»Wie steht es auf dieser Insel? Hat sich das Land gesetzt, oder steigt es immer noch?«, fragte Tharon in dem Bestreben, die Magierkaiserin friedlich zu stimmen.

»Die Insel ist nicht weitergewachsen. Gestern habe ich sie mit Hilfe des Feuerthrons untersucht und glaube nicht, dass sich hier noch etwas Bedeutsames ereignen wird. Der grüne Zauber, der das Land unter Wasser hielt, hat sich nach dem Tod des Lir-Körpers vollkommen aufgelöst.«

Da trat Tenaril näher. »An den erinnere ich mich. Einige sehr mächtige Eirun, die die große Katastrophe überlebt hatten, wollten die große Schlange im Meer ertränken und haben das Land versinken lassen. Zu dem Zeitpunkt lag ich versteinert in der Nähe des Lir-Mauls und konnte mich nicht bemerkbar machen. Daher bin ich auf dem Meeresgrund gelandet und musste Jahrtausende warten, bis jemand meinen Ruf vernommen hat.«

Tenarils Blick richtete sich auf Merani, und sie lächelte dankbar, wenn auch traurig. »Ich bin die letzte Überlebende meines Volkes. Die meisten sind umgekommen, und der Rest wurde in alle Winde zerstreut. Dabei hatte meine Mutter noch versucht, zu retten, was zu retten war. Doch die Glasfalle, in der sie einen Teil unseres Volkes hatte in Sicherheit bringen wollen, ist wahrscheinlich zerstört worden.«

Diesmal konnte Tenaril ihre Tränen nicht mehr zurückhalten. Hekendialondilan nahm ihre neue Freundin in die Arme und versuchte sie zu trösten. Careedhal, der interessiert zugehört hatte, sprang plötzlich auf und rannte davon.

»Was ist denn mit dem los?«, fragte Merani verwundert.

Argeela zuckte mit den Schultern. »Keine Ahnung.«

Da kam ihr Bruder auch schon zurück und schleppte den großen Kristall mit sich, der leicht grün strahlte und den er gerade noch mit den Armen umfassen konnte. Diesen legte er vor Tenaril auf den Boden. »Kann es das Ding hier sein? Ich habe es im Maul der großen Schlange gefunden!«

Tenaril kniete neben dem Kristall nieder und strich vorsichtig mit den Fingerspitzen darüber. »Es ist sehr viel Zeit vergangen, und ich habe während meiner Versteinerung einiges vergessen. Aber ich denke, das ist sie.« Die Angst, doch enttäuscht zu werden, aber auch aufkeimende Hoffnung färbten ihre Stimme.

Tharon sah, wie sie sich an den Schlüssel zu erinnern versuchte, mit dem die Glasfalle geöffnet werden konnte, und rief noch »Halt!«.

Doch es war zu spät. Ein weiches grünes Licht flammte auf und bildete ein magisches Tor. Als Erstes schritt eine hochgewachsene Eirun hindurch, die einen Topf mit einem grünen Schössling trug. Ihr folgten Dutzende ihres Volkes, die sich ängstlich umsahen, so als fürchteten sie, inmitten der Katastrophe wieder aufzutauchen. Sie beruhigten sich aber schnell, und einer nach dem anderen trat auf Tenaril zu und umarmte sie. Mehrere winkten Hekendialondilan zu und betrachteten anschließend die übrigen Anwesenden mit einem Ausdruck freundlichen Interesses.

»Es gibt neue Farben! Wie schön«, rief eine und schloss Sirrin in die Arme. Die Magierin ließ es seufzend über sich ergehen und funkelte dann Tharon an. »Wehe, du erzählst das zu Hause!«

»Diese Leute stammen aus friedlicheren Zeiten, als es noch keinen Krieg zwischen den Farben gab«, erklärte Merani, die einen Blick in jene Epoche hatte werfen können.

Ihre Mutter verzog angewidert das Gesicht. »Grüne Spitzohren? Das hat mir gerade noch gefehlt.«

»Sie sind völlig friedlich, Mama«, versuchte Merani sie zu beruhigen. »Die Ilyndhirer kommen doch auch mit den Malvonern aus. Warum sollte das mit diesen Leuten nicht auch gehen?«

Nicht nur die Magierkaiserin hielt Meranis Hoffnungen für naiv. Auch Tharon war alles andere als begeistert. Im Krieg hatte er oft genug grünen Eirun gegenübergestanden und kannte sie als harte, listige Kämpfer. Doch diese hier schienen so arglos zu sein wie kleine Kinder, denn sie gingen auch auf die Blauen ohne Scheu zu und wunderten sich nur, dass es prickelte, als sie diese berührten.

Merani zählte mehr als zweihundert grüne Runi oder Eirun, wie Tharon sie nannte, an die sechzig Gelbe und ein gutes Dutzend Weiße. Während sie selbst staunend zusah, wie die Runi nacheinander wie aus dem Nichts auftauchten, beobachtete sie Tharon, dem die Neuankömmlinge gar nicht zu passen schienen.

Tatsächlich wünschte Tharon die Spitzohren zu ihren jeweiligen Dämonen, denn er fürchtete, dass deren Anwesenheit das Magierkaiserpaar dazu bringen würde, sich noch mehr an den Feuerthron zu klammern. Betarran würde jedoch so lange neue Expeditionen schicken, bis das Ding in den Händen desjenigen war, für den man es erbaut hatte, nämlich Giringar. Tharon kannte den zweiten Gefährten seines Gottes nur allzu gut und wusste, dass dieser hart und unbarmherzig zuschlug, wenn es um die Belange des Schwarzen Landes ging. Aber ein gewaltsames Vorgehen auf diesen Inseln würde den geplanten Waffenstillstand gefährden. Also musste er, Tharon, versuchen, das Unwahrscheinliche möglich zu machen, und den Feuerthron auf friedliche Weise an sich bringen.

»Was machen wir mit diesen Fundstücken?«, fragte er Mera.

Diese sah mit spöttisch gekräuselten Mundwinkeln auf ihn herab. »Ich habe Königin Menanderah informiert. Sie schickt Leute, die sich der Spitzohren annehmen sollen. Am besten, sie behalten sie gleich hier auf Runia.«

In diesem Moment aber verließen etliche Wesen die Glasfalle, die mit ihren schmalen Silhouetten und den langen, spitzen und beweglichen Ohren den übrigen Eirun glichen. Ihre Haare aber schimmerten blau, und auch ihre Augen leuchteten in der Farbe der großen Ilyna.

»Blaue Spitzohren! Das gibt's doch nicht!«, rief Kip aus.

Sirrin, die dem Ganzen ebenfalls fassungslos zusah, fragte Tharon, ob er diese Wesen ebenfalls in die Götterlande bringen wolle. Dieser schüttelte heftig den Kopf. »Lieber nicht! Dein Findling wird schon genug Aufsehen erregen. Mehr Aufmerksamkeit können wir wirklich nicht brauchen.«

»Sie stammen von Ilyndhir oder besser gesagt der Insel, die einmal die Stelle Ilyndhirs eingenommen hat«, erklärte Merani. »Damals gab es dort einen ähnlichen Wald, wie ihn die Runi auf Runia haben. Der Hexenwald ist der letzte Rest davon.«

Die Magierkaiserin zog die Stirn kraus. »Der Hexenwald! Könnte das die Lösung sein?« Sie war sich nicht sicher, ob sie die blauen Eirun nun vor der Welt verbergen oder ihnen wirklich eine Heimat bieten sollte.

Merani sah ihre Mutter traurig an. »Runi überleben doch nur, wenn sie eine Königin und einen eigenen Heiligen Baum besitzen. Aber im Hexenwald gibt es keinen dieser Art mehr.«

Tenaril, die immer noch ihre ältere Schwester umarmte, sah diese erst fragend an und klatschte dann fröhlich in die Hände. »Sie können einen Trieb unseres Schösslings haben«, erklärte sie eifrig und machte sich sofort an die Arbeit. Als sie einen etwa armlangen Zweig an eine der Blauen weiterreichte, verfolgten Merani und ihre Freunde voller Staunen, Tharon und Sirrin aber völlig fassungslos, wie die Blätter des Ablegers sich zuerst weiß und schließlich blau färbten.

Tharon schüttelte es bei dem Anblick, und er fragte sich, wo er hingeraten war. Hier schienen die Gesetze der Farben mit einem Mal aufgehoben zu sein. Gleichzeitig aber begriff er, dass es die beste Lösung war, wenn die blauen Spitzohren, die es den heiligen Büchern nach gar nicht geben durfte, hier auf dem Archipel blieben.

Mera, die der Verwandlung der grünen Pflanze in die Feindfarbe entgeistert zugeschaut hatte, verwies auf das zweite Problem an der Sache. »Aber diese Runi haben keine Königin!«

Die Blaue, die den Zweig übernommen hatte, trat lächelnd an den Thron. »Ich besitze die Anlagen, eine Königin zu werden«, sagte sie und umarmte Mera wie eine lang vermisste Freundin.

Tharon trat aufatmend neben die Magierkaiserin. »Damit wäre auch dieses Problem aus der Welt geschafft! Die blauen Spitzohren können sich im Hexenwald von Ilyndhir ansiedeln und die Grünen gleich auf dieser Insel hier bleiben. Sie sind zu wenige, um eine Gefahr für Gurrland darzustellen. Außerdem können eure Freunde, die Spitzohren von Runia, auf sie aufpassen.«

»Versuchst du, alles schönzureden, großer Magier? Du willst uns doch nur den Feuerthron abschwatzen!« Meras Stimme klang abweisend. Als nun Girdhan auf sie zukam und sich neben sie setzen wollte, hatte es beinahe den Anschein, als wolle sie ihn zurückstoßen. Dann aber besann sie sich und rückte zur Seite, so dass ihr Mann neben ihr Platz nehmen konnte.

»Ich muss den Feuerthron zurückbringen, sonst werden immer wieder eiserne Schiffe kommen, mit Magiern wie Wassuram und Gynrarr an Bord«, beschwor Tharon sie.

Girdhan sah zuerst den Magier an und dann seine Frau. »Mera, du bist die mächtigste blaue Hexe in unserem Archipel, und Merani wird einmal stärker werden als jede Girdania-Hexe. Außerdem bin ich auch noch da. Zusammen werden wir Gurrland in Frieden regieren können. Dazu benötigen wir den Feuerthron wirklich nicht. Er ist unseren Inseln dreimal zum Verhängnis geworden. Willst du riskieren, dass er auch noch ein viertes Mal zu unserem Unglück wird?«

»Gut gesprochen!«, stimmte Tharon dem Magierkaiser zu.

Mera krallte ihre linke Hand um die Lehne und kämpfte mit ihren Gefühlen. Ohne den Feuerthron würde sie nur noch eine gewöhnliche Hexe wie Yanga sein. Nein, nicht ganz, sagte sie sich. Immerhin war sie auch ohne Hilfsmittel um einiges stärker als ihre Haushofmeisterin. Dennoch fragte sie sich, ob sie den Feuerthron wirklich aufgeben sollte. Da erinnerte sie sich an das mehrfache Versagen des Artefakts und an Argos Warnung, dass der Feuerthron für die Bewohner der anderen Inseln immer ein Stachel im Fleisch sein würde.

Mit einer energischen Geste beendete Mera ihren Gedankengang und sah Tharon an. »Du kannst den Feuerthron haben, denn auf Dauer ist er eine zu schwere Bürde für uns. Wenn er fort ist, müssen Girdhan und ich nicht länger wie Maulwürfe leben, sondern können wieder die Sonne sehen.« Sie wollte aufstehen, doch da hob Tharon abwehrend die Hand.

»Es gibt noch eine Arbeit für dich und Girdhan, die ich euch nicht abnehmen kann«, sagte er und wies auf die Geisterballung, die sich wie ein Ring um die ehemaligen Schären gelegt hatte und dort verharrte. »Im Augenblick hat sie an Aggressivität verloren, weil der Zustrom an Magie stark nachgelassen hat. Aber sie wird bald anfangen zu hungern und dann ebenso zerstörerisch werden wie die schlimmsten Stürme. Außerdem ist da noch der starke Strom gelber Kriegsmagie. Der bewegt sich zwar täglich nur um die Breite eines Haares, aber er kann jederzeit in den Sog anderer Magieströmungen geraten. Auf jeden Fall müssen wir das Gelb daran hindern, in die violetten Kristalle zu fließen. Wenn es mit Resten der Lir auf dem Meeresboden reagiert, dürfte die Explosion alle Inseln in Mitleidenschaft ziehen.«

»An dieser Situation sind leider einige Leute unseres Volkes schuld«, erklärte einer der gelben Eirun aus der Glasfalle. »Als die Katastrophe unabwendbar war, haben sie blind vor Hass einen Rachezauber bewirkt, um die Lir-Schlange mit in den Tod zu nehmen. Sie konnten ihr Werk aber nicht vollenden, sonst gäbe es diese Inseln schon seit Jahrtausenden nicht mehr.«

»Also müssen wir etwas unternehmen, damit der Archipel auch in Zukunft nicht von dieser Katastrophe heimgesucht wird«, erklärte Tharon und legte seine Hände auf Meras Schulter.

»Du wirst Girdhan und mir sagen müssen, was wir tun sollen«, sagte Mera peinlich berührt, denn sie hatte nicht mehr an die gelben Kräfte gedacht, die auf viele Meilen hin den Meeresboden durchzogen. Da sie auch die letzten Gefahren beseitigen wollte, die ihrer kleinen Welt drohten, ehe sie den Feuerthron aus der Hand gab, ließ sie es zu, dass Tharons Geist mit dem ihren verschmolz. Der Feuerthron flammte auf, und seine Strahlung wurde so stark, dass die Eirun entsetzt hinter die Erhebung im Gebirge flohen, die von dem Arghanskelett gekrönt wurde. Hekendialondilan, die sich wimmernd am Boden krümmte, musste von den Blauen weggetragen werden.

Als Tharon sich, von den Kräften des Feuerthrons erfüllt, an die Geisterballung wandte, begann diese abwehrend zu pulsieren. Ganz gleich, was Tharon auch versuchte, die Geister wichen ihm aus, und es gelang ihm nicht, Kontakt aufzunehmen.

Besorgt rief er Merani zu sich. Da das Mädchen einige ihm unbekannte Fähigkeiten besaß, hoffte er, dass es auch in der Lage war, sich mit den Geistern der Toten zu verständigen.

Es trat neben ihn und verband sich geistig mit ihm und seinen Eltern. Zu seiner Erleichterung ließen die Geister zu, dass Merani in das vereinigte Bewusstsein der Seelenballung eindrang. Diese hatte durchaus wahrgenommen, dass etwas Unerwartetes mit der Lir und dem Gebiet der magischen Stürme geschehen war, und da der Fluss der Magie abflaute, von dem sie sich genährt hatte, begann sie hungrig zu werden.

Das war der Ansatzpunkt, den Tharon zur Lösung des zweiten Problems suchte. Über Merani machte er die Geister auf die gelbe Kriegsmagie aufmerksam. »Könnt ihr diese Magie in euch aufnehmen?«

Die Geisterballung wand sich wie in Krämpfen, obwohl sie kaum violette Anteile enthielt. Aber das Gelb strahlte auch für sie giftig, und ein Teil der Seelen scheute davor zurück. Dennoch legten sich lange Ausläufer der Ballung über das Gebiet und begannen, die hart schwingende Magie aufzulösen und in sich einzusaugen. Schon strahlte sie selbst in einem so aggressiven Gelb, dass Sirrin das Lir-Mädchen mit einem Schutzschirm umgab, damit es nicht davon vergiftet wurde.

»Bleib ruhig!«, flehte sie dabei ihren Schützling an. »Es wird alles gut!«

Doch die Konturen des Mädchens verschwammen, so als wolle es sich verwandeln. Rasch rief Sirrin Argeela, Tirah und Careedhal zu Hilfe. Diese nahmen die Kleine in die Mitte, um sie zusätzlich vor der Feindfarbe zu schützen. Gemeinsam gelang es ihnen, die Eirungestalt der kleinen Lir zu stabilisieren.

Tharon nahm Sirrins Schwierigkeiten wahr und befürchtete schon das Schlimmste. Aber er hatte keine Möglichkeit einzugreifen, denn er musste Meranis Kräfte stärken und dabei die Geisterballung im Auge behalten. Zu seiner Erleichterung nahm diese nun die gelbe Kriegsmagie gierig in sich auf, ohne erneut durchzudrehen. Danach glitt die Ballung wieder auf die Insel zu, und es sah für einen Moment so aus, als wolle sie nun die Magie aus dem Feuerthron saugen.

Merani beschwor unter Tharons Anleitung die Geister, zu ihren Göttern zu gehen. Dabei benutzte sie jene Formeln, die der Magier ihr vorsprach, und spürte, wie sich die Seelen voneinander lösten. Dennoch kam die Wolke weiterhin auf sie zu. Sie wallte jedoch auf, so als sei sie in sich uneins. Nach einer Weile vermochten Tharon, Merani und deren Eltern erste Funken zu erkennen, die die Ballung verließen. Für einige Zeit tanzten sie wie ein Mückenschwarm über den Wellen, dann aber sammelten sich die ersten Geister der einzelnen Farben zu Gruppen und entschwanden in die Richtung, in der die Seelendome ihrer Götter lagen.

»Gut so«, lobte Tharon Merani, die unwillkürlich das Richtige getan und die Verbindung der Geister untereinander vorsichtig gelockert hatte. Da im Augenblick keine Gefahr eines Angriffs bestand, verstärkte er seine eigenen Bemühungen und forderte auch das Magierkaiserpaar auf, aktiv mitzuhelfen.

Immer mehr Geister spalteten sich nun von der Ballung ab und eilten davon, bis zuletzt nur noch ein paar Hundert grüne Eirungeister zurückblieben und sich vor dem Feuerthron versammelten. Ihre Anführerin, der man noch als Geist die Macht ansehen konnte, die sie einst besessen hatte, neigte das Haupt vor Merani und winkte deren Mutter lächelnd zu.

»Endlich sind wir erlöst und können zu unserem Gott gehen. Dafür danken wir euch.«

»Auch wir danken euch! Ohne eure Hilfe wären wir nicht ins Herz der magischen Stürme gelangt und hätten unsere Inseln auch nicht vor dem Untergang bewahren können. Ich glaube …« – für einen Moment ließ die Magierkaiserin Bilder aus jener Zeit in sich hochsteigen, in der der Feuerthron von einem bösartigen Magiergeist beherrscht worden war – »… nein, ich bin sogar überzeugt davon, dass ihr damals Girdhan, Careela, Argo, Kip, Hekendialondilan und mir beigestanden habt, als wir Wassurams Geist gestürzt haben, um unsere Inseln zu befreien.«

»Wir haben euch geholfen, so gut es uns unter diesen Umständen möglich war, genauso wie wir deine Ahnin Meravane unterstützt haben, Wassurams Macht zu brechen. Die Menschen, die hier leben, sind die Nachkommen unserer Schützlinge, und wir wollten sie nicht versklavt sehen. Doch nun lasst uns gehen. Meine jüngere Tochter Tenaril hat die notwendigen Anlagen und wird die Königin der Überlebenden meines Volkes werden.«

Nach einer segnenden Geste in Richtung ihrer beiden Töchter rief der Geist der einstigen Eirunkönigin ihren Gefährtinnen und Gefährten zu, ihr zu folgen. »Tenelins Seelendom wartet auf uns! Wir sollten uns nicht noch mehr verspäten!«

Ein scharfer Windstoß fegte über das Land, und dann waren auch die letzten Geister der einstigen Ballung verschwunden.

4

Merani blickte den Geistern nach, bis sich deren magische Spuren in der Ferne verloren, und ihre Gedanken glitten noch einmal in jene Zeit, als diese noch lebende Runi und Menschen gewesen waren und die Farben sich noch miteinander vertrugen. Seit damals musste, wenn sie Tharon richtig verstanden hatte, sehr viel Böses geschehen sein. Er hatte aber auch davon gesprochen, dass die Götter der endlosen Kriege müde geworden und bereit waren, miteinander Frieden zu schließen. Das erleichterte sie, denn es bedeutete, dass ihre Heimat Gurrland und der Archipel keine Feinde mehr zu fürchten hatten.

Gleichzeitig aber spürte Merani eine gewisse Leere in sich. So aufregende Abenteuer wie diese würde sie wahrscheinlich nie mehr erleben. Andererseits war das ganze Leben ein Abenteuer, und sie freute sich darauf, unter Yangas Anweisung neue Zauber zu lernen und ihre Kräfte zu entfalten.

»Was ist jetzt schon wieder los?« Argeelas Ausruf ließ riss Merani aus ihrem Sinnieren, und sie schaute auf. Ein Stück weiter oben kniete Careedhal am Boden und griff mit der Hand in eine Felsspalte.

»Da ist was!«, rief er seiner Schwester zu. »Ich fühle einen Faden, der von dir ausgeht und hier endet.«

Merani und Argeela sahen sich kurz an und rannten zu ihm hin. Careedhal mühte sich noch immer, in dem Spalt etwas zu fassen. Schließlich zupfte Merani ihn am anderen Ärmel.

»Lass mich das machen. Ich habe längere Arme als du.«

»Es ist aber weiß«, wandte Careedhal ein.

Während Merani zurückschreckte, zerrte Argeela ihren Bruder beiseite, griff in die Spalte, die sich kalt und glitschig anfühlte, und bekam einen Batzen Schlamm zu fassen.

»Da ist nichts außer …«, begann sie, ertastete dann aber etwas Festes und holte es heraus. Angewidert trug sie das schmutzige Ding zu einer Pfütze und wusch es darin, um zu sehen, was ihren Bruder so neugierig gemacht hatte. Dann starrten alle drei verwundert auf ein versteinertes Salasa. Nun konnte auch Merani das weiße Band spüren, das ihre Freundin mit dem Geschöpf verband. »Das Tierchen gehört zu dem Geist, den du mit dir herumschleppst!«

Argeela klatschte begeistert in die Hände. »Glaubst du, wir könnten es entsteinern und den Geist wieder hineinbetten?«

Merani zog eine Schnute. »Ich kann es auf jeden Fall nicht tun. Die Farbe von dem Ding beißt mich jetzt schon.«

»Vielleicht kann deine Mutter uns helfen. Blauen tut das Weiß doch nichts.« Argeela war ganz aufgeregt, während Merani mit einem Neidanfall kämpfte. Sie fand es ungerecht, dass ihre Freundin dieses Tierchen bekommen würde, obwohl sie es ihrer Meinung nach viel mehr verdient hätte. Da sie aber nicht unkameradschaftlich sein wollte, wies sie auf ihre Lehrerin.

»Vielleicht kann sie uns helfen. He, Yanga, hast du einen Augenblick Zeit?«

Die blaue Hexe drehte sich zu ihr um und winkte. »Aber ja. Was gibt es denn?«

»Könntest du das Tierchen hier entsteinern? Es ist weiß!« Merani fand es wichtig, dies hinzuzufügen, denn nach all den Zaubern, die sie mit ihrer Mutter und Tharon zusammen gemacht hatte, fühlte sie sich durchaus in der Lage, ein solches Wesen wieder zum Leben zu erwecken, solange es nicht die falsche Farbe aufwies.

Yanga kam lächelnd näher und betrachtete das versteinerte Tierchen. »Da habt ihr ja einen interessanten Fund gemacht!«

Ihre Lehrerin nahm das Salasa in die Hand und konzentrierte sich darauf. Es dauerte eine Weile, bis die Versteinerung des Tieres zu weichen begann und sich die ersten Haare strubblig und noch etwas schmutzig aufrichteten. Dann aber ging es blitzschnell. Das Salasa wurde weich und warm, und gleichzeitig verließ etwas Weißes Argeelas Körper und fuhr in das erwachende Tierchen. Dann begann das Salasa zu niesen und zu würgen.

»Ihr müsst aufpassen, dass es nicht erstickt«, mahnte Yanga noch und reichte Argeela das Geschöpf. Dann ging sie zu Mera weiter, die sie zu sich winkte.

Unterdessen war auch Timpo, der die meiste Zeit in der Höhle geschlafen hatte, herbeigekommen und stieß Töne aus, die Merani noch nie von ihm vernommen hatte. Er schien sich zu freuen, denn er leckte das Fell des weißen Salasa mit hingebungsvoller Begeisterung.

Auch Argeela streichelte es und hoffte dabei, es würde sie als neue Herrin anerkennen. Doch das Tier fiepte leise, leckte sich mit der Zunge über das Mäulchen und äugte zu den Runi hinüber, die um Hekendialondilan herumsaßen und ihr zuhörten. Als das Tierchen unruhig zu strampeln begann, seufzte Argeela enttäuscht und schritt auf die Gruppe zu. Merani und Careedhal folgten ihr verwundert.

»Was machst du?«, wollte ihr Bruder wissen.

Argeela antwortete nicht, sondern trat auf Hekendialondilan zu und hielt ihr das Salasa hin. »Hier, nimm! Ich schenke es dir. Es ist weiß, und leider gibt es auf meiner Heimatinsel keine Runiwälder.«

Hekendialondilan sah zuerst sie an, dann das Salasa und nahm es dann vorsichtig entgegen. Im selben Augenblick konnten die

Geschwister ebenso wie Merani erkennen, wie zwischen ihr und dem Tierchen eine magische Verbindung entstand.

Nun atmete Argeela auf, denn sie fühlte, dass sie richtig gehandelt hatte. »Darf ich es vielleicht einmal besuchen und streicheln?«, fragte sie leise.

»Das wird sicher möglich sein«, antwortete Hekendialondilan und sah dann Merani an.

»Leider bist du zu magisch, um Runia betreten zu können. Aber wir können uns im Hexenwald von Ilyndhir treffen, wenn ich meine blauen Verwandten dort besuche.«

Meranis Gesicht hellte sich auf, und sie begann zu grinsen. »Das wird ein Spaß! Die Blaubeeren dort können wir beide essen. Allerdings muss jemand anderes als Qulka dir Pfannkuchen backen. Die sind sonst zu schwarz für dich.«

»Die Pfannkuchen, die Anih bereitet, schmecken auch mir sehr gut!« Hekendialondilan wurde in diesem Moment klar, dass sie mehr Freunde gefunden hatte als nur Tenaril. Merani, Argeela und Careedhal waren magisch genug und so gut ausgebildet, dass sie in Zukunft langsamer wachsen würden als andere Menschen. Sie umarmte die violetten Zwillinge und warf Merani eine Kusshand zu.

»Ich bin froh, euch kennengelernt zu haben! Das Leben wird sicher schöner werden, aber bestimmt nicht mehr so aufregend wie in den letzten sechsunddreißig Jahren.«

Bei der ersten Aussage stimmte Merani ihr sofort zu. Allerdings hoffte sie doch auf das eine oder andere Abenteuer.

5

Über dem Land lag eine seltsame Ruhe, wie Mera sie noch nie erlebt hatte. Nur die Wellen, die gegen das Ufer brandeten, waren in der Ferne zu hören. Das Brausen der magischen Stürme aber war für immer verstummt. Mit einer Geste, die ebenso Erleichterung wie Bedauern ausdrücken konnte, fasste sie nach der Hand ihres Ehemannes. »Komm, lass uns von diesem Sitzmöbel herabsteigen. Der schwarze Magier soll den Feuerthron dorthin bringen, wo er hingehört. Ich will nach Hause zurückkehren und im Regen durch die Straßen von Gurrdhirdon wandern. Es wird schön sein, zu wissen, dass man lebendig ist und kein bloßer Fortsatz eines monströsen Artefakts.«

»Das wird es, meine Liebe!« Girdhan erhob sich, nahm seine Frau auf die Arme und schwang sie durch die Luft.

Tharon konzentrierte sich unterdessen auf den Feuerthron und schaltete ihn ab. Dann befahl er Burlikk und einem Trupp Gurrims, das Artefakt in eine große Kiste zu packen und mit Hilfe einer Levitationstrage zu »Giringars Hammer« zu bringen. Während diese sich beeilten, seine Befehle zu befolgen, verbeugte er sich vor der Magierkaiserin. »Herrin, du bist größer, als du selbst von dir denkst. Ich kenne nur wenige, die den Feuerthron aus freien Stücken aufgegeben hätten.«

»Weißt du, großer Magier, es war auf Dauer lästig, dieses Möbelstück nur für wenige Augenblicke verlassen zu können und immer Angst haben zu müssen, ein anderer Magier oder eine andere Hexe könnte versuchen, uns das Ding wegzunehmen.« Es gelang Mera sogar, über ihre eigenen Worte zu lachen. Dann aber bat sie Girdhan, sie wieder auf den Boden zu stellen, fasste nach seiner Hand und wanderte mit ihm auf das Ufer zu, an dem eine schwarze Galeere darauf wartete, sie nach Gurrland zurückzubringen.

Merani wollte den beiden folgen, blieb aber nach wenigen Schritten stehen und drehte sich zu Tharon um. »Es tut mir leid, großer Magier, dass du uns verlassen musst.«

»Wer weiß, vielleicht gibt es ein Wiedersehen. Doch lass uns jetzt zu Sirrin gehen und sie fragen, ob sie zur Abreise bereit ist. Ich werde erst wieder ruhig schlafen, wenn ich sie und ihren Findling bei der Lin'Velura abgeliefert habe. Man erzählt sich sehr viel über die umgewandelten Lir, und das meiste davon gefällt mir nicht.« Er nahm Meranis Hand in die seine und schlenderte mit ihr zusammen auf Sirrin zu.

»Nun, großer Magier, wie fühlst du dich, nachdem du die Ursache für die magischen Stürme beseitigt und auch den Feuerthron wiedergefunden hast?«, fragte die Magierin mit einem gewissen Spott.

»Ich bin erst einmal froh, dass es vorbei ist. Wie steht es mit dir?«

Sirrin wies mit einer stolzen Geste auf ihren Schützling. »Du siehst die Herrin Lin'Aril vor dir. Sie wählte ihren Namen nach dem Wesen, dessen Geist den ihren am Leben erhalten hat und deren Körper das Vorbild für ihre eigene neue Erscheinung geworden ist. Allein sie in die Heimat zu bringen lohnt für mich all die Mühen, die wir auf uns genommen haben.«

Tharons prüfender Blick streifte die Kleine, und er spürte ihre Fremdartigkeit, aber auch die magische Kraft, die ihr innewohnte. »Es wird deinen Ruhm im Violetten Land mehren«, sagte er zu Sirrin und fand im gleichen Moment, dass es ein dummer Ausspruch war. Die Violetten dachten anders als die Magier seiner Heimat, für die Anerkennung und Belohnung oft mehr zählte als Treue und Gerechtigkeit.

»Wir sollten aufbrechen«, setzte er müde geworden hinzu.

»Wir sind bereit. Allerdings müssen wir Vertreter der hiesigen Völker mitnehmen. Wenn man die Grenzlinien berücksichtigt, die derzeit bestehen, gehört dieser Archipel zum Interessengebiet des

Violetten Landes. Daher werden wir einen Vertrag mit den Einheimischen schließen müssen, der ihnen das Recht einräumt, hier so zu leben, wie sie es wünschen, und der ihnen Schutz vor weiteren Zugriffen der Magier deines Landes gewährt.«

»Meine Eltern würden sich freuen, mitkommen zu können, nachdem sie so viele Jahre kaum aus unserer Festung herausgekommen sind«, warf Merani ein.

»Das Magierkaiserpaar ist uns willkommen, da es für den gesamten Archipel sprechen kann. Du solltest ebenfalls mitkommen, genauso wie deine violetten Freunde. Ich brauche euch nämlich, um die Lin'Aril glücklich in die Heimat zu bringen. Es ist nicht leicht, eine Lir zu transportieren, die gerade als Lin wiedererstanden ist.« Sirrin lächelte dabei ihrem Schützling zu.

Die junge Lin hatte sich inzwischen wieder beruhigt, rieb sich aber die Arme, als würde sie frieren. Als Sirrin sie aufforderte, mit zu Tharons Schiff zu kommen, wehrte sie ab.

»Ich will mich zuerst verabschieden.« Die Lin'Aril stand auf und ging auf die Gruppe der grünen Eirun zu, die eben darüber diskutierte, wo sie die Sämlinge anpflanzen sollte, die ihnen die Runi von Runia versprochen hatten. Als sie die Violette auf sich zukommen sahen, wichen die meisten vor ihr zurück.

Tenaril aber blieb stehen und streckte der Lin'Aril die Hände entgegen. »Lebe wohl! Wir waren so lange miteinander verbunden, dass ich dich vermissen werde. Wahrscheinlich hätte ich ohne dich und deine Kraft nicht so lange tief unten im Meer überlebt.«

»Du bist stärker, als du denkst, Tenaril, und du wirst deinem Volk eine gute Königin werden. Ich möchte an der Stelle sagen, wie sehr es mich bedrückt, so viel Leid über euch gebracht zu haben. Es geschah nicht aus Absicht oder Bosheit. Ich hätte es verhindert, wenn es in meiner Macht gelegen hätte.«

»Ich glaube dir!« Aus einem Gefühl heraus umarmte Tenaril die andere und küsste sie auf die Wange. Dann ließ sie die Lin'Aril los, winkte noch einmal und lief hinter ihren Leuten her, die gerade ein wenig vom Wind angewehte Erde gefunden hatten, in die sie die ersten Keimlinge versenken konnten.

»Jetzt können wir aufbrechen«, sagte Sirrin. Man konnte ihr ansehen, dass sie sich auf die Rückkehr in ihre Heimat freute.

6

Tharon blickte nachdenklich von »Giringars Hammer« zu den vier Begleitschiffen hinüber. Mit genauso vielen war er vor etlichen Monaten vom Violetten Land aus aufgebrochen. Doch diesmal handelte es sich nicht um Schiffe aus seiner Heimat, sondern um welche aus dem Archipel. Da war zum einen die große schwarze Galeere aus Gurrland, mit der das Magierkaiserpaar reiste, dann Großadmiral Kips »Seeschäumer II« und die »Blaumöwe« unter dem Kommando von dessen Sohn Kipan sowie ein schnittiger Segler von Ardhu mit Fürstin Careela und Prinzgemahl Argo an Bord.

Die Reise war ohne Schwierigkeiten verlaufen, und nun lagen bereits die Inseln des Violetten Landes vor ihnen. Noch vor Sonnenuntergang würden sie die Stadt erreichen, in der die Lin'Velura residierte.

»So nachdenklich, Herr Tharon?« Von ihm unbemerkt war Merani an Deck gekommen und an seine Seite getreten.

»Es ist viel geschehen, und ich muss überlegen, wie ich meinen Bericht abfassen soll. Der Verlauf meiner Expedition wird nicht jedem im Schwarzen Land gefallen. Gynrarr und Ewalluk verfügen über viele Freunde, vor denen ich mich in Zukunft in Acht nehmen sollte.«

»Komm doch zu uns auf die Inseln! Meine Eltern würden sich freuen und ich mich auch«, schlug das Mädchen vor.

Der Magier lachte leise. »Fast wünschte ich, ich könnte es tun. Aber ich bin ein Magier des Schwarzen Landes und habe dort Pflichten. Vor allen Dingen aber will ich dafür sorgen, dass der Einfluss des Ordens vom Heiligen Schwert gebrochen wird. Außerdem würde ich euch in Gefahr bringen, denn einige von Gynrarrs Freunden würden mich suchen und dabei auch gegen deine Leute kämpfen.«

»Aber du kommst uns besuchen!«

»Wenn ich die Zeit dazu finde, gerne.« Tharon klopfte dem Mädchen auf die Schulter und schaute nach vorne auf die Umrisse der Insel, die sich geisterhaft aus dem Dunst schälte. Einige Schiffe kamen ihnen entgegen. Sie sahen den Seglern der Ardhunier ähnlich, waren allerdings größer und mit Feuerschleudern bewaffnet. Er hörte den magischen Ruf, sich auszuweisen, und gab Antwort.

»Hier ist das Schlachtschiff ›Giringars Hammer‹ aus dem Schwarzen Land unter dem Oberkommando des Magiers Tharon.«

»Tharon! Du bist mir herzlich willkommen!«, kam es zurück.

»Lin'Velura! Bist du es selbst?«

»Warum sollte ich es nicht sein? Wie es aussieht, hattest du Erfolg. Wir haben schon seit mehreren Wochen keinen magischen Sturm mehr erlebt. Nimm meinen Dank dafür!«

Das Schiff der Lin'Velura glitt an den »Hammer« heran und ging längsseits. Die Gouverneurin kletterte an Bord, umarmte Tharon und sah dann Merani erstaunt an. »Seit wann setzt ihr Kinder ein, und dazu auch noch ein Mädchen?«

»Dieses Mädchen war der Schlüssel zum Erfolg, Hohe Herrin. Ohne sie wären ich und Sirrin gescheitert.«

Die Lin'Velura lachte leise auf. »Das hört sich nach einer interessanten Geschichte an. Doch sag, wo ist Sirrin? Sollte sie mich nicht auch begrüßen?«

»Dafür müssen wir unter Deck gehen.« Tharon bot der Lin'Velura den Arm und führte sie zum Niedergang.

Die Gouverneurin wunderte sich, mehrere violette Kinder und

sogar Gurrims an den Artefakten zu sehen, die sonst doch nur den Magiern und Adepten des Schwarzen Landes vorbehalten waren. Sie sagte jedoch nichts, bis sie Sirrins Kabine erreichten und eintraten. Beim Anblick der Lin'Aril schrie sie auf. »Was ist das? Bei Linirias, narren mich meine Sinne?«

Sirrin sprang auf und verbeugte sich vor ihr. »Erhabene, ich freue mich, Euch diese junge Dame vorstellen zu können, auch wenn ich selbst nur einen geringen Anteil an ihrer Rettung hatte. Wir haben es Prinzessin Merani und ihren Freunden zu verdanken, dass ich Euch die Lin'Aril gesund und unversehrt übergeben kann.«

»Sei mir willkommen, Schwester!« Die Lin'Velura schloss die Gerettete in die Arme, kräuselte dann aber die Nase wegen ihres Aussehens.

Sirrin musste ein Lachen unterdrücken. »Lin'Arils einziger Kontakt über all die Jahrtausende war eine junge, versteinerte Grün-Eirun, und sie hat sich nach deren Vorbild geformt.«

»Die Form ist gleichgültig, wenn ich nur eine Schwester in Armen halten kann.« Die Lin'Velura weinte vor Freude, während sie die jüngere Lin streichelte. Dann aber warf sie sowohl Sirrin wie auch Tharon einen auffordernden Blick zu.

»Die Lin'Aril wird sofort in meinen Palast gebracht. Ihr anderen seid meine Gäste. Übrigens, wo kommen die Schiffe her, die euch begleiten?«

»Nun, das ist ein weiterer Fund, den wir gemacht haben. Dort im Süden befindet sich eine Inselwelt, auf der Völker aller Farben in Frieden zusammenleben. Ich war der Ansicht, dass wir sie unter den Schutz des Violetten Landes stellen sollten«, erklärte Sirrin ihr.

»Alle Farben, sagst du?« Die Lin'Velura schüttelte angewidert den Kopf. »Du wirst mir alles genau erklären müssen. Doch nun lass uns meine junge Schwester an Land bringen. Komm mit!« Sie fasste Lin'Aril unter und zog sie hoch. Diese war so viel Tatkraft nicht gewohnt und warf Sirrin einen fragenden Blick zu.

»Die Lin'Velura hat recht. Es ist Zeit für uns, dieses Schiff zu verlassen«, sagte die Magierin und ergriff Lin'Arils anderen Arm.

7

Für Merani und ihre Freunde war es aufregend, eine fremde und für sie faszinierende Insel zu betreten. Ihre Eltern hingegen betrachteten die Stadt und den großen Palast auf dem Hügel mit kritischen Augen. Sowohl Mera und Girdhan wie auch Careela und Argo begriffen, dass hier eine Macht existierte, die weit über ihre eigenen Möglichkeiten hinausging, und sie hatten unwillkürlich Angst, statt von schwarzländischen Magiern nun von den Magierinnen des Violetten Landes unterworfen zu werden.

Die Lin'Velura gab ihnen jedoch keine Gelegenheit, ihren Befürchtungen nachzuhängen, denn sie lud sie zu einem großen Bankett ein und ließ sich dabei von Sirrin, aber auch von Tirah und Regandhor berichten, was diese auf dem Archipel von Runia erlebt hatten. Dabei kam auch Tharon zu Wort und erklärte ihr, dass die magischen Stürme aus den Kräften der Lir und einer in ihrem Schmerz rasenden Geisterballung hervorgerufen worden waren.

»Die Bewohner des Archipels waren daran nicht nur schuldlos, sondern auch die ersten Opfer dieser Stürme«, setzte er in dem Bestreben hinzu, Verständnis für das Magierkaiserpaar zu wecken.

Die Lin'Velura musterte zuerst Argo und warf dabei Regandhor einen leicht erstaunten Blick zu. Dann wechselte sie lächelnd ein paar Worte mit Careela und Girdhan und nickte zuletzt Mera anerkennend zu.

»Du hast dem Feuerthron aus eigenen Stücken entsagt? Das ist bewundernswert. Nur wenige vermögen der Verlockung zu widerstehen, das Artefakt eines Gottes zu verwenden. Daher will ich dir auch nicht vorschreiben, wie du und deine Leute leben sollt. Achtet auf die Spitzohren, damit diese friedlich bleiben, und seid mir als Freunde des Violetten Landes willkommen. Ich nehme euren Archipel unter meinen persönlichen Schutz und möchte, dass wir Handel miteinander treiben. Uns interessieren die violetten Kristalle aus dem Schuppenpanzer der Lir. Im Gegenzug haben wir sicher Waren, die euch gefallen. Doch lasst uns zu einer anderen Zeit darüber reden. Jetzt wollen wir essen und trinken und fröhlich sein.«

Die Lin'Velura hob den Pokal und trank ihren Gästen zu. Sichtlich aufatmend erwiderten Mera, Girdhan und ihre Begleiter den Trinkspruch der Gouverneurin und genossen den violett schimmernden Wein, den Diener ihnen vorgesetzt hatten.

Merani hatte wie ihre Freunde den süßen Saft von fremdartigen Beeren serviert bekommen. Sie trank und blickte dann die Lin'Velura unsicher an. »Darf ich einen Wunsch äußern, Herrin?«

»Jederzeit«, antwortete die Gouverneurin.

»Ich würde gerne das Festland sehen. Tirah hat uns erzählt, man könnte dort Tag um Tag reiten, ohne eine Küste zu erreichen.«

»Das wird sich machen lassen, junge schwarze Magierin. Doch jetzt bitte ich dich, Sirrin, Regandhor, Tirah, Argeela und Careedhal, mich zu begleiten. Ihr anderen schmaust und trinkt, bis wir wiederkommen.«

»Euer Essen schmeckt gut«, erklärte Qulka, die gerade eine Dienerin zur Verzweiflung trieb, weil sie unbedingt das Rezept für die Suppe haben wollte, die eben aufgetischt worden war.

»Dann lass es dir auch weiterhin schmecken!« Die Lin'Velura strich lächelnd über ihr borstiges Haar und verließ dann mit jenen, die sie dazu aufgefordert hatte, den Raum

Mera sah ihnen nach und fragte sich, was sie hier noch erleben würde. Mit einem Mal sehnte sie sich nach ihrer überschaubaren Welt auf dem Archipel zurück. Dort fühlte sie sich zu Hause. Hier aber … Sie brach den Gedanken ab und sah Girdhan an. »Ich freue mich ja, dass wir nicht mehr die meiste Zeit auf diesem Feuerthron sitzen müssen. Doch musste unsere erste Reise gleich so weit in die Ferne führen?«

»In ein paar Wochen könnt ihr wieder in eure Heimat zurückkehren und die verbrecherischen Magier vergessen, die euch versklaven wollten«, versuchte Tharon sie zu trösten.

Doch da schüttelte Mera den Kopf. »Wir werden nichts vergessen. Auch wenn unsere Heimat klein und abgelegen ist, so sind wir doch ein Teil der gesamten Welt.«

»Darauf wollen wir trinken!«, erklärte Girdhan und hob seinen Becher. »Übrigens, der Wein hier ist ausgezeichnet. Ich würde gerne ein Fässchen mitnehmen, wenn es ihn zu kaufen gibt.«

»Das glaube ich, lässt sich machen.« Noch während er es sagte, fragte sich Tharon, warum die Lin'Velura Sirrin und die Kinder mitgenommen hatte.

»Sei nicht so neugierig«, klang es da in seinen Gedanken auf. Er hörte die Lin'Velura noch lachen, dann erlosch die Geisterstimme, und er vernahm nur noch die Worte eines Dieners, der ihn fragte, ob er nachschenken dürfe.

8

Die Lin'Velura führte ihre Gäste eine lange Treppe hinab in einen höhlenartigen unterirdischen Saal, über den sich ein gewaltiges Gewölbedach spannte. Der Boden des Raums bestand aus feinkörnigem Sand, der so durchdringend violett strahlte, dass Merani sich bückte und neugierig die Hände darauflegte. Argeela hätte sich am liebsten eine Kuhle in den Sand gegraben und hineingekuschelt. Auch Careedhal kämpfte mit dem Wunsch, sich in seine Baby-Arghan-Gestalt zu verwandeln, sich auf dem Sand zusammenzurollen und eine Weile darauf zu schlafen.

»Das ist Sand aus der violetten Wüste«, erklärte Sirrin, während sie sich bückte, eine Handvoll davon aufhob und durch ihre Finger rieseln ließ.

Merani achtete jedoch nicht auf die Magierin, sondern sah die Lin'Aril an, die verloren am Rand der Sandfläche saß und mit den Fußspitzen im Sand herumwühlte.

»Ihr werdet jetzt ein Geheimnis erfahren, von dem nur sehr wenige auf dieser Welt wissen. Selbst die Menschen des Violetten Landes kennen nur die alten Sagen!« Die Lin'Velura lächelte Merani und deren Freunden zu und trat gemeinsam mit Sirrin zu dem Findling unter dem Meer.

»Es wird alles gut, kleine Schwester«, sagte sie, während sie die Lin'Aril mit einer liebevollen Geste an sich drückte. Dann bat sie diese aufzustehen, wechselte einen Blick mit Sirrin und begann gemeinsam mit der Magierin, das Mädchen zu entkleiden. Zuletzt legten sie die Lin'Aril nackt in den Sand. Sirrin trat zurück und sah zu, wie die Lin'Velura einige magische Formeln über der Kleinen sprach, die Merani nicht verstand. Eines aber begriff sie: Es handelte sich um eine Sprache von ungeheurer Fremdheit, die nicht von dieser Welt stammen konnte.

Die Lin'Aril stöhnte, krümmte sich wie unter starken Schmerzen und begann, sich zu verändern. Fasziniert starrte Merani auf das Wesen, dessen Körper sich auf einmal streckte und immer länger wurde. Die Gliedmaßen zogen sich in den Körper zurück, und der Kopf glich nun dem einer Schlange. Auch sonst wirkte die Lin'Aril jetzt wie eine Schlange von der Länge von sechs Männern. Allerdings war sie entsetzlich dünn, und ihre Haut hing in Falten herab.

Dies änderte sich jedoch, als sie sich in den Sand hineinbohrte und darin wälzte. Nun wuchs sie mit beängstigender Geschwindigkeit, bis sie anderthalb mal so lang war wie vorher und mindestens dreimal so dick.

»Jetzt ist es gut!«, rief die Lin'Velura. »Ruhe dich eine Weile aus, kleine Schwester, und sammle die Kraft, die du für das Leben auf dieser Welt brauchst!«

Fast augenblicklich hörte die Schlange zu wachsen auf, dehnte sich genüsslich und sah Merani und die anderen an.

»Danke für alles!« Ihre Stimme klang leicht zischelnd, war aber gut verständlich.

»Gern geschehen! Wir freuen uns, dass es dir gut geht!«, antwortete Merani und winkte.

»Grüßt meine grüne Schwester Tenaril von mir. Sagt ihr, ich werde sie nicht vergessen!« Lin'Aril wälzte sich noch einmal im Sand, ringelte sich dann zusammen und war von einem Augenblick zum anderen eingeschlafen.

Merani betrachtete sie noch eine Weile und drehte sich dann zur Lin'Velura um. Als sie in deren Augen blickte, entdeckte sie darin das Abbild einer Schlange, die um etliches größer und kräftiger war als die Lin'Aril, und begriff, dass es sich um die andere Erscheinungsform ihrer Gastgeberin handelte.

»Seid ihr Lin alle Schlangen?«, fragte sie verblüfft.

Die Lin'Velura nickte. »Ja! Aber wir haben uns dieser Welt angepasst und benützen zumeist die Gestalt, in der wir uns als Menschen unter anderen Menschen bewegen können. Doch von Zeit zu Zeit verwandeln wir uns in Schlangen, um im Sand der großen violetten Wüste zu baden und neue Kraft zu schöpfen. Allerdings sind wir auch in dieser Form weitaus kleiner als die Lir, die wir einst waren, und wir besitzen auch keinen Panzer aus Kristall.«

Plötzlich überkam Merani ein ganz verrückter Gedanke. »Ist eure Göttin, ich meine Linirias, auch eine große Schlange?«

Ein leises Lachen begleitete die Antwort. »Nein, das ist sie nicht. Wäre sie es, würde sie ja auch nicht Linirias, sondern die Lin'Irias heißen. Wir, die einst die Lir waren, nennen uns Lin zu Ehren der Großen Göttin. Doch nun lasst uns gehen. Das Mahl steht auf dem

Tisch, und die anderen Gäste warten auf uns. Freut euch dieses Tages, meine Lieben. Der Abschied kommt früh genug!«

9

Merani sah Tharon an und fühlte, wie ihr die Tränen in die Augen stiegen. Sie mochte den Magier und hatte in den Wochen, seit sie ihn kannte, sehr viel von ihm gelernt.

»Jetzt weine nicht, Merani. Denke daran, wie schön das Leben ist. Es gibt keine magischen Stürme mehr, die deine Heimat bedrohen, und du hast dir durch deine Taten die Dankbarkeit vieler erworben. Auch die meine, wenn du es wissen willst!« Tharon strich ihr über die Wange, reichte Mera und Girdhan die Hand und klopfte anschließend Careedhal auf die Schulter.

»Auch du hast deine Sache gut gemacht und ebenso deine Schwester. Ich will aber auch eine ganz wichtige Person nicht vergessen. Ohne Qulkas Pfannkuchen hätte ich auf dieser Insel nur von rohen Fischen und Krebsen leben müssen, und das wäre eine recht einseitige Kost gewesen.«

Qulka strahlte bei diesem Lob und reichte Tharon ein großes Paket. »Hier, großer Magier. Ich habe dir ein paar Pfannkuchen als Wegzehrung gebacken. Ein Topf mit Schwarzbeermarmelade ist auch darin und echte gurrländische Butter. Ihr könnt sie unbesorgt bis zu Ende essen, denn Merani hat einen ganz festen Erhaltungszauber darübergelegt.«

»Danke, Kleines! Aber besonders lange wird sich die Butter nicht halten. Dafür schmeckt sie zu gut.« Tharon strich dem Gurrlandmädchen über den Kopf und sagte sich, dass er Betarran einige Vorschläge machen würde, wie die Gurrims im Schwarzen Land in einer Zeit des Friedens leben sollten. Ihre jetzigen Quartiere glichen eher Ställen. Auf Gurrland aber war ihm bewusst geworden, dass auch dieses Volk einen Blick für schöne Dinge besaß und erstaunlich gut Landwirtschaft betreiben konnte.

»So, aber jetzt muss ich an Bord. Macht es gut! Ich werde euch nie vergessen.«

»Wir dich auch nicht«, flüsterte Merani mit erstickter Stimme.

Tharon umarmte sie kurz, winkte den anderen zu und ging dann, ohne sich noch einmal umzudrehen. Von der Lin'Velura, Sirrin, Tirah und Regandhor hatte er sich bereits im Palast verabschiedet. Die vier würde er wahrscheinlich im Lauf der Jahre wiedersehen. Doch ob er jemals zum Archipel von Runia zurückkehren würde, war zweifelhaft, und das bedauerte er. Ihm tat es leid, Merani zurücklassen zu müssen, denn ihre Fähigkeiten schienen ihm in dieser abgelegenen Ecke der Welt verschwendet. Würden im Schwarzen Land bessere Verhältnisse herrschen, hätte er sie mitgenommen und ausgebildet. Auf eine der Schulen für weibliche Adepten hätte er sie allerdings nicht schicken können. Sie war jetzt schon besser als jene gackernden Hühner, denen man einredete, ihr idealer Lebenszweck sei es, einem möglichst mächtigen Magier aufzufallen und mit diesem Nachwuchs in die Welt zu setzen.

Er hatte auch den Gedanken aufgegeben, sie bei sich zu behalten, denn er wusste selbst nicht, in welches Wespennest er zurückkehren würde. Gynrarr und Ewalluk besaßen Freunde und Verbündete, die ihn für ihr Schicksal haftbar machen würden, und andere Magier vom Heiligen Schwert würden sich allein schon deshalb gegen ihn stellen, weil er es gewagt hatte, einige der Ihren als Verräter zu bestrafen. Auch deswegen war es für Merani am besten, wenn sie auf ihrem Archipel blieb und dort mit ihren Freunden zusammen aufwuchs. Ihn hingegen rief die Pflicht zurück ins Schwarze Land.

An der Hauptluke standen Tarr und Wuzz als Wachen und präsentierten die Feuerlanzen. Ihr Blick war dabei starr noch vorne gerichtet. Gynrarr und die anderen Magier vom Schwert hätten die beiden wahrscheinlich nicht einmal bemerkt. Er blieb bei ihnen stehen und legte ihnen die Arme um die Schultern. »Kommt, Kameraden, es geht in die Heimat!«

»Er hat Kameraden zu uns gesagt, obwohl wir Gurrims sind«, flüsterte Rokkar dem alten Unteroffizier zu.

Tharon lächelte. »Ich habe euch so genannt, *weil* ihr Gurrims seid. Nun aber will ich den Feuerthron loswerden.«

10

Zwei Wochen später stand Tharon im geheimsten und am besten abgesicherten Laderaum des »Hammers« und starrte auf die große Kiste, in der sich der Feuerthron befand. Auf einem Tisch daneben lag die Verkleinerungsglasfalle mit den gefangenen Magiern. Der Rest des Schiffes war leer, und die Besatzung hatte es verlassen. Nur Burlikk und dessen Freunde Wuzz, Tarr und Rokkar taten noch Dienst und standen mit schussbereiten Flammenlanzen vor der Luke. Ihr gelegentlicher Wortwechsel durchbrach die Stille, die das Fehlen des sonst allgegenwärtigen Rauschens und Summens der magischen Artefakte hinterlassen hatte. Im Augenblick lag das Schiff wie ein gestrandetes Seeungeheuer an der Mole, und die für die Werft verantwortlichen Magier würden es bald ins Trockendock schleppen lassen, damit es repariert werden konnte. Vorher aber galt es, die wichtigsten Fundstücke wegzubringen.

Obwohl Tharon den Auftrag, der ihm erteilt worden war, zur Gänze erfüllt hatte, empfand er keinen Triumph, sondern eine Traurigkeit, die ihn selbst überraschte. Irgendwie hatte er sich seine Rückkehr in die Heimat anders vorgestellt. Der Gouverneur des Hafens, ein engagiertes Mitglied des Ordens vom Heiligen

Schwert, hatte ihn beleidigend knapp abgefertigt, und etliche andere Schwertmagier hatten ihn behandelt, als sei er für sie Luft. In den Augen dieser Männer hatte er ein Sakrileg begangen, indem er dort, wo ihre eigenen Leute versagt hatten, Erfolge aufweisen konnte.

»So in Gedanken, Tharon?«

Trotz der vielfältigen Absicherung, die Tharon um den Laderaum gelegt hatte, war Betarran neben ihm aufgetaucht. Der zweite Gefährte Giringars maß ihn mit einem belustigten Blick, so als würde er seine Empfindungen nicht ernst nehmen.

Dann trat er zu der Kiste mit dem Feuerthron. »Da ist er also! Gute Arbeit, mein Junge. Ich wusste doch, dass ich mich auf dich verlassen kann.« Betarran erwähnte mit keinem Wort, dass er Tharon eigentlich losgeschickt hatte, um dem Geheimnis der magischen Stürme auf die Spur zu kommen, sondern vollzog eine knappe Handbewegung. Im selben Augenblick war die Kiste mit dem Feuerthron verschwunden.

»Wir wollen doch nicht, dass er auf normalem Weg transportiert wird und dabei erneut verloren geht!« Immer noch klang Betarrans Stimme amüsiert.

»Was geschieht mit ihm?«, fragte Tharon.

»Er wird zu einem Ort gebracht, an dem er gefahrlos vernichtet werden kann. Er ist ein Werk der Schwertmagier und taugt im Grunde nur für den Krieg. Doch der ist nun vorbei. Der große Giringar und die Göttinnen Ilyna und Linirias haben mit den Dämonen des Westens Frieden geschlossen. Doch darüber später mehr. Jetzt strecke mir deine Rechte entgegen!«

Tharon gehorchte unwillkürlich und sah, wie das Siegel Giringars auf seiner Handfläche verblasste und schließlich ganz verschwand. Nun gehörte er wieder zu den vielen nachrangigen Magiern im Schwarzen Land, die um Posten und Kommandos rangen. Doch er bedauerte es nicht. Irgendjemand, vielleicht sogar Betarran, würde ihm eine neue Aufgabe zuweisen, und während er diese erfüllte, würde er vom Archipel von Runia träumen und von Merani, dem Mädchen mit dem großen magischen Talent.

»Ich habe deinen Bericht gelesen. Er ist exzellent formuliert, und ich stimme mit dir überein, dass wir die auf jenen Inseln lebenden Gurrims an Ort und Stelle belassen sollten, damit sie die anderen Völker dieses Archipels überwachen können. Außerdem müssen wir den Bestimmungen des Friedensvertrags zufolge in den nächsten Jahren drei viertel unserer Gurrimkampftruppen auflösen. Es wird schwer genug, diesen Leuten eine Heimat zu schaffen. Da können wir nicht noch andere Gurrims ins Land holen, zumal sie dort, wo sie leben, gut versorgt sind.«

Betarran wies auf die Glasfalle. »Da drinnen hast du also Gynarr und seine Kumpane gefangen. Ich werde sie an mich nehmen und dafür sorgen, dass sie den Gesetzen unseres Landes gemäß bestraft werden. Ihre Karriere im Magierkorps des Schwarzen Landes ist jedenfalls fürs Erste vorbei.« Er ergriff die Glasfalle, steckte diese in eine Tasche, die eben noch nicht an seiner Schulter gehangen hatte, und wurde bereits durchscheinend, als wollte er sich versetzen.

Dann verfestigte er sich jedoch wieder, als sei ihm noch etwas eingefallen. »Du hast in deinem Bericht Leutnant Burlikk und einige andere Gurrims lobend erwähnt und zur Auszeichnung vorgeschlagen. Ich habe mir ihre Akten angesehen. Wuzz wird noch einmal befördert und dann in den Ruhestand geschickt. Die beiden anderen Kerle, ich glaube, sie heißen Tarr und Rokkar, sollen einen Orden bekommen und zu Unteroffizieren befördert werden. Was aber Burlikk betrifft: Da der Mann magisches Talent besitzt, das wir nicht verschleudern sollten, werde ich dafür sorgen, dass er ausgebildet wird. Damit tue ich mir selbst einen Gefallen, denn ich benötige Magier, auf die ich mich verlassen kann – solche wie dich, Tharon!«

»Du ehrst mich, Betarran.« Tharon wusste nicht so recht, was er sagen wollte. Zwar freute es ihn, dass Burlikk eine seinen Fähigkeiten entsprechende Ausbildung bekommen sollte. Doch in Betarrans Stimme hatte ein Unterton mitgeschwungen, der ihn misstrauisch machte.

»Ich habe vorhin erwähnt, dass die Götter Frieden geschlossen haben«, sprach der Hocherzmagier weiter. »Sieh mich nicht so erstaunt an! Es handelt sich tatsächlich um einen Friedensschluss und nicht nur um einen Waffenstillstand, wie wir schon viele hatten. Unsere hohen Herrschaften haben begriffen, dass sie, wenn sie weiterkämpfen, die ganze Welt zerstören würden. Es wurde entschieden, die Heere jeder Farbe jeweils um etliche Hundert Meilen zurückzuziehen und zwischen den Reichen der Götter eine Pufferzone zu schaffen. Die Grenze zwischen unseren Farben und denen der anderen Seite wird der Toisserech bilden, der große Strom.«

»Das ist sehr gut«, sagte Tharon, als Betarran eine kurze Pause machte, denn es fiel ihm nichts Treffenderes ein.

»Natürlich muss dieser Frieden überwacht werden. Aus diesem Grund haben die sechs Göttinnen und Götter beschlossen, je eine Magierin oder einen Magier ihres Vertrauens als Evari einzusetzen, als Wächter des Friedens. Der Evari der schwarzen Farbe wirst du sein, Tharon. Du wirst einen Magierturm in der Pufferzone übernehmen und von dort aus die Menschen unserer Farbe, die dort leben, anleiten und unsere Feinde … äh … unsere jetzigen Vertragspartner jenseits des großen Stromes unter Kontrolle halten. Das müsste auch in deinem Sinne sein, denn nach der Reise, die du hinter dir hast, dürfte ein Aufenthalt im Schwarzen Land für dich nicht angenehm werden. Indem du Gynrarr, Ewalluk und ihren Anhang in die Schranken verwiesen und gefangen genommen hast, bist du den restlichen Mitgliedern des Ordens vom Heiligen Schwert einschließlich Caludis gewaltig auf die Zehen getreten.«

»Weiß man schon, wer die Wächter der anderen Farben sein sollen?«, fragte Tharon, da ihn dies mehr interessierte als die Magier vom Heiligen Schwert.

Betarran lachte. »Natürlich habe ich das in Erfahrung gebracht: Die Herrin Linirias wird Sirrin damit beauftragen.«

»Eine gute Wahl. Sirrin ist stark und klug«, lobte Tharon die Magierin, die ihn auf seiner Expedition begleitet hatte.

»Das denke ich auch. Außerdem hat die Herrin Ilyna die Magierin Yayeh als ihre Evari bestimmt.«

Tharon stieß einen abwehrenden Laut aus. »Yayeh? Aber das ist doch nur eine niederrangige blaue Nachwuchsmagierin. Ich hätte erwartet, dass die Blaue Göttin zumindest Aragana damit betrauen würde oder vielleicht Beraneh Baragain.«

»Ilynas Wahl ist aber auf Yayeh gefallen. Gewiss wirst du mit ihr zurechtkommen.«

»An mir soll's nicht liegen«, gab Tharon leicht verärgert zurück. »Und wie steht es mit der anderen Seite? Weiß man schon, wen die schicken werden?«

»Talien hat Tardelon als Evari ausersehen.«

Tharon nickte nachdenklich. »Der Halbzwerg Tardelon ist ein harter Brocken und kennt viele Schliche. Den werde ich im Auge behalten müssen.«

»Ebenso den grünen Evari, den Magier Rondh«, fuhr Betarran fort und beobachtete dabei Tharons Reaktion.

»Rondh also! Ich hätte gewettet, dass Tenelin sich für Evalim entscheiden würde. Rondh besitzt unter den grünen Magiern keinen guten Ruf.«

»Auf alle Fälle ist sein Ruf für Tenelin gut genug, um ihn als Evari einzusetzen«, wies Betarran Tharon zurecht. »Außerdem wird er weniger dein Problem sein als das von Yayeh. Als Blaue ist sie seine erste Gegenspielerin. Du wirst dich mehr um den Evari der Weißen kümmern.«

»Und wer ist das, wenn ich es erfahren darf?«, fragte Tharon.

»Khaton! Aber ich glaube, das hast du bereits erwartet!«, klang es freundlich zurück.

»Khaton?«, rief Tharon mit schriller Stimme. »Wenn der Kerl

auf der anderen Seite steht, lehne ich dieses Amt ab! Ich werde nicht …«

»Du wirst! Wenn Khaton der weiße Evari wird, bist du der Einzige unter all unseren Magiern, der ihn unter Kontrolle halten kann. Also stell dich nicht so an wie ein kleiner Junge, dem Angst vor den Spitzohren gemacht wird. Es ist Giringars Wille, und dem wirst du dich beugen. Und nun leb wohl! Irgendwann sehen wir uns sicher wieder. Bis dorthin bist du unser Wächter am großen Strom!«

Mit diesen Worten löste Betarran sich auf und ließ Tharon als ein Opfer zwiespältiger Gefühle zurück. Der junge Magier wusste nicht, ob es nun eine Ehre für ihn war, zum Evari der schwarzen Farbe erwählt worden zu sein, oder ob Betarran ihn nur aus der Reichweite rachsüchtiger Schwertmagier schaffen wollte. Für eine Weile kehrten seine Gedanken zurück zum Archipel von Runia und zu Merani. Das Mädchen hatte ihn eingeladen, dort zu bleiben, und nun bedauerte er es, nicht mit ihr dorthin zurückgekehrt zu sein.

Dann aber zuckte er mit den Achseln. Es brachte nichts, unerreichbaren Dingen nachzutrauern. Wäre er mit Merani gegangen, hätte er als Deserteur gegolten und rachsüchtige Schwertmagier auf die Inseln gelockt. Hier aber hatten Giringar und Betarran ihn mit einer Aufgabe betraut, der er sich nicht entziehen konnte. Trotzdem fragte er sich, warum ihm ausgerechnet Khaton als weißer Evari gegenüberstehen musste. Wenn es einen Magier gab, der seine Handlungsweise besser voraussehen konnte als jeder andere, war es dieser Mann, und das würde ihm noch manch harte Nuss zu knacken geben.

GLOSSAR

Adept Schüler, der in eine Geheimlehre eingeweiht wird, in diesem Fall Magierlehrling

Adlatus Gehilfe von Magiern

Agraffe Schmuckspange (Brosche) speziell für den Hut

Amazone Kriegerin

Ardhu Insel im Archipel von Runia

Ardhunier Bewohner der Insel Ardhu

Arghan können sich sowohl in Menschen wie auch in große, vierfüßige Wesen mit langen Hälsen und Schwänzen verwandeln. Sie können alle magischen Farben vertragen, Zauber abschwächen und magisches Feuer speien

Ausguck hochgelegener Beobachtungspunkt auf einem Schiff (Plattform oder Korb hoch oben am Mast); Bezeichnung für Seeleute, die als Späher (Ausguckposten) im Mastkorb stehen

Besanmast der hinterste Mast auf einem mehrmastigen Segelschiff

Dämonen des Westens die drei Götter Meandhir, Tenelin und Talien

Der große Krieg Kampf der Völker der blauen, violetten und schwarzen Farbe gegen die Völker der weißen, gelben und grünen Farbe

Elrun langlebige, magische begabte Wesen, auf dem Archipel Runi genannt

Farbfeindschaft Gegensatz zwischen zwei bestimmten magischen Farben, der je nach Stärke von bloßer Unverträglichkeit bis hin zu magischen Explosionen führen kann

Fender Puffer oder Abstandshalter, der die Bordwand beim Anlegen an einen Steg oder einem anderen Schiff schützt

Feuerschleudern Artefakte, die magische Blitze oder Feuerbälle großer Stärke schleudern können

Fock Segel am Fockmast

Fock reffen Einholen des Focksegels (das Segel wird zusammengerollt und festgebunden)

Fockmast vorderster Mast bei einem mehrmastigen Segelschiff

Flammenlanzen Handwaffe ähnlich einer Feuerschleuder, aber mit weitaus geringerer Wirkung und Reichweite

Flottille Schiffsverband aus mehreren Schiffen

Galeere größeres Schiff, das hauptsächlich durch Ruder fortbewegt wird

Gegenzauber Zauber, der die Wirkung eines anderen Zaubers aufhebt

Geisterballung Zusammenballung der Seelen toter Menschen, Gurrims, Eirun und Magier, die durch äußere Umstände nicht in der Lage waren, die Seelendome ihrer jeweiligen Götter zu erreichen

Giringar Gott der schwarzen Farbe

Gurrims Kriegervolk des Schwarzen Landes

Gurrimtod besonders starker Schnaps, der selbst Gurrims auf die Bretter legt

Gurrländer Eigenbezeichnung einer Gruppe von Gurrims, die von Wassuram auf der Insel Gurrland angesiedelt worden ist

Harnisch (Brust-)Panzer

Heilerin vermag magisch Wunden und Krankheiten zu heilen

Hellebarde Hieb- und Stoßwaffe, Stangenwaffe des Fußvolks, hier Paradewaffe der königlichen Garde

Hexe Bezeichnung für weiblichen Magier

Hexenschülerin Bezeichnung für weibliche Adepten

Ilyna Göttin der blauen Farbe

Ilyndhirer Volk blauer Farbe auf der Insel Ilyndhir

Invasoren Angreifer, Eroberer

Klüver dreieckiges Zusatzsegel, das mit der Spitze oben am Fockmast und mit der schmäleren Dreiecksseite am Klüverbaum befestigt wird

Klüverbaum über den Bug eines Schiffes hinausragende liegende Spier (Stange), an der der untere Teil eines Zusatzsegels (Klüver) befestigt werden kann

Kombüse Schiffsküche

Kristalldruse Kristalle, die sich, auf einer gemeinsamen Basis aufsitzend, an den Wänden von rundlichen Hohlräumen oder Spalten gebildet haben

Leutnant unterster Offiziersrang

Levitationsplatte oder -schacht Aufzug, der durch Magie angetrieben wird

Levitationszauber Zauber, mit dem Gegenstände bewegt werden können

Lin Wesen, die aus den Resten der Lir entstanden sind und sich dieser Welt angepasst haben

Linirias Göttin der violetten Farbe

Lir riesige, schlangenähnliche Wesen mit einem natürlichen Panzer aus Kristallen. Sie stürzten vor Urzeiten auf die Welt und zerstörten dabei große Land- und Seeflächen. Einige wenige hatten die Fähigkeit, sich dieser Welt anzupassen und als Lin weiter zu existieren

Magier ausgebildeter Zauberer, der die Kraft seiner magischen Farbe für übersinnliche Dinge verwenden kann

Magische Abschirmung durch Zauber erzeugter Schutz gegen magische Angriffe wie Beeinflussung, Kampfzauber, sowie gegen Waffen wie Schwerter, Pfeile usw.

Magische Farbe, auch Götterfarbe magische Kraft, die Erde, Pflanzen, Tiere und Menschen gleichermaßen erfüllt. Wird von normalen Menschen nur instinktiv wahrgenommen, während magische begabte Personen sie geistig fühlen (sehen) und für ihre Zauber verwenden können

Magische Stürme heftige Unwetter, die durch magische Überladung und Gegenfarbenexplosionen entstehen

Mar eines der Völker des Violetten Landes

Maat Unteroffizier auf einem Schiff

Meandhir Gott der weißen Farbe

Messe Speise- und Aufenthaltsraum auf einem Schiff

Niedergang Treppe oder Leiter, die auf einem Schiff ein Deck mit einem tiefer gelegenen Deck verbindet

Pike Stangenwaffe von Fußsoldaten

Plänkler leicht bewaffnete Soldaten, die nicht in einer Schlachtformation kämpfen, sondern in kleinen Gruppen den Gegner durch gezielte Angriffe beunruhigen

Salasa nagetierartiges Wesen, das wie eine Mischung aus Pampashase, Meerschweinchen und Ratte aussieht, keinen Schwanz, dafür aber leichte magische Kräfte besitzt

Schären kleine, flache Felseninseln

Schärpe Rangabzeichen in Form eines breiten Stoffstreifens, der von der rechten Schulter zur linken Hüfte getragen wird

Schwarzes Land eines der sechs Götterländer

Schwertorden offiziell Orden der Magier von Heiligen Schwert. Er ist die mächtigste Magiergemeinschaft des Schwarzen Landes. Ihr Oberhaupt ist der Hocherzmagier Caludis, dritter Gefährte Giringars

Sklavenkragen Halsband aus Eisen, Stahl, Leder oder Hanf, um Sklaven zu führen und gefügig zu machen

Spitzohren Schimpfname für die Firun/Runi wegen ihrer langen, beweglichen Ohren

Spruchrolle, magische auf Papier geschriebener Zauberspruch, der beim Abreißen des Siegels wirkt

Spürartefakte magisches Gerät, das die Annäherung von stärker magisch begabten Wesen erkennen und Alarm schlagen kann

Stadtgarden/gardist Soldaten der königlichen Garnison, sowie der Leibwache der Königin

Stasiszauber Erstarrungszauber, der Körper und Geist in einen Zustand völliger Starre versetzt. Der Körper ist im Gegensatz zum Versteinerungszauber verletzlich

Stenge Verlängerung des eigentlichen Mastes, um ein größeres Segel, oder eben noch zusätzliches, kleineres Segel benützen zu können, um die Geschwindigkeit eines Segelschiffes zu erhöhen

Steuermannsmaat erster Steuermann und ranghöchster Unteroffizier auf einem Segelschiff

Steven der vordere Teil eines Schiffes

Sund Meerenge

Takelage Bezeichnung für alle Segel und das gesamte Tauwerk eines Segelschiffes

Talien Gott der gelben Farbe

Tenelin Gott der grünen Farbe

Treiberfisch intelligente Fischwesen, etwas größer als Delfine und diesen ähnlich

Tsunami wörtlich Hafenwelle; sie entsteht im Gegensatz zu normalen Wellen nicht durch Windeinflüsse, sondern durch Erdbeben oder Vulkanausbrüche im Meer und kann eine Höhe von über hundert Metern erreichen

Unterling verächtlicher Ausdruck für eine nachrangige Person

Versetzungszauber Zauber, durch den Wesen oder Material von einem Ort zum anderen versetzt werden

Vla heißes Getränk (eine Art Kakao)

Wanten Tauwerk, mit dem die Masten an den Schiffsseiten verspannt sind, damit diese nicht durch den Winddruck brechen

Personenregister

Der Archipel

Anih Ehefrau des Großadmirals Kip
Argeela Tochter Careelas und Argos, des Fürstenpaares von Ardhu
Argo Fürstgemahl von Ardhu, der sich in einen Arghan verwandeln kann
Careedhal Argeelas Zwillingsbruder
Careela Fürstin von Ardhu
Etharan Hofmagier von Malvone
Girdhala Fürstin von Girdania, Girdhans Schwester
Girdhan der Magierkaiser von Gurrland
Hannez Ehemann Meranehs und Vater Merandas
Hekendialondilan weißmagisches Runimädchen
Hemor Kanzler der Königin von Ilyndhir
Ilna V. Königin von Ilyndhir
Kip Großadmiral der Ilyndhirischen Flotte
Kipan Sohn des Großadmirals Kip
Menanderah Königin von Runia
Mera die Magierkaiserin von Gurrland
Merala die älteste lebende Hexe des Archipels, Mutter Meranehs, Großmutter Meras und Merandas, Urgroßmutter Meranis
Meranda Heilerin und Hexe, jüngere Tochter Meranehs und Halbschwester Meras
Meraneh Hofheilerin von Ilyndhir, Mutter Meras und Merandas
Merani Tochter des Magierkaiserpaares Mera und Girdhan
Qulka Meranis gurrländische Zofe
Talci Hofmagierin von Gelonda
Tasah Magd im »Blauen Fisch«
Torrix Hofmagier von Ilyndhir
Wardil Kronprinz von Ilyndhir

Yanga Haushofmeisterin des Magierkaiserpaares von Gurrland und magische Lehrerin Meranis

Tierische Freunde

Ellek Treiberfisch

Timpo Salasa (meerschweinchenähnliches, magisches Tier)

Die Mädchen unter dem Meer

Tenaril grünes Runimädchen aus alter Zeit

Lin'Aril violette Kopie Tenarils

Die Fremden

Burlikk Leutnant bei den Gurrimkampftruppen des Schwarzen Landes

Betarran Hocherzmagier des Schwarzen Landes, Zweiter im Gefolge Giringars

Caludis Hocherzmagier des Schwarzen Landes, Großmeister des Magierordens vom Heiligen Schwert, Dritter im Gefolge Giringars

Ewalluk Hochmagier im Schwarzen Land, Mitglied des Ordens vom Heiligen Schwert

Gynrarr Erzmagier im Schwarzen Land, Mitglied des Ordens vom Heiligen Schwert

Lin'Velura Gouverneurin der Inselprovinz des Violetten Landes

Regandhor jugendlicher Begleiter Sirrins mit überraschenden Kräften

Rokkar Soldat bei den Gurrimkampftruppen des Schwarzen Landes

Sirrin Magierin im Violetten Land

Tharon Magier im Schwarzen Land

Tarr Soldat bei den Gurrimkampftruppen des Schwarzen Landes

Tirah junge Kriegeradeptin im Violetten Land

Wuzz Unteroffizier bei den Gurrimkampftruppen des Schwarzen Landes

INHALT

Erster Teil
Die magischen Stürme 5

Zweiter Teil
Die schwarzen Schiffe 69

Dritter Teil
Der Hexenwald 149

Vierter Teil
Die Invasion 243

Fünfter Teil
Die versteinerten Mädchen 329

Sechster Teil
Die Schlange unter dem Meer 403

Siebter Teil
Das Geheimnis der Lin 461

Glossar 503
Personenregister 507

ÜBER DIE AUTORIN

Diana Wohlrath wurde Mitte des letzten Jahrhunderts im Rheinland geboren. Sie studierte Medizin, brach aber das Studium ab und arbeitete als Angestellte in einem weltweit operierenden Konzern. Etwa zur gleichen Zeit erschienen ihre ersten Kurzgeschichten in verschiedenen Fantasy-Anthologien. Mitte der Siebzigerjahre schrieb sie gemeinsam mit ihrem Ehemann ein Fantasy-Kinderbuch, wechselte dann jedoch das Genre und begann sich erst vor rund zehn Jahren wieder mit Jugendliteratur zu befassen. Im Laufe der Zeit entwickelte sie mit der Welt der magischen Farben ein eigenes Fantasy-Universum, das schließlich den Hintergrund für ihre Fantasy-Romane *Feuerthron* (Hanser 2008) und *Merani und die Schlange unter dem Meer* bildete.

Diana Wohlrath lebt zusammen mit ihrem Mann, der ebenfalls Schriftsteller ist, seit 2007 in einem Dorf in der Umgebung von München.

Der Archipel